마법의 산
(하)

마법의 산 (하)

초판 1쇄 인쇄 2013년 6월 15일

초판 1쇄 발행 2013년 6월 20일

–

지은이 토마스 만

옮긴이 원당희

펴낸이 이방원

편 집 김명희 · 안효희 · 조환열 · 강윤경

디자인 손경화 · 박선옥

마케팅 최성수

–

펴낸곳 세창미디어

출판신고 2013년 1월 4일 제312-2013-000002호

주소 120-050 서울시 서대문구 경기대로 88 냉천빌딩 4층

전화 02-723-8660

팩스 02-720-4579

이메일 sc1992@empal.com

홈페이지 http://www.sechangpub.co.kr/

–

ISBN 978-89-5586-184-6 04850

　　　978-89-5586-182-2 (세트)

이 도서의 국립중앙도서관 출판시도서목록(CIP)은 서지정보유통지원시스템 홈페이지(http://seoji.nl.go.kr)와

국가자료공동목록시스템(http://www.nl.go.kr/kolisnet)에서 이용하실 수 있습니다. (CIP제어번호: CIP2013008608)

마법의 산

하

토마스 만 지음
원당희 옮김

세창미디어

차 례

하

제6장

제7장

차 례

상

제6장

변화들

시간이란 무엇인가? 그것은 하나의 비밀이다. 그것은 실체가 없으며 전능하다. 시간은 현상계의 하나의 조건이요, 공간 내에 존재하는 물체들 및 그들의 운동과 결부되고 혼합된 하나의 운동이다. 그러나 운동이 없으면 시간이 없는 것일까? 반대로 시간이 없으면 운동도 없는 것일까? 얼마든지 물어 보라! 시간은 공간의 한 기능인가? 또는 그 반대일까? 또는 이 두 가지가 동일한 것일까? 물을 테면 얼마든지 물어 보라! 시간은 활동적이고, 동사적인 속성을 갖고 있어 '낳는' 힘을 소유한다. 도대체 시간은 무엇을 낳을까? 변화를! 현재가 당시가 아니고, 이곳이 저곳이 아닌 것은, 양자 사이에 운동이 있기 때문이다. 그러나 시간으로 측정되는 운동은 순환적이고 자체 내에 완결되어 있으므로, 운동과 변화는 거의 정지와 정체로 규정할 수 있을 것 같다. 왜냐하면 당시는 부단히 현재에서, 저곳은 이곳에서 지속적으로 되풀이되기 때문이다. 나아가 유한한 시간과 제한된 공간이라는 개념은 아무리 필사적인 노력을 기울려도 상상할 수 없는 것이 때문에 우리는 시간과 공간이 영원하고 무한하다고 '생각'하기로 결정을 내렸다. —일반적으로는 분명히 수긍될 것이며, 옳다고는 할 수 없어도 이것이 더 나으리라는 전제에 따라서 이렇게 했다. 그러나 영원한 것과 무한한 것을 확정한다는 것은 모든 제한적인 것과 유한한 것을 논리적—산술적으로 부정하고, 상대적으로 그것을 영(零)으로 환원시키는 것이 아닐까? 영원한 것에 전후가, 무한한 것에 좌우가 있을 수 있을까? 거리, 운동, 변화 같은 개념들, 우주 속에서 제한된 물체의 현전이 영원한 것과 무한한 것이라는 임시방편적인 가정과 어떻게 조화를 이룰 수 있을까? 어쨌든 얼마든지 물어 보라!

한스 카스토르프는 머릿속으로 이와 비슷한 물음을 계속 제기해 보았다. 그의 머리는 이 위에 도착하자마자 이런 엉뚱한 발상과 꼬치꼬치 따져 묻는 일에 온통 쏠리는 경향을 보여 주곤 했다. 그리고 이곳에 체류하면서 단정치 못하지만 강력한 욕구 충족을 통하여 특히 이런 것에 예민해지고, 꼬치꼬치 따져 묻는 일에 대담해졌을지도 모른다. 그는 이런 문제를 스스로에게 자문하거나 선량한 요아힘에게 물었고, 상상할 수 없이 먼 옛날부터 눈으로 뒤덮여 있는 골짜기를 향해서도 물었지만, 그 어떤 것으로부터도 그럴듯한 대답을 기대할 수 없었다. —이 가운데 어떤 것이 가장 대답을 기대할 수 없었는지는 말하기 어려웠다. 스스로 이런 물음을 제기한 것 자체가 자신이 이에 대한 대답을 알지 못했기 때문이다. 요아힘은 이런 것 따위에는 거의 관심을 갖지 않았다. 카스토르프가 어느 날 밤 프랑스어로 말한 적이 있었듯이, 그는 평지에 내려가 군인이 되겠다는 생각 외에는 아무 생각도 없었다. 그리고 때로는 희망이 가까워지는 것 같다가, 때로는 희망이 다시 희롱하듯

먼 곳으로 사라지는 과정을 거치며 그는 마음속으로 잔혹한 전투를 벌이고 있었다. 그러더니 최근에는 뭔가 강공을 취하여 이 전투를 끝장내려는 경향을 보여 주고 있었다.

그렇다, 선량하고 인내심이 강하고 성실하며, 전적으로 군복무와 규율만을 생각하는 요아힘도 반항적인 기질로 변화하면서 '가프키 도표'에 격렬하게 저항했다. 가프키 도표란 의료분야에서 흔히 '실험'이라고 부르는 검진 체계인 것으로, 지하 실험실에서 환자의 보균 수치를 조사하여 도표로 나타내는 방법이었다. 즉 시료 분석을 통하여 세균이 아주 드물게 존재하는지 또는 무수히 대량으로 존재하는지에 따라서 가프키 번호의 수치가 결정되었고, 따라서 모든 것은 이 수치에 달려 있었다. 왜냐하면 가프키 수치가 보균 환자의 회복 가능성을 확실하게 나타내주고 있었기 때문이다. 다시 말해 이에 따라 환자가 이곳에 더 머물러야 할 월수나 연수를 어렵지 않게 결정할 수 있었다. 예컨대 반년 정도의 단기간 체류에서 시작하여 '종신' 선고에 이르기까지 결정되었는데, 종신 선고는 시간적으로 볼 때 얼마 살지 못하는 기간인 경우도 적지 않았다. 아무튼 이 가프키 도표에 대하여 요아힘은 강렬히 저항하면서 그것의 권위 자체를 공공연하게 무시하였다. 그는 아주 공공연하게, 특히 요양원 간부들에게 저항한 것은 아니었으나, 사촌인 카스토르프에게는 심지어 식사를 하다가도 격렬히 반대의사를 표명했다.

"나는 질렸어. 더 이상 바보가 되고 싶지 않아." 그가 이렇게 큰 소리로 말하자, 그을려 갈색이 된 그의 얼굴이 벌겋게 달아올랐다. "2주일 전만 해도 증세가 하찮은 가프키 번호 2여서 전망이 좋았는데, 오늘은 세균이 우글거리는 가프키 번호 9라서 평지 얘기는 꺼낼 수도 없게 되었어. 앞으로 어떻게 될지 오리무중이니 그것 참 도저히 참을 수가 없어. 저 위의 샤츠알프 요양원에 그리스 출신의 농부가 병으로 누워 있는데, 아르카디아에서 이쪽으로 보내졌어. 어떤 대리인이 보낸 거야. 폐결핵 말기로 가망이 없다고 해. 그는 매일 죽을 날만 기다리는 상태인데, 이곳에 온 후로는 담에 세균이 없다는 거야. 이와는 반대로 내가 여기 왔을 때 건강을 되찾아 퇴원한 벨기에 출신의 뚱뚱한 대위는 가프키 번호 10이나 되고, 세균이 우글거렸다지 뭐야. 그는 단지 조그만 공동 하나만 있었을 뿐이야. 가프키 따위는 내게 없어도 돼! 이제 그만 끝내고 집으로 가야겠어. 그러다가 죽더라도 말이야!" 요아힘이 이렇게 흥분하여 소리쳤다. 주변 사람들 모두가 늘 온화하고 침착한 젊은이가 이렇게 흥분하는 것을 보고는 슬픔을 금할 수 없었다.

한스 카스토르프는 요아힘이 모든 것을 포기하고 평지로 내려가겠다는 절박한 말을 들으며 사육제 날 제삼자로부터 프랑스어로 듣게 되었던 그 어떤 표현을 생각하지 않을 수 없었다. 그러나 그는 생각만 하면서 입을 꼭 다물고 있었다. 그는 슈퇴어 부인이 언젠가 말했듯이 요아힘에게 자신의 인내심을 본보기로 삼으로고 말할 수는 없었다. 하지만 그녀는 정말 그렇게 창피하게 떠들지 말고 겸손하게 자신의 성실한 태도를 본받으라고 요아힘에게 훈계했다. 카롤리네 슈퇴어 자신은 이 위에서 참고 버티면서, 언젠가 완쾌된 아내의 몸으로 남편에게 되돌아가기 위해 칸슈타트의 고향에서 주부로서 살림하며 살아가는 것을 끝까지 거부하고 있다는 것이다. 카스토르프까지도 이렇게 말할 수는 없는 일이었다! 더구나 그는 사육제 날 이후로 사촌에게 양심의 가책을 느끼고 있었다. 다시 말해 요아힘은 그날 밤 일어난 일에 대해 듣지 않고도 알고 있는 것이 분명했다. 그것도 하루에 다섯 번씩이나 둥근 갈색 눈으로 이유 없이 웃는다거나 오렌지 향수 냄새에 자극을 받으면서도, 근엄하고 단정하게 두 눈을 내리깔고 접시를 바라보는 사촌이 자신의 행위를 배신이나 도주, 충실치 못한 일로 여길 것이라고 그의 양심이 가책을 느끼며 자신에게 속삭였던 것이다. 아니, 카스토르프는 자신의 '시간'에 대한 숙고와 견해에 대해 말없이 저항감을 나타내며 그의 양심을 질책하는 요아힘의 태도에서 군인다운 근엄한 윤리를 느낄 것 같았다.

그렇지만 카스토르프는 근사한 접이식 침대에 누워서 골짜기, 눈으로 뒤덮인 겨울 골짜기를 향해서도 마찬가지로 초감각적인 물음을 던졌다. 산에 우뚝 솟은 뾰족하고 둥근 봉우리, 절벽, 갈색과 녹색과 담홍색으로 물든 숲은 조용히 흘러가는 지상의 시간에 싸여서 묵묵히 그 시간의 흐름 가운데에 서 있었다. 이 모든 것은 때로는 푸른 하늘 아래서 빛났고, 때로는 자욱한 안개에 휩싸여 있었으며, 때로는 저물어 가는 석양을 받아 붉게 물들었고, 때로는 마술이 만들어낸 환상적인 달밤에 다이아몬드처럼 차갑게 빛났다. 빠르게 지나가기는 했지만 기억에서 멀어진 6개월 동안 골짜기는 늘 눈에 덮여 있었다. 이곳 손님들은 다들 눈이 싫어서 이제는 더 이상 눈을 보지 않는다고 말했다. 여름에도 눈에 대한 호기심은 실컷 충족된다고 했다. 날이면 날마다 눈 더미, 눈으로 된 쿠션, 눈 비탈이니, 이는 인간의 힘으로는 도저히 감당할 수 없으며, 정말이지 정신과 마음까지도 죽어버릴 지경이라는 것이다. 그래서 손님들은 녹색, 황색, 붉은색 선글라스를 꼈지만, 이는 눈을 보호하기 위해서라기보다는 오히려 자신의 마음을 보호하기 위해서였다.

6개월이나 골짜기와 산이 눈에 덮여 있다고? 아니 7개월이라니! 우리들이 이야기하는 동안에도 시간은 쉬지 않고 흐르고 있다. 우리가 이 이야기를 위해 쓰고 있는 우리의 시간, 저 위 눈 속에 갇혀 있는 한스 카스토르프 및 그와 같은 운명에 처한 동료들이 보내는 시간도 계속 흐르고 있어서 변화를 낳고 있었다. 한스 카스토르프는 사육제 날 플라츠 읍내로 산책을 갔다가 돌아오면서 세템브리니에게 급히 말을 늘어놓다가 그의 분노를 산 적이 있는데, 모든 것이 당시 카스토르프가 말한 대로 되어 가고 있었다. 그렇다고 하지가 눈앞에 다가온 것은 아니었지만, 부활절은 어느새 흰 골짜기를 지나가 버렸고, 4월이 성큼 다가와 오순절이 임박해 있었다. 곧 봄이 되어 해빙이 되겠지만, 그렇다고 모든 눈이 완전히 녹아 사라지지는 않을 것이다. 여름 동안 내리는 눈은 쌓이지 않아서 문제될 게 없지만, 남쪽에 솟아 있는 주봉들과 북쪽의 레티콘 연봉의 협곡에는 1년 내내 눈이 그대로 쌓여 있었다. 그렇지만 머지않아 한 해의 새로운 시작인 봄이 찾아와 어떻게든 결정적인 변화를 야기할 것은 분명했다. 카스토르프가 쇼샤 부인에게 연필을 빌렸다가 나중에 다시 돌려주고, 그 대신 다른 어떤 것, 즉 기념품을 하나 간청하여 그것을 주머니에 넣고 다니게 된 사육제 날 밤으로부터 벌써 6주일이 흘러가 버렸다. 그러므로 카스토르프가 본래 이곳에 체류하고자 했던 3주일의 두 배가 어느새 흘러가 버린 셈이었다.

한스 카스토르프가 클라브디아 쇼샤와 가까워져서 요양 시간에 충실한 요아힘이 방으로 돌아간 후에도 오랫동안 그녀와 함께 있다가 자기 방으로 돌아간 그날 밤으로부터 실제로 6주일이 흘렀다. 즉, 그 다음날 쇼샤 부인이 요양원을 떠나, 이번에는 아주 멀리 동쪽 코카서스 산맥 저 너머에 있는 다게스탄으로 잠시 여행을 떠난 그 날부터 6주가 훌쩍 지나가 버린 것이다. 그녀의 여행은 완전히 떠나는 것이 아니라 잠정적인 여행이라는 것, 쇼샤 부인이 다시 돌아올 의도를 가지고 있었다는 것, 언제인지 불확실하지만 그녀가 언젠가 돌아오기를 바라고 또

돌아와야만 한다는 것을 카스토르프는 직접 그녀의 입에서 확고한 대답을 받은 바 있었다. 그녀의 대답은 앞서 외국어인 프랑스어 대화에서 이루어진 것이 아니었다. 우리가 판단할 때 추후로, 그러니까 시간과 결부된 이 이야기의 흐름을 중단시키고, 시간을 오로지 순수한 시간으로만 흘러가게 한 막간의 시간에 이루어진 것이었다. 어쨌든 한스 카스토르프 청년은 34호실로 돌아가기 전에 쇼샤 부인의 확답과 위로의 말을 들었다. 다음날 그는 쇼샤 부인과 더 이상 대화를 나누지 않았고, 그 모습을 멀리서 두 번 정도 보았을 뿐이었다. 한 번은 점심 식사 시간에 그녀가 푸른색 모직 스커트에 하얀 털 스웨터 차림으로 나타나 유리문을 쾅 닫고는, 사랑스러운 모습으로 살금살금 자신의 식탁 자리로 걸어갈 때였다. 이런 그녀를 보면서 그의 심장의 고동소리가 목까지 울려오는 바람에, 엥겔하르트 양에게 따가운 눈총을 받지 않았더라면 그는 두 손으로 얼굴을 감쌌을지도 모른다. 또 한 번은 오후 3시에 그녀가 출발할 때였다. 당시에 그는 전송하지 않고 복도의 창문에서 그녀가 떠나가는 모습을 물끄러미 지켜보았다.

출발 과정은 한스 카스토르프가 이 위에 체류하는 동안 이미 여러 번 보았던 광경과 다르지 않았다. 썰매나 마차가 현관 앞 진입로에 멈춰 서 있고, 마부와 잡역부가 트렁크들을 묶어서 날랐다. 그리고 요양객들, 완쾌되었든 아니든, 살기 위해서든 죽기 위해서든 평지로 돌아가는 여행자와 친구들, 또는 출발을 구경하면서 자극을 받으려고 요양 시간을 빼먹고 나온 환자들이 현관 앞에 모여 있었다. 그 밖에 연미복 차림의 사무실 직원이나 때때로 의사들도 모습을 드러낼 때가 있었다. 이어서 여행을 떠나는 당사자가 걸어 나왔다. 그녀는 대체로 환한 얼굴을 하고서 호기심에 찬 표정으로 주위에 서 있는 사람들과 뒤에 남은 사람들에게 상냥하게 인사하고는, 앞으로 해야 할 모험에 한동안 마음이 들뜬 것 같았다. 무엇보다 이번에 걸어 나온 여행자가 쇼샤 부인이라는 사실이 중요한 점이었다.

그녀는 모피가 달린 길고 거친 천의 여행용 외투를 입고, 커다란 모자를 쓴 채 팔에 꽃을 한 아름 안고서 미소를 지으며 나타났다. 그녀의 뒤에는 그리 멀지 않은 곳까지 그녀와 동행할, 가슴이 움푹 들어간 러시아인 불리긴 씨가 따라왔다. 의사의 허락에 의한 출발이든지 또는 지긋지긋한 체류에 신물이 나고 자포자기의 심정으로 떠나든지, 아니면 스스로 위험을 무릅쓰고 양심의 가책을 받으며 여기 머무는 것을 중단하든지, 아무튼 이곳을 떠나는 사람이면 누구나 그렇듯이 쇼샤 부인도 생활이 바뀐다는 것만으로도 즐거워서 흥분하고 있는 것처럼 보였다. 그녀의 볼은 붉게 물들어 있었다. 그녀는 사람들이 털가죽 덮개로 그녀의 무릎을 감싸주는 동안에도 쉬지 않고 러시아어로 잡담을 하고 있는 것 같았다. 쇼샤 부인과 같은 나라 사람들인 식탁 동료들뿐만 아니라 다른 손님들의 모습도 눈에 여럿 띄었고, 크로코프스키 박사도 활기차게 미소 지으며 콧수염 속으로 누런 이빨을 드러내고 있었다. 이즈음엔 더 많은 꽃들이 그녀의 가슴에 수북히 모인 상태였다. 과자를 '까까'라고 부르곤 하던 대고모는 러시아 산 마멀레이드를 선사했다. 그 밖에 여교사가 그곳에 서 있었고, 만하임 출신의 남자는 약간 떨어진 곳에서 우울한 얼굴로 엿보고 있었다. 그는 고통스런 시선으로 건물을 따라 위로 올라가다가 카스토르프가 창밖으로 내려다보는 것을 알고는, 우울한 눈을 한동안이나 그에게 고정시켰다.

베렌스 고문관의 모습은 보이지 않았으나, 분명히 그는 다른 개별적인 기회를 만들어 그녀와 작별 인사를 했을 것이다. 이윽고 주위에 선 사람들이 손을 흔들고 환호성을 지르는 가운데 말들이 서서히 썰매 마차를 끌기 시작했다. 썰매 마차가 앞으로 나가자 그 반동으로 쇼샤 부인의 상체가 쿠션 쪽으로 뉘어졌지만, 그러는 동안에도 그녀는 또 한 번 미소를 지으며 비스듬히 째진 눈으로 요양원 건물의 정면을 살짝 훑어보고는 잠깐 카스토르프에게 시선을 멈추었다. 뒤에 남게 된 청년은 창백한 얼굴로 재빨리 자신의 방으로 갔다가 발코니로 나갔다. 그는 방울 소리 울리며 도르프 읍을 향해 차도를 미끄러져 내려가는 썰매 마차를 다시 한 번 바라보고는, 의자에 털썩 주저앉아 상의 호주머니에서 쇼샤 부인에게서 획득한 기념품을 끄집어냈다. 이번에는 연필을 깎은 적갈색의 나무부스러기가 아니라 얇게 테를 두른 작은 유리판으로, 불빛에 비추어야 그 위에 나타나는 뭔가를 볼 수 있었다. 이것은 클라브디아의 내부를 찍은 사진으로 얼굴 모습은 없었지만, 흉강(胸腔)의 기관과 아울러 살의 부드러운 형태가 희미하게 유령처럼 두르고 있는 상체의 섬세한 골격을 인지할 수 있었다.

그 이후 시간이 흘러가면서 변화를 낳는 동안에 그는 얼마나 자주 그것을 자세히 바라보고 또 입술에 대어 보았던가! 예컨대 클라브디아 쇼샤가 공간적으로 멀리 떠나간 이후 여기 고지에서의 생활에 적응한 것, 그것도 상상할 수 없을 정도로 빠르게 적응한 것도 시간이 일으킨 변화였다. 물론 적응이 안 되던 것에 적응하는 것이라 할지라도 이곳의 시간은 특히 적응하도록 돕는 성질을 지녔고, 게다가 그런 목적으로 구성되어 있었다. 다섯 번의 아주 푸짐한 식사가 시작될 때 쾅 하고 문 닫는 소리도 이제 더는 기대할 수 없게 되었고, 그런 일이 일어나지도 않았다. 쇼샤 부인은 아주 먼 다른 곳에서 문을 쾅 하고 닫을 것이다. 이는 바로 그녀의 본질의 표현이다. 이는 다시 말해 시간이 공간 속에서 물체와 연관되듯이 그녀의 존재, 그녀의 병이 이와 유사한 방법으로 연관되어 있는 본질의 표현인 것이다. 어쩌면 이것이 다름 아닌 그녀의 병이었을지 모른다. 그러나 그녀가 눈에 안 보이고 이곳에 없을지라도 카스토르프의 의식에는 함께하고 있어서, 그녀는 이곳의 수호신이었다. 평지의 어떤 평화로운 소곡에도 어울리지 않는 시간, 괴롭고 마음을 달래기 힘들 만큼 감미로운 시간에 그는 이 수호신을 알아보고 자기 것으로 만들었으며, 9개월 전부터 격렬하게 요동치는 자신의 심장에 그 신의 내적인 음영을 간직하게 되었다.

저 결정적인 사육제 날 밤에 그는 떨리는 입술로 프랑스어와 모국어를 섞어가며 반쯤은 무의식적으로, 반쯤은 목이 타는 소리로 여러 가지 무모한 제안들을 그녀에게 더듬거리며 내놓았다. 그의 제안이나 제의, 허무맹랑한 계획과 의지의 표현들은 그녀에게 당연히 거부되었다. 예를 들어 그는 코카서스 산맥 너머까지라도 수호신을 따라가 그녀가 마음대로 선택한 거주지에서 기다리면서 절대로 그녀와 헤어지지 않겠다는 등 무책임한 발언들을 쏟아 냈던 것이다. 이 단순한 청년이 심도 높은 모험의 시간에 얻어낸 것은 바로 그녀의 그림자에 불과한 담보물뿐이었다. 그녀에게 자유를 부여하던 병이 어떻게 될 것인지에 따라 쇼샤 부인이 조만간 네 번째 체류를 위해 이곳으로 돌아올 것이라는 것은 개연성이 없는 것은 아니지만 모호한 가능성에 불과했다. —조만간 이 구체적으로 언제일지는 모르지만, 카스토르프는 작별할 때에도 그녀가 다시 돌아올 때면 자신은 틀림없이 '이미 멀리 떠나가' 있을 것이라고 말한 바 있었다. 그리고 어떤 일이 일어나도록 예언하는 것이 아니라, 마치 주술의 의미처럼 어떤 일이 일어나지 않도록 예언한다는 점을 그가 염두에 두지 않았더라면, 그의 예언은 무의미하고 그 역시 아마 더욱 견디기 어려웠을 것이다. 이런 종류의 예언가들은 미래가 정말 예언대로 되는 것을 수치스러워 하도록 미래에게 앞으로 어떻게 될 것인가를 말하면서 미래를 비웃는 법이다. 수호신은 앞서 행한 대화나 다른 기회에 한스 카스토르프를 '약간 침윤된 부분이 있는 귀여운 시민'이라고 불렀는데, 이 표현은 '삶의 걱정거리 자식'이라는 세템브리니의 어투를 약간 바꾼 것이었다. 여기서 의문시되는 것은 바로 〈시민〉과 〈걱정거리 자식〉이라는 두 가지 본질적 요소 가운데 어느 쪽이 더 강한 것으로 입증되느냐 하는 것이었다… 그런데 수호신은 자신이 이곳을 여러 번 떠났다가 되돌아왔다는 점과, 카스토르프가 적절한 순간에 다시 돌아올 수도 있을 것이라는 점을 고려하지 않았다. 물론 카스토르프는 이곳에 돌아올 필요가 없도록 이 위에 계속 머물러 있었다. 다른 여러 가지 이유에도 불구하고 그것이 그가 이곳에 체류하는 결정적인 이유였다.

사육제 날 밤에 쇼샤 부인이 던졌던 조롱조의 예언 하나가 적중했다. 한스 카스토르프의 체온 곡선이 좋지 않았다. 체온이 급격하게 올라가 그는 축제를 보내는 흥분된 기분으로 이를 기록했다. 이렇게 급경사를 그리며 올라가던 체온은 그 이후로 약간 떨어져 평평한 모양으로 계속 진행되면서 가볍게 물결치는 모양을 그리기만 할 뿐 이제까지 비슷한 수준을 유지하고 있었다. 이것이야말로 이상 체온이었다. 베렌스의 말에 따르면 이렇게 만성적으로 높은 체온이 계속되는 것은 환부 상태에 문제가 있기 때문이라는 것이었다. "이봐요, 당신은 생각 이상으로 독이 많아요." 그가 말했다. "그래요, 주사를 맞아 봅시다! 그럼 효과가 있을 겁니다. 서명 날인자의 의도대로라면 당신은 서너 달 만에 물을 만난 물고기처럼 될 겁니다." 이렇게 해서 카스토르프는 1주일에 두 번 수요일과 목요일 아침에 가벼운 산책을 마치자마자 지하에 있는 실험실에 내려가 주사를 맞게 되었다.

두 의사가 이 사람 저 사람 번갈아 가며 주사를 놓아 주었다. 하지만 두 사람 중 고문관은 대가답게 찌르자마자 동시에 주사를 놓았다. 더구나 그는 어느 부위를 찌르든 걱정하는 법이 없어서 때로는 통증이 지독하게 심했고, 맞은 자리가 오랫동안 따끔거리며 멍이 들었다. 그뿐만이 아니라 주사는 전체 유기체에 강력한 영향을 미쳤고, 심한 운동을 마치고 난 뒤처럼 신경체계에 충격을 주었다. 이는 주사에 내재한 힘을 입증하는 것으로, 주사를 맞은 후 잠시 동안 체온이 상승하는 것으로도 그 효력을 알려주고 있었다. 고문관이 예측한 대로 상태가 진행되었으므로 그 결과에 대해 이의를 제기할 여지가 없었다. 일단 차례가 돌아오기만 하면 주사 맞는 일은 신속하게 이루어졌다. 허벅지든 팔이든 능숙하게 피부 속으로 해독제를 찔러 넣었다. 고문관이 마음으로 끌리거나 담배를 피워 기분이 좋을 때면 주사를 놓으면서 서너 번 짧은 대화를 나누는 일도 있었다. 이럴 경우 카스토르프는 예컨대 다음과 같이 말문을 열었다.

"나는 아직도 선생님 집에서 전에 기분 좋게 커피를 마시던 때가 생각납니다, 고문관님. 우연한 일이었지만, 작년 가을에 그런 일이 있었죠. 바로 어제던가, 아니면 혹시 그 전인지는 잘 모르겠습니다만, 사촌과 그 당시의 일을 이야기했습니다."

"가프키 7번입니다." 고문관이 말했다. "최근의 결과입니다. 그 젊은이는 아무리 해도 이제는 잘 해독이 되지 않아요. 그런데도 그는 이곳을 떠나 허리에 장검을 차고 싶어서 나를 귀찮게 하고 괴롭힙니다, 어린애처럼 말입니다. 15개월 정도 여기 체류하는 것을 가지고 마치 이곳에 영원히 있는 것처럼 야단법석입니다. 무슨 일이 있어도 여기를 나가겠다고 그러는데, 당신에게도 그런 말을 하던가요? 당신이 좀 타일러 주십시오, 당신의 생각인 것처럼, 강력하게 말입니다! 지도 위쪽 오른편의 당신네 고향에서 떳떳한 남성이 너무 일찍 정감에 넘친 안개를 마셨다가는 곧 죽고 말 것입니다. 저렇게 분별력이 없는 사람은 머리가 좋을 필요가 없겠지만, 그가 어리석은 짓을 저지르기 전에 좀 더 사려와 분별도 있고 민간인이자 시민적 교양을 지닌 당신이 그의 머리를 올바르게 돌려놔야 합니다."

"네, 그러겠습니다, 고문관님." 이렇게 대답하면서 한스 카스토르프는 베렌스 원장이 계속 이야기를 못하도록 말을 가로막았다. "그가 그렇게 거역한다면 내가 자주 타일러 볼 것이고, 그도 이성적으로 내 말을 받아들일 거라고 생각합니다. 그러나 눈앞에 보이는 예들이 늘 최선은 아닌데, 그게 해를 끼치고 있습니다. 계속해서 환자들이 떠나고 있습니다. 평지로 말입니다. 제멋대로 진정한 자격도 없습니다만, 그들은 마치 완치되어 퇴원하는 것처럼 축제 분위기를 보여 주는데, 그것은 마음이 약한 사람에게는 유혹적이지요. 예컨대 최근에 … 최근에 떠난 사람이 있었는데 누구였지요? 고급 러시아인석에 나타나는 어떤 부인이었는데, 아, 맞아요, 쇼샤 부인이었지요. 듣기로는 다게스탄으로 떠났다지요. 다게스탄, 나는 그곳 다게스탄의 기후를 잘 모릅니다만, 저 북쪽 끝 항구도시보다야 더 나쁘지 않겠지요. 지리적으로 보면 산악 지역인 것도 같은데, 그곳 사정이 어떤지는 몰라도 이곳 고지의 사람들이 볼 때는 저지입니다. 그런데 치유도 안 된 상태에서 그런 곳에서 어떻게 살겠다는 건지 모르겠습니다. 근본개념이 결여되어 있고, 이 위의 질서를 아는 사람이 아무도 없는 곳에서 말입니다. 대체 안정 요양과 검온은 어떻게 할 건지? 그런데 그녀는 다시 돌아올 거라고 이따금 내게 말했습니다. 이런, 어쩌다가 그녀 이야기가 나왔지요? 맞아요, 우리는 그때 정원에서 만났었지요, 고문관님, 기억이 나시는지 모르겠습니다. 우리가 벤치에 앉아 있을 때 다가오셨지요. 아직도 어떤 벤치인지 기억이 생생합니다. 우리가 앉아서 담배를 피우던 벤치를 고문관님께 알려드릴 수 있습니다. 말하자면 내가 담배를 피우고 있었지요. 내 사촌이 담배를 안 피우는 까닭은 잘 모르겠습니다. 고문관님도 그때 당시 담배를 피우고 있어서 우리는 서로 시가를 교환하기도 했지요. 지금도 그 일이 떠오릅니다. 그때 내가 받은 브라질 산 시가는 정말 맛이 뛰어났습니다. 하지만 그런 것은 어린 말을 다루 듯 해야 한다고 생각합니다. 그렇지 않으면 전에 고문관님이 두 개의 작은 수입산 담배를 연거푸 피우고, 가슴을 떨고 춤을 추며 아득한 곳으로 가듯이 사망에 이를지도 모릅니다. 하지만 일이 무사히 해결되어 지금 이렇게 웃을 수 있습니다. 근자에 나는 또 한 번 마리아 만치니 2, 3백 개를 브레멘에 주문하여 받았습니다. 나는 그 제품에 푹 빠졌답니다. 어느 면에서든 호감이 가거든요. 물론 관세와 우송료 때문에 값이 꽤 비싼 것이 좀 민감한 사항입니다. 그래서 다음 번 진찰에 다시 내가 적잖은 기간을 선고받는다면, 고문관님, 나도 결국은 이곳 시가로 바꿀 수밖에 없는 처지가 될까봐 염려가 됩니다. 그래요, 고문관님 댁에서 진열장에 든 아주 멋진 물건들을 볼 수가 있었습니다. 이어서 우리는 고문관님이 그린 그림들을 보았는데, 당시의 일이 오늘 일처럼 생생합니다. 그 그림들을 보고 나는 말할 수 없이 즐거웠습니다. 당신이 그린 위험할 수도 있는 유화 그림을 보고 나는 깜짝 놀랐습니다. 나는 감히 그런 일을 하지 못할 겁니다. 그때 우리는 아주 정밀하게 피부를 그린 쇼샤 부인의 초상화도 보았지요. 나는 정말 감동했다고 말할 수 있습니다. 당시에 나는 그 초상화의 모델을 잘 알지 못했고, 얼굴과 이름만 겨우 아는 정도였지요. 그러다가 이번에 그녀가 이곳을 떠나기 직전에야 나는 그녀를 개인적으로도 알게 되었습니다."

"무슨 말을 하는 겁니까!" 고문관이 응답했다. 과거의 일을 다시 떠올려도 좋다면, 카스토르프가 처음으로 진찰에 앞서 자신에게 미열이 있다고 말했을 때도 그가 그렇게 응답한 적이 있었다. 이윽고 고문관은 아무 말도 하지 않았다.

"그렇지만, 정말 그랬습니다." 한스 카스토르프는 확고하게 말했다. "경험적으로 볼 때 이 위에서 누구와 사귄다는 것이 결코 쉬운 일은 아닙니다만, 쇼샤 부인과 나는 마지막 순간에 만나서 서로 친분을 나누었습니다. 우리는 서로 대화를 나누며…" 카스토르프는 이빨 사이로 공기를 흡입했다. 그는 방금 주사를 맞았기 때문이다. "어이쿠!" 그는 뒤로 물러서며 말했다. "우연히 찌른 곳은 틀림없이 아주 중요한 신경인 것 같습니다, 고문관님. 아, 네네, 지독하게 아프군요. 고맙습니다, 좀 문지르면 나아지겠지요. 우리는 서로 대화를 나누면서 더 친숙해졌습니다."

"그렇지요! 그런데 그건?" 고문관이 물었다. 그는 크게 칭찬하는 대답을 기대하는 사람의 표정으로, 동시에 자신의 경험으로 보아 칭찬을 확신한다는 표정으로 고개를 끄덕이며 물었다.

"나는 내 프랑스어가 좀 서투르다는 것을 인정합니다." 카스토르프는 이렇게 말하며 고문관의 질문을 회피했다. "어떻게든 결국은 프랑스어로 말을 해야만 합니다. 그러나 절절 매다가도 절박한 순간에는 몇 마디가 떠오르곤 하지요. 그래서 이럭저럭 대화가 잘 이루어졌습니다."

"그랬겠지요. 그런데 그건?" 고문관은 다시 반복해서 물으며 대답을 독촉했다. 그러면서 자신이 덧붙여 말했다. "좋았어요, 네?"

카스토르프는 셔츠 칼라의 단추를 채우고, 다리와 팔꿈치를 쭉 편 채 천장을 쳐다보고 서 있었다.

"결국 특별한 일이라곤 없습니다." 카스토르프가 말했다. "어떤 휴양지에서 두 사람 또는 두 가족이 몇 주일 동안 같은 지붕 밑에서 생활합니다. 그러던 어느 날 그들은 사귀게 되고, 서로 솔직히 마음에 들어 합니다. 그런데 곧바로 한쪽이 떠나려고 하는 것을 상대방이 알게 됩니다. 이런 섭섭한 일이 우리에게 자주 일어난다고 생각합니다. 그리고 살아가면서 적어도 접촉을 유지하면서 서로 소식을 주고받고 싶어 하는 것이 사람의 마음입니다. 우편 같은 것 말입니다. 그런데 쇼샤 부인은…."

"하지만 그녀는 그런 걸 바라지 않겠지요?" 고문관은 편안하게 웃으며 말했다.

"그래요, 그녀는 그런 것에 전혀 관심이 없었어요. 그녀가 자신의 체류지에 대해 당신에게도 편지를 보내오지 않던가요?"

"그럴 리가 없지요" 베렌스가 대답했다. "그런 생각을 할 여자가 아니지요. 첫째로는 태만해서 그렇고, 둘째로는 대체 어떻게 편지를 쓰겠습니까? 나는 러시아어를 읽을 줄 모릅니다. 꼭 필요하다면 억지로라도 할 수는 있겠지만, 나는 러시아어는 조금도 읽을 줄 모릅니다. 당신도 그렇겠지요. 그리고 그 새끼 고양이는 프랑스어나 표준 독일어도 귀엽게 읊조릴 수는 있겠지만, 막상 글로 쓰려고 하면 무척이나 황당해 할 테지요. 정서법 말입니다, 친구! 그래요, 그러니 우리 서로 서로 위로합시다, 젊은이! 그녀는 언제나 잊을 만하면 다시 돌아옵니다. 이미 말했듯이 그것은 기술의 문제, 기질과 관련된 사항입니다. 어떤 사람은 제멋대로 떠났다가 다시 돌아오고, 또 어떤 사람은 다시 돌아오지 않도록 처음부터 장기간 체류합니다. 당신의 사촌이 지금 떠나려고 한다면, 그의 엄숙한 입성을 당신이 여기서 다시 체험하기 쉬울 것이라고 그에게 전해 주십시오."

"그러면 고문관님, 나는 얼마나 오래 이곳에…?"

"당신 말이오? 지금은 그 사람 얘기를 하고 있지 않소! 그는 이 위에 있었던 만큼 저 아래에 머물지 못할 겁니다. 이것이 나의 솔직한 생각입니다. 그리고 부디 이런 말을 그에게 전해 달라는 것이 내 부탁입니다."

비록 소득이야 전혀 없거나 모호했지만, 이렇게 한스 카스토르프가 영악하게 주도한 대화는 이럭저럭 잘 진행된 셈이었다. 때 이르게 떠난 사람의 귀환을 기다리기 위해 그가 얼마나 오래 이곳에 머물러야 하는지가 모호한 것도 사실이었지만, 사라진 여자를 고려할 때에도 마찬가지로 속수무책이었다. 시공의 비밀스러움이 두 남녀를 갈라놓는 한, 카스토르프는 그녀에게서 아무 소식도 듣지 못할 것이다. 그녀는 편지를 쓰지 않을 것이며, 그 역시 편지를 쓰고 싶어도 기회가 없을 것이다. 하지만 그가 곰곰이 생각을 거듭해 보았을 때, 이와는 다른 상태가 될 수는 없을 것 같았다. 남녀가 서로 편지를 주고받아야만 한다고 생각하는 것 자체가 어쩌면 정말 시민적이고 고루한 관념이 아니었을까? 예전에는 서로 대화를 나누는 것조차도 불필요하고 바람직하지 않을 것이라는 느낌마저 그에게 들지 않았던가? 그리고 사육제 날 밤에 그녀 곁에서 그는 정말 교양 있는 유럽인이라는 의미에서 그녀와 대화를 나누지 않았던가? 아니 오히려 거의 문명인답지 않게 꿈속에서 이야기하듯 외국어로 말하지 않았던가? 그러면 대체 무엇 때문에 진찰 결과의 변화를 알리기 위해 이따금 저지의 고향에 편지를 보내듯이 지금 편지나 그림엽서로 편지를 써야 한단 말인가? 병이 부여한 자유에 의해 클라브디아가 편지를 써야 할 의무를 느끼지 않는 것은 옳은 것이 아닐까? 말하기와 글쓰기는 실제로 지극히 인문주의적-공화적인 관심사였다. 그것은 미덕과 악덕에 관한 책을 쓰고, 피렌체 사람들에게 세련된 매너와 화술을 가르쳤으며, 피렌체 공화국을 정치의 법칙에 따라 통치하는 기술을 가르친 브루네토 라티니 씨의 관심사이기도 했다.

이로써 한스 카스토르프의 생각은 로도비코 세템브리니에게로 돌아갔다. 그러자 언젠가 그 문필가가 뜻밖에 자신의 병실에 들어와 갑자기 불을 켰을 때 그랬던 것처럼 얼굴이 붉어지는 것이었다. 카스토르프는 세속적 삶의 이해관계를 해결하려고 노력하는 인문주의자 세템브리니 씨에게도 마찬가지로, 도전하고 불평한다는 의미에서 질문을 던질 수는 있겠지만, 초감각적인 수수께끼와 관련된 질문을 던져 어떤 대답을 얻을 수 있는 것은 아니었다. 아무튼 사육제 모임에서 세템브리니가 흥분하여 피아노실에서 퇴장한 이후로 카스토르프와 이탈리아인 사이의 관계는 거리가 생겼다. 이는 한쪽에서 느끼는 양심의 가책과 다른 쪽의 교육자적인 깊은 불쾌감에서 비롯된 것으로, 이로 인해 그들은 서로가 피하면서 몇 주일 동안이나 한마디도 대화를 나누지 않았다. 세템브리니의 눈에는 한스 카스토르프가 여전히 '삶의 걱정거리 자식'이었을까? 그렇다, 이성과 미덕에서 도덕을 추구하는 인문주의자의 눈에는 그가 아마 가망이 없는 인물로 보였을지 모른다. 더구나 카스토르프는 세템브리니와 고집스럽게 대립적인 태도를 취했다. 두 사람이 마주치면 그는 미간을 찌푸리고 입술을 쏙 내밀었으며, 반면에 세템브리니는 검은 눈동자를 번뜩이면서 그에게 무언의 비난을 보냈다. 그럼에도 비록 이를 이해하기 위해서는 서구적인 교양이 필요한 신화적 암시의 형식이긴 했지만, 앞서 언급했듯이 문필가 세템브리니가 몇 주 후에 스쳐 지나가면서 처음으로 그에게 다시 말을 걸어 왔을 때, 카스토르프의 이런 고집스런 대립적 태도는 그 즉시 사라져 버렸다. 점심 식사 후의 일이었다. 두 사람은 더 이상 쾅 소리를 내며 닫히지 않는 유리문에서 마주쳤다. 세템브리니는 청년을 앞지르고는, 처음부터 그에게서 얼른 떨어지려는 자세로 말을 걸었다.

"이봐요, 엔지니어 양반, 석류* 맛은 어땠나요?"

한스 카스토르프는 기쁘기도 하고 당황해하면서 살짝 웃었다.

"그 말은 … 무슨 말인가요, 세템브리니 씨? 석류 말인가요? 식사에 석류가 나왔던가요? 나는 살아오면서 한 번도 … 아니, 한 번 석류 즙을 소다수에 타서 마셔보았죠. 아주 달콤한 맛이 나더군요."

이탈리아인은 벌써 옆을 지나가면서 머리를 뒤로 돌리며 강한 어조로 말했다. "신들과 죽은 인간들은 이따금 저승에 갔다가 돌아오는 길을 발견하곤 했습니다. 하지만 저승 사람들은 저승의 과일을 맛본 자는 저승에 떨어진 채 거기 머물러야 한다는 것을 알고 있습니다."

세템브리니는 전과 다름없이 밝은 체크무늬 바지 차림으로 이렇게 말하고는 카스토르프를 앞질러 앞으로 지나쳐 가 버렸다. 그는 많은 의미를 내포한 이런 몇 마디 말에 '폐부를 찔린' 셈이 되었고, 실제로도 어느 정도는 그러했다. 카스토르프는 세템브리니의 빈정거림에 화가 나기도 하고 우습게도 느껴져 혼잣말로 중얼거렸다.

---

* 구약성서 〈아가〉 4장 13절에 나오는 처녀의 비유.

"라티니, 카르두치, 라치-마우지-팔리,* 나를 좀 조용히 있게 놔두시오!"

그러나 그는 세템브리니가 처음으로 말을 걸어 온 것에 대해 기쁘기도 하고 또한 감동을 받았다. 그는 예의 전리품, 쇼샤 부인에게서 받은 음산한 선물을 가슴에 간직하고 있었지만, 여전히 세템브리니를 경애하고 있었고, 그가 곁에 있어 주는 것만도 대단히 고맙게 생각했다. 그리고 그에게서 영원히 배척을 당하고 버림받는다는 생각은 아마도 알빈 씨처럼 학교에서 더는 고려의 대상이 되지 않고 불명예의 특전을 누리던 소년의 기분보다 더 괴롭고 끔찍한 일이었을 것이다. 그렇지만 그는 감히 자기 쪽에서 먼저 선생에게 말을 걸 용기가 없어서 다시 몇 주를 흘려보냈다. 그러자 선생이 먼저 걱정거리 제자에게 다시 한 번 접근하는 일이 일어났다.

두 번째의 접근은 영원히 단조로운 리듬으로 몰려오는 시간의 흐름을 타고 부활절 무렵에 찾아왔다. '베르크호프'에서는 그 어떤 명절이든 특별한 흔적을 남기며 축하되고 있었는데, 그 이유는 하루하루의 똑같은 단조로움을 피하기 위해서였다. 부활절이 다가오고 첫 번째 아침 식사 때 모든 좌석의 식기 옆에는 오랑캐꽃 다발이 놓여 있었고, 두 번째 아침 식사 때는 모든 사람들이 채색된 달걀을 하나씩 받았다. 축제를 위한 점심 식탁은 설탕과 초콜릿으로 만든 귀여운 토끼로 장식되어 있었다.

"당신은 배를 타고 여행을 해 본 적이 있습니까, 소위님, 아니면 엔지니어 당신은?" 세템브리니가 식후에 이쑤시개를 입에 물고 사촌들의

---

* 쥐덫이라는 뜻으로 이탈리아인에 대한 조롱.

식탁으로 다가오면서 물었다. 오늘 그들은 대부분의 손님들처럼 정오의 안정 요양을 15분가량 줄이고 코냑이 든 커피를 마시려고 식탁에 앉아 있었다. "나는 이 토끼와 채색된 달걀을 보고 큰 기선에서 생활하던 때가 떠올랐습니다. 몇 주일 동안 소금물의 황야에서 막막한 수평선을 바라보며 떠다니면서, 사정에 따라서는 선박의 훌륭한 편의 시설조차도 바다의 무한함을 표면적으로만 잊게 해 줄 뿐, 마음속 깊은 곳에서 은밀한 공포가 의식을 계속 파먹던 때가 기억났습니다. 나는 그런 방주에 올라서 육지의 축제를 경건하게 예시하는 정신을 여기서 다시 인지하고 있습니다. 그것은 세상 밖에 있는 자들의 회상이며, 달력에 의거한 감상적인 추억입니다. 오늘 육지는 부활절이 아닌가요? 육지에서는 오늘 왕의 부활을 축하하고 있습니다. 그리고 우리도 할 수 있는 만큼 최대한 축하하고 있습니다. 우리도 인간들이니까요… 그렇지 않습니까?"

두 사촌은 그의 말에 동의했다. 한스 카스토르프는 말을 걸어 준 점에 대해 감격했다. 그는 양심의 가책을 느끼며 그의 표현이 정신적으로 깊이 있고 탁월하며 문필가답다고 생각하여 높은 음조로 전력을 다해 세템브리니의 말에 찬사를 보냈다. 세템브리니가 아주 조형적으로 표현했듯이 대양 기선에서의 안락한 생활도 주어진 상황과 위험성을 단지 표면적으로만 잊게 해 줄 따름이라는 것은 틀림없었다. 만일 여기에 그 자신의 견해를 덧붙여도 좋다면, 이런 안락한 선박시설 자체가 사치를 넘어 외설적이고 도발적으로 느껴지며, 옛날 사람들이 오만이라고 부른 것과 (심지어 그는 상대에게 환심을 사려고 옛날 사람들의 말까지 인용했다) 유사한 어떤 기분, 또는 "나는 바빌론의 왕이다!"라고 외친 것과 같은 방자함, 단적으로 말해 불경함이 느껴진다는 것이다. 카스토르프는 다음과 같이 말을 계속했다. 다른 한편으로 선상에서의 사치스러운 생활은 인간 정신과 인간 존엄의 위대한 승리를 내포하고 (내포하다니!) 있다. 인간은 이런 사치와 안락함을 짭짤한 바닷물의 거품 위로까지 가져와서는 거기서 대담하게 사치를 즐겨가면서, 말하자면 자연력, 자연의 난폭한 힘을 정복한다. 그리고 자신이 이런 표현을 사용해도 좋다면, 이는 혼돈을 극복하는 인간적인 문명의 승리를 내포하고 있다.

세템브리니는 두 발을 모으고 팔짱을 낀 채로 한스 카스토르프의 말을 주의 깊게 경청했다. 그러면서 치켜 올라간 콧수염을 이쑤시개로 우아하게 쓰다듬고 있었다.

"정말 주목할 만한 일입니다." 세템브리니가 말했다. "인간은 어느 정도 보편성의 집약된 표현을 하기 위해 자신을 완전히 드러내고, 무의식적으로 자아 전체를 그 문제와 연관시키고, 삶의 근본 주제와 본질적 문제를 어떻게든 비유적으로 표현하려고 하지요. 방금 당신이 그랬습니다, 엔지니어 양반. 당신이 방금 한 말은 실제로 인격의 바탕에서 우러나온 것입니다. 그리고 이 인격의 현재 상황도 시적으로 표현되었습니다. 그것은 계속해서 실험 상태에 있으며…."

"실험 채택이지요!" 한스 카스토르프는 고개를 끄덕이고 웃으면서 낱말 하나를 이탈리아어로 발음하여 말했다.

"그렇습니다. 세계 실험의 존경할 만한 열정이 중요한 것이며 방종은 금물입니다. 당신은 '오만'을 거론하면서 이 표현을 사용했습니다. 그러나 자연의 어두운 힘에 맞서는 이성의 오만은 가장 숭고한 인간성의 표현입니다. 그것 때문에 질투심이 강한 신들의 복수를 야기하고, 호화스런 방주가 좌초하여 바다 속 저 아래로 곧장 가라앉는다 할지라도, 그것은 오히려 명예로운 파멸입니다. 프로메테우스의 행위도 오만한 행동이었고, 스키타이 암벽 위에서 그가 당한 고통도 우리에게는 가장 신성한 순교로 간주됩니다. 이와는 반대로 인류에 맞서는 반이성적이고 적대적인 힘을 가지고 음탕한 실험을 시도하다가 파멸하는 다른 종류의 오만은 어떻습니까? 그것은 명예라고 볼 수 있을까요? 거기에 명예가 있을 수 있을까요? 그렇지 않습니다!"

한스 카스토르프는 텅 빈 커피 잔을 휘저었다.

"엔지니어, 엔지니어 양반." 세템브리니는 고개를 끄덕이며 말을 건넸다. 그러더니 검은 두 눈동자를 껌벅이며 뭔가 생각하듯이 한곳을 뚫어져라 응시하다가 말을 이었다. "당신은 쾌락을 위해 이성을 희생시킨 불행한 자들, 육욕의 죄인들을 튀어 오르게 하고 물로 행구는 단테의 『신곡』 지옥편의 회오리바람이 두렵지 않습니까? 아, 신이여, 당신이 위아래로 곤두박질치며 이리저리 괴롭게 날개 짓하며 다니는 모습을 상상하면, 나는 걱정스러워 시체가 쓰러지듯 자빠지고 싶습니다."

그가 농담 속에 시적인 것을 넣어 말했기 때문에 두 사촌은 유쾌하게 웃었다. 그러자 세템브리니가 덧붙여 말했다.

"사육제 날 밤 포도주를 마시던 때가 기억나지요, 엔지니어 양반. 당신은 나에게 작별이라도 하듯이 말했지요. 그런데 그와 비슷한 일이 일어났습니다. 이제, 오늘은 내가 작별을 고할 차례입니다. 이렇게 보시다시피, 여러분, 나는 여러분에게 작별 인사를 고할 참입니다. 나는 이 요양원을 떠납니다."

두 사촌은 이 말을 듣고 너무나 깜짝 놀랐다.

"설마 그럴 리가! 농담이겠죠!" 한스 카스토르프가 소리쳤다. 그는 다른 때, 즉 쇼샤 부인이 떠난다고 할 때도 이렇게 소리친 적이 있었다.

그는 거의 당시와 마찬가지로 몹시 놀랐다. 그러나 세템브리니는 정색을 하고 대답했다.

"절대로 농담이 아닙니다. 말씀드린 그대로입니다. 그리고 이 소식을 지금 처음 전하는 것이 아닙니다. 나는 전에도 당신에게 설명한 적이 있었습니다. 어떻게든 가까운 장래에 내가 일을 할 수 있는 세계로 돌아갈 희망이 희박한 것으로 입증되는 순간에는 곧장 이곳에서 천막을 뜯어내고 어딘가 다른 곳에 영구히 거처를 잡을 결심이라는 것 말입니다. 이제 그 순간이 찾아왔습니다. 병이 치유될 가망이 없다는 것은 분명합니다. 근근이 연명이야 할 수 있지만, 이곳에 있어야 합니다. 베렌스가 내린 판결, 최종적인 판결은 종신형이라고 합니다. 그 특유의 쾌활한 표정으로 베렌스 고문관은 나에게 그렇게 통보했습니다. 좋습니다, 나는 그의 판결을 따르겠습니다. 벌써 하숙집도 빌렸습니다. 나의 사소한 지상의 소유물과 문학적 도구도 그곳으로 옮겨 가려는 참입니다. 여기서 그리 멀지 않은 도르프 읍내에 있으니 우리는 서로 만나게 되겠고, 분명히 말해 두지만 나는 당신을 눈여겨볼 것입니다. 그러나 동숙인으로서 영광스럽게도 당신과 작별을 고합니다."

세템브리니가 이렇게 통보한 것은 부활절 일요일이었다. 두 사촌은 이에 대해 지극히 섭섭한 감정을 드러냈다. 이후로 한동안 더 계속해서 그들은 문필가의 결심에 대해 그와 이야기를 나누었다. 이를테면 앞으로 그가 혼자 어떻게 요양 요법을 해나갈 것인가에 대해, 나아가 그가 맡은 방대한 백과사전 작업을 어떻게 그곳에서 계속해 나갈 것인가에 대해, 또한 고통으로 인한 갈등과 그것의 근절이라는 관점에서 아름다운 정신이 깃든 모든 명작품의 조망에 관해 대화를 나누었다. 끝으로 세템브리니는 '향료 가게'라고 표현한 장래의 숙소에 대해서도 말해 주었다. 세템브리니는 향료 가게 주인이 자기 집 2층을 보헤미아 출신의 여성복 재단사에게 세를 주었는데, 재단사가 재차 세입자를 받아들인 것이라고 설명했다. 하지만 이런 대화도 지나간 일이 되어 버렸다.

시간은 계속 흘러가고 이미 여러 가지 변화를 낳았다. 실제로 세템브리니가 국제 요양원 베르크호프를 떠나 여성복 재단사 루카체크의 집에서 살게 된 지 벌써 몇 주일이 지난 것이다. 그는 썰매 마차를 타고 요양원을 떠난 것이 아니라, 칼라와 소매에 모피가 약간 달린 노란색 반코트를 입고 걸어서 떠났다. 그는 현관 밑에서 두 손가락으로 웨이트리스의 뺨을 살짝 꼬집은 다음, 문필가의 문학도구 및 속세의 때가 묻은 꾸러미를 손수레로 끄는 한 남자를 대동하고는 지팡이를 흔들면서 유유히 떠나갔다. 언급했듯이 4월도 어느새 훌쩍 흘러가, 4분의 3이나 과거의 그림자 속에 파묻혔으나, 여전히 날씨는 깊은 겨울처럼 추워서 아침에 실내 온도는 간신히 영상 6도였고, 밖은 영하 8도나 되었다. 잉크병에 잉크를 넣어 발코니에 놓아두면, 밤새 얼어붙어서 석탄 같은 얼음 덩어리로 변할 정도였다. 그러나 봄이 가까워 온다는 것을 알 수 있었다. 왜냐하면 햇살이 비치는 낮에는 여기저기 이미 공기 중에 아주 그윽하고 부드러운 봄의 감흥을 느낄 수 있었다. 해빙기가 목전에 다가온 것으로, 베르크호프에서 끊임없이 일어나는 변화는 해빙기와 관계가 있었다. 방과 식당에서, 또는 검진을 하거나 회진을 할 때마다, 매번 식사할 때에도 해빙기에 대한 일반인들의 편견을 몰아내려고 고문관이 자신의 권위를 통해 아무리 열심히 설명을 해도 이 시기에 일어나는 변화를 막을 수는 없었다.

고문관은 자신과 관련된 사람들이 동계 스포츠를 즐기는 사람들인지 아니면 아픈 환자들인지를 물었다. '도대체 그 꽁꽁 얼어붙은 눈이 환자들에게 무엇 때문에 필요합니까? 해빙기가 병세에 좋지 않은 시기라고요? 천만에, 가장 좋은 시기지! 이 시기에는 1년 중 어느 때보다도 이 골짜기 전체에서 비교적 침대에 누워 지내는 환자의 수가 적다는 것이 입증된 바 있단 말입니다! 이 시기가 되면 바로 이 골짜기보다 결핵 환자에게 더 좋은 기상조건은 이 세상 어느 곳에도 없어요! 분별력이 조금이라도 있는 사람이라면 이곳에서 참고 버티며 이곳의 기후관계가 심신을 단련시키는 효과를 잘 이용할 수 있단 말입니다. 이렇게 해서 단련이 되면 어떤 외부의 타격에도 자신을 굳게 보호할 수 있으며, 세계의 어떤 기후도 견뎌 낼 수 있다 이겁니다. 전제 조건이 있다면, 병이 완쾌될 때까지는 이곳에서 기다려야 한다는 사실입니다.' 이런 등등의 논거를 가지고 고문관이 열심히 설득을 했음에도, 해빙기에 대한 사람들의 편견은 고정관념처럼 머릿속에 뿌리박혀 있어서 요양지는 썰렁해지기 시작했다.

봄이 점점 더 가까이 다가오면서 사람들의 몸도 들썩거리고, 체류 환자들도 동요하면서 변화에 집착하게 되는 것은 충분히 있을 수 있는 일이었다. 아무튼 베르크호프 요양원에서도 '무분별하고' '그릇된' 퇴원자의 수가 염려스러울 정도로 증가했다. 예컨대 암스테르담 출신의 잘로몬 부인은 진찰을 받을 때 레이스 달린 고급 속옷을 자랑하는 즐거움마저 포기하고 완전히 무분별하고 그릇된 여행을 결행했는데, 병세가 호전된 것이 아니라 점점 더 악화되고 있었기 때문에, 허락 없이는 떠날 수 있는 것이 아니었다. 그녀는 한스 카스토르프보다 훨씬 일찍 이 위에 왔고, 이곳에서 지낸 지도 벌써 1년이 넘었다. ―처음에는 증세가 아주 가벼워서 3개월 체류를 통보받았다. 4개월 후에 그녀는 '1개월만 있으면 확실히 건강해진다'는 것을 기정사실로 받아들였지만, 6주 후에는 쾌유라는 말은 가당치 않은 일이 되고 말았다. 그녀는 적어도 4개월은 더 있어야 한다는 통보를 받았다. 이렇게 자꾸 지연되다가 일이 이 지경에 이르게 된 것이다. 물론 이곳이 감옥도 아니요 시베리아 광산도 아니기에 잘로몬 부인은 이제껏 머무르면서 가장 세련된 속옷을 선보이며 지냈던 것이다. 그러나 해빙기 직전의 마지막 진찰에서 좌측 상부의 피리 소리와 좌측 어깨 아래서 들리는 희미한 탁음 때문에 다시 5개월이 추가되자, 그녀의 인내심도 무너져 내리고 말았다. 그녀는 도르프와 플라츠, 유명한 공기, 국제 요양원 베르크호프와 의사들에 대해 항의와 험담의 말을 퍼붓고는, 이곳을 떠나 바람이 많은 물의 도시 암스테르담으로 귀향했다.

그녀는 현명하게 행동한 것일까? 베렌스 고문관은 양 어깨를 으쓱하고 두 팔을 올렸다가 허벅지를 철썩 치며 두 팔을 내려놓았다. 그는 잘로몬 부인이 늦어도 가을까지는 이곳으로 다시 돌아오겠지만, 그때 가서는 영구적으로 여기 머물게 될 것이라고 말했다. 과연 그의 말이 맞아 떨어질까? 우리는 이 유람지에 아직도 오랫동안 더 있을 테니 그 결과를 확인하게 될 것이다. 그러나 잘로몬 부인과 같은 사례는 아주 많았다. 시간은 변화를 자아내고, 언제나 그래 왔지만 아주 천천히, 눈에 띄지 않게 변화를 일으켰다. 식당에는 일곱 식탁마다 빈자리가 생겼다. 고급 러시아인 식탁이나 보통 러시아인 식탁, 세로나 가로로 놓인 식탁에도 빈자리가 생겼다. 그렇다고 해서 이것이 요양원 체류자의 급감을 나타내는 것은 아니었다. 늘 그렇듯이 새로 도착한 신참 환자들이 있었다. 병실은 만원인 것 같았으나, 이는 바로 말기 상태로 인하여 거주 이전에 제약을 받는 위중한 환자들 때문이었다. 언급한 바와 같이 식당에는 아직도 거주 이전에 있어서 자유로운 사람들 덕분에 몇 개의 빈자리가 생겼다. 하지만 몇몇 자리는 죽어서 없는 블루멘콜 박사처럼 특히 심각하고 공허한 이유로 말미암아 빈자리가 생기기도 했다. 고인이 된 박사는 마치 맛없는 음식이라도 먹는 것처럼 얼굴을 점점 더 많이 찌푸리다가, 한동안 침대 생활을 하더니 끝내는 불귀의 객이 되고 말았다. 그가 언제 죽었는지 정확히 아는 사람은 아무도 없었다. 이번 일도 과거처럼 비밀스럽게 처리되었기 때문이다.

빈자리 하나가 이렇게 해서 늘어났다. 그 빈자리 옆에 앉은 슈퇴어 부인은 그 자리를 끔찍하게 여겼다. 이 때문에 그녀는 침센 청년의 반대편 자리, 즉 완쾌되어 퇴원한 로빈슨 양의 자리로 옮겨가, 카스토르프의 옆에서 자기 위치를 굳게 지키고 있는 여선생의 맞은편에 앉았다. 여선생은 현재 세 자리가 비어 있는 식탁에 혼자 앉아 있었다. 대학생인 라스무센은 날마다 몸이 마르고 기력이 점점 떨어지더니, 침대에 누워 지내며 위독한 환자가 되고 말았다. 그리고 대고모는 질녀와 가슴이 풍만한 마루샤를 데리고 여행을 떠났다. 이곳에 체류하는 우리 모두는 '여행을 떠났다'는 표현을 쓰고 있는데, 여행을 떠난 사람들이 가까운 장래에 다시 돌아올 것이 확실했기 때문이다. 그들은 가을이면 다시 돌아올 텐데, 이것도 출발이라고 말할 수 있는 것일까? 눈앞에 다가온 오순절이 지나면 하지가 바로 오는 것은 아닌가? 그리고 낮이 가장 긴 하지가 지나가면 곧 겨울로 넘어가게 될 터였다. 요컨대 대고모와 마루샤는 거의 돌아와 있는 것이나 마찬가지였고, 잘 웃는 마루샤가 결코 완쾌된 것도 아니고, 병독이 제거된 것도 아니라는 점을 생각하면, 떠난 것은 잘한 일이었다. 여선생은 갈색 눈의 마루샤가 풍만한 가슴에 결핵성 궤양이 있어서 이미 여러 차례 수술을 받지 않을 수 없었다고 정황을 설명했다. 여선생이 이에 관해 말했을 때, 한스 카스토르프는 요아힘을 힐끔 쳐다보았는데, 그러자 요아힘은 반점이 난 얼굴을 자신의 접시 쪽으로 숙이는 것이었다.

성격이 활달한 대고모는 식탁의 동료들, 즉 두 사촌과 여선생, 슈퇴어 부인에게 식당에서 상어 알, 샴페인이나 리큐어 술 등의 훌륭한 음식으로 작별 만찬을 베풀어 주었다. 이런 와중에 요아힘은 마냥 침묵을 지키다가 가끔 나직한 목소리로 몇 마디 내뱉을 뿐이어서, 인정 많은 대고모는 그에게 용기를 북돋워 주면서 문명사회의 예법을 그만두고 그에게 심지어 '너'라는 호칭을 사용하였다. "하찮은 일 가지고 왜 그래, 총각, 별것 아니니까 먹고 마시고 얘기하고 그래. 우리는 곧 다시 돌아올 거야! 자, 다들 먹고 마시고 얘기도 하고 그럽시다. 슬픔, 슬픔은 잊어버려. 눈 깜짝할 사이에 곧 가을이 올 거야, 근심할 이유가 뭐 있다고 그래!" 다음날 아침 대고모는 식당에 온 거의 모든 사람들에게 기념으로 '작은 과자'가 담긴 알록달록한 상자를 나누어주고는, 두 젊은 아가씨를 데리고 당분간 여행을 떠났다.

그런데 요아힘의 상태는 어떠했을까? 그는 마루샤가 떠난 뒤 해방되고 홀가분했을까, 아니면 비어 있는 옆 식탁을 쳐다보며 영적인 허전함을 느꼈을까? 그답지 않은 반항적인 태도와 초조함, 더 이상 놀리면 당장 떠나겠다는 으름장 따위는 마루샤가 떠난 것과 관계가 있을까? 그것도 아니면 그가 당분간 이곳을 떠나지 않고 해빙기를 예찬하는 고문관의 말을 경청하는 것은, 가슴이 풍만한 마루샤가 완전히 떠난 것이 아니라 잠정적으로 여행을 떠났을 뿐이고, 다섯 달만 지나면 아마 이곳으로 되돌아올 것이라는 사실과 관계가 있을까? 아, 이 모든 것은 맞는 말이고, 물음마다 제각각 일리가 있다고 할 수 있었다. 한스 카스토르프는 이 문제에 대해 요아힘과 대화를 나누지 않고도 짐작할 수 있었다. 요아힘이 떠나간 어떤 여자의 이름을 거론하는 것을 꺼려하듯이, 카스토르프도 마찬가지로 이를 엄격하게 자제했기 때문이다.

그렇다면 이탈리아인 세템브리니의 자리에는 그 사이에 누가 앉게 되었을까? 세템브리니와 식탁 동료인 네덜란드 손님들은 식욕이 엄청난 사람들이었다. 그들은 하루 다섯 번의 식사 때마다 수프가 나오기도 전에 종업원에게 달걀 프라이 3개를 가져오도록 시켰다. 세템브리니의 자리에 앉은 사람은 흉막 쇼크로 지옥의 모험을 경험한 남자, 안톤 카를로비치 페르게였다! 그렇다, 페르게 씨는 침대를 떠날 수 있게 되었고, 기흉 요법을 하지 않아도 상태가 많이 회복되었기에 하루 대부분의 시간을 평상복 차림으로 여기저기 움직이며 지냈다. 그는 착해 보이는 덥수룩한 콧수염과 마찬가지로 착해 보이는 커다란 후두를 드러내고 식사에 참가했다. 두 사촌은 식당이나 홀에서 가끔 그와 잡담을 나누었고, 이따금 형편이 맞으면 그와 함께 의무적인 산책을 가기도 했는데, 고상한 일에 대해서는 전혀 아는 것이 없노라고 미리 솔직하게 설명하는, 이 인내심 많고 순박한 남자에게 마음속으로 호감을 가지고 있었다. 세 사람이 안개 속에서 눈이 녹아 질벅거리는 길을 걸어가는 동안, 그는 사촌들에게 고무신 제조와 러시아의 오지인 사마라와 그루지야에 대하여 아주 즐거워하며 구수하게 이야기를 들려주었다.

이제 길은 정말 거의 걸을 수 없을 정도로 질벅거려서, 그들은 가던 길을 멈추었다. 주변에는 안개가 자욱하게 끼어 있었다. 고문관은 그것이 안개가 아니라 구름이라고 했지만, 카스토르프가 판단하기에 그것은 궤변이었다. 봄이 오기는 했지만, 툭하면 혹독한 겨울날씨로 되돌아가면서 6월에 이르기까지 몇 개월 동안 변화무쌍한 날씨와 힘든 싸움을 벌였다. 이미 3월이었고, 햇살이 비칠 때에는 발코니에 나가 접이식 침대에 누워 있으면, 아주 얇은 옷을 입고 파라솔을 펴 놓아도 더위를 견디기 힘들었다. 그리고 이 시기에 벌써 어떤 여성들은 여름이나 된 것처럼 첫 번째 아침 식사 때 얇은 모슬린 옷을 입고 나타나기도 했다. 사계절의 날씨를 뒤섞어 놓은 듯 혼란을 일으키기 좋은 이곳 기후의 특성을 감안할 때, 이런 여성들을 어느 정도 이해할 수도 있었다. 그러나 호기심의 발로라고는 하지만 그것은 대단한 단견과 상상력의 결핍, 앞으로 날씨가 달라질 수도 있다는 것을 생각하지 못하고 순간적인 변화에만 의존하는 어리석음의 소치이기도 했다. 그 밖에 무엇보다 기분 전환에의 열망과 시간을 흘려보내려는 초조한 마음이 여기에 작용하고 있었다.

때는 초봄인 3월이었다. 하지만 날씨는 여름과 다름없어서 여성들은 가을이 오기 전에 모슬린 옷을 입은 자신의 모습을 선보이려고 했다. 그리고 실제로 날씨는 어느 정도 가을과 흡사했다. 4월에 접어들면서 흐릿하고 습하면서 추운 날씨가 시작되더니, 계속 비가 오다가 다시 눈발이 거세게 날리는 것이었다. 발코니에 있으면 손가락이 얼얼하게 곱았고, 그래서 두 장의 낙타털 담요를 다시 사용하기 시작했고, 좀 더 추워지면 슬리핑백까지 끄집어 낼 참이었다. 그러자 관리실에서는 난방을 넣기로 결정했다. 요양원 사람들은 누구나 봄을 빼앗겼다고 투덜거렸다. 4월 말경에는 주변이 온통 눈으로 두텁게 쌓여 있었다. 그러나 얼마 지나지 않아 슈퇴어 부인이나 상앗빛 얼굴의 레비 양, 헤센펠트 미망인처럼 경험 있고 예민한 사람들이 예감하고 예언했듯이 건조한 열풍이 불어오기 시작했다. 이 여자들은 남쪽의 화강암으로 이루어진 산봉우리에 한 조각의 구름조차 아직 나타나지 않았어도 다 함께 열풍을 감지하고 있었다. 헤센펠트 부인은 곧 격렬히 울음을 터뜨렸고,

레비 양은 침대에 누웠으며, 슈퇴어 부인은 고집스럽게 토끼 같은 이빨을 드러내면서 피를 토할지도 모르겠다며 매 시간마다 미신으로부터 생겨나는 공포를 털어놓았다. 이 시기에 불어오는 열풍은 피를 토하게 하고 이를 촉진한다는 말이 떠돌고 있었기 때문이다.

믿을 수 없을 만큼 따뜻한 날이 계속되자 난방이 꺼졌다. 요양원 사람들은 밤새 발코니 문을 열어 놓았지만, 아침에 실내 온도가 영상 11도나 되었다. 아울러 눈이 스르르 녹아서 얼음 같은 색으로 변했고, 사방에 구멍이 뚫렸으며, 눈 더미가 녹아 내려 땅속으로 기어 들어가는 것처럼 보였다. 여기저기 물이 스며들고, 한 방울 한 방울 떨어지고, 졸졸 소리를 내며 흘렀다. 숲속에서는 가지마다 물방울이 떨어지고, 근처 개울에서는 물이 거세게 흘렀다. 길 양쪽에 삽으로 치운 눈더미와 풀밭을 뒤덮은 새하얀 눈의 양탄자도 사라져 버렸고, 주변에 놓여 있던 커다란 눈덩이들도 순식간에 녹아 없어져 버렸다. 이제 골짜기의 환자를 위한 산책로에는 동화처럼 새롭고 신비로운 현상, 봄의 경이로운 모습이 생겨났다. 바로 드넓은 초원이 펼쳐져 있었다. 그 뒤쪽으로 아직 눈 속에 쌓여 있는 슈바르츠호른의 원뿔처럼 생긴 봉우리들이 우뚝 솟아 있었고, 오른쪽 가까이에는 스칼레타 빙하가 마찬가지로 눈에 덮여 있었다. 저 멀리 건초 더미가 쌓인 대지에도 아직 눈이 덮여 있었다. 물론 눈의 두께는 이미 얇고 가벼워져서 여기저기 거칠고 거무스레한 땅이 드러나 보였고, 메마른 풀들이 사방에 튀어나와 있었다. 산책을 나갔던 사람들은 이 풀밭에 쌓인 눈은 일정하지 않다고 말했다. 멀리 숲의 비탈 쪽에는 눈이 두껍게 쌓여 있었지만, 관찰자들의 눈앞에는 아직 겨울처럼 마르고 희미하게 퇴색된 풀에 꽃잎처럼 눈송이가 살짝 뿌려져 있을 따름이었다. 두 사촌이 가까이 다가가 놀라워하면서 허리를 숙이고 살펴보았다. ─그것은 눈이 아니라 꽃, 눈 같은 꽃 또는 꽃 같은 눈, 줄기가 짧고 작은 꽃받침, 하얗고 푸른색이 감도는 꽃, 그것은 바로 크로커스였다. 그 꽃들은 물이 스며든 풀밭에 갖가지 방식으로 너무 촘촘히 밀집해 있어서, 눈으로 착각하기 쉬울 만큼 서로 구별하기 힘들었다.

한스 카스토르프와 요아힘은 자신들의 착각에 대해 웃었다. 그리고 눈앞에 펼쳐진 경이로움, 이렇게 봄을 맞아 먼저 용감하게 솟구쳐 오른 유기적 생명체가 이처럼 사랑스럽고 수줍게 다른 생명체를 흉내 내며 적응하는 것에 대해 흐뭇한 마음으로 웃었다. 그들은 그 꽃을 꺾어서 섬세한 술잔 모양을 관찰하고 자세히 살펴보고는 단춧구멍에 끼워 장식한 다음, 그것을 요양원의 방으로 가져와 물 컵에다 꽂아 놓았다. 유기성을 상실한 것처럼 보이는 골짜기의 경직성이 파장이 큰 것은 아니었지만, 너무 오랫동안 지속되었기 때문이다.

하지만 다음에는 꽃눈이 실제의 눈으로 뒤덮여 버렸다. 크로커스 다음에 핀 푸른 앵초꽃은 물론이고, 노랗고 붉은 앵초꽃도 이와 같은 상황을 맞이했다. 그렇다, 봄은 이 고지대의 겨울을 헤쳐 나가고 이기기 위해 얼마나 힘들었던가! 봄은 이 위에서 뿌리를 내리기 위해 수없이 뒤로 물러나야 했다. 하얀 눈송이와 차가운 바람, 난방 장치의 가동과 더불어 겨울이 시작될 때까지 이런 싸움을 계속한다. 5월 초가 되었다. (우리가 눈꽃에 대해 이야기하는 동안 어느새 5월이 되었다.) 5월 초에는 발코니에서 평지의 고향에 보낼 엽서를 쓰는 일은 정말 고역인 것으로, 11월의 차고 축축한 날씨를 맞이하기도 전에 손가락이 꽤나 시렸다. 그런데 이 지역의 몇 그루에 지나지 않는 활엽수들은 평지에 자라는 1월의 나무들처럼 벌거숭이의 모습이었다. 하루 종일 비가 내리더니 1주일이나 계속 쏟아졌다. 이곳에 비치된 편안한 접이식 침대가 없었더라면 구름이 뿌옇게 떠다니는 속에서 축축하고 굳은 얼굴로 여러 시간이나 발코니에서 지내는 것은 아주 힘든 일이었을 것이다. 그러나 비밀스럽게 내리는 것은 봄비가 틀림없었다. 비가 점점 더 많이 오랫동안 내릴수록 봄비라는 것을 깨달을 수 있었다. 이번 봄비로 거의 모든 눈이 녹아 사라졌고, 흰 눈은 이제 어디서도 보이지 않았다. 단지 여기저기 더러운 회색 얼음만 보이고, 이제는 정말 초원이 녹색으로 변하기 시작했다!

끊임없이 흰 눈만 보다가 녹색의 초원을 보다니 이 얼마나 고마운 일인가! 그리고 눈앞에는 또 다른 녹색의 초원, 섬세함과 사랑스러운 부드러움이라는 면에서 새로운 멋진 초원이 넓게 펼쳐져 있었다. 거기 있는 것은 낙엽송의 어린 침엽수로서, 한스 카스토르프는 의무적인 산책을 하면서 그것을 손으로 어루만지고 뺨에 부비지 않을 수 없었다. 그럴 정도로 부드럽고 싱그러운 이 나무들은 사랑스럽기 그지없었다. "식물학자가 될 수도 있겠는걸." 젊은이는 자신의 동행자에게 말했다. "이 위에서 겨울이 지나 자연이 눈을 뜨는 즐거움을 누리다 보니 정말 식물학을 연구하고 싶은 마음이 생기는군. 저것은 용담이야, 저기 말이야, 산비탈에 보이는 것. 그리고 여기 이것은 작고 노란 제비꽃의 일종인데, 나도 전에는 본 적이 없었어. 하지만 여기 이것은 미나리아재빗과의 식물인데, 저 아래에서 보는 것과 다르지가 않아. 내게는 유난히 매력적인 식물로 보이는 이 식물은 게다가 자웅동체야. 여기에 많은 화분 주머니와 몇 개의 씨방이 보이지. 내가 기억하기로는 그것이 수꽃술과 암꽃술이야. 이런저런 식물학에 관한 참고서적을 구해서 생명 내지 이런 학문 분야에 좀 더 알아야겠어. 그래, 이제는 온 세상이 다채롭게 변했어!"

"6월이 되면 더 좋아질 거야." 요아힘이 말했다. "이곳 초원에 피는 꽃은 정말 유명해. 하지만 나는 그때까지 남아 있지 않을 생각이야. 네가 식물학을 연구하려는 것은 아마 크로코프스키 때문이겠지?"

크로코프스키? 요아힘은 어째서 이런 말을 했을까? 아, 그렇다, 그가 이런 말을 하는 까닭은 얼마 전에 크로코프스키가 식물학자처럼 강연했기 때문이다. 시간이 낳는 변화에 따라 크로코프스키 박사의 강연도 끝났으리라 생각하는 것은 잘못된 것이다! 그는 여전히 2주일에 한 번 프록코트를 입고 강연했다. 샌들은 여름에만 신기 때문에 지금은 신고 있지 않았지만 얼마 안 있으면 다시 신게 될 것이다. 한스 카스토르프가 여기에 처음 왔을 무렵 코피로 옷이 더러워져서 강연에 늦었을 때처럼, 그는 격주로 월요일에 강연을 계속하고 있었다. 이 정신분석 연구자는 9개월 동안이나 사랑과 병에 대해 언급했다. 그는 한꺼번에 많이 이야기를 하지 않고 조금씩 나누어서 30분 내지 45분간 잡담의 형식으로 자신의 지식 및 사상을 피력하였는데, 참석자들은 누구나 그가 이를 중단하지 않고 부단히 계속할 것 같은 인상을 받았다. 그것은 반달마다 한 번씩 돌아오는 '천일야화'의 일종으로, 호기심 많은 왕을 즐겁게하여 포악한 짓을 못하게 하려는 셰헤라자드 왕비 이야기처럼 매 회마다 새로운 주제를 이어갔다.

크로코프스키 박사의 주제는 한정이 없다는 점에서 세템브리니가 참여하고 있는 고통의 백과사전 편찬 작업을 연상시켰다. 그리고 그것이 얼마나 변화가 많은 주제인가는 강연자가 근자에 심지어 식물학, 좀 더 자세히 말해 버섯에 관해서 이야기한 것을 보아도 짐작할 수 있을 것이다. 게다가 그는 주제의 대상을 약간 바꾼 듯 이제는 오히려 사랑과 죽음에 관해 언급하고 있었다. 이 주제는 한편으로는 섬세하고 시적인 고찰을, 다른 한편으로는 준엄한 과학적 관찰의 계기를 부여하고 있었다. 이런 관계에 따라 분석 학자는 동양식으로 발음을 질질 끌면서 설음(舌音) r을 입천장에 한 번만 치면서 식물학에 관해, 구체적으로는 버섯에 관해 언급했다. 버섯은 유기 생명체 중에서도 무성한 번식력을 자랑하는 환상적인 음지 식물로, 육감적인 성질을 지니고 동물계와 아주 근접해 있는바, 조직 속에는 단백질, 글리코겐, 동물성 전분 등 동물의 신진대사를 돕는 성분을 지니고 있다는 것이다. 크로코프스키 박사는 고대에서부터 그 형태와 주어진 효력 때문에 유명해진 버섯, 라틴어 이름으로 '음경의'라는 형용사가 생각나는 그물우산버섯에 관하여 언급했다. 그러면서 그것의 형태는 사랑을, 냄새는 죽음을 생각나게 한다고 이야기했다. 버섯에 달린 종 모양의 뚜껑에서 그 뚜껑을 덮고 있고 홀씨를 나르는 녹색의 끈적끈적한 점액이 떨어질 때면, 그 막대처럼 생긴 버섯에서 시체 썩는 냄새가 진동했기 때문이다. 오늘날에도 무지한 사람들 사이에서는 그 버섯이 성욕제로 간주되고 있다는 것이다.

아니, 이런 말은 여성들에게 좀 과했다며 파라반트 검사가 자신의 생각을 말했다. 그는 고문관이 내세우는 주장을 도덕적으로 신뢰하여 해빙기에도 이곳에 계속 머무르고 있었다. 그런데 파라반트 검사와 마찬가지로 고집스럽게 버티며 떠나려는 모든 유혹에 끝까지 저항하던 슈퇴어 부인도 식사를 하면서 크로코프스키가 오늘 언급한 고전적 버섯 이야기는 너무 '모호하다'고 말했다. 이 불쌍한 여자는 '외설적'이라는 낱말을 '모호하다'고 표현하면서 교양 없는 천박함을 드러냄으로써 자신의 병을 욕되게 했다. 그러나 카스토르프가 이상하게 생각한 것은 요아힘이 크로코프스키 박사와 그의 식물학을 넌지시 입에 올렸다는 점이었다. 정말이지 두 사람은 클라브디아 쇼샤나 마루샤를 입에 담지 않는 것과 마찬가지로 그 정신분석가에 대해서도 언급하지 않았기 때문이다. 그들은 그를 언급하는 법이 없었고, 더구나 그의 존재와 활동에 대해 침묵으로 일관해 왔다. 그러던 요아힘이 이제는 그 조수의 이름을 침울한 어조로 말했던 것이다. 게다가 풀밭에 꽃이 만발할 때까지 여기서 기다리지 않겠다는 그의 언급에도 침울함이 배어 있었다. 선량한 요아힘이 점차 마음의 평정을 상실해 가는 것처럼 보였다. 말할 때의 목소리는 흥분하여 떨렸고, 온순하고 생각이 깊던 그가 더는 예전의 그가 아니었다. 마루샤의 오렌지 향기를 맡지 못하고 지내서일까? 가프키 번호의 장난이 그를 절망에 빠트린 것일까? 가을까지 이곳에서 기다릴 것인지, 또는 그릇된 여행을 떠나야 할 것인지를 스스로 결정할 수 없어서 그러는 것일까?

요아힘이 지금처럼 흥분하여 떨리는 목소리로 크로코프스키의 식물학 강의를 거의 조롱조로 언급한 것은 사실 다른 어떤 이유가 있어서였다. 이 어떤 이유에 대해 한스 카스토르프는 전혀 몰랐거나, 아니면 오히려 요아힘이 그 일에 관해 알고 있다는 사실을 본인은 정작 모르고 있었다. 그럴 것이 도망자이자 인생과 교육학의 걱정거리 자식인 그는 이에 대해 너무나 잘 알고 있었기 때문이다. 한마디로 요아힘은 카스토르프의 술수를 알아차렸다. 그는 뜻밖에도 사촌이 사육제 화요일 밤에 저지른 것과 유사한 배신행위를 저지르는 것을 우연히 엿들었던 것이다. —이렇게 볼 때 카스토르프가 상황에 의해 더욱 첨예해진 불신 행위를 계속 저지르고 있다는 것은 의심할 바 없었다.

영원히 단조로운 시간의 리듬, 서로 교대하면서 혼란스러워질 정도로 유사하고 동일한 나날, 영원히 정지된 것처럼 보여서 그것이 어떻게 변화를 낳을까 이해하기 어려울 정도로 짧고 확실하게 나누어진 평범한 나날이 이어졌다. 그러므로 모두가 기억할 수 있듯이 크로코프스키 박사가 오후 3시 30분과 4시 사이에 병실을 도는 회진도 깨어질 수 없는 이와 같은 나날의 일정에 속하는 것으로, 이는 발코니를 넘어서 접이식 침대에서 접이식 침대로 돌아다니는 회진이었다. 한스 카스토르프가 수평 생활을 하고 있을 때, 조수가 그를 고려의 대상으로 삼지 않고 피해 다녀서 그가 화를 냈던 그 당시부터 베르크호프의 평일은 얼마나 자주 변화 없이 똑같이 흘러갔던가! 하지만 과거의 손님에서 동지처럼 된 지도 정말이지 이미 오랜 시일이 흘렀다. 이후 크로코프스키 박사는 회진을 왔을 때 그를 자주 동지라는 이름으로 말을 걸었다. 그가 이국적으로 앞쪽 입천장을 혀끝으로 한 번 살짝 치면서 r을 발음하는 이 군대식 용어(Kamerad)는, 카스토르프가 요아힘에게 평가했듯이, 그의 용모와는 끔찍할 정도로 거슬렸지만, 그의 건장하고 남성적이며 쾌활한 태도, 즐겁게 신뢰를 촉구하는 그의 태도와는 그럭저럭 어울렸다. 물론 이런 태도는 다시 그의 검은 수염과 창백한 얼굴 때문에 어딘지 모르게 퇴색되면서 매번 뭔가 미심쩍은 느낌이 드는 것도 사실이었다.

"자, 동지, 어때요, 몸 상태가!" 크로코프스키 박사가 야만적인 러시아인 부부의 발코니를 지나 카스토르프의 침대 머리맡으로 걸어오면서 물었다. 이렇게 신선한 인사를 건네받은 한스 카스토르프는 두 손을 가슴에 모으고, 끔찍스런 인사말에 대해 오늘도 다시 곤혹스럽지만 친절하게 미소를 지어보였다. 그러면서 그는 검은 콧수염 사이로 보이는 누런 이빨을 바라보았다. "잘 쉬었습니까?" 크로코프스키 박사는 말을 이었다. "체온은 내려갑니까? 오늘은 올라갑니까? 자, 아무 문제없어요, 결혼식을 올릴 때까지는 정상이 될 겁니다. 자 안녕히." 그런데 '안녕히'라고 발음할 때에도 그 말이 마찬가지로 끔찍한 소리로 들렸다. 이제 크로코프스키 박사는 요아힘의 발코니로 건너갔다. 정상 여부를 잠시 둘러보는 짧은 회진이어서 더 이상 아무 일도 없었다.

물론 크로코프스키 박사는 가끔씩 오래 머무르며 넓은 어깨를 벌리고 서서는, 늘 남자답게 미소를 지으며 동지와 이런저런 잡담을 나누기도 하였다. 그럴 때면 날씨, 떠난 사람과 신참, 환자의 분위기, 환자의 좋고 나쁜 기분, 환자의 개인적인 신상, 환자의 출생과 앞으로의 전망에 대해 이야기를 하다가 "안녕히"라고 작별 인사를 하고는 발코니를 떠나곤 했다. 그러면 카스토르프는 기분 전환을 위해 두 손을 뒷머리에 깍지 끼고는, 마찬가지로 미소를 지으며 이 모든 질문에 대답했다. 사실 그에게 끔찍한 느낌이 파고들기는 했지만, 대답은 선선히 했다. 그들은 낮은 소리로 잡담했다. 유리 칸막이벽이 발코니를 완전히 분리해 놓은 것은 아니었으나, 요아힘은 옆에서 나누는 환담의 내용을 알아들을 수는 없었고, 게다가 엿들으려는 시도조차 하지 않았다. 그래도 사촌이 접이식 침대에서 일어나 크로코프스키 박사와 함께 방 안으로 들어가는 소리는 귀에 들려왔다. 아마도 의사에게 체온 곡선을 보여주려는 것이겠지 하고 그는 추측했다. 조수가 안쪽 복도에서 요아힘에게 올 때까지 꽤 시간이 지체된 것으로 판단할 때 둘 사이의 대화는 방 안에서도 상당 시간 진행된 것 같았다.

이 두 동지는 어떤 담화를 나누었을까? 요아힘은 이에 대해 묻지 않았지만, 우리 가운데 누군가가 요아힘을 모범으로 삼지 않고 상기와 같은 질문을 제기하려 한다면, 다음과 같은 사항을 알려주고자 한다. 근본적인 관점이 이상주의적인 특징을 나타내는 두 남자나 동지 사이에는 정신적 교류를 위한 재료와 동기가 대단히 많을 것이라고. 두 사람 가운데 한 사람은 교양의 도정에서 물질을 정신의 타락, 즉 정신을 자극함으로써 일어나는 사악한 변성으로 파악하는 단계에 이르러 있었고, 반면에 의사인 다른 한 사람은 유기체의 질병이 갖는 2차적 성격을 가르치는 데 익숙한 사람이었다. 짐작컨대 물질이란 비물질적인 것의 불경스런 타락이고, 생명이란 물질의 음란한 속성이며, 병이란 생명의 음란한 형태라는 사실에 대해 서로 논의하고 의견을 주고받지 않았겠는가! 현재 진행되는 논의들에 입각하여 설명하자면, 병을 일으키는 힘으로서의 사랑, 징후의 초감각적인 본질, '옛' 환부와 '새로운' 환부, 가용성 독소와 사랑의 묘약, 무의식의 규명, 정신분석의 우수함, 징후의 환원에 관하여 대화가 진행되었을 것이다. 하지만 우리가 어떻게 알겠는가, 크로코프스키 박사와 젊은 카스토르프 사이에 어떤 이야기가 오갔는지 묻는다면, 우리는 이런 측면으로만 대답하고 추측할 따름이다.

두 사람은 이제 더 이상 대화를 나누지 않았다. 그것은 벌써 오래 전의 일이었다. 그것도 한때 잠시, 몇 주일 동안 그런 대화를 나누었을 뿐이었다. 최근에 크로코프스키 박사는 다른 환자들의 방보다 한스 카스토르프의 방에 더 오래 머무르지 않았다. 회진 때에 사용하던 "자, 동지?"라든가 "안녕히"라는 말도 대체로 이제는 줄어들었다. 그 대신 요아힘은 다른 사실을 발견하게 되었다. 앞서 언급했지만, 바로 이것을 그는 바로 카스토르프의 배신행위로 느꼈다. 군인답게 순박한 요아힘이 적어도 염탐 행위를 했을 리가 없기에, 그가 전혀 뜻밖에 카스토르프의 행위를 알게 되었다는 것은 믿어도 좋을 것이다. 그는 수요일 아침 첫 안정요양을 하다가 호출을 받고 마사지사에게 마사지를 받으려고 지하실로 내려가다가 바로 그 장면을 보게 되었다. 그는 진찰실 문이 내려다보이는 계단, 깨끗하게 리놀륨이 깔린 계단을 내려가고 있었다. 진찰실의 양쪽으로 촬영실이 있었다. 왼쪽에는 유기체를 투시하는 뢴트켄 촬영실이 있었고, 오른쪽 모퉁이에는 한 계단 더 아래쪽으로 크로코프스키 박사의 명함이 문에 꽂혀 있는 정신분석실이 있었다. 그러나 계단 중간에서 요아힘은 가던 발걸음을 멈추었다. 왜냐하면 바로 이때 카스토르프가 주사를 맞고 진찰실에서 나오고 있었다. 그는 급히 걸어 나온 뒤 두 손으로 문을 닫고는, 주위를 둘러보지도 않고 핀에 명함이 꽂힌 오른쪽 문으로 향했다. 카스토르프는 조용히 몇 발짝 걸어서 문 앞에 도착한 다음, 노크를 하면서 고개를 숙여 귀를 문에 갖다 대었다. 그리고 방 안의 거주자에게서 이국적으로 입천장을 혀끝으로 치며 r을 발음한 뒤 이어서 복모음을 일그러뜨리며 "들어오시오!"라는 바리톤 음성이 들려오자, 그가 크로코프스키 박사의 어둑어둑한 분석실 안에서 사라지는 모습을 요아힘은 보게 되었던 것이다.

또 한 사람

낮이 긴 날들, 자세히 말해 태양이 떠 있는 시간의 수와 관련하여 낮이 가장 긴 날들이 찾아왔다. 매일 매일이나 그 단조로운 흐름과 관련해서 생각해 보아도, 천문학적 길이는 짧다는 기분과는 전혀 상관이 없었다. 춘분으로부터 거의 3개월이 지나 이제 하지가 되었다. 그러나 여기 고지에서는 자연적으로 찾아오는 계절이 달력상의 계절보다 늦게 찾아오기 마련이어서 이제야 겨우 봄이 되었다고 할 수 있었다. 여름의 무더위 따위는 전혀 없이 향기롭고 상쾌하며 가벼운 봄의 분위기가 물씬 풍기고, 푸른 하늘은 은색으로 빛나고 있었으며, 초원에는 다채로운 꽃들이 귀엽게 피어 있었다.

한스 카스토르프는 전에 그가 이곳에 처음 왔을 때 요아힘이 친절하게도 환영의 뜻으로 몇 송이 꺾어 그의 방에 장식해 주었던 비탈에 피어 있던 꽃들을 다시 발견했다. 그것은 톱풀꽃과 방울꽃으로, 이는 벌써 1년이란 세월이 흘렀다는 표시이기도 했다. 골짜기의 비탈과 초원에 자라는 어린 에메랄드 빛 풀에서는 별, 술잔, 종의 형태 또는 모양이 일정치 않은 유기 생명체가 햇빛으로 따뜻해진 공기 속에서 건조한 향기를 채우며 살아가고 있었다. 끈끈이대나물, 완전히 군락을 이룬 야생의 오랑캐꽃, 데이지, 노랗고 붉은 앵초 등은 카스토르프가 평지에서 유의해서 본 것들보다 훨씬 더 크고 아름다웠다. 게다가 이 지방의 특산물인 푸른색, 보라색, 장미색 앵초는 섬모가 붙은 작은 종 모양의 꽃을 피우며 머리를 끄덕이고 있었다.

카스토르프는 이 귀여운 꽃들을 꺾어서 다발을 만들어 가져왔다. 그것으로 자신의 방을 장식할 목적뿐만 아니라 그가 계획했듯이 엄밀한 과학적 작업을 수행하려는 목적에서였다. 그는 식물학 학습서 한 권, 식물 채취용 작은 삽 하나, 식물 표본 한 권, 도수 높은 확대경 등 몇 가지 식물학 도구를 구비하고는, 그걸 가지고 발코니에서 연구에 몰두했다. 그는 이곳에 올 때 가져온 여름옷을 입고 연구를 계속했다. 이런 것역시 그사이에 1년이 되돌아왔음을 알려주고 있었다.

그는 신선한 꽃들을 여러 개의 컵에 담아서 침실의 가구들 위와, 그의 멋진 접이식 침대 옆의 스탠드용 탁자 위에 올려놓았다. 반쯤은 시들고 이미 힘이 없지만 수액이 남아 있는 꽃들은 발코니의 난간과 바닥에 듬성듬성 흩어 놓았고, 다른 꽃들은 잘 펴서 수분을 흡입하는 압지에 끼워서 돌로 눌러 두었다. 그가 이렇게 한 까닭은 그것들을 건조시켜 납작한 표본으로 만들어 풀이 묻은 종이테이프로 앨범에 붙이기 위해서였다. 그는 두 무릎을 세우고 두 다리는 포갠 채 침대에 누웠다. 이어서 입문서를 펼쳐서 책 등이 지붕 모양으로 위로 향하게 가슴에 올려놓고는, 확대경의 두껍게 연마된 둥근 렌즈를 그의 소박한 푸른 눈과 꽃 사이에 고정시켰다. 꽃 기둥을 자세히 연구하기 위하여 꽃의 화관을 주머니칼로 일부 잘라 내고, 도수 높은 렌즈로 들여다보면 꽃 모양이 훨씬 더 두꺼운 모습으로 확대되어 보였다. 꽃줄기 끝에 달려 있는 꽃가루 주머니에서는 노란 꽃가루를 떨어뜨리고, 씨방에서는 머리를 가진 암술대가 나와 있어서 칼로 그것을 자르면 가녀린 관을 볼 수 있었다. 그 도관을 통해 화분핵과 화분관이 당분의 분비물에 의해 배낭 속으로 흘러 들어가고 있었다. 한스 카스토르프는 수를 세어보고 검사하고 비교했다. 그는 꽃받침과 꽃잎뿐만 아니라 암수 생식기관의 구조와 위치를 조사하고, 자신이 눈으로 본 것이 도형이나 자연의 그림과 일치하는지 관찰하였다. 그는 자신이 알게 된 식물의 구조가 과학적으로 옳다는 것을 확증하고는 만족스러웠으며, 이어서 이름을 알 수 없는 꽃들을 린네의 분류법에 따라 유, 군, 과, 종, 족, 속으로 나누는 작업으로 넘어갔다. 그는 시간을 충분히 갖고 연구하였기에 비교 형태학을 바탕으로 식물체계에 대해 어느 정도 이해하는 성과를 이룰 수 있었다. 잘 말린 식물의 표본 아래쪽에 인문주의 학문이 우아하게 덧붙인 라틴어 학명을 달필로 쓴 다음, 그 특성까지 기입하여 선량한 요아힘에게 보여 주자, 그는 매우 놀라워했다.

밤이 되면 그는 별들을 관찰했다. 매번 돌아오는 1년이란 세월에 대한 관심이 그를 사로잡았던 것이다. 그는 지구가 공전을 20회씩이나 거듭하는 동안 충분히 지상에서 세월을 보냈으면서도, 이런 것에 관심을 가진 적이 한 번도 없었다. 우리들 자신이 '춘분'과 같은 표현에서 부지불식간에 감동을 받았다면, 그것은 카스토르프의 정신 작용의 일환이자 현재 상황과 이미 연관된 일이었다. 그가 최근에 툭툭 던지고 다니기를 즐겨하는 말들이 이런 종류의 용어였으며, 전문가 같은 지식을 드러내어 요아힘을 깜짝 놀라게 만들었다.

"지금 태양이 게자리로 접근하고 있어." 그는 어느 날 산책 도중에 이런 이야기를 늘어놓기 시작했다. "너는 별자리에 대해 잘 알아? 12궁 가운데 최초의 여름 궁이야, 알겠어? 태양은 지금 사자자리와 처녀자리를 지나, 밤낮의 길이가 같아지는 추분점으로 향하고 있어. 얼마 전 3월에 태양이 양자리에 들어섰을 때처럼, 태양이 다시 천구의 적도에 있게 되면 9월말에 해당하게 되지."

"그런 게 나와 무슨 상관이야." 요아힘은 시무룩한 표정으로 말했다. "어떻게 넌 그런 말을 유창하게 하는 거야? 양자리? 12궁이라니?"

"물론, 12궁이야. 태고 적부터 변함이 없는 별자리. 전갈자리, 궁수자리, 염소자리, 물병자리, 이런 것이 어떻게 재미있지 않겠어! 궁이 열두 개 있고, 계절마다 세 개의 궁이 있다는 것은 적어도 알겠지. 올라가는 자리와 내려가는 자리로 나뉘어 있고, 태양이 그 주위를 돌아가는 성좌의 궤도인 거야. 내 생각에는 정말 대단해! 이집트 어느 사원의 천장에서 이 그림이 발견되었다고 상상해 봐. 테베에서 멀지 않은, 아프로디테를 모신 사원이야. 칼데아 사람들은 그런 것을 진작부터 알고 있었던 것이지. 고대의 신비로운 민족으로 점성술과 예언에 조예가 깊었던 아라비아계와 셈계의 칼데아 사람이지. 그들은 그때 벌써 행성이 운행하는 하늘의 별자리를 연구하여 12궁으로 나누었어. 그것이 바로 우리에게 전해진 도데카테모리아야. 그것 참 대단하지. 이것이 인류야!"

"이제 너도 세템브리니처럼 '인류'라는 말을 하고 있네."

"그래, 그 사람처럼, 아니 다를 수도 있지. 우리는 인류를 있는 그대로 받아들여야 하지만, 그래도 인류는 정말 대단해. 내가 이렇게 누워 칼데아 사람들도 이미 알고 있던 행성을 바라보고 있으면, 그들이 자꾸 떠오르고 공감을 갖게 되는데, 왜냐하면 그들이 영리하기는 했어도 모든 행성을 다 알지는 못했기 때문이지. 그러나 그들이 알지 못한 것은 나 역시 볼 수가 없어. 천왕성은 근자에 들어와서, 그러니까 120년 전에야 비로소 망원경으로 발견되었거든."

"근자에?"

"그래, 괜찮다면 '근자에'라고 부르겠어. 천왕성이 발견되기까지 3천 년이나 걸린 것과 비교한다면 근자에 속하지. 하지만 이렇게 누워서 행성들을 바라보고 있노라면 삼천 년 전의 일도 근자의 일처럼 생각되는 거야. 그리고 행성을 바라보면서 그것을 알고 있었던 칼데아 사람들이 친밀하게 느껴져. 이게 인류야."

"그래, 좋아. 너는 머릿속에 거창한 구상을 갖고 있구나."

"너는 '거창하다'고 말하지만, 나는 '친밀하다'고 말하겠어. 그걸 이제 어떻게 불러도 마찬가지겠지만. 그러나 대략 3개월 뒤에 태양이 천칭자리에 들어오면 낮이 다시 줄어들어 낮과 밤이 같아지는 거야. 그러다가 크리스마스 때까지 계속 낮이 짧아지는 것은 너도 알잖아. 한데 말이야, 태양이 겨울의 궁들인 염소자리, 물병자리, 물고기자리를 지나는 동안 다시 낮이 늘어나거든! 그러면 다시 춘분이 돌아오는데, 칼데아 사람 때부터 3천 번이나 그런 식이 계속된 것이지. 그리고 여름이

다시 시작되면 그 해 내내 낮의 길이가 계속 늘어나."

"아니야, 그것은 익살꾸러기의 장난과 같은 거야! 겨울에 낮이 길어지거든. 낮이 가장 긴 6월 21일이 오면 다시 내리막길을 걷기 시작하여 낮이 다시 점점 더 짧아지다가 겨울을 향해 가는 거지. 너는 그것을 당연하다고 말하지만, 일단 그런 것이 없다면 순간적으로 불안하고 초조할 수도 있어. 그래서 필사적으로 무엇인가를 잡으려고 하는 거야. 이는 마치 익살꾼 오일렌슈피겔이 겨울 초에 봄이 시작되고, 여름 초에 가을이 시작되는 것처럼 각본을 만든 것과도 같아. … 코를 잡고 빙빙 돌고 원을 그리며 무엇인가를 바라보게 되면, 그것이 다시 회전점이 되는 거야. 원 속에서의 회전점. 원은 순전히 연장이 없는 회전점으로 이루어져 있지. 곡선은 한 방향이 계속되는 법이 없기 때문에 측정불가야. 그리고 영원이란 '똑바로, 똑바로'가 아니라 회전목마처럼 '빙빙' 도는 거야."

"그만 좀 해!"

"하지의 횃불 축제!" 한스 카스토르프가 외쳤다. "하지! 봉화를 피워 올리고 서로가 손을 맞잡고 횃불 주위를 도는 춤! 직접 본 적은 없지만 원시의 인간들은 그렇게 춤을 춘다고 들었지. 가을이 시작되는 여름 첫날밤의 축하가 이런 식이야. 한 해의 정오이자 절정이 되면서 오히려 내리막길이 시작되는 거야. 이때 원시인들은 춤을 추고 빙빙 돌며 환호하지. 원시 상태의 이 사람들은 무엇 때문에 환호성을 지르는 것일까, 너는 그 이유를 알겠니? 무엇 때문에 이 사람들은 마음껏 즐거움을 발산하는 것일까? 이제 계절이 어둠 속으로 내리막길을 걷기 때문일까, 아니면 혹시 위로 올라가다가 전환점에 도달하여 도저히 지탱할 수 없는 전환점, 도취의 순간 속에 슬픔이 젖어드는 한여름 밤의 절정이 도래했기 때문일까? 나는 생각나는 그대로 말하고 있을 따름이야. 원시인들이 환호하며 불 주위를 춤추는 것은 우수가 배어 있는 도취의 순간이자 도취가 섞여 있는 우수 때문이지. 어쩌면 너는 원의 장난, 한 방향이 계속되지 않고 모든 것이 회귀하는 영원의 장난질을 찬양하기 위해서라고 말할지 모르겠지만, 원시인들이 춤을 추는 것은 절망 속에서 희망을 보기 때문이야."

"나는 그렇게 말하고 싶지 않아." 요아힘이 중얼거렸다. "제발, 내게 는 그런 이야기를 하지 말아줘. 네가 밤에 누워서 몰두하는 것은 너무 거리가 먼 일이야."

"그래, 너처럼 러시아어 문법에 전념하는 것이 유익하다는 것은 부 인하지 않겠어. 얼마 후면 너는 틀림없이 러시아어를 유창하게 할 수 있겠지. 맙소사, 전쟁이라도 일어난다면, 이런, 그건 안 되지만, 그러면 너에게는 물론 큰 이득이 되겠지."

"전쟁은 안 된다고? 너는 일반 시민처럼 말하는군. 전쟁은 필연적이 야. 전쟁이 없다면 세상은 곧 썩어 빠질 것이라고 몰트케가 말했지."

"그래, 세상이 그렇게 될 수 있겠지. 네 말을 나도 상당히 인정할 수 있어." 한스 카스토르프는 이렇게 말 머리를 꺼내어 다시 화제를 칼데 아 사람에게 돌리려고 했다. 셈족으로 거의 유대인에 가깝지만, 마찬가 지로 전쟁을 일으켜 바빌로니아를 정복한 칼데아 사람들에 대하여 말 문을 돌리려 한 것이다. 그런데 이때 바로 앞에서 걸어가던 두 신사가 머리를 뒤로 돌리며 이 대화에 주목한다는 것을 두 사촌이 동시에 알아 챘을 때, 대화를 방해 받은 카스토르프는 입을 다물었다.

그곳은 다보스 도르프로 돌아가는 길에 있는 요양 호텔과 벨베데레 호텔 사이의 중심가였다. 골짜기는 부드럽고 밝고 화사한 색채로 이루어진 축제의 옷을 차려 입었고, 공기는 상쾌했다. 초원에서 풍겨오는 꽃들의 상큼한 향기가 교향악이 퍼져나가듯 맑고 건조하며 청명한 대기를 가득 채웠다.

카스토르프와 요아힘은 어느 낯선 사람의 곁에서 걸어가는 로도비코 세템브리니를 발견했다. 하지만 세템브리니 쪽에서는 그들을 보지 못했거나, 또는 그들과 만나는 것을 바라지 않는 것처럼 보였다. 왜냐하면 세템브리니는 얼른 얼굴을 돌리고는 제스처를 써가며 동행인과 대화에 열중하면서 심지어는 내빼듯이 앞으로 더 빨리 나아가려고 했기 때문이다. 물론 사촌들이 그의 오른쪽 옆으로 지나가며 쾌활하게 허리를 굽혀 인사하자, 그는 반가움을 표명하면서도 깜짝 놀라는 표정을 지으며 "세상에나! 하필이면 이런 데서 또!" 하고 말하는 것이었다. 그러나 이번에는 다시 발걸음을 늦추며 두 사촌이 그의 옆을 지나 앞질러 가게 놔두는 바람에, 그들은 그의 이런 태도를 도무지 이해할 수 없었다. 그가 왜 이렇게 터무니없이 행동하는지 그 이유를 알 수 없었다. 오히려 그들은 오랜만에 다시 만난 그가 솔직히 반가워서 가던 걸음을 멈추고 그의 곁에 서서 악수를 하고는 그의 안부를 물었다. 이와 동시에 그들은 옆에 있는 동행인을 곁눈질하면서 소개해 주기를 은근히 기대하고 서 있었다. 이런 식으로 분명히 소개시키고 싶지 않은 일, 하지만 사촌들에게는 이 세상에서 가장 자연스럽고 당연한 것처럼 보이는 인사키기는 일을 그로 하여금 하도록 강요했다. 이렇게 되어 그들은 걸어가며 반쯤은 선 자세로 서로 인사를 나누었다. 세템브리니는 손짓으로 인사를 시키며 유쾌한 어조로 소개의 말을 건넸다. 그러자 세 사람은 그의 가슴 앞쪽에서 악수를 교환하게 되었다.

처음 보는 이 남자는 세템브리니와 비슷한 연배로 둘이 같은 하숙집에 묵고 있음이 밝혀졌다. 두 사촌이 알게 된 바로는 낯선 남자의 이름은 나프타이며, 여성복 재단사 루카체크의 집에 두 번째 세입자로 살고 있었다. 키가 작고 마른 체격의 이 남자는 말끔히 면도를 한 얼굴로, 매우 날카로운 인상을 하고 있었다. 얼굴이 너무 흉하게 생겨서 두 사촌은 그를 보고 기겁할 정도라고 말할 수 있었다. 그의 어느 곳에서든 날카로운 인상이 풍겨 나왔다. 얼굴 복판에 우뚝 솟은 매부리코, 꽉 다문 작은 입, 연한 회색 눈앞에 쓰고 있는 가벼운 안경테 안의 두꺼운 안경알 등이 그러했다. 아직은 침묵하고 있지만 입을 열게 되면 그의 언변은 날카롭고 논리가 정연할 것 같았다. 본래가 이런 타입인지 모자는 쓰지 않았고, 외투도 걸치지 않았지만 옷차림은 훌륭했다. 그가 입고 있는 흰 줄무늬의 짙푸른 플란넬 양복은 세련되면서도 점잖은 현대풍의 의상이었다. 이렇게 두 사촌이 세속적인 시선으로 세밀하게 그를 살펴보자, 키가 작은 나프타 쪽에서도 마찬가지로 좀 더 날카로운 시선으로 사촌들을 힐끔 쳐다보았다. 만일 촘촘한 나사로 된 상의와 체크무늬 바지를 입은 세템브리니가 옷을 우아하고 품위 있게 입는 법을 몰랐더라면, 다른 사람과 교제시의 그의 모습은 아마 초라해 보였을 것이다. 그렇지만 체크무늬 바지는 깨끗하게 다림질이 되어 있어서 얼핏 보면 거의 새것으로 볼 만큼 초라하지는 않았다. ─두 젊은이가 다시 생각해 보니, 이는 하숙집 주인의 솜씨가 틀림없었다. 그런데 못생긴 나프타는 훌륭하고 세련된 옷차림에 있어서는 하숙집 동료인 세템브리니보다 사촌들에게 더 가까웠지만, 그는 나이가 지긋하고 그 밖에도 분명히 구분되는 면이 있기 때문에 두 사촌보다는 세템브리니와 더 가까운 부류에 속했다. 이 점에 대해서는 나이 든 측과 젊은 측의 안색을 가지고 설명하는 것이 가장 쉬운 방식일 것이다. 즉 젊은 측은 누르스름하고 벌겋게 그을린 반면에 다른 쪽은 창백했다. 요아힘의 얼굴은 겨울을 보내며 구릿빛 얼굴이 한결 짙어졌고, 한스 카스토르프의 얼굴은 금발의 가르마 아래서 장밋빛 윤기가 돌았다. 반면에 검은 콧수염과 어울려 고상해 보이는 세템브리니의 이탈리아인다운 창백한 얼굴은 햇살에도 아무 영향을 받지 않는 것 같았다. 그리고 마찬가지로 금발이지만 그의 동료의 얼굴 역시 갈색 인종의 희뿌연 피부색을 보여 주고 있었다. —금발은 잿빛이 섞이고 금속처럼 윤이 없었으며, 머리칼은 튀어나온 이마 너머로 매끄럽게 빗어 넘겨 있었다. 네 사람 가운데 두 사람, 한스 카스토르프와 세템브리니는 지팡이를 가지고 있었다. 요아힘은 군인이라는 이유로 그런 것을 갖고 다니지 않았고, 나프타는 소개가 끝나자 즉시 두 손으로 뒷짐을 지었다. 그의 손도 발과 마찬가지로 작고 가녀려서 그의 모습과 일치했다. 그는 감기에 걸렸는지 살짝 약하고 힘없이 기침을 하긴 했지만, 그리 두드러진 것은 아니었다.

뜻밖에 두 청년을 만나자 당황하고 언짢아하던 세템브리니는 이런 자신의 모습을 얼른 우아하게 떨쳐 버렸다. 그는 아주 명랑한 모습으로 세 사람을 소개시킬 때는 농담까지 곁들였다. 예를 들어 그는 나프타를 "스콜라 학파의 지도자"라고 불렀다. 그는 이탈리아 시인 아레티노가 표현한 말을 사용하여 "그의 가슴속 넓은 홀에 있는 화려한 궁전에는 기쁨이 깃들어 있노라" 하고 읊었다. 그리고 이는 봄의 공적, 자신이 찬양하는 봄의 공적이라고 말했다. 그는 다음과 같이 말을 이어갔다. "여러분도 알다시피, 나는 이 위의 세계에 대해 여러 번 싫은 감정을 기회가 있을 때마다 숨김없이 토로해 왔습니다. 그렇지만 고산 지대의 봄만은 정말 찬양할 만합니다! 봄 때문에 이 지역의 온갖 혐오스런 일과 잠시라도 화해할 수 있습니다. 이곳의 봄은 평지의 봄과는 달리 혼란과 흥분을 일으키지 않습니다. 깊은 곳조차 동요가 없이 잠잠한 봄! 습한 냄새도 없고, 후텁지근한 증기도 없습니다! 명쾌함, 건조함, 쾌활함과 우아함만이 펼쳐집니다! 이런 것이 나의 가슴으로 바라는 것, 지상 최고의 봄입니다!"

그들은 일정하게 열을 지어 걸은 것은 아니지만, 가급적 옆으로 나란히 서서 걸었다. 그러나 맞은편에서 누가 다가오면, 때로는 오른쪽 끝에서 걷던 세템브리니가 차도로 들어서야 했고, 때로는 왼쪽의 나프타, 또는 인문주의자와 요아힘 사이에서 걸어가던 카스토르프가 뒤로 물러섰다가 다시 앞으로 나오면서 대열이 잠시 흩어지기도 했다. 나프타는 코감기에 걸려서 비음으로 짧게 웃었고, 말할 때는 금이 간 접시를 손마디로 두드리는 소리를 상기시켰다. 그는 머리를 움직여 옆의 이탈리아인을 가리키며 질질 끄는 억양으로 말했다.

"저 볼테르주의자, 합리주의자의 말을 좀 들어 보십시오. 그는 번식 능력이 가장 활발한 때조차도 자연이 신비한 안개로 우리를 혼란에 빠뜨리지 않고 고전적 무미건조함을 유지하기 때문에 자연을 찬미합니다. 그런데 습기가 라틴어로는 뭐지요?"

"유머(Humor)입니다." 세템브리니가 왼쪽 어깨 너머로 말했다. "우리 교수의 자연관에 있어서 유머의 본질은 그가 빨간 앵초를 볼 때면 시에나의 성 카타리나 수녀처럼 그리스도의 상처를 생각한다는 사실에 있습니다."

이에 나프타가 대꾸했다.

"그건 유머라기보다는 위트에 가깝군요. 그러나 어쨌든 그 말은 정신을 자연의 품에 가져간다는 뜻이지요. 자연은 그런 것을 필요로 합니다."

"자연은 말입니다." 세템브리니는 목소리를 낮추어 더는 어깨 너머로 보지 않고 어깨 아래쪽을 보면서 말했다. "자연은 당신의 정신을 조금도 필요로 하지 않습니다. 자연 그 자체가 정신이니까요."

"당신은 그런 일원론에 넌더리가 나지 않습니까?"

"아, 그러므로 당신은 세계를 적대적으로 이분화하고, 신과 자연을 서로 분리한다면, 그것은 사치스런 유희라는 것을 인정하는 셈입니다!"

"내가 열정과 정신이라는 의미로 말하는 것을 사치스런 유희라고 부르다니 재미있군요."

"그런 음란한 욕구에 그런 거창한 말을 갖다 대는 당신이 나를 이따금 웅변가라고 부르는 것은 생각해볼 여지가 있는 겁니다!"

"그렇다면 당신은 정신이 음란하다고 주장하는군요. 그러나 정신은 본래 이원적이라는 점에는 전혀 틀린 것이 없습니다. 이원론, 반명제, 그것이야말로 감동적이고 열정적이며, 변증법적이고 재치 있는 원리입니다. 세계를 적대적으로 이분화하여 생각하는 것이 정신입니다. 일원론은 모두 지루합니다. 대체로 아리스토텔레스도 싸움을 좋아했습니다."

"아리스토텔레스? 그는 보편적 이념의 현실성을 개체에 부여했습니다. 그것은 범신론입니다." 세템브리니가 말했다.

"틀렸습니다. 토마스 아퀴나스와 보나벤투라가 아리스토텔레스 학파로서 그렇게 한 것처럼, 당신이 개체에게 실체의 성격을 부여하고, 사물의 본질이 보편적인 것에서 나와 개별현상으로 들어간다고 생각한다면, 당신은 세계를 지고한 이념과의 통일성에서 분리시켜 버린 것입니다. 그러면 세계에는 신이 없어지고, 신은 초월적인 존재가 됩니다. 그것이 고전적인 중세입니다."

"고전적 중세라는 말은 참으로 희귀한 언어의 결합이 아닐 수 없군요!"

"용서하십시오, 그러나 고전적이라는 개념이 적합하다면, 다시 말해 어떤 이념이 정점에 도달한다면, 나는 그 개념을 사용합니다. 고대라고 해서 늘 고전적인 것은 아니었습니다. 당신은 반감을 드러내고 있는 겁니다. … 범주의 확대에 대해서 말입니다. 당신은 절대 정신도 원치 않습니다. 당신은 정신이 민주적 진보이기를 원하고 있습니다."

"나는 정신이 아무리 절대적일지라도 정신이 결코 반동의 옹호자가 되어서는 안 된다고 확신하는 점에서 견해가 서로 일치하기를 바랍니다."

"그렇지만 정신은 늘 자유의 옹호자입니다!"

"그렇지만이라고요? 자유는 인간애의 법칙이지 허무주의나 사악함이 아닙니다."

"당신은 분명히 그런 것들에 대한 공포가 있습니다."

세템브리니는 머리 위로 팔을 들어올렸다. 치열한 논쟁이 중단된 것이다. 한스 카스토르프가 눈썹을 치켜세우고 자신의 발밑을 내려다보는 동안, 요아힘은 놀라서 두 사람을 번갈아 바라보고 있었다. 나프타는 포괄적 의미의 자유를 옹호하면서도 날카롭고 확고한 어조로 정확하게 말했다. 특히 "틀렸습니다!"라고 반박하는 그의 말투는 그리 좋아 보이지 않았다. 그는 '틀렸습니다!'의 뒤쪽 낱말을 발음하면서 입술을 앞으로 내밀었다가 입을 다무는 보기 싫은 모양을 해보였다. 이와는 대조적으로 세템브리니는 한편으로 반대 입장을 고수하면서도 명랑한 어조로 말했고, 다른 한편으로 각자의 근본 입장이 일치하기를 촉구하는 대목에서는 따뜻한 인정까지 배어 있었다. 그런데 이제 나프타가 침묵하자, 세템브리니는 자신과 논쟁을 벌인 나프타에 대해 설명을 해주어야 할 필요성을 느껴서인지 두 사촌에게 이 낯선 남자의 신상에 관해 이야기하기 시작했다. 이에 대해 나프타는 별로 신경을 쓰지 않고 가만히 듣고만 있었다.

세템브리니는 나프타가 '프리드리히 학교'의 상급반에서 고대어를 가르치는 교수라고 설명하면서 이탈리아인답게 자신이 소개하는 사람의 신분을 가능하면 화려하게 돋보이도록 말했다. 세템브리니에 의하면 나프타의 운명은 자신의 운명과 비슷했다. 그는 건강이 나빠서 5년 전에 이곳에 올라온 뒤, 장기체류가 필요하다는 사실을 확인하고는 요양원을 떠나 여성복 재단사인 루카체크의 집에 하숙을 하게 되었다. 그 자신은 어느 학교인지 말은 안 했지만 이 지역의 한 고등 교육기관이 현명하게도 수도원 부속학교 졸업생인 이 탁월한 라틴어 학자를 교수로 초빙한 것으로, 학교로서는 자랑이 될 만한 일이었다. 요컨대 이런 식으로 소개하면서 세템브리니는 방금 전에 자신과 추상적인 논쟁을 벌였고, 언제라도 다시 치열한 논쟁을 벌일지도 모르는 이 못생긴 나프타를 꽤나 치켜세워 주었다.

이어서 세템브리니는 나프타에게 두 사촌에 관해서도 자세히 소개했다. 그가 설명하는 것으로 보아서는 이미 이전에 사촌에 관해 이야기한 것 같았다. 이쪽은 3주 예정으로 이곳을 방문했다가 베렌스 고문관이 침윤된 곳을 발견하여 머물게 된 젊은 엔지니어라고 말했고, 여기 이쪽은 프로이센 군대 조직의 희망인 침센 소위라고 소개했다. 그는 요아힘의 정신적 분노와 그의 출발 계획을 말하고 나서는, 이 엔지니어도 마찬가지로 일의 세계로 돌아가려는 초조함을 말하지 않는다면 그를 모욕하는 셈이 될지도 모른다고 덧붙였다.

그러자 나프타가 얼굴을 찌푸리더니 말문을 열었다.

"두 분에게 이렇게 달변의 후견인이 있었군요. 이 양반이 두 분의 생각과 소망을 정확하게 전달했을 것이라는 점을 나는 의심치 않습니다. 일, 일! 정말이지 세템브리니 씨처럼 일이라는 요란한 말을 앞세워도 이렇다 할 효과를 거둘 수 없었던 시대, 그의 이상과 반대되는 것이 비교할 수 없이 높은 명예를 누렸던 시대를 내가 감히 상기시키려 한다면, 이 양반은 금방 나를 인류의 공적이라고 질책할 겁니다. 클레르보 수도원의 신학자 베르나르는 로도비코 씨가 꿈꾼 것과는 다른 완성에 이르는 여러 단계를 가르쳤습니다. 그게 뭔지 알고 싶으세요? 가장 낮은 단계는 '방앗간'이고 두 번째 단계는 '밭'이며, 세 번째로 칭찬할 만한 단계는 ―하지만 세템브리니 씨는 듣지 마십시오.― '휴식을 위한 침대 위'랍니다. 여기서 방앗간은 세속 생활의 상징인바, 별로 나쁘지 않은 표현이라 하겠습니다. 밭은 세속적 인간의 영혼을 의미합니다. 이것에 영향을 주는 사람이 목사와 성직자입니다. 이 단계는 좀 더 가치가 있습니다. 그러나 침대 위는…."

"됐어요! 우리는 잘 알고 있습니다!" 세템브리니가 외쳤다. "여러분, 이제 저 사람은 여러분에게 사랑을 위한 침대의 목적과 사용법을 상세히 알려줄 것입니다."

"로도비코 씨, 나는 당신이 그렇게 시치미를 뗄 줄은 몰랐습니다. 아가씨들에게 추파를 던지는 당신 모습이란… 이교도로서의 공정함은 어디 있는 것입니까? 그러니까 침대란 사랑하는 사람들이 동침하는 자리이며, 세계와 피조물의 명상적인 은거지로서 신과의 동침을 위한 장소를 상징하고 있습니다."

"이런, 그만, 그만!" 이탈리아인이 거의 울기라도 할 것처럼 그의 말을 가로막았다. 이에 모두가 웃음을 터뜨렸다. 그러자 세템브리니는 근엄하게 말을 이었다.

"아, 나는 유럽인, 서양인입니다. 당신이 말하는 서열은 순전히 동양적인 것입니다. 동양은 행동을 꺼려합니다. 노자는 무위가 천지간에 그 어떤 것보다 더 유익하다고 가르쳤습니다. 모든 인간이 행동을 중지하면, 지상에 완전한 평화와 행복이 자리 잡게 될 것이라고 했습니다. 당신이 말하는 동침이 그런 것이겠죠."

"말도 안 되는 소리. 그러면 서양의 신비주의는? 게다가 정적주의는? 정적주의 유파에 속한다고 볼 수 있는 프랑수아 페넬롱은 인간의 그 어떤 행동도 잘못된 것으로, 인간이 행동하려고 한다면 단독으로 행동하기를 원하는 신을 모욕하는 것이라고 가르쳤습니다. 나는 몰리나의 명제를 인용하고 있습니다. 아무튼 고요 속에서 구원을 얻을 수 있다는 정신적 태도는 인류의 보편적 사고를 반영한다고 하겠습니다."

이 말에 한스 카스토르프가 끼어들었다. 그는 단순한 청년이지만 용기를 내어 이야기에 끼어들고는, 허공을 바라보며 자신의 견해를 피력했다.

"명상과 은거, 이는 그 자체로 의미가 있으며, 경청할 가치가 있습니다. 우리는 이 위에서 상당히 고도의 은거생활을 하고 있는 셈입니다. 우리는 5천 피트의 고지에서 아주 안락한 침대에 누운 채 저 아래 세상과 피조물을 내려다보고는, 명상에 빠지곤 합니다. 곰곰이 생각해 보건대 내가 누워 지내는 접이식 침대는 10개월 사이에 그 오랜 세월 평지의 방앗간보다 나를 더 많이 발전시켰고, 나에게 더 많은 생각을 하게 해주었다는 것, 그것은 부인할 수 없습니다."

세템브리니는 슬픈 빛이 뚜렷하게 감도는 검은 눈으로 그를 바라보았다. "엔지니어 양반." 그는 이렇게 목소리를 낮추어 말하면서 카스토르프의 팔을 잡더니, 마치 다른 사람들의 등 뒤에서 몰래 타이르기라도 하려는 것처럼 그를 약간 자기 쪽으로 끌어당겼다.

"내가 얼마나 자주 말했습니까? 사람은 자신을 알고 자신에게 걸맞은 생각을 해야 한다고 말입니다! 그 어떤 명제라 할지라도 유럽인의 정신은 이성과 분석, 행동 및 진보입니다. 수도사의 게으른 침대와는 전혀 무관합니다!"

나프타는 잠시 듣고 있다가 뒤로 돌아서며 말했다.

"수도사요? 유럽 대륙의 문화는 수도사 덕분입니다. 독일, 프랑스, 이탈리아가 원시림이나 원시 상태의 늪으로 덮여 있지 않고, 우리에게 곡식, 과일과 포도주를 주게 된 것은 그들 덕분입니다. 이봐요, 수도사들은 일을 아주 잘했지요…."

"아니, 그러니 뭐가 어떻다는 말이요!"

"좀 더 들어봐요. 종교인에게 일은 자기목적, 다시 말해 자신을 마취시키는 수단이 아니었습니다. 일의 의미는 세계를 촉진하거나 경제적 이득을 취하는 데 있지 않았습니다. 일은 순수한 금욕의 연습이자 속죄 행위의 성격, 구원수단이었습니다. 일이란 육욕으로부터 자신을 지키는 것으로 욕정을 억제하는 데 도움을 주었습니다. 이렇게 확증하는 것을 이해해 주십시오, 일이란 종교인이게 완전히 비사회적인 성격을 띠고 있었습니다. 그것은 순전히 종교적인 이기주의였습니다."

"이런 계몽적 가르침에 감사드리며, 일의 축복이 인간의 의지에 반해서도 이루어진다는 것을 알게 되어 즐겁습니다."

"그렇습니다, 인간의 의도에 반할 수 있습니다. 우리는 거기서 유용성과 인간적인 것 사이의 차이점과 같은 것을 알게 됩니다."

"나는 당신이 세계를 이분화하려는 것이 무엇보다도 불만입니다."

"내 말이 불만이라니 유감입니다. 하지만 우리는 사물을 구분하고 정리함으로써 신의 자식인 인간의 이념을 불순한 요소로부터 떼어내야 합니다. 당신들 이탈리아인들은 환전업과 은행을 고안했습니다. 신이 당신들의 그런 행위를 부디 용서하기 바랍니다. 그러나 영국인들은 경제적 사회이론을 고안했습니다. 인간의 수호신이 그들의 이런 짓을 결코 용서하지 않을 것입니다!"

"아, 인류의 수호신이 저 섬나라의 위대한 경제 사상가들에게서도 활동을 하다니! 하고 싶은 말이라도 있습니까, 엔지니어 양반?"

한스 카스토르프는 아니라면서도 말문을 열었다. 세템브리니 뿐만 아니라 나프타도 어느 정도는 긴장하여 그의 말을 경청했다.

"나프타 씨, 그러면 당신은 내 사촌의 직업에 공감해야 합니다. 또한 그 직업을 수행하고 싶어 초조해 하는 마음에도 동조를 해야 합니다. 물론 내가 철저히 일반 시민이라고, 내 사촌은 종종 나를 질책합니다. 나는 군 복무를 한 적이 한 번도 없어서 평화의 자식이라고 공언할 수 있습니다. 나는 심지어 성직자가 되었어도 좋았을 것 같다고 가끔 생각하기도 했습니다. 사촌에게 물어보십시오, 나는 여러 차례 그런 말을 했습니다. 하지만 나의 개인적 성향을 배제한다면, ―엄밀히 말하면 그럴 필요도 없습니다만― 나는 군인의 신분에 대해 꽤나 많은 이해와 호감을 갖고 있습니다. 그것은 엄청나게 진지한 특성, 당신이 원하는 바와 같이 '금욕적' 특성이 있습니다. 당신은 아무튼 그런 표현을 쓴 적이 있었지요. 그런데 군인은 언제든지 죽을 수 있다는 사실을 늘 고려해야 합니다. ―군인처럼 결국은 성직자의 신분도 죽음과 정말 불가분의 관계를 맺고 있지요. 그러므로 군인 신분은 품위, 서열, 복종, 내가 이렇게 말해도 괜찮다면 스페인식의 명예를 존중합니다. 한쪽이 제복에 빳빳한 칼라를 달고 다니고, 다른 한쪽이 풀 먹인 깃을 하고 다니는 것은 아주 유사한 유형입니다. 앞서 당신이 아주 탁월하게 표현했듯이 '금욕적'이라는 점은 동일합니다. 내 생각을 제대로 표현했는지 나로서는 잘 모르겠습니다."

"잘 하다마다요." 나프타가 이렇게 말하며 세템브리니에게 시선을 던졌다. 그러자 세템브리니는 손에 쥔 지팡이를 돌리며 하늘을 바라보았다.

한스 카스토르프가 말을 이었다. "그러므로 언급한 모든 면으로 볼 때 나의 사촌의 성향에 틀림없이 공감하리라 생각됩니다. 이와 관련하여 내가 '왕위와 제단'이나 이 거창한 말의 배합을 염두에 둔 것은 아닙니다. 물론 어떤 사람들, 그저 단순히 질서를 사랑하고 선량한 사람들이 때때로 왕위와 제단의 공속관계를 정당화하는 것도 사실입니다만. 나는 다만 군인 신분으로서 하는 일을 염두에 두고 있을 따름입니다. 즉 근무는 ―이런 경우에는 복무라고 합니다만― 상업적인 이익 때문에 행해지는 게 아니며, 또는 선생이 말하는 '경제적 사회이론'과는 전혀 관계가 없습니다. 그래서 영국인들은 약간의 군인들만을 가지고 있습니다. 인도에 약간의 군인, 그리고 본토에는 사열을 위한 군인만을 보유하고 있습니다."

"엔지니어 양반, 계속 말해 보아야 무의미합니다." 세템브리니가 그의 말을 가로막았다. "군인이라는 존재는 ―소위님의 심기를 건드리려고 하는 말은 아닙니다만― 정신적으로 논의할 문제가 아닙니다. 왜냐하면 군인이란 순전히 형식적인 존재이고, 그 자체로 내용이 없기 때문입니다. 군인의 원형은 이런저런 일을 위해 모집된 용병입니다. 짧게 말해, 스페인의 종교개혁 진압을 위한 군인, 혁명군의 군인, 나폴레옹의 군인, 가리발디의 군인 등이 있으며, 그 밖에 프로이센의 군인이 있습니다. 군인이 무엇을 위해 싸우는지 안다면, 군인에 대해 이야기할 수 있는 것입니다."

이번에는 나프타가 응수했다. "군인이 싸우는 것은 어쨌든 그 신분의 확실한 특성입니다만, 이 정도로 그만합시다. 당신이 주장하는 의미에서 군인의 신분을 '정신적으로 논의할' 만큼 그 특성이 충분치 않을 수 있습니다. 그러나 바로 그 특성이 군인을 시민적 삶의 긍정성으로는 통찰할 수 없는 영역으로 높여 줍니다."

"당신이 시민적 삶의 긍정성이라고 부르고 싶어 하는 것…," 세템브리니는 추켜올려진 콧수염 아래쪽 입가를 넓게 벌리고, 목을 칼라 위로 아주 특이하게 비스듬히 올리고는, 입술의 앞부분으로 발음하며 말을 이어갔다. "그것은 이성과 윤리의 이념을 위해, 동요하는 젊은 영혼에 올바른 영향을 주기 위해 어떤 형태로든 늘 전진해 나갈 자세가 되어 있을 것입니다."

잠시 침묵이 흘렀다. 청년들은 당황하여 앞을 바라보았다. 세템브리니는 몇 걸음 걷고 나서 머리와 목을 다시 자연스러운 자세로 고치며 말했다.

"놀라지 않아도 됩니다. 이 양반과 나는 가끔 이런 식으로 논쟁을 벌이지만, 아주 우호적으로 몇 가지는 합의가 된 바탕 위에서 논쟁을 합니다."

이 말은 안도감을 주었다. 이것이 세템브리니 씨의 기사답고 인간적인 태도였다. 그러나 요아힘 역시 좋은 뜻으로, 대화를 악의 없이 끌어가려는 생각에서 말문을 열었지만, 그래도 왠지 압박과 강요를 받아서 마치 자신의 의도와는 다른 것을 말하는 것처럼 보였다.

"사촌과 나는 우연히 전쟁 이야기를 하게 되었습니다. 우리가 조금 전에 당신 뒤에서 걸어갈 때 말입니다."

"나도 들었습니다." 나프타가 말했다. "그 말을 듣고 뒤를 돌아본 것이지요. 정치에 관해 이야기했습니까? 아니면 세계정세를 논했습니까?"

"아, 아닙니다." 한스 카스토르프가 껄껄 웃으며 말했다. "우리가 어떻게 그런 문제를 논하겠습니까! 나의 사촌은 직업상 정치를 걱정하기에는 부적절할 거고, 나는 정치 이야기라면 자진해서 입을 꼭 닫습니다. 그런 것에 대한 이해가 전혀 없으니까요. 내가 여기에 온 후로 신문한 장도 손에 쥔 일이 없답니다."

세템브리니는 전에도 언젠가 그랬듯이 이런 카스토르프의 무관심은 비난받을 만하다고 생각했다. 그는 즉시 세계정세에 대단히 해박한 모습을 보이며 사태가 문명에 유리한 길로 접어드는 것처럼 현재의 정세를 호의적으로 평가했다. 유럽의 전체 분위기는 평화 사상과 군축 계획들로 가득 채워져 있으며, 민주주의 이념이 전진을 하고 있다는 것이다. 그는 터키 청년당이 체제 와해를 위한 계획 준비를 방금 마쳤다는 신뢰할 만한 정보를 입수했다고 설명한 다음 이렇게 외쳤다. 터키가 민족 및 입헌국가가 된다는 것, 그것은 인간성의 승리인 것이다!

"이슬람의 자유화라니." 나프타가 조롱조로 말했다. "대단합니다. 계몽된 광신주의, 그것 참 좋군요. 더구나 그것은 당신과 관련이 있으니 말입니다." 그는 요아힘에게 몸을 돌리고 말했다. "만약 압둘 하미드가 실각하면 터키에 대한 당신 나라의 영향력은 끝나고, 영국이 터키의 보호자로 대두할 것입니다. 그러므로 당신은 우리 세템브리니 씨와의 관계와 그의 정보를 아주 진지하게 받아들여야 합니다." 그는 두 사촌에게 이렇게 말하며, 자신의 말 역시 주제 넘은 것 아닌가 생각했다. 왜냐하면 그는 사촌들이 세템브리니의 말을 진지하게 받아들이지 않는다고 여겼기 때문이다. "세템브리니 씨는 민족 혁명에 대해 정통한 사람입니다. 그의 조국인 이탈리아 사람들은 영국의 발칸 위원회와 좋은 관계를 유지하고 있습니다. 그런데 로도비코 씨, 터키의 진보주의자들이 성공하면 레발 협정은 과연 어떻게 되겠습니까? 에드워드 7세는 러시아인에게 다르다넬스 해협 개방을 더 이상 승인할 수 없을 것 같습니다만. 그럼에도 오스트리아가 적극적 발칸 정책을 추진한다면…."

"하필이면 왜 그런 파국적 예언을!" 세템브리니가 나프타의 말을 가로막았다. "니콜라이는 평화를 사랑합니다. 가장 우수한 도덕적 산물인 헤이그 평화회의는 니콜라이 덕분으로 이루어졌습니다."

"이런, 러시아는 동양에서 약간 불운을 겪어서 회복될 시간이 좀 필요했던 것입니다!"

"아니, 이보시오, 당신은 이상사회를 건설하려는 인류의 동경을 조롱해서는 안 됩니다. 이런 노력을 가로막는 민족은 의심의 여지없이 도덕적 추방을 당하고야 말 것입니다."

"정치의 목적도 도덕적으로 조롱할 기회를 서로에게 주자는 것 아닐까요?"

"당신은 범게르만주의를 추종합니까?"

나프타는 서로 불균형한 양 어깨를 으쓱했다. 생김새가 형편없는데다가 자세도 약간 비뚤어져 있었다. 그가 대답을 거부하자, 세템브리니가 비난을 가했다.

"어쨌든 당신의 태도는 냉소적입니다. 국제적으로 퍼져나가는 고매한 민주주의의 노력을 당신은 정치적 술수로밖에 보지 않으려 하다니요."

"당신은 나에게 그런 것에서 이상주의나 종교적 원리를 보라고 요구하는 것입니까? 그것은 마지막으로 남아서 꿈틀거리는 자기보존 본능의 잔재이자 폐기되어야 할 세계체제의 소산에 불과합니다. 파국이 오는 것은 당연하며 또 오고야 말 겁니다. 파국은 모든 경로와 방식으로 오게 되어 있습니다. 영국의 국가 정책을 생각해 보십시오. 인도를 확보하려는 영국의 욕구는 합법적입니다. 그러나 결과는 어떻습니까? 당신이나 나와 마찬가지로 에드워드도 페테르부르크의 권력자들이 만주에서 맛본 따끔한 실패를 씻어내야 하고, 혁명의 잠재력을 다른 데로 돌리는 것이 배를 채워 줄 빵만큼이나 필요하다는 사실을 잘 알고 있습니다. 그럼에도 그는 러시아의 팽창 욕구를 유럽으로 돌리고, ─어쩌면 필연이지도 모르겠지만─ 페테르부르크와 빈 사이의 잠들어 있는 라이벌 의식을 깨어나게 하고 있습니다."

"아, 빈이라니요! 당신은 바로 이 세계적 장애물을 걱정하고 있군요. 어쩌면 당신은 썩어빠진 제국의 우두머리인 빈을 독일 신성로마제국의 미래로 보고 있어서 그런 것 아닌지요!"

"그렇다면 당신은 러시아를 좋게 보는데, 그것은 로마 정교에 대한 인문주의적 공감에서 우러난 사고인지 모르겠네요."

"민주주의는 빈의 왕궁보다 크렘린에 더 많은 희망을 걸고 있습니다. 그런데 그것은 루터와 구텐베르크를 배출한 나라로서는 치욕입니다."

"더구나 그것은 어쩌면 어리석은 일인지도 모릅니다. 그러나 이와 같은 우행도 숙명이 만들어낸 것입니다."

"아, 숙명 따위의 말은 하지 마십시오! 인간의 이성은 숙명보다 더 강해지기만을 바랄 필요가 있습니다. 그리고 이성은 사실 그렇습니다!"

"우리가 바라는 것은 운명일 뿐입니다. 고로 자본주의적 유럽은 자신의 운명을 바라고 있는 것입니다."

"누군가 전쟁이 일어난다고 믿는 이유는 그가 전쟁을 충분히 혐오하지 않아서 그런 것입니다!"

"당신의 전쟁 혐오는 당신이 국가 자체를 혐오하지 않는 한 논리적으로 설명이 되지 않습니다."

"현세의 원칙인 민족국가를 당신은 악마에게 전가하려 합니다. 그러나 민족들을 자유롭고 평등하게 만들어 보십시오. 작고 힘없는 자들을 억압으로부터 지켜 주고, 정의와 민족의 경계선을 창출해 보십시오."

"브레너 경계선, 나도 알고 있습니다. 오스트리아의 해체 말입니다. 하지만 내 생각에 전쟁 없이 어떻게 그것이 가능하겠습니까!"

"내가 언제 민족 전쟁을 저주했는지 정말 알고 싶군요."

"그야 내 귀로 들은 것 같습니다만."

"아닙니다, 세템브리니 씨가 그런 말을 하지 않았음을 내가 보증합니다." 걸어가면서 머리를 갸우뚱한 채 말하는 사람에게 주의를 기울이던 한스 카스토르프가 논쟁에 끼어들었다. "사촌과 나는 이런 문제나 이와 유사한 문제에 대해 세템브리니 씨와 가끔 대화를 나눈 적이 있습니다. 그렇습니다, 물론 우리는 그저 듣는 쪽이고 이분이 자신의 견해를 개진하고 모든 것을 명쾌하게 설명하곤 했지요. 이를 분명하게 입증할 수 있습니다. 그리고 여기 내 사촌도 세템브리니 씨가 운동과 반항, 그리 평화적인 것 같지는 않다고 여겨지는 세계 개선의 원칙에 대해 몹시 감동하여 여러 차례 말한 것이 기억에 생생할 것입니다. 세템브리니 씨는 이 원칙이 세계 어디서나 승리를 거두어 보편적이고 행복한 세계 공화국이 건설되려면 아직 더 큰 노력이 선행되어야 한다고 말했습니다. 당연한 얘기지만, 이분이 한 말이 내가 한 말보다 훨씬 더 조형적이고 저술가다웠습니다. 아무튼 나는 노련해진 민간인으로서 이분이 하는 말을 듣고 너무나 깜짝 놀랐기 때문에 낱말 하나까지도 자세히 기억하고 있습니다. 세템브리니 씨에 의하면 그날은 비둘기의 발로 오는 게 아니라 독수리의 날개를 타고 온다는 것입니다. 무엇보다 '독수리의 날개를 타고 온다'는 말에 나는 깜짝 놀랐던 것으로 기억됩니다. 그리고 우리가 행복의 길로 들어가기 위해서는 빈의 머리를 두들겨야 한다고도 했습니다. 따라서 세템브리니 씨가 전쟁을 무조건 배격한다고 말할 수는 없는 일입니다. 내 말이 맞습니까, 세템브리니 씨?"

"대체로 그렇습니다." 이탈리아인은 머리를 돌리고 지팡이를 흔들며 짧게 말했다.

"안됐습니다." 나프타는 흉물스런 모습으로 미소 지으며 말했다. "이제 당신 제자가 당신의 호전적인 경향을 증명한 것입니다. '독수리의 날개를 타고 온다'라고 했지요"

"볼테르 자신도 문명 전쟁을 긍정했으며, 프리드리히 2세도 터키와의 전쟁을 권한 바 있습니다."

"그는 전쟁 대신 터키와 동맹을 맺었지요, 하하. 그리고 세계 공화국이라니요! 행복과 통일이 실현되면 운동과 반항의 원칙이 어떻게 될 것인지는 묻지 않겠습니다. 반항은 아마 일순간에 범죄로 돌변하게 될 것입니다."

"아주 잘 알고 계시는군요. 그리고 이 젊은이들도 요원하리라 생각되던 인류의 진보가 핵심적 문제라는 사실을 알고 있습니다."

"그러나 모든 운동은 원의 형태를 지닙니다." 한스 카스토르프가 말했다. "공간과 시간 속에서 이를 알려주는 것은 질량 보존과 주기율의 법칙입니다. 사촌과 나는 조금 전에 이에 관해 대화를 나누었습니다. 일방적 방향이 지속되지 않은 채 폐쇄적 운동을 한다면 도대체 진보라는 말이 언급될 수 있겠습니까? 나는 밤에 절반만 보이는 별자리 수대(獸帶)를 관찰할 때면, 고대의 현명한 민족들을 생각합니다."

"당신은 뭔가에 골몰하거나 공상에 빠져서는 안 됩니다, 엔지니어 양반." 세템브리니가 그의 말을 중단시키며 말했다. "그보다는 오히려 당신을 행동으로 몰아가는 당신 연령과 당신네 종족의 본능에 자신을 단호히 맡기십시오. 당신의 자연과학적 교양을 진보의 이념과 연관시키도록 하십시오. 당신은 무한한 세월을 거쳐 생명이 섬모충에서 인간으로 진보 내지 진화한 것을 알고 있으며, 인간에게 무한한 완벽성으로의 가능성이 열려 있음도 의심치 않을 것입니다. 그러나 당신이 수학을 집요하게 고집한다면, 운동은 원의 형태라는 당신의 순환논리를 완벽하게 깨우치고, 다음과 같은 우리의 18세기 학설에서 새로운 힘을 얻기 바랍니다. 이 학설에 따르면 인간은 원래 선하고 행복하고 완전했으나 사회적 오류로 인해 왜곡되고 타락했다는 것, 그러므로 사회제도를 비판함으로써 인간이 다시 선하고 행복하며 완전하게 되도록 해야 한다는 것입니다."

"세템브리니 씨는 덧붙여야 할 말을 빠트리고 있습니다." 나프타가 끼어들었다. "루소의 목가적 분위기는 교회에서 내세우는 교리를 이성적으로 개악한 것입니다. 다시 말해 인간이 예전에 국가도 없고 죄악도 모르던 상태, 원초의 신과 직접 대면하고 순수한 신의 아들로 돌아가야 한다는 교리를 개악한 것에 불과합니다. 그러나 지상에서 모든 국가 형태가 해체된 연후에 나타나는 신의 나라의 재건은 지상과 천국, 감각적인 것과 초감각적인 것이 서로 맞닿는 곳에서 이루어집니다. 구원은 초월적인 것입니다. 그리고 당신의 자본주의적 세계 공화국에 관한 한, 이보시오 선생, 그러면서 당신이 '본능'에 관해 말하는 것을 들으니 아주 이상합니다. 본능적인 것은 철저히 민족적인 것의 측면에만 있습니다. 그리고 신이 직접 인간들에게 이런 천부적인 본능을 부여하여 민족들이 파생하게 되었으며, 여러 국가로 나누어지게 된 것입니다. 전쟁…."

그러자 세템브리니가 "전쟁!" 하고 소리쳤다. "전쟁 자체가 벌써 진보에 틀림없이 기여했습니다. 당신이 좋아하는 시기에 일어난 모종의 사건들, 그러니까 예컨대 십자군 원정을 기억한다면 내 말을 인정할 것입니다. 이 문명 전쟁은 경제적 교류, 무역 및 정치적 교류를 통하여 민족들의 상호관계를 가장 행복한 상태로 만들어 주었으며, 서양의 인간성을 하나의 이념의 특징에 따라 통합하였습니다."

"당신은 그 이념에 대해서는 매우 너그럽군요. 내가 당신의 생각을 더욱 정중하게 고쳐드리겠습니다. 십자군 원정과 이로 인한 교류의 활성화가 국제적으로 균등한 영향을 미친 것이 아니라, 이와는 반대로 제 민족 간에 서로가 다르다는 것을 깨닫게 해주었고, 이로써 민족적 국가 이념의 형성을 강력하게 촉진하게 되었던 것입니다."

"아주 적절한 지적입니다. 성직자 계급에 대한 제 민족의 관계가 문제되는 한에서는 말입니다. 네, 그렇습니다! 그 당시에 성직자 계급의 월권에 맞서 국가적, 민족적 감정이 확고해지기 시작했고…."

"그런데 당신이 성직자 계급의 월권이라고 부르는 것은 정신의 표징에 따라 인류가 통합되기 위한 이념과 조금도 다를 것이 없습니다!"

"사람들은 그 정신을 알고는 있지만, 이젠 사양하고 있습니다."

"당신의 민족적 광기는 분명히 교회가 수행하는 세계 극복의 사해동 포주의를 혐오하고 있습니다. 당신이 전쟁에 대한 혐오감을 사해동포 주의에 대한 공포감과 어떻게 조화시킬 생각인지 제발 알 수 있으면 좋 겠습니다. 고대 지향적인 당신의 국가 숭배는 당신을 실증적인 법해석 의 옹호자로 만들 수밖에 없으며, 바로 그런 것이…."

"이제는 법에 관해서입니까? 그럼 들어보십시오, 국제법에서는 자연 법과 보편적 인간 이성의 사상이 유효성을 지니고 있습니다."

"흥! 당신의 국제법은 이번에도 신권의 루소적 개악에 불과합니다. 그것은 자연과 이성과는 무관하고, 계시에 의거할 따름입니다."

"명칭을 가지고 논쟁하지 맙시다, 교수님! 내가 자연법과 국제법으 로 존중하는 것을 당신은 신권이라 불러도 좋습니다. 중요한 것은 민 족 국가의 실증법 위에 상위의 보편적 법이 있으며, 국가 사이의 이해 문제는 국제적 중재 재판소에 의해 가능하다는 사실입니다."

"중재 재판소라니요! 말도 안 되는 소리! 생활의 문제를 결정하는 시 민적인 중재 재판으로 신의 의지를 규명하고 역사를 판정하다니! 좋습 니다, 비둘기의 발에 관한 문제는 이 정도로 해둡시다. 그런데 독수리 의 날개는 어디에 있나요?"

"시민의 풍속은…."

"쳇, 시민의 풍속이란 전혀 방향성이 없어요! 시민들은 출산율 감소 를 막아야 한다고 외치고, 자녀의 양육비와 직업 준비 비용을 줄여야 한다고 요구합니다. 게다가 도시마다 사람들이 몰려다녀서 질식할 지 경이고, 직장마다 사람이 넘쳐서 생존 경쟁의 무서움이 과거의 전쟁에 대한 공포를 능가하고 있습니다. 공지와 전원 도시! 종족의 체질 향상!

그러나 문명과 진보가 더 이상 전쟁을 원하지 않는다면, 어떻게 체질 향상이 이루어지겠습니까? 전쟁은 모든 것을 방지하고, 모든 것을 촉진시키는 수단일 수도 있습니다. 전쟁은 체질 향상에 도움이 되고, 심지어는 출산율 감소를 막아 줍니다."

"농담을 하는군요. 진지함이라곤 없는 이야기입니다. 마침 적절한 순간에 대화가 끝나게 되었군요. 우리는 다 왔습니다." 세템브리니는 이렇게 말하고 두 사촌에게 담장 뒤의 작은 집을 지팡이로 가리켰다. 그것은 도르프 읍 입구에서 멀지 않은 길가에 위치해 있었고, 작은 정원이 거리를 막고 있는 수수한 집이었다. 뿌리가 보이는 포도나무의 넝쿨이 대문을 휘감고 있었고, 구부러진 가지는 담벼락을 따라 기어오르다가 오른쪽 작은 소매점의 1층 진열창 쪽을 향하고 있었다. 1층에서는 소매점 주인이 산다고 세템브리니가 설명했다. 나프타의 하숙방은 양복점 2층이고, 세템브리니 자신은 다락방에서 거처한다는 것이었다. 그곳은 조용한 서재라고 덧붙였다.

나프타는 놀랄 정도로 친절한 척하면서 앞으로도 이런 만남이 계속되기를 바란다고 말했다. "우리를 찾아 주십시오. 여기 세템브리니 박사가 두 분의 우정에 더 오랜 권리를 갖고 있지 않다면 나를 찾아달라고 말하는 바입니다. 사소한 대화라도 나누고 싶으면 언제라도 오십시오. 나는 젊은이와의 대화를 좋아합니다. 나에게도 교육자로서의 소질이 전혀 없는 것은 아닌 것 같습니다. 우리의 선생께서 (그는 세템브리니를 가리켰다.) 교육자의 소질과 직업이 시민적 인문주의의 전제조건이라고 말한다면, 그에게 항변할 것입니다. 그럼 곧 또 만나요!"

세템브리니는 난색을 표명하며 그 이유를 설명했다. 소위가 이 위에 체류할 날도 얼마 남지 않았고, 엔지니어도 곧 그를 따라 평지로 돌아가기 위해 요양에 더욱 박차를 기울일 생각이기 때문이라는 것이다.

한스 카스토르프와 요아힘은 두 사람 모두에게 차례로 동의하는 제스처를 취했다. 나프타의 초대에는 감사의 뜻으로 고개를 숙여 받아들였고, 다음으로 세템브리니의 우려에 대해서도 머리와 어깨를 흔들어 옳은 말이라고 수긍했다. 이렇게 모든 것은 미해결 상태가 되어 버렸다.

"그 사람이 세템브리니를 뭐라고 불렀지?" 베르크호프로 가는 비탈길을 올라갈 때 요아힘이 물었다.

"나는 '선생'이라고 하는 것 같았어." 한스 카스토르프가 말했다. "그리고 나도 방금 그 생각을 하고 있었어. 그냥 익살스런 표현인가 보지. 그들은 서로 이상한 이름으로 부르잖아. 세템브리니는 나프타를 '스콜라 학파의 지도자'라고 불렀는데, 나쁘지는 않은걸. 스콜라 학파 사람들은 중세의 신학자들이고 독단적인 철학자들이라고 할 수 있을 테니까 말이야. 음, 중세에 대해 그들은 여러 번 언급했었지. 그래, 내가 여기에 처음 온 날 세템브리니가 말했던 것이 생각나. 우리가 머무는 이위에는 중세적인 분위기가 감돈다고 했어. 아드리아티카 폰 밀렌동크라는 이름 때문에 그런 말이 나오게 되었지. 그런데 그 사람 마음에 들었어?"

"작은 사람 말이야? 안 좋아. 이따금 마음에 드는 말도 했지만 말이야. 물론 중재 재판은 위선이야. 아무튼 그 사람 자체는 그리 마음에 들지 않았어. 좋은 말을 많이 해도 그 사람 자체가 수상해 보이면 더 할말이 뭐 있겠어. 그리고 그에게 수상한 구석이 있다는 것은 너도 부정할 수 없을 테지. '동침의 자리'라는 말은 확실히 미심쩍었어. 그리고 너도 보았다시피 그 매부리코 좀 봐! 그렇게 왜소한 체격은 대체로 셈족이지. 그 남자를 정말 찾아가 볼 생각이야?"

"우리 함께 그를 찾아가 보자!" 이렇게 외친 뒤 한스 카스토르프가 설명했다. "왜소한 체격 말이야, 네가 군인이라서 그런 식으로 말하는 거야. 칼데아인들도 그런 코를 가지고 있었지만 비밀스런 학문뿐만이 아니라 여러 면에서 정말 훌륭한 자질을 가졌지. 나프타도 그런 비밀스런 학문에 대해 많이 아는 것 같은데, 나는 그런 그에게 상당히 흥미가 있거든. 오늘 그를 처음 보고 어떤 사람인지 알았다고 주장하려는 것은 아니지만, 자주 그와 만나다 보면 그를 잘 알게 되겠지. 그러다 보면 우리가 더 해박해질 거라고 나는 확신해."

"아, 정말이지 너는 이 위에 와서 생물학이나 식물학, 지속되지 않는 회귀점… 하면서 점점 더 해박해지고 있어. 그리고 넌 이곳에 온 첫날부터 〈시간〉에 관심을 가졌지. 하지만 우리가 이곳에 있는 것은 더 똑똑해지기 위해서가 아니라 더 건강해지기 위해서야. 갈수록 건강해지고 완전히 나아서 그들이 결국 우리를 자유롭게 놓아 주고, 완쾌된 몸으로 평지에 돌아가기 위해서라고."

"산 위에 자유가 있노라!" 카스토르프는 가벼운 마음으로 흥얼거린 뒤 말을 이었다. "자유가 뭔지 내게 좀 말해 봐. 나프타와 세템브리니도 아까 그것에 관해 논쟁을 벌였지만 견해가 서로 일치하지 않았지. 세템브리니는 '자유란 인간애의 법칙이다'라고 말했는데, 그 말은 그의 선조인 카르보나로가 한 말 같아. 그러나 카르보나로가 아무리 용감했다 할지라도, 그리고 우리의 세템브리니가 아무리 용감할지라도…."

"그래, 그는 개인적 용기라는 말이 거론되었을 때 언짢은 표정이었어."

"그는 왜소한 나프타가 두려워하지 않는 몇 가지 문제를 두려워하는 것 같아. 내 말 알아들어, 세템브리니가 말하는 자유와 용기도 거드름이나 피우는 수준이 아닐까 생각해. 너는 그가 자신을 버릴 만큼 용기가 있다고 생각해?"

"왜 또 프랑스어로 말하기 시작하는 거야?"

"그냥. 이곳 분위기가 너무 국제적이라서 말이야. 그 두 사람 가운데 누가 더 이런 분위기를 좋아할지 모르겠어. 시민적 세계 공화국을 옹호하는 세템브리니인지 또는 교권의 사해동포주의를 옹호하는 나프타인지 말이야. 너도 보았듯이 나는 두 사람의 말을 아주 주의 깊게 들었지만, 내 머릿속에서 논리가 정연해지는 것이 아니라 두 사람의 말을 들은 뒤로는 정반대로 혼란만 가중되었어."

"늘 그런 거야. 말과 견해 때문에 오히려 혼란만 생긴다는 것을 너도 늘 깨달았을 것 같은데. 내 말은 누가 어떤 견해를 갖고 있는가 하는 것이 중요한 것이 아니라, 그가 올바른 사람인가 하는 것이 중요하다는 거야. 가장 좋은 것은 아무 견해도 갖지 말고 자신의 임무나 수행하라는 것이지."

"그래, 너야 군인이고 전적으로 형식이 중요한 존재니까 그렇게 말할 수 있겠지. 나는 민간인이니 사정이 다르고, 어느 정도 이런 문제에 책임이 있어. 나는 혼란스런 상황을 지켜보면서 흥분을 느껴. 두 사람 가운데 한 사람은 시민적 세계 공화국을 역설하고, 원칙적으로 전쟁을 혐오하면서도 애국심이 강해서 무조건 브레너 경계선을 요구하면서 이를 위해서는 문명 전쟁도 치르겠다 이거야. 반면에 다른 한 사람은 국가를 악마의 작품으로 간주하고 보편적 통합을 노래하다가, 다음 순간에는 자연스러운 본능의 권리를 옹호하면서 평화회의를 조롱하고 있어. 우리는 뭔가 잘 알기 위해서라도 꼭 그를 찾아가야 해. 우리가 이곳에 머무는 것은 더 해박해지기 위해서가 아니라 더 건강해지기 위

해서라고 너는 물론 말하지만, 어쨌든 혼란스런 견해는 일치를 보아야
해. 그렇게 생각하지 않는다면 너는 세계의 분리, 그런 어떤 것을 쫓아
가는 셈이야. 다시 너에게 말하겠는데, 그렇게 하는 것은 늘 큰 잘못이
야."

신의 국가와 사악한 구원에 관해

한스 카스토르프는 발코니에서 식물을 재배하기로 마음먹었다. 천
문학적으로 여름이 시작되어 낮이 점점 짧아지기 시작한 이때에는 여
러 곳에서 식물들이 무성하게 자라고 있었다. 미나리아재빗과에 속하
는 매발톱꽃 내지 아퀼레지아가 다년생 관목처럼 줄기를 높이 세운 채
푸른색과 보라색, 적갈색 꽃을 피우고 있었고, 잎사귀는 채소처럼 넓은
표면을 드러내고 있었다. 이 식물은 여기저기 자라고 있었지만, 1년 전
에 그가 처음 발견한 조용한 토양에서 특히 무리지어 자라고 있었다.
이곳은 급류가 쫠쫠 흐르는 외진 숲속의 협곡으로, 작은 다리와 휴식을
위한 벤치가 놓여 있었다. 당시에 카스토르프는 섣불리 무리하게 이곳
에서 산책을 하다가 중도에 포기한 적이 있었지만, 나중에는 이따금 다
시 이곳을 찾아오곤 했다.

이곳에 산책하는 것은 당시처럼 그렇게 모험적인 것은 아니었고, 그
곳까지의 거리도 그리 먼 것이 아니었다. 도르프에 있는 썰매 경주의
결승점에서 비탈길을 약간 올라가면, 그림처럼 아름다운 장소가 숲길
에 나타났다. 이곳은 빙 둘러 가거나 오페라 곡을 부른다거나 또는 힘
들어서 쉬지 않는다면 샤츠알프에서 내려오는 봅슬레이가 위로 지나

는 나무다리를 건너 20분이면 도달할 수 있었다. 요아힘이 진료를 받고, 신체 내부의 사진을 찍고, 피검사를 하고, 주사를 맞고, 몸무게를 재면서 의무적인 일과로 요양원에 묶여 있을 때, 날씨가 좋으면 카스토르프는 두 번째 아침 식사를 마치고, 때로는 첫 번째 아침 식사 후에도 그곳으로 산책을 나갔다. 그리고 차 마시는 시간과 저녁 식사 사이의 시간을 이용하여 자신이 좋아하는 장소를 찾아가 과거에 심하게 코피를 쏟는 바람에 앉았던 벤치에서 쉬기도 했다. 그는 고개를 비스듬히 한 채로 급류의 철철 넘치는 물소리에 귀를 기울이면서 아늑한 주변 풍경과 올해도 다시 핀 수많은 푸른 매발톱꽃을 바라보았다.

그가 단지 이런 이유로 이곳을 찾아온 것일까? 그것만은 아니었다. 혼자 이곳에 앉아서 자신을 회고하고, 수개월 동안 자신이 겪은 인상과 모험을 더듬어 평가하면서 모든 것을 정리하기 위해 이곳에 와서 앉아 있었다. 다양하고 많은 인상과 모험을 동시에 정리하는 것은 쉬운 일이 아니었다. 왜냐하면 그것들이 그의 머릿속에 여러 갈래로 교차하고 뒤섞여 있어서, 손에 잡힐 것처럼 명백한 일을 단지 생각하고 꿈꾸고 상상한 것과 구별할 수가 없었기 때문이다. 이 모든 일은 본질적으로 너무나 모험적이었기 때문에, 이 위에 오던 첫날부터 두근거리기 시작하여 멈출 줄 모르던 그의 심장이 이런 것들을 생각하면 멎는 것 같다가는 다시 박동을 시작하는 것이었다. 그렇다, 언제가 몸의 활력이 떨어진 그에게 프리비슬라프 히페의 모습이 눈앞에 생생하게 나타났던 바로 그곳에 아퀼레지아가 여전히 그대로가 아니라 다시 새롭게 피었다는 사실은 과연 이성적으로 충분히 생각할 수 있는 것일까? 또한 '3주' 예정이었던 체류기간이 어느새 만 1년이 되어 모험으로 두근거리던 그의 가슴이 이렇게 소스라치게 놀랐다는 사실 역시 이성적으로 생각할 수 있는 것일까?

그렇지만 이제는 급류 옆의 벤치에 앉아도 더는 코피를 흘리지 않았고, 그것은 다 지나간 일이 되었다. 이곳의 기후에 익숙해지는 것이 얼마나 어려운가는 그가 도착한 직후 요아힘으로부터 들어 알고 있었고, 그 자신도 기후에 적응하기가 너무 힘들었지만, 요즘에는 점차 나아져서 11개월이 지난 지금은 적응이 완벽해졌다고 할 수 있었고, 이 방면에서는 더 이상 바랄 것이 거의 없었다. 위의 화학적 기능도 정상으로 돌아왔고, 마리아 만치니의 맛도 좋아졌다. 그의 건조한 코 점막의 신경이 얼마 전부터는 이 훌륭한 제품의 진가를 예전처럼 다시 느낄 수 있게 되었다. 이 국제 요양지의 진열창에서도 마음에 드는 제품을 구할 수 있었지만, 재고가 떨어질 때쯤이면 그는 일종의 경건한 마음에서 브레멘으로 그것을 주문해 오곤 하였다. 그는 마리아 만치니를 평지를 등진 자신과 옛 고향을 이어주는 일종의 연결선으로 생각한 것은 아니었을까? 이를테면 마리아는 그가 저 아래 숙부들에게 이따금 보내던 엽서보다 더 효과적으로 그와 같은 관계를 유지하고 지탱해 준 것이 아니었을까? 그가 당지에서 통용되는 시간 개념을 받아들여서 보다 광범위한 시간 단위를 자신에게 적용하자, 상대적으로 이들과의 거리감이 그만큼 더 벌어진 것이었을까?

그가 호의를 나타내기 위해 보낸 엽서들에는 대체로 눈 덮인 골짜기가 그려진 예쁜 그림이나 여름철 풍경화가 담겨 있었다. 엽서의 글을 쓰는 난은 필요 이상으로 넉넉해서 그곳에다 최근의 의사소견을 알리고, 매달 받는 진단 결과 및 종합 검진 결과를 친척들에게 보고할 수 있었다. 예를 들면 청각이나 시각적 검진 결과로 볼 때 조금씩 병세가 나아지고는 있지만, 아직도 병독이 제거된 것은 아니며, 여전히 존재하는 작은 환부에서 미열이 계속 가라앉지 않고 있다는 것, 그러나 자신이 인내심을 발휘한다면 환부들도 말끔히 사라지고 다시는 이곳에 돌아올 필요가 없을 것이라는 것을 엽서에 써넣었다. 그에게 이보다 상세한 내용의 편지를 요구하거나 기대한다는 것은 틀림없이 무리한 일이었을 것이다. 그에게 엽서를 받는 사람들 또한 인문주의적으로 웅변가의 세계에 속해 있지 않았고, 그가 받은 답장들도 웅변적으로 감동시키는 내용이 아니었다. 답장이 올 때면 대체로 고향에서 보내오는 생활비, 아버지의 유산에서 나오는 이자가 함께 왔는데, 그 돈은 당지의 화폐로는 상당히 큰 금액에 해당되어서 다시 돈을 보내 줄 때까지 생활비가 떨어지는 일은 결코 없었다. 타이프로 친 여러 줄의 편지에는 야메스 티나펠의 서명이 되어 있었고, 종조부가 보낸 안부와 쾌유를 바라는 글이 있었으며, 때로는 뱃사람인 페터의 글도 들어 있었다.

한스 카스토르프는 최근에 베렌스 고문관이 자신에게 주사 놓는 일을 중단했다고 집으로 소식을 전했다. 이 젊은 환자에게는 주사가 효과가 좋지 않았던 모양으로, 주사는 그에게 두통, 식욕 부진, 체중 감소와 피곤을 초래했으며, '체온'이 일단 올라가면 잘 떨어지지 않았다. 그의 체온은 건조한 열기를 띠면서 얼굴을 장미처럼 붉게 달아오르게 했다. 저지의 습한 기상에 젖어 있는 이 청년에게 기후적응이라는 것은 주로 적응되지 않는 것에 적응하는 것이라는 점을 알게 해 주고 있었다. 이런 면에서는 라다만토스 자신도 이곳 기후에 적응되지 않아 항상 퍼런 얼굴을 하고 다녔다. 요아힘은 사촌이 이곳에 오자마자 "몇몇은 전혀 적응이 되지 않는다"고 말한 바 있었는데, 카스토르프가 바로 그런 경우에 속하는 것 같았다. 그가 이곳 고지에 도착한 직후부터 그를 괴롭힌 목이 떨리는 현상도 사라질 기미를 보이지 않았고, 걸어갈 때나 말할 때, 푸른 꽃이 피어 있는 명상의 장소에서 일련의 모험에 대하여 생각에 잠겨 있을 때에도 목이 떨리는 현상은 다시 찾아오곤 했다. 이 때문에 한스 로렌츠 카스토르프 할아버지처럼 턱을 위엄 있게 떠받치는 행동이 거의 고정된 습관처럼 되어 버렸다. ―그는 이런 행동을 할 때면 할아버지의 고풍스런 높은 옷깃, 행사 때면 일시적으로 입는 주름 잡힌 예복의 형태, 담황색의 둥근 세례반, '우어, 우어' 하는 경건한 소리 등 이와 유사한 일들을 남몰래 상기하면서 자신의 복잡하게 꼬인 인생을 곰곰이 되새겨 보지 않을 수 없었다.

11개월 전처럼 더는 프리비슬라프 히페의 모습이 생생하게 나타나지 않았다. 그의 기후적응은 완벽해졌고, 어떤 환영도 다시는 눈에 어른거리지 않았다. 벤치에 조용히 몸을 눕혀도 그의 자아가 멀리 떨어진 곳에 머물지도 않았다. ―이렇게 우연한 일은 일어나지 않았다. 이와 같은 기억 속의 이미지가 그의 앞에 나타날지라도, 선명함과 생생함이 정상적이고 건전하여 도를 넘지 않았다. 그리고 지나간 기억이 떠오를 때면 카스토르프는 아마 편지 봉투에 넣어 지갑 속에 간직한 유리로 된 기념물을 상의 안주머니에서 꺼내 보았을지도 모른다. 그것을 평평하게 해서 땅바닥에 놓고 보면 검게 빛을 반사하는 불투명해 보이는 유리판이었으나, 햇빛을 향해 들어 올리면 밝아지면서 인체의 상이 나타났다. 인체의 투명한 상, 늑골구조, 심장의 모습, 활 모양의 횡격막, 풀무처럼 보이는 폐, 그 밖에 쇄골과 상박골, 이 모든 것이 희미하고 아른거리는 외피, 그가 사육제 주일에 이성을 거역하고 맛보았던 살로 둘러싸여 있었다. 팔짱을 낀 채 휴식을 위한 벤치의 소박하게 꾸며진 등받이에 몸을 기대고 이 선물을 들여다보며 '이 모든 일'을 숙고하고 돌이켜보면, 그의 심장이 멎는 것 같다가 거세게 박동하는 것이 조금도 이상할 이유가 없었다. 이럴 때면 그는 머리를 어깨 쪽으로 기울이고 급류의 좔좔 흐르는 물소리에 귀를 기울이며, 푸르게 피어 있는 매발톱꽃을 감상하곤 했다.

별이 빛나던 저 혹한의 밤에 학문적 연구를 할 기회가 있었던 때처럼 인체라는 유기적 생명의 고귀한 상이 그의 눈앞에 떠올랐다. 한스 카스토르프는 신체 내부의 모습을 관찰하면서 갖가지 질문도 던지고 차이점들도 비교했다. 이런 것에 대해 선량한 요아힘은 관여해야 할 의무감 같은 것을 갖지 않았다. 반면에 카스토르프는 저 아래 평지에서라면 쳐다보거나 관심조차 없었을 이런 일에 대해 민간인으로서 책임감을 느끼기 시작했다. 5천 피트 고지대의 관조적인 은거 장소로부터 세상과 피조물을 내려다보며 생각에 잠기는 이곳에서는 그의 자세가 달라져 있었다. ―이는 어쩌면 가용성 독소로 말미암아 야기된 육체의 고양에 의한 것으로, 이럴 때면 그의 얼굴은 건조한 열 때문에 벌겋게 달아오르곤 했었다. 한스 카스토르프는 관조적인 순간을 맞이할 때면 교육자적인 손풍금장이인 세템브리니를 생각했다. 헬라스에서 태어난 그의 아버지가 고귀한 상에 대한 사랑을 정치, 반항, 웅변으로 설명했다면, 세템브리니는 시민의 창을 인류의 제단에 바치고자 했다. 그러면서 카스토르프는 문득 자신을 동지라고 부르던 크로코프스키 박사를 떠올려 보았다. 그는 얼마 전부터 작고 어두운 밀실에서 크로코프스키와 함께 했던 일을 생각하면서, 정신분석의 이중적 본질에 대해 숙고해 보고, 분석이 행동과 진보에 얼마나 유익한지, 또한 분석이 무덤과 그것의 더러운 분해와 얼마나 친밀한지 곰곰이 따져 보았다. 그는 서로 다른 이유에서 검은 옷을 입고 다녔던 두 할아버지, 즉 반항적인 할아버지와 성실한 두 할아버지의 모습을 나란히 또는 대립적으로 비교해

보면서 이분들의 위엄을 깊이 생각해보았다. 나아가 형식과 자유, 정신과 육체, 명예와 수치, 시간과 영원성과 같은 광범위한 일련의 복합적 문제에 대해서도 신중히 따져보았다. 그리고 매발톱꽃이 다시 피어서 어느새 1년이 지났다는 것을 생각하고는 잠깐 동안이지만 심한 현기증에 빠졌다.

카스토르프는 그림처럼 아름다운 자신의 은거지에서 이처럼 책임감을 갖고 사색에 빠지는 것에 대해 특별한 명칭을 부여하여 〈술래잡기〉라고 불렀다. 이 놀이를 하면 공포와 현기증과 심장의 심한 통증도 나타나고 얼굴이 벌겋게 상기되기도 했지만, 그는 이것을 무척이나 좋아하여 사내아이들의 놀이 용어, 어린이들의 표현을 사용한 것이다. 그는 이런 술래잡기 놀이를 할 때에는 명상과는 어울리지 않는 자세였지만 힘이 들어서 턱을 똑바로 받쳐 들지 않을 수 없었다. 왜냐하면 이와 같은 자세는 '술래잡기'를 통해 고귀한 상이 눈앞에 떠오를 때 그의 마음속에서 생겨나는 위엄과 아마도 일치하는 면이 있었기 때문일 것이다.

추남인 나프타는 영국의 사회이론에 반대하여 인간의 고귀한 상을 '신의 아들'이라고 불렀다. 카스토르프가 시민적 책임감과 술래잡기에 대한 흥미 때문에 요아힘을 데리고 키 작은 나프타를 방문해야겠다고 생각한 것이 전혀 이상한 일은 아니었다. 물론 세템브리니는 이를 못마땅하게 여겼다. 카스토르프는 이를 뚜렷이 느낄 수 있을 만큼 충분히 영리하고 민감했다. 실제로 나프타와 처음 만날 때부터 인문주의자 세템브리니는 이를 언짢게 생각하여 어떻게든 서로 마주치는 일이 없도록 애를 쓴 바 있었다. 설령 그 자신은 나프타와 교류하고 논쟁을 벌일지라도 젊은이들, 특히 한스 카스토르프 청년은 ―영악한 걱정거리 자식은― 교육적으로 나쁜 영향을 받지 않도록 나프타와 사귀는 일이 없게 하려고 노력했다. 교육자들이란 항상 이런 식이다. 자신들은 얼마든지 '감당'할 수 있다며 흥미로운 것을 즐긴다. 반면에 젊은이는 흥미로운 것을 '감당'할 수 없다고 그들은 느끼며 이를 금지하고 요구한다. 한스 카스토르프 청년에게 이런 식으로 금지하는 손풍금장이의 태도가 수긍이 되지 않았지만, 그나마 그가 직접 나서서 막지 않았다는 것은 다행스런 일이었다. 걱정거리 제자는 무덤덤하고 순진한 척하면 되는 일이었기에, 키 작은 나프타의 초대에 순순히 응하지 못할 까닭이 전혀 없었다. 어쨌든 그는 자신의 생각을 실행에 옮겼다. 나프타와 처음 만난 며칠 뒤인 어느 일요일 오후, 그는 주요 일과인 안정 요양을 끝내고 좋든 싫든 합류하게 된 요아힘을 데리고 나프타의 집을 방문했다.

베르크호프에서 몇 분쯤 내려가자 대문에 포도 넝쿨이 칭칭 감겨 올라간 작은 집이 나타났다. 그들은 안으로 들어가서는, 가게로 통하는 오른쪽 입구를 보면서 갈색의 좁은 계단을 올라갔다. 그러자 2층의 현관문이 나타났고, 문의 초인종 옆에는 '여성복 재단사 루카체크'라는 문패만이 달려 있었다. 이윽고 하인 제복에 줄무늬 재킷을 입고, 각반을 차고 있는 어린 사동이 문을 열어주었다. 그는 머리가 짧고 볼이 붉은 심부름꾼 아이였다. 두 사촌은 사동에게 나프타 교수님이 있는지 물어 보고, 둘 다 명함이 준비되어 있지 않아서 자신들의 이름을 그에게 뚜렷하게 각인시켰다. 그런 뒤에야 사동은 나프타 씨를 —아이는 교수라는 명칭을 사용하지 않았다— 부르러 안으로 들어갔다. 그 사이에 입구의 맞은편 방문이 열려 있어서 재단사의 작업실을 들여다볼 수 있었다. 그날은 휴일이었으나 루카체크는 다리를 포개고 테이블 앞에 앉아 바느질을 하고 있었다. 그는 대머리에 창백한 얼굴로 떨떠름한 표정을 짓고 있었다. 뾰족하고 높은 매부리코 아래로는 그의 까만 콧수염이 입술 옆으로 내려와 있었다.

"안녕하세요!" 한스 카스토르프가 인사했다.

"안녕하시오." 재단사는 스위스 방언으로 대답했다. 그러나 왠지 그 말은 그의 이름이나 외모와 어울리지 않아서 약간 어색하고 이상하게 들렸다.

"왜 이렇게 열심히 일하시나요?" 카스토르프는 고개를 끄덕이며 계속 말했다. "오늘은 일요일이잖아요!"

"일이 급해서." 루카체크는 짧게 응수하고는 바느질을 다시 시작했다.

"아주 세련된 옷 같네요. 무도회 등을 위해 시급히 필요한가 보군요." 카스토르프의 이 말은 추측에 불과했다.

재단사는 한동안 아무 대답을 하지 않다가, 실을 이빨로 끊고는 새로운 실을 바늘에 꿰었다. 그런 뒤에야 그는 고개를 끄덕였다.

"멋진 옷이 되겠군요." 한스 카스토르프는 다시 물었다. "소매도 만들어 붙입니까?"

"네, 물론 소매도 있지요. 노부인을 위한 것이니까요." 루카체크는 심한 보헤미아 억양으로 대답했다. 사동이 돌아오자 문 사이로 나누던 대화가 중단되었다. 사동은 나프타 씨가 들어오라고 한다고 알렸다. 그는 두 청년에게 두세 걸음 오른쪽에 있는 문을 열어주고는 커튼을 들어 올려 안으로 들어가게 해주었다. 나프타는 슬리퍼를 신고 이끼 색깔과 비슷한 녹색 융단 위에 서서 들어오는 두 청년을 맞아주었다.

두 사촌은 그들이 안내받아 들어간 유리창이 두 개 달린 서재가 너무 호화로워서 깜짝 놀랐다. 서재는 그야말로 눈이 부실 정도로 호화로웠다. 옹색한 작은 집과 계단, 낡은 복도를 보고난 그들로서는 이렇게 호화로운 서재가 있으라는 사실을 전혀 예상하지 못했다. 아늑한 서재와 장식의 우아함이 대조되어 동화와 같은 분위기가 조성되어 있었다. 하지만 서재 그 자체만으로는 아마 이런 분위기가 나지 않았을 것이고, 카스토르프와 요아힘의 눈에도 그런 느낌이 들지 않았을 것이다. 어쨌든 서재는 세련되고 훌륭했으며, 책상과 책장이 비치되어 있어도 남자의 방이라는 생각이 들지 않을 만큼 호화로웠다. 방은 사방에 분홍색과 보라색 비단으로 장식되어 있었는데, 낡은 문을 가리는 커튼도 비단이었고, 유리창 커튼과 가구 세트의 덮개도 마찬가지로 비단으로 되어 있었다. 가구 세트는 두 번째 문 맞은편의 비좁은 옆쪽에 놓여 있었고, 가구 앞으로 병작식용 양탄자가 벽을 완전히 두르다시피 하고 있었다. 금속으로 장식된 둥근 탁자 주위에는 팔걸이에 작은 쿠션이 달린 바로크식 안락의자가 늘어서 있었고, 탁자 뒤로는 같은 양식의 비단플러시 쿠션을 넣은 소파가 놓여 있었다. 책장은 두 문 사이의 벽 부분을 차지하고 있었다. 유리문이 달려 있고, 유리문 뒤로 녹색 비단이 쳐 있는 이 책장은 마호가니로 가공되어 있었다. 이와 마찬가지로 두 창문 사이에 자리 잡은 책상이랄까, 아니 그보다는 둥근 롤러 덮개와 책꽂이가 달린 책상도 마호가니로 되어 있었다. 그런데 소파 세트의 왼쪽 모퉁이에는 붉은 천을 입힌 받침대 위에 예술작품이라고 할 만한, 크고 우뚝 솟은 채색된 목각 조형물이 보였다. 그것은 비탄에 젖은 성모 마리아 상 '피에타'로, 소박한 형태이면서도 그로테스크한 분위기를 자아내고 있었다. 모자를 쓴 성모 마리아는 아미를 찌푸리고 고통스럽게 입을 비스듬히 벌린 채 수난의 그리스도를 품에 안고 있었다. 면류관의 예수를 멍하니 바라보는 이 상은 근본적으로 전체 균형이 맞지 않고 해부학적으로 지나치게 왜곡되어 있어서 해부학에 대한 무지를 드러내고 있었다. 한편 머리를 아래로 떨어트린 예수의 얼굴과 사지에는 피가 범벅이 되어 흐르고 있었고, 옆구리와 손발의 못 박힌 곳에서 흘러나온 피가 포도송이처럼 엉겨 붙어 있었다. 이 조각품은 비단으로 장식된 방에 미묘한 분위기를 불러일으켰다. 그런데 책장 위와 유리창 옆의 벽지도 세입자가 바른 것이 틀림없어 보였다. 녹색의 세로무늬 벽지는 바닥에 깔린 붉은색 부드러운 양탄자와 잘 어울렸다. 낮은 천장만은 속수무책이었는지 본래의 모습 그대로 낡고 금이 가 있었다. 그렇지만 베니스풍의 작은 샹들리에가 천장에 매달려 있었다. 창문에는 바닥까지 내려오는 크림색 커튼이 쳐 있었다.

"대화라도 나누려고 이렇게 찾아왔습니다!" 한스 카스토르프는 이렇게 인사하면서 놀랄 만큼 화려한 방의 주인보다는 구석에 있는 경건하고 무서운 마리아상에 시선을 고정시켰다. 방주인은 사촌들이 약속을 지켜준 데 대해 감사를 표했다. 그는 친절하게 작은 오른손을 움직여 두 사람을 비단 의자에 앉도록 권했다. 하지만 카스토르프는 즉시 무엇인가에 사로잡힌 듯 목각 조형물이 있는 곳으로 다가가 손을 허리춤에 댄 채 머리를 비스듬히 기울이고 서서는 그것을 감상했다.

"어떻게 이런 것을 갖고 계신지요!" 그가 나지막하게 말했다. "대단히 좋은데요. 이런 고뇌의 모습을 본 적이 있었을까요? 물론 오래된 것이겠지요?"

"14세기 것이죠." 나프타가 대답했다. "라인 강 유역에서 연원한 것으로 추정됩니다. 이것이 감동을 주었습니까?"

"크게 감동을 받았습니다." 카스토르프가 말했다. "이런 걸 보고 감동을 받지 않을 수 없을 것입니다. 상당히 흉측하면서도 ─죄송합니다─ 이렇게 아름다울 수 있다는 것을 나는 미처 생각도 하지 못했습니다."

"영혼과 표현의 세계의 산물." 나프타가 대답했다. "그것은 늘 아름답기 때문에 추한 것이고, 추하기 때문에 아름다운 것으로, 그것이 법칙입니다. 중요한 것은 정신의 아름다움이지, 어리석기 짝이 없는 육체의 아름다움이 아닙니다. 그런데 육체의 아름다움은 추상적이기도 합니다." 나프타는 덧붙여 말했다. "육체의 아름다움은 추상적입니다. 현실에는 내면의 아름다움, 종교적 표현의 아름다움만이 있을 따름입니다."

"정확하게 구분하고 분류해 주셔서 감사합니다." 한스 카스토르프가 말했다. "14세기라고 하셨지요?" 그는 재차 확인했다. "그럼 1천 3백 몇 년이겠지요? 네, 그런 연대라면 책에 쓰인 대로 중세로군요. 나는 이것을 보며 내가 최근에 중세에 대해 가졌던 관념을 어느 정도는 다시 인식하고 있습니다. 나는 사실 중세에 대해서는 아무것도 몰랐습니다. 나 역시도 문제가 되는 한 기술적 진보에 편승하는 남자니까요. 하지만 이 고지에 와서는 중세에 대한 생각이 여러 가지로 친근해졌습니다. 당시에는 경제적 사회이론 따위는 없었던 게 분명합니다. 이 작품을 만든 예술가는 대체 누군가요?"

나프타는 어깨를 으쓱해보였다. 그러더니 말을 이었다.

"그것이 뭐가 중요한가요? 우리는 그런 걸 물어서는 안 됩니다. 그것이 만들어진 당시에도 그런 것은 묻지 않았기 때문입니다. 개인 작가가 없다는 것은 놀랄 일이 아닙니다. 익명의 공동 작품이니까요. 더구나 이 작품은 중세가 한참 진행된 시기의 고딕 양식으로, 금욕의 상징입니다. 당신은 이 작품에서 로마네스크 시대에 십자가에 달린 자를 표현하기 위해 소중히 하고 미화한 것, 즉 왕관이나 세계와 순교에 대한 당당한 승리의 흔적을 더는 발견할 수 없습니다. 모든 것은 고통과 육체의 연약함을 철저하게 전파하고 있습니다. 고딕식 취향이야말로 정말 비관적-금욕적입니다. 당신은 교황 이노센트 3세의 수기인 『인간 조건의 비참함에 관하여』를 잘 모를 겁니다. 지극히 재치 있는 작품으로 12세기 말에 나왔는데, 하지만 이 조각품이 그제야 그 책에 삽화로 나오게 되었습니다."

한스 카스토르프는 한숨을 쉬고 나서 질문을 제기했다. "나프타 씨, 당신이 하는 말은 내게 모두가 흥미롭습니다. '금욕의 상징'이라고 말했던가요? 그 말을 새겨두겠습니다. 조금 전에 '익명의 공동 작품'이라는 말도 했는데, 그 말도 숙고해 볼 만한 가치가 있는 것 같습니다. 이노센트 3세는 교황일 것이라고 생각됩니다만, 그의 책에 관해서는 유감스럽게도 당신의 추측대로 알지 못합니다. 그 책이 금욕적이고 재치있다고 들었는데 올바르게 이해했나요? 나는 그런 것이 함께 어울릴 수 있다고는 전혀 상상해 본 적이 없음을 자인하는 바입니다. 그러나 유념해보면 그럴 수 있을 것 같기도 합니다. 물론 인간의 비참함에 대한 논술은 육체를 희생하여 재치를 살리는 기회를 제공합니다. 그 책을 구할 수 있나요? 나의 라틴어 실력으로 전력을 다하면, 그 책을 대충 읽을 수 있을 것 같기도 합니다."

"내가 그 책을 가지고 있습니다." 나프타는 이렇게 대답하면서 머리를 책장 쪽으로 향했다. "당신에게 빌려 줄 수 있습니다. 그런데 우리 좀 앉아서 이야기합시다. 피에타는 소파에 앉아서도 감상할 수 있습니다. 조촐하나마 간식이 곧 나올 겁니다…."

차와 예쁜 바구니에 여러 조각의 케이크를 가져온 사람은 앞서 본 사동이었다. 그런데 이때 그의 등 뒤에서 "이런! 이게 웬 일입니까!" 하면서 날렵한 걸음으로 우아한 미소를 지으며 열린 문으로 들어오는 사람은 누구란 말인가? 그는 바로 위층에 살고 있는 세템브리니 씨로, 두 방문객의 대화 상대가 될 목적으로 내려온 것이었다. 그는 창문을 통해 사촌들이 오는 것을 내다보고는 작업하던 백과사전 가운데 한 쪽을 갖고 있던 펜으로 급히 써서 마무리한 다음, 마찬가지로 손님의 입장으로 내려왔다고 말했다. 그가 온 것은 아주 당연하다고 할 수 있었다. 베르크호프의 거주민인 두 사촌과의 오랜 교제는 그가 여기 참석할 충분한 권리가 되고 있었고, 게다가 나프타와 심각한 견해의 차이에도 불구하고 교류와 대화가 활발하게 이루어지고 있었기 때문이다. 따라서 주인도 그리 놀라지 않고 자연스럽게 그를 손님의 한 사람으로 맞아들였다. 세템브리니가 찾아오자 카스토르프는 그에게서 두 가지의 뚜렷한 목적이 있다는 인상을 지울 수가 없었다. 그는 다음과 같이 느꼈다. 첫째로 세템브리니 씨가 여기 등장한 목적은 자신과 요아힘 두 사람, 또는 엄밀히 말해 자신이 못생기고 키가 작은 나프타와 단독으로 대면하지 못하게 하고, 나아가 자신이 나타나 나프타를 견제함으로써 교육적인 균형을 맞추려는 데 있었다. 둘째로는 그가 이번 기회를 탓하는 것이 아니라 제대로 활용하여, 자신의 다락방 생활에서 잠시라도 벗어나 비단으로 장식된 나프타의 우아한 방에 머물며 훌륭한 차를 대접받으려는 의도도 분명히 깔려 있었다. 세템브리니는 새끼손가락 등 부분에 검은 털이 무성한 누런 두 손을 문지른 연후에 케이크를 덥석 잡았다. 그러더니 맛이 정말 좋다고 찬사를 늘어놓으며 초콜릿의 휘어진 좁은 부분이 얼기설기 펴져 있는 나무 모양의 케이크를 먹기 시작했다.

대화는 피에타에 관해 집중적으로 계속 진행되었다. 한스 카스토르프가 그것을 주의 깊게 바라보며 관심의 대상으로 삼았기 때문이다. 카스토르프는 세템브리니에게 얼굴을 돌리며 이 조각품에 대해 비판적 견해를 피력해 줄 것을 부탁했다. ―이런 실내 장식품에 대한 인문주의자의 혐오감은 구석 쪽으로 그것을 등지고 앉았다가 뒤돌아보는 그의 표정에서 분명하게 읽을 수 있었다. 그는 자신이 생각한 바를 예의 바르게 모두 다 말하지는 않고 조각품의 균형과 몸통 형태의 결함만을 지적하는 것으로 국한하면서 그것이 자연의 사실성을 따르지 않아서 자신에게는 전혀 감동을 주지 않는다고 말했다. 사실성이 결여된 이유는 오래된 이 조각품이 능력이 없어서가 아니라 어떤 악의, 근본적으로 적대적인 원칙의 소산이기 때문이라는 것이다. 이런 점에 대해 나프타는 음험한 표정을 지으며 동의했다. 그러면서 기술적인 결함은 물론 전혀 문제가 되지 않는다고 말했다. 여기서 중요한 것은 정신이 자연적인 것에서 의식적으로 해방되는 것이며, 이 조각품은 바로 자연적인 것에 굴복하는 것을 거부함으로써 자연적인 것의 모멸감을 종교적으로 나타내고 있다는 것이다. 반면에 세템브리니는 자연과 자연에 대한 연구를 무시하는 태도는 인간적으로 탈선행위라고 선언하고, 중세와 중세를 모방한 시대에 빠져버린 불합리한 무형식을 반대한다고 이견을 제기했다. 그러나 그리스와 로마의 유산, 고전주의, 형식과 아름다움, 이성과 자연에 대한 경건한 쾌활함, 이런 것만이 인간의 문제를 촉진하기에 적합하다고 주장하며 화려하게 언변을 토로하기 시작했다. 이때 카스토르프가 끼어들며 그러나 이런 면에서 볼 때 자신의 육체를 몹시 부끄러워한 플로티노스는 어떻게 된 것이며, 또한 리스본에서 일어난 치욕적인 사건인 지진에 맞서 이성의 이름으로 반항한 볼테르는 어떻게 된 거냐고 물었다. '이것이 불합리한 것입니까?' 이렇게 반문하며 카스토르프는 다음과 같이 말했다. 불합리하다고 하자. 하지만 모든 것을 깊이 숙고해 보면 어떤 면에서는 불합리한 것이 정신적으로 명예로운 것이라고 말할 수 있다. 그리고 고딕 예술의 불합리한 자연 적대성도 결국은 플로티노스나 볼테르의 거동과 마찬가지로 명예로운 것이다. 왜냐하면 그 안에 운명과 사실로부터의 해방이 표출되어 있고, 어리석은 힘, 즉 자연에 굴복하기를 거부하는 떳떳한 자존심이 표출되어 있기 때문이다.

나프타는 카랑카랑한 소리로 웃다가 끝내는 기침을 하고 말았다. 세템브리니는 우아한 목소리로 말했다.

"당신이 그렇게 재치 있게 말하면 우리 주인에게 폐를 끼치는 것입니다. 또한 이렇게 맛있는 과자를 대접받은 것에 대해 감사할 줄 모르는 사람이 되는 것입니다. 감사함이라는 것이 무엇인지 아십니까? 감사함이란 무엇보다 받은 선물을 유익하게 사용하는 데 있다고 생각합니다만…."

이 말에 카스토르프가 부끄러운 태도를 보이자, 세템브리니는 상냥하게 덧붙여 말했다.

"당신이 악동 같다는 것을 알고 있습니다, 엔지니어 양반. 훌륭한 것을 좋은 뜻으로 놀리는 당신의 방식은 그것을 사랑하기 때문이라는 것을 결코 의심치 않습니다. 자연적인 것에 대한 정신의 반항도 인간의 존엄성과 아름다움에 주의를 기울일 때에만 존경스럽다고 칭할 수 있음을 당신은 당연히 잘 알고 있습니다. 이런 반항이 인간을 모욕하고 경멸하는 것을 목적으로 하지 않는다 할지라도, 어쨌든 그렇게 된다면 그것은 좋지 않습니다. 내 뒤에 있는 예술품을 출현시키고 낳은 시대가 얼마나 비인간적으로 잔혹한 시대이고, 얼마나 끔찍하고 관대하지 못한 시대인지 당신 역시 알고 있을 것입니다. 나는 경악스런 유형의 종교 재판관, 예컨대 콘라트 폰 마르부르크라는 피비린내 나는 인물을 당신의 뇌리에 기억나게만 하면 그것으로 충분합니다. 그는 초자연적인 것의 지배에 저항한 그 모든 것을 처단해 버리는 악명 높은 광신적 사제였습니다. 당신은 칼과 화형을 결코 인간애의 도구로 인정하지는 않을 것입니다.”

"반면에 그들의 직무에 있어서" 하며 나프타가 자신의 견해를 표명했다. "종교 회의는 나쁜 시민으로부터 세계를 정화하려고 그런 기구들을 사용했습니다. 교회의 온갖 형벌들, 화형과 파문도 영혼을 영원한 저주로부터 구원하기 위해 내려진 것으로, 그것은 자코뱅 당원들의 광적인 살인행위와는 다른 것입니다. 내세에 대한 믿음에서 연원하지 않는 단죄 및 피의 재판은 짐승과 같은 터무니없는 행위임을 말하고자 합니다. 그리고 인간 능멸에 관하여 말하자면, 그 역사는 시민정신의 역사와 정확히 일치합니다. 르네상스, 계몽주의, 자연과학과 19세기의 경제학은 이런 인간의 능멸을 촉진하는 데 유용한 것처럼 보이는 것이라면 어떤 것이든 가르치기를 마다하지 않았습니다. 새로운 학문인 천문학이 그 시초인 것으로, 천문학은 신과 악마가 서로 차지하려는 피조물을 놓고 싸움을 벌이는 존엄한 무대, 우주의 중심인 지구를 무가치한 소행성으로 격하시켰습니다. 그리하여 점성술의 기초가 되는 인간의 위대한 우주적 지위를 얼마 동안 끝내버렸던 것입니다.”

"얼마 동안이요?" 세템브리니는 진술자가 꼼짝없이 죄의 덫에 걸려들기를 기다리는 종교 재판관 내지 심문관 같은 얼굴로 노려보면서 물었다.

"물론입니다. 몇백 년 동안." 나프타는 차갑게 확언했다.

"모든 일이 잘못되지 않는다면, 이런 관계를 보더라도 스콜라 학파의 명예 회복이 임박해 있습니다, 아니, 벌써 착착 진행되고 있습니다.

코페르니쿠스가 프톨레마이오스에게 패배를 당하게 될 것입니다. 태양이 중심이라는 가설은 점차 정신적 저항에 부딪힐 것이고, 이 시도는 목적을 이루게 될 것입니다. 과학은 결국 교회의 교리가 지키려 했던 지구의 모든 품위를 다시 복구하는 것을 철학적으로 확인하지 않을 수 없을 것입니다."

"아니 어쨌다고요? 정신적 저항이라고요? 철학적으로 확인하지 않을 수 없을 거라고요? 목적을 이룬다고요? 당신의 주장은 어떤 종류의 주지주의입니까? 그럼 전제가 없는 연구는? 순수 인식은? 진리, 이보시오, 자유와 내적으로 밀접한 관계를 맺는 진리는요? 그리고 당신이 지구를 모독하는 자들로 만들기를 원하는 진리의 순교자들이 오히려 이 별의 영원한 자랑이 아닌가요?"

세템브리니가 강력한 어조로 물었다. 그는 몸을 꼿꼿이 세우고 앉아서 자신의 영광스런 말을 키 작은 나프타에게 퍼붓다가는 결국 목소리를 높였다. 이에 대해 상대가 부끄러워서 침묵할 수밖에 없으리라고 그는 확신하는 듯 말했다. 그는 이야기를 진행하는 동안 케이크 한 조각을 손가락 사이에 들고 있다가, 이렇게 큰 소리로 물은 뒤에는 먹고 싶은 생각이 없어졌는지 다시 쟁반에 내려놓았다.

나프타는 불쾌할 정도로 조용히 응수했다.

"이보시오, 순수 인식은 존재하지 않습니다. 아우구스티누스의 '나는 인식하기 위해 믿는다'는 명제에 요약되어 있는 신학의 정당성은 전혀 논박할 여지가 없습니다. 믿음은 인식의 기관이며, 지성은 이차적인 것입니다. 당신이 말하는 전제가 없는 과학은 신화에 불과합니다. 믿음, 세계관, 이념, 짧게 말해 의지는 규칙적으로 존재하며, 이성이 하는 일은 의지를 설명하고 입증하는 것입니다. 언제나 그리고 어떤 경우든

'이와 같이 증명되었다'로 귀결됩니다. 심리학적으로 파악할 때 증명이라는 개념에는 이미 주의주의 요소가 강하게 내포되어 있습니다. 12세기와 13세기의 위대한 스콜라 학파의 학자들은 신학적으로 그릇된 것이 신학에서 참일 수 없다는 데 일치된 견해를 보였습니다. 원한다면 신학은 그만 논하기로 하지요. 그러나 철학에서 그릇된 것은 자연과학에서도 참일 수 없다는 것을 인정하지 않는 인문주의는 인문주의가 아닙니다. 갈릴레이에 대한 성직자의 논증은 그의 명제가 불합리하다는 것이었습니다. 이렇게 효과적인 논증은 없습니다."

"이런, 그렇지 않아요, 우리의 불쌍하고 위대한 갈릴레이의 논증은 반박할 수 없는 것으로 입증되었습니다! 아니, 우리 좀 진지하게 말해 봅시다, 교수 양반! 이렇게 주목하는 두 젊은이에게 대답하십시오. 당신은 진리, 객관적이고 과학적인 진리를 믿습니까?, 모든 도덕의 최상위 법칙이 추구하는 진리, 권위에 대한 진리의 승리가 인간 정신의 명예로운 역사를 형성하고 있는 그 진리를 말입니다!"

한스 카스토르프와 요아힘은 고개를 세템브리니에게서 나프타에게로 돌렸는데, 카스토르프가 사촌보다 더 빠르게 고개를 돌렸다. 그러자 나프타가 대답했다.

"그런 승리는 불가능합니다. 왜냐하면 권위는 인간, 인간의 이해, 인간의 존엄성, 인간의 구원이기 때문입니다. 그리고 권위와 진리 사이에 모순 따위는 있을 수 없습니다. 권위와 진리는 일치합니다."

"진리란 그렇다면⋯."

"인간에게 이로운 것이 참된 것입니다. 자연은 인간 속에 요약되어 있고, 모든 자연 중에서 오직 인간만이 창조되었으며, 모든 자연은 오직 인간을 위해 존재할 따름입니다. 인간은 만물의 척도이며, 인간의 구원이 바로 진리의 기준입니다. 인간의 구원이라는 이념과 실제로 관련이 없는 이론적 인식은 무의미하기 때문에 진리로서의 가치가 박탈되어야 하며, 허용될 수 없습니다. 기독교가 지배적이었던 세기에는 자연과학이 인간에게 하찮은 것이라는 사실에 완전히 동의했습니다. 콘스탄티누스 대제가 아들의 스승으로 선택한 락탄티우스에게 직설적으로 물었습니다. 나일 강이 어디서 발원하는지, 또는 물리학자들이 하늘에 대해 무슨 헛소리를 늘어놓는지 당신이 안다고 해서 대체 무슨 축복을 받겠느냐고 말입니다. 이 물음에 한번 대답해 보시오! 플라톤의 철학이 다른 어떤 철학보다 선호되는 이유는 그것이 자연 인식이 아니라 신의 인식을 다루고 있기 때문입니다. 나는 인류가 바야흐로 이런 관점으로 되돌아가 참된 과학의 임무는 구원이 없는 인식을 쫓는 것이 아니라, 해로운 것 또는 이념적으로 무의미한 것을 철저히 배제하는 것, 한마디로 본능, 절도, 선택을 알려주는 것이라는 사실을 통찰하려는 시점에 있다는 것을 자신 있게 확증할 수 있습니다. 교회가 빛에 맞서서 암흑을 옹호한다고 생각하는 것은 유치한 일입니다. 교회가 사물을 인식하려는 '무조건적인' 노력, 다시 말해 정신적인 것과 구원을 얻으려는 목적을 고려하지 않는 그런 노력을 처벌해야 한다고 선언한 것은 아주 잘한 일이었습니다. 그리고 오히려 '무조건적인' 자연과학, 철학이 없는 자연과학이야말로 인간을 암흑의 세계로 이끌어왔고, 앞으로도 점점 더 그럴 것입니다."

"당신은 실용주의를 가르치고 있군요." 세템브리니가 대답했다. "그와 같은 실용주의를 정치적인 것으로 응용해 볼 필요가 있습니다. 그러면 그것이 얼마나 파괴적인지 금방 확인할 수 있을 것입니다. 좋습니다, 국가에 이로운 것이 참답고 정당한 것이라고 해둡시다. 국가의 행복, 국가의 위엄, 국가의 힘이 도덕적인 것의 기준이라 해둡시다. 좋습니다! 그렇게 함으로써 온갖 범죄가 마음대로 활개를 치게 되면, 인간의 진리, 개인의 정당성, 민주주의, ―이런 것들은 대체 어떻게 되겠습니까….”

“좀 더 논리적으로 말할 것을 제안하는 바입니다.” 나프타가 응수했다. “프톨레마이오스나 스콜라 철학은 정당성을 지니고 있으며, 세계는 시공 속에서 유한합니다. 그렇다면 신성은 초월적인 것이 되고, 신과 세계의 대립이 뚜렷이 남게 되며, 인간 역시 이원론적 실존을 영위하게 됩니다. 인간의 영혼 문제는 감각적인 것과 초감각적인 것의 대립에 기인하며, 모든 사회적 문제는 부수적인 것이 됩니다. 이런 개인주의만을 나는 일관성이 있는 것으로 인정할 수 있습니다. 그러나 당신의 르네상스 천문학자들은 진리를 찾아내었고, 우주는 무한하다고 주장합니다. 그렇다면 초감각적인 세계와 이원론은 존재하지 않습니다. 내세는 현세 속에 포함되고, 신과 자연의 대립은 희미해집니다. 이런 경우 인간의 인격은 두 개의 적대적인 원칙이 반목하는 싸움터가 아니라 조화롭고 통일적입니다. 그리하여 인간의 내면적 갈등은 오직 개체와 전체 사이에 벌어지는 이해관계의 갈등에 기인하고, 국가의 목표는 이교도적인 도덕 법칙이 되고 말 것입니다. 결국은 이것이냐, 저것이냐 양자택일을 해야 할 것입니다.”

“이의를 제기합니다!” 세템브리니는 찻잔을 든 팔을 주인 쪽으로 뻗으며 외쳤다. “나는 근대 국가가 개인의 무시무시한 노예 상태를 의미한다는 가설에 강력히 항변합니다! 우리에게 프로이센주의와 고딕적인 반동 가운데 하나를 어떻게든 택일하라는 당신의 억지에 세 번째로 항변합니다! 민주주의는 국가절대주의를 그때그때 개인주의적으로 수정해 나가는 데 그 의미가 있는 것입니다. 진리와 정의는 개인적 도덕성의 총화입니다. 만일 진리와 정의가 국가의 이해관계와 모순된다면 혹시나 국가에 적대적인 힘의 모습까지도 보여 줄 수는 있겠지만, 그러나 그것은 사실상 국가의 더 높은 복지, 말하자면 국가의 초지상적 복지를 추구하고 있습니다. 르네상스가 국가 우상화의 근원이라니요! 그런 엉터리 논리가 어디 있습니까! 획득물, 어원을 강조하여 말을 하지만 르네상스와 계몽주의가 싸워서 쟁취한 획득물은 바로 인격, 인권, 자유입니다!"

두 명의 청중은 그제야 안도의 숨을 내쉬었다. 왜냐하면 두 사촌은 세템브리니 씨의 열정적인 항변을 숨죽이고 듣고 있었기 때문이다. 카스토르프는 심지어 조심스럽기는 하지만 손으로 탁자의 가장자리를 탁 하고 두드리지 않을 수 없었다. "훌륭합니다!"라고 그는 이빨 사이로 말을 뱉었다. 요아힘 역시 비록 프로이센에 반대하는 말이 나오기는 했지만 강한 만족감을 내비쳤다. 하지만 이제 두 사촌은 방금 공격을 당한 사람에게 고개를 돌렸다. 한스 카스토르프는 너무나 열중한 나머지 전에 돼지 그림을 그릴 때와 유사하게 팔꿈치를 탁자에 괴고 주먹으로 턱을 받친 채 나프타 바로 옆에서 긴장한 표정으로 그의 얼굴을 들여다보았다.

나프타는 깡마른 두 손을 무릎에 올리고 날카로운 표정으로 조용히 앉아 있었다.

"나는 논리적으로 대화를 이끌어 가려고 했습니다, 그런데 당신은 대범한 방식으로 내게 화답하는군요. 르네상스가 이른바 자유주의, 개인주의, 인문주의적 시민성이라 부르는 이 모든 것을 세상에 가져왔다는 것은 나도 이럭저럭 알고 있습니다만, 당신이 말한 '어원의 강조'는 내게는 관심 밖의 일입니다. 당신이 이상으로 내세우는 '투쟁적' 영웅의 시기는 이미 지나가 버렸고, 그 이상이라는 것도 죽어 버렸으며, 적어도 오늘날 최후를 맞이하고 있습니다. 그리고 그것에 최후의 일격을 가할 사람들의 발이 벌써 문 앞에 와 있습니다. 내가 잘못 생각한 것이 아니라면 당신은 혁명가를 자칭하고 있습니다. 그러나 장차 일어날 혁명의 산물이 자유라고 생각한다면, 당신은 오류에 빠져 있는 것입니다. 자유의 원칙은 지난 500년에 걸쳐 실현되어 오면서 시대에 뒤떨어졌습니다. 오늘날에도 스스로를 계몽주의의 후예로 이해하면서 비평, 해방 및 자아의 육성, 절대적으로 규정되어 온 생활 형식의 해체를 교양수단으로 파악하는 교육학, 이런 교육학은 웅변에 의해 잠깐 성공을 거둘 수는 있어도 지식인들이 볼 때 그 퇴행성은 의심할 나위가 없습니다. 진정으로 교육적인 단체들은 모두가 예전부터 교육학의 목표가 무엇인지 잘 알고 있었습니다. 요컨대 교육의 목표는 절대적 명령, 철저한 구속, 규율, 희생, 자아의 부정, 인격의 억압이었습니다. 청년들이 자유를 갈망한다고 생각하는 것은 청년의 마음을 잘못 이해한다는 의미입니다. 청년의 가장 깊은 갈망은 복종입니다."

요아힘은 곧 자세를 가다듬었다. 반면에 한스 카스토르프는 얼굴을 붉혔다. 세템브리니는 흥분하여 자신의 멋진 콧수염을 손으로 비틀었다.

"그렇습니다!" 나프타가 말을 계속했다. "자기 해방과 발전은 시대의 비밀이나 명령도 아닙니다. 시대가 필요로 하고 요구하고, 실현시키고자 하는 것, '그것은 … 테러입니다."

나프타는 이 마지막 말을 이제까지 했던 그 모든 말보다 나직하게 말하며 부동자세를 취했다. 이때 그의 안경알만이 잠깐 번쩍거렸다. 그의 말을 듣고 있던 세 사람은 깜짝 놀라지 않을 수 없었다. 세템브리니도 처음에는 그랬지만 곧 평정을 되찾고 미소를 지어보였다.

"그러면 질문을 해도 좋을까요?" 세템브리니가 물었다. "당신도 알다시피 나는 이런 저런 질문거리가 하도 많아서 어떻게 물어야 할지 잘 모를 지경입니다. 당신은 누구를 또는 무엇을 이 말의 담지자(擔持者)라고 생각하십니까? 이 말을 되풀이하고 싶지 않습니다만, 누구를 또는 무엇을 이 테러의 담지자라고 생각하십니까?"

나프타는 안경알을 번쩍거리며 조용히 날카로운 표정으로 앉아 있었다. 이윽고 그가 말하기 시작했다.

"그럼 나는 인류의 이상적인 원시 상태, 국가도 없고 폭력도 없던 상태, 인간이 직접적인 신의 자식이던 상태, 그러니까 지배나 예속도 없고, 법이나 형벌도 없으며, 불법이나 육체적 결합도 없고, 계급의 차이도 없고, 노동이나 재산도 없으며, 오로지 평등과 우애, 도덕적 완결성만이 존재하던 상태를 가정하는 점에서는 그 전제에 있어서는 당신과 견해가 같다고 생각해도 좋을 것입니다."

"아주 좋습니다. 찬성입니다." 세템브리니가 단언했다. "육체의 결합이라는 말만 제외하면 찬성입니다. 육체의 결합이란 물론 어느 시대에나 일어났음에 틀림없는 일입니다. 인간은 고도로 발전한 척추동물이며, 다른 생명체와 다르지 않기에…."

"아무튼 좋습니다. 나는 원죄로 인해 잃어버린 원시낙원의 무법 상태, 신과 직접 대면하던 상태에 관하여 우리의 근본적인 이해가 일치하는 것을 확인하는 바입니다. 나는 우리가 어느 정도는 관점을 함께 할 수 있다고 생각합니다. 다시 말해 우리는 국가를 죄 지을 것을 고려하고 불의를 막기 위해 체결된 사회계약에 근거하는 것으로 본다는 점에서 견해를 같이합니다. 지배 권력의 근원은 국가에 있다는 점에서 말입니다."

"훌륭한 말입니다!" 세템브리니가 외쳤다. "사회계약, 그것이 계몽주의이고, 그것이 루소입니다. 나는 미처 생각하지 못했습니다."

"잠시만 기다려요. 우리의 길은 곧 갈라집니다. 모든 지배와 권력이 본래는 민중에게 있었다는 사실, 입법에 대한 이런 권리와 모든 권력을 국가와 군주에게 위임했다는 사실을 근거로 당신의 학파는 무엇보다도 민중의 혁명권을 왕권보다 앞서는 것으로 결론을 내렸습니다. 이에 반해 우리는…."

'우리라니?' 한스 카스토르프는 이 말을 듣고 긴장했다. '우리가 누구지? 이 사람이 말하는 우리가 누구를 말하는 건지 나중에 세템브리니에게 필히 물어 봐야겠구나.'

"우리 쪽도." 나프타가 말을 이었다. "아마 당신 못지않게 혁명적일지 모릅니다. 우리는 자고로 무엇보다도 교회가 세속적인 국가보다 우위에 있다고 결론을 내렸습니다. 이유인즉 국가가 신성과는 무관함을 노골적으로 드러내지 않는다 할지라도, 국가란 민중의 의지에 근거한 것이지 교회처럼 신의 제단에 근거를 둔 것이 아니라는 역사적 사실로 볼 때, 국가가 비록 사악한 기관은 아니라 해도 어쨌든 부족한 점이 많고 죄악에 빠지기 쉬운 불완전한 기관임을 증명하기에 충분하기 때문입니다."

"국가는, 이봐요."

"나는 당신이 민족 국가에 대해 어떻게 생각하는지 알고 있습니다. '조국애와 무한한 명예욕이 모든 것을 넘어선다.' 이것은 베르길리우스의 말입니다. 당신은 국가를 자유주의적 개인주의를 통해 살짝 수정하고 있는데, 바로 그것이 민주주의입니다. 그러나 국가에 대한 당신의 원칙적인 관계는 전혀 변하지 않을 것입니다. 국가의 영혼이 돈이란 것을 당신은 분명 반박하지 못할 것입니다. 아니라면 그것을 반박하시겠습니까? 고대는 국가를 중요시하기 때문에 자본주의적입니다. 기독교적 중세는 세속적 국가에 내재한 자본주의적 속성을 분명히 인식했습니다. '돈이 황제가 될 것이다.' 이 말은 11세기의 예언입니다. 이것이 말 그대로 들어맞아 삶이 철저히 타락에 이르게 된 사실을 당신은 부정하겠습니까?"

"친애하는 동지, 계속하시죠. 그 대단한 미지의 것, 공포의 담지자를 알고 싶어 참을 수가 없구려."

"자유의 담지자로서 세상을 파멸로 몰고 간, 한 사회 계층의 대변자께서 용기 있는 호기심이 발동하셨군요. 그렇다면 당신의 항변을 듣지 않겠습니다. 나는 시민계층의 정치 이데올로기를 잘 알고 있기 때문입니다. 당신의 목표는 민주주의 제국이며, 민족국가의 원리를 보편적인 것으로 향상시킨 세계국가입니다. 나는 이 제국의 황제가 누구인지 알고 있습니다. 당신의 유토피아는 끔찍합니다. 그렇지만 우리는 이런 점에서 어느 정도 다시 같은 관점에 도달하고 있습니다. 왜냐하면 당신의 자본주의적 세계 공화국은 초월적인 측면이 있으며, 실제로 세계국가는 세속적인 국가의 초월적 형태이기 때문입니다. 그리고 우리는 지평선 저 너머에 있는 완전한 궁극적인 상태가 인류의 완전한 원시 상태와 일치해야 한다고 신념에 있어서 견해가 일치합니다. 신정국가의 창시자인 그레고리우스 교황 시절부터 교회는 인간을 신의 지도 체제로 되돌리는 것을 임무로 파악했습니다. 교황의 통치권 요구는 통치권 그 자체를 위해서 제기된 것이 아니었습니다. 오히려 신의 대리자로서 행사한 교황의 독재권은 인류의 구원을 위한 수단과 방법이었으며, 이 교도적인 국가에서 천국으로 가기 위한 과도기적 형태였습니다. 당신은 여기서 배우고 있는 두 사람에게 교회의 살인 행위와 처벌의 무자비함에 관해 언급한 바 있습니다. 그것은 지극히 어리석은 말인데, 그럴 것이 신의 열의가 평화적일 수 없다는 것은 당연하기 때문입니다. 그리고 그레고리우스 교황도 '칼에 피를 묻히기를 주저하는 자는 저주를 받을지어다'라고 말했습니다. 권력이 악하다는 것을 우리는 알고 있습니다. 그러나 천국이 도래하려면 선과 악, 내세와 현세, 정신과 권력의 이원론은 금욕과 지배라는 하나의 원칙 속에서 일시적으로 지양되어야만 합니다. 바로 이런 이유에서 나는 테러가 필요성을 거론하는 것입니다."

"그 담지자! 그 담지자를 말해보시오!"

"그걸 물으신 겁니까? 당신의 극단적 자유경제사상은 경제론의 인간적 자기 극복을 의미하는 사회이론의 존재, 원칙과 목표에 있어서 기독교적인 신의 국가와도 일치하는 사회이론의 존재와 다른 종류입니까? 교회의 신부들은 나의 것, 너의 것이라는 말을 썩어 빠진 말이라고 칭했고, 사유 재산을 약탈과 도둑질이라고 불렀습니다. 그들은 토지의 사유를 비난했습니다. 신의 자연법에 의하면 땅은 만인의 공동 소유물이며, 동시에 땅은 만인의 공동사용의 대가로 결실을 거두기 때문입니다. 그들은 죄의 결과인 소유에의 욕심이 소유권을 옹호하고, 사유 재산제를 만들어 냈다고 가르쳤습니다. 그들은 경제활동이라는 것을 도대체가 영적 구원, 즉 인간성에 위험하다고 부를 만큼 인간적인 면을 보이면서 반상업주의의 자세를 견지했습니다. 그들은 돈과 금융업을 증오했고, 자본주의적인 부를 지옥불의 연료라고까지 칭했습니다. 수

요와 공급 관계에 의하여 이루어지는 가격의 경제원칙을 마음속 깊이 경멸했으며, 시세의 이용을 이웃의 궁핍을 잔인하게 착취하는 행위로 저주했습니다. 그들의 눈에는 더욱 비열한 착취가 있었습니다. 시간의 착취, 단지 시간이 흘러가는 대가로 프리미엄, 즉 이자를 지불하게 하는 터무니없는 제도, 시간이라는 인류 공동의 신성한 관습을 가지고 이런 식으로 한편은 이익을 얻게 하고 다른 한편에게는 손해를 끼치도록 악용하는 불법적 제도를 그들은 가장 혐오했습니다."

"훌륭한 말입니다!" 한스 카스토르프는 홍분을 참을 수 없어서 세템브리니가 공감을 표할 때 사용하는 말을 따라서 외쳤다. "시간이라는 것… 인류 공동의 신성한 관습… 그것은 정말 중요하지요!"

"물론입니다!" 나프타는 말을 이었다. "이처럼 인간적 영혼을 가진 사제들은 돈이 저절로 불어나는 것을 구역질날 정도로 혐오했고, 모든 이자 및 투기적인 장사를 고리대금업이라는 개념으로 파악하면서 부자는 누구든 도둑 내지 도둑의 혈통이라고 선언했습니다. 그들은 이와 같은 생각을 더욱 발전시켰습니다. 그들은 토마스 아퀴나스처럼 경제적 재화를 가공하거나 개선하지 않고 이익을 거둬들이는 상거래 일반, 물건을 사고파는 행위를 수치스러운 영업으로 간주했습니다. 그들은 일 자체를 높이 평가하지 않는 경향을 보였는데, 왜냐하면 일이란 윤리적 문제이지 종교적 문제가 아니며, 생활을 위한 것이지 신을 위한 것이 아니었기 때문입니다. 그리고 단순히 생활이나 경제가 문제시 될 때에는 생산적인 직업이 경제적 이익의 조건이 되고 존경의 척도가 되는 것이 중요하다고 주장했습니다. 그들에게 명예로운 직업은 농민과 수공업자이지 상인이나 기업가가 아니었습니다. 그들은 수요에 따르는 생산을 원했지 대량 생산을 혐오했던 것입니다. 이제 이런 모든 경제원칙과 척도들은 여러 세기가 지나도록 파묻혀 있다가 근대의 공산주의 운동에서 부활하고 있습니다. 이 양자의 방향은 국제 노동계급이 국제 상인계층과 투기 세력에 대항하여 내걸고 있는 지배권 요구, 그러니까 오늘날 휴머니즘과 신정 국가의 기준에 따라 시민적-자본주의적 부패에 맞서려는 세계 프롤레타리아 계급이 내걸고 있는 요구의 의미까지 완벽하게 일치합니다. 프롤레타리아 독재, 즉 시대가 요구하는 이런 정치적-경제적 구원의 요구는 영원히 지배하는 것 자체를 목적으로 하는 것이 아니라, 십자가의 이름 아래 정신과 권력 대립의 일시적인 지양, 세계 지배라는 수단에 의한 세계극복의 의미, 과도기적 성격과 초월적 성격의 의미, 신의 나라라는 의미를 띠고 있습니다. 프롤레타리아는 그레고리우스 교황의 과업을 받아들였고, 그의 신에 대한 열성도 프롤레타리아의 내부에 살아 있어서, 프롤레타리아 계급 역시 교황처럼 손에 피를 묻히는 것을 꺼려해서는 안 됩니다. 프롤레타리아의 임무는 세계의 구원을 위해, 구원의 목표를 달성하기 위해, 국가 및 계급도 없는 신의 자식 상태를 재현하기 위해 공포정치를 행하는 데 있습니다."

나프타는 날카롭게 자신의 논리를 전개했다. 나머지 세 사람은 잠시 침묵했다. 두 청년은 세템브리니를 쳐다보았다. 이제 그가 어떤 식으로든 반격할 차례였다. 그가 말문을 열었다.

"놀랍습니다. 솔직히 충격이었습니다. 나는 생각조차 못했습니다. '로마가 말을 하면 일은 끝난다'고 아우구스티누스가 말한 바 있습니다. 이 말은 정말 어떤 뜻이겠습니까! 이 양반은 우리 눈앞에서 성직자의 곡예를 해 보였습니다. 곡예에 성직자의라는 형용사가 모순이긴 하지만, 그는 이 모순을 '잠시 지양'했습니다, 아, 그렇습니다! 거듭 말하지만 놀랍습니다. 그러나 이의를 제기할 수 있을까요, 교수님. 그저 일관성이라는 관점에서 말입니다. 당신은 앞에서 신과 세계의 이원론에 입각한 기독교적 개인주의를 우리에게 설명하려고 하면서, 그 개인주의가 정치적 색채를 띤 모든 윤리성에 우선한다는 것을 입증하려고 꽤나 애썼습니다. 그런 사람이 몇 분 뒤에는 사회주의를 언급하다가 독재와 공포까지 합리화하였습니다. 이것이 어떻게 조화를 이룬다는 것입니까?"

"대립물들" 하고 나프타가 대답했다. "그것은 서로 조화를 이루는 법입니다. 어정쩡하고 평범한 것만이 조화를 이루지 못합니다. 내가 이미 알게 된 당신의 개인주의는 어정쩡하고 빈틈이 많습니다. 그것은 당신의 이교도적인 국가 도덕을 약간의 기독교 정신, 약간의 '개인 권리', 이른바 약간의 자유를 통하여 수정한 것이며, 그것이 전부입니다. 이에 반해 개별 영혼의 우주적이고 점성술적인 중요성에서 출발하는 개인주의는 사회적 의미의 개인주의가 아니라 종교적 개인주의입니다. 종교적 개인주의는 인간적인 것을 자아와 사회의 대립으로 체험하는 것이 아니라 자아와 신, 육체와 정신의 대립으로 체험합니다. 이처럼 본질적인 개인주의는 아무리 구속력이 강한 공동체일지라도 그것과 화합을 잘 이룰 수 있습니다."

"그런 개인주의는 익명이면서 공동체적이겠습니다." 한스 카스토르프가 말했다.

세템브리니는 두 눈을 크게 뜨고 그를 응시했다.

"조용히 좀 계십시오, 엔지니어 양반!" 그는 긴장한 채 신경질적인 반응을 보이며 엄숙하게 명령조로 말했다. "당신은 배우기나 하고, 과시하려는 태도를 삼가십시오! 그런데 그것이 하나의 답이긴 합니다." 이러면서 그는 다시 나프타에게 말문을 돌렸다. "그것이 하나의 답이긴 하지만, 당신은 그것으로 나를 별로 만족시키지 못합니다. 그러면 우리 결론을 도출해 봅시다. 기독교적 공산주의는 공업을 비판함으로써 기술, 기계, 진보를 부정합니다. 기독교적 공산주의는 당신이 상인 계급이라고 부르는 것, 즉 돈과 고대에는 농업이나 수공업보다 훨씬 더 높은 것으로 간주되었던 금융업을 비판함으로써 자유를 부정합니다. 내가 이렇게 말하는 까닭은 이렇게 함으로써 중세 때처럼 사적이고 공적인 모든 관계, —이런 말을 입 밖에 내는 것이 내게는 그리 쉽지 않습니다만— 인격까지도 토지와 땅에 얽매이게 된다는 것은 눈이 따끔거리지만, 너무나 명백한 일이기 때문입니다. 땅만이 먹고살 수 있는 터전이라면, 땅만이 자유를 부여하는 유일한 것이 됩니다. 수공업자와 농부가 늘 존경할 만한 사람일지라도, 땅을 소유하지 못하면 그들은 땅을 소유한 자의 농노로 예속되고 맙니다. 실제로 중세 말기에 이르기까지 도시민의 대부분은 농노였습니다. 당신은 대화 도중에 인간의 존엄성에 대해 이런저런 말을 한 바 있습니다. 그런 당신이 이제는 인격의 부자유와 존엄성 상실을 고집하는 경제 도덕을 옹호하고 있습니다."

나프타가 응수했다. "존엄성과 존엄성 상실에 관해서는 더 논의를 해야 합니다. 우선은 이 관계들이 자유를 멋진 제스처라기보다 문제를 파악하기 위한 계기를 당신에게 부여해 준다면 나는 만족하겠습니다. 당신은 기독교적 경제 도덕이 아름다움과 인간성을 지니고 있음에도 부자유를 만들어낸다고 확신하고 있습니다. 그러나 나는 자유의 문제, 더 구체적으로 말하자면 도시의 문제입니다만, 이 문제는 늘 그렇듯이 지극히 도덕적이면서도 경제 도덕의 가장 비인간적인 타락, 근대적인 상인 및 투기 세력의 온갖 잔악행위, 돈과 금융업의 악마적 지배와 역사적으로 연관성이 있다고 반론을 제기합니다."

"나는 당신이 의심과 이율배반의 논리로 회피할 것이 아니라, 분명하고 확실하게 골수 반동분자라는 것을 자인하라고 주장합니다!"

"참된 자유와 인간성에 도달하기 위해서는 먼저 '반동'이라는 개념에 겁을 먹고 떨어서는 안 될 것입니다."

"자, 이것으로 족합니다." 세템브리니는 비어 있는 찻잔과 쟁반을 밀쳐내면서 약간 떨리는 목소리로 말하며 비단 소파에서 일어났다. "오늘은 이것으로 하루를 위한 것으로는 족합니다. 교수님, 이렇게 맛있는 것을 준비하고, 또 아주 정신적인 대화를 나누어주신 데 대해 감사합니다. 여기 베르크호프의 내 친구들은 요양을 해야 합니다. 그러나 이 친구들이 가기 전에 저 위의 내 협소한 방을 보여 주고 싶습니다. 여러분, 갑시다! 그럼 안녕히 계십시오, 신부님!"

이제 세템브리니는 나프타를 '신부'라고 부르는 것이었다! 카스토르프는 눈썹을 치켜세우며 이 말을 기억해 두었다. 세템브리니는 사촌들의 의향은 상관없이 자기 멋대로 산회할 것을 선언했다. 그는 나프타에게도 함께 어울릴 것인지 묻지도 않았다. 두 청년이 감사의 말을 전하며 작별을 고하자, 나프타는 다시 찾아와 달라고 고무적인 말을 전했다. 그들이 세템브리니와 함께 나갈 때, 카스토르프는 잊지 않고 낡은 양장본의 서적 『인간 조건의 비참함에 관하여』를 빌려서 가져갔다. 그들이 다락방으로 통하는 거의 사다리 같은 계단으로 가기 위해 열린 문을 지나갔을 때, 언짢은 기색이 역력한 콧수염의 사내 루카체크는 노부인을 위한 소맷자락을 마무리하기 위해 아직도 작업대에 앉아 있었다. 세템브리니의 하숙방을 살펴보자, 그것은 층 일부를 차지하는 다락방이었다. 우선 지붕의 내부 부목을 떠받친 들보로 된 골조가 보였다. 실내 공기는 여름날의 창고 안 같아서 따뜻한 나무 냄새가 났다. 이곳은 방 두 개짜리 다락방으로, 여기에 공화제를 부르짖는 자본주의자가 기거하고 있었다. 이 방들이 백과사전 『고통의 사회학』에서 아름다운 정신을 함양하려는 참여자 세템브리니의 서재와 침실로 사용되고 있었다. 그는 쾌활한 얼굴로 두 젊은 친구에게 방을 보여 주면서, 방이 칸막이로 분리되어 아늑하다고 말했다. 그가 이렇게 방에 대해 칭찬할 만한 적절한 말을 건네자, 두 사촌도 자연스럽게 그렇다고 동조했다. 그들은 아주 매력적인 방이라고 생각한다며, 그가 말한 대로 정말 서로 분리되어 아늑하다고 말했다. 그들은 다락방 구석에 놓인 좁고 짧은 침대 앞에 조각을 이어붙인 작은 융단이 깔린 침실을 힐끔 쳐다보고는, 이어서 서재로 향했다. 서재 역시 궁색하기는 다른 곳과 마찬가지였지만, 상당히 칼날처럼 정돈이 되어 있어서 심지어는 추위마저 느껴졌다. 짚으로 된 볼품없고 오래된 네 개의 평평한 의자가 문 양옆으로 대칭을 이루어 세워져 있고, 긴 의자도 벽 쪽으로 밀쳐놓아서 녹색 덮개가 씌워진 둥근 탁자만 방 한가운데에 썰렁하게 놓여 있었다. 탁자 위에는 장식을 위한 것인지 또는 마시기 위한 것인지는 알 수 없지만 유리잔을 뒤집어 엎어놓은 물병 하나가 마찬가지로 썰렁하게 놓여 있었다. 작은 책장에는 제본된 책과 가철된 책들이 비스듬히 정렬되어 있었고, 열린 창 옆에는 단순하게 꾸며진 접이식 교탁이 긴 다리로 솟아 있었다. 그 앞에는 털로 된 작고 두꺼운 바닥덮개가 있었는데, 그것을 밟고 한 사람이 서 있기에는 충분한 크기였다. 한스 카스토르프는 시험적으로 잠시 교탁에 —그는 인간의 고통이라는 관점에서 문학 부문의 백과사전 작업을 하는 세템브리니의 작업대에— 서서 팔꿈치를 비스듬한 판자 위에 받쳐보았다. 그렇게 하고 있자니 이 방이 분리되어 아늑하다는 것을 확실하게 알 수 있었다. 그는 예전에 길고 우아한 코를 가진 로도비코의 아버지 역시 어쩌면 교탁 옆에 이렇게 서 있었을지 모른다고 생각했다. ─그런데 정말로 앞에 있는 교탁이 고인이 된 학자의 작업대라는 것을 알게 되었다. 짚으로 된 의자, 둥근 탁자와 물병 따위도 그의 아버지에게서 물려받은 것이었다. 더욱이 짚으로 된 의자는 이미 할아버지 카르보나리가 사용하던 것으로, 밀라노에 있던 그의 변호사 사무실 벽을 장식하던 물건이었다. 이런 사실을 알게 되자 두 사촌은 감동을 받았다. 두 청년이 보기에 이 의자의 인상은 어떤 정치적 선동성을 일으키기에 충분했다. 이런 사실을 전혀 알지 못한 채 다리를 꼬고 그 의자에 앉아 있었던 요아힘은 얼른 일어나서 불신의 눈으로 의자를 살펴보다가 다시는 그 위에 앉지 않았다. 그러나 카스토르프는 세템브리니의 아버지 물건이었던 높은 교탁 옆에 선 채로 이제 그의 아들인 세템브리니가 그 옆에 서서 작업하는 모습을 상상하는 동시에 그는 문학을 위해 그의 아버지의 인문주의와 할아버지의 정치학을 어떻게 통합해 나가고 있을까 자문해 보았다. 이윽고 세 사람 모두가 밖으로 나왔다. 문필가인 세템브리니가 사촌들을 따라나서겠다고 제안했기 때문이었다.

세 사람은 얼마 동안 걸으며 말이 없었다. 그들은 나프타를 염두에 두고 있어서 잠시 침묵했던 것이다. 한스 카스토르프는 틀림없이 세템브리니가 함께 하숙하는 나프타 이야기를 거론할 것이며, 또한 그가 그런 목적으로 자신들과 동행하는 것이라고 짐작하여 말없이 기다릴 수 있었다. 그의 생각이 틀리지 않았다. 세템브리니는 마치 달리기를 시작할 때처럼 심호흡을 한 연후에 입을 열기 시작했다.

"여러분, 나는 경고하는 바입니다."

그러나 이 말을 하고는 그가 잠시 입을 닫는 바람에 카스토르프는 놀라는 척하면서 자연스럽게 물었다. "무엇에 대해 경고한다는 것이죠?" 그는 적어도 '누구에 대해?'라고 물을 수 있었지만, 대체 무슨 말을 하는지 모르겠다는 표정을 지으며 인칭이 아닌 대명사를 사용했다. 이는 심지어 요아힘도 뻔히 아는 내용이었다.

"우리가 방금 만났던 그 인물에 대해서 경고하는 것입니다." 세템브리니가 대답했다. "내 의도와는 달리 피치 못해서 여러분에게 소개한 그 인물 말입니다. 여러분도 알고 있듯이 우연히 그렇게 되어 나도 어쩔 수가 없었습니다. 그러나 나는 그에 대해 책임감, 무거운 책임감을 느낍니다. 젊은 여러분에게 적어도 이 남자와 교제를 가짐으로써 갖게 될 정신적 위험을 알려주는 것이 나의 의무입니다. 더욱이 이 사람과 현명하게 경계를 긋고 교제할 것을 여러분에게 부탁하는 것이 나의 의무입니다. 그의 형식은 논리이지만, 그의 본질은 혼돈입니다."

그것 참 듣고 보니 나프타란 사람이 그런 것은 아니라도 왠지 아주 섬뜩한 기분이 드는 것은 사실이며, 그의 말투도 이따금 이상했는데, 게다가 태양이 지구 주위를 돈다는 것을 마치 인정하려는 것처럼 들렸다고 카스토르프가 말했다. 그렇지만 세템브리니 당신의 친구인 나프타와 사교를 갖는 것이 어떻게 우리에게 바람직하지 않은지 모르겠다고 반문했다. "세템브리니 씨 스스로도 인정하고 있듯이 선생의 소개로 그를 알게 되었고, 선생과 함께 그를 만났던 것이죠. 선생은 그와 산책을 하고, 또한 편한 마음으로 차를 마시기 위해 그의 방으로 내려왔으니, 그것은 이런 것을 반증하는 것…."

"물론입니다, 엔지니어 양반, 물론 그래요." 세템브리니의 목소리는 체념한 듯 부드럽고 나직이 떨려나왔다. "내가 대답하지 않을 수 없군요. 그러니 당신도 내게 대답해 주십시오. 좋습니다, 기꺼이 해명하겠습니다. 이 신사분과는 한 지붕 아래서 살다 보니 서로 마주치는 것은 피할 도리가 없습니다. 말을 주고받다 보니 대화할 기회가 늘게 된 것이고, 교제가 빈번해진 것입니다. 나프타 씨는 머리가 뛰어나게 좋은데, 이런 사람은 보기 드뭅니다. 게다가 나처럼 그 역시도 토론을 즐기는 체질입니다. 어떤 식으로 평가해도 좋습니다만, 나는 어쨌든 필적할 만한 논적과 이념의 칼을 겨누어 볼 가능성을 활용하는 셈입니다. 아무리 둘러보아도 이곳에는 그럴 만한 사람이 없기 때문입니다. 단적으로 말해서 우리가 서로 오고가는 것은 사실입니다. 같이 산책도 하고, 또한 논쟁도 합니다. 우리는 거의 매일같이 피가 튀도록 설전을 벌입니다. 그러나 그의 사고가 나와 대립되고 적대적이기 때문에, 나는 그만큼 더 그와 만나고 싶은 호기심이 생깁니다. 나에게는 마찰이 필요합니다. 논쟁할 기회가 없으면, 사상 체계도 살아남지 못하는 법입니다. 이렇게 해서 나의 사상체계가 굳건해졌습니다. 두 분은 자신에게 과연 이와 같은 주장을 할 수 있겠습니까, 소위님 또는 엔지니어 양반? 두 분은 지적인 현혹에 대해 무방비한 상태인 것으로, 반쯤은 공상적이고 반쯤은 사악한 궤변의 영향으로 정신과 영혼에 해를 입을 위험에 노출되어 있습니다."

"네, 그렇습니다." 한스 카스토르프가 대답했다. "어쩌면 맞는 말입니다. 나와 사촌은 어쩌면 다소 위험에 노출되어 있는지도 모릅니다. 삶의 걱정거리 자식이라는 말도 나는 수긍합니다. 그러나 세템브리니 씨도 알다시피 그에 대해서는 페트라르카의 표어를 인용할 수 있을 것 같습니다. 어쨌든 나프타가 제기하는 논제는 경청할 만한 가치가 있습니다. 시간의 경과에 대해 이자를 받아서는 안 된다는 공산주의적 시간 관점은 탁월했다는 것을 인정해야 할 것입니다. 그리고 교육학에 관한 그의 몇 가지 제안 역시 매우 흥미로웠습니다. 나프타가 아니면 아마 누구에게서도 이런 이야기를 결코 들을 수 없었을 것입니다."

세템브리니는 입술을 꽉 다물었고, 그래서 카스토르프는 얼른 몇 마디 덧붙였다. 즉, 그 자신은 물론 어느 편 내지 입장에 서는 것을 삼가고 있으며, 단지 나프타가 청년의 지식욕을 풀어 주기 위해 한 말은 경청할 가치가 있음을 알게 되었노라고 말했다. 이어서 그는 "아무튼 이제 한 가지만 내게 설명해 주십시오!" 라고 부탁했다. "그런데 저 나프타 씨 말입니다. 내가 그에게 '씨'라는 말을 붙이는 것은 내가 그에게 무조건 호감을 갖고 있는 것이 아니라, 그와는 반대로 마음속으로 지극히 신중한 태도를 취하고 있음을 나타내기 위해서입니다."

이 말에 고마움을 느꼈는지 세템브리니는 "그것은 참 잘하는 일입니다!"라고 큰 소리로 말했다.

"지난번에 그는 국가의 영혼이라고 스스로도 표현하는 돈에 대해 한바탕 비난했고, 소유권에 대해서도 그것이 도둑질이라며 비난을 퍼부었습니다. 요컨대 그는 자본주의의 부를 지옥불의 연료라고 말했는데, 내 말이 틀리지 않는다면, 그의 표현이 대략 그랬던 것 같습니다. 그러면서 중세의 이자금지에 대해서는 목청을 높여 찬양했지요. 그런데 정작 당사자는… 이런 말 용서하십시오, 정작 당사자는… 그의 방에 들어가 보니 정말 놀라웠지요. 온통 비단으로…."

"네, 잘 압니다." 세템브리니가 미소 지으며 말했다. "그것이 그의 특징적인 취향입니다."

한스 카스토르프는 기억을 떠올리며 띄엄띄엄 말했다. "아름답고 오래된 가구들, 14세기의 피에타 목각작품, 베니스 제품인 샹들리에… 제복을 입은 어린 사동, 그리고 또 뭐더라… 초콜릿이 뿌려진 케이크도 잔뜩 나왔고, 하지만 개인적으로 볼 때는….”

“나프타 씨는 개인적으로는 나와 마찬가지로 자본가가 아닙니다.” 세템브리니가 대답했다.

“그러나?” 카스토르프가 반문했다. “이제는 그러나라는 말이 나올 때가 되었는데요, 세템브리니 씨.”

“그런데, 거기 그들 집단은 소속회원을 굶주리게 놔두지 않습니다.”

“거기 그들이란 누구입니까?”

“그 신부들이지요.”

“신부들? 신부들이라니요?”

“아니, 엔지니어 양반, 내 말은 예수회의 신부들을 뜻합니다!”

잠시 말이 없었다. 두 사촌은 당황한 빛을 감추지 못했다. 카스토르프는 소리쳤다.

“뭐라고요, 세상에, 이럴 수가, 맙소사, 그 남자가 예수회 신부라니?!”

“알아맞혔습니다.” 세템브리니가 고상한 어조로 말했다.

“아니, 나는 꿈에도 결코 그가… 누가 그렇게 생각했겠습니까? 그래서 그를 신부라는 호칭으로 불렀나요?”

“그건 예의상 약간 과장한 말이었습니다.” 세템브리니가 대답했다. “나프타 씨는 신부는 아닙니다. 그는 환자라서 당분간은 신부가 될 수 없습니다. 그는 예비신부 과정을 마치고 최초의 서원을 하고 있었습니다. 하지만 그는 병에 걸리는 바람에 신학 공부를 중단할 수밖에 없었습니다. 그러면서도 몇 년간 그는 수도회 학교에서 사감으로 근무했습니다. 즉, 어린 학생들을 감독하고, 관리하고, 가르치는 직책을 맡아서 했습니다. 이 일은 그의 교육자적 성향에 들어맞았습니다. 여기서도 그는 프리드리히 학교에서 라틴어를 가르치면서 계속 자신의 성향을 따라가고 있습니다. 여기에 온 지 벌써 5년이 됩니다만, 그가 이곳을 떠날 수 있을지, 떠난다면 언제 떠날 수 있을지 불확실합니다. 그러나 그는 예수회 소속이고, 이제 관계가 좀 느슨해졌다고 해도, 어디서든 부족함 없이 지낼 수는 있을 것입니다. 나는 조금 전에 그가 개인적으로는 가난하고 유산자가 아니라고 말했습니다. 물론 그것이 예수회의 규정입니다. 그러나 예수교 수도회는 엄청난 부를 소유하고 있어서, 여러분도 보았듯이 소속 회원을 보살펴줍니다."

"참 놀라운 일입니다!" 한스 카스토르프가 중얼거렸다. "이런 것이 정말 존재하리라고는 정말 몰랐고, 상상도 하지 못했습니다! 예수회 회원이라, 네, 그렇군요! 하지만 한 가지 더 묻고 싶습니다. 그가 예수회로부터 풍족하게 생계비와 물질적 지원을 받고 있다면, 왜 도대체 그가 그런 곳에 거주하는지 모르겠군요. 물론 당신의 하숙집이 나쁘다고 말하는 것은 아닙니다, 세템브리니 씨. 루카체크의 집에 있는 당신의 거처는 매력적입니다, 안락하고 다른 곳과 분리되어 아늑하기까지 합니다. 그러나 흔히 하는 말로 그가 그렇게 넉넉하다면, 왜 다른 집을 고르지 않는 것인지요? 더 화려하고, 제대로 된 계단과 거실을 갖춘 우아한 집에서 살지 않습니까? 온통 비단으로 치장한 채 초라한 집에서 살다니, 그는 분명히 뭔가 비밀스럽고 특별한 사정이 있나 봅니다."

세템브리니는 어깨를 으쓱했다.

"그가 그렇게 하기로 결정한 것은 그의 독특한 태도와 취향 때문인 것 같습니다. 나는 이렇게 가정해 봅니다. 그는 초라한 방에서 살아가며 초라한 생활 방식을 통해 청빈한 몸가짐을 유지하면서, 자신의 반자본주의적인 양심을 계발하고 있는 것입니다. 거기에는 신중함 역시 작용하고 있습니다. 악마가 뒤에서 후원하고 있노라고 떠들고 다니는 사람은 없는 법입니다. 앞쪽은 정말 초라한 대문으로 막아놓고, 그 배후에는 비단으로 장식한 성직자의 취향을 발전시키고 있는 것입니다."

"기가 막히게 신기합니다!" 카스토르프가 말했다. "솔직히 말해 내게는 정말 새롭고 흥미진진한 이야기입니다. 아니, 대단히 감사합니다, 세템브리니 씨, 그런 사람을 알게 해주어서 말입니다. 우리는 가끔 그곳에 가서 그를 만나보려고 합니다만 어떻게 생각하십니까? 우리의 생각은 이미 결정되었습니다. 이런 교제야말로 뜻하지 않게 지평을 넓혀주고, 도저히 예감도 하지 못했던 세계에 대해 보는 안목을 갖게 해줍니다. 진짜 예수회 회원이라! 내가 '진짜'라고 말한다면, 그것은 얼핏 나의 뇌리를 스쳐가는 생각, 그렇지만 꼭 내가 알아야 하는 생각을 나름대로 요약하기 위함입니다. 나는 묻겠습니다. 그는 과연 진짜일까요? 배후에서 악마의 돌봄을 받는 자는 진짜가 아니라고 선생이 생각한다는 것을 나는 잘 알고 있습니다. 그러나 내가 말하고자 하는 요점은 그가 예수회 회원으로서 진짜일까 하는 물음입니다. 그리고 이 물음이 머릿속을 맴돕니다. 내 말뜻을 잘 아시다시피 지난번에 그는 근대 공산주의와 손에 피를 묻히는 것을 꺼리지 않는 프롤레타리아의 신적 열광에 대해 여러 가지 관점을 피력했습니다. 단적으로 말해 그의 관점에 대해 다시 되풀이하지 않겠지만, 이런 표현을 용서하십시오, 그에 비한다면 시민의 창을 든 선생의 할아버지는 순수한 어린 양과 같았습니다. 도대체 그래도 괜찮은 건가요? 그의 관점은 예수회 수좌의 동의에 따르는 것일까요? 그것은 로마 교황청의 교리와 일치하는 것일까요? 내가 아는 바로는 세계 곳곳에서 예수회가 로마의 교리를 전파하기 위해 술책을 꾸미고 다닌다고 들었습니다. 그것은, 글쎄요, 이단적이고 탈선적이며 부당한 것은 아닐까요? 나는 나프타 씨와 관련하여 이렇게 생각하고 있는데, 어떻게 생각하시는지 듣고 싶습니다."

세템브리니는 미소를 지었다.

"아주 간단합니다. 첫 번째로 나프타 씨는 당연히 예수회 회원으로, 그것은 틀림없는 사실입니다. 두 번째로 그는 지적인 남자입니다. 그렇지 않다면 나는 그와 교제하지 않았을 것입니다. 그리고 그는 그런 면모를 가지고 사상의 새로운 결합, 적응, 연결, 시대에 맞는 변화를 추구하고 있습니다. 당신도 보았듯이 나 자신도 그의 이론에 깜짝 놀랐습니다. 그는 나에게 이제껏 그렇게 광범위하게 자신을 드러낸 적이 없었습니다. 그는 당신들이 곁에 있어서 흥분했던 것이고, 나는 그 틈을 이용하여 그가 어떤 의미에서는 최종적인 말을 하도록 자극한 셈이 되었던 것입니다. 그렇게 해서 나온 말은 실로 기괴하고 끔찍했습니다."

"네, 그렇군요, 하지만 그는 왜 신부가 되지 않았을까요? 그럴 만한 연령이 되었을 텐데요."

"앞서 언급했듯이 병에 걸려서 그는 당분간 신부가 될 수 없었습니다."

"좋습니다, 그러나 이런 추론은 어떨까 묻고 싶습니다. 첫째로 그가 예수회 회원이고, 둘째로 그가 지적인 남자로서 복합적인 사고를 가졌다면, 이 두 번째의 추가사항은 병과 관련이 있는 것은 아닐까요?"

"이건 무슨 말입니까?"

"아니, 아닙니다, 세템브리니 씨. 내 말은 단지 그에게 침윤된 부위가 있어서 신부가 될 수 없었다는 뜻입니다. 그러나 그가 복합적인 사고를 가져서 신부가 될 수 없었을지도 모릅니다. 그렇게 보면 어느 정도 복합적인 사고와 침윤된 부위가 같은 속성을 지니고 있다고 생각합니다. 그 역시 나름대로는 삶의 걱정거리 자식과 같은 존재인 것으로, 약간 침윤된 부위를 가진 기이한 예수회 회원인 겁니다."

이윽고 그들은 요양원에 도착했다. 그들은 작별하기 전에 현관 앞에 잠깐 서 있다가 함께 무리 지어 걸었다. 그러는 동안 현관 앞을 서성이던 몇몇 환자들은 그들이 대화하는 것을 지켜보았다. 세템브리니가 말했다.

"되풀이해서 말하지만, 나는 젊은 두 친구분에게 경고합니다. 일단 교제가 시작된 것을 가지고 두 분이 호기심이 생겨서 그를 만난다 해도 나는 그것을 막을 수는 없습니다. 하지만 만날 때에는 불신을 가지고 마음과 정신을 무장하십시오, 또한 비판적 저항을 조금도 소홀히 하지 마십시오. 한마디로 이 사내를 특징적으로 표현하자면, 그는 일종의 호색한입니다."

두 사촌은 얼굴을 찌푸렸다. 곧 한스 카스토르프가 물었다.

"일종의 뭐라고요? 그는 수도사인걸요. 내가 알기로는 확고한 서약을 해야만 합니다. 더구나 그는 너무 볼품없고 몸도 허약해 보입니다."

"당신의 말은 어리석습니다, 엔지니어 양반." 세템브리니가 대답했다. "그것은 몸이 허약한 것과는 전혀 관계가 없습니다. 그리고 서약을 한다 해도 거기에는 조건이 있습니다. 그렇지만 나는 대체로 포괄적이고 정신적인 의미로 말한 것입니다. 그 의미에 대해서는 당신도 차츰 이해할 것이라고 생각했습니다. 내가 어느 날 당신의 방을 방문했을 때의 일이 기억날 것입니다. 오래전의 일, 꽤나 오래전의 일입니다. 당신이 환자로 수용된 뒤, 막 침대 생활을 끝낼 무렵이었지요."

"당연히 기억하고 있지요! 선생이 황혼녘에 내 방에 들어와 불을 켜던 일이 어제 일처럼 생생하게 기억납니다."

"맞습니다, 우리는 당시에 다행히도 비교적 고상한 문제에 대해 자주 담소하곤 했지요. 죽음이 삶의 조건이고 부속물인 경우를 전제로 하여 죽음과 삶, 죽음의 존엄성에 대해 이야기를 나누었습니다. 그리고 정신이 죽음을 혐오스런 방식으로 고립시키는 것을 원칙으로 한다면, 죽음이 추해진다는 점에 관해서도 이야기를 나누었습니다. 그러니 여러분!" 세템브리니는 두 청년에게 바짝 다가와서는, 왼쪽 엄지와 중지를 포크처럼 세우고 마치 두 사람을 집중시키려는 듯 오른손 집게손가락을 경고하듯이 올리며 이야기를 계속했다. "명심하십시오, 정신이 주권자이며, 정신의 의지는 자유롭습니다. 정신은 도덕적 세계를 결정합니다. 정신이 죽음과 삶을 이원론적으로 고립시키면, 바로 죽음은 정신의 이런 의지로 말미암아 현실적이 되고, 실제로 현실이 됩니다, 아시겠습니까, 죽음은 삶에 대립되는 힘, 삶과 적대관계의 원칙, 엄청난 유혹으로 변하게 되고, 죽음의 제국은 음란한 세계가 되어버립니다. 왜 음란한 세계인지 묻고 싶겠지요? 답변을 드리겠습니다. 죽음은 분해되어 해체되며, 죽음은 해방이기 때문입니다. 그러나 죽음은 악으로부터의 해방이 아니라 사악한 해방입니다. 죽음은 도덕과 도덕적인 성격을 해체하고, 훈육과 올바른 자세로부터 해방하여 음란에 제멋대로 빠져들게 합니다. 내가 마지못해 소개를 하고 말았습니다만, 내가 이 남자에 대해 경고하면서 그와 교제하고 대화함에 있어서 항상 비판적 자세를 가지고 각별히 경각심을 가질 것을 당신에게 촉구하는 것도 바로 그의 생각이 모두 음란한 특성으로 이루어졌기 때문입니다. 그럴 것이 그의 생각들은 내가 지난번에 이미 말했듯이 지극히 방종한 힘으로 작용하는 죽음의 비호 아래 있기 때문입니다, 엔지니어 양반. 나는 당시에 내가 뭐라고 표현했는지 잘 기억하고 있습니다. 내가 기회 적절하게 행했던 유용한 표현이 항상 기억 속에 그대로 남아 있습니다. 죽음은 미풍양속, 진보, 일과 삶에 맞서는 힘입니다. 이와 같은 악마의 입김으로부터 젊은이의 영혼을 지키는 것이 교육자의 가장 고상한 의무입니다."

세템브리니보다 더 유창하고 명쾌하게, 온전하게 말할 수 있는 사람은 없을 것이다. 카스토르프와 요아힘은 그의 말에 진심으로 감사를 표한 연후에, 이만 물러가겠다고 말하고는 베르크호프의 현관으로 들어갔다. 반면에 세템브리니는 비단 장식의 나프타 거처보다 한 층 위에 자신의 방과 인문주의자의 교탁으로 돌아갔다.

이것이 우리가 알고 있듯이 두 사촌이 처음으로 나프타의 집을 방문했을 때 벌어진 일이었다. 그 이후로 그들은 두세 번 더 나프타를 방문했는데, 한 번은 세템브리니가 집에 없을 때였다. 그리고 한스 카스토르프가 이른바 신의 자식이라는 고귀한 상을 눈앞에 떠올리며 푸른 꽃이 핀 은둔 장소에 앉아서 '술래잡기'를 할 때면, 나프타의 집 방문을 통해 얻은 것들도 그에게 관찰 재료를 제공했다.

진노, 그리고 또 다른 아주 고통스러운 일

곧 8월이 찾아왔다. 다행히도 우리 주인공이 이 위에 도착한 지 꼭 1년이 되는 날은 별일 없이 살짝 지나가 버렸다. 그날이 지나가 버린 것은 나쁠 것이 없었다. 그럴 것이 그날은 한스 카스토르프 청년에게 어딘지 좀 언짢은 기분을 주었기 때문이다. 이날을 맞이하면 대부분의 환자들은 이런 기분이었다. 이곳에 도착한 날을 반갑게 맞는 사람은 없었고, 1년이나 수년간 이곳에 지낸 사람들 가운데 이날을 생각하는 사람은 아무도 없었다. 그렇지만 평소에는 축제와 축배를 즐길 구실을 어떻게든 만들어 실행에 옮기곤 했다. 예컨대 1년이라는 리듬과 맥박을 타고 돌아오는 일반적이고 성대한 기념일들이 그 대상이기도 했지만, 그 밖에 사적이고 불규칙한 일들이 끼어들며 축하할 날들이 더 많아졌다. 생일, 종합 검진, 아픈 채 퇴원하든 완쾌하여 퇴원하든 임박한 출발 및 이와 유사한 계기가 생기면 사람들은 식당에서 잔치를 벌이고 샴페인을 터뜨리며 즐겼다. ―그럼에도 도착 기념일만은 침묵으로 보내며 그날이 빨리 지나가도록 했으며, 그날을 정말 잊은 채 무시해버렸다. 그리고 당사자 이외의 사람들은 그날을 제대로 유념하지 않았다는 것이 맞는 말일 것이다. 사람들은 잘게 나누어진 기념일에는 주의를 기울이는 것 같았다. 그들은 달력, 순환주기, 외적으로 반복되는 축일은 자세히 살피고 있었다. 그러나 개인적으로 이 위의 공간과 연관된 시간, 요컨대 개인적이고 사적인 시간을 헤아리고 셈하는 것은 단기 체류자와 처음 온 풋내기들이 하는 짓거리였다. 이런 점에서 기존의 거주자들은 계산 불가능한 시간이나 무심히 지나가 버리는 영원성, 매일이 항상 동일한 나날을 좋아하는 편이었고, 자신처럼 다른 사람들도 시간에 대해 같은 소망을 품고 살아갈 것이라고 생각하며 이런 기분에 공감하고 있었다.

오늘이 여기 온 지 3년입니다 하고 누군가에게 말하는 것은 아주 미숙하고 잔인한 것으로 여겨질지 모르지만, 그러나 어쨌든 이곳에서 그런 일은 결코 일어나지 않았다. 다른 때에는 늘 실수를 범하는 슈퇴어 부인조차도 이 점에 있어서는 확실하고 세련되게 넘겼으며, 결코 그런 어리석은 짓을 저지르지 않았다. 하지만 그녀의 병이나 체온이 그녀의 무식함과 연관되어 있다는 것은 확실했다. 얼마 전만 해도 그녀는 식탁에서 폐의 끝부분에 생기는 침윤을 '겉치레'라고 말했고, 역사에 관한 문제가 화제에 올랐을 때는 역사적인 년도를 자신의 '폴리크라테스의 반지'라고 헛소리를 하는 바람에 마찬가지로 주위에 앉은 사람들의 어안을 벙벙하게 만들었다. 그러나 슈퇴어 부인이 설령 요아힘의 기념일을 생각했을지라도, 예컨대 2월이 되어 그녀가 요아힘에게 그의 기념일을 상기시키는 짓은 상상조차 할 수 없는 일이었을 것이다. 물론 불행한 그녀의 머리에는 쓸데없는 날짜와 일들이 입력되어 있었기에, 그녀는 다른 사람에게 그런 날짜를 계산해 주는 일을 즐겨 해왔던 것도 사실이었다. 하지만 이런 그녀조차 이곳의 풍습에 길들여져 입을 꽉 다물고 있었다.

그녀는 한스 카스토르프의 기념일도 생각해냈다. 식사 중에 그녀는 그에게 의미심장한 눈빛을 보내고자 했으나, 그가 그녀의 신호에 무덤덤한 표정으로 받아넘겨서 그녀는 얼른 그런 생각을 거두어들였다. 요아힘 역시 사촌에 대해 침묵으로 일관했지만, 그가 자신을 문병 온 사촌을 도르프 역으로 마중 나가던 날짜는 제대로 기억하고 있었을 것이다. 그러나 천성적으로 말수가 적은 요아힘은 적어도 이 위에 와서 말이 많아진 카스토르프와는 달리 떠드는 법이 없었고, 그들이 사귄 인문주의자나 독선적인 궤변가에 대해서조차 침묵으로 일관했다. 이런 요아힘이 최근에는 더욱 눈에 띄게 말수가 줄어들었고, 말을 해도 한두마디 내뱉는 것이 고작이었다. 반면에 그의 표정에는 무엇인가 깊이 생각하는 빛이 역력했다. 그에게는 분명히 도르프 역이 마중과 도착이 아니라, 다른 표상으로 받아들여지고 있었다. 그는 평지와 활발하게 편지를 주고받고 있었다. 그의 내면에서 결단이 무르익고 있었고, 그가 준비하는 일은 거의 끝나가고 있었다.

7월에는 날씨가 따뜻하고 쾌청했다. 하지만 8월에 들어서자 날씨가 나빠지기 시작하여, 흐리고 습한 날씨가 계속되면서 눈과 비가 섞여서 내리는가 하면 완전히 눈이 내리기도 했다. 그리고 화창한 여름날이 그 사이에 며칠간 끼어들었지만, 8월말을 넘기며 9월 초까지 다시 나쁜 날씨가 계속되었다. 처음에는 여름철 날씨가 계속되어 방 안이 따뜻했다. 실내 온도가 10도가량 되어서 그런대로 쾌적하게 여겨졌다. 하지만 날씨가 급격히 추워지기 시작했고, 사람들은 계곡 위에 쌓인 눈을 보고 즐거워했다. 이런 광경이 벌어져야 관리실에서는 난방을 가동했는데, 날씨가 추운 것만으로는 움직일 생각을 하지 않았다. 우선 식당에만 스팀이 들어왔고, 그 다음에야 방에 스팀이 들어왔다. 환자들은 두 장의 담요를 두르고 안정 요양을 하다가 발코니에서 방으로 들어와서는, 축축하게 마비된 손을 난방이 들어오는 관에 대고 녹일 수 있었다. 반면에 스팀 관에서 나오는 건조한 김 때문에 뺨이 더욱 뜨겁게 달아오르는 것은 어쩔 수 없었다.

겨울이 왔단 말인가? 감각적으로는 겨울이 왔다는 인상을 떨쳐 버릴 수 없었다. 요양원 사람들은 자연적이고 인위적인 조건의 영향에 따라 내적으로나 외적으로 시간을 물 쓰듯이 사용하여 여름을 다 보내고서는 여름을 "사기당해 빼앗겼다"고 불평했다. 그래도 이성적으로는 아름다운 가을날이 이어지기를 기대하고 있었다. 태양이 더 낮게 지나가고 일몰이 더 빨라졌다는 것을 전제한다면, 여름이라고 불러도 손색이 없을 만한 따뜻하고 화창한 가을날이 연이어 계속될지도 모른다. 그러나 바깥의 겨울 풍경이 자아내는 사람들의 정서에 미치는 영향이 이런 쓸모없는 위로보다 더 강했다. 특히 한 사람이 닫힌 발코니 문 옆에 서서 휘몰아치는 눈보라를 멍하니 바라보며 혐오감에 사로잡혀 있었다. 그렇게 서 있는 사람은 바로 요아힘으로, 그는 가라앉은 목소리로 조용히 말했다.

"또 시작이란 말인가!"

방 안에 있던 한스 카스토르프가 그의 등을 바라보며 대답했다.

"좀 이른 것 같아. 여름이 완전히 끝난 것이 아닐 수도 있어. 그러나 물론 소름끼치는 결말을 보이는 것은 사실이야. 겨울이 어두움, 눈, 추위와 스팀으로 이루어지는 것이라면, 다시 겨울이 온 것을 부정할 수는 없겠지. 그런데 겨울이 얼마 전에야 끝났고, 눈이 녹은 것도 바로 전의 일 같은데, 아무튼 봄이 바로 지난 것처럼 여겨지거든, 그렇지 않아? 이런 생각을 하면 순간적으로 기분이 안 좋아질 수 있다는 것을 나도 인정해. 이는 인간의 살려는 욕구를 해치는 거야. 내 생각을 상세히 설명하도록 하겠어. 나는 이 세계가 보통 인간의 욕구에 부합하도록, 살려는 욕구에 어울리도록 만들어져 있다고 생각하는데, 이 점은 인정해야 해. 물론 자연의 질서, 예컨대 지구의 크기, 지구가 자전하고 태양 주위를 공전하는 시간, 하루와 계절의 변화, 달리 말해 우주의 질서가 우리의 욕구에 맞도록 되어 있다고 말하고 싶지는 않아. 그것은 어쩌면 불손하고 단조로울 수 있고, 그것이 명상가들이 말하는 목적론일지도 몰라. 그러나 우리의 욕구와 일반적이고 근본적인 자연의 사실이 다행스럽게도 서로 조화를 이루고 있어, 내가 다행스럽다고 말하는 이유는 그것이 실제로 신을 찬미할 수 있는 동기이기 때문이야. 그런데 평지에서는 여름이나 겨울이 찾아오면, 이전의 여름과 겨울이 지나간 지 꽤 오래되어 새롭게 느껴지면서 환영을 받게 되는 거야. 이런 것이 살려는 욕구의 원천이야. 반면에 이 고산지대의 우리에게는 이런 질서와 조화가 방해를 받고 있는 거야. 첫째로 너도 언젠가 말했듯이 이곳에는 정말 계절다운 계절이 없고, 단지 여름날과 겨울날이 뒤죽박죽 섞여 있을 뿐이야. 그 밖에도 이곳에서는 시간이라는 것이 도무지 흐르지 않기 때문에, 새로운 겨울이 와도 조금도 새롭지 않고 다시 진부한 겨울이 되고 마는 거야. 네가 거기 서서 창밖을 내다보며 불만스런 기분에 사로잡히는 이유도 설명하자면 바로 이 때문이야."

"고마워." 요아힘이 대답했다. "그런데 지금 그런 너의 설명에 만족하나 보군 그래. 그런 설명 자체에 무엇보다 만족하고 있나본데, 그렇지만 말이지…." 이어서 요아힘은 "아니야!" 하고 외치고는 다시 말을 이었다. "끝났어! 이렇게 지내는 것은 비열한 짓이야. 이 모든 것이 지독하고 구역질나게 비열한 짓이야. 물론 너야 너 나름대로…. 하지만 난…." 그는 빠른 걸음으로 방을 나가 화가 치밀어 오르는지 문을 닫았다. 그리고 착각이 아니라면, 그의 착하고 부드러운 두 눈에 눈물이 맺혀 있었다.

카스토르프는 방 안에 우두커니 서 있었다. 그는 요아힘이 자신의 생각을 큰 소리로 말했을 때까지는 그의 결심을 그리 심각하게 받아들이지 않았다. 그러나 이제 요아힘이 말없이 표정으로 결연한 빛을 보이면서 방금과 같은 태도를 취하자, 카스토르프는 소스라치게 놀랐다. 왜냐하면 요아힘이라는 군인 지망생은 한 번 말한 것은 무엇이든 실행에 옮기고도 남을 만한 남자라는 것을 그는 알고 있었기 때문이다. 무엇보다 두 사람, 자신과 그를 생각하고 소스라치게 놀랐다. "그는 아마 죽을 거예요"라는 쇼샤 부인의 말이 떠올랐다. 이것은 분명히 제삼자에게서 나온 정보였지만, 전부터 멎은 적이 없는 고통스러운 의구심이 또다시 그의 뇌리에 섞여 들어왔다. 이런 가운데 그는 요아힘이 자신을 이 고산 지대에 홀로 남겨 두고 떠난다는 것이 가능한가 하고 생각했다. "문병하러 찾아온 나를 남겨 두고 떠날 수는 없어, 그것은 말도 안 되는 끔찍한 행위야, 그렇다면 나는 아마 얼굴이 차가워지고 심장이 마구 뛰어 견딜 수 없을 거야" 하고 그는 생각을 거듭했다. "그가 떠나가고 내가 홀로 이 위에 남게 된다면 나는 그렇게 되겠지. 내가 그와 함께 떠난다는 것은 있을 수 없는 일이야. 그렇게 되면, 내 심장이 멈춰버릴 거야. 그렇게 되면 나는 영원히 이곳에 남게 될 테고, 다시는 혼자서 평지로 돌아가는 길을 결코 찾지 못할 거야…."

한스 카스토르프는 이렇게 무서운 생각을 멈출 수가 없었다. 바로 그날 오후에 그는 사태의 전말을 자세히 알게 되었다. 주사위는 던져졌고, 확고하게 결단을 내렸다고 요아힘이 선언했기 때문이다.

차를 마신 후 두 사촌은 월례 검진을 위하여 밝은 지하실로 내려갔다. 이 시기는 9월 초였다. 공기가 건조한 진료실에 들어서자 크로코프스키 박사가 책상에 앉아 있었고, 고문관은 푸르죽죽한 얼굴을 하고서 팔짱을 낀 채 벽에 몸을 기대고 있었다. 그는 한 손으로 청진기를 들더니, 그것을 가지고 자신의 어깨를 두드렸다. 이어서 그는 천장을 향해 하품을 하면서 맥 빠진 목소리로 인사했다. "식사는 하셨나요, 여러분!" 그는 아주 나른하고 우울한 기분, 모든 게 귀찮다는 듯한 태도를 드러내 보였다. 담배를 많이 피운 것 같았다. 사촌들도 전해들은 바와 같이 요양원에 불쾌한 사태가 발생했는데, 이곳에서는 물릴 만큼 자주 벌어지는 내부적인 스캔들이었다. 아미 뇔팅이라는 젊은 아가씨가 재작년 가을에 이곳에 왔다가 9개월이 지난 작년 8월에 건강을 회복하고 퇴원한 적이 있었다. 그러나 막상 집에서는 몸이 좋지 않아서 9월이 지나기 전에 다시 이곳에 왔다가, 2월에는 폐에 전혀 잡음이 없다는 진단을 받고 평지로 돌아갔으나, 7월 중순부터 일티스 부인의 식탁에 동석하게 되었다. 그런데 바로 이 아가씨가 밤 1시에 사육제 날 밤에 날씬한 다리로 꽤나 이목을 끌었던 폴리프락시오스라는 그리스 출신의 환자, 부친이 피레우스에서 염료 공장 사장으로 있던 젊은 화학자와 자신의 방에 함께 있다가 폴리프락시오스처럼 동일한 경로, 즉 발코니를 넘어서 그녀의 방에 도달한 질투심에 눈이 먼 그녀의 여자 친구에 의해 현장을 들키고 말았다. 두 남녀가 함께 있는 것을 목격하고 고통과 분노로 가슴이 찢어져 나갈 것 같았던 여자는 마구잡이로 고함을 질렀고, 이로 인해 요양원 사람들이 이 스캔들의 전모를 알게 되었던 것이다. 이에 대해 고문관은 사건 당사자인 세 사람, 즉 아테네 남자, 뉠팅, 그리고 질투에 눈이 멀어 자신의 명예심 따위는 아랑곳하지 않았던 그녀의 여자 친구에게 퇴원 명령을 내리지 않을 수 없었다. 그런데 아미뿐만 아니라 폭로자인 그녀의 친구도 크로코프스키 박사에게 개인 치료를 받고 있었고, 따라서 베렌스는 지금 이 불쾌한 스캔들에 대해 자신의 조수와 자세히 의논하는 중이었다. 베렌스는 사촌들을 진찰하면서도 우울과 체념이 섞인 어조로 계속 그 일에 대해 심경을 토로했다. 그는 청진에 있어서는 예술가의 경지에 이를 만큼 숙달해 있어서 사람의 몸속에서 나는 소리를 듣는 동시에 다른 내용의 이야기를 하고, 조수에게는 청진한 내용을 받아쓰게 했다.

"네, 그래요, 신사 분들, 지긋지긋한 리비도입니다! 여러분은 물론 이런 사건이 즐겁고, 재미있겠지요. 시끄러운 폐포음. 그러나 원장으로서 이런 일은 정말 진저리가 납니다. 아시겠습니까, 탁한 소리. 정말 그렇습니다. 결핵은 욕정과 연관성이 있다는 점에는 동의합니다만, 약간 거친 음. 내가 그렇게 만든 것은 아닙니다. 하지만 나도 모르는 사이에 포주처럼 되어버렸군요. 여기 왼쪽 어깨 아래 단축 음. 우리는 정신분석을 하고 있으니, 무슨 말이든 하십시오. 식사는 잘 하셨겠죠! 수포음 패거리들은 말을 더 많이 할수록, 그만큼 더 음탕해집니다. 나는 수학을 설교하고 있습니다. 여기는 더 좋아졌고, 잡음이 사라졌습니다. 요컨대 수학에 몰두하는 것이 발작을 막는 데는 최고입니다. 이 문제로 강하게 저항한 파라반트 검사는 수학에 뛰어들었고, 지금은 원의 구적법을 공부하면서 증상이 크게 완화되었음을 느낀다고 합니다. 그러나 대부분의 환자들은 동정이 갈 정도로 너무 어리석고 게으릅니다. 폐포음. 이봐요, 나는 이곳의 젊은이들이 타락하고 망가지기 십상이라는 것을 아주 잘 알고 있으며, 그래서 예전에는 이따금 음란한 짓을 막으려고 시도한 적이 있었습니다. 하지만 오빠든, 신랑이든 당신하고 무슨 상관이냐며 면전에서 따지는 일이 일어났지요. 그 이후로는 그냥 의사로만 지내고 있습니다, 오른쪽 위쪽에 약한 수포음."

베렌스는 요아힘의 진찰을 끝낸 다음 청진기를 가운 주머니에 집어넣고는, 거대한 왼손으로 두 눈을 문질렀다. 그는 담배 기운이 '떨어져서' 우울해질 때면 그런 행동을 보이곤 했다. 그는 심기가 불편한지 간간히 하품을 하더니 반기계적으로 진단결과를 읊조렸다.

"자, 침센 씨, 힘을 내요. 모든 것이 여전히 생리학 책에 나오는 상태와는 같지 않고, 여기저기서 잡음이 들리고 있습니다. 또한 가프키도 아직은 남김없이 정리된 것이 아니고, 게다가 최근에는 가프키 번호가 한 단계 올라갔습니다. 이번에는 번호 6입니다. 하지만 이것 때문에 고통스러워하지 마십시오. 처음 이곳에 왔을 때는 훨씬 상태가 더 나빴고, 그것은 서류로 보여 줄 수 있습니다. 앞으로 오륙 개월 더 있으면… 그런데 예전에는 달을 '모나트'라고 하지 않고 '마노트'라고 한 것을 아십니까? 사실 그것이 훨씬 더 발음하기 좋습니다. 이제 나는 마노트라고 말할 작정입니다."

"고문관님." 요아힘이 말문을 열었다. 그는 상체를 노출한 상태로 가슴을 펴고, 구두의 뒤꿈치를 모으고는 부동자세로 서 있었다. 햇볕에 짙게 그을린 얼굴이 저렇게 창백해질 수 있다는 것을 카스토르프가 어떤 특정한 기회에 처음으로 알아챘을 때처럼 그의 얼굴은 그을린 여기저기 사이로 반점이 얼룩덜룩하게 나 있었다.

고문관은 몰아붙이듯이 말을 이었다. "당신이 앞으로 반년가량만 이곳에서 엄격하게 요양 업무를 수행한다면, 성공한 남자가 되어 콘스탄티노플도 점령할 수 있을 겁니다. 그러면 당신은 당신의 용감함 때문에 국경의 사령관이 될 수 있을 것입니다."

만일 요아힘의 확고한 자세, 결연히 말하겠다는 명명백백한 의지가 고문관을 당황하게 만들지 않았더라면, 고문관이 우울한 기분에 빠져서 계속 무슨 헛소리를 늘어놓았을지 아무도 모를 일이었다.

젊은 요아힘이 말했다. "고문관님, 죄송합니다만, 나는 떠나기로 결심했음을 통보 드립니다."

"아니, 떠나겠다고요? 나는 당신이 나중에 건강한 몸으로 군인이 되려 한다고 생각했는데, 아닌가요?"

"아닙니다, 나는 지금 떠나야 합니다, 고문관님, 1주일 안에요."

"내가 제대로 들은 겁니까? 총을 내던지고 도망치겠다는 건가요? 그것이 탈주라는 것은 아십니까?"

"아닙니다, 나는 그렇게 생각지 않습니다, 고문관님. 나는 이제 연대로 돌아가야 합니다."

"6개월만 있으면 분명히 떠날 수 있습니다. 하지만 6개월이 되기 전에는 떠날 수 없습니다."

요아힘의 자세는 점점 더 군인의 형태로 변해 갔다. 그는 배를 안으로 집어넣은 채 짧고 절도 있는 목소리로 말했다.

"이곳에 온 지 1년 반이 넘었습니다, 고문관님. 더는 기다릴 수 없습니다. 본래는 3개월이라고 말하지 않았습니까. 그러다가 나의 요양 기간은 3개월, 6개월 이런 식으로 계속 연장되었고, 나는 여전히 건강하지 않습니다."

"그것이 내 잘못인가요?"

"아닙니다, 고문관님. 그러나 더는 기다릴 수 없습니다. 군인이 되는 길을 아주 놓치지 않으려면, 여기서 병이 완쾌될 때까지 기다릴 수 없습니다. 지금 저 아래로 내려가야 합니다. 장비를 갖추고 그 밖에 다른 준비를 하려면 시간이 좀 필요합니다."

"가족과는 상의를 했습니까?"

"어머니가 동의하셨습니다. 모든 것이 결정된 일입니다. 나는 10월 1일에 사관후보생으로 제76연대에 입소합니다."

"어떤 위험이라도 무릅쓰겠다고요?" 베렌스는 이렇게 물으면서 충혈된 눈으로 그를 응시했다.

"명령에 따를 것입니다, 고문관님." 요아힘은 입술을 떨면서 대답했다.

"뭐, 그렇다면 어쩔 수 없군요, 침센 씨." 고문관의 표정이 바뀌었고, 자세도 누그러졌으며, 모든 행동거지가 느슨해졌다. "좋아요, 침센. 떠나도록 하세요! 신의 가호가 있기를 빕니다. 당신은 자신이 원하는 것을 잘 알고 있습니다. 당신이 스스로 일을 떠맡으십시오. 그리고 당신이 스스로 일을 떠맡는 순간부터 그것은 당신의 문제이지 내 문제가 아니란 것을 명심하세요. 자립이 사내의 기본입니다. 당신은 보증 없이 여행할 텐데, 나는 그것에 아무 책임이 없는 겁니다. 그러나 잘 될 수 있기를 바랍니다. 당신은 야전에서 일하는 직업이지요. 그것이 당신 건강에 효과가 있어서 역경을 이겨 낼 수 있을지도 모릅니다."

"그렇습니다, 고문관님."

"자, 그럼 당신, 민간인 관객 출신의 젊은이는 어쩌실 건가요? 같이 갈 겁니까?"

이번에는 한스 카스토르프가 대답해야 할 차례였다. 그는 1년 전에 진찰을 받고 요양원에 체류하게 되었을 때처럼 창백한 얼굴로 서 있었다. 당시처럼 얼굴에는 똑같은 얼룩이 생겼고, 이번에도 심장의 박동이 늑골 쪽으로 울리는 것을 뚜렷이 느낄 수 있었다. 그는 베렌스원장에게 대답했다.

"나는 고문관님의 판정에 따르고 싶습니다."

"내 판정이라, 좋습니다!" 그는 카스토르프 청년의 팔을 잡아끌고는 청진하고 타진했다. 그는 결과를 받아 적게 하지 않았다. 진단은 상당히 빨리 진행되었다. 이어서 진단을 마친 고문관은 말했다.

"당신은 떠나도 좋습니다."

한스 카스토르프가 더듬거리며 말했다.

"그것은… 어떻다는 말씀인가요? 내가 건강하다는 말인가요?"

"그렇습니다, 당신은 건강합니다. 왼쪽 위의 환부는 더는 문제될 것이 없습니다. 당신의 체온이 그곳과는 상관없는 것 같습니다. 무엇 때문에 열이 생기는지는 당신에게 단정해서 말할 수 없습니다. 열은 전혀 문제가 되지 않을 거라고 추측합니다. 내 생각으로는 이곳을 떠나도 좋을 듯합니다."

"그러나… 고문관님, 혹시 지금 그 말은 진심으로 하는 말씀이 아니 겠지요?"

"진심이 아니라고요? 어째서 그런 말을 하십니까? 어떻게 그런 생각을 하는 것이죠? 나를 대체 어떻게 생각하는 겁니까? 당신은 나를 어떤 사람으로 보는 거요? 포주쯤으로 보는 겁니까?!"

그는 크게 화를 냈다. 고문관 얼굴의 푸르죽죽한 기운이 끓어오르는 분노 때문에 보라색으로 짙어졌고, 콧수염을 기른 입술의 한쪽 끝이 옆쪽의 위의 이빨이 보일 정도로 심하게 치켜 올라갔다. 그는 황소처럼 머리를 내밀고 있었고, 두 눈은 눈물이 흐르고 핏발이 서 있었다.

"내게 그런 식으로 말하지 마십시오!" 그는 큰 소리로 말했다. "첫째 나는 도대체가 경영자가 아닙니다. 나는 이곳의 고용된 사람일 뿐입니다! 나는 의사입니다! 한낱 의사일 뿐입니다, 아시겠어요?! 나는 뚱쟁이 영감이 아닙니다! 아름다운 나폴리의 톨레도에 사는 바람둥이도 아닙니다, 잘 아시겠어요? 나는 아파하는 사람들의 종입니다! 나를 나와는 다른 사람으로 상상했다면, 두 사람 다 사라지든 멸망하든 마음대로 하십시오! 좋은 여행 되십시오!"

고문관은 뢴트겐 촬영실 앞 대기실로 통하는 문으로 성큼성큼 걸어가서는, 문을 쾅 닫고 나가 버렸다.

두 사촌은 어떻게 해야 할지 몰라서 크로코프스키 박사를 쳐다보았지만, 그는 서류만 열심히 들여다보며 거기에 몰두하고 있었다. 둘은 서둘러 옷을 입었다. 계단에서 한스 카르토르프가 말했다.

"그것 참 끔찍했어. 이런 모습을 본 적 있었어?"

"아니, 이런 적이 없었어. 그것이 바로 우두머리의 발작이라는 거야. 이런 경우에는 항변도 하지 말고 그냥 내버려 두는 것이 상책이야. 그는 물론 폴리프락시오스와 뷜팅의 일 때문에 흥분해 있었어. 하지만 너도 보았지?" 요아힘은 말을 계속했다. 그리고 목적한 일이 이루어졌다는 기쁨에 감격하여 가슴이 떨리고 벅차오르는 것 같았다. "너도 보았지? 내가 결연하다는 것을 알고 그가 소심해지면서 두 손 든 것 말이야. 칼을 뺄 때는 서슴없이 빼야 하는 거야. 이제 나는 말하자면 허락을 받았어. 내가 역경을 이겨 낼 수 있을지 모르겠다고 그 자신도 말했지. 이제 1주일 뒤에는 떠날 거야. 3주 안에 연대에 들어가고." 그는 카스토르프의 문제는 거론하지 않은 채 기뻐 떨리는 목소리로 자신의 문제에 한정해서 말했다. 그러는 가운데 그는 연신 밝은 표정이었다.

한스 카스토르프는 아무 말이 없었다. 그는 요아힘이 '허락'받은 것에 대해서, 또한 자신이 허락받은 것에 대해서 무슨 말을 할 수 있었지만 침묵으로 일관했다. 그는 안정 요양을 위해 옷가지 등을 준비했다. 이어서 체온계를 입에 물고는 두 장의 낙타털 담요를 간단하고도 확실하게, 평지에서는 아무도 흉내 낼 수 없는 능숙한 솜씨로 몸에 칭칭 둘렀다. 그런 다음 초가을 오후의 차갑고 축축한 날씨에 균형이 잘 잡힌 원통처럼 훌륭한 접이식 침대에 누워 있었다.

비구름이 골짜기 깊숙이 깔려 있어서 저 아래서 펄럭이던 환상적인 깃발은 사람들이 거두어들였다. 전나무의 젖은 가지 위에는 잔설이 앉아 있었다. 바로 1년 전 오늘, 알빈 씨의 목소리가 그의 귀청을 때리던 아래쪽 안정 홀에서 요양을 하고 있는 카스토르프의 귀에 나직이 대화하는 소리가 들려왔다. 청년의 손가락과 얼굴은 축축하고 차가운 날씨에 순식간에 굳어버렸다. 그는 이런 것에 익숙해져 있었고, 오래 전부터 이곳 고산지대에서 유일하게 생각할 수 있는 생활방식을 조용히 홀로 누운 채 명상할 수 있는 은총으로 알고 감사하게 여겼다.

요아힘이 떠난다는 것은 결정된 일이었다. 라다만토스가 그를 석방한 것이다. 건강한 몸으로서 규정에 따라 석방한 것이 아니라, 요아힘의 완강한 고집 때문에 이를 인정하고 어쩔 수 없이 석방한 것이다. 그는 협궤 열차를 타고 저 골짜기 부근의 란트크바르트로 가서 로만스호른을 경유한 다음, 시에서 기사가 말을 타고 건너간 넓고 깊은 호수를 지나 독일 전역을 지나 북쪽 끝의 고향으로 돌아갈 것이다. 그리하여 그는 저 아래 평지의 어떻게 살아야 하는지 모르는 보통 사람들 틈에서, 예컨대 체온이나 담요를 몸에 감는 기술, 슬리핑백, 하루 세 번의 산책에 대해 모르는 사람들 틈에서 살아갈 것이다. 저 아래 사람들이 전혀 모르는 일에 대해 말하고 열거하는 것은 힘든 일이었다. 그러나 이 위에서 1년 반 이상 체류한 요아힘이 이곳에 대해 모르는 사람들 틈에서 살아가야 한다는 생각이 카스토르프의 머리를 어지럽게 만들었다. 실상 이런 생각은 요아힘에게만 해당될 따름이었고, 카스토르프에게는 단지 먼 곳에서 실험적 관계만 성립되고 있었다. 그는 눈을 감고 손을 흔들어 자신의 이런 생각을 떨쳐내려 했다. 그러면서 "있을 수 없어, 있을 수 없는 일이야" 하고 중얼거렸다.

그러나 그게 도대체 있을 수 없는 일이라고 해서 요아힘 없이 혼자 이 위에서 계속 살아갈 것인가? 그렇다면 얼마나 오랫동안 살아갈 것인가? 베렌스가 완쾌되었다며 요아힘을 석방할 때까지 있게 되리라. 그것도 오늘처럼이 아니라 진심으로 그를 석방시켜 줄 때까지 말이다. 하지만 첫째로 요아힘이 언젠가 어느 기회에 허공에 대고 그게 언제냐는 식으로 거동을 해 보였듯이, 그 시점이 언제가 될지는 알 수 없었다. 둘째로 그때가 되면 불가능한 일이 가능한 일로 바뀔 것인가? 오히려 그 반대가 될지도 모른다. 그리고 불가능한 일이 어쩌면 완전히 불가능한 일이 되기 전에 그에게 어떤 구원의 손길이 주어졌노라고 인정하는 것이 공정한 판단이었다. 요아힘의 무모한 출발로 인하여 카스토르프에게는 평지로 가는 도정에서 하나의 지침과 버팀목이 제공된 셈으로, 그렇지 않았다면 그 스스로는 아마 돌아가는 길을 영원히 발견하지 못했을지 모른다. 만일 인문주의적 교육자가 이런 기회를 알게 된다면, 요아힘으로 하여금 구원의 손길을 붙들고 인도에 따르라고 얼마나 권고할 것인가! 그러나 세템브리니는 경청할 가치가 있었던 존재와 힘들 중에서 하나의 대변자에 지나지 않았다. 그는 단 하나의 절대적 대변자는 아니었다. 그리고 요아힘의 경우에 사정은 마찬가지였다. 그는 진정한 군인이었다. 그는 가슴이 풍만한 마루샤가 돌아오는 때와 거의 비슷한 시기에 떠나는 것이었다. (그녀는 10월 1일에 돌아오는 것으로 알려져 있었다.) 이에 반해 민간인에 해당하는 한스 카스토르프는 언제 돌아올지 전혀 알 수 없는 클라브디아 쇼샤를 기다려야 하기 때문에 무엇보다 언제 출발할지 단정적으로 말할 수 없는 것처럼 보였다.

"내 견해는 다릅니다." 라다만토스가 탈주라고 말하자 요아힘이 그렇게 대답한 바 있었다. 탈주라는 말은 요아힘의 입장에서는 의심할 나위 없이 침울한 고문관의 헛소리에 지나지 않았다. 그러나 민간인인 카스토르프에게는 도대체가 사정이 다르다고 볼 수 있었다. 그에게는(그렇다, 조금도 의심할 나위 없이 그것은 탈주였다! 이런 결정적인 사고를 자신의 모호한 감정으로부터 분명히 이끌어내기 위하여 그는 오늘 이렇게 축축하고 차가운 발코니에 누워 있었던 것이다) 아마도 기회를 잡아서 평지로 무모한, 또는 거의 무모함에 가까운 출발을 단행하는 것이 정말 탈주였을지 모르며, 이 고산 지역에서 이른바 '신의 자식'이라는 고귀한 상을 관조함으로써 갖게 된 더 큰 책임감으로부터의 탈주였을지 모른다. 그것은 그가 여기 발코니와 푸른 꽃이 피어 있는 장소에서 전념하는 어렵고 열기에 찬 술래잡기 의무, 요컨대 자신의 본성적 힘을 초과하지만 모험의 즐거움을 안겨 주는 술래잡기 의무에 대한 배신이라 할 수 있었다.

그는 입에서 체온계를 급히 빼냈다. 전에 수간호사에게서 그 사랑스러운 도구를 구입한 다음 처음으로 체온을 쟀을 때처럼 급히 체온계를 빼서는, 당시와 똑같이 호기심을 가지고 눈금을 들여다보았다. 수은주는 크게 상승하여 37.8도 내지 거의 37.9도를 나타내고 있었다.

한스 카스토르프는 담요를 벗어 던지고 자리에서 벌떡 일어났다. 그리고 방으로 급히 들어갔다가 복도로 다시 되돌아왔다. 그런 다음 다시 수평상태로 누운 채 조용히 요아힘을 불러서 그의 체온을 물었다.

"나는 이제 체온을 재지 않아." 요아힘이 대답했다.

"이봐, 나는 템푸스가 있어." 카스토르프는 슈퇴어 부인이 샴페인을 '샴푸스'라고 말했던 것처럼 열이라는 뜻의 템페라투어를 템푸스라고 발음했다. 이에 대해 유리벽 뒤쪽에 있던 요아힘은 아무 말도 하지 않았다.

그 이후로, 그러니까 그날과 다음날에도 카스토르프는 아무 말도 하지 않았고, 요아힘의 계획과 결심에 대해 물어볼 생각도 하지 않았다. 이제는 남은 기한이 빠듯하기 때문에 완전히 그 자신의 의향에 따라, 즉 자신이 행동을 하느냐 또는 아니냐에 따라 요아힘의 계획과 결심이 결정될 수밖에 없었다. 물론 이 문제는 후자를 선택함으로써 결말이 났다. 카스토르프는 정적주의를 선호하는 것처럼 보였다. 정적주의란 인간의 그 어떤 행위도 자신만이 행동하기를 원하는 신을 모독하는 일이라고 간주해왔기 때문이다. 어쨌든 카스토르프는 최근 며칠 동안 베렌스를 찾아간 일 외에는 어떤 행동도 보이지 않았다. 둘 사이에 주고발은 이야기에 대해서는 요아힘도 알고 있었고, 대화의 결과에 대해서도 뻔히 꿰뚫어 보고 있었다. 카스토르프는 다시는 이곳으로 되돌아오는 일이 없도록 병을 완치한 다음 떠나라고 전에 여러 번이나 권유한 고문관의 말을 따를 것이라고 자신의 의사를 설명하면서 지난번 불쾌했던 순간에 했던 그의 성급한 말에 대해서도 개의치 않는다고 덧붙였다. 그리고 현재 체온이 37.8도나 되기에 정식으로 석방된 느낌을 가질수 없으며, 또 고문관이 얼마 전에 한 말을 퇴학 처분으로 이해하지 않는데, 그런 처분을 받을 만한 동기도 자신은 부여한 적이 없는 것으로 느끼기에 그렇다는 것이다. 따라서 카스토르프 자신은 조용히 심사숙고한 결과 요아힘 침센의 의도와는 달리 이곳에 더 남아 병독이 완전히 없어질 때까지 기다리기로 결정했노라고 말했다. 이에 대해 고문관은 상당히 틀에 짜인 말투로 대답했다. "좋아요, 잘했습니다! 나의 그 어떤말도 나쁘게 생각하지 말아요!" 그러면서 그는 한스 카스토르프를 이성적인 청년이며, 게다가 저 칼을 휘두르는 탈주병보다 그에게 환자로서의 소질이 더 많다는 것을 처음 왔을 때 벌써 알아보았다고 칭찬했다. 이어서 그는 여러 말을 덧붙였다.

요아힘은 이를 거의 비슷하게 예측했으며, 대화의 진행 또한 그랬다. 이에 대해 요아힘은 아무 말도 하지 않았다. 단지 카스토르프가 자신처럼 떠날 준비를 하지 않는다는 것을 말없이 확인하고 있었을 따름이었다. 그러나 선량한 요아힘은 자신의 문제만으로도 얼마나 할 일이 많았는지 모른다! 실제로 그는 한스 카스토르프의 운명이나 잔류 사실에 대해 계속 걱정하고 있을 겨를이 없었다. 그의 가슴속은 폭풍에 마구 흔들리고 있었고, 이는 누구나 상상할 만한 일이었다. 그는 체온계를 바닥에 떨어뜨려 깨지는 바람에 체온을 더는 재지 않게 되었는데,

어쩌면 잘된 일인 것 같다고 말했다. 만일 그가 지금 체온을 쟀다면, 최악의 결과가 생겼을 것이다. 그는 지독하게 흥분한 상태에 있었고, 기쁘고 긴장하여 얼굴이 검은 빛을 띠다가 때로는 창백해지곤 했기 때문이다. 그는 더 이상 가만히 침대에 누워 있을 수 없어서 하루 종일, 하루에 네 번 실시하는 베르크호프의 안정요양 시간 내내 방 안을 이리저리 거닐었다고 카스토르프는 전해 들었다. 벌써 1년 반이나 이곳에 체류했던 것이다! 설령 억지로 퇴원을 허락받은 것에 불과하지만, 이제는 저 아래 평지의 집으로, 정말이지 연대로 복귀하는 것 아닌가! 이는 어떤 의미로 보아도 결코 사소한 일이 아니라는 것을 카스토르프는 차분히 있지 못하고 이리저리 거니는 사촌에게서 느낄 수 있었다. 요아힘은 18개월, 꼬박 1년 6개월의 세월을 이 위에서 보내면서 이곳의 일정한 질서 및 생활방식을 체득하고 숙달하게 되었으며, 7일을 70번 곱한 그 변화막측한 나날을 실컷 경험한 연후에 이제는 낯설어진 집으로, 모르는 사람들에게로 돌아가는 것이다! 저 아래 세상에서 다시 적응하려면 얼마나 많은 어려움이 있을 것인가? 요아힘의 격한 흥분은 즐거움뿐만 아니라 완전히 익숙해진 생활과 작별해야 하는 두려움과 슬픔 때문이기도 하다. 이로 인해 그가 하루 종일 방 안을 서성인다고 해서 누가 이상하게 생각하겠는가? 마루샤에 대해서는 한마디 거론하지 않더라도 말이다.

그럼에도 떠난다는 즐거움이 압도적이었다. 선량한 요아힘은 이런 즐거움을 가슴속 깊이 뭉클하게 느끼며 이를 표현하지 않을 수 없었다. 그는 자신에 관해 말했지만, 사촌인 한스 카스토르프의 미래에 대해서는 전적으로 그 자신에게 맡겨두었다. 그는 모든 것, 즉 삶이라든가 그 자신, 하루의 나날과 매 시간이 얼마나 새롭고 신선해질 것인지에 대해 말했다. 그는 다시 충실한 시간을 맞이하게 될 것이고, 중요한 청춘기를 천천히 음미하며 보내게 될 것이라고 말했다. 그는 자신의 어머니이자 카스토르프의 이복 이모, 자신처럼 부드럽고 까만 눈을 갖고 있던 침센 부인에 관해서도 말했다. 실상 요아힘은 베르크호프에서 지내는 동안 어머니를 한 번도 본 적이 없었는데, 왜냐하면 침센 부인은 요아힘이 그랬듯이 한 달 두 달, 반년 1년 미루다가 아들을 방문할 결심을 미처 하지 못했기 때문이었다. 그는 감동스런 미소를 지으며 곧 수행하게 될 군기에 대한 맹세에 관해 이야기했다. 군기 앞에서, 바로 기병대 깃발 앞에서 자신은 장엄한 절차에 따라 선서를 한다는 것이었다. "뭐라고? 근엄하게? 막대기 앞에서? 천 조각 앞에서 선서를 한다고?" 한스 카스토르프가 물었다. "그래, 물론이지. 포병대는 대포 앞에서 하는데, 그건 상징적인 방식이지." "그것은 열광적인 관습이자 감상적이고 환상적인 관습이라고 표현할 수 있겠는 걸" 하고 민간인이 말했다. 이에 대해 요아힘은 자랑스럽고 행복한 표정으로 머리를 끄덕였다.

요아힘은 출발 준비를 마치고 위로 올라가 관리실에서 최종 계산을 끝냈다. 그는 자신이 정한 출발 날짜 며칠 전부터 이미 짐을 꾸리기 시작했다. 그는 여름옷과 겨울옷을 꾸려 넣었고, 요양원 급사에게 부탁하여 슬리핑백과 낙타털 담요를 굵은 삼베로 만든 자루에 넣어 꿰매도록 시켰다. 어쩌면 훈련 시에 이런 것들을 다시 한 번 사용할 일이 있을지도 모를 일이었다. 이어서 그는 작별 인사를 하러 다니기 시작했다. 그는 혼자서 세템브리니와 나프타의 집을 찾아가 작별을 알렸다. 혼자서 간 이유는 카스토르프가 방문하는 데 따라가지 않았기 때문이다. 카스토르프는 세템브리니가 먼저 떠나는 요아힘의 출발과 그 자신의 체류에 대해 어떻게 생각하고 어떤 말을 했는지에 대해서도 묻지 않았다.

세템브리니가 "네, 그래요" 또는 "좋아요"라고 했든지, 그 어떤 말을 했든지, 또는 "불쌍한 사람"이라고 했든지, 그것은 이제 요아힘에게는 아무래도 좋았다.

이윽고 떠나기 하루 직전의 밤이 찾아왔다. 그날 요아힘은 매일 하던 모든 것, 식사라든가 안정 요양, 산책을 마지막으로 끝내고 의사와 수간호사에게 작별을 고했다. 그리고 곧 다음 날 아침이 밝았다. 그는 밤새 잠을 이루지 못하여 눈은 열기로 충혈되고 손은 차디찬 상태로 아침 식사에 나타났으나 음식을 거의 입에 대지 않았다. 그는 마차에 짐 싣는 일을 마쳤다는 난쟁이 아가씨의 전갈을 받자, 식탁 동료들과 작별하기 위해 서둘러 자리에서 일어났다. 슈퇴어 부인은 작별을 섭섭해하며 눈물을 흘렸지만, 그것은 교양 없는 여자의 가볍게 흘리는 무의미한 눈물이었다. 그러더니 그녀는 금방 요아힘의 등 뒤쪽 여선생에게 머리를 흔들고 손가락을 펴서 이리저리 돌리며 천박한 얼굴을 지어 보였다. 이런 그녀의 얼굴에는 요아힘의 출발 자격과 건강 상태에 대한 지나친 의혹의 빛깔로 가득 차 있었다. 한스 카스토르프는 사촌을 따라가려고 선 채로 커피를 마시다가 그녀의 야비한 모습을 목격하게 되었다. 요아힘은 자신의 일을 도와준 사람들에게 팁을 건넸고, 현관에서 관리실 대표자의 공식적 작별인사에 응답했다. 항상 그렇듯이 떠나가는 사람을 전송하려고 환자들이 나와서 기다리고 있었다. 태생적으로 작은 키의 일티스 부인, 상앗빛 피부를 가진 레비 양, 방탕한 포포브와 그의 처가 이에 속했다. 마차가 뒷바퀴에 제동을 걸면서 덜커덩하고 차도를 미끄러져 내려가는 동안 마중 나온 환자들은 손수건을 흔들었다. 요아힘은 선물로 받은 장미꽃을 가슴에 안고 있었다. 그는 모자를 쓰고 있었지만, 한스 카스토르프는 모자를 쓰지 않았다.

아침은 매우 청명했다. 오랫동안 흐린 날씨가 계속되다가 처음으로 햇빛이 비치고 있었다. 시아호른, 녹색의 탑들, 도르프베르크의 둥근 봉우리들이 변함없이 상징처럼 만발한 꽃들 앞에 우뚝 솟아 있었고, 요아힘의 두 눈은 산봉우리에 머물러 있었다.

"출발하는 날에 이렇게 날씨가 좋아지다니 조금은 유감스러워" 하고 한스 카스토르프가 말했다. 그러면서 "이건 고약한 일이야, 아주 황량한 날씨라야 작별하기가 쉽거든" 하고 덧붙였다. 이에 대해 요아힘은 "작별하기 쉽든 어렵든 내겐 상관없는 일이야, 훈련하기 아주 좋은 날씨인걸, 저 아래 평지에서는 이런 날씨가 필요해"라고 대답했다. 이런 대화 외에는 둘 다 거의 말이 없었다. 두 사람의 상황이 그렇듯이 작별에 대해 사실 그들은 뭐라고 적절한 말을 꺼낼 수가 없었다. 이때 마부석에는 요양원의 문지기인 절름발이가 마부와 함께 나란히 앉아 있었다.

두 사촌은 이륜마차의 딱딱한 쿠션 위에 똑바로 앉아 앞뒤로 흔들리면서 개울과 협궤 철도를 뒤로 한 채 철도와 나란히 달리는 불규칙하게 정비된 길을 지났다. 이윽고 그들은 헛간보다 더 나을 것이 없는 도르프 역 앞의 돌로 된 광장에서 멈췄다. 카스토르프는 이 모든 것을 다시 보며 경악했다. 13개월 전 황혼녘에 이곳에 처음 도착한 후로 그는 이 역을 다시 보지 않았기 때문이다.

"이곳이 내가 도착한 곳이야." 한스 카스토르프의 이 말은 무의미했다. 이에 대해 요아힘은 그저 "그래, 여기지"라고만 대답하면서 마부에게 요금을 주었다.

분주하게 움직이는 절름발이는 차표와 짐 등 모든 것을 잘 챙겨 주었다. 두 사촌은 소형 열차 옆의 플랫폼에 나란히 서 있었다. 요아힘은 방금 전에 바로 앞에 있는 회색 덮개를 씌운 작은 칸막이 객실에 자신의 외투와 무릎덮개, 장미를 먼저 갖다 놓았다. 이때 한스 카스토르프가 입을 열었다. "자, 이제 너는 열광적인 선서를 곧 하겠구나." 그러자 요아힘이 대답했다. "그렇게 되겠지." 그 밖에 무슨 할 말이 있으랴? 마지막으로 그들은 서로 작별 인사를 나누며 저 아래 사람들과 이 위의 사람들에게 안부를 전해 달라고 당부의 말을 건넸다. 카스토르프는 이렇게 작별을 고한 뒤, 가지고 있던 지팡이로 아스팔트 위에 무엇인가를 그려대고 있었다. 그는 승차하라는 외침이 들리자 얼른 고개를 들고는 요아힘의 얼굴을 바라보았고, 요아힘도 그의 얼굴을 바라보았다.

그들은 서로 악수를 나누었다. 한스 카스토르프는 모호한 미소를 지어보였고, 요아힘의 두 눈은 근엄해지면서 슬픈 감정에 젖어 있었다. "한스!" 그가 이름을 불렀다. 오, 하느님 맙소사! 이렇게 아픈 일이 세상에 과연 있었을까? 요아힘이 한스 카스토르프의 이름을 불렀던 것이다! 평소에 하던 대로 '너' 또는 '이봐'가 아니라, 그 모든 예절을 거역하여 애절하면서도 열광적인 방식으로 이름을 불렀던 것이다! 요아힘은 "한스!"라고 말하고는 불안을 감추지 못한 채 사촌의 손을 잡았다. 반면에 한스 카스토르프는 밤새 잠을 못 이루고 여행의 열기에 들뜬 채 몹시 심란해 하던 사촌이 자신이 술래잡기할 때처럼 목을 떨고 있다는 사실을 알아챘다. 요아힘은 "한스! 곧 나를 따라와!" 하면서 간절한 어조로 말했다. 이어서 그는 열차의 발판으로 뛰어 올라갔다. 문이 닫히고 기적이 울리자, 차량들이 움직이기 시작했다. 작은 기관차가 앞에서 끌었고, 열차가 미끄러져 나아갔다. 여행자는 창밖으로 모자를 흔들었고, 뒤에 남은 자는 손을 흔들었다. 카스토르프는 가슴이 온통 허전하여 홀로 마냥 서 있었다. 얼마 후 그는 1년 전에 요아힘이 자신을 이끌고 가던 길로 천천히 되돌아갔다.

물리친 공격

시간의 수레바퀴는 굴러갔다. 시계바늘은 계속 움직였다. 난초와 매발톱꽃은 시들었고, 야생 패랭이꽃도 마찬가지였다. 짙푸른 용담의 별 모양과 창백함 빛깔의 독이 있는 콜키쿰은 습기 찬 풀밭에 다시 모습을 드러냈고, 근처의 숲들은 붉은 빛을 띠고 있었다. 추분이 지나가고, 만령절이 목전에 다가왔다. 시간을 소모하는 데 익숙한 이곳 사람들에게는 강림절 첫 주일과 동지, 크리스마스도 마찬가지로 목전에 와 있는 셈이었다. 그러나 아직은 화창한 10월의 날씨가 이어지고 있었다. ─두 사촌이 고문관의 유화를 관람했을 때에도 날씨가 이런 식이었다.

요아힘이 이곳을 떠나간 뒤로 한스 카스토르프는 슈퇴어 부인의 식탁, 이미 고인이 된 블루멘콜 박사나 오렌지 향내 나는 손수건을 입에 대며 이유 없이 나오는 웃음을 참으려고 킥킥거리던 마루샤가 앉았던 식탁에는 다시는 앉지 않았다. 지금 그곳에는 전혀 모르는 새로운 손님들이 앉아 있었다. 1년 2개월 반을 이곳에서 보낸 우리의 친구 카스토르프는 관리실로부터 다른 자리를 지정받았다. 그는 이제껏 앉았던 식탁 앞으로 비스듬한 방향에 있는 이웃 식탁, 왼쪽 베란다 문 쪽의 식탁에 앉았다. 그곳은 자신이 전에 앉았던 식탁과 고급 러시아인 식탁 사이의 식탁, 요컨대 세템브리니의 식탁에 앉았다. 그렇다, 비어 있던 인문주의자의 식탁 자리에 이제는 한스 카스토르프가 앉게 되었다. 그는 고문관과 조수가 간혹 식탁에 올 때를 대비하여 일곱 식탁마다 비워

둔 특별석의 맞은편 자리, 그러니까 다시 식탁의 끝자리에 앉게 되었다.

그 위, 바로 특별석 왼쪽에는 멕시코 출신의 꼽추인 아마추어 사진사가 여러 개의 방석 위에 쪼그려 앉아 있었다. 그의 얼굴 표정은 이곳에서 주고받는 언어를 알아듣지 못해서 벙어리처럼 멍하니 앉아 있었다. 그의 옆쪽으로는 지벤뷰르겐 출신의 노처녀가 앉아 있었다. 그녀는 언젠가 세템브리니가 불평을 늘어놓았듯이 아무도 알지 못하고, 알고 싶어 하지 않는 자신의 형부 이야기로 사람들의 관심을 끌려고 하였다. 그녀는 의무적인 산책을 할 때는 은제 손잡이가 달린 툴라에서 만든 작은 지팡이를 사용했다. 그럴 때면 사람들은 그녀가 매일 정해진 시간에 지팡이를 목에 비스듬히 걸치고 발코니 난간에서 위생학적으로 좋은 심호흡을 하면서 접시처럼 납작한 가슴을 펴는 모습을 볼 수 있었다. 그녀의 맞은편에는 아무도 그의 성을 발음할 수 없어서 벤첼 씨라고만 부르던 체코인이 앉아 있었다. 전에 세템브리니는 가끔 그의 이름의 혼란스럽게 이어진 자음을 발음해 보려고 노력해 본 적이 있었다. 물론 진지하게 이 이름을 발음해 보려는 노력이라기보다는, 자신의 우아한 라틴어 발음이 거친 음의 덤불에서는 얼마나 무기력한가를 즐겁게 시험해 보기 위해서였다. 이 보헤미아 지방의 남자는 오소리처럼 뚱뚱하고, 이 위의 사람들 중에서도 엄청나게 두드러진 식욕을 보이면서도 4년 전부터 자신은 틀림없이 죽을 것이라고 단정적으로 말하곤 했다. 저녁 모임이 있을 때에는 이따금 서투른 솜씨로 띠가 달린 만돌린을 켜면서 고향 노래를 불렀고, 예쁜 아가씨들만 일한다는 자신의 사탕무 농장에 대해 이야기했다.

한스 카스토르프의 자리 가까이에는 할레 출신의 맥주 제조업자인 마그누스 씨 부부가 식탁 양쪽에 앉았다. 이 부부에게는 우울한 분위기가 감돌았는데, 왜냐하면 두 사람 다 생명에 중요한 신진대사를 위한 물질을 잃고 있었기 때문이다. 예컨대 마그누스 씨는 당분을, 그의 부인은 단백질을 체내에서 빼앗기고 있었다. 특히 얼굴이 창백한 마그누스 부인의 감정 상태에는 희망의 빛이라곤 조금도 섞여 있는 것 같지 않았다. 그녀에게는 지하실의 칙칙한 공기처럼 정신적인 황폐함이 발산되고 있어서, 그녀는 교양 없는 슈퇴어 부인보다 저 병과 우둔함의 결합을 거의 더 분명하게 표출하고 있었다. 카스토르프는 이런 결합에 대해 정신적 불쾌감을 드러낸 적이 있었고, 이 때문에 세템브리니에게 야단을 맞은 바 있었다. 마구누스 씨는 예전에 문학을 비난하여 세템브리니를 흥분시킨 적이 있지만, 그는 부인과는 달리 훨씬 활기차고 대화를 즐겼다. 또한 그는 버럭 화를 내는 경향이 있었고, 정치적이거나 그 밖의 이유로 벤첼 씨와 종종 마찰을 빚기도 했다. 이유인즉 금주를 주장하면서 양조업에 대해 도덕적으로 비난하는 보헤미아 사람의 국가주의적 열광이 마그누스 씨의 분노를 촉발했기 때문이다. 이에 반해 마그누스 씨는 얼굴을 붉히며 자신의 이해와 밀접하게 연관된 주류의 위생적 무해함을 주장했다. 이럴 때면 과거에는 세템브리니가 유머러스하게 두 사람 사이를 조정하고 나섰지만, 카스토르프는 스스로가 그럴 능력이 없다고 생각했다. 더욱이 그는 세템브리니를 대신할 만큼 충분한 권위를 가질 만한 처지도 아니었다.

이들 가운데 두 사람의 식탁 동료만이 한스 카스토르프와 비교적 친밀한 개인적 교분을 맺고 있었다. 한 사람은 그의 왼쪽 옆에 앉은 페테르부르크 출신의 페르게였다. 적갈색 콧수염이 덤불을 이룬 참을성 많은 이 선량한 사람은 고무신 제조라든가 멀고 먼 지역, 예컨대 북극권,

노르웨이 북단에 있는 노르카프의 영원한 겨울에 대해 이야기를 들려 주곤 했는데, 카스토르프는 가끔 이 남자와 함께 의무적인 산책을 나가 기도 했다. 다른 또 한 사람은 둘이 산책할 때 마주치면 합류하는 페르 디난트 베잘이라는 남자로, 그는 식탁 끝, 그러니까 멕시코 출신의 꼽 추 맞은편에 앉아 있었다. 머리숱이 헐헐하고 이빨이 좋지 않은 만하 임 출신의 상인인 베잘은 항상 쇼샤 부인의 요염한 자태를 아주 슬프고 열망 어린 눈으로 지켜보곤 했으며, 사육제 날 밤 이후로 카스토르프와 친분을 맺으려 했다.

그는 우러러보는 헌식적인 태도로 끈질기면서도 겸손하게 친분을 맺고자 노력했다. 당사자인 한스 카스토르프는 이런 태도의 복잡한 의 미를 간파하고 있었기 때문에 매우 역겹고 소름이 끼치기도 했지만, 그 럼에도 그와의 만남에서 인간적인 관계를 유지해 왔다. 약간만 눈살을 찌푸려도 그 민감한 남자가 가련하게도 굽실대며 깜짝 놀라는 반응을 보인다는 것을 알았기 때문에, 카스토르프는 기회만 있으면 그의 면전 에서 굽실거리고 잘 보이려고 애쓰는 베잘이라는 굴종적인 존재를 차 분히 지켜보면서 인내했다. 심지어 카스토르프는 산책을 할 때 그가 자신의 외투를 들어 주는 것까지도 인내심을 가지고 지켜보았고, —그 는 카스토르프의 외투를 팔에 걸고 다녔는데, 이럴 때면 경건한 태도까 지 보일 정도였다. — 마침내 그 자신의 슬픈 이야기까지 참고 들어 주 었다.

베잘은 어느 남자의 사랑을 받고 있으나 전혀 관심도 보이지 않으려 는 여성에게 사랑을 고백하는 것이 의미 있고 분별력 있는 일인가 하는 등의 질문을 끊임없이 던지곤 했다. 나아가 이렇게 가망이 없는 사랑 의 고백에 대해 여러분은 어떻게 생각하는지 물었다. 자기 자신은 그것을 지고하게 여기며, 그런 사랑으로 인해 무한한 행복을 느낀다고 말했다. 요컨대 고백하는 행위가 혐오감을 자아내고 많은 자기굴종을 내포하고 있어도, 그는 그 순간 열망의 대상인 여성에게 가까이 다가감으로써 자신의 열정을 믿도록 속속들이 밝힐 수 있다는 것이다. 물론 이로써 모든 일이 끝장난다 할지라도, 영원한 상실은 한순간의 절망적인 환희로 충분히 보상될 수 있는바, 이유인즉 고백은 폭력을 의미하기에 저항하는 여자의 혐오감이 커질수록 그만큼 쾌감도 커지기 때문이라고 했다. 이에 대해 한스 카스토르프가 어두운 표정을 짓자, 베잘은 흠칫 놀라며 하던 말을 중단하였다. 그러나 우리의 주인공이 이런 표정을 지은 것은 도덕적 완고함에서 나온 반응이라기보다는, 일체의 고상하고 난해한 대상에 대해서는 문외한이라고 종종 강조했던 선량한 페르게 씨의 면전을 고려했기 때문이었다.

우리는 한스 카스토르프를 실제보다 더 좋게 또는 더 나쁘게 보일 생각은 조금도 없기 때문에 이제 다음의 이야기를 보고하고자 한다. 즉, 가련한 사내 베잘이 어느 날 밤 사육제 모임 뒤의 경험과 체험에 대해 좀 더 자세히 말해달라고 카스토르프에게 떨리는 목소리로 끈질기게 부탁했을 때, 그는 호의를 가지고 온화하게 그날 일을 이야기해 주었다. 독자도 믿을 수 있겠지만 차분하게 목소리를 낮추어 대화한 이 장면에는 천하고 경박한 느낌은 조금도 찾아볼 수 없었다. 그럼에도 우리는 여러 가지 이유에서 독자와 우리들 자신에게는 그 이야기를 생략할 생각이고, 따라서 여기서는 다만 베잘이 다음부터는 더욱 헌신적으로 카스토르프의 외투를 들어 주었다는 것만을 첨언하기로 하겠다.

한스 카스토르프의 새로운 식탁 동료들에 대해서는 이 정도로 끝내도록 하겠다. 비어 있던 그의 오른쪽 이웃 자리는 잠시 동안, 불과 며칠 동안만 어느 누구의 차지가 되었다가 다시 공석이 되어버렸다. 전에 카스토르프가 그랬듯이 그 자리에는 청강생인 친척 가운데 한 사람, 평지에서 올라온 손님, 평지를 대표해서 온 사자가 앉아 있었다. ─그는 한마디로 말해 한스의 삼촌인 야메스 티나펠이었다.

갑자기 고향의 대변자이자 사자가 그의 옆에 앉게 된 것은 정말 생각지도 못한 사건이었다. 그는 옛날의 분위기, 깊숙이 가라앉은 세계, 예전의 생활, 아득히 존재하는 '지상 세계'의 분위기를 신선하게 풍기면서 영국제 신사복을 차려입고 옆에 앉아 있었다. 그러나 이 일은 언제든지 닥칠 일이었다. 일찍부터 한스 카스토르프는 평지의 이런 공격을 남몰래 각오하고 있었고, 정찰 임무를 띠고 실제로 이곳을 방문한 인물에 관해서도 정확하게 예상하고 있었다. 그리고 이렇게 예상하는 것은 어려운 일이 아니었다. 바다에서 배를 타고 있는 페터가 이곳에 온다는 것은 거의 생각할 수 없었다. 게다가 이 지역의 기압 사정을 염려하는 티나펠 종조부는 말 열 필이 끌어준다 해도 이렇게 높은 지역에 올라올 수 없는 것은 분명한 일이었다. 그렇다, 고향 사람을 대표하여 고향에서 사라진 자를 살피러 올 사람은 틀림없이 야메스 삼촌일 것이고, 그는 진작부터 그것을 예상하고 있었다. 더욱이 요아힘이 홀로 고향에 돌아가 친척들에게 이곳의 사정을 보고한 뒤로는, 조만간 언제고 공격이 있을 것으로 예상했던 터였다. 그래서 한스 카스토르프는 요아힘이 이곳을 떠난 지 꼭 2주일 만에 문지기에게 전보 한 통을 받아 충분히 예감을 하면서 그것을 열어 보았고, 야메스 티나펠의 단기간 방문 소식을 확인하고도 전혀 놀라지 않았던 것이다. 야메스 삼촌은 스위스에 볼일이 있어서 왔다가 이 기회에 한스가 있는 이 고산지역을 방문하려고 결심했다는 것이다. 그는 모레 이곳에 도착할 예정이었다.

'좋아' 하고 카스토르프는 생각했다. 그는 '잘 된 일이야'라고 거듭 생각하면서 심지어 '어서 오십시오!'라고 중얼거렸다. '삼촌이 뭘 알겠어!' 그는 다가오고 있는 사람에게 마음속으로 이렇게 말했다. 요컨대 그는 전보를 태연하게 읽고는, 그 내용을 베렌스 고문관과 관리실에 통보하여 방을 하나 예약해 두었다. ─요아힘의 방이 아직 비어 있었다. 그리고 이틀 뒤 그는 전에 자신이 도착했던 시간, 그러니까 거의 저녁 8시가 되어 이미 주변이 어두워진 뒤에, 요아힘을 떠나보냈던 바로 그 딱딱한 마차를 타고, 감독을 위해 찾아오는 평지의 사자를 마중하려고 도르프 역으로 향했다.

한스 카스토르프는 붉게 상기된 얼굴로 모자도 쓰지 않고 외투도 걸치지 않은 채 양복차림으로 플랫폼 끝에 서 있었다. 그는 소형 열차가 안으로 진입하자 친척이 앉아 있는 창 아래로 가서는, 이제 도착했으니 어서 내리라고 재촉했다. 티나펠 영사는 ─그는 부영사로서 명예직을 수행하면서 늙은 아버지의 부담을 크게 덜어 주고 있었다.─ 추운 듯 겨울 외투로 몸을 감싸고 있었다. 10월의 저녁은 피부로 느낄 만큼 추웠다. 정말이지 혹독하게 춥다고 할 수 있어서 새벽 무렵에는 사방이 온통 꽁꽁 얼어붙을 것 같았다. 영사는 한편으론 깜짝 놀랐으면서도 짐짓 명랑한 표정을 지어보이며 객실에서 내렸는데, 약간 호리호리한 체격이면서도 세련된 독일 북서부 신사의 매우 교양 있는 자태를 보여 주었다. 그는 사촌 같은 조카의 건강해 보이는 외관을 보고는 아주 만족해하면서 인사를 나누고는, 절름발이가 짐을 챙겨 나르는 것을 눈으로 보면서 카스토르프와 함께 마차의 높고 딱딱한 좌석으로 올라갔다. 그들은 별이 총총히 빛나는 하늘 아래에서 마차를 타고 달렸다. 카스토르프는 머리를 뒤로 젖히고 집게손가락으로 공중을 가리키며 밤하늘에 대해 설명했다. 말과 거동으로 여기저기 반짝이는 성좌를 지적하면서 행성들의 이름을 말해 주었다. 반면에 야메스 영사는 우주에 관한 것보다는 옆에 앉은 조카에게 더 주의를 기울이고 있었다. 그러면서 지금 여기서 이런 별자리 이야기를 할 수도 있고, 또한 그것이 미친 짓거리라고는 할 수는 없지만, 그래도 먼저 다른 이야기 거리가 많을 텐데 하고 속으로 중얼거렸다. 그는 도대체 이 고산지대에서 언제부터 하늘에 대해 그렇게 정통하게 되었느냐고 카스토르프에게 물었다. 카스토르프는 이곳에서 사계절 내내 밤마다 발코니에 누워 안정 요양을 하면서 얻게 된 소득이라고 대답했다. "어떻게 한다고? 밤에 발코니에 누워서 지내?" 삼촌이 놀라서 물었다. "네, 그래요. 영사님도 그렇게 하게 될 것입니다. 꼭 그렇게 해야 합니다."

"물론, 꼭 해야만 한다면 당연한 일이지." 그는 순순히 받아들이면서도 다소 두려운 표정을 지었다. 그가 돌보아 온 동생 같은 조카는 조용히 단조로운 음성으로 말했다. 가을밤의 매서운 추위에 모자나 외투도 없이 조카는 그의 옆에 앉아 있었다. "너는 전혀 춥지 않은 모양이지?" 야메스가 카스토르프에게 물었다. 야메스는 아주 두꺼운 외투를 걸치고도 추워서 덜덜 떨었던 것이다. 그는 마음은 급했지만 입이 얼어서 움직이려 하지 않았다. 아래 위 이빨이 추워서 서로 부딪치려 했기 때문이었다. "우리는 춥지 않아요." 카스토르프는 조용하고도 짧게 대답했다.

영사는 조카의 얼굴을 옆에서 한참 동안이나 살펴보았다. 한스 카스토르프는 고향에 있는 친척과 친지의 안부를 묻지 않았다. 야메스 영사가 그곳 소식을 전하거나 이미 연대에 복귀하여 행복과 자부심에 넘친다는 요아힘의 안부를 전했어도, 그는 조용히 고맙다고 대답할 뿐 고향의 상황에 대해서는 더 이상 관심을 갖지 않았다. 야메스 영사는 뭔지 모를 모호한 불안감에 사로잡힌 채 그 원인이 조카에게 있는지 또는 예컨대 여행 중인 자신의 육체적 상태가 나빠서 그런 것인지 알 수가 없었다. 그는 이런 의문을 품고 마차의 주위를 둘러보았지만, 높은 산악지역의 풍경으로부터 이렇다 할 근거를 찾아낼 수는 없었다. 그는 숨을 들이쉬었다가 내쉬면서 공기가 참 깨끗하다고 말했다. 그러자 카스토르프가 대답했다. "물론입니다, 이곳 공기가 유명한 것도 헛소문이 아니지요. 이곳 공기는 독특합니다. 온몸에 연소 작용을 촉진시키면서도 단백질을 갖게 합니다. 이곳 공기는 모든 사람에게 잠재되어 있는 병을 치유하는 효능도 가지고 있지만, 우선은 병을 일단 강화시키고, 전체적으로 유기체를 자극 내지 촉발하여 말하자면 잠재된 병을 화려하게 분출시킵니다." "화려하게라니?" 하고 야메스 영사가 반문했다. "물론 화려하게 입니다. 병의 분출이 화려한 어떤 느낌을 부여하거나 일종의 쾌감을 준다고 느낀 적이 한 번도 없었나요?" 야메스 삼촌은 "물론 그런 적이 있었지"라고 얼른 대답하며 아래턱을 떨고는, 자신은 1주일, 그러니까 7일간 머무를 것이며, 어쩌면 6일간만 있을지도 모른다고 말했다. 그러면서 삼촌이 덧붙여 말했다. 앞서 언급한 바와 같이 예상 외로 길어진 요양 덕분에 카스토르프의 겉모습이 아주 건강하고 힘차 보이기에 자신이 돌아갈 때 함께 저 아래 집으로 돌아갈 수 있을 것 같다는 것이었다.

"아니, 뭐라고요? 너무 무리한 말씀이세요." 한스 카스토르프가 말했다. "삼촌은 저 아래 평지 사람의 방식으로 말하고 있어요. 삼촌도 아마 이 위에 사는 사람들의 모습을 둘러보고 체험한 뒤에는 틀림없이 생각을 바꾸실 겁니다. 중요한 것은 완전히 치유하는 일이고, 깨끗이 나아야 하는 것이 결정적이죠. 게다가 베렌스 원장도 얼마 전에 자신에게 반년은 있어야 한다고 선언했답니다." 이에 대해 삼촌은 "얘야"하고 부르며 정신이 어떻게 된 것 아니냐고 물었다. "너 정신이 어떻게 된 것 아니냐? 벌써 1년을 체류하고 3개월이 지났는데, 또 반년이라니! 정말이지 우리에게는 그렇게 시간이 많은 게 아니야!" 그러자 카스토르프는 별들을 쳐다보며 잠깐 피식 웃었다. "네, 시간이 그렇죠! 시간에 관한 한, 인간의 시간 말입니다만, 이 위에서 시간에 관해 말하려면 그전에 무엇보다도 먼저 평지에서 가지고 온 시간 개념부터 교정해야 합니다." 티나펠 영사는 내일 당장 한스에 관하여 고문관과 진지하게 몇 마디 말을 나누어 보겠다고 약속했다. "그렇게 하세요! 그는 삼촌 마음에 들 겁니다. 흥미로운 성격을 가졌지요. 쾌활하면서도 우울한 사람이죠." 카스토르프가 말했다. 이어서 그는 샤츠알프 요양원의 불빛들을 손으로 가리키며 봅슬레이 레일로 썰매에 실려 내려가는 시체 이야기도 덧붙여 들려주었다.

한스 카스토르프는 삼촌을 요아힘의 방에 안내하여 휴식을 갖도록 했다. 얼마 뒤 두 사람은 베르크호프의 식당으로 가서 함께 식사를 했다. 카스토르프는 삼촌이 묵은 방을 H_2CO로 소독했다고 말해주었다. 환자가 자기 멋대로 떠난 것이 아니라 전혀 다른 방식으로 떠났을 때, 즉 '탈출'이 아니라 '탈락'일 때도 마찬가지로 철저하게 소독을 한다고 설명해주었다. 삼촌이 '탈출'은 뭐고 '탈락'은 무엇이냐고 묻자, 카스토르프는 "은어죠!"라고 대답했다. "우리가 사용하는 표현방식입니다. 요아힘은 탈주한 것입니다. 군기를 향하여 탈주한 것이죠. 그런 경우도 있습니다. 아무튼 이제는 가서 따뜻한 음식을 드시도록 하세요!"

이렇게 해서 두 사람은 따뜻하게 난방이 들어오는 식당에 들어가서 높게 차려진 식탁에 마주보고 앉았다. 난쟁이 아가씨가 민첩하게 시중을 들었고, 야메스 영사가 부르고뉴 산 포도주를 한 병 주문하자 그것을 예쁜 바구니에 넣어 식탁 위에 올려놓았다. 삼촌과 조카는 잔을 부딪쳐 건배를 한 뒤 포도주를 마셨고, 이내 따뜻한 술기운이 온몸으로 퍼져 나갔다. 조카는 삼촌 앞에서 사계절의 변화 속에서 겪는 여기 고산지대에서의 생활, 식탁동료들 개개인, 예컨대 선량한 페르게의 경우에 문제가 되는 기흉에 관해 이야기했다. 그리고 수술하다가 발생할 수 있는 흉막 쇼크의 끔찍한 실태, 페르게 씨가 겪게 되었던 세 가지 색깔의 졸도, 또한 그가 쇼크 중에 느꼈다는 후각의 환각상태, 거의 죽음의 문턱에서 터져 나오는 발작적인 웃음에 대해서도 이야기했다. 그는 혼자서 대화를 이끌어나갔다. 야메스는 평소에 하던 대로 많이 먹고 마셨다. 더구나 여행과 기분 전환 때문에 식욕이 더 왕성해져 있었다. 그럼에도 그는 이따금 먹는 일을 중단했는데, 왜냐하면 한입 가득 넣은 음식을 씹는 것도 잊은 채 칼과 포크를 접시 위의 꺼칠한 구석에 가만히 놓고는 한스 카스토르프를 물끄러미 살펴보고 있었기 때문이었다. 그러나 카스토르프는 얼핏 보면 이를 전혀 의식하지 않는 것처럼 보였고, 야메스 삼촌도 이에 계속 민감하게 반응하지는 않는 것 같았다. 티나펠 영사의 엷은 금발에 덮인 관자놀이에는 혈관이 부풀어 올라 있었다.

가족 및 도시, 사업 등에 대한 고향 이야기는 거론되지 않았고, 조선소와 기계 제작 및 보일러 제조를 하는 툰더 운트 빌름스 회사 이야기도 거론되지 않았다. 이 회사는 아직도 젊은 견습 사원이 오기를 기다리고 있었으나, 전적으로 그럴 수만은 없는 일이어서 언제까지나 기다려 줄지는 의문이었다. 야메스 티나펠은 마차에서나 그 뒤에도 이런 이야기를 화제로 삼았지만, 이 화제들은 카스토르프의 조용하고 단호하며 노골적인 냉담함, 일종의 동요 없음 내지 강경한 태도에 부딪혀 전혀 쓸모없게 되어버렸다. 그의 태도는 가을밤의 싸늘함에 대한 무감각이나 "이 위에 사는 우리는 춥지 않아요"와 같은 그의 말을 상기시켰고, 어쩌면 이 때문에 삼촌이 그를 때때로 물끄러미 바라보았는지도 모른다. 수간호사와 의사들, 크로코프스키 박사의 강연에 관한 이야기도 나왔다. ―야메스 영사가 이곳에 1주일 동안 머무르면, 한 번은 그 강연에 참석할 수 있을지 모를 일이었다. 하지만 삼촌이 강연에 참석할 의사가 있노라고 누가 조카에게 말이라도 했단 말인가? 아무도 그런 말을 하지 않았다. 하지만 카스토르프는 이를 가정하고 있었고, 조용히 분명하게 그것을 결정적인 일로 벌써 받아들이고 있었다. 이런 관계로 그는 삼촌이 거기에 참가하지 않을 수 있다는 생각조차도 부자연스럽게 느낄 수밖에 없었고, 순간적으로 불가능한 계획을 세웠다는 그 어떤 의혹도 봉쇄해 버리기 위해 "물론, 당연한 일이잖아" 하고 중얼거리지 않을 수 없었다.

바로 이런 것이 압력으로 작용했다. 티나펠 씨는 모호하지만 강요하는 듯한 압박감을 느끼고, 무의식적으로 조카를 자세히 살펴보게 되었다. 이번에는 그야말로 입을 벌린 채 그를 쳐다보았는데, 왜냐하면 영사 자신이 느끼기에는 코감기에 걸린 것도 아닌데 숨을 쉬는 콧구멍이 막혀 있었기 때문이었다. 그는 조카가 모든 환자들의 공동적 관심사인 병과 그 병에 대한 호기심 어린 이해에 대해 말하는 것을 들었다. 그는 카스토르프 자신의 심각한 것은 아니지만 지루하게 지속되는 증상, 기관지의 갈라진 가지와 폐렴의 세포 조직이 세균에 감염되었을 때의 자극, 결핵 형성과 얼큰하게 취기를 자아내는 가용성 독소의 생성,

세포의 붕괴와 치즈화 과정에 대해서도 들었다. 이럴 경우 치즈화 과정이 석회로 굳어지고 결체 조직의 유착을 통해 다행스런 정지에 이르게 되든지, 또는 좀 더 큰 연화의 근거지를 형성하고 구멍을 키워서 끝내는 기관을 파괴하는지가 문제라고 카스토르프는 설명했다. 그 밖에도 삼촌은 조카에게서 이런 과정이 아주 신속하게 진행되는 병의 말기적 형태에 관해 들었고, 이 형태가 몇 달 만에, 그러니까 몇 주 만에 죽음에 이르게 한다는 설명도 들었다. 또한 고문관이 능란한 솜씨로 진행하는 기흉 수술과 이곳에 새로 도착한 스코틀랜드 출신의 본래는 매력적인 여자였을 중환자가 내일이나 모레에 수술하기로 되어 있는 폐절개 수술에 대해서도 이야기를 들었다. 그녀는 폐에서 괴저가 일어나는 바람에 몸속에 암녹색의 병독이 우글거리고, 구역질 때문에 정신을 잃지 않으려고 하루 종일 석탄산 용액을 분무기로 흡입한다는 것이었다. 이 말을 듣고 영사가 갑자기 자신도 모르게 웃음을 터뜨리고는, 스스로 무안하여 얼굴을 붉혔다. 그는 웃음을 터트리고는 즉시 곧 진정하면서 자신을 가다듬었다. 그러면서도 놀랐는지 그 즉시 기침을 하면서, 어떻게 해서든 이런 터무니없는 돌발 사건을 숨기려고 무척이나 애썼다. 그런데 조카가 이 사건을 잘 알면서도 전혀 동요하는 빛 없이 오히려 무관심하게 넘겨 버리는 것을 보고는 영사의 마음이 편해졌으나, 그의 마음속에는 새로운 불안감이 생겨났다. 이런 돌발사건에 대해 낯선 느낌조차 오래 전에 잊어버린 것처럼 행동하는 그의 무관심은 예컨대 세심함이나 배려, 정중한 태도가 아니라 완전한 냉담, 무감동, 무서울 정도의 인내심으로 볼 수 있었기 때문이었다.

그러나 영사는 웃음을 터뜨린 것에 대해 나중에라도 합당한 이유와 의미를 준비하기를 원했던 것인지, 또는 그 밖에 어떤 연관관계 때문인지는 몰라도 갑자기 클럽에서 남자들 사이에 주고받는 화젯거리를 끄집어냈다. 그는 이마에 혈관을 부풀어 올린 채 유행가 가수, 이른바 '샹송을 부르는 여가수', 지금은 상파울루에서 두각을 나타내는 아주 근사한 여자에 관해 이야기를 꺼냈다. 그러더니 그녀의 정열적인 매력을 조카에게 묘사하면서 고향 도시의 남자들이 그녀로 인해 숨을 죽인다고 설명했다. 그는 이런 이야기를 할 때 혀를 우물거렸지만, 말을 듣고 있는 상대가 이런 현상에 대해서도 전혀 낯선 기색 없이 인내심을 보였기 때문에, 그는 이런 문제로 신경을 쓸 필요가 없었다. 어쨌든 먼 여행을 하면서 지나치게 피곤했던 참이어서 그는 10시 30분쯤에는 벌써 함께하는 자리를 그만 물리자고 제안했다. 게다가 여러 번 들은 바 있는 크로코프스키 박사를 홀에서 만나는 것에 대해서도 내심 귀찮아하는 것 같았다. 신문을 읽으며 살롱의 문 옆에 앉아 있던 크로코프스키가 찾아오자 카스토르프는 그를 삼촌에게 소개했다. 힘차고 명랑한 박사의 인사말에 자메스 삼촌은 "물론, 당연하지요"라는 말밖에는 거의 대답할 말이 없었다. 조카는 내일 아침 8시 아침 식사를 함께 하러 오겠다는 말을 남기고, 소독이 끝난 요아힘의 방에서 발코니를 따라 자신의 방으로 돌아갔다. 야메스는 자기 전에 습관적으로 피우는 담배를 입에 물고 군기를 찾아 탈주한 요아힘의 침대에 몸을 뉘었을 때에야 비로소 마음이 편안해졌다. 그는 불이 붙은 담배를 입에 문 채 두 번이나 깜박 잠들었다가 하마터면 화재를 낼 뻔했다.

한스 카스토르프가 '야메스 삼촌'이라고 부르기도 하고, 단지 '야메스'라고만 부르는 야메스 티나펠은 긴 다리를 가진 40세에 가까운 신사였다. 그는 영국제 천으로 맞춘 양복에다 하얀 셔츠를 입고 다녔다. 숱이 적은 머리칼은 밝은 노란색이었고, 푸른 두 눈은 좁은 간격으로 가까이 붙어 있었다. 반쯤 면도한 엷은 콧수염은 잘 다듬어져 있었으며, 두 손은 아주 깔끔하게 손질이 되어 있었다. 그는 수년 전부터 결혼을 하여 남편과 아버지로 지내고 있었지만, 하르베스테후더 거리에 있는 아버지 노영사의 널찍한 저택을 떠나 이사할 필요는 없었다. 자신과 같은 계층 출신인 아내도 역시 세련되고 우아했으며, 그 자신과 마찬가지로 작은 목소리로 재빠르고 날카로우면서도 정중하게 말하는 여자였다. 가정에서의 야메스는 정력적이고 사려 깊은 가장이었고, 밖에서는 매우 우아하면서도 냉정하고 실제적인 사업가였다. 그러나 풍습이 다른 고장, 예컨대 남쪽으로 여행할 때는 어느 정도 놀라워하면서 상대의 입장을 받아들이려는 어정쩡한 태도를 보였다. 그러나 자기 생각을 주장하지 않고 남의 입장을 가급적 받아들이려는 자세는 그 자신의 문화에 자신감이 없어서가 아니라, 반대로 그 문화의 굳건한 가치를 의식하고 있었기 때문이었다. 이런 태도는 자신의 귀족적인 편협함을 수정하고, 자신에게 낯설게만 느껴지는 생활 형식에 대해서조차도 이상하게 여긴다는 인상을 보이지 않으려 했기 때문이었다. 그는 "물론입니다, 그래요. 당연한 말씀입니다"라고 서둘러 대답했는데, 그 이유는 자신이 우아하지만 편협한 인물로 보이지 않으려 했기 때문이었다. 그는 물론 이곳에 특별하고 실제적인 사명을 띠고 올라온 것으로, 말하자면 그는 자신의 조카가 제대로 잘 지내고 있는지 직접 눈으로 보고 확인하려는 임무와 의도를 가지고 요양원을 방문한 것이었다. 그가 마음속으로 표현한 바와 같이 요양원에서 머뭇거리는 조카를 '얼음 구덩이에서 빼내어', 다시 고향으로 보내려고 이 위에 온 것이었다. 하지만 낯선 땅에 와서는 생각이 달라지는 것을 스스로도 의식하게 되었다. ―이미 이곳 요양원에 도착하는 첫 순간에 자신을 손님으로 맞이하는 이 세계와 이곳의 풍습이 확고한 자신감에 있어서 자신보다 못하지 않을 뿐만 아니라 심지어 자신을 능가하고 있음을 느꼈다. 그리하여 자신의 사업가적인 열정이 자신의 우아한 교양과 즉시 갈등에 빠졌다는 것, 그것도 아주 심각한 갈등에 빠졌다는 것을 알아차렸다. 왜냐하면 그를 손님으로 맞이한 세계의 자신감이 정말 입도적인 것으로 증명되었기 때문이다.

한스 카스토르프가 영사의 전보에 대해 마음속으로 태연히 '어서 오십시오!' 하고 응답했을 때, 그는 이미 이를 예상한 바 있었다. 그렇다고 그가 야메스 삼촌을 상대로 하여 요양원의 특수한 환경적 성격을 의식적으로 이용했다고 생각해서는 안 된다. 그는 이미 이곳 세계의 확고한 일원이 되어 있어서 그럴 필요가 없었다. 그는 이곳을 찾아온 공격자에 맞서려고 이 세계를 이용한 것이 아니라 그와는 정반대였다. 따라서 영사가 조카를 직접 보고는 자신의 계획이 가망이 없을 것 같다고 처음에 모호하게나마 예감한 순간부터 조카인 카스토르프가 우울한 미소를 보내지 않을 수 없었던 마지막 결말에 이르기까지 모든 것은 있는 그대로 단순하게 이루어진 것이었다.

첫 날 아침 식후에 요양소 거주자인 카스토르프는 청강생을 식탁 동료들에게 소개했다. 검은 콧수염과 창백한 얼굴의 조수를 대동한 키가 크고 얼굴이 푸르죽죽한 베렌스 고문관, 그러니까 식당에 걸어 들어와 수사학적인 아침 인사로 "잘 주무셨나요?"라고 말하며 잠시 식당 여기저기를 돌아다니는 고문관으로부터 티나펠 영사는 다음과 같은 말을 들었다. 즉, 고문관은 티나펠이 이 위에서 고독하게 지내는 조카와 잠시나마 함께 지내주기 위해 이곳에 온 것은 대단히 멋진 생각이라고 말했다. 뿐만 아니라 티나펠 영사도 틀림없이 빈혈에 가깝기 때문에 그 자신의 이해관계에 있어서도 이곳에 온 것은 정말 잘한 일이라는 것이었다. "빈혈이라고요, 내가요?" "네, 정말 그렇습니다!" 베렌스는 이렇게 말하며 집게손가락으로 야메스 영사의 눈꺼풀 아래를 뒤집어 보고는, "심한 상태네요!"라고 덧붙였다. "삼촌께서는 여기 발코니에 몇 주 동안 편안하게 누워 계시며, 모든 것을 조카를 따라서 노력하면 아주 현명한 처사일 것입니다." 베렌스는 티나펠 영사와 같은 상태에서는 늘 걸리기 쉬운 가벼운 폐결핵에 걸렸을 때처럼 그렇게 한동안 생활하는 것이 상책이라고 말했다. 이에 대해 영사는 "그래요, 당연한 말씀입니다!"라고 얼른 정중하게 말하고는, 당당하게 떠나가는 고문관의 뒷모습을 입을 벌린 채 한동안 바라보았다. 그동안 카스토르프는 태연하고도 무심한 얼굴로 그의 옆에 서 있었다. 이어서 삼촌과 조카는 매일 주어진 업무에 속하는 개울 근처의 벤치까지 걸어가는 산책에 나섰다. 산책을 마친 뒤 티나펠 영사는 자신이 가져온 무릎덮개와 조카에게서 빌린 낙타털 담요 하나를 가지고 카스토르프에게 사용법을 배웠다. 카스토르프는 날씨가 좋은 가을철에는 담요 하나면 충분했기에 담요 하나를 삼촌에게 빌려줄 수 있었다. 카스토르프는 담요를 몸에 두르는 방법을 전수받은 그대로 하나씩 충실하게 시범을 보였다. 그렇다, 그는 영사를 미라처럼 둘둘 말아서 깔끔하게 정리한 뒤 다시 한 번 감은 것을 풀어서 영사가 자력으로 잘 할 수 있도록 도와주며 정해진 순서를 되풀이하도록 시켰다. 그런 다음 아마포 차양을 의자에 똑바로 고정시켜 햇빛을 막는 법을 가르쳐 주었다.

영사는 농담을 했다. 아직도 평지의 정신이 그에게는 강하게 남아 있었던 것으로, 그는 아까 아침 식사 후에 경험한 정규적인 산책에 대해 농담을 했듯이, 방금 배운 담요 두르는 기술에 대해서도 농담을 했다. 그러나 조카가 자신의 농담에 대해 조용히 이해할 수는 없지만 이 곳 특수한 세계의 자신감이 묻어나는 미소를 짓는 것을 보고는, 그는 덜컥 불안감에 사로잡혔다. 영사는 자신의 업무 열정이 식어갈까 두려 워서 저 아래 세상에서 가져온 자의식과 힘을 사용할 수 있도록 가급적 빠른 시기에, 그러니까 오늘 오후에라도 당장 베렌스 고문관과 조카의 문제를 담판 짓기로 서둘러 결정했다. 그럴 것이 그는 이런 자의식과 힘이 점점 사라지고 있음을 느꼈고, 이 위 세계의 정신이 자신의 우아 한 교양은 물론이요 저 아래 세상의 자의식과 힘에 대항하여 위험한 적 대적 동맹을 맺는 것을 느꼈기 때문이었다.

나아가 영사는 고문관이 자신을 보고 빈혈이 있으니 이 위에 체류하 는 환자들의 관습을 따르라고 권고할 필요가 전혀 없었다고 느꼈다. 빈혈이 있다면 당연히 이곳 관습을 따라야 하는 것이고, 다른 것은 생 각할 여지가 없는 것처럼 여겨졌기 때문이었다. 이런 생각이 자꾸 드 는 것이 어느 정도로 한스 카스토르프의 태연함과 당당한 자신감에 의 한 것인지, 그리고 이것이 실제적이고 무조건적이라고 가정했을 때 어 느 정도로 다른 것은 가능하지도 않고 생각할 수도 없는 일인지, 이런 의문에 대해 제대로 교육받은 야메스 영사는 처음부터 도무지 분간할 수가 없었다. 첫 번째 안정 요양을 마치고 풍성한 아침 식사도 끝낸 뒤 저 아래 플라츠 읍까지 규정된 산책을 하는 것보다 더 명쾌하고 기분 좋은 일은 없었다. 카스토르프는 방으로 돌아와 다시 삼촌의 몸을 담 요로 감았다. 삼촌을 담요로 감는 일은 약속처럼 이루어졌다. 이어서 그는 가을 햇살 속에서 안락하기 그지없고, 지극히 훌륭한 접이식 침대 에 삼촌을 눕히고 자신도 역시 침대에 누웠는데, 그러자 곧 환자들에게 점심 식사를 알리는 종소리가 갑자기 정적을 깨고 울려 퍼졌다. 점심 식사는 최고급으로 아주 풍성하게 나왔기 때문에 식후에 이어지는 정오의 안정 요양은 형식적인 것 이상의 내적 필요성을 의미하고 있었고, 따라서 개인적인 확신에 의해서 수행되었다. 이런 일련의 일들은 음식이 잔뜩 나오는 저녁 식사 때까지 이어지는데, 식후에는 광학적 오락기구가 갖추어진 살롱에서 밤의 모임이 열리곤 했다. 영사는 자신의 몸이 좋지 않다고 말하고 싶지는 않았지만, 설령 몸 상태가 안 좋아 그의 비판력이 떨어졌다 할지라도, 전혀 기억할 필요가 없을 정도로 아주 자명하게 이어지는 일과에 대해서는 뭐라고 이의를 제기할 여지가 있을 수 없을 것 같았다. 물론 피로와 흥분으로 몸에서 열과 오한이 동시에 일어날 때에는 그의 몸이 좀 불편한 느낌도 있었다.

그는 베렌스 고문관과의 상담을 불안한 마음으로 기대하며 상담을 위해 공식적인 업무 절차를 밟았다. 한스 카스토르프가 마사지사에게 이런 제안을 말했고, 그가 다시 수간호사에게 전달했다. 그러다 보니 티나펠 영사는 수간호사와 기이한 만남의 기회를 갖게 되었다. 그녀는 발코니에 나타나 누운 채 요양을 하고 있던 영사를 발견했던 것으로, 이렇게 기이한 풍습 때문에 어쩔 수 없이 원통 모양으로 담요를 두르고 있던 영사는 점잖은 체면을 구기고 꽤나 당황해 했다. 수간호사는 영사를 존경하는 분이라고 칭한 연후에 고문관이 수술과 종합 검진 등으로 일정이 꽉 차 있으니 부디 며칠만 참아 달라며 기독교적인 원칙에 따라 고통스런 사람이 우선이라고 말했다. 게다가 영사는 건강해 보여서 이곳에서는 1순위가 아니며, 따라서 뒤로 물러나 순서를 기다리는 데 익숙해야 한다고 덧붙였다. 하지만 예컨대 진찰을 신청하고 싶다면 문제는 다를 것이라고 했다. 이에 대해 그녀 자신, 즉 아드리아티카는 놀라워하지 않을 거라며, 영사에게 자신의 눈을 똑바로 봐 달라더니 그의 눈동자가 좀 흐리고 불안해 보인다고 말했다. 그리고 그가 이렇게 요양을 하며 누워 있는 모습이 완전히 정상적인 상태로는 보이지 않으며, 아주 완전하게 깨끗해 보이지 않는다는 자신의 말을 제대로 이해하기 바란다고 했다. 이어서 그녀는 그가 진찰을 하려는 것인지 아니면 사적인 대화를 하려는 것인지를 물었다. 이에 대해 누워 있던 영사는 당연히 사적인 대화를 원한다고 잘라 말했다. 그러자 그녀는 회답이 있을 때까지 기다려 달라며, 고문관이 사적인 대화를 나눌 만한 시간이 거의 없다는 것이었다.

요컨대 모든 것이 야메스 영사가 생각했던 것과는 완전히 빗나가고 말았다. 그리고 수간호사와의 대화는 그의 평정심에 지속적인 충격을 주었다. 흔들림 없는 조카의 태연한 태도로 미루어 이 위의 특수한 현상에 분명히 동화되어 있는 그에게 너무나 문명화된 자신이 수간호사기 얼마나 자신에게 끔찍하게 여겨졌는지를 말하기에는 자칫 무례하게 보일 염려가 있었다. 이 때문에 그는 수간호사가 꽤나 특이한 여자가 아닌지 조카에게 조심스럽게 물으며 그의 의중을 떠보았다. 그러자 한스 카스토르프는 잠시 생각에 잠겨 허공을 쳐다본 연후에 반쯤은 알겠다는 듯이 그를 바라보며 밀렌동크가 체온계를 판매했는지 반문했다. "아니, 나에게? 그것도 그녀가 하는 일이란 말인가?" 하고 영사가 되물었다. 그러나 조카가 물어 본 일이 사실일지라도 별로 놀라지 않을 거라는 표정이 그의 얼굴에 뚜렷하게 드러나 있어서 야메스 삼촌의 마음은 좋지 않았다. 조카의 표정에는 "우리는 춥지 않거든요"라는 글이 쓰여 있는 것 같았다. 하지만 영사는 추웠고, 머리는 뜨거운데 몸은 계속 추웠다. 그래서 그는 수간호사가 정말 자신에게 체온계를 권했더라면 과연 이를 확실히 거절했을까 하고 생각해 보았다. 아마 그러지 못했을 것이었다. 거절하는 것은 결국 잘 한 일이 아닐 것이라고 생각했는데, 왜냐하면 문명화된 방식으로 볼 때 다른 사람의 체온계, 예를 들어 조카의 체온계를 사용할 수는 없는 일이었기 때문이다.

이렇게 며칠, 아니 4-5일이 지나갔다. 평지에서 온 사절의 생활은 일정한 궤도 위를 달리고 있었다. 궤도가 정해져 있었고, 궤도의 밖에서 생활한다는 것은 도저히 생각할 수 없을 것 같았다. 영사는 갖가지 체험을 하면서 특별한 인상도 얻었다. 그러나 우리는 그의 생활을 더는 엿듣지 않으려 한다. 그는 어느 날 카스토르프의 방에서 작고 검은 유리판 하나를 집어 들었다. 그것은 소유주가 자신의 깨끗한 방을 장식하고 있는 여러 가지 자질구레한 소지품들 중의 하나로, 깎아서 만든 소형 사다리로 받쳐서 장롱 위에 올려놓았던 물건이었다. 그 유리판을 빛에 비추어 보면 사진이 나타났다. "이건 도대체 뭐야?" 삼촌이 자세히 들여다보며 물었다. 정말 그렇게 물어볼 만한 일이었다! 머리가 없는 초상화에는 사람의 상반신 뼈와 그것을 흐릿하게 덮고 있는 살이 보였다. ─그것은 여성의 상반신이라는 것을 인지할 수 있었다. "그거요? 기념품입니다" 하고 카스토르프가 대답했다. 그러자 삼촌은 "실례했군!"이라고 말하고는, 사진을 다시 목조 사다리에 갖다 두고 얼른 그곳을 떠났다. 이는 야메스 삼촌이 4, 5일 동안에 겪은 체험과 거기서 얻은 인상 가운데 하나의 예에 불과했다. 그는 크로코프스키 박사의 강연에 빠지는 것도 생각하기 어려워서 그곳에도 참가했다. 그리고 베렌스 고문관과의 사적인 대화에 관한 한, 6일째 되는 날 그의 허락을 받았다. 그는 예약된 시간을 통보받고는 아침 식사를 마친 뒤 조카의 요양원 체류와 시간 연장에 대해 엄밀히 따지겠다고 결심하고 반지하실로 내려갔다.

그러나 그는 다시 위로 올라와서는 나직하게 물었다.

"전에도 벌써 이런 말을 들어 본 적이 있는 거야?!"

그러나 카스토르프도 벌써 이런 말을 틀림없이 들었을 테고, 이런 말을 한다고 해도 움츠러들지 않을 것은 뻔했기에 영사는 그만 입을 다물었다. 그리고 조카가 무관심한 투로 반문하자 "아무것도 아니야, 아무것도"라고 대답할 뿐이었다. 그러나 이때부터 그에게는 새로운 버릇이 생겼다. 즉 눈썹을 찡그리고 입술을 내민 채 어딘가를 비스듬하게 올려다보다가, 갑자기 머리를 돌려 정반대 방향을 올려다보는 것이었다. … 그런데 베렌스와의 상담도 영사가 생각한 것과는 다르게 진행되었던 것일까? 한스 카스토르프뿐만 아니라 야메스 티나펠 자신까지도 상담의 대상이 되어, 사적인 대화의 성격이 사라지게 된 것이었을까? 영사의 태도로 그런 추론이 가능한 것 같았다. 영사는 아주 기분이 좋아졌는지 말이 많았고, 실없이 웃었으며, "어이, 고참!" 하고 부르며 주먹으로 조카의 겨드랑이 부근을 툭 쳤다. 그러면서 그는 이쪽을 보다가, 머리를 돌려 갑자기 저쪽을 보는 것이었다. 그러나 그의 두 눈은 식사 때나 의무적인 산책 때도, 밤의 모임 때도 늘 일정한 쪽만을 향했다.

영사는 현재 부재중인 잘로몬 부인과 식사량이 많은 둥근 안경을 쓴 학생의 식탁에 앉은 폴란드 기업인의 아내인 레디슈 부인에게 처음에는 특별한 관심을 기울이지 않았다. 사실 레디슈 부인은 안정요양 홀의 다른 부인과 다르지 않았고, 게다가 땅딸하고 피부가 온통 갈색에 이제는 젊지도 않고 머리칼도 약간 희끗희끗했지만, 귀여운 이중 턱과 생기 있는 갈색 눈을 하고 있었다. 그녀는 문명이라는 관점에서 보면 저 아래 평지의 티나펠 영사 부인과는 도저히 비교가 되지 않았다. 하지만 일요일 저녁 식사가 끝난 후 홀에서 영사는 레디슈 부인이 입고 있던 금박 장식의 검은 옷 덕분에 그녀가 하얗고 아주 팽팽한 유방, 갈라진 골이 훤히 드러나 보이는 유방을 지니고 있음을 발견하게 되었다. 이런 모습을 보게 된 성숙하고 우아한 영사는 그 모습이 마치 전대 미문의 완전히 새로운 발견이나 되는 것처럼 영혼에 큰 충격과 감동을 받았다. 그는 레디슈 부인에게 다가가 친숙하게 되었다. 처음에는 선 채로, 다음에는 앉아서 그녀와 오랫동안 대화를 나누었으며, 잠을 자러 갈 때는 콧노래까지 흥얼거렸다.

다음날 레디슈 부인은 금박 장식의 검은 옷을 입지 않아서 가슴이 노출되지 않았다. 하지만 영사는 어제의 모습을 떠올리며 그 인상을 머릿속에 그대로 담고 있었다. 의무적인 산책을 할 때는 그녀를 기다리다가 만나서 잡담을 나누고, 또한 특별하고도 시기적절하게 매력적인 모습으로 그녀에게 고개를 돌리거나 몸을 기울이며 그녀 곁에서 떨어지지 않으려고 노력했다. 식탁에서는 그녀를 향해 건배했고, 그러면 그녀는 미소 띤 입술 사이로 이빨에 씌운 몇 개의 금니들을 번쩍거리며 건배에 응수했다. 영사는 조카와 대화를 나누며 그녀를 '신 같은 여자'로 설명하며 다시 노래까지 흥얼거리기 시작했다. 카스토르프는 이 모든 것을 마치 당연하다는 듯한 표정을 지으며 조용히 인내하며 받아들였다. 그러나 이와 같은 태도는 나이가 든 삼촌의 권위를 거의 세워주지 못했고, 또한 이곳을 찾아온 영사의 사명과도 맞지 않았다.

식사 시간에 영사는 생선 스튜와 다음 차례로 음료인 소르베가 나왔을 때, 두 번이나 레디슈 부인에게 잔을 들어 건배했다. 그런데 마침 베렌스 고문관이 한스 카스토르프와 방문객의 식탁에서 식사를 하고 있었다. 고문관은 일곱 식탁을 하나씩 찾아다니며 청강하고 있었고, 어떤 식탁에든 높고 폭이 좁은 쪽에 그의 식기가 준비되어 있었다. 고문관은 접시 앞에 그의 커다란 두 손을 포개고 콧수염을 한쪽으로 추켜올린 채 베잘 씨와 스페인어의 대화 상대자인 멕시코인 꼽추 사이에 앉아 있었다. 고문관은 온갖 언어에 정통하여 터키어와 헝가리어로도 말했다. 그는 푸르스름하게 부어오르고 핏발이 선 눈으로 티나펠 영사가 레디슈 부인에게 보르도 산 포도주 잔을 들어 건배하는 것을 지켜보았다. 이어서 식사 도중에 고문관은 영사가 인간이 죽어서 부패하면 어떻게 되느냐는 질문을 받고는 식탁 전체를 향해 즉석에서 짧게 강연을 했다. 고문관은 육체에 관하여 연구했고, 육체가 특별히 전공 분야라고 말했다. 말하자면 표현은 좀 이상하지만 자신은 일종의 육체의 군주라고 할 수 있으며, 따라서 육체가 분해되면 어떻게 되는지 설명하겠다는 것이었다.

고문관은 팔꿈치를 세우고 두 손을 포갠 채 몸을 숙이며 "무엇보다 당신의 복부가 파열됩니다"라고 대꾸했다. "당신이 죽어서 톱밥과 대팻밥 속에 누워 있다고 합시다. 그러면 가스가 당신의 복부를 부풀게 하여, 마치 못된 개구쟁이들이 개구리의 배에 바람을 불어넣을 때처럼 배가 부풀어 오릅니다. 결국 당신은 풍선처럼 되는 겁니다. 풍선처럼 부풀어 오른 당신의 뱃가죽은 더 이상 가스의 높은 압력을 이기지 못하고 터져 버립니다. 펑 하면서 말입니다. 그러면 당신은 눈에 띄게 가벼워진 느낌이 되면서 유다가 나뭇가지에서 떨어졌을 때처럼 자신의 모든 것을 털어 내게 되지요. 그런 뒤에야 당신은 본질적으로 다시 세상 사람들과 대면할 수 있게 됩니다. 당신이 휴가를 받아 이곳의 유족과 만나도, 당신은 그들에게 불쾌한 기분을 주지 않을 겁니다. 우리는 이것을 가스의 방출이라고 말합니다. 이렇게 한 연후에는 다시 공기를 만나도 아주 우아한 사람이 됩니다. 포르타 누오바 앞쪽의 카푸친 수도원 지하실에 매달려 있는 팔레르모 시민들의 미라처럼 말입니다. 이 미라들은 건조하게 된 채 우아한 모습으로 천장에 매달려 일반인들의 존경을 받고 있습니다. 문제는 단지 가스의 방출입니다."

"그래요, 그렇군요! 대단히 감사합니다!" 영사가 말했다. 이렇게 말하고 다음날 아침에 그는 사라져 버렸다.

영사는 이른 새벽에 소형 기차를 타고 저 아래 평지로 떠나가 버렸다. ─물론 자신의 임무를 처리한 것이라고 할 수 있겠다. 누가 이의를 제기하겠는가! 그는 자신의 계산을 깨끗하게 청산했다. 도중에 진찰받은 것에 대해서도 계산을 하고는 조용히, 조카에게 한마디 말도 없이 두 개의 트렁크를 꾸렸다. 아마 밤이나 새벽에 모두가 잠들어 있는 동안에 그랬을 것으로 보이는데, 한스 카스토르프가 첫 번째 아침 식사시간에 삼촌 방에 들어가 보니 짐은 모두 치워지고 없었다.

그는 두 팔을 허리에 괸 채 "그래, 그랬어"라고 말했다. 이 순간 그의 얼굴에는 우울한 미소가 번졌다. 그는 고개를 끄덕이며 "아, 그랬구나"라고 다시 말했다. 삼촌은 허둥지둥 말도 없이 급히 서둘러 도주한 것이었다. 마치 순간적으로 결단력이라도 발휘한 것처럼, 또한 그 순간을 놓쳐서는 안 되기라도 하는 것처럼 짐을 트렁크에 꾸려 넣고는 떠나버린 것이었다. 둘이 아니라 혼자서, 자신의 명예로운 사명을 이행하지 못한 채, 혼자 달아난 것만으로도 다행이었다. 우직한 시민이요 평지의 깃발을 향해 달아난 도피자 야메스 티나펠! 자, 여행에 행운이 깃드시길!

한스 카스토르프는 삼촌이 방금 떠났다는 사실을 자신이 전혀 알지 못했다는 사실을 아무도 눈치 채지 못하게 했다. 특히 영사를 역에 데려다준 절름발이가 이를 눈치 채지 못하게 했다. 그는 보덴 호수에서 보내 온 엽서를 받았다. 엽서에는 야메스 삼촌이 사업상의 문제로 즉시 평지로 내려오라는 전보를 받는 바람에 급히 떠났다는 내용이 적혀 있었다. 조카에게 방해가 될 것 같아서 말도 없이 떠났다고 했는데, 이 말은 형식적인 거짓말이었다. "앞으로도 즐거운 체류가 지속되기를!" 이 말은 조롱이었을까? 그렇다면 아주 가식적인 조롱이라고 카스토르프는 생각했다. 그럴 것이 부리나케 여행길에 오른 삼촌에게는 분명히 조롱이나 농담을 할 만한 마음의 여유가 없었을 것이었기 때문이었다. 1주일간 이 위에서 지낸 뒤 평지로 돌아간 삼촌의 경우, 아침 식사 후에 의무적인 산책을 하거나 의례적으로 담요를 두르고 바깥에서 수평으로 누워 지내는 것도 아니었고, 그 대신 사무실에 출근하는 일이 저 아래 세상에서는 한동안 그에게 몹시 거북하고 부자연스러우며 받아들이기 어려운 일처럼 여겨지리란 것을 마음속으로 상상하고 예감하고는 얼굴이 하얗게 질리도록 경악했을 것이다. 그리고 이런 경악스런 예감이 그가 도피한 직접적인 이유였다.

요양소에 머물며 돌아올 줄 모르는 한스 카스토르프를 고향으로 데리고 가려던 평지의 시도는 이렇게 막을 내렸다. 이 시도가 완전한 실패로 돌아갈 것을 예상하고 있던 카스토르프는 이번 일이 저 아래 사람들과 자신의 관계에 결정적 의미를 지니고 있음을 숨기려 하지 않았다. 그것은 평지 사람들로서는 어깨를 으쓱하며 최종적으로 그를 포기하게 되었음을 의미하고 있었지만, 한스 카스토르프에게는 완벽한 자유를 의미했다. 이렇게 자유로워지면서 그의 가슴은 마침내 다시는 두근거리지 않게 되었다.

영적 활동

레오 나프타는 폴란드의 갈리시아와 우크라이나의 볼리니아 국경선 근처에 위치한 작은 마을에서 태어났다. 명백히 감정적인 면이긴 했지만, 자신의 본래적인 세계에 대해 호의적으로 판단할 수 있을 만큼 충분히 성장한 그는 유대교의 의식에 따라 가축을 잡던 아버지를 존경한다고 말했다. 그런데 유대교에서 이 직업은 수공업자이자 상인인 기독교의 백정과는 전혀 달랐다. 레오의 아버지도 그랬다. 그는 공무원, 그것도 종교적 특성을 가진 공무원이었다. 레오의 아버지 엘리아 나프타는 모세의 율법에 의거하여 도살할 수 있는 가축을 탈무드의 규정에 따라 죽일 수 있는 경건한 숙련 시험을 랍비로부터 치르고 도살 자격을 얻었다. 아들의 묘사에 따르면 아버지의 푸른 눈은 별빛처럼 반짝였고, 잔잔한 영적 분위기로 가득 차 있었다. 그의 본성에는 사제와 같은 어떤 기질이 내재해 있어서 장엄한 느낌을 불러일으켰으며, 이 때문에 원시 시대에는 도살이 실제로는 사제의 일이었음을 상기시켜 줄 정도였다. 어린 시절 라이프라 불렸던 레오는 유대인 운동선수 타입의 젊고 건장한 하인의 도움을 받아 아버지가 마당에서 제의적인 업무를 주재하는 것을 구경해도 좋다는 허락을 받았다.

얼굴이 수척하고 금발의 둥근 수염을 가진 아버지 엘리아는 하인 옆에 서면 더 아담하고 약해 보였다. 입에 재갈을 문 채 포박되어 있었지만 죽지 않고 버티고 있는 가축을 향해 그가 커다란 도살용 칼을 휘둘러 목 부분을 깊숙이 찌르는 동안, 하인은 김을 내며 쏟아져 나오는 붉은 피를 재빨리 사발에 담았다. 레오는 감각적으로 본질을 꿰뚫어보는 어린아이의 시선으로 이 광경을 주의 깊게 바라보았다. 이럴 때면 별처럼 반짝이는 눈을 지닌 아버지의 아들에 특별히 걸맞은 눈빛을 하고 있었다. 레오는 기독교 백정의 경우 가축을 죽이기 전에 곤봉이나 도끼로 내리쳐서 일격에 의식을 잃게 한다는 것, 그리고 이 규정은 동물 학대와 잔인함을 피하기 위해 생겼다는 것도 알고 있었다. 그의 아버지는 기독교의 무뢰한보다 훨씬 더 섬세하고 현명하며, 게다가 그들과는 달리 별처럼 반짝이는 눈을 지녔지만, 유대교의 율법에 따라 행동함으로써 의식을 잃지 않은 동물을 칼로 찔러 피를 흘리게 함으로써 쓰러트렸다. 소년은 기독교의 서투른 도축 방법이 아버지가 사용하는 엄숙하고 무자비한 방법만큼 신성한 것에 경의를 표하기에는 부족한 너그럽고 세속적인 선량함에 기초한다고 느꼈다. 그의 환상에 피의 분출 광경과 피 냄새가 신성하고 정신적인 이념과 연결되었듯이, 경건성의 관념이 잔인성의 관념과 연결되었다. 왜냐하면 소년은 아버지가 기독교의 강인한 백정이나 자신의 유대인 하인에게서 엿보이는 잔인한 취향에서 그런 피비린내 나는 직업을 선택한 것이 아니라 정신적인 이유로, 섬세한 체질 때문에, 그리고 별처럼 반짝이는 눈의 의미에서 선택했다는 것을 잘 알고 있었기 때문이었다.

실제로 엘리아 나프타는 생각이 깊고 명상적인 사람이었고, 모세 오경의 연구자였을 뿐만 아니라 율법서의 비평가였다. 그는 율법서에 적힌 문장에 대해 랍비와 토론하다가 논쟁에 빠지는 일도 적지 않았다. 그의 마을 부근에서, 심지어는 유대교 신자 외의 사람들 사이에도 그는 좀 특수한 사람, 다른 사람들보다 더 많이 알고 있는 사람으로 간주되었다. 이런 평가를 받는 이유는 한편으로는 경건하다는 의미에서, 다른 한편으로는 아주 무서운 것은 아니지만 어쨌든 범상치 않은 특성 때문이었다. 그에게는 종파적으로 특이한 면, 예컨대 신과 친밀한 자, 태양신 숭배자 또는 점성술사의 분위기가 깊숙이 드리워져 있었다. 그는 기적을 일으키는 사람이기도 했는데, 실제로 언젠가 그는 어느 부인의 악성 발진을, 또 한 번은 어떤 소년의 경련을, 그것도 피와 주문을 통해 치료한 적이 있었다. 그러나 그의 올가미와 같은 피 냄새가 바로 이런 독특한 종교적인 분위기를 이루다가, 결국은 이로 인해 파멸을 맞게 되었다. 왜냐하면 기독교도의 두 아이가 이유를 알 수 없는 죽음을 당함으로써 민중 운동과 광란의 폭동이 일어났을 때 엘리아는 끔찍한 방법으로 생명을 잃었기 때문이었다. 그는 불타는 그의 집 현관에 못 박힌 채 매달린 시체로 발견되었다. 그러자 폐결핵으로 병상에 누워 있던 그의 아내는 어린 라이프와 다른 네 자녀를 데리고 두 팔을 들고 통곡하면서 고향을 떠나게 되었다.

졸지에 큰일을 당한 가족은 엘리아가 미리 저축해둔 약간의 돈이 있어서 오스트리아의 포라를베르크의 어느 소도시에 정착하게 되었다. 나프타 부인은 그곳의 방적 공장에서 몸이 허락하는 한 열심히 일을 하면서 비교적 큰 아이들부터 초등학교에 보낼 수 있었다. 그러나 이 학교가 제공하는 정신적 기반은 레오의 동생들의 자질과 욕구에는 충분했을지 모르지만, 장남인 그 자신에게는 훨씬 못 미쳤다. 레오는 어머니에게서는 폐병의 싹을, 아버지에게서는 자그만 체격 외에 뛰어난 오성과 정신적 재능을 물려받았다. 이런 재능은 일찍부터 오만한 본능, 높은 명예심, 좀 더 고상한 생활형식에 대한 열렬한 동경과 밀접하게 연결되어 있었고, 그로 하여금 자신의 출신 영역을 열정적으로 벗어나도록 고무했다. 14, 15세의 레오는 학교 외에도 자신이 어렵게 구한 책들을 통하여 규칙 없이 성급하게 정신을 도야하면서 그의 오성에 자양분을 공급해 주었다. 그는 대체 무엇이 병든 어머니로 하여금 머리를 비스듬히 어깨 사이로 숙이게 하고 바짝 마른 두 손을 위로 활짝 벌리게 하는가를 생각해보고 말로 표현한 바 있었다.

레오는 종교 시간에 보여 준 그의 본질적 자세나 대답을 통해 경건하고 학식 있는 그 지역 랍비의 주목을 받게 되어 그의 제자가 되었다. 랍비는 그에게 히브리어와 고전어 수업을 통해 형식적 충동을 함양하였고, 수학의 가르침을 통하여 논리적 충동을 충족시켜 주었다. 그러나 이 선량한 학자는 이런 노력에 대해 아무 보답을 받지 못하고, 뱀을 가슴에 키운 셈이 되었다는 사실이 점점 더 확실해졌다. 일찍이 아버지인 엘리아 나프타와 랍비 사이에 일어났던 일이 이 사제에게도 일어난 것이다. 둘 사이는 사사건건 맞지 않았고, 사제지간에는 종교적, 철학적 마찰이 끊이지 않았고, 이는 날이 갈수록 점점 더 심해졌다. 성실한 이 율법학자는 젊은 레오의 정신적 반항, 지나치게 비판적이고 회의적인 태도, 반항심, 날카로운 변증법적 주장에 큰 고통을 겪어야 했다. 뿐만 아니라 레오의 궤변과 선동적인 정신에는 새롭게 혁명적인 색채가 가미되었다. 오스트리아의 사민당 국회의원 아들과 친해지고 이를 통해 그의 아버지를 알게 된 것을 계기로, 레오의 정신은 정치적인 방면으로 전환하게 되었고, 그의 논리적 열정에는 사회 비판적 경향이 강해지게 되었다. 그는 성실성을 충실하게 지키는 선량한 탈무드 학자를 머리끝이 곤두서게 만들었고, 사제 간의 화합을 깨뜨리는 최후의 일격을 가했다. 단적으로 말해 나프타는 마침내 스승에게서 배척당하고 그의 서재에서 영원히 추방당하는 신세가 되었다. 그 즈음에 바로 그의 어머니 라헬 나프타가 임종을 맞이했다.

그러나 어머니가 죽고 얼마 뒤에 레오는 운터페르팅거 신부를 알게 되었다. 16세의 레오는 일 강 부근의 도시의 서쪽 언덕에 위치한 마르가레테카프 공원 벤치에 홀로 앉아 있었는데, 거기서는 라인 강변의 계곡을 멀리 환하게 볼 수 있었다. 그가 벤치에 앉아서 자신의 운명과 장래에 대해 우울하고 씁쓸한 기분에 잠겨 있을 때, 예수회의 '샛별'이라고 불리는 기숙학교 교수가 산책하러 나왔다가 레오의 옆자리에 앉게 되었다. 교수는 모자를 벗어 옆에 놓고, 신부의 차림으로 다리를 포개고 앉아서는, 자신의 성무일도서(聖務日禱書)를 약간 읽은 다음, 레오와 대화를 나누기 시작했는데, 대화가 아주 활발하게 진행되어 레오의 운명에 결정적인 계기를 가져오게 되었다.

교양을 갖춘 활달한 남자이자 열렬한 교육자, 사람을 볼 줄 알고 사람을 찾는 재주가 있는 이 예수회 신부는 초라한 옷차림의 유대인 소년이 자신의 질문에 냉소적이지만 논리정연하게 대답하는 것을 처음부터 귀담아 듣고 있었다. 신부는 소년의 대답에서 예리하지만 고통스런 정신적 분위기가 풍기는 것을 느꼈고, 대화가 계속됨에 따라 깊은 지식과 사상의 신랄한 세련성을 알게 되었다. 이런 면은 소년의 초라한 외양으로 말미암아 교수를 한층 더 놀라게 하였다. 이윽고 나프타가 보급판으로 읽었던 『자본론』의 저자 마르크스가 화제에 올랐고, 다시 화제가 마르크스에서 헤겔로 옮겨졌다. 그러자 레오는 이 철학자와 그의 저서에 대해서도 많이 읽었기 때문에 그에 대해 몇 마디 탁월한 견해를 표명할 수 있었다. 그의 역설적인 성향이 강해서인지, 또는 정중하려는 의도가 있어서인지 그는 헤겔을 '가톨릭적인' 사상가라고 불렀다. 이에 대해 신부는 미소를 지으며 헤겔은 프로이센의 국가 철학자로서 본래는 신교도라고 생각해야 하는데 어떻게 가톨릭적으로 부를 수 있느냐고 물었다. 레오는 바로 '국가 철학자'라는 말이 물론 교회-교리의 의미에서는 아니지만 종교적 의미에서 헤겔이 가톨릭적인 사상가라는 자신의 주장을 뒷받침하는 것이라고 응답했다. 왜냐하면 정치적이라는 개념은 가톨릭적이라는 개념과 심리적으로 연결되어 있어서, 이 두 가지는 객관적인 모든 것, 실제적이고 활동적이며 구체적인 모든 것을 외적인 작용으로 포괄하는 하나의 범주를 이루고 있기 때문이라는 것이다. (레오는 이 '왜냐하면'이라는 접속사를 특별히 좋아했다. 이 말을 할 때면 그의 입가에는 자신만만하면서도 냉철한 그 어떤 것이 엿보였고, 안경알 뒤의 두 눈은 번뜩거렸다.) 여기에 대립되는 것이 신비주의를 근거로 하는 경건주의적인 신교의 세계이며, 예수회에는 가톨릭의 정치적이고 교육적인 본질이 명백하게 드러난다고 레오는 덧붙였다. 이 교파는 정치학과 교육을 언제나 자신의 전문 영역으로 간주해 왔다는 것이다. 이어서 그는 괴테를 거론하며, 괴테는 경건주의에 뿌리를 박고 있기 때문에 신교도가 분명하지만, 그의 객관주의와 행동을 강조하는 이론에 비추어 보면 가톨릭적인 측면을 강하게 갖고 있다고 말했다. 괴테는 가톨릭적인 비밀 고백을 옹호했으며, 교육자로서는 거의 예수회 회원에 가깝다고 했다.

나프타가 이렇게 자신의 주장을 마음대로 지껄였지만, 신부는 진리의 기준을 따지기보다는 소년의 말에서 엿보이는 전반적인 영리함을 좋게 받아들였다. 이렇게 한 까닭은 신부가 그의 말을 믿어서였는지 또는 그것을 재치 있다고 생각했기 때문인지, 또는 듣는 이의 구미에 맞도록 가난한 소년이 유리함과 불리함을 잘 고려하여 아첨을 했기 때문인지는 알 수 없었다. 아무튼 두 사람의 대화는 계속 이어졌고, 신부는 레오의 개인적인 사정도 금방 알게 되었다. 그리고 이 만남은 운터페르팅거 신부가 레오에게 학교로 자신을 찾아오라는 말로 끝나게 되었다.

이렇게 나프타는 학문적으로나 사회적으로 수준이 높아서 일찍부터 마음속으로 간절히 동경하던 '샛별 학교'의 문턱에 발을 들여놓을 수 있게 되었다. 게다가 그는 갑작스런 사태의 전환을 통하여 과거의 스승보다 자신의 본질을 높게 평가하고 촉진시켜 주는 새로운 스승이자 후원자를 얻게 되었다. 천성은 차갑지만 선량한 스승은 세상 돌아가는 이치에 밝았고, 레오는 이런 스승의 생활 영역으로 들어가고 싶은 강렬한 욕구를 느꼈다. 총명한 많은 유대인들처럼 나프타도 본성적으로 혁명가와 귀족주의자의 기질을 동시에 가지고 있었다. 다시 말해 그는 사회주의자인 동시에 당당하고 고상하며, 독점적이고 율법적인 존재형식에 참여하려는 꿈에 사로잡혀 있었다. 가톨릭 신학자와 만난 자리에서 그가 꼭 하고자 했던 첫 표명은, 물론 그것이 단순히 분석하고 비교하는 것이었지만, 그가 고상하면서도 정신적인 권력, 즉 물질적이고 현실적이며, 세속적인 것에 반대하는 권력, 고로 혁명적인 권력으로 느꼈던 로마 교회에 대한 사랑의 고백이었다. 그리고 이러한 사랑은 순수했으며, 그의 본성의 한가운데에서 우러나온 것이었다. 그도 그럴 것이 나프타 자신도 주장한 것처럼 유대교는 현세적이고 즉물적인 성격, 요컨대 사회주의, 정치적 영성의 경향으로 인하여 가톨릭 세계에 훨씬 더 가까웠고, 침잠의 성향과 신비적 주관성을 지닌 신교보다 가톨릭과 훨씬 더 유사했기 때문이었다. 그러므로 유대인이 가톨릭으로 개종하는 것이 신교도가 가톨릭으로 개종하는 것보다 종교적으로 볼 때 결정적으로 강박이 없는 과정임을 이는 의미하고 있었다.

그가 본래 속했던 종교단체의 지도자와 갈라선 뒤 고아로 홀로 지내던 나프타는 자신의 재능으로 누릴 수 있는 보다 청결한 삶의 분위기와 존재형식을 열망하면서 어느새 법적으로 성년에 도달해 있었다. 그는 고해를 통해 개종의 날을 손꼽아 기다렸기 때문에 그의 '발견자'인 신부는 이 영혼, 아니 이 뛰어난 두뇌의 소유자를 자신의 종교 세계로 끌어들이는 데 그다지 어려움을 느끼지 않았다. 세례 받기 전부터 레오는 신부의 노력으로 샛별 학교에 잠시 정착하게 되었고, 이곳에서 육체적으로나 정신적으로 도움을 받았다. 이어서 그는 정신적인 귀족주의자의 무관심하고 냉담한 태도로 동생들을 그들의 부족한 재능에 걸맞게 빈민보호 단체에 맡겨 버리고, 자신은 샛별 학교로 이주하여 살게 되었다.

그 교육기관의 토양과 대지는 매우 넓어서 400명 정도의 학생을 수용하기에 충분한 건물을 가지고 있었다. 교내에는 여러 개의 숲과 방목장, 여섯 개의 운동장, 농장용 건물, 수백 마리의 소를 키울 수 있는 축사도 마련되어 있었다. 이 학교는 기숙학교이자 모범 농장, 체육 학교, 학자 양성소와 극장의 성격을 띠고 있었다. 극장에서는 수시로 연극과 음악회가 개최되었기 때문이었다. 이곳에서의 생활은 귀족적이고 수도원적인 분위기였다. 학교의 규율과 우아함, 쾌활한 안정감, 영성과 세련미, 변화가 많은 일정의 정확성이 레오의 깊이 감추어진 본성과 잘 맞았다. 그에게는 하루하루가 더없이 행복했다. 그는 널찍한 학교식당에서 훌륭한 식사를 할 수 있었는데, 식당에서는 복도에서와 마찬가지로 침묵을 지켜야 했다. 식당 한가운데서는 기숙학교 학생대표가 높은 연단에 앉아 책을 낭독함으로써 식사하는 학생들을 즐겁게 해주었다. 그의 열성은 수업 시간에 불타올랐다. 가슴 부분이 약하긴 했지만 오후에 놀이와 운동을 할 때에는 다른 학생에게 뒤지지 않으려고 전력을 다했다. 매일 이른 새벽이면 미사에 참석하고 일요일에는 장엄미사에도 참여하는 헌신적인 노력을 보였기에 교육을 담당하는 신부들은 흐뭇해하지 않을 수 없었다. 그의 사교적 태도 역시 그들을 흡족하게 하는 중요한 요소였다. 축제일이 되면 그는 케이크와 포도주를 즐겁게 맛본 뒤, 오후에는 줄무늬 바지와 깃이 달린 회색과 녹색으로 된 유니폼을 입고, 머리에는 학생 모자를 쓴 채 단체로 열을 지어 산책을 나갔다.

자신의 출신, 기독교도로서의 새로운 시작, 개인적인 사정 등 열악한 조건에도 불구하고 학교에서 환대를 받자, 그는 표현할 수 없을 만큼 감사함을 느꼈다. 그가 이 학교에서 무료로 교육받는 학생이라는 것을 아무도 모르는 것 같았다. 학교의 규칙은 그가 가족과 고향이 없다는 사실을 다른 학생들에게는 알리지 못하게 하고 있었다. 생필품과 과자류가 든 소포를 받는 것은 일반적으로 금지되어 있었다. 하지만 무엇인가 학교로 오는 것은 분배되었기에 레오도 그것을 받았다. 학교가 세계주의를 표방하고 있어서 레오의 민족적 특성이 눈에 띄게 드러날 염려는 없었다. 그곳에는 레오보다 더 '유대인 계열'처럼 생긴 젊은 이국의 학생들, 포르투갈계 남미 학생들이 있었고, 따라서 이곳에는 유대인 계열이라는 개념은 존재하지 않았다. 나프타와 같은 시기에 이 학교에 들어온 에티오피아의 왕자는 심지어 곱슬머리의 무어인이었지만 매우 고상해 보였다.

수사학을 배우는 학년이 되었을 때 레오는 신학을 공부하고 싶었으며, 어느 정도 자격이 생길 즈음에는 예수회 회원이 되기를 원했다. 예수회 회원이 되자 그는 비용과 생계수준이 저렴한 '제2 기숙생'에서 '제1 기숙생'으로 등급이 바뀌게 되었다. 이제는 식탁에서 하인이 시중을 들어 주었고, 그의 침실도 슐레지엔의 폰 하르부팔 백작과 모데나 출신의 디 랑고니 산타크로체 후작의 침실 옆에 있게 되었다. 그는 뛰어난

성적으로 학교를 졸업하고 자신이 결심한 대로 성실하게 인근에 있는 티지스 수도원의 수련생으로 지내게 되었다. 그러는 동안 신에게 겸허하게 헌신하고 침묵으로 복종하면서 종교적 훈련에 진력했으며, 과거에 열광적 사상의 의미에서 맛보았던 정신적인 즐거움을 여기에서 찾았다.

그러는 동안 그는 건강에 손상을 입었다. ─그것도 육체적인 신생에 적지 않게 도움이 된 수련 생활의 엄격함 때문이라기보다는 내적인 갈등에서 비롯되었다. 그의 대상이었던 교육내용은 현명하고 예리한 면에서 그의 개인적 천성에 부응하는 동시에 그의 천성을 촉발시켰다. 밤낮 가리지 않고 온갖 양심의 탐구, 관찰, 숙고와 명상 등 정신적 수련을 쌓았음에도 그는 불평불만에 가득 찬 악의적인 열정에 의하여 수많은 난관과 모순, 논쟁에 연루되어 들어갔던 것이다. 그는 신앙수련 지도자에게 큰 희망을 주는 동시에 절망을 안겨주었다. 그는 변증법적 광기에서 헤어나지 못하고 복잡한 사고에 빠져서는 날마다 신앙수련 지도자를 무척이나 괴롭혔다. "이에 대해 어떻게 생각하십니까?" 그는 안경알을 번득이며 물었다. 그러면 궁지에 몰린 신부는 영혼의 안식을 얻도록 기도하라고 권유하는 수밖에 다른 도리가 없었다. 그렇지만 설령 이런 상태에 도달했을지라도, 영혼의 '안식'이란 자신의 삶의 완전한 무기력, 도구로의 전락, 무덤에서의 정신적 평온에 불과했다. 이와 같은 평온의 무서운 외적 특징들을 수도사 나프타는 그의 여러 주변 인물들의 관상에 나타난 공허한 눈빛에서 발견할 수 있었다. 그는 육체적인 파멸을 당할지언정 그런 피상적인 평온의 상태에는 결코 도달하지 못할 것 같았다.

이렇게 말썽이 생기고 불쾌한 일이 있었어도 예수회의 지도층들이 그를 계속 존중해주었다는 것은 그들의 높은 정신적 수준을 대변하고 있었다. 2년간의 수련기가 끝나자 교구 담당 신부가 그를 자신의 방으로 불러서 대화를 나누고는, 그의 수도사로서의 자격을 허락하였다. 그리하여 예수회의 수사는 네 개의 낮은 서품, 즉 수위(守衛), 미사의 종(從), 독사(讀師), 구마사(驅魔師)의 직책을 거쳤고, 또한 '간단한' 서원(誓願)을 마친 후 마침내 예수회의 결사 단원이 되었다. 이어서 그는 신학 공부를 계속하기 위해 네덜란드의 팔켄부르크 신학 대학으로 떠났다.

당시에 그는 20세의 젊은 나이였다. 하지만 3년 뒤 그의 몸에 위험한 기후와 정신적 과로의 여파로 유전적인 폐병이 발현하게 되었고, 자칫 생명을 잃을 수 있어 더는 그곳에 머물 수 없었다. 그가 객혈을 하자 예수회 지도자들은 크게 놀랐고, 그가 몇 주 동안 생사의 문턱을 오간 뒤 다소 회복되자, 그들은 그를 본래의 출발점으로 돌려보냈다. 그는 자신이 학생으로 있던 샛별 학교로 돌아와 학생장 및 기숙사 사감, 고전 어문학 및 철학 교사로 직무를 수행하게 되었다. 게다가 이와 같은 일시적 근무는 원래 규정에도 있는 것으로, 보통 2, 3년간 근무를 하다가 신학 대학으로 되돌아가 7년간 신학 공부를 계속하도록 되어 있었다. 그러나 나프타 형제는 이렇게 할 수 없었다. 그는 계속 아팠고, 따라서 의사와 수도원장은 학생들과 함께 공기 좋은 이곳에 근무하면서 농사일을 돌보는 것이 한동안 그에게 더 나을 것이라고 판단했다. 그는 상급 서품을 받아서 일요일 장엄미사에서 사도 서간을 낭송하는 권한을 갖게 되었다. 그러나 그에게는 음악적 재능이 전혀 없는데다가, 목소리도 병적으로 갈라져 노래 부르기에는 적합하지 않았으므로 그 일을 실행할 수는 없었다. 따라서 그는 차부제(次副祭) 이상으로는 승진하지 못했고, 부제도, 사제서품에도 이르지 못했다. 객혈이 계속되고 열도 내리지 않아서 그는 교단이 대주는 비용으로 장기 요양 차 이 고산지대에 온 것이었다. 하지만 요양은 어느새 6년째로 접어들었으므로 거의 요양이라 할 수 없었다. 이제 그는 절대적 생활조건이라는 의미에서 공기가 희박한 고지대에서 환자들을 위한 고등학교의 라틴어 교사로 지내고 있었다.

이처럼 더 장황하고 상세해진 이야기들을 한스 카스토르프는 나프타 자신과 대화를 통하여 알게 되었다. 물론 이 내용들은 카스토르프가 혼자 또는 자신의 식탁 동료인 페르게나 베잘과 함께 비단으로 장식된 나프타의 방을 찾아갔을 때, 또는 의무적인 산책을 하다가 나프타를 만나 도르프 읍을 향해 돌아오면서 기회 있을 때마다 단편적으로 주워듣거나 상호 연관적인 이야기의 형태로 이루어져 있었다. 카스토르프는 나프타에 대한 이런 이야기들이 매우 특이하다고 생각했으며, 페르게와 베잘 역시 카스토르프의 영향을 받아서 똑같은 생각을 하게 되었다. 물론 페르게는 이번에도 고상한 것은 자신과는 거리가 먼 이야기라는 단서를 달아 상기시켰다. (왜냐하면 이제까지 그에게 흉막 쇼크를 체험한 일 외에는 그 어떤 것도 그저 평범한 일에 지나지 않았기 때문이었다.) 반면에 베잘은 한때는 역경에 처해 있던 사람이 행운의 길에 접어들었다가, 모든 일에는 한계가 있듯이 이제는 앞길이 막히고 다른 환자들처럼 병마에 시달리는 것 같아 아주 마음에 와 닿는다고 말했다.

한스 카스토르프로서는 나프타의 이런 정지 상태를 애석해하면서 명예를 중시하여 라다만토스의 끈질긴 요설의 그물을 영웅처럼 용감하게 끊어버리고 자신의 군기를 향해 탈주한 요아힘을 자랑스럽고 걱정스럽게 생각했다. 요아힘은 지금쯤 깃대를 붙잡고 오른손 세 손가락을 치켜들고 충성을 맹세할 것이라고 카스토르프는 상상해보았다. 나프타 역시 하나의 깃발을 향해 충성을 맹세했고, 그 스스로 예수회의 본질을 카스토르프에게 설명하면서 표현한 바와 같이 그 깃발을 추종하는 일원이 된 것이었다. 그러나 그는 자신의 편차를 내세우거나 다른 이념과의 결합을 시도함으로써 요아힘이 군기에 했던 것만큼 자신의 깃발에 충성을 다한 것은 틀림없이 아니었다. 물론 민간인이요 평화의 아들인 카스토르프는 과거 또는 미래의 예수회 회원의 말을 경청했을 때, 요아힘과 나프타는 아마도 서로의 직업과 신분에 호의를 느끼고 서로가 친숙한 관계로 이해할 수밖에 없었을 것이라는 확신을 가져보았다. 왜냐하면 양자 모두가 군대식 위계질서로 이루어져 있으며, 그것도 모든 의미에서, 즉 '금욕'뿐만 아니라, 서열, 복종, 스페인적인 명예심이라는 의미에서 볼 때에도 마찬가지였다. 스페인적인 명예심은 역시 스페인에서 유래한 나프타의 교단에서 강력한 존재 양식이었다. 이 교단의 종교적인 수련 교본은 훗날 프로이센의 프리드리히 대왕이 자신의 보병을 위해 공포한 훈련 교본과는 일종의 필적할 만한 짝이었다. 예수회의 수련 교본은 본래 스페인어로 저술되었기 때문에, 나프타 역시 무엇인가 설명을 하거나 가르칠 때면 종종 스페인어로 된 표현을 사용하곤 했다. 그는 지옥 군대와 교회 군대가 큰 싸움을 앞두고 출정을 하기 위해 그 주위로 모였을 때의 '두 깃발'을 '도스 반데라스'라고 표현했다. 그런가 하면 예루살렘 근처에서 모든 선한 사람들의 '카피탄 제네랄(총사령관)'인 그리스도는 교회 군대를 지휘했으며, 바빌론의 평야에서는 사탄이 지옥 군대의 '카우디오(수령)' 또는 우두머리라고 말하곤 했다.

제자들을 여러 '사단'으로 나누어 종교적인 군대식 예의범절을 존중하도록 독려한 샛별 학교가 정말 사관학교가 아니고 무엇이었겠는가?

이것이 바로 군인의 '빳빳한 칼라'와 스페인 주름장식의 결합이라고 말해도 되지 않겠는가? 한스 카스토르프가 생각하기에 요아힘의 신분에서 찬란한 역할을 담당하던 명예와 훈장의 이념은 나프타가 유감스럽게도 병으로 인해 자신의 앞날을 펼쳐보지 못한 상태에서도 얼마나 명백히 같은 역할을 하고 있는가! 나프타의 말처럼 예수회는 오로지 공명심에 불타는 장교들로 이루어져 있었고, 그들의 머리는 근무 성적이 남보다 탁월해야 한다는 생각만으로 채워져 있었다. (라틴어로는 '인시그네스 에세(insignes esse)'라고 불린다.) 예수회의 설립자이자 초대 사령관인 스페인 출신의 로욜라의 가르침과 규정에 따라 그들은 건전한 이성에 의거하여 행동하는 사람들보다 훌륭한 업무를 더 많이 수행했으며, 오히려 자신들의 업무를 과도하게 '필요 이상으로 지나치게' 수행했다. 요컨대 그들은 그 모든 평균적 인간 오성의 문제를 넘어서는 '육체의 반란'에 저항했을 뿐만 아니라, 일반적으로 허용되어 있는 일들인 관능, 이기심 내지 세속에 대한 집착의 경향에 대해서도 이미 투쟁적으로 대처함으로써 과도한 행동을 보였다. 이유인즉 '적에게 투쟁적으로 대처해 나가는' 것, 그러니까 적을 공격하는 것이 '방어하는' 것보다 더 중요하고 명예로운 일이기 때문이었다. 야전 전투훈령에도 '적을 약화시키고 깨부숴라!'는 말이 있듯이, 그 저자인 스페인의 로욜라는 이런 점에서도 요아힘의 총사령관인 프로이센의 프리드리히 대왕과 그의 전쟁 규칙인 '공격! 공격!', '적을 끝까지 물고 늘어져라!'와 아주 유사한 정신을 보여 주고 있었다.

그러나 나프타와 요아힘 세계의 공통점은 특히 피에 대한 것으로, 손에 피를 묻히는 것을 꺼리지 않는다는 원칙이었다. 이 점에서 예수회와 군대는 정확히 일치했으며, 평화의 아들인 한스 카스토르프는 중세의 호전적인 수도사 유형에 관한 나프타의 이야기를 아주 흥미 있게 경청했다. 그들은 힘이 다할 때까지 금욕적인 태도를 취했고, 그러면서 동시에 종교적인 권력욕에 충만하여 피를 흘리는 것을 마다하지 않았고, 그럼으로써 신정 국가, 초자연적인 것의 세계지배를 실현하고자 했다. 나프타에 의하면 호전적인 신전 기사들은 침대에서 죽는 것보다 이교도들과 싸우다가 죽는 것을 더 공적을 많이 쌓는 일로 여겼고, 그리스도를 위해 죽이고 죽는 것은 범죄가 아니라 지고의 명예로 간주하였다는 것이다. 이 말을 할 때 세템브리니가 자리에 없었던 것이 천만다행이었다! 만일 그가 여기에 있었더라면 그는 이번에도 손풍금장이 역할을 자청하면서 평화를 운운했을 것이다. ─물론 세템브리니는 오스트리아 빈을 물리치려는 신성한 민족 및 문명 전쟁에는 반대하지 않았고, 반면에 나프타는 이런 열정과 약점을 노리고 조롱과 멸시의 말을 퍼붓곤 했었다. 적어도 이탈리아 출신의 세템브리니가 민족적 감정에 집착하는 한, 나프타는 기독교적 세계시민 정신을 내세워 어떤 나라도 조국이라 부르려 하지 않았다. 나프타는 니켈이라는 예수회 총사령관의 말을 단호한 어조로 반복하면서 애국심은 "일종의 페스트이고, 기독교적 사랑의 가장 확실한 죽음이다'라고 주장했다.

자명한 사실이지만, 나프타가 애국심을 페스트라고 불렀던 것은 그의 금욕주의 성향 때문이었다. 그에게는 도대체 이런 말로 파악되지 않는 것은 하나도 없었고, 금욕주의와 신정 국가라는 그의 관점에 거슬리지 않는 것 또한 하나도 없었다! 가족과 고향에 대한 애착뿐만 아니라 건강과 삶에 대한 애착에 대해서도 그는 같은 태도를 보였다. 세템브리니가 평화와 행복을 읊조리면, 나프타는 이를 바로 건강과 삶에 대한 애착이라고 인문주의자를 비난했다. 그는 육체에 대한 사랑, 육체적인 안락함에 대한 사랑이라고 공박하면서, 삶과 건강에 대해 조금이라도 중요성을 부여하면 완고하기 짝이 없는 시민적 비종교성이라고 그를 거칠게 몰아붙였다.

크리스마스가 임박한 어느 날, 플라츠 읍으로 눈길을 산책하고 되돌아오는 도중에 의견의 차이가 생겨서 건강과 병에 대한 큰 논쟁이 벌어졌다. 거기에 참여했던 사람은 세템브리니, 나프타, 한스 카스토르프 외에 페르게와 베잘도 있었다. 모두가 미열이 있었고, 또한 고지대의 추위 속에서 걷고 말하다 보니 몸이 마비되고 흥분되어 있었다. 추위에 떨지 않는 사람은 없었다. 세템브리니와 나프타처럼 토론을 주도하는 사람이 있는가 하면, 나머지는 대체로 수용적인 태도를 취하다가 간혹 짤막한 이견을 제기하며 대화에 끼어들었다. 모두가 열성적이다 보니 그들은 종종 자신을 망각하고 멈춰 서서는, 토론에 깊이 빠져들어 손짓을 하거나 서로 뒤엉켜 무리를 지어 말을 주고받았고, 이 때문에 길을 가로막았다. 통행인들은 무관심하게 이 낯선 사람들 주위를 빙 둘러 지나가거나, 이들과 마찬가지로 멈춰 서서 귀를 기울이다가 토론자들의 파상적인 주장을 듣고는 놀라운 표정을 지어보였다.

본래 논쟁은 카렌 카르슈테트 때문에 벌어졌다. 손가락 끝이 벌어지는 현상을 보이던 불쌍한 카렌은 최근에 죽었다. 한스 카스토르프는 그녀의 병이 돌연 악화되어 사망한 사실을 전혀 모르고 있었다. 만일 그녀의 죽음을 알았더라면, 함께 지내던 동료 환자로서 그녀의 장례식에 기꺼이 참석했을 것이다. ―그는 장례식에 참석하는 것을 좋아한다고 고백까지 한 적이 있었다. 그러나 요양원의 관습인 비밀 엄수가 작용해서인지 그는 카렌의 사망을 너무 늦게 알았으며, 그가 알았을 때는 눈 모자를 비스듬히 덮어쓴 동자의 신상이 서 있는 공동묘지에서 영원히 수평 상태에 들어간 뒤였다. 영원한 안식을…. 카스토르프는 그녀를 회상하면서 몇 마디 우정 어린 말을 바쳤고, 이에 대해 세템브리니는 한스 카스토르프의 자선 활동을 비웃었다. 예를 들어 라일라 게른그로스, 타고난 사업가 로트바인, 가스를 너무 채운 침머만 부인, 허세를 부리는 '둘 다', 고통에 빠진 나탈리에 폰 말린크로트 부인을 위문한 것을 조롱했고, 그 후에도 엔지니어가 전혀 가망 없고 쓸모없는 무리들에게 귀한 꽃을 들고 헌신적으로 행동한 것을 비웃었다. 이에 대해 카스토르프는 폰 말린크로트 부인과 테디 소년은 제외하더라도 자신의 관심을 받았던 사람들은 정말이지 모두 사망하지 않았느냐고 따졌다. 그러자 세템브리니는 그래서 그들이 좀 더 존중을 받을 만큼 나아진 점이 있느냐고 반문했다. 그렇지만 카스토르프는 이런 비참한 상황 앞에서 기독교적인 존경심이라고 부를 수 있는 무엇인가가 있노라고 응수했다. 그런데 세템브리니가 그를 훈계하기 전에 나프타가 나서서 상식을 뛰어넘는 경건한 사랑의 행위에 대해 말하기 시작했다. 중세에는 열광적이고 황홀경에 빠져서 환자를 간호하던 놀라운 경우도 있었다는 것이다. 이를테면 공주들이 나병환자의 악취 나는 환부에 입맞춤하여 일부러 나병에 감염되고는, 이로 인해 생긴 고름 덩어리를 장미라고 불렀으며, 고름 덩어리를 씻은 물을 마신 뒤에는 이렇게 맛있는 물은 결코 마셔 본 적이 없다고 소감을 피력했다는 것이다.

세템브리니는 마치 구토라도 하는 시늉을 냈다. 그는 이런 모습이나 장면에 대해 생리적으로 구역질이 난다기보다는, 오히려 인간애의 활력을 그런 식으로 받아들이는 기괴한 망상에 속이 뒤집힌다고 말했다. 이렇게 말하며 그는 몸을 꼿꼿이 세우고, 다시 명랑하고 품위 있는 태도를 되찾았다. 이어서 근대의 진보된 인간 배려의 각종 형태와 전염

병 퇴치의 빛나는 업적에 대해 말한 다음, 중세의 끔찍한 일들에 맞서는 위생학, 의학과 더불어 사회 개혁의 움직임을 강조했다.

이런 식의 시민적으로 존경할 만한 일들은 자신이 방금 예를 든 중세에는 그다지 소용이 없었을 것이라고 나프타는 대답했다. 그것도 양쪽 모두에게, 즉 병들고 비참한 사람들에게나 건강하고 행복한 사람들에게도 별로 도움이 되지 않았을 것이며, 건강하고 행복한 사람들은 동정심보다는 자신의 영적 구원을 위해 비참한 사람들에게 자비롭게 대했을 것이라는 것이다. 이어서 나프타는 다음과 같이 주장했다. 만일 사회개혁이 성공을 거둔다면, 건강하고 행복한 사람들은 자신을 정당화하는 가장 중요한 수단을 상실하게 될 것이고, 반면에 병들고 비참한 사람들은 자비롭게 보호받을 그들의 신성한 위치를 빼앗기게 될 것이다. 이 때문에 가난과 병의 존속이 양자의 이해관계를 고려할 때 적절하며, 이런 생각은 순수 종교적인 관점을 유지할 수 있는 한에서는 가능하다는 것이다.

세템브리니는 이에 대해 그야말로 추악한 관점이며, 이런 엉터리 궤변은 거의 공박할 가치마저 없다고 선언했다. '신성한 위치'라는 이념이나 엔지니어가 '비참함 앞에서의 기독교적 존경심'이라고 운운한 것은 모두가 착각, 그릇된 감정이입, 심리적 인식부족에 근거를 둔 속임수이다. 건강한 자가 병든 자에게 갖는 동정심, 즉 자신이 그런 고통에 처하면 어떻게 견딜지 생각하면서 경외에 가까워지는 동정심, ─그것은 지나치게 과도하고 병자에게도 전혀 온당한 것이 아니며, 그런 점에서는 사고와 상상력의 오류에서 나온 결과일 따름이다. 건강한 자는 자기 방식으로 체험한 것을 환자에게 전가하여, 환자는 흡사 건강한 사람처럼 환자로서의 고통을 견디지 않으면 안 되는 것으로 착각한다.

그것이야말로 완전히 잘못된 생각이다. 환자는 본래 체질적으로 그리고 여러 가지 체험을 겪으며 환자가 되었다. 병은 환자를 조정하여 병과 서로 타협하게 만든다. 이때 감각능력의 감퇴, 이탈의 느낌, 나른한 마취의 현상, 본능적으로 정신적이고 도덕적인 순응 내지 안도의 반응이 일어난다. 반면에 건강한 자는 순진하게도 환자의 이런 감정의 변화 및 반응을 고려하는 것을 잊어버린다. 가장 좋은 예는 이 위에서 경솔한 태도와 어리석음, 방종함을 드러내는 폐병 환자들로서, 그들은 건강해지려는 의지가 결여되어 있는 건달 같은 패거리이다. 요컨대 환자에게 동정적인 경의를 표하던 건강한 사람도 자신이 막상 병에 걸려 환자가 되어 보면, 병에 걸려 있다는 것이 그 자체로 하나의 상태이긴 하지만 결코 명예로운 상태가 아니며, 자신이 그것을 너무 진지하게 받아들였다는 것을 곧 깨닫게 될 것이라고 세템브리니는 주장했다.

그러자 안톤 카를로비치 페르게는 화를 벌컥 내면서 병을 비방하고 모욕한 데 맞서서 흉막 쇼크에 걸린 입장을 옹호했다. "뭐가 어떻다고요, 흉막 쇼크를 너무 심각하게 받아들였다고요? 그거 참, 곤란한 말씀을 하시네요!" 그의 커다란 후두와 선량한 인상의 콧수염이 위아래로 움직이더니, 자신이 당시에 겪었던 일을 무시하지 말라고 경고했다. 자신은 단순한 사람이고 보험 외판원으로 모든 고상한 것과는 거리가 멀기 때문에, 이 대화 자체도 벌써 자신의 한계를 넘어서는 것이라고 덧붙였다. 그러나 세템브리니 씨가 예컨대 흉막 쇼크, 즉 독한 유황 냄새와 3색의 졸도를 동반하는 엄청난 간지러움의 고통을 그가 말한 내용에 포함시키려고 한다면, 그건 아주 곤란한 일이니 그만 두라고 말했다. 수술 당시에 감각능력의 감퇴나 나른한 마취의 현상, 상상의 오류 따위는 전혀 없었고, 이 세상에서 가장 견딜 수 없는 처참하고 비열한 경험만 있었으며, 자신처럼 그것을 경험해 보지 못한 사람은 그런 비열한 상황에 대해 말할 자격도 없다는 것이었다.

"네, 그렇죠, 네, 그렇습니다!" 세템브리니가 건성으로 대답했다. 페르게는 이에 대해 자신의 탈진은 갈수록 더 대단한 경험이 되어, 나중에는 점점 더 후광처럼 머리 주위를 둘러싸게 되었다고 말했다. 그러나 세템브리니는 자신의 병에 대해 경탄해 주기를 바라는 환자들을 높게 평가하지 않는다고 응수했다. 자신도 가볍다고 할 수 없는 병을 앓고 있지만, 그걸 자랑스럽게 여기기보다는 오히려 부끄럽게 생각하는 편이며, 더욱이 자신은 개인적으로 말하는 것이 아니라 철학적인 의미에서 말한다고 하면서 다음과 같이 덧붙였다. 그가 환자와 건강한 사람의 본질과 체험 종류의 차이에 대해 지적한 말은 충분한 근거가 있는바, 여러 분들은 예컨대 정신병과 환각에 대해 한번 생각해 볼 필요가 있다. 여기 함께 산책을 온 사람들 가운데 한 사람, 가령 엔지니어 양반이나 베잘 씨가 오늘 밤 어둠이 찾아온 방구석에서 고인이 된 아버지가 나타나 자신을 바라보며 말을 거는 일이 있다면, 이는 당사자에게 정말 무시무시하고 지극히 충격적이며 황당한 경험일 것이며, 이 때문에 그는 자신의 감각과 이성의 혼란을 느끼며 곧장 방에서 뛰쳐나가 신경 치료를 받으러 가게 될 것이다.

세템브리니는 대체로 그렇지 않겠느냐고 물었다. 그러나 여러분은 정신적으로 건강해서 결코 그런 일이 일어나지 않을 것이니 이는 농담에 지나지 않는다. 그럼에도 그런 일이 여러분에게 일어나는 경우, 여러분은 건강하지 않고 병에 걸려 있는 것이다. 말하자면 여러분은 건강한 사람처럼 깜짝 놀라 방에서 뛰쳐나오는 반응을 보이지 않고, 그런 현상이 마치 아주 정상인 것처럼 받아들이고, 환각에라도 사로잡힌 듯

아버지라는 환영과 대화를 나누게 된다. 세템브리니에 의하면 이런 병적인 사람이 환각에 대해 공포를 느낄 것이라고 생각한다면, 그것이 바로 건강한 사람이 빠지기 쉬운 상상의 오류라는 것이었다.

세템브리니는 방구석에 나타난 아버지의 환영에 대해 매우 익살스럽고도 구체적으로 말했다. 모두가 웃지 않을 수 없었다. 끔찍하기 짝이 없는 자신의 모험을 무시당해 기분이 나빴던 페르게마저도 껄껄 웃었다. 이른바 인문주의자는 이렇게 흥분된 기분을 이용하여, 환각증 환자와 온갖 정신질환을 가진 환자는 고려할 가치도 없다고 설명하고는 자신의 견해를 내세웠다. "이런 인간들은 거리낌 없이 제멋대로 굴어도 지탄을 받지 않았습니다만, 내가 어떤 기회에 정신병원을 방문해서 관찰한 바와 같이 그들의 광기를 제어하는 것은 그리 어려운 일이 아닐지도 모릅니다. 왜냐하면 의사나 낯선 사람이 문지방에 나타나면, 환각증 환자는 대부분 찡그린 얼굴과 중얼거림, 기이한 행동을 멈추고 얌전하게 행동하지만, 자기를 아무도 주시하지 않는다고 느끼면 다시 기이한 행동을 계속하기 때문입니다. 기이한 행동을 계속하는 것은 의심의 여지없이 많은 경우에 우행을 의미합니다. 이런 우행은 큰 걱정으로부터 도피하는 데 도움이 되며, 또한 허약한 사람이 맑은 정신으로는 도저히 견딜 수 없다고 여겨질 만큼 과중한 운명의 타격을 받았을 때 자신을 방어하는 수단으로 적절합니다. 하지만 이럴 경우 나는 물론이고, 말하자면 여러분 어느 누구라도 미치광이들의 허튼 짓거리에 냉철한 이성적 자세로 대응하면서 그들을 단지 쳐다보는 것만으로도 최소한 잠시나마 제 정신으로 돌려놓을 수 있습니다."

한스 카스토르프는 이 말에 전적으로 동의를 표한 데 반해, 나프타는 비웃음을 터트렸다. 카스토르프는 세템브리니가 콧수염 아래로 미소를 지으며 준엄한 이성적 태도로 정신병자를 노려보는 모습을 상상했을 때, 그 가련한 작자는 세템브리니의 출현을 지극히 불편해하겠지만 스스로 마음을 가다듬고 정신을 차릴 수밖에 없으리라는 것이 쉽게 이해가 되었다. 하지만 나프타도 정신병원을 방문한 적이 있어서 그곳의 '특별 병동'에 머물렀던 일을 생각해 냈다. 그런데 그의 눈앞에 벌어진 장면과 모습이란 정말이지 세템브리니의 이성적인 눈빛과 냉철한 자세도 아무짝에 쓸모없을 정도였다고 나프타는 말했다. 이는 단테의 작품에서 묘사된 장면처럼 공포와 고통을 자아내는 그로테스크한 광경이었다. 미친 사람들이 벌거벗은 채 목욕탕에 계속 쪼그리고 앉아서 정신적 불안과 공포를 나타내는 갖가지 자세를 취하고 있었다는 것이다. 몇몇은 큰 소리로 애처롭게 울부짖고, 다른 몇몇은 두 팔을 올리고 입을 크게 벌린 채 폭소를 터뜨렸는데, 이곳에 지옥의 모든 요소들이 뒤섞여 있었다고 나프타는 회고했다.

"아하, 맞아요!" 페르게 씨는 이렇게 외치며 흉막이 꽉 막혔을 때 터져 나왔던 자신의 폭소를 기억해 달라고 말했다.

그러자 나프타가 다시 말을 이었다. "요컨대 세템브리니 씨의 냉철한 교육학도 특별 병동의 광경 앞에서는 완전히 항복하고야 말았을 것입니다. 이에 대해 종교적 외경심으로 전율하는 것이 저 교만한 이성의 도덕적 가식보다 더 인간적인 반응이었을지도 모릅니다. 우리의 눈부시게 찬란한 태양의 기사이자 솔로몬의 대리인이 광기에 대항하여 내놓기 좋아하는 것이 바로 이성의 도덕적 가식이니까요."

카스토르프는 나프타가 솔로몬 등을 운운하며 다시 세템브리니에게 붙여준 칭호들에 대해 신경 쓸 틈이 없었다. 순간적으로 그는 기회가 되면 얼른 왜 그런 칭호를 사용했는지 물어볼 작정이었다. 그러나 지금 이 순간에는 현재 진행되는 대화에 완전히 집중하고 있었는데, 왜냐하면 원칙적으로 건강에 모든 명예를 부여하고, 가급적 병을 경멸하고 무가치하게 보는 인문주의자의 일반적인 경향을 나프타가 날카롭게 공박했기 때문이다. 이런 태도에는 주목할 만하고 찬양해도 좋을 만한 자기포기의 성향이 나타나는데, 세템브리니 씨 자신이 병자이기 때문에 그렇다고 나프타가 말했다. 하지만 그의 태도가 상당히 품위가 있다 할지라도 그릇된 점이 분명히 드러난다. 그의 태도는 육체에 대한 존경과 숭배로부터 나온 것이지만, 육체가 지금처럼 굴욕적인 상태 —퇴화의 상태— 에 있는 것이 아니라 신이 창조한 원형적 상태일 때라야 정당화될 수 있다. 본래는 불멸의 것으로 창조된 육체는 원죄로 말미암아 본성이 나빠짐으로써 죽음과 부패를 피할 수 없는 파멸과 혐오의 존재로 변질되고 말았다. 육체는 이제 영혼의 감옥이자 고통스런 뇌옥일 따름이며, 신앙을 지키기 위해 사형을 당한 성 이그나티우스가 말한 바와 같이 치욕과 혼란의 감정만 일깨우기에 적합할 뿐이라는 것이었다.

이때 카스토르프가 갑자기 소리쳤다. "주지하듯이 플라톤을 신봉한 인문주의자 플로티노스도 이런 감정을 표현한 적이 있지요!" 그러자 세템브리니는 손을 어깨에서 머리 위로 올리며 이런 말로 관점을 흐리게 하지 말고 잠자코 듣기나 하라고 주의를 주었다.

그러는 사이에 나프타는 자신의 논리를 전개해나갔다. "기독교적 중세가 육체의 비참함에 대해 갖게 되는 경외심은 비참한 육체를 보았을 때 생겨나는 종교적 공감에 기인합니다. 왜냐하면 육체의 종기는 육체의 쇠락을 분명하게 보여 줄 뿐만 아니라 신앙적이고 종교적인 만족감을 일깨우는 방식으로 영혼의 타락과도 일치하기 때문입니다. 반면에 육체의 절정이란 기만적인 현상, 양심을 모욕하는 현상이었습니다. 우리는 쇠약한 육체에 대해 깊은 굴욕을 느끼도록 함으로써 이런 현상을 부정하는 것이 정말 바람직합니다. 누가 나를 죽음의 육체에서 해방시켜 줄 것인가? 이것은 정신의 목소리, 영원히 참된 인간성의 목소리였습니다."

"아닙니다, 그건 밤의 목소리입니다." 세템브리니가 흥분하여 떨리는 목소리로 반론을 제기했다. "그것은 아직 이성과 인간성의 태양이 도래하지 않았을 때의 목소리입니다. 그렇습니다, 육체는 병에 시달리면서도 자신의 정신을 건강하게 해를 받지 않도록 충분히 유지해 왔습니다." 세템브리니는 이렇게 말함으로써 육체라는 논제에 있어서 사제 같은 나프타에게 멋지게 반박했고 그가 말하는 '영혼'을 조롱했다. 세템브리니는 인간의 육체를 신이 머무는 참된 신전이라고까지 찬미하기에 이르렀다. 반면에 나프타는 육체의 조직이란 우리와 영원 사이에 드리워진 커튼에 불과하다고 설명했다. 그러자 세템브리니는 나프타에게 '인간성'이라는 낱말을 앞으로는 함부로 사용하지 말라는 등 하면서 둘 사이의 논쟁은 그칠 줄을 몰랐다.

두 사람은 추워서 얼어붙은 얼굴에 모자도 없이, 고무로 된 덧신을 신고 보도에 높이 쌓인 재가 뿌려진 눈길을 때로는 뽀드득 소리가 나도록 밟기도 하고, 또 때로는 차도 위의 헐헐한 눈 더미를 밟고 지나갔다. 세템브리니는 해리 모피로 된 옷깃과 털이 빠져서 흡사 부스럼처럼 보이는 소매가 달린 겨울 재킷을 나름대로 우아하게 차려입고 있었고, 나프타는 모피로 안을 댔지만 밖에서는 전혀 보이지 않는, 목을 덮고 있고 다리까지 내려오는 긴 검은 코트를 입고 있었다. 두 사람은 가장 개인적인 관심사에 해당하는 원칙들을 가지고 논쟁을 벌이면서 서로 마주 보던 눈을 돌려 종종 한스 카스토르프를 바라보곤 했다. 둘 가운데 말을 하는 사람은 상대방을 턱과 엄지손가락만으로 가리키면서, 자신의 견해를 주장하거나 반론을 펼쳤다. 카스토르프는 두 사람 사이에 위치한 채 고개를 이쪽저쪽으로 돌리며, 때로는 이 사람 때로는 저 사람의 말에 동의를 표하곤 했다. 그런가 하면 카스토르프는 가던 길을 멈춰 서서는, 상체를 비스듬히 뒤로 젖히고 염소 가죽으로 만들어진 장갑을 낀 손으로 제스처를 쓰면서, 물론 지극히 내용이 부실하지만, 나름대로 자신의 견해를 피력했다. 페르게와 베잘은 세 사람의 주위를 빙빙 돌다가 앞서 가거나 뒤처지거나 할 때도 있었고, 때로는 세 사람과 옆으로 나란히 걷기도 하다가 행인이 다가오면 다시 대열에서 흩어지곤 했다.

중간에 끼어들며 던진 말이 기폭제가 되어 논쟁은 더 구체적인 주제로 비화되었다. 화장, 체벌, 고문 등의 주제가 잇달아 등장하면서 이에 대해 다섯 사람 모두가 점점 더 큰 관심을 기울이기 시작했다. 체벌의 문제를 화제에 올린 사람은 페르디난트 베잘이었다. 체벌이 자신에게 어울리는 이야깃거리라고 한스 카스토르프는 생각했다. 세템브리니가 언성을 높여 인간 존엄성을 내세우며 교육학적으로나 이제는 사법적으로 이런 난폭한 방법을 비난한 것은 놀라운 일이 아니었다. 반면에 나프타가 체벌을 옹호한 것도 마찬가지로 전혀 놀랄 일이 아니었지만, 어딘지 모르게 음울하고 불손한 그의 말투 때문에 모두가 어리둥절한 표정을 지어보였다. 우리의 참다운 존엄성은 육체가 아니라 정신에 있는 관계로 그는 체벌을 논하는 자리에서 인간의 존엄성을 거론하는 것은 말도 안 되는 것이라고 주장했다. 그리고 인간의 영혼은 온갖 삶의 쾌락을 육체로부터 얻고자 하는 경향이 있기 때문에, 육체에 고통을 가하는 것은 영혼이 맛보려는 감각적인 쾌락에 재를 뿌리는 권장할 만한 수단이다. 그것은 정신이 다시 육체의 지배자가 되도록 영혼을 육체로부터 정신으로 되돌리는 것과도 같은 행위라는 것이었다. 체벌의 갖가지 수단을 특별히 수치스러운 것으로 파악하는 것은 정말 어리석은 비난이다. 성 엘리자베트도 자신의 고해 신부인 콘라트 폰 마르부르크에게 피가 나도록 체벌을 당했지만, 이 때문에 성담에도 적혀 있듯이 '그녀의 영혼은 제3 서열의 천사 무리에까지 이르게 되었고' 또한 성녀 자신도 너무 졸려서 제대로 고해를 하지 못하는 어느 불쌍한 노파를 채찍으로 때린 적도 있었다. 어떤 수도회나 종파에 소속된 일원들뿐만 아니라 대체로 깊이 숙고하는 사람들이 정신적인 것의 원칙을 마음속 깊이 강렬하게 남겨두기 위해 스스로 자신의 몸에 채찍질을 했다면 이를 어느 누가 근엄한 태도로 감히 야만적이고 비인간적이라 부를 수 있겠는가? 고상하다고 자칭하는 나라에서 체벌을 법적으로 금지하면서 참된 진보라고 생각하는 것은 이를 고집할수록 우스꽝스런 일이라면서 나프타는 말을 마쳤다.

이때 한스 카스토르프가 끼어들었다. "그야 물론이지요. 육체와 정신의 대립에서는 육체가 사악하고 악마적인 원리를 체현한다는 것은, 하하하, 절대로 부정할 수 없습니다. 그럴 것이 물론 육체는 자연에 속해 있는데, 자연이 나쁜 것은 아닙니다만, 정신과 이성의 대립에 있어서는 자연이 분명히 사악하며, 신비로울 정도로 사악하다고 말할 수 있기 때문입니다. 교양과 지식을 근거로 하여 한마디 감히 말할 수 있다면 그렇게 말할 수 있습니다. 그리고 이런 관점을 고수한다면, 육체를 그에 상응하게 다루는 것, 요컨대 육체에 형벌을 가하는 것은 논리적으로 앞뒤가 맞는다고 할 수 있습니다. 다시 한 번 감히 말한다면 이것도 마찬가지로 신비로울 만큼 사악하다고 표현할 수 있습니다. 당시 세템 브리니 씨가 약한 몸 때문에 바르셀로나에서 열린 진보회의에 참석하는 것을 포기했을 때, 만일 성 엘리자베트와 같은 여성이 옆에 있어서 채찍으로….”

그러자 모두가 웃음을 터뜨렸다. 그러나 인문주의자가 발끈할 것 같아서 한스 카스토르프는 얼른 자신이 언젠가 채찍을 맞은 이야기를 늘어놓기 시작했다. 그가 다녔던 고등학교의 하급 학년에서는 아직 부분적으로 체벌이 남아 있어서 승마용 채찍이 준비되어 있었다. 교사들은 카스토르프의 사회적 신분을 고려하여 손을 대지는 않았지만, 반면에 그는 자기보다 힘이 세고 키가 큰 동급생 녀석에게 착착 휘어지는 채찍으로 허벅지와 양말만 신은 종아리를 맞은 적이 있었다. 그 아픔은 치욕적이고 잊을 수 없었으며, 신비적인 느낌마저 들었다. 그는 수치감을 참지 못하고 울컥한 마음이 들었다가 분노와 불명예의 ‘아픔’을 ─베잘 씨 부디 이 베잘(독일어로 아픔)이라는 말을 양해해 주십시오.─ 느끼며 끝내는 눈물을 흘렸다는 것이다. 카스토르프는 감옥에서 체벌을 받으면 아무리 포악한 강도 살인범이라도 어린아이처럼 엉엉 울더라는 글을 책에서 읽은 적이 있다고 말했다.

세템브리니가 낡아빠진 가죽장갑을 낀 두 손으로 얼굴을 가리고 있는 동안, 나프타는 정치가처럼 차가운 표정을 지으며 반항적인 범죄자를 고문대와 채찍 없이 어떻게 다룰 수 있겠느냐고 묻고는, 더욱이 고문 도구는 감옥의 특성에 양식적으로 적합하며, 인도적인 감옥이라는 것은 미학적으로 어중간한 일종의 타협이라고 주장했다. 세템브리니 씨는 말을 잘하는 웅변가이긴 하지만 근본적으로 아름다움에 대해서는 아는 게 없으며 교육학에 관한 한 더욱 그렇다고 규정했다. 나프타에 의하면 체벌을 추방하려는 사람들이 내세우는 인간 존엄성의 개념은 시민적인 인문주의 시대의 자유주의적 개인주의, 계몽적 자아 절대성에 뿌리박고 있다. 하지만 이런 개념은 바야흐로 거의 죽어가고 있으며, 새로 대두하고 있는 유약하지 않은 사회이념, 속박과 굴복, 강압과 복종이라는 이념에 자리를 내주고 있는 형편이다. 이 새로운 이념을 실현하기 위해서는 신성한 잔인성이 불가피하며, 그렇게 되면 썩은 고기에 형벌을 가하는 것도 지금과는 다른 눈으로 보게 될 것이라고 했다.

"그래서 썩은 고기의 복종이라는 명칭이 생겼군요!" 세템브리니가 비웃었다. 이에 대해 신은 원죄에 대한 형벌로 인간의 육체에 부패라는 잔혹한 치욕을 부여했기에, 그와 같은 육체에 채찍질을 가하는 것쯤은 결국 불경죄라고는 할 수 없다고 나프타는 말했다. 이제 화제는 곧 화장(火葬)의 문제로 옮겨졌다.

세템브리니는 화장을 찬양했다. 나프타 씨가 말하는 치욕은 화장으로 씻을 수 있을 거라고 그는 유쾌한 어조로 말했다. 인류는 이념적인 동기에서뿐만 아니라 실제적인 이유에서도 치욕을 씻으려고 한다. 세템브리니는 자신이 국제화장회의 준비위원회의 일원이라고 밝히고, 회의의 개최지는 아마 스웨덴이 될 거라고 말했다. 그 회의에서는 지금까지의 온갖 경험을 살려서 설계된 모범적인 화장터와 납골당의 전람회 계획이 논의 중인데, 이 전람회가 화장이 널리 보급되도록 자극하고 고무할 것으로 기대해도 좋을 것이다. 근대적인 모든 상황을 고려할 때 매장이란 얼마나 고리타분하고 시대에 뒤떨어진 절차란 말인가! 도시의 팽창! 장소가 없어서 소위 묘지는 변두리로 밀려나고 있지 않은가! 땅값을 생각해보라! 근대적 교통기관을 잘 이용하여 매장을 간소화해야 한다! 세템브리니는 이 모든 것에 대해 냉철하고 적절하게 의견을 제기했다. 그는 슬픔에 잠긴 홀아비가 사랑하는 아내와 대화를 나누기 위해 날마다 무덤을 찾아가 그곳에서 아내와 이야기하는 모습을 유머러스하게 묘사했다. 이런 목가적인 인물은 무엇보다도 가장 소중한 삶의 보배인 시간을 이상할 정도로 많이 가지고 있는데, 근대적 공동묘지의 대규모 운영은 아마도 그에게서 시대착오적인 행복한 감정을 깨트릴 것이다. 화염에 태우는 시체의 소각, 이런 생각은 하등 생명체를 통하여 분해되고 동화되는 매장에 비하여 얼마나 깨끗하고 위생적이며, 품위 있고 심지어는 영웅적인가! 그렇다, 이 새로운 방식은 인간의 정서, 영속을 추구하는 인간의 욕구에도 잘 맞았다! 세템브리니에 따르면 화염에 의해 소멸하는 것은 이미 살아 있을 때 신진대사에 종속되던 육체의 구성성분이었고, 반면에 신진대사에 전혀 참여하지 않고 인간을 평생 거의 변화 없이 유지시키던 구성 성분은 불속에서도 소멸하지 않고 재를 남김으로써, 유족들은 고인에게서 불멸의 것을 재와 더불어 수습해 왔다는 것이다.

"참 멋들어집니다." 나프타가 빈정거렸다. "아, 정말 훌륭합니다. 인간 불멸의 부분이 재라니요."

"네, 그것은 당연하지요." 세템브리니가 대답했다. "생물학적 사실에 대해 인류가 비합리적 입장을 고수하도록 하려는 것이 나프타 씨의 목적이었습니다. 이분은 죽음이 두려움으로 다가서던 단계, 신비스러울 정도로 도처에 공포가 만연하여 이런 현상에 해맑은 이성의 눈빛을 보내는 것이 금지되었던 원시적 종교의 단계를 주장했습니다. 이 얼마나 야만적인 발상입니까! 죽음에 대한 공포는 문화 수준이 형편없이 낮고, 비명횡사가 당연하게 여겨지던 시대의 유물인 것으로, 사실 비명횡사로 인한 소름끼칠 정도의 두려움이 인간 감정에 오랫동안 죽음에 대한 생각과 결부되어 있었습니다. 그렇지만 전반적으로 보건에 대한 연구가 발전을 거듭하고 개인의 안전이 확고해지자 점점 더 자연사가 표준화되었습니다. 게다가 근대의 노동자들에게는 생명력을 적절히 다소모한 뒤에야 영원한 안식에 들어간다는 생각이 조금도 두렵지 않고 오히려 일반적이고 바람직한 것으로 간주되게 되었습니다. 그렇습니다, 죽음은 두려움이나 신비스러움이 아니었습니다. 죽음은 이성적이며 생리적으로 필연적인 환영해도 좋을 만한 현상이었습니다. 필요 이상으로 죽음에 골몰하는 것은 삶을 강탈하는 행위일지도 모릅니다. 이 때문에 앞서 언급한 모범 사례로서의 화장터와 '죽음의 전당'인 납골당 외에도 '삶의 전당'을 거기에 추가로 세울 계획을 하고 있습니다. 삶의 전당에서는 건축, 회화, 조각, 음악 및 문학이 화합을 이루어 유족의 마음을 죽음의 체험, 우매한 비애, 쓸모없는 탄식으로부터 삶의 유용성으로 돌리게 될 것입니다."

"빨리 해보시죠!" 나프타가 조롱조로 말했다. "유족이 죽음에 대하여 과도하게 봉사하는 일이 없도록, 요컨대 죽음이라는 단순한 사실 앞에서 지나친 숭배를 하지 않도록 말입니다. 그러나 물론 죽음이 없다면 건축, 회화, 조각, 음악, 문학이라는 것도 존재하지 않을지 모릅니다."

"유족이 깃발을 향해 탈주하는 셈이네요." 한스 카스토르프가 몽롱한 표정으로 말했다.

세템브리니가 질책하듯 말했다. "엔지니어 양반, 당신의 그런 이해할 수 없는 말은 비난받아 마땅합니다. 죽음의 체험은 결국 삶의 체험이 되어야만 합니다. 그렇지 않으면 그것은 단지 끔찍한 사건에 지나지 않습니다."

"삶의 전당에는 고대의 많은 관들에서 볼 수 있듯이 음란한 상징물을 설치할 겁니까?" 한스 카스토르프가 진지하게 물었다.

"아무튼 풍성한 감각적 볼거리가 있을 테지요." 나프타가 단언하듯 말했다. "부패를 면한 이 육체, 죄악의 육체는 늘 그래왔듯이 고전주의적 취향에 따라 대리석과 유화로 화려하게 장식될 것입니다. 왜냐하면 사람들은 연민을 느끼며 더는 그 육체에 체벌을 가하고 싶지 않았을 테니까요."

이때 베잘은 고문이라는 주제를 제기했는데, 그에게는 잘 어울리는 주제였다. "고문, 여러분은 이에 대해 어떻게 생각하십니까? 나, 페르디난트 베잘은 기회가 있을 때마다 기꺼이 한때는 고문으로 양심의 옳고 그름을 판단하던 여러 곳의 고대문화 유적지를 구경했습니다. 이렇게 해서 나는 뉘른베르크, 레겐스부르크의 고문실을 알게 되었고, 교양을 쌓을 목적으로 그런 곳을 좀 더 자세히 둘러보았습니다. 물론 거기서는 영혼을 빙자하여 육체에 갖가지 교묘한 방법으로 참혹한 고문을 가했습니다. 그런데 비명 소리는 전혀 들리지 않았답니다. 맛없는 그 유명한 배를 입 속에 틀어넣었기 때문입니다. 이 때문에 온갖 짓을 다해도 조용했던 것입니다."

"추잡하군요." 세템브리니가 중얼거렸다.

페르게는 배를 입에 틀어넣고 조용히 고문을 가한 것에 경의를 표한다고 말했다. 그러나 당시에도 흉막을 더듬는 것보다 더 비열한 짓은 아무도 생각해 내지 못했을 거라고 덧붙였다.

고문은 영혼을 치유하기 위함이었다. 영혼이 부패했거나 정의가 손상당한 경우에는 잠정적으로 무자비한 행위가 어느 정도 정당화될 수 있다. 한 가지 더 언급하자면 고문은 합리적인 진보의 결과였다고 나프타가 강조했다. 그러자 세템브리니가 나서며 나프타는 제정신이 아닌 것 같다고 공박했다.

나프타는 제정신으로 말했다고 전제한 뒤, 세템브리니는 미적 정신의 소유자이고, 따라서 중세적 소송절차의 역사를 분명히 제대로 개관할 수 없을 것이라고 주장했다. 중세적 소송절차의 역사는 사실 합리화가 진행되는 과정이었고, 그것도 이성적 숙고를 바탕으로 서서히 신을 재판에서 배제하는 과정이었다. 신명재판(神明裁判)*에서 강자는 정당하지 못할지라도 승자가 된다는 것을 사람들이 깨달았기 때문에 이런 재판은 사라지게 되었다. 세템브리니 씨와 같은 회의론자, 비판적인 유형의 인간들이 이를 깨닫고 옛날의 순진한 소송절차 대신에 진실을 위하여 더는 신에 의존하는 것이 아니라 피고의 자백을 통해 진실에 도달하려는 신문소송(訊問訴訟)의 도입을 관철시켰다. 자백 없이는 유죄 판결이 없다. 이에 대해서는 오늘날에도 일반 대중들에게서 확인할 수 있을 것이다. 이런 본능이 깊이 뿌리박고 있어서, 아무리 증거가 완벽해도 자백이 없으면 유죄 판결이 불법적인 것으로 느껴지게 되었다. 이렇게 말하면서 나프타는 반문했다. 어떻게 자백을 이끌어 낼 것인가? 단지 어떤 징후나 혐의를 넘어서서 어떻게 진실을 밝혀낼 것인가? 진실을 은폐하고 침묵으로 일관하는 인간의 마음과 머릿속을 어떻게 들여다볼 수 있을까? 정신이 악의적인 의도를 지녔다면, 우리가 뭔가 해볼 수 있는 육체에게 묻는 도리 외에는 방법이 없다. 꼭 필요한 자백을 이끌어 내는 수단으로서의 고문은 이성의 요구에 의한 것이다. 그러나 자백의 절차를 요구하고 도입한 자는 세템브리니 씨와 같은 사람이었고, 그러므로 그자야말로 고문의 창시자인 셈이라고 나프타는 묘

* 중세에 결투 등을 하여 그 결과를 신의 뜻으로 삼은 재판

한 논리를 전개했다.

인문주의자는 나머지 사람들에게 나프타의 말을 믿지 말라고 요구했다. 이건 악의에 찬 농담이다. 모든 것이 나프타 씨가 설파한 것처럼 되었더라면, 그리고 이성이 정말 끔찍한 고문의 발명자였다면, 그것은 이성이 늘 얼마나 절실하게 자체의 기반과 계몽을 필요로 하는지를 증명할 따름이고, 자연 본능의 숭배자들은 세상사가 지나치게 이성 일변도로 흐를까봐 두려워할 이유가 거의 없다는 점을 증명할 따름인 것이다! 세템브리는 이렇게 강변하고 나서는, 방금 전의 나프타의 발언은 명백히 잘못된 것이라고 비난했다. 심문 중에 자행되는 잔인한 고문은 지옥의 신앙이 그 토대이기 때문에 이성과는 관계가 있을 수 없다. 박물관과 고문실을 둘러보면 아마 잘 알게 될 것이다. 예컨대 쥐어뜯기, 당기기, 비틀기, 불로 지지기 등의 고문은 어리석게도 망상에서 비롯된 것이 분명하고, 지옥이라는 영원한 고통의 세계에서 일어나는 것을 경건하게 모방하려는 소망에서 생겨난 것이다. 게다가 고문이 범죄자를 돕는 것이라고 했는데, 웃기는 일이다. 범죄자 자신의 가련한 영혼은 자백을 하려고 애쓰는데, 오로지 악의 원칙인 육체만이 자신의 더 나은 의지를 거역한다는 가정은 그야말로 점입가경이다. 이렇게 고문을 통해 범죄자의 육체를 손상함으로써 그에게 사랑의 봉사를 행했다고 생각했다면, 이는 금욕적인 망상이라고 세템브리니는 말했다.

"고대 로마인도 그런 생각에 사로잡혀 있었지요."

"로마인이 그렇다고요? 천만의 말씀."

"그들 역시 어느새 재판의 수단으로 고문을 알고 있었다고 볼 수 있지요."

이제 논리가 혼란스러워졌다. 그러자 한스 카스토르프는 독단적으로 대화의 분위기를 전환하는 것이 마치 자신의 일이라도 되는 듯이 사형 문제를 토론의 주제로 꺼냄으로써 혼란을 수습하고자 했다. "지금도 예심판사는 피고인의 기를 꺾기 위해 항상 책략을 쓰지만, 고문은 하지 않습니다. 그러나 사형은 필수불가결한 것처럼 사라지지 않았습니다. 문명이 고도로 발달한 민족들도 사형을 고수해 왔습니다. 프랑스인들은 유형을 보냈다가 아주 나쁜 경험을 하게 되었지요. 실제로 어떤 부류의 인간은 목을 자르지 않고는 어떻게 해야 할지 알 수가 없었습니다."

"그러나 그런 부류의 인간도 엔지니어 양반이나 나와 같은 인간입니다." 세템브리니가 한스 카스토르프의 말실수를 고쳐주었다. "단지 의지가 약해서 결함 있는 사회의 희생자가 되었을 따름입니다." 이어서 그는 여러 번 살인을 저지른 어느 중범죄자에 대하여 이야기했다. "그는 검사들의 논고에서 '짐승 같은 인간', '사람의 탈을 쓴 짐승'으로 표현되곤 하던 유형에 속했습니다. 이 남자는 감방을 두른 벽에 여기저기 시를 적어 놓았는데, 그 시들은 결코 유치하지 않았습니다. 아니, 검사들이 어쩌다 지은 것보다 훨씬 수준이 높았습니다."

"그것은 예술의 어떤 독특한 면을 암시하기도 하지만, 그 외에는 그다지 주목할 가치가 없습니다."라고 나프타가 대답했다.

그러자 카스토르프는 나프타 씨가 사형 제도를 찬성하는 것으로 추측했다. 그러면서 그는 나프타 씨도 세템브리니 씨와 마찬가지로 혁명적인 면이 있지만, 보수적인 의미에서의 혁명가, 즉 보수의 혁명가라고 말했다.

세템브리니는 자신 있게 미소 지으며 세계는 비인간적 반동의 혁명을 너머서서 본래의 궤도로 들어서고 있다고 주장했다. 나프타 씨는 예술이 아무리 악한 사람일지라도 인간답게 해준다는 사실을 부정하고 예술을 좋지 않은 시각으로 보고 있다. 이런 광적인 사고로는 빛을 추구하는 젊은이들의 마음을 설득할 수 없다. 이제 모든 문명국에서는 사형 제도의 법적인 철폐를 목표로 하는 국제연맹이 결성될 것이다. 세템브리니는 자기 자신도 명예스럽게 그 연맹의 회원임을 밝히며 첫 회의의 개최지가 곧 결정되겠지만, 거기서 연설하게 될 사람들이 사형에 반대하는 논거를 준비 중이라는 신뢰할 만한 근거가 있다고 강조했다. 그는 사형을 반대하는 이유를 열거하고, 오심으로 인해 억울한 사람을 사형시킬 위험이 항상 있다는 사실과, 범죄자가 개심할 수 있다는 희망을 결코 버려서는 안 된다는 것을 예로 들었다. 심지어 "원한은 내게 있으니"라는 성경 구절까지 인용하면서 그는 국가의 관심사가 교화에 있는 것이지 폭력에 있는 것이 아니라면, 악을 악으로 갚아서는 안 된다고 역설했다. 그리고 과학적 결정론에 입각하여 '죄'의 개념을 논박한 뒤 '벌'의 개념을 부정했다.

그러자 '빛을 추구하는 청년'은 나프타가 세템브리니의 논거를 차례대로 하나씩 무너트리는 것을 지켜보아야 했다. 그는 인간에 대해 호의적인 태도를 가진 세템브리니가 피를 두려워하고 삶을 숭배하는 것을 조롱하면서 다음과 같이 주장했다. 이런 개별적 삶의 숭배가 진부하기 이를 데 없는 시민 보호시대의 잔재에 불과하지만, 이럭저럭 열정적인 상황에서는 '안전'을 넘어서는 어떤 유일한 이념, 예컨대 초인격적이고 초개인적인 어떤 이념이 등장하자마자, 개인의 삶은 항상 더 높은 사상을 위해 쉽사리 희생될 뿐만 아니라 개인 스스로도 자발적으로 망설임 없이 위험을 무릅쓸 것이다. 이것이야말로 인간적으로 품위 있는 것이고, 결국은 더 높은 의미에서 정상적인 상태인 것이다. 자신의 대화 상대자인 세템브리니 씨의 박애주의는 삶에서 중대하고 진지하기 짝이 없는 모든 요소를 제거하려고 한다. 그것은 삶의 거세로 귀결될 것이며, 소위 과학의 결정론도 그럴 것이다. 그러나 죄의 개념은 결정론을 통해 제거되지 않을 뿐만 아니라 심지어 그것 때문에 어려움과 공포가 생기게 될 것이다.

이에 대해 세템브리니가 반문했다. "방금 하신 말은 나쁘지 않습니다만, 가령 나프타 씨는 사회의 불행한 희생자가 진심으로 자신의 죄를 자각하여 확신을 갖고 단두대에 오르기를 바라는 것입니까?

"물론입니다. 범죄자는 자기 자신에 대해서뿐만 아니라 자신의 죄에 대해서도 충분히 의식하고 있습니다. 범죄자는 바로 범죄자일 뿐이며, 달리는 될 수도 없고 되려고도 하지 않기 때문입니다. 그리고 바로 그것이 그의 죄입니다."

이윽고 나프타는 죄와 공적의 문제를 경험적 차원에서 형이상학적 차원으로 옮겼다. "행동과 행위에는 물론 결정론이 지배적이고, 따라서 거기에는 자유가 없지만, 어쩌면 존재 자체에는 자유가 있을지도 모릅니다. 인간이란 자신이 의도했던 대로 존재하며, 사멸할 때까지 존재하려는 희망을 포기하지 않을 것입니다. 범죄자는 바로 '자신의 생명을 걸고' 살인했기 때문에, 결국은 자신의 생명으로 대가를 치르는 것이 그리 지나친 것은 아닙니다. 그는 가장 심원한 쾌락을 충족시켰으므로 죽어도 좋을 것입니다."

"가장 심원한 쾌락이라고요?"

"네, 가장 심원한 쾌락이요."

모두가 입술을 꽉 물었다. 한스 카스토르프는 기침을 했고, 베잘은 아래턱을 비스듬히 움직였으며, 페르게는 한숨을 지었다. 세템브리니는 우아한 어조로 말문을 열었다.

"보아하니 당신은 개인적으로 채색한 주제를 보편화하고 있군요. 혹시 살인이라도 하고 싶은가요?"

"당신은 상관할 문제가 아닙니다. 그러나 만일 내가 살인을 저질렀다면, 나는 수명을 다할 때까지 나에게 콩밥을 먹여주려는 박애주의의 무지를 정면으로 비웃을 것입니다. 살인자가 피살자보다 오래 산다는 것은 어처구니없는 일입니다. 살인자와 피살자는 마치 절친한 사이인 것처럼 은밀히 서로를 영원히 연결시키는 둘만의 비밀을 나눈 셈입니다. 그들은 하나가 죽으면 다른 하나도 죽어야 하는 공속 관계에 있는 것입니다."

세템브리니는 이런 죽음과 살인의 신비를 이해할 수 없으며, 또 이해하고 싶지도 않다고 냉정하게 선언했다. 나프타 씨의 종교적 재능에 대해서는 할 말이 없으며, 그 재능이 자신의 재능보다 뛰어나다는 것은 인정하지만, 그것이 전혀 부럽지 않다. 앞서 말했듯이 실험을 좋아하는 청년의 비참함에 대한 존중이 육체적인 관계뿐만 아니라 정신적인 관계에서도 지배적인 영역, 즉 덕성과 이성, 건강이 멸시되는 반면에 악덕과 병이 대단한 명예로 통하는 영역에는 자신의 지나친 결벽증 때문에 가까이할 수 없다는 것이다.

덕성과 건강이 사실 종교적 상태는 아니라고 나프타가 힘을 주어 말했다. 종교가 이성이나 도덕과 아무 관계가 없다는 것이 분명하다면, 그것은 매우 타당한 말이다. 왜냐하면 종교는 삶과는 전혀 무관하기 때문이라는 것이다. 삶이란 한편으로는 인식론에, 다른 한편으로는 도덕적 영역에 속하는 조건과 근거에 기초하고 있다. 인식론과 관련된 것은 시간, 공간, 인과율이라 불리고, 도덕의 영역에 속하는 것은 윤리와 이성이라 불린다. 이 모든 것은 종교적 본질과 소원하고 무관할 뿐만 아니라 심지어 그것과 적대적 관계에 있는데, 왜냐하면 이것이 바로 삶, 이른바 건강, 속물근성과 시민적 본질을 결정하기 때문이다. 종교적인 세계는 이런 것과는 정반대, 절대적으로 독창적인 반대로서 규정될 수 있다. 나프타는 그렇다고 해서 자신이 삶의 영역에서 천재의 가능성을 완전히 배제할 생각은 없는바, 논란의 여지없이 기념비적인 소박한 삶의 시민성이 존재하는 것도 사실이라고 덧붙였다. 다시 말해 뒷짐 지고 가슴을 내민 채 두 발을 넓게 벌린 위풍당당한 시민적 삶의 모습이 비종교적 구체성을 의미한다고 확신하는 한, 존경스럽게 생각할 만한 속물적 존엄성이 존재하는 것도 사실이라는 것이다.

한스 카스토르프는 학교에 다닐 때처럼 집게손가락을 들어 올리고 말문을 열었다. "나는 어느 쪽에게도 기분을 상하게 하고 싶지 않습니다. 그러나 여기서 분명한 것은 진보, 인류의 진보라는 말, 그러므로 어느 정도는 정치와 웅변적 공화국, 교화된 세계의 문명이라는 말이 문제입니다. 삶과 종교의 차이점, 만일 나프타 씨의 주장대로라면 삶과 종교의 대립이 되겠습니다만, 아무튼 그것은 시간과 영원의 대립을 전제로 한다고 생각합니다. 왜냐하면 진보는 시간 속에서만 존재하는 것으로, 영원 속에서는 진보나 정치, 웅변도 존재하지 않기 때문입니다. 영원 속에서는 말하자면 우리 모두가 신에게 머리를 기대고 눈을 감고 있는 셈이지요. 그리고 제 표현이 혼란스러울지 모르지만, 이것이 도덕과 종교의 차이점입니다."

세템브리니가 날카롭게 응수했다. "당신의 소박한 표현 방식보다 더 우려가 되는 것은 남의 기분을 상하게 할까봐 미적거린다거나 악마를 인정하려는 경향입니다."

"그것은, 그 악마에 대해서라면 벌써 1년 전에도 토론한 적이 있지요, 세템브리니 씨와 제가 말입니다. 그때 세템브리니 씨는 '오, 악마여, 오, 반란자여!'라고 외쳤는데, 지금은 대체 어떤 악마를 인정했다는 것인지 잘 모르겠습니다. 반란과 일, 비판의 악마를 말하는 것인지 아니면 다른 악마를 말하는 것인지요? 그야말로 생명이 위태롭네요. 좌우로 악마가 있다면, 어떻게 빠져나가야 하는 것인지 대체 알 수가 없으니 말입니다!"

그러자 나프타가 세템브리니에게 말했다. "이런 식으로는 당신이 알려고 하는 사태를 올바르게 규정할 수 없을 것입니다. 당신이 생각하는 세계상의 결정적인 특징은 신과 악마를 서로 다른 두 인격체 내지 원칙으로 내세우고, 게다가 엄격하게 중세의 모범에 따라 '삶'을 쟁점으로서 두 원칙 사이에 끼어 넣는 데 있습니다. 하지만 실제로 신과 악마는 하나인 것으로, 서로 결합하여 종교적 원칙을 공동으로 표출하면서 삶의 시민성, 윤리, 이성, 덕성과 대립하고 있는 것입니다."

"뭐 이런 구역질나는 혼합이 다 있는지요, 가슴이 터질 지경입니다!" 세템브리니가 소리쳤다. "선과 악, 신성과 악행, 이 모든 것을 혼합하다니! 판단력과 의지도 없군요! 무엇을 배척해야 할지 판단할 능력도 없습니다! 나프타 씨, 당신은 청년들의 귓불에다 신과 악마를 뒤섞어 하나라고 억지 주장을 늘어놓고는, 거기서 윤리적 원칙을 부정하는 것이 무엇을 부정하는 것인지 대체 깨닫기나 하는 것인지요? 당신은 가치, 말하는 것조차 혐오스럽지만 가치 판단을 부정하고 있습니다. 좋습니다, 선과 악이 없고 윤리적으로 무질서한 세계만 있었다고 합시다! 그렇다면 비판적 존엄성을 지닌 개체는 없고, 모든 것을 집어삼키는 평균적 공동체만 있었던 것으로, 그 안에서는 신비로운 몰락만이 진행된 셈입니다! 개체는….”

 “세템브리니 씨가 또 다시 개인주의자라고 자처하다니 매우 흥미롭군요! 그러기 위해서는 무엇보다 윤리와 행복의 차이를 알아야 하는데, 계명결사(啓明結社)의 회원이자 일원론자인 세템브리니 씨의 경우는 전혀 그렇지가 않군요. 삶이 어리석게도 스스로를 자기목적으로 받아들일 뿐 그것을 넘어서는 의미와 목적에 대하여 묻지 않을 때에는, 종족윤리와 사회윤리, 척추동물의 도덕성이 지배적 원리로 작용한 것이지 개인주의 따위는 하찮은 것이었습니다. 개인주의는 오로지 종교적이고 신비적인 영역, 이른바 ‘윤리적으로 무질서한 세계’에만 있었습니다. 윤리, 세템브리니 씨의 윤리란 대체 어떤 것이며, 무엇을 지향합니까! 그것은 삶과 결속되어 있어서 유용할 뿐이며, 그 밖에는 가련할 정도로 초라합니다. 당신의 윤리는 나이가 들어 행복해지고, 부자가 되거나 건강해지기 위한 것이며, 그것으로 끝장입니다. 이성과 일을 앞세우는 이따위 속물근성이 당신에게는 윤리입니다. 반면에 나로서는, 반복해서 말하는 점을 용서하십시오, 당신이 말하는 윤리를 초라한 삶의 시민성이라 칭하는 바입니다.”

 이에 대해 세템브리니는 절도를 지키라고 요청했지만, 그 자신의 목소리도 몹시 흥분하여 떨리고 있었다. 이렇게 흥분한 까닭은 나프타가 왜 그러는지 이유는 잘 모르겠지만, 계속해서 ‘삶의 시민성’에 대해 무시하는 투로 점잔을 빼며 말하는 것에 참을 수가 없었기 때문이었다. 게다가 —삶의 반대의 것이 무엇인지 너무 뻔한 것이었지만— 그 반대의 것이 예컨대 더 고상하다고 계속 주장했기 때문이었다.

 그러자 곧 새로운 주제어와 표어가 화제로 올랐다! 이제 그들은 고귀성, 귀족성에 대한 문제를 주고받게 된 것이다! 추위와 화제의 난해함 때문에 열이 오르고 온몸이 나른해진 한스 카스토르프는 자신의 표현방식이 분별력이 있는 것인지 또는 열에 들떠 함부로 떠드는 것인지도 판단할 수 없을 만큼 현기증을 느끼며 추위에 얼어붙은 입술로 자신의 생각을 이야기하였다. "나는 예전부터 죽음을 생각할 때면 빳빳한 스페인식 주름 잡힌 옷깃을 연상하곤 했습니다. 그것이 아니라면 아무튼 고풍스런 옷깃이 있는 간단한 정장을 연상했습니다. 반면에 삶을 생각할 때면 근대의 낮은 보통 칼라를 연상하곤 했습니다." 하지만 그는 자신의 말이 취한 듯 몽롱하여 전달력이 없다는 것을 알아차리고 놀라서는, 본래는 이런 말을 하려던 것이 아니었다고 변명했다. 이어서 그는 하지만 이 세상에는 너무나 속물이라서 죽을 것 같지 않은 인간들이 있는 것 아니냐, 다시 말해 삶에 유용하여 결코 죽을 것 같지 않은 인간, 죽음의 신성함을 알지 못하는 인간들이 있는 것 아니냐고 반문했다.

이에 대해 세템브리니가 대답했다. "한스 카스토르프 씨가 이런 말을 하는 것은 뭔가 반박을 받고 싶어서인 것 같습니다만, 오해가 아니기를 바랍니다. 당신이 그런 생각에 사로잡힐 때마다, 나는 언제든지 도와드릴 용의가 있습니다. 방금 '삶에 유용하다'고 했던가요? 그리고 이 말을 경멸조의 천박한 의미에서 사용한 것입니까? '살 만한 가치가 있다!' 이 말이 더 어울릴 것입니다. 그래야 개념들이 질서정연하고 참다운 것이 될 테니까요. '살 만한 가치가 있다'는 말을 생각하면 즉각 '사랑할 만한 가치가 있다'는 이념이 아주 쉽고 합당한 이치로 머릿속에 떠오를 것입니다. 후자의 이념은 전자의 이념과 내적으로 매우 밀접하여 진정으로 살 만한 가치가 있는 것만이 진정으로 사랑할 가치가 있다고도 말할 수 있습니다. 무엇보다 양자가 결합되면 우아함이라고 칭할 수 있는 것이 이루어집니다."

카스토르프는 이 말이 매력적이고 아주 경청할 만하다고 생각하면서 이렇게 말했다. "세템브리니 씨의 조형적인 이론에 완전히 매료되었습니다. 그런데 굳이 몇 가지 덧붙이자면, 예컨대 병은 고양된 삶의 상태이고, 따라서 병에는 무엇인가 화려한 면이 있다고 말할 수 있을 것 같습니다. 이렇게 볼 때 병은 분명히 육체적인 것의 지나친 강조를 의미합니다. 병은 인간을 완전히 육체로 되돌리고 환원시킴으로써 인간의 존엄성을 철저히 짓밟고, 인간을 단순한 육체로 전락시킵니다. 그러므로 병은 비인간적입니다."

그러자 나프타가 즉시 반대 의견을 피력했다. "병은 지극히 인간적입니다. 왜냐하면 인간이란 병을 앓는 존재이기 때문입니다. 물론입니다. 인간은 병을 앓고 있으며, 병에 걸려야 인간이 인간답게 됩니다. 반면에 인간을 건강하게 만들고, (인간은 이제까지 결코 자연적인 존재가 아니었음에도) 인간으로 하여금 '자연으로 돌아가자'며 자연과 강화 조약을 체결하도록 부추기려는 자는 인간의 비인간화와 동물화를 추구할 따름입니다. 예컨대 오늘날 재생주의자, 생식주의자, 야외생활 및 일광욕 예찬자 등등이 사방을 떠돌아다니며 예언하는 모든 것, 요컨대 이런 종류의 그 모든 루소주의 역시 마찬가지입니다. 인간성, 고상함이라고요? 자연에서 멀리 유리된 채 자신을 완전히 자연과는 대립되는 존재라고 느끼는 인간을 다른 모든 유기적 생명체보다 뛰어난 면모를 부각시키는 것이 바로 정신입니다. 정신 속에, 그러므로 병 속에 인간의 존엄성과 고상함이 깃들어 있는 겁니다. 한마디로 인간은 병을 더 앓으면 앓을수록 더 높은 수준으로 인간적이 되며, 병의 수호신은 건강의 수호신보다 더 인간적입니다. 자칭 박애주의자라는 사람이 인간성의 이런 근본 진리를 외면하다니 참 이상합니다. 세템브리니 씨는 늘 진보를 입에 담고 있습니다. 그러나 정작 모르는 것이 있습니다. 진보라는 것이 존재한다면 그것은 오로지 병, 다시 말해 천재의 덕분입니다. 병이야말로 바로 천재인 것입니다! 건강한 사람들은 언제나 병에 의한 성과물로 살아왔습니다! 인류가 인식을 얻도록 의식적이고 고의로 병과 광기에 빠졌던 사람들이 있습니다. 그들은 광기를 통해 인식에 도달한 뒤 다시 건강한 상태를 찾게 됩니다. 이렇게 영웅적 희생에 의하여 얻어진 소유물과 수익은 다시는 병과 광기의 지배를 받지 않게 됩니다. 이것이 진정한 십자가의 죽음인 것입니다."

한스 카스토르프는 생각했다. '아하, 이렇게 생각을 갖다 붙여서 십자가의 죽음을 해석하다니, 참으로 부당한 예수회 회원이군! 왜 신부가 되지 못했는지 알겠어. 침윤된 부분이 있는 한심한 예수회 회원!' 이어서 그는 마음속으로 세템브리니를 향했다. '자, 으르렁거려라 사자야!' 세템브리니는 나프타가 방금 주장한 것을 속임수이자 궤변, 세상을 어지럽히는 논리라고 단언하면서 으르렁거렸다. "말해 보십시오!" 그는 자신의 논적에게 소리쳤다. "교육자로서 책임감을 가지고 말해 보십시오. 교화되기 쉬운 청년들의 귀에 대고 정신이란 곧 병이라고 솔직하게 말해 보십시오! 참말이지 그러면 당신은 이 청년들의 정신을 고무시키고 이들 정신의 신봉자를 얻게 될 것입니다! 다른 한편으로 병과 죽음은 고상하고, 건강과 삶은 비천하다고 선언하십시오! 이것이야말로 제자가 인류에 헌신하도록 독려하는 가장 확실한 방법이 아니겠습니까! 참으로 범죄적인 일입니다!" 이렇게 말한 다음 세템브리니는 자연으로부터 부여받고 정신을 염려할 필요가 없는 건강과 삶의 고귀함을 마치 기사라도 되는 양 옹호했다. 그는 "형태!"라고 말했는데, 이에 대해 나프타는 "로고스!"라고 큰소리로 외쳤다. 그러나 로고스에 대해서 전혀 관심이 없는 세템브리니는 "이성"이라고 말했고, 로고스를 말한 사내는 "열정"을 내세웠다. 논쟁은 혼란의 도가니로 변했다. 한쪽은 "객체!"라고 말하고, 다른 한쪽은 "자아!"를 내세웠다. 그러더니 결국한쪽은 "예술"을, 다른 한쪽은 "비판"을 언급했다. 어쨌든 계속 "자연"과 "정신"이 거론되고, 나아가 어떤 것이 더 고상한가에 관해, 즉 '귀족성의 문제'에 관해 논쟁을 벌였다. 그렇지만 질서나 명료함도 없었고, 이원론적이고 호전적인 측면도 없었다. 그럴 것이 모든 것은 대립적일뿐만 아니라 뒤죽박죽 뒤섞여 혼란해졌고, 논쟁의 당사자들은 서로 견해가 엇갈렸을 뿐만 아니라 자가당착에 빠지기도 했기 때문이다.

세템브리니는 나프타의 '비판'이란 말에 대해 종종 웅변을 하듯이 만세를 외치다가도, 이와는 반대되는 '예술'을 귀족적인 원칙이라고 주장했다. 그리고 나프타는 자연을 '어리석은 힘', 단순한 사실 내지 숙명으로 비하하는 세템브리니에 반해 여러 번이나 '자연스런 본능'의 옹호자로 자처했는데, 그럴 때면 세템브리니는 이성과 인간의 자존심은 자연의 어리석은 힘에 굴복해서는 안 된다고 반론을 제기했다. 그러자 이번에는 나프타가 정신과 '병' 쪽에 무게를 두어 고상함과 인간성은 오로지 거기에만 있다는 입장을 취했다. 반면에 세템브리니는 자연에서의 해방을 주장했던 일을 까맣게 잊어버리고 자연과 건강의 고귀성을 옹호하고 나섰다. '객체'와 '주체'의 문제도 꽤나 혼란스러웠고, 그 밖에 모든 것이 혼란스러웠다. 그러다 보니 이제 와서는 전혀 치유불능 상태에까지 치달아 문자 그대로 누가 경건한 자이고, 누가 대체 자유주의자인지 더는 알 수가 없게 되었다. 나프타는 세템브리니가 스스로를 '개인주의자'로 자칭하는 것을 금지시켰다. 이유인즉 세템브리니가 신과 자연의 대립을 부인하고, 인간의 문제와 인간 내면의 갈등을 단지 개인과 전체 사이의 이해관계의 충돌로 파악하고 있기 때문이라는 것이었다. 나아가 그가 삶을 자기목적으로 받아들이는, 삶과 밀착된 시민적 도덕을 맹신하면서 옹졸하게도 유용성만을 목적으로 삼고, 도덕 법칙을 국가의 목적으로 보기 때문이라는 것이었다. 반면에 나프타에 따르면 그 자신은 인간의 내적인 문제는 오히려 감각적인 것과 초감각적인 것의 대립에 기인한다는 것을 잘 아는 사람으로서 참되고 신비적인 개인주의를 대변하는바, 본질적으로 자유와 개별적 주체의 옹호자라는 것이었다.

이때 한스 카스토르프는 그렇다면 '익명성과 공동성'의 관계는 어떻게 되는 것일까, 예컨대 지금 당장 상호 모순되는 것이 있지 않는가 하고 생각했다. 나아가 운터페르팅거 신부와의 토론에서 국가 철학자 헤겔의 '가톨릭적 성격', '정치적'과 '가톨릭적'이라는 두 개념의 내적 연관성과 아울러 둘 사이의 공통점인 객관성의 범주에 대해 그가 명쾌하게 설명한 바 있었던 탁월한 관점들은 어떻게 되는 것인가? 국가통치와 교육은 언제나 예수회의 특수한 활동 영역이 아니었던가? 그런데 교육 문제에 관한 한 어떤가! 세템브리니는 열성적인 교육자, 귀찮고 성가실 정도로 열성적인 교육자인 것만은 틀림없었다. 그러나 그의 원칙은 금욕적으로 자아를 철저히 무시하는 나프타의 교육 원칙과는 도저히 대적할 수 없었다. 절대 명령! 철저한 의무 준수! 억압! 복종! 테러! 나프타 측의 이런 것은 나름대로 훌륭한 점이 있을 수도 있지만, 개별자의 비판적인 존엄성은 거의 고려하지 않았다. 이런 식의 교육은 프로이센의 프리드리히 대왕과 스페인 사람 로욜라의 피비린내 날 정도의 경건하고 엄격한 훈련 규칙이었다. 여기에는 한 가지 의문시되는 점이 있었다. 즉, 나프타는 순수 인식, 무조건적 탐구, 단적으로 말해 진리, 객관적이고 학문적인 진리를 믿지 않는다고 자인하면서도 어째서 저렇게 잔혹한 절대성을 추구하게 되었는가 하는 점이었다. 이에 반해 로도비코 세템브리니의 경우 진리를 추구하는 것은 인간이 지닌 모든 도덕성의 최고 법칙을 의미하고 있었다. 이런 면에서 세템브리니의 견해는 경건하고 엄격했다. 하지만 진리를 인간으로 되돌리면서 인간에게 경건한 것이 진리라고 설명하는 나프타의 견해는 느슨하고 방종했다!

진리를 그런 식으로 인간의 이해관계에 종속시키는 나프타의 태도가 바로 삶의 시민성이자 유용성을 중시하는 속물근성이 아니었던가? 엄밀히 말해 이런 것은 냉철한 객관성이 아니었고, 거기에는 레오 나프타가 인정하려는 것 이상으로 자유와 주관성의 요소가 섞여 있었다. ─물론 자유는 인간애의 법칙이라는 세템브리니의 교훈적인 표명과도 아주 흡사하게 '정치' 이념이 그의 표명에 나타나 있는 것도 사실이었다. 자유를 인간에게 결부시키는 것은 분명히 나프타가 진리를 인간에게 결부시키는 태도와 다를 바 없었다. 세템브리니의 이 말은 자유롭다기보다는 분명히 경건했고, 이런 규정에 따르면 서로 간에 차이점이 없어져 버릴 위험마저 엿보였다. 아, 세템브리니! 그가 문필가, 다시 말해 정치가의 손자이자 인문주의자의 아들이라는 사실이 실로 공연한 일이 아니었다. 세템브리니는 비판과 아름다운 인간 해방을 기품 있게 머릿속에 간직하고서 거리에서는 아가씨에게 콧노래를 흥얼거렸다면, 날카롭고 키가 작은 나프타는 가혹한 서약에 묶여 있었다. 그런데 나프타는 자신에게 내재한 순수 자유사상으로 말미암아 거의 방종한 탕아에 가까운 반면, 세템브리니는 도덕적 얼간이로 명명될 수도 있었다. 세템브리니는 '절대 정신'을 두려워하면서, 정신을 전적으로 민주적 진보의 경향에 고정시키려 했다. 세템브리니는 신과 악마, 신성과 악행, 천재와 병을 뒤섞어 말하면서 어떤 가치 설정이나 이성적 판단, 의지도 보이지 않는 나프타의 종교적인 방종에 경악했다.

대체 누가 정말 자유롭고 경건하며, 무엇이 인간의 참된 입장과 상태를 결정하는 것인가. 모든 것을 집어삼키고 평균화하는 공동체, 방종하면서도 금욕적인 공동체 속에서의 하강인가, 아니면 허풍과 시민적 덕성의 엄격함이 서로 반목을 일으키는 '비판적 주체'란 말인가? 이렇게 원칙과 견해가 계속 서로 반목을 일으켰고 내적으로 모순에 빠져 있었다. 문명적 책임감을 가진 자에게 이처럼 대립되는 원칙들 가운데 하나를 결정하는 것뿐만 아니라, 그것을 표본으로 분류 및 정돈하는 것도 지극히 어려운 일이었다. 그러다 보니 카스토르프는 오히려 나프타의 '윤리적으로 무질서한 세계'에 뛰어들고 싶은 커다란 유혹에 사로잡힐 때도 있었다. 모든 논리가 서로 상충하고 모순을 일으키면서 대단한 혼란에 빠졌다. 이를 지켜보면서 카스토르프는 이 두 사람이 논쟁을 벌이며 영혼에 상처를 받지 않았더라면 이렇게까지 분노하는 일은 없었을 것이라고 생각했다.

이제 모두가 함께 베르크호프까지 올라갔다. 이어서 베르크호프 거주자 세 사람이 외부인 두 사람을 그들의 하숙집까지 바래다주었다. 그럼에도 나프타와 세템브리니는 계속 논쟁을 벌였고, 그동안 모두가 눈 속에 오랫동안 서 있었다. 한스 카스토르프는 두 논쟁자가 깨달음을 얻으려는 젊은이를 교화하기 위하여 교육적인 방식으로 논쟁을 벌인다는 사실을 잘 알고 있었다. 논쟁의 쟁점들은 이미 여러 번 자신의 무지에 대해 양해를 구했던 페르게 씨에게는 수준이 너무 높았고, 베잘은 태형과 고문이 더 이상 화제에 오르지 않자 거의 관심을 나타내지 않았다. 카스토르프는 고개를 숙여 지팡이를 눈 속에 꽂아 넣으며 큰 혼란에 빠져버린 논쟁에 대해 생각해 보았다.

마침내 서로 작별을 고했다. 계속 이렇게 서 있을 수는 없었고, 논쟁이 언제 끝날지도 알 수가 없었기 때문이었다. 베르크호프 거주자 세 사람은 다시 요양원으로 방향을 돌렸고, 두 사람의 교육적 경쟁자는 함께 집으로 들어가지 않을 수 없었다. 한 사람은 비단으로 꾸며진 방으로, 다른 한 사람은 교탁과 물병이 있는 인문주의자의 방으로 제각각 돌아갔다. 한편 한스 카스토르프는 자신의 발코니로 돌아와 있었지만, 예루살렘과 바빌론에서 출정한 두 진영의 부대가 군기 아래에서 서로 뒤얽혀 혼전을 벌이며 무기를 휘두르고 함성을 지르는 소리가 귓가에 쟁쟁하게 울리는 것 같았다.

눈

일곱 개의 식탁에서는 올해의 겨울 날씨가 심상치 않다고 하루에 다섯 번씩이나 사람들이 불만을 털어놓았다. 이번 겨울은 고산 지대의 겨울로는 안 어울리게 제 의무를 다하지 않고 있으며, 게다가 이곳 날씨가 안내서에 광고되어 있거나 장기 체류자가 경험해 왔으며, 새로 온 환자가 예상한 것만큼 명성에 걸맞고 요양하기에 적합한 기상 조건을 충족시키지 않는다는 것이 사람들의 일반적인 평가였다. 특히 병의 회복에 중요한 요소인 일조량이 압도적으로 부족했다. 일조량이 부족하면 병의 회복이 지연되는 것은 의심의 여지가 없었다.

병이 치유된 요양객들이 '고향'처럼 되어 버린 이곳에서 평지로 귀환하기를 솔직히 바라는지에 대한 세템브리니의 생각은 차치하더라도, 어쨌든 그들은 자신들의 권리를 요구하면서 자신들의 부모와 남편이 책임지는 비용을 고려하여 식사 중이나 승강기에 탔을 때, 홀에서 서로 대화를 나누며 불평을 늘어놓았다. 그러자 관리실의 운영자들도 임시 방편을 세우고 보상 계획을 마련하는 등 대책에 만전을 기했다. '인공 태양'을 만들어주는 장비도 하나 보충되었다. 왜냐하면 기존에 있었던 장비 두 대로는 전기로 몸을 갈색으로 그을리려는 사람들의 수요를 충족시킬 수 없었기 때문이었다. 전기에 의한 일광욕은 젊은 아가씨들과 부인들에게 잘 어울리는 방식이었고, 수평으로 누워 지내는 남자들에게도 운동선수나 정복자처럼 구릿빛으로 그을린 건강한 외모를 만들어주었다. 그렇다, 이런 외모는 실제로 결실을 낳았다. 부인들은 이처럼 그을린 남성의 모습이 기계와 미용술에 의한 것임을 분명히 알고 있으면서도 어리석어서인지 또는 영악해서인지 스스로 착각에 빠져서는 마음을 홀딱 빼앗기곤 했다. 모발과 눈이 붉은 베를린 출신의 환자 쇤펠트 부인은 어느 날 밤 홀에서 가슴이 움푹 들어간 곳에 기흉을 달고 다니는, 다리가 긴 남자에게 "어머나!" 하고 탄성을 질렀다. 이 남자는 프랑스어로 '비행사, 독일 해군 중위'라고 인쇄한 명함을 갖고 다녔는데, 점심 식사 때에는 야회복 차림으로 나타났다가 저녁에는 그것을 다시 벗으며 해군에서는 이렇게 하는 것이 규정이라고 주장했다. 그러자 쇤펠트 부인은 해군 중위를 탐욕적인 시선으로 바라보며 말했다. "어머나 멋져요! 인공 태양으로 피부가 구릿빛이 되었네요! 마치 독수리 사냥꾼 같아요, 이 바람둥이!" 이에 대해 사내가 승강기에서 그녀의 귀에 대고 "기다려요, 물의 요정님!" 하고 소곤거리는 바람에 그녀의 피부는 소름까지 돋았다. "그 유혹적인 추파의 대가를 치러야 해요!" 멋쟁이인 독수리 사냥꾼은 이렇게 말하고는 발코니와 유리 칸막이를 지나 물의 요정 방으로 향했다.

그럼에도 불구하고 인공 태양은 올해의 부족한 일조량을 그렇게 많이 보충해 줄 수는 없을 것 같았다. 물론 화창한 날에는 흰 봉우리 뒤로 우단처럼 짙푸른 하늘이 나타나고, 사방에 뒤덮인 회색 안개도 사라졌다. 그러면 안개 위로 다이아몬드처럼 반짝이는 태양이 떠올라서는, 아주 찬란한 빛을 따갑게 내리비쳐서 사람들의 목덜미와 얼굴을 멋지게 태우곤 했다. 하지만 한 달에 2, 3일에 불과한 청명한 날들은 운명적으로 특별한 위로를 필요로 하는 환자들의 정서를 만족시키기에는 너무 부족했다. 그들은 평지 사람이 겪는 즐거움과 슬픔을 단념한 대가로 활기는 없지만 아주 여유 있고 쾌적한 나날을 보장을 받아야 한다고 마음속으로 주장하고 있었다. ─환자들은 시간을 느끼지 않을 정도로 느긋하고 편안한 나날을 바라고 있었다. 고문관은 비록 날씨가 이래도 베르크호프의 생활이 감옥이나 시베리아 탄광 생활과는 비교할 수 없으며, 이곳의 공기가 희박하고 가벼워서 우주의 에테르나 별로 다를 바 없을 뿐만 아니라, 지상의 갖가지 불순물이 함유되어 있지 않아서 햇빛이 비치지 않아도 여전히 평지의 안개나 습기에 비해 많은 장점을 갖고 있다는 점을 상기시키려 했으나 거의 소용이 없었다. 침울한 분위기와 항의가 점점 더 커졌고, 무모하게 떠나겠다는 위협이 빈번해졌다. 최근에 잘로몬 부인이 슬프게도 이곳으로 되돌아오는 사례를 보면서도 퇴원을 실행에 옮기는 일들이 종종 벌어졌다. 살로몬 부인의 병은 만성이기는 해도 중병은 아니었는데, 이곳을 떠나 자기 멋대로 축축하고 바람이 많은 암스테르담에 체류하다가 위험한 상태가 되고 말았다.

그렇지만 햇빛 대신에 눈이 있었다. 한스 카스토르프가 살아오면서 본 적이 없을 정도로 엄청나게 많은 눈이 있었다. 작년 겨울에도 눈이 적게 온 것은 아니었지만 올해의 양과 비교하면 별것 아니었다. 올해에는 눈이 기괴할 정도로 많이 내려서, 사람들은 이 지역이 특별히 이상하고 상도를 벗어나 있다는 생각에 가득 차 있었다. 매일같이 온종일 눈이 내렸다. 때로는 가볍게 흩날리고 때로는 짙은 눈보라가 치기도 했지만, 눈은 쉬지 않고 내렸다. 사람들이 다니는 통로는 오목하게 파였고, 통로 양쪽에는 사람 키보다 높은 눈이 벽을 이루고 있었다. 설화석고(雪花石膏)처럼 벽의 새하얀 표면은 여기저기 알갱이로 박힌 수정처럼 빛을 발하고 있어서 보는 사람의 기분이 매우 좋았다. 고산지대를 찾은 손님들은 벽면에 글씨를 쓰거나 그림을 그려서 온갖 소식을 전하고, 농담과 빈정거림을 주고받았다. 그러나 사람들이 밟고 지나간 양쪽 벽 사이의 통로에는 깊이 삽질이 되어 있었지만, 아직도 헐헐한 부분이나 구멍이 나 있어서 자칫하면 그곳으로 갑자기 발이 빠져서 무릎까지 잠기기도 했다. 이 때문에 행인들은 뜻하지 않게 다리를 다치지 않도록 주의를 기울여야만 했다. 휴식용 벤치도 눈에 덮여 보이지 않았고, 때로는 팔걸이의 일부만 하얀 눈 사이로 약간 빠져나와 있었다. 아랫마을에서는 거리의 형태가 눈에 쌓여 이상하게 바뀌었다. 그 바람에 1층의 가게들은 지하실처럼 밑으로 주저앉았고, 인도에서 그곳으로 가려면 눈을 밟고 내려가야 했다.

이렇게 많이 쌓인 눈 위로 계속해서 날마다 쉬지 않고 눈이 내렸고, 약간 추운 날씨 속에서 소리 없이 내려앉았다. 기온은 뼛속까지 사무치는 추위가 아닌 영하 10도에서 15도 정도였는데, 이에 대해 요양원 사람들은 혹한을 거의 느낄 수 없어서 영하 2도나 5도 정도일 것이라고 짐작했다. 바람이 멎고 공기도 건조하여 혹독한 추위를 느낄 수는 없었고, 아침에도 밖은 어두웠다. 사람들은 재미있게 무늬를 새긴 둥근 천장이 달린 홀에서 인공 달처럼 만든 샹들리에 불빛을 받으며 아침을 먹었다. 밖은 우울한 허무가 지배하고 있었고, 세상은 유리창에 휘몰아치는 회백색의 눈송이로 가득 차 있었다. 게다가 눈송이 사이로 아지랑이와 안개가 짙게 끼어 있었다. 산들은 눈에 보이지 않았고, 그나마 가장 가까운 침엽수의 형체만이 가끔 흐릿하게 보일 따름이었다. 하지만 침엽수마저 눈에 뒤덮인 채 가물거리며 시야에서 사라졌다. 눈의 무게를 못이긴 가문비나무는 하얀 눈송이들을 회색의 대기 속으로 흔들어 떨어트렸다. 10시쯤에야 어렴풋이 빛나는 태양이 산 위로 떠올라 형체를 알 수 없는 하얀 풍경 속으로 유령 같은 희미한 생명, 관능의 흐릿한 빛을 불어넣어 주었다. 그러나 모든 것은 신비로운 부드러움과 창백함 속으로 녹아 들어가 눈으로 확실히 뒤쫓을 수 있는 선은 하나도 없었다. 산봉우리의 윤곽도 안개에 묻힌 채 가물거리며 사라져 버렸다. 창백하게 빛나는 눈에 덮인 산을 향해 시선을 위로 올리다 보면, 산의 형체는 금방 시야에서 사라져 버렸다. 그러면 환하게 빛나는 구름이 형태를 바꾸지 않고 연기처럼 길게 암벽 앞에 떠 있었다.

정오 무렵이 되자 태양이 반쯤 안개를 뚫고 나타나 푸른 하늘을 보여 주려고 했다. 태양의 시도는 성공했다고 볼 수는 없었지만, 푸른 하늘의 모습이 얼핏 눈에 띠기 시작했다. 이어서 약간의 빛이 비치자, 눈의 모험으로 이상하게 변형된 지역이 멀리까지 찬란하게 빛을 발하는 것이었다. 마치 그간 얻은 성과를 살피기라도 하려는 듯 대개 정오 무렵이면 눈발이 멈추었다. 그랬다, 가끔 눈보라가 멈추고 하늘에서 직접 태양이 새로 내린 눈의 순수하기 짝이 없는 표면을 녹이려 하는 며칠간의 맑은 날도 이런 목적을 수행하기 위한 것 같았다. 이럴 때면 세상의 모습은 동화 같고 순수하면서도 우스꽝스러웠다. 나뭇가지에 뿌린 것 같은 두껍고 부드러운 하얀 솜들, 땅에 붙은 나무나 돌출한 바위를 덮고 있는 불룩한 땅, 웅크리거나 아래로 잠겨서 익살스럽게 변장한 풍경, 이 모든 것은 동화책에나 나올 것 같은 우스꽝스러워 보이는 난쟁이 세계를 연상시켰다. 힘들게 움직이는 사람들의 눈에 가까운 경치가 환상적이고 장난스러운 느낌이었다면, 멀리 내다보이는 배경, 눈에 덮인 알프스의 우뚝 솟은 봉우리들의 모습은 숭고하고 신성한 느낌을 불러일으켰다.

한스 카스토르프는 오후 2시에서 4시 사이에 몸을 따뜻하게 담요로 두른 채 발코니에 누워 있었다. 그는 멋진 접이식 침대의 등받이를 너무 높지도 낮지도 않게 조정하고는 머리를 받치고 누워서 눈이 쌓인 난간 너머로 숲과 산들을 바라보고 있었다. 눈이 수북하게 내려앉은 암녹색 전나무 숲이 비스듬히 펼쳐져 있었고, 나무와 나무 사이에는 어디에나 눈이 이불처럼 수북이 쌓여 있었다. 이 숲 위쪽으로는 바위산이 잿빛 하늘을 배경으로 우뚝 솟아 있었고, 눈이 어마어마하게 쌓인 산허리 사이로 시커먼 바위가 튀어나와 있었으며, 능선은 안개로 부드럽게 흐려져 있었다. 여전히 눈은 소리 없이 내리고 있었다. 그러자 모든 것이 점점 더 시야에서 희미하게 사라져 갔다. 솜처럼 부드러운 무의 한가운데를 응시하던 시선은 잠에 빠져들기 십상이었다. 잠드는 순간 한기를 느꼈지만, 이곳의 싸늘한 냉기 속에서 잠드는 것보다 더 순수한 잠은 없었다. 자면서도 꿈을 꾸지 않는 유기체는 생명을 유지하려는 무의식적 부담감에 영향을 받지 않는 법이다. 왜냐하면 공허하고 습기가 없는 무의 공기는 죽은 자가 숨을 쉬지 않듯이 유기체에 부담을 주지 않기 때문이다.

문득 잠에서 깨어나자 산들은 눈의 안개 속에서 완전히 모습을 감추었고, 그 가운데 둥근 봉우리 하나, 우뚝 솟은 바위 하나가 몇 분 동안 얼굴을 내밀고 숨기더니, 끝내는 다시 안개에 휩싸여버렸다. 이처럼 가벼운 유령의 장난은 대단히 재미있었다. 안개의 베일이 만들어내는 환영을 비밀스런 변화까지 엿보려면 날카로운 눈으로 주시해야만 했다. 안개 사이로 바위산의 일부분이 불쑥 거칠고 큰 모습으로 다가왔으나, 산봉우리와 산기슭은 보이지 않았다. 그러나 단지 1분만 시선을 돌려도 그 모습은 사라지고 없었다.

다시 눈보라가 휘몰아치기 시작했다. 흩날리는 눈보라는 바닥과 침대를 뒤덮어 버려서, 더 이상 발코니에 머물 수 없게 되었다. 그렇다, 고원의 평화로운 골짜기에도 눈보라가 휘몰아치는 일이 벌어졌다. 희박한 대기가 혼란에 빠지더니, 한 발짝 앞도 내다볼 수 없을 만큼 눈송이가 가득 하늘을 채우는 것이었다. 이어서 숨 가쁘게 몰아치는 돌풍이 불어와 눈보라가 사납게 측면으로 휘날리다가 아래에서 위로, 골짜기 바닥에서 공중으로 미친 듯이 춤을 추며 치솟아 올랐다. 그것은 더이상 눈이 내리는 것이 아니라 하얀 암흑으로 가득한 혼돈, 기괴한 형상, 상식을 벗어난 고산지역의 놀라운 일탈이었다. 이때 갑자기 무리를 지어 나타난 방울새만이 고향의 하늘을 날듯이 여유로운 모습을 보였다.

하지만 한스 카스토르프는 눈 속에서 지내는 것을 좋아했다. 그는 그것이 여러 가지 면에서 해변의 생활과 유사하다고 생각했다. 자연 형상의 원초적 단조로움이 두 세계의 공통점이었다. 하얀 눈, 이 보송보송하고 깊이 쌓인 눈가루가 저 아래 펼쳐진 해변의 황백색 모래와 완전히 같은 역할을 했다. 양쪽 모두 감촉이 깨끗했으며, 저 아래 해저에서 먼지처럼 잘게 부서진 돌멩이와 조개가루처럼 얼어붙은 하얀 가루는 신발이나 옷에서 털어 내어도 전혀 흔적이 남지 않았다. 눈의 표면이 태양의 뜨거운 열로 녹았다가 밤에 꽁꽁 얼어붙지만 않는다면, 눈 속을 걸어가는 것은 모래사장을 어슬렁거리는 것만큼이나 힘들었다. 반면에 눈의 표면이 얼어붙으면 마룻바닥 위를 걷는 것보다 더 쉽고 기분이 좋았다. 또한 바닷가의 매끄럽고 단단하고, 파도에 씻겨서 탄력이 있는 모래 바닥을 걷는 것만큼이나 가볍고 기분 좋게 걸을 수 있었다.

그런데 올해는 너무 많은 눈이 내리고 쌓여서, 스키 타는 사람을 제외하고는 누구나 야외에서 마음대로 다니기가 어려웠다. 제설차가 동원되어 열심히 눈을 치웠다. 그러나 모두가 자주 이용하는 오솔길과 요양지 중심가의 눈을 치우는 것조차 힘들었다. 눈이 치워지긴 했지만 곧 다닐 수 없게 된 몇몇 길들에는 건강한 사람들과 환자들, 당지 주민들과 국제적인 호텔 투숙객들로 붐볐다. 때로는 스포츠용 썰매를 탄 사람들이 보행자들 곁을 이리저리 지나다니기도 했는데, 작은 썰매를 탄 남녀들은 몸을 뒤로 젖히고 두 발은 앞으로 내민 채 경고의 소리를 질렀다. 그러면서 몸을 흔들고 비틀거리며 비탈길을 미끄러져 내려갔다. 그들의 외침 소리로 미루어 그들이 자신들의 모험을 얼마나 중요하게 여기는지 충분히 알 수 있었다. 다 내려가서는 자신들의 노리개를 줄에 묶고는 다시 비탈 위로 올라가는 것이었다.

카스토르프는 이런 산책에 너무 싫증이 났다. 그에게는 두 가지 소망이 있었다. 그중에 더 강한 소망은 홀로 명상을 즐기며 이른바 '술래잡기'를 하는 것으로, 이는 어설프게나마 발코니에서 할 수 있었다. 첫 번째와 관련이 있는 두 번째 소망은 눈으로 가득 찬 산과 내적으로 더 자유롭게 자주 접촉하는 것이었다. 하지만 이 희망은 장비도 없고 날개도 달리지 않은 보행자에게는 한낱 꿈에 불과했다. 그럴 것이 제설된 길이래야 어느 곳이든 조금만 가면 금방 막다른 길이었고, 그곳을 넘어가려면 가슴까지 눈에 파묻혀 버릴 것이 뻔했기 때문이었다.

그리하여 한스 카스토르프는 두 번째 겨울을 맞게 된 어느 날 스키를 사서 그것에 꼭 필요한 사용법을 익히기로 결심했다. 그는 운동선수는 아니었다. 체격도 어울리지 않아서 운동선수와는 전혀 먼 거리에 있었고, 또한 베르크호프의 사고방식과 유행을 좇아서 거창한 옷차림을 하는 몇몇 요양원 손님들처럼 행동하지도 않았다. 특히 부인들이 심했다. 예를 들어 헤르미네 클레펠트는 호흡이 곤란하여 코끝과 입술이 늘 창백했는데도, 양털 반바지 차림으로 점심 식사에 나타났고, 식후에는 홀의 등나무 의자에 다리를 넓게 벌리고 앉아 보기 흉한 모습을 연출했다. 만일 카스토르프가 스키를 타려는 자신의 방종한 계획을 고문관에게 허락해 달라고 청했더라면, 그는 무조건 그 자리에서 거절을 당했을 것이다. 다른 시설과 마찬가지로 이 위의 베르크호프에 사는 요양환자들에게 스포츠 활동은 무조건 금지되어 있었다. 이 위의 공기는 가볍게 들이마실 수 있는 것처럼 보였으나 실상은 심장 근육에 큰 부담을 주었기 때문이었다. 그리고 카스토르프로 자신에 관한 한, '익숙하지 않은 것에 적응한다'는 금언이 전면 통용되는 중이었고, 라다만토스가 침윤된 부분에서 생기는 것이라고 설명한 열기도 계속되고 있었던 것이다. 만일 그것이 없어졌다면, 그가 이 위에 남아서 뭔가 찾고 있을 필요가 있겠는가? 이렇게 스키를 타려는 그의 소망과 계획은 모순되고 허용될 수 없는 것이었다.

이제 우리는 그를 올바르게 이해할 필요가 있다. 그에게는 야외를 쏘다니는 멋쟁이 사내들이나 세련된 운동선수와 겨루어 보겠다는 야심 따위는 없었다. 그런 자들이야 유행이라면 숨 막히는 실내라고 해도 마다 않고 카드놀이에 열중하겠지만 말이다. 그는 관광객과는 달리 좀 더 구속적인 요양소 환자의 일원임을 철저히 느끼고 있었다. 게다가 그는 보다 광범위하고 새로운 관점을 가지고 있었다. 즉 그는 품위와 의무가 낯설거나 약화되었다고 해서 저 사람들처럼 이 위에서 신나게 돌아다니고 멍청이처럼 눈 속에서 뒹구는 것이 자신이 해야 할 일이 아니라고 느끼고 있었다. 그는 이미 분수에 넘치는 일을 자제하고 있어서 그가 계획한 일을 라다만토스가 허락해도 근본적으로 큰 탈이 나지 않았을 것이다. 그럼에도 원장이 요양원의 규칙을 내세워 금지할 것 같아서 몰래 행동에 옮기기로 작정했다.

기회를 보아 카스토르프는 세템브리니에게 자신의 계획을 이야기했다. 그 말을 듣자 세템브리니는 기뻐하며 그를 거의 끌어안다시피 했다. "하지만 좋아요, 아주 좋아요, 엔지니어 양반, 꼭 해 보세요! 아무에게도 물어 보지 말고 해보세요. 당신의 수호신이 귓속에 속삭여 준 것입니다! 생각이 바뀌기 전에 얼른 실행에 옮기십시오! 나도 당신을 따라 가게에 함께 갈 테니, 이 축복받은 장비를 구입하도록 합시다! 나도 메르쿠리우스처럼 발에 날개 달린 신을 신고는, 당신과 함께 산에도 가고 싶지만, 그럴 수가 없군요. 네, 허락되지 않는 상태죠! 물론 허락되지 않는 정도라면 그렇게 할 테지만, 그럴 수 없고, 나는 가망이 없는 사내입니다. 반면에 이성적으로 행동하고 무리하지만 않는다면 당신에게는 전혀 해가 없을 것입니다. 아, 뭐 그리고 약간 해가 있을지라도 당신의 착한 수호신이 언제나 당신 곁에 있을 것입니다. 더는 아무 말도 하지 않겠어요. 얼마나 근사한 계획입니까! 이곳에 2년이나 있었는데, 아직도 그런 착상이 가능하군요. 아, 그래요, 본성이 착한 사람이니까, 당신에 대해 절망할 이유가 없지요. 브라보, 브라보! 당신은 이 고산지대의 지배자인 염라대왕을 속이고 스키를 사십시오. 그것을 내게 또는 루카체크에게 보내거나, 아니면 우리 집 아래쪽에 있는 향료가게에 갖다 두십시오. 그걸 가져가 산 위에서 연습하고는, 한바탕 내달리십시오."

계획대로 일이 진행되었다. 운동에 대해서는 아는 바가 없으면서도 비평가적인 전문가를 자처하는 세템브리니가 바라보는 가운데 카스토르프는 읍내 중심가의 스포츠용품 전문점에서 고급 물푸레나무 재질의 멋진 스키 하나를 구입했다. 엷은 갈색으로 라커 칠이 되어 있고, 앞쪽이 위로 뾰족하게 굽은 스키에는 화려한 가죽 끈이 달려 있었다. 카스토르프는 쇠꼬챙이와 작은 바퀴 판이 달린 스틱도 구입했는데, 자신이 직접 스키 장비를 어깨에 둘러메고 세템브리니의 숙소까지 가겠다고 고집했다. 향료 가게의 상인과는 장비를 매일 그곳에 맡겨두기로 합의를 보았다. 스키의 사용법에 대해서는 여러 번 보아 잘 알고 있었으므로 사람들이 붐비는 연습 장소와는 멀리 떨어진 산비탈에서 혼자의 힘으로 날마다 비틀거리며 스키를 타기 시작했다. 그곳은 베르크호프 요양원 뒤쪽에서 멀지 않은 거의 나무 한 그루 없는 곳이었다. 스키를 탈 때면 가끔 세템브리니도 그곳에 나타났다. 그는 지팡이에 몸을 기대고 두 발을 우아하게 교차시킨 채 카스토르프를 물끄러미 바라보다가 스키 실력이 갈수록 능숙해지자 브라보를 외치며 즐거워했다. 언젠가는 카스토르프가 스키를 향료 가게에 맡기기 위해 눈을 치운 커브길을 따라서 도르프 읍으로 내려가다가 고문관과 마주친 적이 있었지만, 아무 일도 일어나지 않았다. 밝은 대낮이었고 하마터면 부딪힐 뻔했지만, 베렌스 고문관은 그를 알아보지 못했다. 고문관은 구름처럼 피어오르는 담배 연기에 싸인 채 그를 지나쳐갔다.

카스토르프는 이만하면 됐다고 생각할 만큼 스키에 금방 능숙해졌다. 그는 완벽한 실력을 바라지는 않았다. 열이 지나치게 오르거나 호흡에 지장이 오는 일이 없도록 주의하면서 며칠 만에 필요한 스키 기술을 익혔다. 그는 두 발을 나란히 모아서 평행으로 달리도록 자세를 잡았다. 나아가 활강할 때 방향전환을 위해 어떻게 스틱을 사용해야 하는가를 연습해 보았고, 장애물이 나타나면 바다에서 폭풍을 만난 배처럼 떠올랐다 가라앉으며 두 팔을 벌린 채 도약하는 법을 배웠다. 스무 번째 시도를 한 후로는 전속력으로 달려가다가 한쪽 무릎은 앞으로 내밀고 다른 쪽 무릎은 굽히면서 텔레마크 회전기법으로 급히 제동을 걸어도 더는 자빠지는 일이 없게 되었다. 점차 그는 연습하는 장소를 확대시켰다. 어느 날 세템브리니는 카스토르프가 하얀 안개 속으로 사라지는 것을 보고는, 오목하게 말아 쥔 두 손 사이로 조심하라고 외친 다음, 교육자로서 흡족해 하면서 집으로 돌아갔다.

겨울철의 산속은 아름다웠다. 부드럽고 친근감을 주는 아름다움이 아니라 서풍이 사납게 몰아치는 북해와 같은 아름다움이었다. ―천둥처럼 큰 소리 없이 죽음의 정적이 깃들어 있었지만, 그럼에도 아주 친근한 경외의 감정을 불러일으켰다. 카스토르프는 길고 잘 휘어지는 스키를 타고 온갖 방향을 쏘다녔다. 왼쪽 비탈면을 따라 클라바델 방향으로 가보았고, 오른쪽으로는 프라우엔키르히와 글라리스를 지나가 보았는데, 그 뒤로 암젤플루의 거대한 산 그림자가 안개 속에서 환영처럼 웅장한 모습을 드러냈다. 그런가 하면 디슈마 골짜기로 내려가거나 또는 베르크호프 뒤쪽, 숲으로 뒤덮인 제호른 방향으로 가보기도 했다. 제호른의 앞쪽에는 수목의 생육한계선 위로 뾰족한 설봉이 우뚝 솟아 있었다. 그 밖에도 드루자차 숲 방향으로 가보았는데, 그 뒤쪽으로는 눈으로 깊게 뒤덮인 뢰티콘 봉우리들의 흐릿한 그림자가 어른거렸다. 카스토르프는 스키를 가지고 케이블카로 샤츠알프까지 높이 올라갔다. 그런 다음 2천 미터 높이에서 눈가루가 반짝거리는 비스듬한 비탈을 유유히 스키를 타고 다녔다. 시야가 트인 좋은 날씨에는 이곳에서 자신이 모험을 벌이고 있는 광활한 무대를 멀리까지 내다볼 수 있었다.

그는 접근불허의 지대를 열어주고, 장애물을 거의 제거하는 스키 타기의 성과물에 기뻐했다. 이 성과물 덕분에 그는 자신이 바라던 고독, 가슴속에 인간적으로 원초적인 낯설음과 위기감을 불러일으키는, 그야말로 상상하기 힘든 깊은 고독에 침잠할 수 있었다. 한쪽으로는 전나무가 자라는 낭떠러지가 뿌연 눈 속에서 모습을 드러내었고, 다른 쪽으로는 바위 암벽이 우뚝 솟아 있었다. 바위 암벽에는 엄청나게 큰 혹 모양의 둥근 눈덩이가 동굴과 모자의 형태를 이루고 있었다. 카스토르프는 스키 타는 것을 멈추고 자리에 미동도 하지 않고 가만히 서 있어 보았다. 그러면 정적은 절대적이고 완전한 것, 솜 같은 눈으로 덮여 있는 고요함이 되었다. 이는 알지도 못하고 들은 적도 없으며, 그 어떤 곳에도 존재하지 않는 것으로, 이제 나뭇가지를 가볍게 어루만지는 미풍의 흔적이나 살랑거림, 새 소리도 들리지 않았다. 그는 머리를 옆으로 기울이고 입을 벌린 채 스틱에 몸을 기대고 서서는, 원초의 정적에 귀를 기울여 보았다. 이런 가운데 눈은 소리 없이 계속 내려 쌓이고, 사방은 고요 속에 빠져들었다.

아니, 침묵 속에 깊이 가라앉은 이 세계는 손님을 맞을 자세가 전혀 되어 있지 않았다. 손님을 맞아도 위험 따위는 고려치 않고 자기 방식으로 맞이했다. 이 세계는 본래 그를 맞아들인 것이 아니었다. 그의 침입이나 그의 존재를 무서운 방식, 아무것도 보증하지 않는 방식으로 참고 있을 따름이었다. 그리고 이 세계가 품어내는 것은 조용히 위협을 가하는 원초의 느낌, 적대적이라기보다는 오히려 무관심하면서도 죽음을 자아내는 느낌이었다. 본래 야성적인 자연과는 거리가 먼 문명의 자식은 어릴 때부터 자연에 의지하면서 철저하게 자연을 믿고 살아가는 자연의 순박한 아들보다 자연의 위대함에 훨씬 더 민감한 법이다. 자연의 아들은 문명의 자식이 양 미간을 추켜세우고 자연 앞으로 다가서면서 갖게 되는 종교적인 외경심, 자연에 대한 그의 모든 감정 상태에 깊이 영향을 미치고 영혼 속에서 끊임없이 경건한 충격과 부끄러운 흥분을 자아내는 종교적인 외경심을 거의 알지 못한다.

소매가 긴 낙타털 조끼와 각반을 차려입고, 고급 스키를 탄 한스 카스토르프가 원초의 적막, 죽음의 위협을 감추고 있는 고요한 겨울의 황량함에 귀 기울일 때에는 근본적으로 자못 대담해지는 기분도 들었다. 그리고 이곳에서 돌아오는 길에 첫 인가들이 안개 속에 다시 모습을 드러냈을 때 느껴지는 안도감은 방금 전까지 겨울 산속에서의 위험한 상태를 의식하게 해 주었다. 그제야 카스토르프는 몇 시간 동안 비밀스럽고도 신성한 공포가 그의 마음을 지배하고 있었음을 깨달았다. 그는 전에 언젠가 하얀 바지를 입고 파도가 거세게 밀려와 산산이 부서지는 질트 섬의 바닷가에서 안전하게, 우아하고도 경건하게 서 있던 적이 있었다. 그것은 마치 무시무시한 송곳니를 드러낸 채 입을 크게 벌려 하품을 하는 사자 우리의 앞에 안전하게 서 있는 것과 같았다. 그렇지만 그는 바다에서 헤엄을 쳤다. 해안 감시원은 호각을 불어 첫 파도를 헤치고 멀리 나아가려는 사람들, 거대한 파도에 너무 가까이 헤엄쳐 다가

가려는 사람들에게 경고했다. 폭포처럼 밀려오는 파도의 최후의 물결에 맞았을 때에는 마치 사자의 앞발에 목덜미를 맞는 것 같았다. 이때부터 젊은이는 자연력과의 가벼운 사랑의 접촉은 감동스런 행복이며, 자연의 품에 완전히 안기는 것은 아마도 파멸일 것이라는 것을 알게 되었다. 그러나 그가 정말 알고 싶었던 것은 자연의 품에 완전히 안길 정도로 무시무시한 자연과 감격적으로 접촉했을 때의 결과였다. 비록 무장을 하고, 문명의 힘으로 이럭저럭 장비를 갖추었으나 그는 나약한 인간의 아들이었다. 하지만 그는 무시무시한 자연의 품에 뛰어들거나 또는 거의 무한정한 자연과의 교제로 말미암아 위험을 맛볼지라도 거기서 도피하지 않고 오랫동안 머물고 싶었다. 부서지는 파도의 물줄기, 사자의 앞발이 가하는 가벼운 일격 정도가 아니라 파도, 사자의 입, 바다가 그를 위험에 빠트릴지라도 말이다.

한마디로 말해 한스 카스토르프는 이 위에서 용감해졌다. 거대한 자연력을 눈앞에 대하며 취하는 그의 용기가 자연과의 관계에 있어서 둔감한 무관심을 의미하는 것이 아니라, 의식적인 헌신과 공감에서 우러난 죽음에 대한 공포를 의미한다면 그는 용감해진 것이다. 공감이라니? 물론 카스토르프는 문명에 길들여진 작은 가슴에 자연에 대한 공감을 지니고 있었다. 그리고 그의 공감은 그가 썰매 타는 사람들을 보면서 깨달은 새로운 존엄의 감정과 연관되어 있었다. 다시 말해 발코니에서 느끼는 고독보다는 안락한 호텔 냄새가 나지 않는 고독, 더 깊고 위대한 고독을 확고하고 바람직한 것으로 나타나게 하는 새로운 존엄의 감정과 관련이 있었다. 그는 안개에 쌓인 높은 산봉우리들과 거센 눈보라의 춤을 발코니에서 편안하게 난간의 보호를 받으며 바라보는 자신을 마음속 깊이 부끄럽게 여겼다. 그가 스키를 연습한 것은 이런 이유에서였으며, 그가 스포츠 광이라거나 운동하기 좋은 체격을 타고났기 때문이 아니었다. 그는 눈이 내리는 죽음의 정적 속에서, 자연의 위대함 속에서 공포를 느꼈다. 문명의 아들로서 철저히 공포를 느끼지 않을 수 없었다. 이 고산지대에서 오래전부터 정신과 감각으로 무시무시한 기분을 맛보아 왔기에 더욱 그랬다. 예컨대 나프타와 세템브리니의 논쟁만 하더라도 등골이 써늘한 분위기를 조성했다. 이들의 논쟁 역시 협착과 무서운 위험으로 그를 이끌었다. 그런데 카스토르프가 겨울의 황량함에 공감하게 된 이유는 그에 대한 경외심에도 불구하고 그것이 자신의 사상적 복합성을 해결하는 데 적당한 무대라고 느꼈기 때문이었다. 게다가 어쩌다 그렇게 되었는지는 잘 모르겠지만, 신의 자식인 인간의 상태와 관련하여 술래잡기 일로 고심하던 사람에게는 알맞은 장소로 여겨졌기 때문이었다.

물론 세템브리니가 스키를 타고 사라지는 카스토르프를 향해 오목하게 말아 쥔 두 손 사이로 주의할 것을 당부했지만, 이곳에는 호기심을 참지 못하는 모험가에게 호각을 불어 위험을 경고하는 사람은 아무도 없었다. 무엇보다 카스토르프에게는 자연에 대한 공감과 용기가 있었고, 언젠가 사육제 날 밤에 뒤에서 경고하던 세템브리니의 말에 주의를 기울이지 않았듯이, 그는 등 뒤에서 소리치는 말에 더 이상 신경을 쓰지 않았다. "엔지니어 양반, 이성을 가지시오!" 이렇게 세템브리니가 말하면, 그는 '그렇지, 당신은 이성과 반역을 주장하는 악마 같은 교육자지' 하고 생각했다. '그런데 나는 당신이 좋아. 당신은 허풍선이에 손풍금장이이긴 하지만, 선의로 그렇게 하는 거야. 당신은 날카롭고 키작은 저 예수회 회원이자 테러리스트, 번뜩이는 안경을 쓰고 고문을 가하고 곤장을 치는 형리보다 선의를 가지고 그렇게 떠들어 대지만, 저 예수회 회원보다는 내 마음에 더 들어. 둘이서 언쟁을 벌일 때는 언제나 거의 나프타가 정당한 것 같지만 말이야. 중세에는 신과 악마가 사람을 놓고 그랬던 것처럼 당신들 둘은 교육적인 측면에서 나의 가련한 영혼을 놓고 치열하게 싸우는 거야.'

한스 카스토르프는 두 다리에 눈가루를 묻힌 채 어딘가 하얗게 반짝거리는 고원을 향해 올라가고 있었다. 고원의 하얀 등성이는 오를수록 테라스처럼 층층이 높아만 가고, 이제 그는 어디로 가고 있는지 알 수가 없을뿐더러, 과연 이 길이 어디로 연결되는지 종잡을 수가 없었다. 고원의 정상은 안개처럼 희뿌연 하늘과 뒤섞여서 하늘과 땅의 경계를 도무지 구분하기 힘들었다. 산봉우리와 산마루도 보이지 않았고, 이런 가운데 카스토르프는 안개가 자욱하여 아무것도 보이지 않는 곳을 향해 계속 올라갔다. 그러자 그의 뒤에 있는 세계, 사람이 거주하는 계곡은 금방 닫히고 눈에서 사라져, 이제는 그곳에서 아무 소리도 다시는 들려오지 않았고, 그리하여 그의 고독과 쓸쓸함은 미처 의식할 겨를도 없이 자신이 소망하던 것 이상으로 깊어졌다.

"우리가 사는 이 세상의 모습은 끊임없이 사라져간다." 그는 인문주의적 정신에는 어울리지 않는 라틴어 문구를 중얼거렸다. ─전에 나프타에게 들었던 말이었다. 그는 가던 길을 멈추고 주위를 살펴보았다. 사방을 둘러보아도 아무것도 보이지 않았다. 하얀 하늘로부터 하얀 땅으로 내려앉는 아주 작은 눈송이들 외에는 보이는 것이 없었다. 사위를 두른 고요가 무언의 세계를 이루고 있었다. 반짝이는 하얀 공허에 눈이 부셔서 시야가 흐려졌지만, 위로 오르며 그는 심장이 쿵쿵 뛰는 것을 느꼈다. 전에 뢴트겐 사진실에서 번갯불이 튀는 동안에 이 심장 근육의 조직, 그 동물적인 형태 및 박동하는 모습을 어쩌면 불손한 태도일지 모르지만 엿본 적이 있었다. 그런데 이제 일종의 뿌듯한 감동이 그를 엄습했다. 요컨대 자신의 심장에 대한 소박하고 경건한 공감, 이 위에서 완전히 홀로 자신의 의문과 수수께끼를 지닌 채 차디찬 공허 속에서 고동치는 심장에 대한 공감이 그의 내부에서 치솟아 올랐다.

한스 카스토르프는 계속 해서 더 높은 곳, 하늘을 향해 올라갔다. 때때로 그는 스틱의 상단 끝부분을 눈 속에 찔렀다가 빼낼 때 깊은 구멍에서 푸른빛이 막대 쪽으로 올라오다가 떨어지는 모습을 지켜보았다. 그는 이를 신기해하면서 오랫동안 멈춰 서서는, 이 사소한 광학 현상을 반복해서 실험해 보았다. 그것은 산과 깊은 땅속에서 발하는 특유의 부드러운 녹청색 빛으로, 얼음처럼 투명하지만 그늘이 있어서 신비에 가득한 매력을 지니고 있었다. 그것은 그에게 어떤 눈빛과 색깔, 세템브리니가 인문주의자의 입장에서 '타타르인의 눈', '초원의 늑대의 눈빛'이라고 경멸조로 말했던 눈, 운명적인 시선으로 바라보는 사팔눈을 연상시켰다. ─어릴 때 보았고, 이 위에서 필연적으로 다시 만난 히페와 쇼샤 부인의 눈을 연상시켰다. "좋아" 하고 히페는 고요한 가운데 나직하게 말했다. "하지만 그걸 부러뜨리지 마. 나사를 돌리면 심이 나오니까." 그런데 그는 뒤에서 이성을 갖도록 하라는 뚜렷한 경고의 소리를 얼떨결에 들었다고 생각했다.

오른쪽으로 약간 떨어진 곳에서 숲이 안개처럼 피어올랐다. 그는 하얀 초월적 세계 대신에 현실적인 목표를 눈여겨보기 위해 숲 쪽으로 몸을 돌렸다. 그러다가 지면이 움푹 꺼진 것을 조금도 의식하지 못한 채 갑자기 활강하기 시작했다. 흰빛에 눈이 부셔 지형을 식별할 수가 없었던 것이다. 아무것도 보이지 않았고, 모든 것이 시야에서 사라져 버렸다. 때로는 전혀 예기치 않게 장애물이 불쑥 면전에 솟아올랐다. 그는 경사도를 자세히 살피지도 않고 무턱대고 활강을 시도했다.

그를 끌어당긴 숲은 그가 뜻밖에 빠져 들어간 협곡의 건너편에 있었다. 보들보들한 눈으로 덮인 골짜기의 바닥은 산맥 쪽으로 경사를 이루고 있음을 그는 어느 정도 달려 내려가다가 알아차렸다. 하강을 계속하자 좌우의 비탈이 융기되어 있었고, 길은 마치 산 속으로 주름이 난 것처럼 움푹 패어 있었다. 그 길을 지나자 이윽고 스키의 끝이 다시 위로 올라가기 시작했다. 한스 카스토르프의 정처 없는 스키 모험은 다시 넓게 트인 산중턱에서 하늘로 향했다.

그는 뒤와 아래쪽에서 침엽수림을 살펴보았다. 이어서 그쪽으로 몸을 돌려 빠르게 활강하여 내려가 눈을 뒤집어 쓴 전나무 숲에 도달했다. 쐐기 모양으로 나란히 서 있는 전나무 숲은 안개에 싸인 경사지대의 숲과 연결되다가 위쪽으로 나무가 없는 지역까지 돌출해 있었다. 카스토르프는 전나무 가지 아래에서 휴식을 취하며 담배를 피웠으나, 깊이 가라앉은 정적과 모험 속에서의 고독에 사로잡혀서 그의 영혼은 계속 압박과 긴장, 불안의 상태에 빠져 있었다. 하지만 고독의 두려움을 떨칠 수 있다는 사실에 자부심을 느꼈고, 이런 세계에 들어와 있는 자신의 품격을 느끼며 용기가 솟구쳤다.

오후 세 시가 되었다. 점심 식사를 마치자 즉시 그는 스키를 타기 위해 요양원을 떠났다. 그는 정오의 안정 요양 일부분과 오후의 차 마시는 시간을 거르고 어두워지기 전에 돌아올 생각으로 출발한 것이다. 몇 시간 동안 야외를 마음대로 돌아다니는 멋진 일이 있다고 생각하니 그의 마음은 즐거움으로 가득했다. 그의 승마 바지 주머니에는 초콜릿 몇 개가 들어 있었고, 조끼 주머니에는 작은 포트와인 한 병이 들어 있었다.

태양의 위치는 짙은 안개로 거의 알 수가 없었다. 뒤쪽으로 보이지는 않았지만 산 모서리 쪽 골짜기의 출구에서 검은 먹구름이 몰려 있었고, 안개도 더욱 짙어지면서 이쪽으로 몰려오는 것 같았다. 절박한 필요에 부응하려는 듯 훨씬 더 많은 눈이 내릴 것 같았다. —본격적인 눈보라로 변할 것 같았다. 그리고 정말 조그만 눈송이들이 산허리 위에서 소리 없이 내리더니 갈수록 눈발이 거세지기 시작했다.

한스 카스토르프는 숲에서 나와 눈송이를 소매에 받아서는, 아마추어 연구가의 눈으로 자세히 관찰하기 시작했다. 그것은 형체가 없는 부스러기 알갱이처럼 보였지만, 카스토르프는 베르크호프에서 눈송이를 여러 번 확대 렌즈로 관찰한 적이 있어서 그것이 얼마나 섬세하고 규칙적인 보석의 미세 입자로 이루어져 있는가를 잘 알고 있었다. 이 때문에 아무리 꼼꼼한 보석 세공업자라 할지라도 이와 같은 자연의 보석, 별 모양의 훈장, 다이아몬드 브로치보다 더 멋지고 섬세한 보석을 만들어 낼 수 없었을 것이다. 그렇다, 숲 전체에 쌓여 있고, 산과 골짜기를 뒤덮고 있으며, 그의 스키를 미끄러지게 해 주는 이 가볍고 보들보들한 하얀 눈가루는 고향 바닷가의 모래를 상기시키는 것 외에도 다른 특성을 지니고 있었다. 주지하듯이 눈송이를 구성하는 것은 모래알이 아니라, 무수한 물방울이 응결된 다양하고 조화로운 결정(結晶)의 작은 입자였다. —식물과 인체의 생명 원형질을 부풀게 하는 무기 성분인 물방울의 입자였다. 무수히 많은 마법의 별의 입자들은 육안으로는 식별되지 않는 신비로운 작은 보석인 것으로, 그들 중 어느 것 하나도 같은 것이 없었다. 그 마법의 입자들에는 항상 동일한 기본형, 변과 각이 동일한 육각형이 지극히 섬세한 변형을 이루는 가운데 무한한 독창력의 욕구가 도사리고 있었다. 그러나 이 차가운 생성물 어느 것이든 자체 내에 절대적인 균형과 냉철한 규칙성을 가지고 있어서, 정말이지 이것이야말로 무서운 점, 비유기적이고 생명에 적대적인 측면이었다. 그것은 지나치게 규칙적이었다. 생명을 이루는 실체가 그 정도로 규칙적인 경우는 결코 없었고, 생명은 그렇게 엄격한 정확성에 몸서리를 쳤다. 생명은 그것을 치명적인 것, 죽음 그 자체의 비밀로 느꼈다. 그래서 카스토르프는 태고의 신전 건축가가 기둥을 설치함에 있어서 무엇 때문에 고의적으로 남몰래 균형을 약간 깨었는지 이해가 된다고 생각했다.

한스 카스토르프는 스키를 타고 앞으로 힘차게 미끄러져 나아가다가, 숲 가장자리의 두꺼운 눈으로 덮인 비탈길을 내려와 안개 속을 뚫고 지나갔다. 그는 언덕을 올라갔다가 미끄러져 내려오면서 죽음의 지대를 목적도 없이 유유히 돌아다녔다. 근처에는 잔물결이 일렁이는 공허한 설원이 펼쳐져 있었고, 그 위로는 거무스레한 눈 잣나무 덤불들로 이루어진 말라붙은 식물들이 보였다. 부드러운 언덕이 지평을 이루며 펼쳐진 설원은 놀랄 정도로 모래 언덕과 흡사했다. 카스토르프는 자리에 멈춰선 채 그 유사한 광경을 즐기며 흡족한 마음으로 고개를 끄덕였다. 그는 얼굴이 뜨겁고 사지가 가볍게 떨리는 것을 느꼈다. 게다가 흥분과 피로가 뒤섞여 취한 것처럼 얼큰한 기분이었지만, 그는 공감하는 마음으로 이를 견뎠다. 그럴 것이 이 모든 것은 자극적인 동시에 수면제의 원소를 잔뜩 지닌 바닷바람과 아주 흡사한 작용을 친근감 있게 상기시켰기 때문이었다. 그는 흡족한 마음이 되어 이 날아다니는 신발로 사방을 자유롭게 돌아다녔다. 그의 앞에는 그를 막아서는 길이 없었고, 여기로 왔을 때처럼 되돌아갈 때도 그를 끌고 갈 길은 없을 터였다. 처음에는 말뚝이나 땅에 꽂은 막대기가 눈에 관한 신호체계를 담당했었다. 그러나 그는 곧 그 체계의 감독 기능을 고의로 무시해버렸는데, 왜냐하면 그것은 호각을 든 남자를 생각나게 했고, 겨울의 거대한 황량함에 대한 그의 내면적 상태와 어울리지 않는 것 같았기 때문이었다.

그는 눈 덮인 바위 언덕 사이를 때로는 왼쪽으로, 때로는 오른쪽으로 지나갔다. 언덕 뒤에는 비탈이 있었고, 이어서 평원, 그 다음에는 커다란 산맥이 나타났다. 눈이 하얗게 덮여 있는 협곡과 통로는 그에게 지나갈 수 있으니 오라고 유혹하는 것 같았다. 그렇다, 먼 지평과 높은 산들, 늘 새롭게 싹트는 고독이 카스토르프의 마음에 강렬하게 작용하고 있었다. 그리하여 그는 늦게 돌아갈 위험을 무릅쓰고 황량한 침묵, 무시무시하고 아무것도 보증해 주지 않는 세계로 점점 더 깊숙이 들어가려고 시도했다. 물론 검은 베일처럼 이 근방에 어둡게 드리워진 하늘이 때 이르게 더욱 컴컴해지자, 그의 긴장감과 답답한 마음은 현실적인 두려움으로 바뀐 것도 사실이었다. 이렇게 두려움이 일어나자 그는 문득 자신이 골짜기와 인가가 어느 쪽에 있는지 은밀히 방향을 잡으려다가 깜빡 잊었다는 사실을 깨달았지만, 지금이야말로 자신이 바라던 완벽한 상태였다. 당장 가던 길을 돌아서서 골짜기 아래로 계속 내려가면, 베르크호프에서 꽤나 멀리 떨어져 있지만 너무 빨리 그곳에 도착하게 될 것이다.

그렇다, 지금 돌아가면 너무 빨리 도착하여 시간을 다 써 버리지 않은 셈이 될 것이다. 반면에 거센 눈보라가 엄습하면 돌아가는 길을 한동안 찾지 못할 수도 있을 것이다. 그러나 이 때문에 때 이르게 도피한다는 것은 있을 수 없다고 그는 자신을 다그쳤다. 공포, 요컨대 자연의 힘에 대한 공포가 솔직히 그의 가슴을 강하게 억누르는 것 같았다. 이럴 경우에 운동선수라면 무모한 행동을 거의 하지 않았을 것이다. 왜냐하면 운동선수는 자연의 힘을 자유자재로 지배할 수 있을 때에만 그런 힘과 상대를 하지만, 그렇지 않으면 신중히 행동하고 굴복하는 것이 현명한 사람이기 때문이었다. 이에 반해 한스 카스토르프의 영혼 속에서 발생한 일은 한마디로 규정하면 도전이었다. 도전이라는 말에 상응하는 불손의 감정은 솔직히 엄청난 공포와도 결부되어 있지만 ―이 경우에 특히 결부되어 있지만―, 도전이라는 낱말에는 상당한 결점 또한 내포되어 있었다. 그럼에도 인간적으로 잘 숙고해보면 카스토르프처럼 이 위에서 여러 해를 살아온 젊은이의 영혼 밑바닥에는 많은 것이 쌓여 있음을 대략 헤아릴 수 있을 것이다. 아니, 카스토르프라는 엔지니어가 많은 것이 '축적되어' 있다고 말한 바와 같이 그것이 어느 날 울화가 치밀고 초조한 마음에 '이게 뭐야!'라든가 또는 '자, 덤벼라!'와 같은 격렬한 반응, 바로 도전과 거부의 반응으로 나타나게 되면, 현명하고 신중한 태도는 사라질 수도 있는 것이다.

그는 이제 긴 스키를 타고 언덕을 미끄러져 내려간 다음 이어서 산비탈로 올라갔다. 거기서 약간 떨어진 곳에는 지붕에 돌을 올려놓은 건초 더미이거나 목동의 오두막으로 보이는 목조 가옥이 있었다. 그는 가장 가까운 산으로 올라갔는데, 산등성이에는 전나무가 빳빳한 털처럼 자라고 있고, 뒤로는 높은 봉우리들이 안개 속에서 우뚝 솟아 있었다. 드문드문 나무 군락으로 차 있는 눈앞의 절벽은 가팔랐지만, 그는 계속 더 가면 무엇이 나오는지 보기 위해 적당히 경사진 절벽을 오른쪽으로 비스듬히 반쯤 돌아 뒤쪽으로 가려고 했다. 그는 오두막이 있는 뜰 앞에서 다시 오른쪽에서 왼쪽으로 떨어지는 꽤 깊은 골짜기로 내려간 후 호기심 어린 탐구 작업에 착수했다.

그러나 그가 다시 위로 올라가려고 했을 때, 예상했던 대로 눈발이

날리다가 눈보라가 치기 시작했다. 맹목적이고 무지한 자연의 힘과 관련하여 우리가 '위협'이라는 말을 거론할 수 있다면, 한마디로 말해 진작부터 위협이 되었던 일종의 눈보라가 치기 시작했다. 이렇게 말하면 비교적 마음이 편안해지겠지만, 자연의 거대한 힘은 우리를 파괴시키는 것을 목적으로 하는 것은 아니다. 그런 일이 부수적으로 일어날 수는 있지만, 자연의 힘은 그런 것이 아니라 끔찍할 정도로 냉담할 따름이다. 한스 카스토르프는 최초의 돌풍이 짙은 눈보라 속으로 몰려와 자신을 덮치자, '안녕!' 하고 인사하면서 가던 길을 멈춰 섰다. 그러면서 '이상한 낌새가 드는군, 뼛속까지 스며들다니' 하고 생각했다. 그런데 정말 이 바람은 지독히 매서웠다. 실제로 영하 20도나 되는 혹독한 추위가 계속되고 있었지만, 평소처럼 건조한 공기가 미동 없이 잔잔하면 영하 20도나 되는 것으로는 안 느껴지고 온화한 기분이 들었다. 그러나 추위가 바람결에 밀려들자 그 추위는 칼로 살을 도려내는 것 같았다. 그리고 지금처럼 계속된다면 —최초의 돌풍은 다만 징후에 불과했기 때문이었다— 일곱 장의 모피를 덮어도 얼음처럼 차가운 죽음의 공포로부터 온몸을 보호하기에는 역부족일 것 같았다. 게다가 카스토르프는 일곱 장의 담요가 아니라 단지 양털 조끼 하나만 입고 있었다. 다른 때라면 양털 조끼만으로도 충분했고, 햇볕이 조금이라도 있으면 그것조차 귀찮을 때가 있었다. 그런데 바람이 뒤에서 약간 옆으로 불어오고 있어서 행여 돌아서다가 바람을 정면으로 맞는 것은 별로 바람직하지 않았다. 이렇게 우려하는 마음에 그의 반항심 내지 '이게 뭐야!' 하는 철저히 고집스런 생각이 뒤섞여 들었다. 그리하여 흥분에 사로잡힌 젊은이는 드문드문 서 있는 전나무 사이를 지나 계속 앞으로 나아가서는, 계획대로 산 뒤쪽으로 올라가기 시작했다.

그렇지만 이만저만 힘든 일이 아니었는데, 왜냐하면 마치 기척도 없이 조용히 소용돌이치며 짙게 내려와 사방을 가득 채우는 눈송이의 현란한 춤으로 인해 그는 아무것도 볼 수 없었기 때문이었다. 몰아치는 차가운 돌풍 때문에 귀가 떨어질 것처럼 화끈거렸고, 온몸은 얼어 마비되었다. 두 손마저 감각을 상실하여 스틱을 쥐고 있는지 아닌지 알 수가 없을 정도였다. 눈이 바람을 타고 목으로 들어와 등을 타고 내리며 녹았고, 그의 양쪽 어깨에도 쌓이는가 하면, 오른쪽 옆구리에도 들이쳤다. 그는 스틱을 뻣뻣한 손으로 쥔 채 여기서 눈사람처럼 얼어붙을지도 모른다고 생각했다. 비교적 유리한 상태에서도 이렇게 견딜 수가 없는데, 만일 몸을 돌린다면 더욱 난처한 지경에 빠져야 할 처지였다. 물론 귀로는 상당히 험한 길이 될 것이 뻔했고, 이제는 돌아가는 것을 망설일 때가 아니었다.

한스 카스토르프는 멈춰 서서 화가 난 듯이 어깨를 으쓱하고는 스키의 방향을 돌렸다. 그러자마자 맞바람이 몰아쳐와 호흡이 곤란해졌다. 따라서 그는 호흡을 가다듬고 평정심을 되찾아 냉담한 적에 맞서기 위해, 불편하지만 다시 한 번 방향을 전환해야만 했다. 그리하여 머리를 숙이고 조심스럽게 호흡을 조절하면서 바람을 정면으로 뚫고 앞으로 나아갈 수 있었다. 그런데도 무엇보다 앞이 보이지 않고 호흡이 곤란하여 이렇게 힘든 상황을 예상은 했어도 앞으로 나아가는 것이 어려워 깜짝 놀라지 않을 수 없었다. 그는 첫째로는 돌풍을 피하여 숨을 고르기 위해, 다음으로는 머리를 숙이고 눈을 깜박이며 앞을 보아도 희뿌옇게 쏟아지는 눈에 가려 아무것도 보이지 않았기 때문에 매 순간 정지하지 않을 수 없었다. 또한 나무에 부딪히거나 장애물에 걸려 넘어지지 않기 위하여 그렇게 하지 않을 수 없었다. 눈송이들이 한꺼번에 얼굴로 날아와 녹는 바람에 얼굴이 꽁꽁 얼어붙었다. 눈송이가 입 안에도 날아 들어와 연한 물맛을 내면서 녹아 내렸다. 눈꺼풀에도 눈송이가 날아드는 바람에 그는 경련을 하면서 눈을 감았고, 두 눈에도 물이 흠뻑 젖어서 앞을 내다볼 수가 없었다. 게다가 시야가 두꺼운 베일에 가린 채 온통 하얀 빛으로 반짝거리는데다가 이미 시각이 거의 차단되어 있었기 때문에, 아무리 앞을 빤히 바라본다고 해도 아마 소용이 없었을 것이다. 억지로 본다고 해도 그의 눈앞에 보이는 것은 무의 세계, 소용돌이치는 하얀 무의 세계였다. 가끔씩 현상계의 유령 같은 그림자만이 어른거릴 따름이었다. 예컨대 잣나무 덤불, 가문비나무 군락, 방금 전에 지나온 건초더미가 쌓여 있던 헛간의 흐릿한 실루엣이 어른거릴 따름이었다.

그는 헛간을 뒤로하고, 그것이 있었던 산비탈을 지나 돌아가는 길을 찾아보았다. 하지만 길은 나타나지 않았다. 대략 요양원 쪽으로 방향을 잡아 골짜기로 내려간다는 것은 분별력의 문제라기보다는 오히려 요행에 가까웠다. 아무리 해도 눈앞에 손만 보일 뿐, 스키의 끝부분도 보이지 않았던 것이다. 설령 시계가 더 좋았다 할지라도, 전진을 지극히 힘들게 하는 방해 요소들은 많았을 것이다. 얼굴 앞에는 온통 눈이 었고, 돌풍까지 매섭게 몰아쳐 도무지 호흡을 할 수가 없었다. 숨을 내쉬고 들이쉴 수가 없어서 매 순간 얼른 고개를 돌려야 했다. 그러니 그 어떤 사람, 카스토르프나 더 강한 사람일지라도 쉽게 전진할 수는 없었을 것이다. 그는 멈춰 서서 숨을 헐떡거렸다. 이어서 속눈썹에 젖은 물기를 눈을 깜빡여 닦아내고는, 몸 앞쪽에 쌓여 있는 눈의 하얀 갑옷을 손으로 털었다. 그러면서 이런 상황에서 앞으로 나아가는 것을 터무니없이 무모한 행동으로 느꼈다.

그럼에도 한스 카스토르프는 앞으로 나아갔다. 말하자면 제자리에서 조금 움직였다. 이렇게 하는 것이 이치에 합당한지, 또 자신이 올바른 방향으로 전진하고 있는지, 멈춰 서 있는 것이 차라리 더 나은 것은 아닌지 (하지만 타당한 것 같지 않았다) 생각하기도 했지만, 개연성을 따져보아도 그럴 수는 없었다. 그러나 실제적으로 보았을 때 카스토르프는 곧 불길한 느낌을 갖게 되었다. 근본적으로 모든 일이 잘못되면서 자신이 올바른 방향으로 가고 있지 않은 것 같았다. 요컨대 그는 혼신의 힘을 다하여 협곡에서 올라와 다시 평평한 산비탈에 도달했건만, 그곳을 다시 떠나야 할 것 같았다. 평원이 너무 짧아서 그는 다시 위로 올라가고 있었다. 남서쪽 골짜기 입구에서 불어온 돌풍이 그를 미친 듯이 밀어붙여서 가던 방향이 달라진 것이 틀림없었다. 벌써 오랫동안이나 기진맥진하며 앞으로 나아갔지만 잘못 가고 있었다. 회오리치는 하얀 밤의 적막에 둘러싸인 채 그는 맹목적으로 냉정하고 위협적인 곳으로 더욱 깊숙이 전진해 들어가고 있었다.

"이거 큰일 났군!" 그는 이빨을 꽉 깨문 채 소리치고는 가던 길을 멈추었다. 전에 라다만토스가 그의 침윤된 부분을 발견했을 때와 마찬가지로 일순간 차디찬 손에 심장이 움켜잡힌 듯 경련하면서 늑골 쪽에서 쿵쿵 뛰기 시작했지만, 그는 더 격렬한 말을 입 밖에 내지는 않았다. 도전은 그 자신의 몫이며, 모든 걱정스런 사태도 스스로 자초하였기에 아우성치고 큰 제스처로 항변할 권리가 없다는 것을 그도 잘 알고 있었기 때문이었다. "괜찮아"라고 그는 말했다. 그러나 표정과 안면 근육이 얼어붙어서 영혼의 명령에 따르지 않았고, 공포나 분노, 멸시의 감정을 전혀 표현할 수 없음을 느꼈다. "이제 어떻게 하나? 여기서 비스듬히 내려간 다음 앞으로 달려가는 거야, 맞바람을 받으며. 말이야 쉽지만 실행하기는 어려운 법이지." 그는 다시 움직이기 시작하면서 숨을 헐떡이고 완전히 지친 표정으로 중얼거렸다. 하지만 실제로는 작은 소리로 계속 말을 내뱉었다. "그래도 뭔가 해봐야지, 제자리에 앉아 기다릴 수는 없지. 그러다간 규칙적인 육각형에 덮여 버릴지도 모르니까. 세템브리니가 호각을 불면서 나를 찾으러 오면, 나는 여기서 머리에 눈모자를 비스듬히 뒤집어쓰고, 꽁꽁 얼어붙은 유리알 눈을 한 채 쪼그려 앉아 있겠지." 그는 자신이 혼잣말을, 그것도 꽤나 이상하게 혼잣말을 하고 있음을 알아차렸다. 이 때문에 그는 자책했지만, 입술이 마비되었어도 다시 작은 소리로 또렷하게 중얼거렸다. 그러나 결국은 입술을 사용하는 것을 포기했고, 입술의 도움으로 발음되는 자음 없이 말을 내뱉었다. 이때 전에도 마찬가지로 그런 적이 있었던 사육제 날 밤의 상황이 문득 떠올랐다. 그는 "입 다물고 앞으로 나아갈 방도를 찾아야 해"라고 말하고는 이렇게 덧붙였다. "헛소리나 지껄이고, 제 정신이 아닌 모양이야. 자칫하면 안 좋은 사태가 벌어지겠어."

물론 탈출이라는 관점에서 볼 때 '사태'가 안 좋다는 것은 순전히 통제 역할을 맡은 이성의 일, 다시 말해 걱정을 해 주면서도 어느 정도는 낯설고 냉담한 이성이 확증해야 할 일이었다. 자연의 일부에 속하는 육체는 점점 더 피곤해지면서 자신을 차지하려고 손을 내미는 혼미한 상태에 몸을 맡기려고 했지만, 그는 이런 경향에 경각심을 갖고 자신을 힐책했다. "이는 산에서 눈보라를 만나 다시는 길을 찾지 못하는 인간이 체험하는 극한상황 가운데 한 가지인 거야." 그는 힘들게 전진해 나아갔다. 그러면서 숨을 헐떡이고 기진맥진한 채로 몇 마디 중얼거렸지만, 신중을 기하며 더 확실한 표현은 피했다. "나중에 이런 경험담을 듣는 사람은 너무나 끔찍한 일이라고 생각하겠지만, 병이 —나의 상태는 어느 정도 병이기는 하지— 환자와 서로 타협할 수 있도록 조정한다는 걸 잊어버린 거야. 병에 걸리면 지각의 감퇴, 마취상태의 은총, 자연이 부여하는 고통 완화의 조치 같은 것이 있지, 정말 그래. 그렇지만 우리는 이에 맞서 싸워야 해. 왜냐하면 자연의 이런 측면은 두 개의 얼굴을 하고 있고, 지극히 이중적 의미를 지니고 있기 때문이야. 이 모든 것에 대한 평가는 관점에 달려 있어. 집으로 돌아갈 필요가 없는 사람의 경우에 자연은 호의적이고 일종의 자선 행위를 하는 것이지만, 반면에 나처럼 집으로 돌아가는 것이 아직은 중요한 경우에 자연은 아주 악의를 품고 있는 것이니까 어떻게든 맞서 싸워야 하는 거야. 나는 여기서 이거세게 박동하는 심장 소리를 들으며 끔찍하게 규칙적인 눈의 결정들 속에 파묻히고 싶지 않으니까 말이야."

사실 그는 이미 기진맥진한 상태였다. 게다가 혼미하고 열에 들떠 있어서 희미한 의식을 잃지 않으려고 애썼다. 그랬기에 그가 평탄한 길에서 벗어났다는 것을 알았을 때에도 평소라면 아마 깜짝 놀라 어쩔 줄 몰랐을 텐데 그러지 않았다. 이번에는 분명히 다른 쪽으로, 내리막 길로 향하고 있었다. 왜냐하면 그는 맞바람이 비스듬히 부는 방향으로 활강하고 있었고, 이래서는 안 되는 것을 알면서도 우선은 이렇게 내려가는 것이 가장 편했기 때문이었다.

'괜찮아' 하고 그는 생각했다. '계속 내려가다 보면 다시 방향을 잡을 수 있겠지.' 그는 이렇게 했거나 또는 하리라 생각했다. 아니면 그것이 옳지 않다고 생각하기도 했는데, 자신이 그렇게 했든 하지 않았든 상관없다고 생각하기 시작한 것은 더욱 우려할 만한 일이었다. 그러다 보니 그가 기진맥진한 채로 어떻게든 막아보려던 희미한 의식마저 이탈하기 시작했다. 카스토르프는 '익숙하지 않은 것에 적응하라'는 고산지대의 방식에 동화된 손님이었다. 이런 그에게 늘 친숙했던 피로와 흥분의 혼합 상태가 이제는 너무 심해졌던 것으로, 의식의 이탈을 막도록 사려 있게 행동하라는 말은 있을 수 없는 일이었다. 정신이 몽롱하고 현기증이 나는 바람에 그는 도취와 흥분으로 몸을 떨었다. 이는 나프타와 세템브리니의 논쟁을 겪은 뒤의 상태와도 유사했으나, 그때와는 비교도 안 될 만큼 정도가 심했다. 이 때문에 그는 의식이 희미해지고 마비되는 것을 막지 못하는 자신의 나태함을 두 사람의 논쟁에 대한 어렴풋한 추억을 떠올림으로써 미화하려고 했다. 그는 육각형의 눈꽃에 묻히고 만다는 사실에 분노와 경멸을 느끼면서도 의미가 있든 의미 없는 헛소리이든 다음과 같이 몇 마디 말을 중얼거렸다. "나로 하여금 이렇게 수상쩍은 의식 저하의 상태와 맞서 싸우도록 독려하려는 의무감은 단순한 윤리에 지나지 않아, 말하자면 초라한 삶의 시민성과 비종교적 속물근성에 불과한 거지." 그런 다음 그는 다시 중얼거렸다. "누워 쉬고 싶다는 소망과 유혹이 내 마음을 사로잡는구나. 그럴 때면 나는 마치 모래 폭풍이 부는 사막에 있는 것 같아. 아라비아 사람들은 그럴 때 얼굴을 푹 숙이고, 모자 달린 외투를 머리까지 뒤집어쓴다지." 다만 그는 모자 달린 외투가 없고, 자신의 양털 조끼로는 머리까지 제대로 뒤집어쓸 수 없는 상황이므로 자리에 누워 쉴 수 없다고 생각했다. 물론 그는 어린아이가 아니었고, 게다가 여러 가지 들은 말이 있었기 때문에 사람이 어떻게 얼어 죽는가를 아주 상세히 알고 있었다.

얼마 동안 그는 꽤 빠른 속도로 비탈길을 활강하다가 평탄한 곳을 약간 달렸다. 그러자 다시 꽤나 가파른 오르막길이 시작되었다. 골짜기로 내려가는 도중에도 오르막길이 다시 한 번 있었으므로 꼭 길을 잘못 들었다고 단정할 수는 없었다. 바람은 다행히 변덕을 부리며 방향을 바꾸었고, 이제는 등 뒤에서 불어왔기에 한스 카스토르프는 그 자체가 감사할 만한 일이라고 생각했다. 그런데 폭풍이 불어와 그가 몸을 숙인 것일까, 아니면 어스름한 눈보라에 가려서 흐릿해진 눈앞의 부드럽고 하얀 비탈에 매력을 느껴서 그가 그쪽을 향해 몸을 숙인 것일까? 하얀 비탈에 자신을 맡기려면 거기에 몸을 숙이기만 하면 될 것이고, 그러고 싶은 유혹 또한 컸다. 전형적으로 위험한 상황을 뜻한다고 책에 쓰여 있듯이 유혹은 이루 말할 수 없이 컸으며, 게다가 생생하고 구체적인 유혹의 힘은 전혀 사라지지 않았다. 유혹은 개별적인 권리를 주장하고 있었고, 일반적으로 알려진 것에 분류되어 그 속에서 재인식되기를 바라지 않았으며, 스스로를 전례 없고 아주 절박한 것이라고 주장하고 있었다. —물론 유혹이 특정한 측면에서는 속삭임, 스페인 식 검은 옷을 입은 존재가 고취시키려는 어두운 영감 같은 것이라는 것을 부인할 수 없었다. 그는 새하얀 접시 모양의 주름 잡힌 옷깃이 달린 검은 옷을 입고 있는 자였다. 그의 이념과 철저한 관념은 온갖 음산한 것, 예수회의 날카롭고 인간에 적대적인 면, 갖가지 고문과 태형을 가하는 형리의 특성과 결부되어 있었다. 이에 대해 세템브리니는 혐오감을 나타냈지만, 손풍금과 이성을 내세우는 인문주의자는 이런 나프타에 비하면 단지 우스꽝스런 존재에 지나지 않았다.

그렇지만 카스토르프는 진지한 자세를 견지하면서 비탈에 눕고 싶은 유혹에 저항했다. 그는 아무것도 볼 수 없었지만, 계속 투쟁하며 앞으로 나아갔다. 제대로 목적지를 향하는 것인지 알 수 없었어도 최선을 다했다. 차디찬 바람이 사납게 몰려와 전신이 무겁게 눌리고 있었지만 계속 움직였다. 오르막길이 너무 가팔라서 이런 저런 생각 없이 옆으로 방향을 전환하여 한동안 비스듬히 나아갔다. 경직된 눈꺼풀을 억지로 뜬 채 앞을 살피는 것이 너무 힘들었고, 그렇게 해보아도 소용이 없어서 더 이상 힘들여 노력할 용기가 나지 않았다. 그럼에도 때때로 그의 눈앞에 무엇인가 나타났다. 줄지어 서 있는 가문비나무, 눈 덮인 산기슭 양편에 거무스레하게 보이는 개울 아니면 도랑이 나타났다. 그런데 가던 길은 기분전환을 해주려는지 바람을 거슬러 다시 아래로 이어졌다. 이어서 꽤 먼 곳에 마치 베일이 나부끼듯 인가의 그림자가 둥실둥실 떠서 시야에 들어왔다.

이 얼마나 반갑고 위안이 되는 광경인가! 그 모든 역경에도 불구하고 굳건하게 행동함으로써 인가가 나타난 것이며, 이는 사람 사는 골짜기가 부근에 있음을 알려 주는 표시였다. 아마 저곳에는 거주민이 살고 있을 것이다. 그러면 그들이 사는 집에 들어가 안전하게 보호를 받으며 날씨가 좋아지기를 기다일 수도 있을 것이다. 그 사이에 캄캄한 밤이 찾아오면 필요한 경우에는 동행이나 길 안내를 받을 수도 있을 것이다. 그는 괴물처럼 둥실 떠 있는 어떤 것, 종종 날씨 때문에 어두워진 곳으로 사라져 버리는 어떤 것을 향해 나아갔다. 하지만 그곳에 도달하기 위해서는 바람을 거슬러 사력을 다해 올라가야 했으며, 마침내 거기 도착했을 때 그것이 낯익은 오두막, 지붕에 돌을 얹어 놓은 헛간이라는 것을 확인하고 분노가 치밀어 올랐다. 심지어 당황하고 놀라서 어지럼증을 느낄 지경이었다. 길을 몇 번이나 우회하고 온 신경을 다 써서 찾아온 것이 바로 처음에 보았던 헛간이었다.

이는 정말 최악의 사태였다. 한스 카스토르프의 얼어서 뻣뻣한 입술에서는 순음이 생략된 채 지독한 저주의 말이 흘러 나왔다. 그는 방향을 잡기 위해 오두막 주위를 자세히 살펴보았다. 그러면서 자신이 헛간 뒤쪽에서 다시 이곳으로 왔고, 추정한 바에 따르면 족히 1시간 동안 터무니없고 쓸모없는 노력을 기울였다는 것을 확인하게 되었다. 책에서 읽은 그대로 일이 진행된 셈이었다. 사람들은 제자리를 맴돌며 죽도록 헛수고를 하면서도 앞으로 나아간다고 착각하는 법이었다. 또한 동시에 성가시게 순환하는 세월처럼 어리석게 커다란 원을 그리며 살아왔다. 이렇게 길을 잃고 헤매다가 집으로 돌아가는 길을 찾지 못하는 법이었다. 카스토르프는 책으로만 들었던 이런 현상을 경험하면서 경악감과 아울러 뭔가 만족감을 느꼈다. 그리고 보편적인 일이 자신의 특수하고 개인적이며 현재의 경우에서 정확하게 일어나자 분노와 놀라움에 사로잡혀 자신의 허벅지를 두드렸다.

이 고적한 오두막은 문이 잠겨 있어 안으로 들어갈 수 없었다. 그러나 카스토르프는 앞으로 돌출한 지붕이 그런대로 의지가 될 수 있어서 잠시 이곳에 머물기로 결정했다. 산쪽을 향한 오두막은 그가 통나무로 만든 벽에 어깨를 기대고 있으면 실제로 어느 정도 강풍을 막아주었다. 반면에 기다란 스키 때문에 등을 기대는 것은 제대로 될 것 같지 않았다. 그는 스틱을 옆의 눈 속에 꽂았다. 그런 다음 두 손을 호주머니에 찔러 넣고 양털 조끼의 깃을 올린 채 바깥쪽 다리로 버티며 비스듬히 기대어 서 있었다. 그리고 두 눈을 꼭 감고 어지러운 머리를 널빤지 벽에 기대고는, 골짜기 저편의 절벽이 안개 속에서 때때로 희미하게 나타나는 모습을 간혹 어깨 너머로 눈을 깜박거리며 바라보았다.

그의 상태는 비교적 편안했다. '부득이한 경우 이 정도라면 밤새도록 서 있을 수도 있겠어' 하고 그는 생각했다. '가끔씩 다리를 바꿔서 버티고 선다면 말이야. 말하자면 나 자신의 무게를 다른 쪽으로 옮기고, 그러면서 자연스럽게 몸을 약간 움직이는 거야, 필히 움직여야 해. 몸을 움직이면 겉은 얼어붙어도 내부에는 열이 축적되지. 내가 오두막에서 오두막으로 방황하며 '돌아오긴' 했지만, 이렇게 나들이 다닌 것이 완전히 쓸모없는 짓은 아니었어. 그런데 〈돌아오다〉라는 말은 대체 어떤 의미지? 이런 표현은 보통 때는 내가 잘 사용하지 않는데, 머릿속이 흐릿하다 보니 제멋대로 내뱉은 말이거든. 그렇지만 표현 방식으로 보면 아주 적절한 말 같기도 해. 이렇게 견딜 수 있다는 것은 그나마 다행이야. 눈보라, 이 엄청난 눈보라는 내일 아침까지 계속될지도 몰라. 아니, 어두워질 때까지 계속되면 그건 곤란해. 밤에 헤매다가 다시 돌아오는 것, 빙빙 도는 것은 눈보라 속과 마찬가지로 대단히 위험하기 때문이야. 지금쯤 저녁 무렵, 그러니까 저녁 6시가 다 되었을 텐데. 쓸데없이 돌아다니며 시간을 너무 많이 허비했어. 몇 시나 되었을까?' 그는 얼어붙어서 감각이 없는 손가락으로 호주머니를 더듬어 간신히 시계를 꺼내 들여다보았다. 자기 이름의 첫 글자가 새겨진 용수철 달린 뚜껑이 있는 금시계는 흉곽 속에서 유기적인 체온을 유지하고 있는 자신의 심장, 감동적인 인간의 심장과 흡사하게 여기 황량한 외딴 곳에서도 충실하고 생생하게 똑딱 소리를 내며 움직이고 있었다.

4시 30분이었다. 맙소사, 눈보라가 몰아치기 시작한 때가 거의 그때쯤이었는데, 이게 무슨 일이람. 길을 잃고 헤맨 것이 겨우 15분이란 말인가? '시간이 길어져 버렸어'라고 카스토르프는 생각했다. '헤매며 빙빙 도는 일이 지루한가 봐. 하지만 5시나 5시 반이면 어두워지기 마련이고, 점점 더 캄캄해지겠지. 그 전에 눈보라가 멈추어 빙빙 돌며 헤매는 일이 없어야 할 텐데. 나중에 기운을 차리려면 포도주를 한 모금 마시는 것이 좋겠지.'

그는 오로지 이 약한 술만을 호주머니에 넣어 가지고 왔는데, 왜냐하면 베르크호프에서는 납작한 병에 든 포도주를 준비해 두었다가 나들이를 가는 사람들에게 팔고 있었기 때문이었다. 그렇지만 허락도 없이 추운 산 속에서 눈을 맞으며 헤매다가 이런 상태에서 밤을 맞는 사람을 위해 파는 것은 아니었다. 베르크호프로 돌아갈 생각이라면 감각이 떨어져 있으니 이 포도주는 마셔서는 정말 안 된다고 스스로에게 경고했어야 할 것이다. 그는 몇 모금 마시고 나서야 지금 마신 포도주가 이 위에 처음 도착해서 쿨름바흐 산 맥주를 마셨을 때와 아주 흡사한 효력을 내고 있다는 사실을 깨달았다. 당시에 그는 자중하지 못하고 생선 소스 따위의 말을 함부로 지껄이다가 세템브리니의 심기를 불편하게 한 적이 있었다. —교육자 로도비코 씨는 심지어 제멋대로 날뛰는 사람들이 있으면 눈살을 찌푸리며 이성을 지키도록 독려하곤 했는데, 카스토르프는 지금 그의 듣기 좋은 호각 소리가 경고의 신호로서 공중에서 들려오는 것처럼 느꼈다. 요컨대 달변의 교육자 세템브리니가 골치 아픈 제자이자 삶의 걱정거리 자식인 카스토르프를 미처 날뛰는 상태에서 구원하여 집으로 데려가기 위해 성큼성큼 다가오고 있는 것 같았다.

이는 당연히 터무니없는 상상이었던 것으로, 잘못 마신 쿨름바흐 산 맥주 때문이었다.[*] 왜냐하면 첫째로 세템브리니는 호각이 아니라 손풍금만을 가지고 있었기 때문이었다. 그는 가늘고 긴 다리로 보도에 서서 손풍금을 능숙하게 연주하며 집들을 향해 인문주의적 눈빛을 보내곤 했다. 둘째로 그는 이미 베르크호프 요양원에 사는 것이 아니라 재단사 루카체크 집의 물병이 놓인 헛간 같은 방, 나프타의 비단 깔린 방 위층에 살고 있어서 이곳에서 일어난 일을 알거나 전혀 눈치 채지 못하고 있었기 때문이었다. 게다가 세템브리니는 언젠가 사육제 날 밤에

[*] 주인공은 기진맥진한 상태에서 취기까지 올라 맥주와 포도주를 혼동하고 있다.

카스토르프가 정신이 나간 듯 몽롱한 상태에서 병든 쇼샤 부인, 아니 프리비슬라프 히페에게 연필을 되돌려주던 때와 마찬가지로 그에게 간섭할 권리와 가능성이 전혀 없었다. 그런데 '상태'란 어떤 것이었을까? 상태라는 말이 단순히 은유적 의미가 아니라 정식의 올바른 의미를 획득하려면 그는 서 있지 않고 누워 있어야 했다. 수평 생활이야말로 이 위에 여러 해 있었던 환자들에게 해당되는 상태였다. 밤낮 없이 눈과 혹한에도 불구하고 바깥에서 누워 지내는 데 그는 익숙해져 있지 않았던가? 그런데 이렇게 의식이 혼미한 가운데 '상태'에 관한 자신의 헛소리도 쿨름바흐 산 맥주 탓이자 책에 적혀 있듯이 누워 자고 싶다는 전형적으로 위험한 비상식적 욕망에서 솟아나온 것이라는 사실을 깨닫고는 말하자면 누군가의 손에 옷깃이 잡혀 일어서듯이 눈 위에 누우려던 생각을 접고 퍼뜩 자세를 고추 세웠다. 자칫하면 그는 누워 자라는 위험한 욕망의 궤변과 말장난에 현혹될 뻔했다.

"실수를 했어"라고 그는 중얼거렸다. "포도주는 좋지 않아, 몇 모금만 마셔도 머리가 너무 무겁고 턱이 가슴에 닿을 것 같아. 그리고 내 생각도 불확실하고 맥 빠진 농담 같아서 믿을 수가 없어. 처음에 떠오른 생각뿐만 아니라 그것에 비판적으로 대응한 두 번째 생각도 믿을 수 없다니, 그것 참 불행한 일이야. 그의 연필! 아니, 이 경우에는 그녀의 연필이라고 해야 하고, 그의 연필이라고 해서는 안 되지. 왜냐면 연필은 남성명사이기 때문에 '그의'라고만 해야지, 그 밖의 것은 전부 말장난이야. 하지만 내가 이런 것에 매달려 있다니! 예컨대 나를 지탱하는 왼쪽 다리가 세템브리니의 손풍금에 달린 긴 목발을 연상시킨다는 사실이 훨씬 더 절박한 문제인데 말이야. 그는 늘 보도를 지날 때 무릎으로 손풍금을 밀고 나아가서는, 집 앞 창 아래로 다가가 우단으로 된 모자를 내밀지. 그러면 아가씨들이 모자 속에 동전 몇 닢을 던져 주지. 그런데 이상하게도 내가 눈 속에 눕도록 두 손으로 잡아끄는 것이 있어. 그걸 막아주는 것은 오직 움직이는 것뿐이야. 쿨름바흐 산 맥주를 마신 벌로 나무토막처럼 굳은 다리를 유연하게 하기 위해서라도 나는 몸을 움직여야 해."

그는 어깨를 움직여 기댄 몸을 벽에서 떼 내었다. 그러나 한 걸음도 헛간에서 나아가지 못했고, 게다가 바람이 무섭게 몰아쳐 그는 다시 몸을 기대던 벽 쪽으로 돌아갔다. 헛간 벽은 의심할 바 없이 그가 의지하는 피난처였기에 당분간 거기서 지낼 수밖에 없었다. 기분 전환을 위해 왼쪽 어깨를 벽에 기댄 채 오른쪽 다리로는 몸을 지탱하는 대신에 왼쪽 다리를 흔들어 다리를 풀어주었다. 이런 날씨에는 집을 떠나서는 안 되는 법이야 하고 그는 생각했다. '적절한 기분 전환은 허용될 수 있지만, 뭔가 새로운 일을 벌이며 돌풍과 싸워서는 안 되는 거야. 조용히 서서 머리를 숙이고 있어야지, 일단은 머리가 너무 무거우니까. 이 벽, 통나무 벽은 참 고맙군. 여기서 온기라는 말을 할 수 있다면, 이 벽에서만 나오니 말이야. 어쩌면 기분에 치우치고, 주관적인 생각인지 모르지만, 나무 특유의 온기가 나오고 있어. 아, 저 수많은 나무들! 아, 저 살아 있는 것들의 생동하는 분위기! 얼마나 향긋한 냄새인가!'

그의 아래쪽으로는 그가 발코니에 선 채로 내려다보던 경관처럼 공원이 펼쳐져 있었다. ―그곳은 느릅나무, 플라타너스, 너도밤나무, 단풍나무, 자작나무 등 녹색의 활엽수가 울창하게 자라는 넓은 공원이었다. 활엽수들의 잎사귀 장식은 널찍하고 싱싱하며 희미하게 빛을 내면서 다른 곳과는 가볍게 녹색 층의 대조를 이루고 있었고, 우듬지에서는 나뭇가지들이 가볍게 살랑거리고 있었다. 나무의 숨결이 스민 향기롭고 촉촉한 바람이 불어왔다. 따뜻한 소나기가 지나갔지만, 빗줄기는 햇빛을 받아 영롱한 빛을 발했다. 하늘 저 높은 곳까지 안개비로 반짝이는 대기가 가득 차 있었다. 이 얼마나 아름다운가! 아, 고향의 숨결, 평지의 향기와 충만함, 얼마나 오랜만인가! 새 한 마리 눈에 보이지 않지만 대기에는 새 소리가 가득했다. 예쁘고 감동적이며 감미로운 피리처럼 새들이 구구 소리 내어 지저귀고, 푸드득 날갯짓하며 울고 있었다.

한스 카스토르프는 감사하는 마음으로 숨을 쉬면서 미소를 지어보였다. 하지만 그러는 사이에도 주변의 모든 것이 점점 더 아름다운 모습으로 변해가는 것 같았다. 무지개가 대기를 가로질러 길고 선명하게 호를 그리며 세련된 빛으로 장엄하게 걸려 있었다. 촉촉한 습기를 안은 채 일곱 빛깔로 희미하게 빛나는 무지개는 매끄러운 기름처럼 녹색으로 반짝이는 울창한 숲으로 내려앉았다. 무지개의 아름다운 모습은 음악을 듣는 느낌을 주었다. 예컨대 플루트와 바이올린 소리가 섞인 하프 연주를 연상시켰다. 특히 푸른색과 보라색은 아름다운 채색을 뿌리며 흐르고 있었다. 모든 것이 그 속에 마법처럼 경이롭게 녹아 들어가 변화하면서 새롭게 모습을 드러내고 점점 더 아름다워지고 있었다. 카스토르프는 몇 년 전에 세계적으로 유명한 성악가, 이탈리아 테너 가수의 노래를 들었을 때와 비슷한 느낌을 받았다. 이 가수의 목에서 흘러나오는 은혜로운 예술과 열정적인 힘은 청중들의 가슴에 짙은 감동을 선사한 바 있었다. 그는 처음부터 끝까지 높은 톤을 유지하며 아름답게 노래를 불렀다. 하지만 순간순간 그 열정적인 미성은 부풀어 오르며 커졌고, 점점 더 빛나며 밝아졌다. 그때까지 아무도 알아차리지 못한 여러 겹의 베일이 마치 열정적인 미성에 의해 하나씩 벗겨져 버리는 것 같았다. ―그리하여 가장 바깥쪽의 가장 순수한 빛을 드러내는 마지막 베일, 전혀 있을 수 없다고 생각한 최후의 베일까지도 벗겨져 나간 뒤에는 장내에 광채와 눈물이 어른거리는 장엄한 감정이 홍수처럼 넘쳐흘러서, 급기야 청중들은 도저히 믿지 않는다는 듯이 황홀한 탄성을 질렀고 카스토르프 청년도 하마터면 흐느껴 울 뻔했다. 지금 변화하면서 점점 더 광채를 더해가는 경관도 그때와 같았다.

푸른빛이 넘쳐흐르고 있었다. … 반짝이는 비의 베일이 가라앉고, 멀리 바다가 나타났다. 짙푸른 바다, 은빛으로 빛나는 남쪽 바다에 이어서 옆으로 안개가 피어오르고 멀어질수록 푸른색이 옅어지는 산맥에 반쯤은 둘러싸인 만이 나타났다. 만 옆으로 섬들이 보였다. 섬에는 야자나무가 우뚝 솟아 있거나 사이프러스 나무 숲속에 작고 하얀 집들이 반짝이고 있었다. 아, 그만, 이것으로 너무 충분하고 과분해! 이 얼마나 위대한 축복의 빛이고 천상의 깊은 순수함을 담고 있으며, 환한 바다의 신선함을 드러내고 있는가!

한스 카스토르프는 이제까지 한 번도 이런 모습을 본 적이 없었다. 휴가를 맞아도 남쪽으로는 거의 여행을 가지 않았고, 창백한 빛깔로 철썩이는 북쪽의 거친 바다만을 알면서 그 바다를 어린이다운 우수의 감정으로 동경했다. 반면에 그는 남쪽의 지중해, 나폴리, 시칠리아나 그리스에는 한 번도 가 본 적이 없었다. 그렇지만 기억 속에 아련히 떠오르는 것이 있었다. 그렇다, 그것은 특이하게도 다시 맛보는 재인식 같은 것으로, 그는 지금 이를 즐기고 있었던 것이다. '아, 그래, 이거야!' 하고 그는 마음속으로 부르짖었다. 그는 마치 태양빛을 받아 파랗게 빛나는 바다의 환희를 언제가 맛본 것 같았다. 그것은 그가 예전부터 남몰래, 자기 자신에게도 숨긴 채 가슴속에 간직하고 있었던 환희였던 것으로, 바로 지금 자신의 눈앞에 펼쳐지고 있었다. 물론 '예전'이란 연보라 빛깔의 하늘과 맞닿은 왼쪽의 탁 트인 바다처럼 아득히 먼 어린 시절을 가리키고 있었다.

수평선은 높이 형성되어 있었고, 더 먼 곳일수록 수평선도 높아지는 것처럼 보였다. 이는 한스 카스토르프가 다소 높은 곳에서 근해를 내려다보고 있었기 때문이었다. 숲이 울창한 산들은 바다를 향해 멀리까지 뻗어나가고 있었고, 눈에 보이는 중간의 산허리에서 그가 앉아 있는 곳까지 반원을 이루며 계속 이어지고 있었다. 그가 햇볕으로 따뜻해진 돌계단에 쪼그려 앉은 곳은 해변과 직면한 산정이었다. 그의 앞에는 이낀 낀 돌계단과 듬성듬성 수풀이 있는 언덕이 평평한 해안으로 가파르게 이어져 있었고, 해안에는 갈대 사이로 펼쳐진 자갈밭이 푸른 만과 작은 항구, 근해 지대를 형성하고 있었다. 그리고 이 양지바른 지대, 통행하기 쉬운 언덕, 환하게 웃는 바위 분지뿐만 아니라 바다와 배들이 오가는 섬에도 도처에 사람들의 흔적이 눈에 띄었다. 말하자면 사람들, 태양과 바다의 자식들, 보기에도 기분 좋은 사려 있고 쾌활하고 아름다운 젊은이들이 이리저리 활보하거나 쉬고 있었다. ─이런 모습에 고통이 밀려오면서도 동시에 사랑의 감정이 솟구치면서 카스토르프의 가슴은 활짝 열리는 것 같았다.

젊은이들은 말을 몰고 달렸다. 그들은 히힝 울며 머리를 흔들고 속력을 내는 말의 고삐를 거머쥐고 나란히 달리거나 뒷발로 버둥거리며 저항하는 말의 긴 고삐를 잡아당겼다. 또는 안장 없이 말을 몰며 맨발의 발꿈치로 말의 옆구리를 쳐서는 바다로 돌진해 들어가기도 했는데, 그럴 때면 그들의 누렇게 탄 피부의 등 근육은 햇빛을 받아 꿈틀거렸고, 그들이 소리치거나 말에게 외치는 소리는 왠지 모르게 매혹적으로 울려 퍼졌다. 산중 호수처럼 물가의 언덕을 반사하며 육지로 깊이 들어온 만에서는 아가씨들의 춤사위가 벌어지고 있었다. 이들 가운데 뒷 머리를 높이 땋아서 묶은 한 아가씨의 매력이 특히 돋보였는데, 그녀는 움푹 꺼진 바닥에 두 다리를 넣고 앉아서 피리를 불었다. 그러면서 피 리를 연주하는 손가락 너머로 길고 헐렁한 의상을 차려 입고 홀로 미소 지으며 두 팔을 벌리거나 또는 사랑스럽게 서로 얼굴을 맞댄 채 쌍쌍이 걸음을 옮기는 다른 춤추는 아가씨들을 향해 시선을 고정시키고 있었 다. 피리 부는 아가씨의 희고 가냘프고 긴 등은 연주하는 두 팔의 자세 때문에 옆으로 둥글게 굽어 있었고, 그녀의 뒤로는 다른 아가씨들이 앉 아 있거나 포옹한 채 서서 춤사위를 구경하며 조용히 대화를 나누고 있 었다. 멀찍이 젊은 사람들이 모여서 활쏘기 연습을 하고 있었다. 비교 적 나이든 청년들은 아직 미숙한 고수머리 아이들에게 활을 당기는 법 과 조준하는 법을 가르치면서 함께 과녁을 겨냥하고 있었고, 화살이 윙 소리를 내며 앞으로 나아갈 때, 그 반동으로 비틀거리는 아이들이 있 으면 웃으면서 아이들의 등을 떠받쳐주었다. 이와 같은 광경은 참으로 행복하고 정다워 보였다. 어떤 사람들은 낚시를 하면서 해안의 평평한 바위에 배를 대고 누워서 낚싯줄을 바닷물에 넣어둔 채 연신 한쪽 다 리를 흔들고 있었다. 누운 낚시꾼들은 경사진 자리에 앉아 몸을 펴고 서 힘껏 미끼를 내던지고 있던 옆 사람에게 고개를 돌리며 느긋하게 담 소를 나누고 있었다. 다른 어떤 이들은 돛대와 활대가 달린 갑판이 높 은 배를 바다에 띄우려고 그것을 끌고 밀고 밑에다 받침대를 놓으며 분 주히 일하고 있었다. 아이들은 방파제 사이에서 놀면서 환호성을 질렀 다. 어느 여자는 다리를 뻗고 엎드려 위를 보면서, 한 손으로는 화려한 의상을 가슴 부근에서 위로 추켜올리고, 다른 손은 허공으로 내밀어 잎 사귀가 달린 과일을 낚아채려고 하고 있었다. 반면에 그녀의 머리맡에는 허리가 날씬한 사내가 두 팔을 뻗어 과일을 줄까 말까 장난을 치고 있었다. 어떤 사람은 바위의 오목한 곳에 기댄 채 앉아 있었고, 또 어떤 사람은 두 손을 교차하여 어깨에 대고서 발꿈치로 서서는, 물이 차가운지 시험해 보면서 물가를 우물쭈물 배회했다. 그런가 하면 여러 쌍의 남녀가 해변을 따라 거닐고 있었다. 어느 아가씨를 믿음직스럽게 이끌던 젊은이는 자신의 입을 그녀의 귀에 대고 속삭였다. 털이 덥수룩하게 긴 염소들이 평평한 땅에서 이리저리 뛰놀았고, 갈색 고수머리 위에 챙이 뒤로 처진 작은 모자를 쓴 젊은 목동은 염소들을 감시하고 있었다. 그는 한쪽 손을 허리에 대고 다른 손으로는 긴 막대기로 몸을 기댄 채 높은 곳에 서 있었다.

"어쩌면 이렇게 매력적일까!" 한스 카스토르프는 진심으로 감탄하여 이렇게 중얼거렸다. "참으로 즐겁고 마음을 사로잡는 광경이구나! 여기 이 사람들은 얼마나 귀엽고 건강하며, 현명하고 행복한가! 그렇다, 잘 생겼을 뿐만 아니라 내적으로도 현명하고 사랑스럽다. 나를 이토록 감동시키고 사랑에 빠지게 하는 것은 바로 그들의 본성에 깔려 있는 정신과 감각이라고 나는 말하고 싶다. 그들은 이런 본성에 따라 함께 어울리며 살아가는 것이다!" 그가 이렇게 말한 것은 태양의 자손들이 보여 주는 대단한 친절과 누구에게나 똑같이 배려하는 예의 바른 태도 때문이었다. 그들의 미소 뒤에 감추어진 것은 가벼운 존경심인 것으로, 그들은 거의 알아차리지 못하게, 하지만 모든 사람들에게 깊이 자리 잡은 의식과 체질화된 이념의 힘으로 걸음을 옮길 때마다 서로에게 존경심을 표하고 있었다. 심지어 품위와 엄격함조차도 완전히 명랑한 성격으로 용해되면서 해맑은 진지함이나 사려 깊은 경건성이라는 도저히 형용할 수 없는 정신적 영향으로서 그들의 행위 전반을 결정지었다.

물론 의례적인 것이 전혀 없는 것은 아니었다. 이를테면 갈색 옷을 입은 어떤 젊은 어머니가 이끼가 낀 둥근 바위에 앉아 한쪽 가슴을 풀어 헤치고 아기에게 젖을 물리고 있었다. 그런데 지나가는 사람들 누구나가 특별한 방식으로 그녀에게 인사를 하는 것으로, 거기에는 이들의 일반적 행동에 의미심장하게 무언으로 관례화된 모든 것이 집약되어 있었다. 청년들은 이 어머니를 향해 얼른 의례적으로 가슴 위에다 두 팔을 살짝 교차시키고, 미소를 머금은 채 머리를 숙이고 지나갔다. 반면에 아가씨들은 교회를 찾은 방문객들이 높은 제단 옆을 지나갈 때 고개를 살짝 굽히는 것과 유사하게, 아주 정확하지는 않지만 무릎을 굽히는 시늉을 하면서 지나갔다. 하지만 이 아가씨들은 동시에 활기차고 명랑하며 진심 어린 표정으로 그녀에게 몇 차례 머리를 끄덕였다. 그러면 어머니는 집게손가락으로 가슴을 눌러 아기가 젖을 빨기 쉽게 해 주고는, 젖먹이한테서 눈을 떼어 위를 쳐다보면서 존경을 표하는 사람들에게 미소로 감사함을 전했다. 이처럼 의례적인 겸손과 쾌활하고 친절한 태도의 혼합, 성급함이 없는 온화함을 보면서 카스토르프는 완전히 황홀감에 사로잡혔다. 그는 이런 광경을 계속 보고 있어도 싫증이 나지 않았지만, 그럼에도 자신이 이를 바라보아도 괜찮은 것인지, 또한 추하고 비속하며 볼품없는 장화를 신은 것으로 생각되는 이방인이 명랑하고 예의 바르게 살아가는 이 사람들의 행복한 모습을 엿보는 것은 천벌 받을 일은 아닌지 양심의 가책을 느끼며 자문해 보았다.

이는 그리 마음에 두지 않아도 될 것 같았다. 아름다운 소년이 그가 앉아 있는 자리의 바로 아래쪽에 와서 멈춰 섰기 때문이었다. 옆으로 가르마를 탄 소년의 풍성한 머리칼은 이마와 관자놀이까지 내려와 있었다. 함께 모여 있던 친구들에게서 빠져나온 소년은 두 팔을 가슴에 교차하고 있었는데, 슬프다거나 반항적인 모습은 아니었고, 친구들과 떨어져 있어도 침착한 자세를 전혀 잃지 않고 있었다. 그런데 이때 소년이 시선을 위로 돌려서 카스토르프를 쳐다보았다. 소년은 엿보는 자의 동정을 살피면서 염탐꾼과 바닷가의 경치를 번갈아 바라보았다. 하지만 갑자기 소년은 그의 어깨너머 저 멀리 뒤쪽을 바라보는 것이었다. 그러자 일순간 아름답고 단정하며 앳된 소년의 얼굴에서 서로를 공손하게 배려하는 이곳 사람들 공통의 미소가 사라져 버리는 것이었다. —그렇다, 표정이 어두워지는 것 같지는 않았어도 소년의 얼굴에는 돌처럼 딱딱한 엄숙함, 무표정함, 이유는 알 수 없지만 시체와 같은 싸늘함이 배어 있었다. 마음이 진정되지 못하던 카스토르프는 이를 보고 경악에 사로잡혔지만, 모호하나마 어느 정도 짐작이 가는 것이 있었다.

한스 카스토르프 역시 뒤를 돌아보았다. 그의 뒤에는 이음새마다 이끼가 낀 원통형 석재들로 쌓아 올린 거대한 기둥들이 주춧돌 없이 세워져 있었다. 그것은 신전 입구의 기둥들로, 그는 입구 한가운데의 사방이 훤히 트인 층계 아래쪽에 앉아 있었던 것이다. 그는 답답한 마음으로 일어나 계단을 옆으로 내려간 다음, 신전 입구에 난 길을 따라 깊숙이 들어갔다. 포석이 깔린 길을 따라가자 곧 새로운 열주문(列柱門)이 나왔고, 그곳을 통과하자 이번에는 계단이 가파르고 머리 부분이 널찍한 신전, 비바람에 푸르스름하게 부식된 거대한 신전이 눈앞에 나타났다. 신전의 머리 부분은 강하고 단단하지만 위로 가면서 가늘어지는 기둥들이 떠받치고 있었고, 때때로 홈이 파인 둥근 돌덩이는 접합부에서 밀려나 옆으로 이탈해 있었다. 그는 가슴이 점점 옥죄어 들어 한숨을 내쉬고는, 힘들게 두 손까지 사용해가면서 높은 계단을 올라가 기둥들이 빽빽하게 서 있는 넓은 홀로 들어갔다. 기둥들 때문에 홀이 너무 깊어 보였고, 그래서 그는 의도적으로 중앙을 피하려고 하면서 새파란 바닷가의 너도밤나무 숲속을 거닐 듯 홀 안을 이리저리 거닐었다. 그렇지만 그는 다시 중앙 쪽으로 돌아와 기둥들이 좌우로 갈라지는 곳에 한 무리의 입상이 서 있는 것을 발견했다. 받침대에 세워진 두 여인의 석상은 어머니와 딸 같았다. 나이가 더 들어 보이는 여인은 품위 있고 아주 부드러운 표정을 지으며 앉아 있어서 여신 같은 모습이었지만, 눈동자가 없는 눈 위의 이맛살을 탄식하듯 찌푸리고 있었다. 잔뜩 주름이 진 긴 치마와 외투를 입은 이 귀부인은 물결치는 머리칼을 망사로 덮고 있었다. 둥근 얼굴의 처녀처럼 보이는 다른 여인은 어머니에게 안긴 채 옆에 서서 자신이 입고 있는 상의의 주름 속에 손과 팔을 넣어 감추고 있었다.

그 입상을 자세히 살펴보면서 한스 카스토르프의 마음은 뭔가 불안감과 불길한 예감이 들면서 더욱 무거워졌다. 그는 앞에 보이는 입상 주위를 돌아서 그 뒤에 줄지어 서있는 다음 두 번째 기둥들을 지나갈 용기가 나지 않았지만, 그렇게 하지 않을 수 없었다. 그곳에는 신전 별실의 철문이 열려 있었다. 그곳을 멍하니 들여다보았을 때, 가련한 카스토르프는 무릎이 떨려서 금방이라도 넘어질 것 같았다. 그 안에는 머리칼을 더부룩하게 기르고 흉물스런 유방을 늘어뜨린 채 손가락만한 젖꼭지를 드러낸 반나체의 두 노파가 불이 훨훨 타오르는 화로를 사이에 두고 끔찍하기 이를 데 없는 짓거리를 하고 있었다. 두 노파는 무서울 정도로 조용히 어린아이를 커다란 물통 위에서 손으로 갈기갈기 찢어서 —카스토르프는 부드러운 금발이 피로 더럽혀지는 것을 보았다.— 육체 부위의 이곳저곳을 꿀꺽 삼키고 있었다. 그러자 연한 뼈가 노파들의 입 속에서 딱 소리를 내며 부서지는가 하면, 그들의 끔찍한 입술에서 핏방울이 뚝뚝 떨어졌다. 그는 등골이 오싹하여 꼼짝할 수가 없었다. 두 손으로 눈을 가리려고 했지만 그것조차 할 수 없었고, 달아나려고 해도 도무지 발이 떨어지지 않았다. 이때 두 노파는 잔혹한 일을 하면서도 그를 목격했다. 노파들은 그를 향해 피 묻은 주먹을 흔들며, 그의 고향 사람들이 사용하는 사투리로, 하지만 저속하고 야비한 말을 쉰 목소리로 욕설을 퍼부었다. 살아오면서 이렇게 기분이 나쁜 적은 없었다. 그는 필사적으로 도망치려고 몸부림을 치다가 기둥에 부딪혀 옆으로 자빠졌고, 바로 이 순간 귓가에 노파들의 따가운 욕설을 들으며 차가운 전율로 온몸을 떨다가 잠에서 불현듯 깨어났다. 그는 자신이 머리를 벽에 기대고 스키를 신은 두 다리를 쭉 편 채, 헛간 옆 눈 속에서 팔을 베고 누워 있음을 알아차렸다.

그렇지만 완전히 제 정신을 차린 것은 아니었다. 잔혹한 노파들에게서 벗어났다는 생각에 안도하면서 눈을 껌벅거리기는 했지만, 지금 자신이 신전의 기둥 옆에 누워 있는지, 또는 헛간 옆에 누워 있는지 불분명했다. 물론 이런 것이 그리 중요한 문제도 아니었다. 다만 그는 아직도 어느 정도는 계속 꿈속을 헤매고 있었다. —더 이상 구체적인 상을 보고 있는 것이 아니라 생각으로 꿈을 더듬고 있었지만, 이 때문에 그는 대단히 모험적이고 혼란한 느낌을 받았다.

"나도 물론 꿈이라고 생각했어." 그는 몽롱한 가운데 중얼거렸다. "아주 매혹적이고 지독하게 무서운 꿈을 꾸었어. 나는 근본적으로 오래전부터 이런 꿈을 의식하고 있었어. 이 모든 것은 나 스스로가 만들어 낸 거야. 활엽수 공원과 사랑스런 습기, 나아가 아름답고 끔찍한 것 모든 것을 나는 거의 처음부터 예감했던 거야. 그러나 어떻게 이런 것을 예감하면서 그토록 행복감과 불안감을 스스로 만들어낼 수 있단 말인가? 섬 근처의 아름다운 만과 홀로 서 있던 호감이 가는 소년이 눈빛으로 알려준 신전이 있는 지역을 내가 어떻게 알 수 있었을까? 우리는 자기 나름의 방식대로일지라도 자신의 영혼으로만 꿈을 꾸는 것이 아니라 익명으로 공동의 꿈을 꾸기도 한다고 나는 말하고 싶다. 너라는 사람은 커다란 영혼의 일부일 따름이며, 그 큰 영혼은 아마도 너를 통하여, 너의 방식을 통하여 자신이 항상 비밀스럽게 꿈꾸어 오던 것에 관해 꿈을 꾸는 것이리라. 그 영혼의 청춘과 희망, 행복, 평화에 관해, … 그리고 그 영혼의 피의 향연에 관해 꿈을 꾸는 것이리라. 나는 기둥 곁에 누워 내 꿈의 생생한 흔적을 머릿속에 담아두고 있다. 피의 향연의 싸늘한 전율과 그 이전의 훈훈한 기쁨, 즉 깨끗한 인류인 태양 자손의 행복과 경건한 예절에 대한 기쁨도 머릿속에 담아두고 있다. 이런 것은 나의 것이라고 주장한다. 나는 여기에 누워 그런 것을 꿈꿀 수 있는 확실한 자격이 있다고 주장하는 바이다. 나는 이 위의 사람들 곁에서 방종과 이성에 관해 많은 것을 경험했다. 나는 나프타와 세템브리니와 더불어 위험하기 그지없는 고산준령을 돌아다녔다. 나는 인간에 관해 모든 것을 알고 있다. 나는 인간의 살과 피를 인식했고, 병에 걸린 클라브디아에게 프리비슬라프 히페의 연필을 돌려주었다. 그러나 육체, 생명을 인식한 자는 죽음도 인식한 것이다. 아니, 그것만으로 전부가 아니고, 교육적으로 말하면 오히려 시작에 불과한 것이다. 이것에 덧붙여 다른 절반, 반대되는 요소를 덧붙여야 한다. 그럴 것이 의학이라는 인문과학의 분과가 증명하듯이, 죽음과 병에 대한 모든 관심은 생명에 대한 관심의 다른 표현에 지나지 않기 때문이다. 언제나 생명과 병을 향해 아주 정중하게 라틴어로 말하는 의학은, 내가 이제 전적으로 공감하여 이름을 붙이자면 절박하고 지대한 관심의 반영일 따름이다. 그것은 삶의 걱정거리 자식과 인간에 관한 것이고, 인간의 입장과 상태에 관한 것이다. … 나는 인간에 대해 적지 않게 알고 있으며, 또한 이 위의 사람들에게서 많은 것을 배웠다. 나는 평지에서 이 위로 높이 올라와서는, 가련하게도 호흡이 거의 막힐 지경에 이르렀다. 그럼에도 나는 이제 신전의 기둥 밑에서 그리 나쁘지 않은 전망을 소유하게 되었다. 나는 인간의 입장과 인간의 공손하고 분별력 있고 존경할 만한 공동체에 관해 꿈을 꾸었다. 하지만 그 배후를 보니 신전에서 끔찍한 피의 향연이 벌어지고 있음을 알게 되었다. 태양의 자손들이 서로에게 이렇게 공손하고 매력적으로 대했던 것은 바로 이런 끔찍한 일을 조용히 고려했기 때문이 아니었을까? 그렇다면 그들은 멋지고 아주 우아한 결론을 이끌어냈다고 할 수 있을 것이다! 나는 내 영혼 속에서 그들과 견해를 함께할 것이며, 나프타는 물론이고 세템브리니와도 견해를 같이하지 않을 것이다. 두 사람 모두 말 많은 수다쟁이에 지나지 않기 때문이다. 한 사람은 음탕하고 음침하며, 다른 한 사람은 언제나 이성의 호각을 불어 대면서 미친 사람조차 깨어나게 할 수 있다고 착각을 하는데, 그것이야말로 터무니없는 소리에 불과하다. 그것이 속물근성과 판에 박은 윤리, 비종교적인 태도에서 나온 것이라는 점은 아주 확실하다. 그렇지만 나는 키가 작은 나프타는 물론이고 신과 악마, 선과 악이 마구 뒤섞인 것에 불과한 그의 종교에도 동조할 수 없다. 그의 종교에서 개체는 머리를 거꾸로 하여 침잠해야만 전체 속에서 신비롭게 침몰할 수 있기 때문이다. 저 두 교육자들! 그들의 논쟁과 대립 자체가 마구 뒤섞여진 혼합물에 지나지 않고, 혼란하게 뒤얽혀 싸움질하는 시끄러운 소리에 불과하고, 따라서 약간이라도 머릿속이 자유롭고 마음이 경건한 사람이라면 그 누구도 이런 소음에 마비되어서는 안 된다. 둘이서 벌이던 귀족성에 대한 논쟁 또한 얼마나 웃기는 것이었나! 고귀성 논쟁도 그랬다! 죽음과 삶, 병과 건강, 정신과 자연, 이런 것이 서로 모순되는 것일까? 이것이 문제가 되는지 나는 묻고 싶다. 아니, 이런 것은 문제가 되지 않고, 어느 것이 고귀한가 하는 것도 문제가 되지 않는다. 죽음의 방종한 모험은 삶 속에 들어 있고, 그것이 없으면 삶이 아니라고 할 수 있을 것이다. 그리고 인간의 상태가 신비스러운 공동체와 불확실한 개별자 사이에 놓여 있듯이, 신의 아들인 인간의 처지는 그 한가운데, 방종한 모험과 이성의 한가운데에 놓여 있는 것이다. 이 기둥에서 나는 인간의 처지를 바라보고 있는 것으로, 인간은 이런 상태에서 아주 우아하고 친절하며 공손하게 자기 자신과 화합해야만 한다. 왜냐하면 인간만이 고귀하며, 대립은 고귀한 것이 아니기 때문이다. 인간은 대립을 만들어 내는 주인이고, 대립은 인간을 통하여 존재하기에, 고로 인간은 대립보다 더 고귀한 존재다. 인간은 죽음보다 더 고귀하고, 죽음과 비교하여 너무나 고귀한 존재인데, 인간은 두뇌의 자유를 가지고 있기 때문이다. 또한 인간은 삶보다 더 고귀하고, 삶과 비교하여 너무나 고귀한 존재인데, 인간은 가슴에 경건함을 간직하고 있기 때문이다. 이렇게 나는 하나의 운율을 만들고, 인간에 관한 꿈의 시를 지었다. 나는 이것을 잊지 않을 것이다. 나는 선한 사람이 되고자 한다. 나는 나의 생각에 대한 지배권을 죽음에 양보하지 않을 것이다! 선량함과 인간애란 다른 어떤 것에 있는 것이 아니라 바로 이런 것에 있기 때문이다. 죽음은 위대한 힘이다. 죽음 앞에서 우리는 모자를 벗고, 발꿈치로 걸어서 앞으로 나아간다. 죽음은 기지의 것에 대해 위엄을 표시하는 주름 장식을 달고 있으며, 우리들 자신은 죽음에 경의를 표하여 엄숙하게 검은 옷을 차려입는다. 이성은 죽음 앞에서 멍청하게 있을 뿐인데, 왜냐하면 이성이란 덕에 불과한 데 반해 죽음은 자유, 방종한 모험, 무형태의 쾌감이기 때문이다. 나의 꿈은 죽음을 사랑이 아니라 쾌감이라고 말한다. 죽음과 사랑, 이는 잘못된 운율, 전혀 어울리지 않는 잘못된 운율이다! 사랑은 죽음과 대립적인 관계에 있으며, 이성이 아니라 사랑만이 죽음보다 강한 것이다. 이성이 아니라 사랑만이 선한 생각을 부여한다. 형식도 오직 사랑과 선량함에서 우러나오는 것이다. 요컨대 분별력 있고 친절한 공동체 및 아름다운 인간국가의 형식과 예절은 피의 향연을 조용히 고려하고 있다. 아, 이 얼마나 명료한 꿈을 꿀 것이고 훌륭하게 술래잡기를 한 것인가! 나는 이 점을 잊지 않겠다. 가슴으로는 죽음에 대해 성실한 태도를 취하겠지만, 죽음과 과거의 것에 대한 성실성이 우리의 사유와 술래잡기를 결정한다면, 그것은 악의와 음침한 육욕, 인간 적대성이 된다는 것을 명료하게 기억할 것이다. 인간은 선량함과 사랑을 위해 자신의 생각에 대한 지배권을 죽음에 양보해서는 안 된다. 이것으로 나는 깨어나야겠다. 이것으로 나는 마지막까지 꿈을 꾸면서 제대로 목적을 이루었으니 말이다. 벌써 오래전부터 나는 바로 이 말을 찾으려고 했었다. 히페의 모습이 나에게 다시 떠오른 장소, 발코니뿐만 아니라 그 어디에 있어도 늘 그랬다. 눈 덮인 고산 준령으로 스키를 타고 들어온 것도 실은 그 말을 찾기 위해서였다. 이제 나는 해냈다. 내가 그것을 영원히 생각하도록 나의 꿈이 그것을 너무나 명백하게 제시해 주었다. 그렇다, 나는 황홀감에 사로잡혀 몸이 완전히 따뜻해졌다. 내 심장은 거세게 고동치고 있는데, 그 이유를 나는 알고 있다. 가슴이 뛰는 것은 죽었어도 몸에서 손톱이 자라는 것과 같은 단순히 생리적인 이유 때문만은 아니다. 그보다는 인간적으로 바로 행복한 기분 때문인 것이다. 내 꿈이 전하는 말은 포도주나 맥주보다 더 훌륭한 음료이다. 그것은 사랑과 생명처럼 나의 혈관을 타고 흘러 나를 잠과 꿈에서 흔들어 깨운다. 잠과 꿈에 관한 한 거기서 깨어나지 못하면 내 젊은 목숨이 치명적으로 위험하다는 것을 나는 물론 잘 알고 있다. … 깨어나라! 눈을 떠라! 너의 팔다리가 여기 눈 속에 있다! 사지를 끌어당기고 일어나라! 보라, 날씨가 좋구나!"

그를 옭아매고 주저앉히려는 굴레로부터 해방되는 것은 굉장히 힘들었다. 그래도 어떻게든 일어서려고 안간힘을 쓰는 힘이 더 강했다. 한스 카스토르프는 한쪽 팔꿈치에 의지한 채 무릎을 힘차게 끌어당긴 뒤, 바닥을 긁으며 어떻게든 몸을 지탱하고 벌떡 일어섰다. 그는 발을 굴러 스키에 묻은 눈을 털어 내고, 팔로 갈비뼈 부근을 몇 번 툭툭 두드려 보고는, 어깨를 흔들었다. 이어서 흥분과 긴장이 뒤섞인 눈빛으로 사방을 두리번거리다가 조용히 지나가는 엷은 청회색 구름 사이로 푸르스름한 빛이 드러나고 초승달이 얼굴을 내미는 하늘을 올려다보았다. 황혼이 곱게 물들고 있었다. 이제는 눈보라도 없고 눈도 내리지 않았다. 저 건너 전나무 숲에 빼곡히 들어찬 절벽은 제 모습을 선명히 드러내면서 평화로운 경관으로 다가왔다. 절벽의 절반쯤 아래로는 그늘이 드리워져 있었고, 그 위쪽 상반부는 불그스레한 빛깔이 예쁘게 빛나고 있었다.

도대체 무슨 일이 있었던 것일까, 세상이 어떻게 된 것일까? 벌써 아침인가? 밤새도록 눈 속에 누워 있었지만, 책에 쓰여 있듯이 얼어 죽지도 않았단 말인가? 사지가 멀쩡했고, 어떤 곳도 우두둑 소리를 내며 손상된 곳이 없었다. 그는 안도하는 동시에 사태를 더 자세히 살펴보려고 다짐하면서 연신 발로 땅을 굴러 보고, 몸을 흔들고 두드려 보았다. 귀와 손끝, 발가락은 얼어서 무감각했지만, 그렇다고 전에 겨울밤에 자주 발코니에 누워 지낼 때보다 그리 심한 것은 아니었다. 시계를 호주머니에서 꺼내 보니 아직 가고 있었다. 밤에 태엽 감는 것을 잊어버리면 시계가 멈춰 서곤 했으나 그렇지 않았다. 아직 5시가 되지 않았고, 5시가 되려면 시간이 꽤 남아 있었다. 그때까지는 아직도 12-13분이 남아 있었다. 그렇다면 참으로 놀라운 일이 아닌가! 여기 눈 속에 누운 채 행복과 공포의 영상들이나 대담한 생각을 그렇게 많이 그려보았는데 겨우 10분 남짓밖에 시간이 흐르지 않았다니 대체 그럴 수 있는 일인가? 그 사이에 육각형의 괴물은 쏟아져 내릴 때처럼 그렇게 빨리 물러갈 수 있단 말인가? 그렇다면 그는 요양원으로 돌아간다는 관점에서는 누가 뭐라고 해도 운이 좋은 셈이었다. 왜냐하면 그의 꿈과 꿈이 지어낸 환상은 그가 정신을 차리고 벌떡 일어날 정도로 두 번씩이나 전환의 기회를 가졌기 때문이었다. 한 번은 공포에 사로잡혀서, 다른 한 번은 행복을 느낌으로써 전환의 기회를 가졌기 때문이었다. 어쩌면 삶은 길을 잃고 정신없이 헤매는 걱정거리 자식에게 호감을 갖고 있었던 것은 아니었을까….

그러나 아침이든 오후든 그에게는 상관이 없었다(여전히 초저녁이라는 것은 의심의 여지가 없었다). 돌아가는 상황이나 개인적인 몸 상태가 어찌 되었든, 그가 집으로 돌아가는 것을 방해하는 것은 아무것도 없을 것 같았다. 실제로 한스 카스토르프는 거침없이, 이른바 일직선으로 골짜기 아래로 향했고, 가는 도중에는 눈에 반사되는 일광만으로도 길을 찾을 수 있었다. 그가 골짜기에 도착했을 때에는 벌써 전등불이 반짝거리고 있었다. 그리고 목장 부근의 숲의 가장자리를 따라 브레멘뷜을 내려가 도르프 읍에 도착했을 때는 5시 30분이었다. 카스토르프는 스키를 가게에 보관하고, 세템브리니의 창고 같은 은거지에 들어가 휴식을 취하면서 그에게 거센 눈보라에 휩쓸려 들어가게 된 그간의 정황을 이야기했다. 인문주의자는 지극히 놀랐다. 그는 손을 머리 위로 들어 올리며 그런 위험스런 경거망동을 심하게 꾸짖었다. 이어서 자리에서 일어나 지칠 대로 지친 청년에게 커피를 끓여 주려고 알코올램프에 불을 붙였다. 진한 커피조차도 카스토르프가 세템브리니의 방에 있는 의자에 앉아 잠들어 버리는 것을 막을 수 없었다.

1시간 뒤에야 카스토르프는 베르크호프의 높은 문명의 분위기를 즐길 수 있었다. 저녁 식사 때 그는 대단히 많은 음식을 먹었다. 그러자 그가 눈 속에서 꿈꾼 것은 희미하게 사라지기 시작했다. 그가 눈 속에서 생각했던 것 역시 그날 저녁에 벌써 무슨 내용인지 도무지 알 수가 없게 되었다.

군인으로 용감하게

한스 카스토르프는 사촌인 요아힘으로부터 항상 짤막한 소식을 전해 듣고 있었다. 그가 보내오는 소식은 처음에는 자신만만한 좋은 내용이었으나, 갈수록 별로 신통치 못하더니, 결국은 뭔가 슬픈 일을 슬쩍 감추려는 내용이 되고 말았다. 처음의 엽서들은 요아힘 자신의 입대 소식과 더불어 카스토르프에게 보내는 답장에 쓰여 있듯이 청빈과 순결, 복종을 맹세한 열광적인 의식에 대한 즐거운 보고로 시작되었다. 그런 다음에도 유쾌한 소식이 계속 들려왔다. 일에 대한 자신의 열정과 상관들의 호감을 얻게 됨으로써 순탄하고 기대할 만한 요아힘의 앞길은 환영할 만하고 희망을 예고하는 것처럼 기술되어 있었다. 요아힘은 대학에 몇 학기를 수료한 바 있어서 사관학교의 면제 대상자였고, 사관후보생을 거치지 않을 수 있었다. 새해에는 하사관으로 진급하여, 금실과 은실로 장식된 군복을 입은 사진을 보내왔다. 자신은 군인답게 엄격하고 철두철미하지만, 완고한 유머로 인간미를 살리는 계급사회의 정신에 감동하고 있으며, 이런 질서에 잘 부응하고 있다는 보고가 엽서마다 빼곡히 적혀 있었다. 거칠고 군무에 열광적인 상사가 현재는 미숙한 부하인 요아힘을 대하는 낭만적이고 복잡한 행동에 관해서도 일화로서 들려주었다. 상사는 요아힘이 얼마 후에는 확고부동한 상관이 될 것이며, 실제로도 벌써 장교 클럽에 드나든다는 것을 알고 있었다. 이런 이야기는 우스꽝스럽고도 황량한 느낌을 주었다. 이어서 장교 시험에 대한 이야기가 나왔고, 4월 초에는 요아힘이 마침내 소위로 임관했다.

외관상 그보다 더 행복한 사람은 없었을 것이며, 또한 군대라는 특별한 생활형식을 통해 본성과 소망이 그보다 더 순수하게 발현되는 사람은 없었을 것이다. 그는 생전 처음으로 씩씩하게 의사당 앞을 행진하여 지나갔을 때 보초가 부동자세로 자신에게 경례를 올린 일이나 이에 대해 자신이 약간 떨어진 곳에서 보초에게 응답을 한 일에 대해 수줍어하면서도 자랑스럽게 소식을 알려왔다. 근무상의 사소한 불만이나 만족스러운 점, 훌륭하고 단단한 동료관계, 부하들의 요령 있는 충성심, 훈련이나 학과 시간에 벌어지는 웃기는 사건들, 사열이나 회식에 관해서도 상세히 보고했다. 아울러 초대나 만찬, 무도회와 같은 사교적인 일에 대해서도 이따금 이야기했으나 자신의 건강에 대해서는 아무 말도 없었다.

여름 무렵까지는 그랬다. 하지만 그 이후 어느 날 자신은 아파서 누워 있으며, 유감스럽게도 병가를 내야겠지만, 가벼운 감기라서 며칠이면 나을 것이라고 했다. 그러다가 6월 초에 요아힘은 다시 근무를 했지만, 6월 중순에 '지칠 대로 지쳤다'고 탄식하면서 자신의 '불운'을 비통한 심정으로 토로했다. 따라서 진심으로 기대하고 있던 8월 초의 대대적인 기동훈련에도 참가하지 못할 것 같다고 불안한 마음을 털어놓았다. 하지만 어이없게도 7월 들어 그는 몇 주 동안 아주 건강한 상태를 보였다. 그러나 얼마 안 있어 진찰이라는 말이 나오기 시작했는데, 체온의 변화가 너무 심해서 진찰을 받지 않을 수 없었고, 많은 일이 진찰 결과에 달려 있게 되었다. 그 결과에 대해서 카스토르프는 오랫동안 소식을 듣지 못했다. 그러다가 소식이 왔는데, 정작 그에게 편지를 쓴 사람은 요아힘이 아니었다. 그가 편지를 쓸 상황이 아닌지 아니면 그것이 부끄러웠는지 알 수 없지만, 요아힘의 어머니 침센 부인이 전보를 보내왔다. 의사는 요아힘이 몇 주 동안 휴가를 보내는 것이 불가피하다는 소견을 내놓았다는 것이다. 전보 내용은 다음과 같았다. '알프스의 고산 지대로 당장 요양을 떠나라는 의사의 지시. 방 둘 예약 바람. 반신료 미리 지불. 발신자: 루이제 이모.'

한스 카스토르프가 발코니에 누운 채 전보 내용을 쭉 훑어본 다음, 그것을 여러 차례 반복해서 읽은 것은 7월 말이었다. 그는 머리뿐만 아니라 온몸을 가볍게 흔들며 처음으로 "그래, 그렇다니까! 그것 봐, 그것 보라니까!" 하고 쯧소리를 냈다. '요아힘이 다시 돌아온다!' 갑자기 즐거운 기분이 들었지만, 그는 곧 침착해지면서 생각을 더듬었다. '음, 음, 중요한 뉴스야. 이것은 정말 어이없는 일이라고 말할 수 있겠어. 세상에나, 빨리도 돌아오는군, 고향으로 말이야! 어머니와 함께 온다 이

거지. (그는 '루이제 이모'라고 하지 않고, '어머니'라고 말했다. 친척에 대한 그의 감정은 어느새 낯설어질 정도로 엷어져 있었다.) 이거 중대한 사건이야. 착한 사촌이 그토록 갈망하던 기동훈련을 바로 앞두고! 음, 음, 조금은 비참한 일이야, 조롱받을 만큼 더럽게 되었어, 이거야말로 반이상적인 결과야. 육체가 승리하고, 영혼의 뜻을 거스르니 말이야. 육체는 제멋대로 의지를 관철하면서 육체가 영혼에 종속되어 있다고 가르치는 이상주의자들을 골탕 먹이려고 하는 거야. 저런 자들은 자신이 하는 말뜻조차 알지 못하는 모양이야. 만약 그들의 주장이 옳다고 한다면, 사촌의 영혼은 정말 의심스러운 데가 있는 셈이니까 말이야. 사리를 아는 자에게는 이것으로 충분해. 나는 내가 하는 말을 알고 있으니까. 내가 제기하는 물음은 바로 영혼과 육체를 둘로 갈라 대립시키는 것이 얼마나 잘못된 일인가 하는 것이야. 그보다 영혼과 육체는 오히려 서로 작당하고는, 사기로 꾸민 놀음판을 벌이고 있어. 이상주의자들에게 이런 생각이 떠오르지 않는다는 것은 다행스런 일이야. 선량한 요아힘, 누가 너라는 인간과 너의 지나친 열의를 모욕할 수 있단 말인가! 너는 성실한 친구야. 그러나 이제 육체와 영혼이 작당하여 너를 괴롭힌다면, 성실성이란 무엇인지 나는 묻고 싶다. 슈퇴어 부인의 식탁에서 너를 기다리고 있는 그녀의 싱그러운 향기, 풍만한 가슴, 이유 없는 웃음을 너는 도저히 잊을 수 없었던 것은 아닐까? 요아힘이 다시 돌아온다!'

한스 카스토르프는 최근 들어 이런 생각을 하면서 기쁨으로 가슴이 벅차올랐다. '그가 나쁜 상태로 돌아오는 것은 분명하지만, 우리는 둘이서 같이 지내게 되는 거야. 그러면 나는 이 위에서 더는 자력으로 살지 않아도 된다. 이것은 좋은 일이지. 모든 것이 예전과 똑같지는 않을 것이다. 요아힘의 방은 맥도날드 부인이 차지하고 있다. 거기서 그녀는 소리 없이 기침하면서, 물론 어린 아들의 사진을 자기 옆의 책상에 놓아두거나 손에 들고 있을 테지. 그러나 부인은 병의 최종 단계에 있어, 만일 그 방이 아직도 예약되어 있지 않다면, 그럼… 우선은 다른 방을 쓰면 되겠지. 내가 아는 바로는 28호실이 비어 있어. 지금 당장 관리실에, 특히 베렌스 원장에게 가 봐야지. 이것은 뉴스거리지. 한편으로는 슬픈 뉴스고, 다른 한편으로는 기쁜 뉴스이지만, 아무튼 굉장한 뉴스야! 이제 반가운 동지를 기다려 봐야지. 이제 3시 30분이니까 곧 나타나겠군. 크로코프스키가 이 경우에도 육체적인 것을 이차적인 것으로 간주하는지 묻고 싶다.'

차 마실 시간 전에 그는 관리실에 당도했다. 그가 미리 생각했던 방, 그의 방과 같은 복도에 위치한 방을 사용할 수 있게 되었다. 침센 부인이 묵을 방도 마련될 것이다. 그는 서둘러 베렌스 원장에게 갔다. 베렌스는 '실험실'에서 한 손에는 시가를, 다른 손에는 빛깔이 탁한 액체가 든 시험관을 들고 있었다.

"고문관님, 소식을 들었습니까?" 한스 카스토르프는 말문을 열었다.

"네, 들었습니다, 골치 아픈 일이 끊이지 않는군요. 여기 든 것은 우트레히트 출신 로젠하임의 것입니다." 폐 절개의 달인은 이렇게 말하며 시가로 시험관을 가리켰다. "가프키 10번입니다. 그런데 공장 감독자인 슈미츠가 찾아와서는 가프키 10번이 산책길에서 침을 뱉었다고 고함을 지르며 귀찮게 구는 겁니다. 나더러 그를 야단치라는 겁니다. 하지만 내가 야단치면 그는 분노를 터트릴 것입니다. 그는 걷잡을 수 없도록 화를 잘 내고, 방도 가족과 함께 세 개나 쓰고 있으니까요. 나는 그를 혼내 나가게 할 수 없어요, 이 일로 이사회와 싸우게 될 테니까요.

보시다시피 사람이 아무리 조용히 지내며 흠 없이 자신의 길을 가려고 해도 매 순간 분규에 빠져들곤 하지요."

"그것 참 어리석은 이야기네요." 한스 카스토르프는 해묵고 숙달된 환자의 통찰력으로 말했다. "나는 두 사람을 알고 있습니다. 슈미츠는 아주 정확하고 매사에 열성적인데, 로젠하임은 꽤나 자유분방하지요. 그렇지만 위생상의 마찰 외에도 다른 요인이 있을 거라고 생각됩니다. 두 사람은 클레펠트 식탁의 바르셀로나 출신의 도나 페레즈 부인과 친분이 있는데, 아마 근본적으로 그것 때문에 그럴 것입니다. 나라면 침을 뱉지 않도록 일반적으로 주의를 준 연후에 눈을 질끈 감겠습니다."

"물론 눈을 감고 있습니다. 눈을 너무 질끈 감아서 벌써 눈꺼풀에 경련을 일으킬 지경이랍니다. 그런데 이곳에는 무슨 일로 오셨지요?"

그러자 카스토르프는 슬프고도 기쁜 뉴스를 털어놓았다.

예상 외로 고문관은 놀라는 기색이 없었다. 아니 전혀 놀라지 않았는데, 그 이유는 고문관이 물었든 묻지 않았든 카스토르프가 대략적으로나마 요아힘의 안부에 대해 이야기하면서 5월에 이미 그가 병상에 누운 사실을 알린 적이 있었기 때문이었다.

베렌스가 대답했다. "아하, 그것 보세요. 내가 뭐라고 말했습니까? 내가 두 사람에게 열 번, 아니 말 그대로 백 번은 말하지 않았습니까? 그러니 결국은 이런 일이 생긴 거지요. 9개월 동안 그는 자기 뜻대로 천국을 맛본 셈입니다. 그러나 독이 남김없이 사라지지 않은 천국에는 축복이 없는 법입니다. 그 탈주병은 이 늙은 베렌스의 말을 믿으려고 하지 않았습니다. 환자들은 항상 이 늙은 베렌스의 말을 믿어야 합니다, 그렇지 않으면 더 악화된 다음에야 뒤늦게 깨닫게 되지요. 이제 그는 소위가 되었고, 물론 의미가 없지 않습니다. 하지만 그래서 무엇을 얻었습니까? 신은 인간의 마음속을 들여다보지, 계급이나 신분을 보지 않습니다. 신 앞에서는 우리 모두가 벌거숭이입니다, 장군이든 사병이든 고하를 막론하고." 베렌스는 실없는 소리를 계속 지껄였다. 그러다가 손가락으로 시가를 쥔 큰 손으로 눈을 비비면서 오늘은 이만 괴롭히겠다고 카스토르프에게 말했다. 요아힘이 묵을 방은 잘 준비해 둘 것이며, 그가 오면 지체 없이 침대에 누울 수 있을 것이라고 덧붙였다. 베렌스 자신에 관한 한 그 누구에게도 유감이 없으며, 자신은 아버지처럼 두 팔을 벌려 탈영병에게 송아지라도 한 마리 잡아서 대접할 준비가 되어 있다고 했다.

한스 카스토르프는 전보를 보냈다. 그는 연신 좌우를 돌아보며 만나는 사람이면 누구에게나 사촌이 다시 돌아온다고 말했다. 요아힘을 아는 사람들은 모두가 슬퍼하면서도 기뻐했는데, 이런 두 가지 감정은 솔직한 심정이었다. 그럴 것이 누구나 요아힘의 점잖고 기사다운 성품을 좋아했기 때문이었다. 여러 모로 표현하지는 않았어도 그가 이 위에 체류한 사람들 가운데 가장 인품이 좋은 사람이라는 판단과 느낌이 지배적이었다. 우리는 그 누구도 개인적으로 주목한 것은 아니지만, 요아힘이 군인의 신분에서 수평적 생활 방식으로 돌아와야만 한다는 것, 그리고 성품이 좋은 그가 이 위에서 다시 우리의 일원이 되리라는 것에 대해 모종의 만족감을 느낀 사람이 있으리라 생각한다. 슈퇴어 부인은 주지하듯이 즉각 자신의 생각을 떠벌이기 시작했다. 그녀는 요아힘이 평지로 떠날 때 이미 확고하게 의심을 제기했던 일이 증명된 것으로 여기고, 자화자찬하기를 마다하지 않았다. "수상했어요, 수상했어요"라고 그녀는 말하면서, 자신은 진작부터 그 일을 수상하다고 생각했으며, 요아힘이 고집스럽게 일을 아주 엉망으로 만들지 않기만을 바랄 뿐이라고 덧붙였다. ('엉망으로'라고 말할 때의 그녀의 태도는 저속하기 이를 데 없었다.) 그럴 바에는 차라리 그녀처럼 꼼짝 않고 여기에 남아 있는 편이 훨씬 낫다는 것으로, 요컨대 칸슈타트에 남편과 두 자녀를 두고 있는 자신은 평지에 대한 관심을 끊고 자제하고 있다는 것이다. 카스토르프는 요아힘이나 침센 부인으로부터 아무 답장도 받지 못했다. 그는 두 모자가 도착하는 날이나 시간도 전혀 모르고 있었다. 이런 이유로 그는 역으로 마중 나가지 않았는데, 전보를 보내고 사흘 뒤에 그들이 이 위에 당도한 것이다. 요아힘 소위는 아주 반갑게 웃으며 카스토르프가 요양하는 침대 쪽으로 걸어왔다.

저녁 때 안정 요양이 시작된 뒤였다. 두 모자는 카스토르프가 몇 년 전에 타고 온 것과 똑같은 열차를 타고 이곳에 도착했다. 이 몇 년은 짧지도 길지도 않은 시간이며, 지극히 많은 체험에도 불구하고 영이나 무와 같아서 시간이 아니라고 할 수 있었다. 계절도 여름이고, 심지어는 날짜도 똑같은 8월 초순이었다. 이미 말한 바와 같이 요아힘은 기쁜 표정을 지으며 다가왔다. 그렇다, 잠시나마 의심의 여지없이 아주 반가운 기색으로 카스토르프의 방에 들어왔다. 아니, 그렇다기보다는 총총 걸음으로 방을 지나 발코니로 나와서는, 웃으면서도 숨을 몰아쉬며 나직한 소리로 천천히 인사를 건넸다. 그는 여러 왕들의 나라를 통과하고, 바다처럼 거대한 호수를 건너고, 험난한 길을 거쳐 끝없이 올라와 장거리 여행으로 이곳에 왔다. 그는 마치 여행길에 오르지 않았던 사람처럼 눈앞에 불쑥 나타나서는, 수평자세에서 반쯤 몸을 일으킨 사촌에게서 "안녕, 이게 누구야?" 하고 인사를 받았다. 그의 피부 빛깔은 야외생활 덕택인지 아니면 여행 탓에 열이 나서 그런지 활기차 보였다.

요아힘은 어머니가 매무새를 가다듬는 동안 자기 방에 들어가지 않고 34호실로 직행하여 이제 다시 현실이 된 과거의 동료에게 인사를 건넸던 것이다. 10분 뒤에는 물론 식당에서 저녁 식사를 하기로 했다. 아마도 카스토르프는 곧 무엇인가를 함께 먹거나 와인 한 모금을 마시게 되리라. 요아힘은 전에 카스토르프가 이 위에 도착한 날 저녁에 그랬듯이 이번에는 정반대의 상황이 되어 28호실로 건너갔다. 요아힘은 열에 들든 채 담소하면서 반짝이는 세면대에 손을 씻고 있었고, 카스토르프는 그를 물끄러미 지켜보고 있었다. 그러면서 요아힘이 민간인 복장을 하고 있는 것에 놀라기도 하고 어느 정도는 실망감도 느꼈다. 카스토르프는 누가 봐도 군인으로서의 이력을 전혀 알아차리지 못할 것 같다고 말했다. 자신은 언제나 요아힘에게서 장교의 모습, 군복을 입은 장교의 모습을 상상해 왔지만, 그런 그가 이제 어떤 누군가처럼 회색 의복을 입고 서 있다고 덧붙였다. 이에 대해 요아힘은 웃으면서 너무 고지식한 생각이라고 응수했다. "그게 아니고 군복은 집에 잘 보관해 두었지. 군복은 꽤 소중한 것이라는 걸 너는 알아야지. 아무 곳에나 군복을 입고 다니는 것은 아니야." 그러자 카스토르프는 "아, 네. 잘 알았습니다" 하고 군대식으로 대답했다. 그러나 요아힘은 자신의 설명이 일반인에게 불쾌감을 줄 수 있다는 것을 의식하지 못하는 것처럼 보였다. 그는 천진하게도 베르크호프의 모든 사람들과 근황에 대해 이것저것 차분하게, 그러나 고향에 돌아온 사람처럼 아주 감동스런 어조로 이것저것 물어보았다. 이윽고 잠시 뒤에는 침센 부인이 연결 문을 통해 나타났다. 침센 부인은 이런 경우에 사람들이 흔히 취하는 방식으로, 여기서 만난 것에 대해 기뻐 놀라는 표정을 지으며 조카와 인사를 나누었다. 하지만 장거리 여행으로 인한 피로와 요아힘과 관련된 것이 분명한 마음속 근심 때문에 부인의 목소리는 우울하게 가라앉아 있었다.

그들은 저녁 식사를 위하여 아래로 내려갔다.

루이제 침센은 요아힘처럼 검고 아름답고 잔잔한 눈을 가지고 있었다. 그러나 이미 흰 머리칼이 많이 뒤섞인 검은 머리칼은 거의 눈에 보이지 않는 망사 그물로 단정하게 고정되어 있었다. 이런 모습은 사려 깊고 친절하면서도 전체적으로 부드러운 그녀의 본성과 잘 어울리고 있었고, 여기에 소박한 정신까지 뚜렷하게 부각되면서 그녀에게 기분 좋은 품위를 부여해 주고 있었다. 이는 명백한 사실이었다. 하지만 카스트로르프는 침센 부인이 요아힘의 가쁘게 숨을 몰아쉬며 기뻐하는 모습, 집에서나 여행 중의 행동과는 확연히 모순되고 실제로 그가 처한 상황에도 맞지 않는 태도를 이해하지 못하고 이에 대해 어느 정도 불쾌감을 드러내는 것을 그리 이상하게 생각하지 않았다. 그녀로서는 이 고산지대에 오는 것은 슬픈 일이고, 따라서 이에 합당하게 처신해야 마땅하다고 생각했다.

요아힘은 잠시나마 모든 모순을 몽롱한 가운데 압도하는 소란스런 이곳 분위기에 다시 빠져들었다. 그는 이 위의 지극히 가볍고 무와 같으며 열기를 일으키는 공기를 다시 호흡함으로써 고향에 돌아온 느낌을 갖게 되었던 것이다. 하지만 침센 부인은 이런 그의 태도를 이해하거나 용납할 수 없었다. 그녀는 '나의 불쌍한 아들'이라고 마음속으로 생각하면서 이런 아들이 사촌과 태연히 즐겁게 대화를 나누는 모습을 바라보았다. 요아힘은 온갖 추억을 되새기면서 수많은 질문과 대답을 나누다가 의자에서 몸까지 뒤로 젖혀가며 웃었다. 그러자 부인은 여러 차례나 "아니, 얘들아!" 하고 만류해 보았다. 그러다가 결국 그녀가 참지 못하고 꺼낸 말은 즐거운 소리라기보다는 어처구니없어 하며 질책하는 소리로 들렸다. "요아힘, 정말 오랜만에 너의 이런 모습을 보는구

나. 우리가 이곳으로 올라와야 네가 진급하던 날처럼 다시 기운을 차릴 것 같구나." 이 말에 요아힘의 흥분은 물론 가라앉고 말았다. 요아힘의 기분이 돌변하면서 그는 냉정해지고 입을 다물었다. 식탁에 생크림을 얹은 아주 맛있는 초콜릿 수플레가 나왔는데도 요아힘은 전혀 입에 대지 않았고, 이윽고 눈시울이 뜨거워져서는 마침내 눈을 아래로 깔고 말았다. 반면에 카스토르프는 풍성한 식사를 마친 지 1시간밖에 안 되었지만, 요아힘 대신에 수플레마저 먹어치웠다.

침센 부인의 의도는 분명히 그런 것이 아니었다. 본질적으로 부인은 그가 좀 더 신중하고 적당히 진지하기를 바랐던 반면에, 이곳에서는 중간적이고 적당한 것은 분위기적으로 낯설고, 양극단 사이에서 선택만이 있을 뿐이라는 사실을 모르고 있었던 것이다. 그녀는 아들이 침울해 하는 모습을 보고 눈물이 쏟아질 뻔했지만, 서글퍼하는 아들의 기분을 풀어 주려고 노력하는 조카가 고맙기도 했다. 카스토르프는 "그래, 개인 신상에 관한 한 너는 여러 가지로 변하고 새로워진 모습을 보게 될 거야" 하며 이곳의 근황을 요아힘에게 들려주었다. "반면에 네가 없는 동안 떠났던 사람들이 돌아와 예전처럼 되었어. 이를테면 대고모가 마루샤를 데리고 벌써 돌아와 있어. 그들은 예전처럼 슈퇴어 부인의 식탁에 앉는데, 마루샤는 지금도 생글거리며 잘 웃어."

요아힘은 여전히 침묵하고 있었다. 반면에 침센 부인은 카스토르프의 말을 듣다가 홀로 여행 중이던 여자와의 만남이 불현듯 떠올라서 그때 부탁받은 전갈을 잊기 전에 알려야겠다고 생각했다. —그들은 양 눈썹이 아주 조화롭게 균형을 이루는, 상당히 호감이 가는 어떤 부인을 만난 적이 있었다. 침센 부인에 따르면 그들은 이틀 밤을 함께 기차에서 보냈는데, 그중 어느 날 뮌헨의 식당에서 그녀가 요아힘의 식탁으로 다가와 인사를 건넸다는 것이다. 그러면서 침센 부인은 "전에 이곳에 함께 있던 환자라던데, 요아힘, 네가 좀 말해 보거라" 하며 요아힘에게 말을 시켰다.

그러자 침묵하던 요아힘이 "쇼샤 부인이야" 하고 조용히 말문을 열었다. "그녀는 현재 알고이의 요양지에 체류 중이고, 가을에는 스페인으로 갈 거라나 봐. 이어서 겨울에는 다시 이곳으로 올 거라는 거야. 그녀가 이곳 사람들에게 안부를 전해달라더군."

한스 카스토르프는 더 이상 철부지가 아니었다. 그는 맥관 신경을 조절하는 능력을 갖추고 있어서 얼굴을 창백하게 하거나 붉게 할 수도 있었다. 그는 태연히 말했다.

"아, 바로 그녀였단 말이야? 그것 봐, 그럼 다시 코카서스 산맥 뒤에서 이쪽으로 건너온 셈이군. 그런데 스페인으로 가려고 한다고?"

"쇼샤 부인은 피레네 산맥의 어떤 지역을 말했어." 그러자 침센 부인이 말을 이었다. "귀엽기도 하고 매력도 있더구나. 목소리도 듣기 좋고, 동작도 우아하지만, 몸가짐이 자유롭고 단정치 못해 보였어. 듣자하니 요아힘과는 친한 사이도 아니라던데, 우리에게 오랜 친구처럼 쉽게 말하고, 툭툭 물음을 던지고 이야기를 하더구나. 꽤나 이질적인 태도였어."

"그것이 병에 걸린 동방 여성의 특징입니다." 한스 카스토르프가 대답했다. "인문주의적 교양이라는 척도로 접근하면 잘못입니다. 나는 지금 쇼샤 부인이 스페인으로 가려고 한다는 점을 생각해 보고 있습니다. 음, 스페인 역시 다른 한편으로 인문주의적 중용과는 동떨어져 있지요. 부드러운 쪽이 아니라 딱딱한 쪽이라고 할까요. 그것은 형식이 없는 것이 아니라 지나친 형식, 형식으로서의 죽음, 말하자면 죽음에 의한 분해가 아니라 죽음의 엄격성입니다. 그것은 검고 고결하고 잔인한 인상, 종교 재판, 빳빳하게 주름 잡힌 옷깃, 이를테면 스페인의 성직자와 수도원이 연상됩니다. 스페인이 쇼샤 부인의 마음에 든다는 점이 흥미롭네요. 그곳에서는 문을 쾅 닫지 못할 것이고, 어쩌면 두 비인문주의적 진영의 단점이 어느 정도 보완되면서 인간적인 면모를 갖추게 될지도 모르겠습니다. 그러나 동방적인 것이 스페인으로 가면 무엇인가 사악한 폭력이 성행하게 될 수도 있지요."

아니, 그는 얼굴이 붉어지거나 창백하게 변하지는 않았지만, 쇼샤 부인에 대한 뜻밖의 소식을 접하고 감격한 나머지 술술 말 보따리를 풀었다. 물론 그의 말에 당황한 사람들은 아무 대답도 못하고 침묵으로 일관할 따름이었다. 요아힘은 그다지 놀라지 않았다. 그는 예전부터 이 위에서 사촌의 총명함을 알고 있었다. 반면에 침센 부인의 눈은 너무 놀라서 당혹스런 빛을 감추지 못했다. 부인은 한스 카스토르프의 표현이 매우 무례하다는 반응을 보였고, 잠시 고통스런 침묵의 시간을 보낸 뒤에야 요령껏 말을 얼버무리며 자리에서 일어섰다. 모두가 헤어지기 전에 카스토르프는 고문관이 내일 요아힘을 진찰할 때까지 무슨 일이 있어도 침대에 누워 있어야 한다는 지시사항을 전달했다. 차후의 일은 진찰을 한 뒤에 논의하자는 베렌스의 말도 전달했다. 세 친척은 곧 고산 지대의 상쾌한 여름밤에 창문을 열어 놓은 채 자리에 누웠다. 각자가 나름대로 생각에 빠져들었고, 카스토르프는 반년 안에 있게 될 쇼샤 부인의 기대할 만한 귀환에 대해 주로 생각했다.

이렇게 해서 불쌍한 요아힘은 의사의 권유에 따라 단기간의 병후 요양을 위하여 다시 고향으로 돌아오게 되었다. 단기간의 병후 요양이라는 말은 분명히 평지에서 쓰는 의학용어였지만, 이 위에서도 사용되고 있었다. 베렌스 고문관 자신도 요아힘에게 부과한 병상 생활은 4주간이었지만, 어쨌든 이 용어를 사용하고 있었다. 새로운 환경에 적응하면서 가장 나빠진 부위를 치료하고, 잠정적으로 적절하게 체온 관리를 해나가기 위해서는 4주가 필요하다는 것이었다. 그는 병후 요양 기간을 확정하지 않고 요리조리 피해나갔다. 분별력과 통찰력을 갖추고 전혀 서두르지 않는 침센 부인은 아들의 침상과는 멀찍이 떨어진 곳에서 가을에는, 예컨대 10월에는 퇴원해도 되지 않겠느냐고 베렌스에게 물어보았다. 그러자 베렌스 고문관은 그때가 되면 어쨌든 지금보다는 더 나아질 것이라고 설명함으로써 퇴원 가능성을 시사적으로만 긍정했다. 그런데 이런 식으로 말하는 베렌스의 태도가 부인의 마음에 쏙 들었다. 그는 눈물이 그렁거리고 핏발이 선 눈으로 부인을 충직하게 바라보면서 기사처럼 '존경스런 여사님'이라고 불렀지만, 대학생 조합원 같은 말투를 사용하여 기분이 몹시 울적한 부인을 웃을 수밖에 없도록 만들었다. "내 아들이 이곳에서 잘 지낼 수 있겠군요." 침센 부인은 이렇게 말하고, 요양원에 도착한 지 1주일 뒤에 함부르크로 돌아갔다. 간호의 필요성을 진지하게 생각할 필요도 없고, 더구나 곁에 사촌이 있었기 때문이었다.

"그래, 괜찮은 편이야, 가을이라면 말이야." 한스 카스토르프는 28호실의 사촌 침대 옆에 앉아서 말문을 열었다. "노인네가 어느 정도는 책임 있게 말한 거야. 그것을 믿고 기다리면 되겠어. 10월이라, 그것 참 묘한 달이군. 몇 사람은 스페인으로 가고, 너도 군대로 돌아가 두각을 나타내겠지."

요아힘을 위로하는 것, 특히 8월에 시작되는 대규모 기동훈련에 참석하지 못하고 이 위에서 빈둥거리는 그를 위로하는 것이 카스토르프의 하루 일과였다. 그는 이런 상황을 견딜 수 없어, 무기력하게 최종 순간에 그만 쓰러진 것에 대해 안타깝게도 거의 자기혐오의 말까지 내뱉었다.

"육체의 반항이지." 한스 카스토르프가 말했다. "어쩔 거야? 아무리 용감한 장교라고 해도 어쩔 수가 없는데. 심지어 성 안토니우스조차도 그럴 땐 슬쩍 노래를 불렀다고 하잖아. 분명한 것은 기동훈련이 매년 있다는 사실이지. 그리고 너도 이곳에서 흘러가는 시간의 성격을 알잖아! 그건 시간도 아니지. 너는 이곳을 떠난 지 그리 오래되지 않았으니까 어렵지 않게 이곳의 흐름에 적응을 할 수 있을 거야. 그리고 순식간에 너의 단기간 병후 요양 기간도 지나갈 테고."

어쨌든 요아힘이 평지 생활을 통해 경험한 시간 감각을 새롭게 바꾸는 것은 너무 심각한 문제였기에 그는 4주일이라는 시간에 대해 두려워하지 않을 수 없었다. 하지만 요양원 사람들이 그 시간을 보내는 것을 여러 모로 도와주었다. 대체로 그들은 요아힘의 온유한 성품에 호감을 가지고 있어서 가까운 곳에서나 멀리서도 그를 찾아왔다. 예컨대 세템브리니가 요아힘을 찾아와 관심과 우호적인 태도를 보이며 전에도 이미 '소위'라고 불렀기에 이번에는 '대위'라는 호칭을 사용했다. 나프타도 그를 방문했고, 요양원의 오랜 지기들도 일과가 없는 시간에 짬을 내어 삼삼오오 찾아와 그의 침대 곁에 앉았다. 그럴 때마다 요아힘은 단기간의 병후 요양에 대해 되풀이하면서 자신의 불행을 토로하곤 했다. 슈퇴어, 레비, 일티스와 클레펠트 등의 여자가 찾아왔고, 페르게와 베잘 등의 남자가 찾아왔다. 몇몇 사람들은 심지어 그에게 꽃을 가져다주었다. 4주가 되자 그는 병상을 떠날 수 있게 되었다. 왜냐하면 여기저기 다닐 수 있을 정도로 열이 내려갔기 때문이었다. 그는 식당에서 사촌과 양조업자의 부인인 마그누스 사이에, 마그누스 씨와는 맞은편에 위치한 구석 자리에 앉게 되었다. 그곳은 전에 야메스 삼촌과 침센 부인도 며칠간 앉았던 자리였다.

이렇게 해서 두 젊은이는 예전처럼 다시 곁에서 함께 지내게 되었다. 그렇다, 맥도날드 부인이 어린 아들의 사진을 손에 쥔 채 마지막 숨을 거두는 바람에 예전의 모습을 완벽하게 재현이라도 하려는 듯 요아힘에게는 전에 쓰던 방, 당연히 H₂CO로 철저히 소독한 한스 카스토르프의 옆방이 다시 배정되었다. 느낌 그대로 말하자면 요아힘은 이제 카스토르프의 옆방에서 지내게 되었고, 그 반대가 아니었다. 즉, 카스토르프가 이곳의 원주민이고, 요아힘은 잠시 이곳을 방문하여 지내고 있는 셈이었다. 비록 중추신경계의 어떤 부위가 정상적으로 유지되지 않아서 그의 피부의 열 발산 또한 지장을 받고 있었지만, 요아힘은 10월이라는 기한을 한시도 잊지 않고 똑똑히 주목하고 있었다.

두 사촌은 세템브리니와 나프타를 방문했고, 이 두 적대적 관계에 있는 사람들과 산책도 다시 시작했다. 페르게와 베잘이 산책에 종종 참여할 때에는 모두 여섯 명이 모였는데, 이 정신의 맞수들은 끊임없이 논쟁을 벌였다. 이 두 사람이 겨우 몇 사람의 청중을 앞에 두고 날마다 어떻게 논쟁을 벌였는지 우리가 어떻게든 완벽하게 그 내용을 소개하려고 한다면, 아마도 우리는 무한한 절망에 빠지지 않을 수 없을 것이다. 그런 만큼 카스토르프는 자신의 불쌍한 영혼이 이들이 벌이는 변증법적 논쟁의 주요 대상일 것이라고 여겼다. 그는 세템브리니가 프리메이슨 단원이라는 사실을 나프타에게 들어서 알고 있었다. ─이로 인해 그는 나프타가 예수회의 일원이자 그 단체의 후원으로 살아간다는 말을 세템브리니에게서 들었을 때 못지않게 충격을 받았다. 프리메이슨 같은 조직이 아직도 엄연히 존재한다는 말을 듣고 그는 다시 놀라면서도 황홀한 느낌에 사로잡혔고, 몇 년 있으면 창립 200주년이 된다는 이 기묘한 조직의 근원과 본질을 알아보려고 테러옹호자인 나프타에게 열심히 물었다. 세템브리니가 나프타의 등 뒤에서 분개하여 경고의 어조로 그의 정신적 본질에 대해 악마적인 어떤 것으로 비난했다면, 나프타는 세템브리니의 등 뒤에서 그가 대변하는 세계를 거리낌 없이 조롱했다.

이렇게 조롱하는 가운데에도 나프타는 그런 따위의 세계란 아주 고답적이고 시대에 뒤떨어진 어떤 것이기에 문제라는 점을 카스토르프에게 이해시키려고 했다. 과거의 시민적 계몽주의와 자유사상이라는 것은 가련한 망령에 지나지 않지만, 지금도 여전히 혁명적 힘으로 가득 차 있는 양 우스꽝스런 자기기만에 빠져 있다는 것이다. 나프타는 덧붙여 말했다. "말해드리죠, 그의 할아버지는 카르보나로, 독일어로 말하면 그러니까 숯 굽는 사람이었습니다. 그는 할아버지에게서 이성, 자유, 인류의 진보, 그리고 고물 상자처럼 케케묵은 고전주의적이고 부르주아적인 도덕 이데올로기의 신념, 숯 굽는 사람의 신념을 물려받았습니다. 보십시오, 세계를 혼란스럽게 하는 것은 정신의 민첩성과 엄청나게 서투른 현실적 행동, 느림, 관성 및 관성력 사이에 있는 불일치입니다. 우리는 이런 불일치만 보아도 정신이 현실적인 것에 전혀 무관심하다는 것을 인정해야만 합니다. 왜냐하면 혁명이 현실적으로 만들어내는 효소는 이미 정신에게는 구토와 같은 것이 되어 버렸다는 사실이 법칙이기 때문입니다. 실제로 살아 있는 정신의 입장에서 보면 죽은 정신이란 정신과 생명이기를 조금도 요구하지 않는 그 어떤 현무암보다 훨씬 더 역겹습니다. 이미 오래전에 등을 돌리고 떠나버린 현실의 잔재인 현무암보다 말입니다. 정신은 거기에다 현실적이라는 개념을 연관시키는 것조차 거부하면서 게으른 상태로 자신을 유지하고 존속해 나가고 있습니다. 정신은 유감스럽게도 스스로의 진부함을 의식할 만큼 무디고 무감각하게 지탱해나가고 있는 것입니다. 나는 일반적으로 말하고 있습니다만, 아마도 당신은 이런 내용을 지배력과 권위에 맞서 아직도 영웅적인 저항을 하고 있다고 믿는 저 인문주의적 자유사상가에게 적용하면 좋을 것입니다. 아, 그리고 그가 이제 그것으로 자신의 삶의 진가를 입증하려고 생각하는 저 파국, 그가 준비하고 있다면서 언젠가 축하를 꿈꾸는 때늦은 그 화려한 승리는 무엇이겠습니까! 그걸 생각하기만 해도 살아 있는 정신은 끔찍하게 지루할 것입니다. 참으로 살아 있는 정신만이 파국으로부터 승리하고 이익을 누리는 수익자가 되리라는 것을 그는 모르는 것 같습니다. 요컨대 과거의 요소를 가장 미래적인 자신 안에 융합시켜 진정한 혁명에 도달하는 살아 있는 정신만이 그럴 수 있다는 것을 말입니다. 그런데 당신 사촌의 건강은 어떻습니까, 한스 카스토르프 씨? 아시다시피 나는 그에게 상당한 호감을 갖고 있습니다."

"감사합니다, 나프타 씨. 사촌에게는 누구나 호감을 드러내지요. 누가 보더라도 근사한 청년이니까요. 세템브리니 씨도 사촌의 군인 신분에 내포된 광적인 테러리즘에 같은 것에는 물론 반대하겠지만, 사촌에 대한 호의를 숨기지 않고 있답니다. 나는 그가 프리메이슨 단원이라고 들었습니다. 설마 그럴 줄이야. 그것 참 놀라운 일이라고 말하지 않을 수 없군요. 그를 달리 보게 되었고, 이로 인해 여러 가지가 확연해집니다. 그 사람도 가끔은 두 발을 직각으로 벌리고 악수에 특별한 의미를 부여할까요? 나는 이제까지 전혀 눈치를 채지 못했습니다."

"그런 어린애 같은 짓에서 우리의 훌륭한 예수회 회원은 초월해 있다고 해야겠지요." 나프타가 말했다. "내가 알기로는 프리메이슨의 의식도 현시대의 냉철한 시민정신에 간신히 순응하고 있습니다. 단원들은 예전의 의식을 비인간적 속임수라고 수치스럽게 여길 테지만, 그것이 잘못된 생각은 아니지요. 무신론적 공화주의를 밀교처럼 떠받드는 것은 사실 우스꽝스러운 일이니까요. 나는 세템브리니 씨가 시험에 얼마나 잘 배겨냈는지는 잘 모르겠습니다. 두 눈을 가린 채 복도마다 끌려 다니다가 어두운 지하실에 한동안 갇힌 뒤, 반사광선으로 환하게 빛나는 본부 홀에서 눈을 떴는지, 또는 엄숙하게 비밀 결사의 문답을 받고, 해골과 세 개의 촛불 앞에서 벗은 가슴을 칼로 위협받았는지 모를 일입니다. 당신이 그에게 직접 물어 보아야 하겠지만, 그는 아마 당신에게 말하기를 꺼려할 것 같습니다. 의식이 상당히 시민적으로 행해졌다 할지라도, 어쨌든 그는 분명히 침묵하기로 맹세했을 것입니다."

"맹세요? 침묵하기로 말입니까? 그렇다면 역시?"

"그렇습니다. 침묵과 복종 말입니다."

"복종까지요. 교수님, 듣고 보니, 그는 내 사촌의 신분에 내포된 열광과 테러리즘에 대해 뭐라고 비난할 처지가 못 되는 것 같습니다. 침묵과 복종이라니요! 나는 세템브리니 씨 같은 자유사상가가 그런 스페인적인 조건들과 선서에 복종하리라고는 상상도 하지 못했습니다. 프리메이슨의 행동에도 어딘지 군대와 같고 예수회적인 면이 있는 것으로 느껴집니다."

"그렇다면 제대로 느낀 것입니다." 나프타가 대답했다. "당신의 마술 지팡이가 움직여서 광맥을 찾은 것입니다. 결사라는 이념 자체가 벌써 무조건이라는 이념과 불가분의 관계에 있으며, 그것과 또한 같은 뿌리인 것입니다. 그렇기에 결사의 이념은 테러적이고, 말하자면 반자유주의적입니다. 이런 이념은 개인적인 양심의 가책을 완화하면서 절대적 목적이라는 미명하에 모든 수단, 피비린내 나는 수단과 범죄까지도 신성시하고 있습니다. 예전에는 프리메이슨 단에서도 형제의 관계가 상징적 의미에서 피로 서약되었다는 증거가 있습니다. 하나의 결사란 결코 명상적인 것이 될 수 없으며 언제나 그 본질에 따라 절대정신에 뿌리를 둔 조직체입니다. 한동안 프리메이슨 활동에 거의 융합되었던 광명회의 창시자도 전에는 예수회 회원이었다는 사실을 모르십니까?"

"모릅니다, 물론 처음 들어봅니다."

"아담 바이스하우프트는 자신의 인도적인 비밀결사를 완전히 예수회를 본보기로 하여 조직했습니다. 그 자신은 프리메이슨 단원이었고, 그 시대의 가장 명망 있는 프리메이슨 단원들은 광명회의 회원이었습니다. 말해두지만, 그것은 18세기 후반부의 일입니다. 그러나 세템브리니는 주저 없이 그때가 프리메이슨 조직이 타락하는 시대라고 볼 것입니다. 실제로는 그때가 모든 비밀 결사체의 전성기였고, 그 시기에 프리메이슨의 활동은 정말 왕성한 움직임을 보이다가 나중에 세템브리니와 같은 박애주의 유형의 사람들을 통하여 다시 정화되었습니다. 만일 세템브리니가 당시에 살았더라면, 그는 프리메이슨 단의 예수회적 성향과 반계몽적 태도를 비난한 사람들 가운데 하나였을 것입니다."

"거기에는 이유가 있었겠지요?"

"네, 아마도 그럴 것입니다. 쓸모없는 자유사상이 한몫했습니다. 당시에 우리 신부들은 프리메이슨에 가톨릭적 위계질서에 의한 생활을 실현하려던 시대였고, 프랑스의 클레몽에서는 예수회적 성향의 프리메이슨 지부가 융성했습니다. 나아가 그때는 프리메이슨에 장미 십자회의 사상이 파고들던 시대였습니다. 그것은 아주 특이한 결사단체로, 순수 합리적인 정치 및 사회 개혁과 행복 추구라는 목표를 동방의 비밀스런 지식, 인도와 아라비아의 지혜, 신비한 자연인식과의 독특한 관계와 연결시켰습니다. 당시에 엄격한 규율 준수라는 의미, 다시 말해 지극히 비합리적이고 비밀스럽고 신비롭고 연금술적인 의미에서 프리메이슨의 많은 지부에서 개혁과 수정이 이루어졌습니다. 이런 과정에서 스코틀랜드에 기사수도회라는 높은 계급의 프리메이슨이 생기게 되었습니다. 기사수도회란 도제, 기능공, 장인이라는 옛날의 군대식 위계질서에 새롭게 결성된 계층으로, 계급 제도에 따르는 이 단체의 최고 수장은 장미 십자회의 비밀스런 지식에 충만한 사람이었습니다. 그렇다면 알다시피 예루살렘의 종교 지도자들 앞에서 청빈, 순결, 복종을 맹세한 중세의 성직자 기사단, 특히 신전 기사단이 부활했다고 할 수 있지요. 오늘날에도 프리메이슨의 최고 수장은 '예루살렘의 대공'이라는 호칭을 갖고 있습니다."

"나에게는 모든 것이 전혀 생소합니다, 나프타 씨. 나는 세템브리니 씨의 책략을 알게 된 것 같습니다. '예루살렘의 대공'이란 말은 상당히 근사하군요. 나프타 씨도 기회가 생기면 농담 삼아 그렇게 불러 봐도 좋을 것 같습니다. 그 편에서도 최근에 당신에게 '천사 박사'라는 별명을 지어주었으니, 복수할 필요가 있겠습니다."

"그렇군요, 엄격한 규율 준수를 중시하는 신전 기사단의 최고 계급에는 이와 유사하게 중요한 호칭들이 아주 많이 있습니다. 완벽한 장인, 동방의 기사, 대제사장이라는 호칭이 있고, 31번째 계급은 심지어 '왕의 비밀스런 고귀한 대공'이라는 호칭으로 불립니다. 알아차렸겠지만 이 모든 이름들은 동방의 밀교와 관계가 있다는 것을 암시합니다.

신전 기사단의 부활 자체는 바로 이런 관계를 받아들였음을 의미하고, 실제로 합리적 유용성의 사회 개선이라는 이념 세계에 비합리적인 발효불질이 침투해 들어왔음을 의미합니다. 이를 통해 프리메이슨은 당시에 새로운 매력과 광채를 얻게 되었고, 이를 반기는 많은 세력도 생겨났습니다. 프리메이슨은 그 세기의 궤변적 이성, 인도적 계몽주의 내지 정화주의에 염증을 느끼고, 더 강렬한 삶의 의미에 목말라 있던 사람들을 모두 자체에 끌어들였습니다. 프리메이슨 단이 이처럼 성공을 거두자 속물적인 인간들은 이 단체 때문에 남자들이 가정의 행복과 아내의 가치를 저버린다고 탄식했습니다."

"그렇다면, 교수님, 세템브리니 씨가 프리메이슨 단의 이런 전성기를 기억하고 싶어 하지 않는다는 점이 이상합니다."

"이상한 것이 아닙니다. 그는 자유사상이나 무신론, 백과사전적 이성이 과거에 교회와 가톨릭, 수도사, 중세에 대해 가졌던 그 모든 반감이 그의 결사체에 오히려 집중되던 시기가 있었다는 사실을 기억하고 싶지 않은 것입니다. 당신은 반계몽적 성향의 프리메이슨을 거론하는 일이 있다는 것을 들어보았을 것입니다."

"왜 그렇지요? 그 이유를 좀 더 명확히 듣고 싶습니다."

"말하겠습니다. 엄격한 규율의 준수는 수도회의 전통을 심화하고 확장하는 일, 수도회의 역사적 근원을 비밀의 세계, 이른바 중세의 암흑기로 되돌리는 것과 동일한 의미입니다. 프리메이슨 지부의 수장은 신비로운 자연에 정통한 사람, 마술적 자연에 대한 지식의 소유자, 주로 위대한 연금술사들이었습니다."

"이제 나는 연금술이란 대체 무엇인지 전력을 다해 생각해 보아야겠습니다. 연금술, 그것은 바로 금을 만드는 일로, 지혜의 돌, 마실 수 있는 약용금과 같은 것 아닐지요."

"네, 일반적으로 이야기하면 그렇습니다. 그러나 좀 더 학술적으로 이야기하면 정련, 물질의 변화와 물질의 순화, 성체 변화, 그것도 더 높은 상태로의 상승입니다. 지혜의 돌, 유황과 수은으로 만든 남녀 양성의 산물, 두 가지 일의 그러니까 남녀 양성의 최고 물질은 다름 아닌 상승의 원칙, 외적 영향을 통한 상향변화입니다. 그것은 말하자면 마법의 교육입니다."

한스 카스토르프는 침묵하고 있었다. 그는 눈을 껌벅거리며 비스듬히 위를 쳐다보았다.

나프타는 말을 계속했다. "연금술적 성체 변화의 상징은 무엇보다도 지하 납골당이었습니다."

"무덤 말인가요?"

"그렇습니다, 부패의 장소입니다. 지하 납골당은 모든 밀봉기술의 정수이자 물질이 마지막으로 변화하고 정화되는 그릇, 잘 보관된 수정 증류기와 같은 것입니다."

"밀봉기술, 그거 말씀 잘하셨습니다, 나프타 씨. '밀봉'이란 말은 늘 내 맘에 들었습니다. 그것은 막연하게 여러 가지를 연상시키는 진짜 마법의 낱말입니다. 죄송합니다만, 그 말을 들을 때마다 나는 늘 우리 함부르크의 가정부, 즉 샬렌 부인도 아니고 샬렌 양도 아닌 샬렌의 음식물 저장고에 줄 지어 세워져 있는 병조림들을 생각하지 않을 수 없습니다. 밀봉된 병들에는 과일과 고기 등 각종 식품이 들어 있는데, 이 병들은 1년 내내 줄지어 서 있습니다. 필요가 있어서 그중 하나를 열어보면, 그 내용물이 세월의 영향을 받지 않고 변함없이 아주 신선하게 보존되어 있어서, 본래의 맛 그대로 즐길 수 있습니다. 그것은 물론 연금술도 정화도 아닌 단순한 보존에 불과하지만, 그런 연유로 저장식품이란 이름을 갖고 있지요. 하지만 마법과도 같은 점은 병조림이 시간의 틀에서 벗어나 있다는 사실입니다. 그것은 밀봉된 채 시간으로부터 차단되어 있어서, 시간은 그 곁을 슬쩍 지나가 버렸지요. 그것은 시간의 영향을 받지 않고 선반 위에서 시간의 바깥에 있었던 것입니다. 자, 병조림에 대해서는 이만큼만 하겠습니다. 그리 대단한 이야기가 아니랍니다. 죄송합니다. 좀 더 가르침을 받고 싶습니다만."

"원한다면 얼마든지요. 견습생은 우리의 주제인 프리메이슨의 방식으로 말해 지식욕에 불타서 대담해야 합니다. 지하 납골당, 즉 무덤은 언제나 입단식의 주요한 상징이었습니다. 견습생, 지식의 문턱에 입문하기를 갈망하는 풋내기는 공포를 느껴도 대담성을 입증해야 합니다. 견습생은 시험에 따라 지하 납골당으로 끌려 들어가 그 안에 얼마간 머물러 있어야 하며, 그런 연후에 면식이 없는 형제의 손에 이끌려 밖으로 나오는 것이 수도원의 관습입니다. 그러므로 초심자가 지나가야 하는 복잡한 복도와 어두운 동굴, 나아가 엄격한 규율 준수의 결사단체 홀에 내려져 있는 검은 천, 입단 및 집회 의식에 매우 중요한 역할을 하는 관에 대한 숭배가 모두 수도원의 관습과 연관성이 있습니다. 신비로움과 정화의 길에는 사방에 위험이 도사리고 있으며, 그 길은 죽음의 공포와 부패의 세계를 통과합니다. 그리고 견습생, 초심자, 다시 말해 삶의 고뇌를 열망하고 마적인 체험능력이 일깨워지기를 바라는 젊은 이는 비밀의 그림자로만 존재하는 복면인들에 의해 이끌려 길을 지나갑니다."

"정말 감사합니다, 나프타 교수님. 훌륭하십니다. 그러므로 그것은 연금술적인 교육이라 할 수 있겠습니다. 이런 이야기를 들은 것도 전혀 해로운 일이 아닌 것 같습니다."

"이는 바로 종국적인 것을 향한 이끌림, 초감각적인 것을 절대적으로 신봉함으로써 목표에 도달하려는 과정입니다. 이와 같은 지부의 규율 준수는 그 후 수십 년 동안 많은 고귀한 구도자들을 이런 목표로 이끌었습니다. 내가 그것을 뭐라고 굳이 명명할 필요까지는 없는데, 왜냐하면 스코틀랜드 프리메이슨의 계급이 단지 성직자 위계질서의 대용품에 불과하고, 프리메이슨 장인계급의 연금술적인 지혜가 변화의 신비로움 속에서 실현된다는 것을 당신도 모르지는 않을 테니까요. 그리고 결사 의식의 상징적인 유희가 우리의 신성한 가톨릭교회의 예배와 건축적 상징성에서 발견될 수 있듯이, 프리메이슨 지부가 견습생들에게 행하는 비밀스런 입단 절차는 종교적 은총 수단에서도 마찬가지로 발견될 수 있습니다."

"아, 정말 그렇군요!"

"잠깐, 그것으로 전부가 아닙니다. 몇 마디 더 말씀 드리겠습니다. 역사적으로 프리메이슨 지부가 수공업적으로 존경할 만한 미장이 길드에서 생겨났다고 생각하는 것은 피상적인 견해입니다. 적어도 엄격한 계율 준수는 지부에 훨씬 더 깊은 인간적 토대를 마련해 주었습니다. 프리메이슨 집회의 비밀은 우리 가톨릭교회의 신비로운 의식과 마찬가지로 원시인의 비밀엄수의 제식이나 기이한 의식과 명백한 관련성을 지니고 있습니다. 가톨릭교회에 관한 한, 나는 만찬과 애찬(愛餐), 육체와 피의 성찬에 주목하고 있습니다만, 프리메이슨 지부의 경우는…."

"잠깐만요. 잠깐 덧붙일 말이 있습니다. 내 사촌이 속해 있는 엄격한 결사의 군대생활에도 이른바 애찬이라는 게 있습니다. 그에 대해 사촌은 종종 나에게 편지를 보내왔는데, 물론 약간 술에 취하기는 하지만 매우 단정하게 행동하기 때문에 학생 조합의 연회처럼 그렇게 심각하시는 않다고 합니다."

"그러나 프리메이슨 집회에서는 앞서 당신이 내게 관심을 보인 것처럼 지하 납골당과 관에 대한 숭배를 주목해야 합니다. 교회와 프리메이슨이라는 두 경우에는 종국적이고 극단적인 것에 대한 상징성, 광적인 원시 종교성의 요소, 예컨대 사멸과 생성, 죽음, 변용과 부활을 찬미하기 위한 한밤중의 일탈적 제식이 중요한 특징입니다. 고대 이집트의 여신 이시스의 신비 의식뿐만 아니라 아테네의 인근 도시 엘레우시스의 신비 의식도 밤중에 어두운 동굴에서 행해졌다는 사실은 당신도 기억하실지 모르겠습니다. 그래서 프리메이슨 집회에는 이집트의 신비로운 의식들을 기억하게 할 만한 의식들이 많이 있었고 지금도 있으며, 그 비밀 조직에는 엘레우시스적인 결사라고 불러도 좋은 것이 있었습니다. 언젠가는 여성도 마침내 참여할 수 있는 프리메이슨 집회 축제, 엘레우시스적 신비 의식의 축제와 아프로디테적인 비밀 축제라는 것이 있었습니다. 바로 이것이 장미 축제입니다. 프리메이슨 단원의 앞치마에 있는 세 송이의 푸른 장미는 이를 암시하는 것으로, 장미 축제는 아마도 술판으로 끝나곤 했던 것으로 보입니다."

"아니, 내가 들은 것은, 나프타 교수님. 그 모든 것은 프리메이슨의 행동에 관한 것이죠? 그런데 명석한 사고를 지닌 세템브리니 씨를 이 모든 것과 연관지어 생각해 보니…."

"그건 대단히 부당하다고 생각됩니다! 부당하고 말고요, 세템브리니 씨는 이 모든 것에 대해 전혀 아는 바가 없습니다. 내가 이미 말씀드렸듯이 프리메이슨 집회는 세템브리니 같은 사람들에 의해 보다 고상한 온갖 삶의 요소들이 깨끗이 사라져 버렸습니다. 그것은 어처구니없게도 인간화되고 근대화되고 말았습니다. 프리메이슨 집회는 그런 오류에서 벗어나 유용성, 이성 및 진보, 제후와 사제에 대한 투쟁으로, 단적으로 말해 사회적 행복을 추구하는 단체로 되돌아갔습니다. 이 단체는 지금 다시 자연, 도덕, 절제와 조국을 거론하고 있습니다. 내 생각에 사업에 대해서도 관심을 갖는 것으로 보입니다. 한마디로 말해 그것은 클럽 형태로 이루어진 부르주아의 비참함을 반영합니다."

"유감입니다. 장미 축제가 없어진 것 말입니다. 세템브리니 씨가 진짜 그것에 대해 아무것도 모르는지 물어보겠습니다."

"그는 줄자처럼 정직한 기사(騎士)입니다!" 나프타가 비웃었다. "당신은 그가 인류의 신전이라는 건축 장소로의 입장이 쉽지 않았다는 점을 생각해야 합니다. 왜냐하면 그는 돈 한 푼 없는 극빈자이기 때문입니다. 인류의 신전에 입장하려면 더 높은 교양, 인문주의적 교양뿐만 아니라, 적지 않은 입회비와 연회비를 납부할 만큼 필히 자산 계층에 속해야만 합니다. 그런 자가 바로 부르주아입니다! 교양과 재산, 이것이 바로 자유주의적 세계 공화국의 초석인 것입니다!"

"물론입니다." 한스 카스토르프는 껄껄 웃었다. "우리는 그 초석을 확실히 눈으로 보고 있는 셈입니다."

"그렇지만." 나프타는 잠시 말을 끊었다가 덧붙였다. "이 남자와 그의 일을 너무 가볍게 보지 말라고 충고하고 싶습니다. 우리가 지금 이런 관계에 대해 논의하였기에 더욱 조심할 것을 부탁드리는 바입니다. 진부함이 아직도 무죄라는 것과 동일한 뜻이 아닙니다. 마찬가지로 편협함이 무해한 것과 같은 뜻이 아닙니다. 이 사람들은 때때로 독했던 자신들의 포도주에 물을 많이 탔습니다만, 프리메이슨 결사의 이념 자체는 더 많은 물을 부어도 괜찮을 만큼 여전히 독합니다. 그들의 이념에는 뭔가 결실을 이룰 만한 비밀의 잔재가 남아 있습니다. 프리메이슨 집회가 세계의 움직임에 있어서 영향력을 지니고 있다는 것, 우리는 이 사랑스러운 세템브리니 씨를 그냥 세템브리니라는 개인으로만 보아서는 안 되며, 그의 배후에는 권력이 있다는 것, 나아가 그는 그 권력의 친구이자 밀사라는 사실은 의심할 나위가 없습니다."

"밀사요?"

"그렇습니다, 그는 개종을 유도하고 영혼을 사로잡는 사람입니다."

'그럼 당신은 어떤 종류의 밀사인가?' 한스 카스토르프는 내심 이렇게 생각하다가 큰 소리로 말했다.

"감사합니다, 나프타 교수님, 주의와 경고의 말씀에 대해 진심으로 감사합니다. 그런데 지금 제 생각은 어떻습니까? 그러니까 저 위가 층이라고 한다면, 나는 이제 한 층 더 올라가려고 합니다. 복면을 쓴 결사단원의 속내를 좀 떠볼까 합니다. 견습생은 지식욕에 불타야 하고 두려움도 없어야 합니다. 물론 조심해야죠. 밀사들을 상대하려면 당연히 조심해야죠."

그는 세템브리니에게서도 더 많은 이야기를 들으려고 적극적으로 말을 걸었다. 세템브리니 역시 나프타 못지않게 입이 가벼운 편이라서 자신이 저 조화로운 단체에 속해 있다는 사실을 딱히 숨기려 하려 않았다. 『이탈리아 프리메이슨 일람』이 그의 탁자에 펼쳐 있었다는 사실을 카스토르프가 주의하지 않았을 따름이었다. 그는 나프타에게 방금 들어 알게 되었으면서도, 마치 그 이전부터 알고 있었다는 듯한 표정을 지으며 멋진 술수라고 말을 건네자, 세템브리니는 별로 의심치 않고 약간 주춤했을 뿐이었다. 이 문필가는 밝힐 수 없는 점이 있는 것도 사실이어서 그것이 화제에 오르자 거드름을 피우며 입을 다물어 버렸다. 그것은 나프타가 말한 테러와 관련된 서약 때문이었고, 또한 프리메이슨의 외적인 관습과 특이한 조직 내에서 자신의 위치와 관련된 비밀주의 성향 때문이었다. 그러나 그 밖의 사실에 대해서는 심지어 열을 올려 설명했으며, 자신의 결사가 세력을 넓히고 있는 것에 대해 호기심 많은 젊은이에게 자랑했다. 예컨대 2만이 넘는 지부와 150여 개의 대지부가 거의 세계 각지에 세력을 뻗치고 있으며, 아이티나 흑인 공화국 라이베리아처럼 문명이 낮은 지역에까지 단원이 있노라고 말했다. 또한 전에 프리메이슨 단원이었거나 지금도 단원인 유명 인사의 이름을 거론하면서, 볼테르, 라파예트, 나폴레옹, 프랭클린, 워싱턴, 마치니, 가리발디의 이름과 심지어 생존자로는 영국 국왕의 이름을 들었고, 그 외에도 유럽 각국의 운명을 좌우하는 많은 남자들, 정부 각료와 국회의원의 이름을 열거했다.

한스 카스토르프는 경의를 표했지만 놀라지는 않았다. 그는 대학생조합도 그럴 것이라고 생각했다. 대학생 조합도 평생 동안 결속하면서 회원들 간에 서로 돕고 있어서 회원이 아닌 사람은 관청이나 계급사회에서 출세하기가 대단히 어려웠다. 이 때문에 세템브리니가 앞서 열거한 저명인사들이 프리메이슨 소속이라는 것을 자랑스럽게 여기는 것은 논리적으로 전혀 합당하지 않은 것 같았다. 정반대로 다음과 같이 가정할 수 있었다. 즉, 결사 단원이 그렇게 중요한 자리를 많이 차지하고 있다는 것은 프리메이슨 권력의 실체를 입증하고 있을 뿐이며, 따라서 세템브리니가 솔직하게 밝히는 것 이상으로 이 단체가 세계를 좌지우지하고 있다고 할 수 있었다.

세템브리니는 빙그레 미소를 지었다. 그는 심지어 손에 쥐고 있던

『프리메이슨』이라는 책으로 부채질까지 했다. 세템브리니는 자신을 함정에 빠트려 입을 열게 할 작정이냐고 물었다. 그러면서 그는 집회의 정치적 성향, 본질적으로 정치적인 정신에 대해 자신이 서툰 발언을 하도록 유인할 생각이냐고 덧붙였다. "아무리 수를 부려도 소용없어요, 엔지니어 양반! 우리는 철저히 공개적으로 정치를 표방하고 있습니다. 우리는 몇몇 바보들이 ―이런 자들은 당신네 나라에나 있지, 다른 나라에는 거의 어디에도 없습니다, 엔지니어 양반― 낱말과 명칭에 구애되어 혐오감을 보이는 것에 전혀 개의치 않습니다. 인류의 친구는 정치와 비정치 사이의 구별을 조금도 인정하지 않습니다. 비정치란 존재하지 않아요. 모든 것이 정치니까요."

"모든 것이요?"

"프리메이슨의 사상이 원래 비정치적이라고 지적하면서 이를 좋게 생각하는 사람들이 있다는 것을 잘 압니다. 그러나 이 사람들은 말장난을 하면서 구분을 하고 있는데, 이와 같은 구분이 공상적이고 무의미하다는 것을 인정할 때가 이미 왔습니다. 첫째로 스페인의 집회는 적어도 애초에 정치적인 색채를 보였습니다."

"그런 것 같습니다."

"당신은 거의 이해할 수 없습니다, 엔지니어 양반. 처음부터 이해가 된다고 생각하지 말고, 내가 지금부터 하는 말, 내가 두 번째로 각인시키려는 말을 잘 듣고 이해하기 바랍니다. 당신네 나라와 유럽의 이해관계에서뿐만 아니라 당신 자신의 이해관계에서 말입니다. 두 번째로 말하면 프리메이슨의 사상은 어느 시대에도 비정치적인 적이 없었고, 비정치적일 수도 없었습니다. 그런 적이 있다고 생각한다면, 그것은 자신의 존재를 속이는 행위입니다. 우리가 어떤 자들입니까? 건축

공사장에서 일하는 노동자이자 잡역부입니다. 우리 모두의 목적은 단 한 가지, 즉 전체 인류의 가장 좋은 상태입니다. 그것이 단합의 근본 원칙입니다. 이 가장 좋은 상태, 이 건축물은 어떤 것일까요? 예술적으로 합당한 사회적 건축물, 인류의 완성, 새로운 예루살렘입니다. 이럴 때 대체 정치나 비정치가 무슨 소용입니까? 사회적 문제, 공존의 문제 자체가 정치, 철두철미 정치이며, 더도 덜도 아닌 정치입니다. 이런 문제에 전념하는 사람은 내적으로나 외적으로 정치에 속해 있습니다. 그리고 이런 문제에 전념하기를 꺼리는 사람은 인간이라는 이름을 들을 가치가 없습니다. 이런 문제에 전념하는 사람은 자유로운 프리메이슨 단원의 기술이 통치술이라는 것을 이해합니다."

"통치술이라…."

"광명단의 프리메이슨은 통치자 계급을 알고 있었지요."

"아주 근사합니다, 세템브리니 씨. 통치술, 통치자 계급, 모두 내 맘에 듭니다. 하지만 한 가지 듣고 싶은 것이 있습니다. 선생이나 프리메이슨 단원은 모두 기독교 신자인가요?"

"그게 무슨 말인가요?"

"죄송합니다, 다른 식으로, 보다 일반적이고 간단하게 물어 보겠습니다. 선생은 신의 존재를 믿습니까?"

"대답하겠습니다. 그런데 왜 그런 것을 묻는 것이죠?"

"조금 전에 세템브리니 씨를 시험해 보려고 물은 것은 아니었지만, 성서에도 그런 이야기가 있습니다. 누군가가 예수에게 로마의 동전으로 시험하려고 하자, 황제의 것은 황제에게, 하느님의 것은 하느님에게 바치라는 대답을 들었다고 합니다. 이러한 식으로 구분하는 것이 정치와 비정치 사이에도 있는 것은 아닐까 생각합니다. 하느님이 존재한다면 이런 구분도 있을 것입니다. 프리메이슨 단원들은 신의 존재를 믿습니까?"

"나는 당신에게 대답하기로 약속했습니다. 당신은 우리가 이룩하려는 통일에 관해 말하고 있습니다만, 오늘날 모든 선인들의 의도와는 달리 유감스럽게도 아직은 그렇지 않습니다. 프리메이슨의 세계연대는 존재하지 않습니다. 세계연대가 언젠가 이루어진다면, 그것이 지닌 종교적 신조도 의심할 바 없이 통일될 것입니다. 그리고 '악을 말살하라'는 것이 그 구호가 될 것입니다. 거듭 말하지만, 나는 이 위대한 작업에 열렬히 남모르는 노력을 기울이고 있습니다."

"그 구호는 의무적인가요? 그것은 관용적이지 못한 것 같습니다."

"당신은 아직 관용의 문제를 거론할 만큼 성숙하지 못합니다, 엔지니어 양반. 어쨌든 악에 관용을 베푸는 것은 죄악이라는 것을 마음에 새겨두십시오."

"신이 악이란 말인가요?"

"형이상학이 악입니다. 왜냐하면 형이상학은 우리가 사회라는 전당의 구축에 들여야 하는 노력을 잠들게 할 뿐이기 때문입니다. 그래서 프랑스의 대 오리엔트 지부는 30년 전에 이미 자신의 모든 간행물에서 신이라는 이름을 삭제해 버렸습니다. 우리 이탈리아인들도 그것에 따르고 있습니다."

"그것 참 가톨릭적이군요!"

"그 말은⋯."

"신을 삭제한다는 것은 꽤나 가톨릭적이라고 생각합니다!"

"당신의 표현은⋯."

"제 말은 경청할 만한 것이 못 됩니다, 세템브리니 씨. 내가 아무렇게

나 지껄이는 말에 그리 신경 쓰지 마십시오! 지금 문득 그런 생각이 들었을 뿐입니다. 그러니까 무신론은 대단히 가톨릭적이고, 더욱더 가톨릭적이 되기 위해 신을 삭제하는 것처럼 보인다는 겁니다."

이에 대해 세템브리니는 한동안 침묵을 지키고 있었지만, 그것은 단지 교육자적인 신중함의 표시였다. 그는 잠시 후 대답했다.

"엔지니어 양반, 나는 신교를 믿는 당신을 미혹에 빠트리거나 해를 입히려는 의도는 조금도 없습니다. 우리는 방금 관용에 대해 이야기했습니다. … 나는 신교를 오히려 인내심의 종교로 여겨왔고, 양심의 억압을 역사적으로 반대했던 신교에 대해 깊은 감동을 느꼈다는 것은 강조할 필요조차 없습니다. 인쇄술의 발명과 종교 개혁은 중부 유럽에서 인류를 위해 획득한 가장 고귀한 두 가지 공적입니다. 그거야 의문의 여지가 없습니다. 하지만 당신이 방금 언급한 말만을 들었을 때, 내가 그것은 사물의 한 단면일 뿐이고 다른 측면도 있다고 지적한다면 당신은 분명히 내 말을 이해할 것입니다. 신교는 어떤 요소들을 감추고 있었습니다. 독일의 종교 개혁자라는 사람 자체가 어떤 요소들을 감추고 있었습니다. 내가 생각하는 요소는 정적주의와 최면술적인 은둔의 태도입니다. 이는 유럽적이 아니고, 활동적 기질의 생활 원칙에 낯설고 적대적입니다. 저 루터의 얼굴을 좀 들여다보십시오! 젊은 시절과 늙어서의 초상화를 말입니다! 대체 저 두개골과 광대뼈의 생김새는 어떻습니까, 또한 눈매는 얼마나 이상합니까! 이봐요, 저것은 아시아적입니다! 저기에 벤트족, 슬라브족, 사르마트족의 혈통이 작용하지 않는다면 내겐 너무나 이상합니다, 정말 이상하다고밖에 할 수 없습니다. 그리고 누가 부인하겠습니까만, 이 남자의 험악한 모습이 당신의 나라에서 위험스럽게 균형을 유지하는 저울의 두 접시 가운데 한쪽의 불운한 우세를 의미하지 않았다면, 그것 또한 정말 이상한 일입니다. 서방적인 접시는 오늘날에도 동방으로 기울어지는 무게에 압도되어 하늘을 향해 날아가 버릴 지경이니까요."

세템브리니는 창가에 있는 인문주의적 연단 앞에 서 있었다. 그러더니 물병이 세워진 둥근 탁자 옆으로 걸어가 팔꿈치를 무릎에 놓고 손으로 턱을 괸 채 벽 쪽의 팔걸이 없는 의자에 앉아 있던 그의 제자 옆으로 접근했다.

"아!" 세템브리니가 이탈리아어로 말했다. "아, 이봐요! 결단을 내려야만 해요. 유럽의 행복과 미래에 대해 어마어마한 파장을 미치는 결단입니다. 당신의 나라는 결단을 내리게 될 것이고, 영적으로 그 결단이 결실을 맺을 겁니다. 동방과 서방 사이에서 당신 나라는 선택해야 할 것이고, 당신 나라의 본성을 얻으려고 다투는 두 세계 사이에서 최종적이고도 의식적으로 결단을 내려야만 합니다. 당신은 젊습니다, 따라서 이런 결단에 관여하게 될 것이고, 결단에 영향을 미치도록 부름을 받을 것입니다. 그러니 당신을 이 끔찍한 지역으로 흘러들어 오게 한 운명을 함께 축복합시다. 그러나 동시에 그런대로 숙련되고 활기찬 나의 말에 당신의 감수성 있는 청춘이 영향을 받음으로써 당신의 청춘과 당신의 나라가 문명에 책임을 느끼게 하도록 내게 기회를 준 운명을 축복합시다."

한스 카스토르프는 주먹으로 턱을 괴고 앉아 있었다. 다락방의 창을 통해 밖을 내다보는 그의 단순한 푸른 눈에서 모종의 반항심을 읽을 수 있었다. 그는 침묵했다.

"말이 없군요." 세템브리니가 떨리는 목소리로 말했다. "당신과 당신의 나라는 유보적인 침묵을 지키고 있어서, 그 모호함 때문에 도무지

속내를 알 수가 없습니다. 당신들이 말을 싫어하든지, 말이란 것이 없든지, 아니면 친근해지지 않을 만큼 말을 신성시하는 것 같습니다. 말로 표현하는 세계는 당신들을 어떻게 대해야 할지 알지 못하며, 또 알수도 없습니다. 이봐요, 그것은 위험한 일입니다. 말은 문명 그 자체입니다. 말은 아무리 모순되더라도 서로를 결합시키는 역할을 합니다. 반면에 침묵은 사람을 고립시킵니다. 우리는 당신들이 그 고립을 행동으로 깨뜨리려는 것이 아닌가 생각합니다. 당신의 사촌 자코모(그는 요아힘을 쉽게 '자코모'라고 부르곤 했다)를 앞에 세워 두고 침묵해 보십시오. 그러면 그는 아마 '칼을 휘둘러 우리 둘을 쓰러트리고, 다른 사람들은 쫓아버릴' 것입니다."

카스토르프가 웃기 시작하자 세템브리니도 순간적으로 자신이 한 말의 조형적인 효과에 흡족해하면서 미소를 지었다.

세템브리니는 "좋아요, 우리 웃어봅시다!" 하고 말했다. "유쾌해질 수 있다면 나는 얼마든지 웃을 것입니다. '웃음은 영혼의 빛이다'라고 어떤 옛날 사람이 말했습니다. 그런데 본론에서 좀 벗어났습니다. 나도 빗나갔음을 인정합니다. 앞서 프리메이슨의 세계 연합을 실현하려는 우리의 준비 작업이 직면한 난제, 특히 유럽의 신교 지역이 제기하는 난제를 이야기했었지요." 이제 세템브리니는 세계 연합의 사상에 대해 열변을 토하기 시작했다. 헝가리에서 시작된 그 이념이 실현된다면, 프리메이슨 운동은 세계에서 결정적인 힘을 갖게 될 거라며, 그 증거로 해외의 유력 인사들에게서 받은 편지, 예컨대 스위스 지부장의 친필 편지, 서열 제33위의 수도사 카르티에 라 텐트의 편지를 보여 주었다. 이어서 그는 에스페란토어를 연합의 세계 공용어로 선포하려는 계획에 대해 이야기했으며, 열을 더욱 올려 고도의 정치 분야로 화제를 바꾼 다음, 이리저리 시선을 돌리며 혁명적이고 공화적인 사상이 그의 모국 이탈리아나 부근의 스페인, 포르투갈에서 얼마만큼 성공을 거둘 수 있는지를 검토했다. 또한 그는 방금 말한 포르투갈 왕국의 대지부 (大支部) 수뇌부에 있는 인물들과도 편지 접촉을 계속할 작정이라고 했다. 그러면서 포르투갈에서 결정적인 일이 터질 것은 불 보듯 뻔하며, 곧 그곳에서 무슨 사건이 일어나면 자신을 생각하길 바란다고 덧붙였다. 한스 카스토르프도 그렇게 하겠다고 약속했다.

제자와 두 스승 사이에서 진행된 프리메이슨에 관한 대화는 요아힘이 이 위로 오기 전에 일어난 일이라는 것을 언급해 두는 바이다. 이제 우리가 맞이하게 되는 논쟁은 요아힘이 이곳으로 올라와 9주가 지난 10월 초에 그의 면전에서 벌어졌다. 한스 카스토르프는 플라츠의 요양 호텔 앞에서 가을 햇살을 받으며 둘이서 함께 음료수를 마시던 때를 그 뒤로도 자세히 기억하고 있었다. 그는 당시에 요아힘의 건강 때문에 남몰래 걱정을 하고 있었기 때문이었다. 보통 때는 전혀 걱정이 되지 않을 증상과 현상, 즉 사촌의 목이 아픈 것과 쉰 소리가 나는 것은 성가실 뿐이지 몸 자체에는 그다지 해가 되는 것은 아니었다. 하지만 카스토르프가 보기에 요아힘의 눈빛은 어딘지 이상했다. 요아힘의 눈 깊은 곳에서 그런 이상한 빛이 감돈다고 카스토르프는 생각했다. 늘 온화하고 커다란 요아힘의 눈이 생각에 잠긴 듯 모호하지만 더욱 커지고 깊어진 것처럼 보였고, 이 때문에 앞서 언급한 것처럼 내부에서 나오는 조용한 광채 외에 ─이상한 말을 덧붙여야만 하겠다.─ 위협조의 광채가 동시에 발산되고 있었다. 이런 눈빛이 카스토르프의 마음에 들지 않는다고 말한다면 완전히 잘못된 지적일 것이다. 반대로 그 눈빛이 그의 마음에 꼭 들었지만, 이런 눈빛 때문에 그는 걱정을 떨칠 수가 없었다.

그리고 단적으로 말하자면 이런 인상에 대해 그 자체의 성격상 혼란스럽다고 밖에는 달리 표현할 도리가 없었다.

요아힘의 면전에서 벌어진 대화와 논쟁, 물론 나프타와 세템브리니 사이의 논쟁에 관해서 말한다면, 그것은 그 자체로 하나의 독립된 논쟁이었고, 프리메이슨의 본질에 대한 저 기이한 논쟁과는 그다지 관계가 없었다. 두 사촌 외에 베잘과 페르게도 그 자리에 함께 있었고, 모두가 쟁점을 이해할 만큼 수준이 높은 것은 아니었지만 —페르게만은 예컨대 전혀 이해하지 못하면서도 논쟁에 끼어들었다—, 모두가 큰 관심을 보였다. 이 논쟁은 마치 생사를 건 듯 맹렬했으나, 세템브리니와 나프타의 논쟁이 늘 그러하듯이 재치 있고 세련되어서 생사를 건 싸움이 아니라 우아한 시합을 하고 있는 것 같았다. 세템브리니와 나프타 사이의 모든 논쟁이 그런 식이었다. 따라서 이와 같은 논쟁은 물론 그 자체로 듣는 것만으로도 재미있었고, 내용을 제대로 이해하지 못하거나 그 의미를 그저 어렴풋이 파악하는 사람들에게도 재미가 있었다. 심지어 외부인들, 어쩌다 주위에 모여 앉은 사람들까지도 눈썹을 치켜뜨고 논쟁에 귀를 기울였으며, 열정적이고 화려하게 전개되는 두 사람의 설전에 사로잡혔다.

언급한 바와 같이 이 일은 오후의 차 마시는 시간이 지난 후 요양 호텔 앞에서 벌어졌다. 베르크호프의 네 사람은 그곳에서 세템브리니를 만났고, 나프타가 우연히 이들과 합류하게 되었다. 그들 모두는 금속으로 만들어진 작은 탁자 주위에 둘러앉아 제각기 소다수를 가볍게 섞은 아니스와 베르무트를 마셨다. 이곳에서 자신의 오후 간식을 먹는 나프타는 와인과 케이크를 시켰는데, 이는 분명히 그의 신학교 시절의 기억을 드러내고 있었다. 요아힘은 아픈 목을 촉촉하게 하려고 종종 자연

산 레몬주스를 마셨다. 레몬주스가 목을 수축시켜 아픔을 덜어준다며 아주 진하고 신 것을 마셨다. 세템브리니는 설탕물만을 마시고 있으면서도 꽤나 소중한 음료수라도 마시는 것처럼 빨대를 사용하여 아주 우아하게 음미하듯이 홀짝거렸다. 그가 농담을 던졌다.

"내가 무슨 얘기를 들었는지 아십니까, 엔지니어 양반? 소문으로 무슨 말이 내 귀에 들어오는지 아십니까? 당신의 베아트리체가 다시 돌아온다지요? 『신곡』 천국 편에서 회전하는 아홉 개의 천구를 모두 안내해준 여자 말입니다. 그렇다고 해도 당신은 당신의 베르길리우스가 인도하는 우정의 손을 완전히 물리치지 않기를 바랍니다! 이곳에 계신 우리의 성직자께서는 프란체스코파의 신비주의에 반대 측면인 토마스 아퀴나스의 인식이 없었다면 중세적 세계가 완전하지 않았을 것이라는 점을 당신에게 증명해줄 것입니다."

사람들은 세템브리니의 이토록 해박한 농담조의 말을 듣고 웃었고, 마찬가지로 웃으며 '자신의 베르길리우스'를 향해 유리잔을 올려든 한스 카스토르프를 바라보았다. 그러나 허식에 차 있지만 그다지 악의가 없는 세템브리니의 발언으로 인해 다음 순간 얼마나 많은 정신적 갈등이 야기되었는지는 거의 믿을 수 없을 정도였다. 물론 어느 정도 도발로 여긴 나프타는 곧장 공세를 취해, 주지하듯이 세템브리니가 우상으로 숭배하며 호메로스보다 높게 평가하는 로마의 시인 베르길리우스를 공격했다. 나프타는 벌써 여러 번이나 라틴 문학 전반에 대해서뿐만 아니라 베르길리우스에 대해 신랄하게 비판해왔는데, 이번에도 기회를 놓치지 않고 공격에 나섰다. 루도비코 씨는 어쩌면 프리메이슨적 의미를 부여할지 모르지만, 위대한 단테가 그저 평범한 엉터리 시인을 『신곡』에서 그렇게 훌륭한 역할을 맡긴 것은 단테가 지극히 선량한 시대 조류에 휩쓸려들었기 때문이라고 나프타는 말문을 열었다. 저 궁정의 계관시인, 율리우스 왕가의 아첨꾼, 창조적인 불꽃이라곤 전혀 없는 이 세계도시의 문필가이자 미사여구를 난발하는 자가 뭐가 그렇게 중요한 인물인가? 영혼이 있다 해도 어쨌든 고리타분하기 때문에 전혀 시인이 아니며, 아우구스투스 시대의 긴 가발을 뒤집어 쓴 프랑스인에 불과한 것이다!

그러자 세템브리니는 방금 말한 나프타 씨가 라틴어 교사직을 갖고 있으면서도 로마의 높은 문명을 무시하고 있는데, 의심할 바 없이 앞으로 언젠가는 이런 모순을 조화할 수 있는 수단과 방법을 깨닫게 될 것이라고 말했다. 그렇지만 세템브리니 자신이 좋아하는 시대를 그런 식으로 혹평하여 생기게 될 심각한 모순은 지적하고 넘어갈 필요가 있을 것 같다고 덧붙였다. 그 시대는 베르길리우스를 경멸하지 않았을 뿐만 아니라 그를 매우 슬기로운 마술사로 인정했다는 것이다.

그러자 나프타는 반박했다. "세템브리니 씨가 저 아침 시대의 소박성을 들먹거리며 자기 논리를 세울지라도 정말 쓸데없는 일입니다. 저 시대의 소박성이야말로 정복된 것이 마성화되어 가는 가운데에서도 창조력을 유지해온 승리의 요체이기 때문입니다. 더욱이 초기 가톨릭 교회의 지도자들은 고대 철학자와 시인들의 기만에 넘어가지 않도록, 특히 베르길리우스의 화려한 달변에 오염되지 않도록 지칠 줄 모르고 경고했습니다. 그런데 한 시대가 마감하고 다시 프롤레타리아의 아침이 밝아 오는 오늘날이야말로 그들의 경고에 동감할 수 있는 아주 적절한 시기인 것입니다! 로도비코 씨도 잘 알겠습니다만, 이제 모든 것에 답변을 드리겠습니다. 웅변가인 로도비코 씨가 친절하게도 암암리에 지적한 약간은 시민적인 교사직을 나는 아주 유보적인 마음으로 수행하고 있으며, 아무리 낙관적으로 예상해도 그 수명이 몇십 년에 불과한 고전적-수사학적 교육에 내가 종사하고는 있지만, 이럴 때마다 나 자신은 아이러니하다는 생각에 빠지곤 합니다."

세템브리니가 외쳤다. "그렇지만 당신들은 고대의 시인과 철학자가 땀 흘려 연구하여 이룩한 귀중한 유산을 이용하려고 노력했습니다. 마치 당신들이 교회를 짓기 위해 고대 건축물의 석재를 이용한 것처럼 말입니다! 당신들은 프롤레타리아적 영혼의 힘만으로는 새로운 예술 형식을 창조할 수 없음을 깨닫고, 고대를 고대 자체의 무기로 때려 부수려 했습니다. 이런 일은 다시 일어날 것이고, 언제나 그럴 것입니다! 당신들의 다듬어지지 않은 아침은 정작 당신들이 경멸하고 다른 사람들에게 경멸의 말을 건네고 싶어 하는 고대 문화의 가르침을 받아야만 할 것입니다. 교양이 없이는 인류의 앞에 나설 수 없기 때문입니다. 당신들에게는 시민적이고 인간적 교양이라고 부르는 하나의 교양만이 존재할 따름입니다!" 이어서 세템브리니는 덧붙였다. "인문주의적 교육 원칙이 몇십 년 내에는 끝장난다고 말했습니까? 예의를 고려하지 않는다면 큰 소리로 웃으며 야유를 하고 싶군요. 자신의 영원한 재물을 잘 지켜나갈 줄 아는 유럽은 도처에서 갈망하는 프롤레타리아의 묵시록을 제압하고 고전적 이성이라는 오늘날의 시급한 논제로 침착하게 넘어갈 것입니다."

나프타가 얼른 날카롭게 응수했다. "세템브리니 씨는 오늘날의 시급한 논제에 대해 잘 알지 못하는 것 같습니다. 당신이 이미 결정된 것이라고 생각하는 문제, 다시 말해 지중해 연안의 고전적-인문주의적인 전통이 과연 인류의 문제이며, 따라서 인간적이고 영구적인 것인지, 또는 그것이 기껏해야 한 시대, 시민적-자유주의적 시대의 정신적 형태

이자 부속물에 불과하기 때문에 그 시대와 더불어 멸망할 수 있는 것
인지의 물음이 바로 오늘날의 시급한 논제입니다. 이를 결정하는 것은
역사의 몫이겠지만, 어쨌든 그 결정이 라틴적 보수주의의 의미에서 이
루어질 것이라는 어리석은 희망을 갖지 않도록 세템브리니 씨에게 권
고하는 바입니다."

　진보의 추종자로 자처하는 세템브리니를 보수주의자라고 부르는 키
작은 나프타의 뻔뻔스러움은 놀라웠다. 누구나 다 그렇게 느꼈고, 당사
자인 세템브리니는 물론 더욱 화가 나고 흥분하여 콧수염을 위로 말아
올리곤, 상대에게 반격할 기회를 노리며 계속 공격할 말을 찾고 있었
다. 그러는 사이에도 나프타는 고전적 교육의 이상, 유럽의 학교제도와
교육 제도의 수사학적이고 문학적인 정신, 그것의 괴상하기 짝이 없는
문법적-형식적 성격을 비난했다. 그따위 것은 시민적 계급제도의 타
산적인 부속물에 불과하고, 벌써 민중에게는 조롱거리가 되었다면서
그는 말을 이었다. "그렇습니다, 민중이 우리의 박사라는 칭호와 전반
적인 관리제도를 얼마나 조롱하는지 모를 것입니다. 또한 민중이 민중
교육은 약화된 학자교육이라는 망상에서 비롯된 부르주아 계급독재의
도구인 공립학교에 대해 얼마나 비웃고 있는지 모를 것입니다. 민중은
부패한 시민국가와의 투쟁에 필요한 교양과 교육을 벌써부터 공권적
강제 시설과는 다른 곳에서 익히는 법을 알고 있습니다. 그리고 중세
의 수도원 학교에서 발전한 현재의 학교 유형은 우습고 낡은 구습이자
시대착오입니다. 오늘날 교양은 더 이상 학교에서 얻어지는 것이 아니
며, 공개 강연, 전시회, 영화관 등에 의하여 얻어지는 자유롭고 공개적
인 교육이 그 모든 학교 교육보다 훨씬 더 탁월합니다."

　세템브리니가 반격했다. "나프타 씨가 여기 모인 사람들에게 권하는

혁명과 비개화주의의 혼합에는 계몽주의에 반하는 재료가 너무 많이 들어가 맛이 없습니다. 당신이 민중의 계몽을 걱정하는 것은 마음에 들지만, 민중과 세계를 문맹의 어둠 속에 내버려 두려는 본능이 지배적인 것 같아서 그 호감도 감소되고 맙니다."

나프타는 미소를 지으며 말했다. "문맹이라니요! 세템브리니 씨는 이렇게 끔찍한 말을 하게 되면 괴물 고르곤의 머리라도 본 것처럼 누구나 예외 없이 안색이 창백해질 것이라고 믿는 것 같은데, 그러나 유감스럽게도 나의 말 상대인 세템브리니 씨를 실망시킬 수밖에 없군요. 나 자신은 문맹에 대한 인문주의자의 공포가 그저 재미있을 따름입니다. 읽고 쓰는 훈련에 너무 성급하고 과도하게 교육적 의의를 부여하면서, 그런 지식이 없는 사람은 정신적 암흑에 빠져 있는 것처럼 여기는 것은 르네상스 시대의 문필가, 건방진 광대, 세첸토*의 예술가, 마리니 문체주의자, 능서예찬(能書禮讚)의 멍청이들뿐이었습니다. 세템브리니 씨는 중세의 가장 위대한 시인 볼프람 폰 에셴바흐가 문맹자였다는 것을 기억하고 있는지요? 당시에 독일에서는 성직자가 되려고 하지 않는 아이를 학교에 보내는 것은 수치스럽게 여겼습니다. 문예에 대한 귀족과 민중의 이와 같은 멸시는 항상 '고귀성의 본질'을 나타내는 특징으로 남아 있었습니다. 인문주의와 시민의 적자인 문필가는 물론 읽고 쓸 수 있었던 데 반해, 귀족과 군인, 민중은 그것을 할 수 없었거나 서툴렀습니다. 하지만 문필가라는 작자는 세상에서 다른 일은 전혀 알지 못하거나 할 줄을 몰랐고, 말만 잘해서 생활은 성실한 사람들에게 맡겨두는 허풍선이 라틴어 학자로만 계속 존재했습니다. 그래서 문

---

* 17세게 이탈리아의 예술양식.

필가는 정치를 허풍에 불과한 것, 즉 수사학과 문학으로 변질시켰습니다. 그것은 당파적인 용어로 말해 급진주의와 민주주의입니다." 나프타는 그 밖에도 자신의 이런 저런 논리를 펼쳐나갔다.

이제는 세템브리니의 차례였다! 그는 나프타가 자기 취향에 따라 어느 시대의 광적인 야만성을 지나치게 노골적으로 부각시키면서도 문학적 형식에 대한 사랑을 비웃었지만, 그것이 없으면 인간성이란 있을 수 없고 생각할 수 없으며, 불가능하다고 소리쳤다. "문맹이 고귀하다니요? 말이 없는 것, 거칠고 벙어리 같은 것을 고귀하다고 부르는 행위는 인간에 적대적일 수 있습니다. 그보다는 오히려 내용과는 무관한 인간적 가치를 형식에 부여하는 데서 나타나는 관대함, 그 어떤 고상한 사치만이 고귀합니다. 기술을 위한 기술로서의 수사학 숭배, 바로 이 그리스-로마 문명의 유산은 인문주의자들에 의해 라틴 민족, 적어도 라틴어 계열에게만 다시 주어졌으며, 이것이야말로 모든 광범위하고 내용적인 이상주의의 원천, 정치적인 이상주의의 원천이기도 합니다. 그렇지 않습니까? 당신이 수사학과 생활의 분리에 대해 비방하고 싶어 하는 것은 미의 둥근 화관 속에서 보다 품격 있게 통일되는 것과 전혀 다르지 않습니다. 나는 문학과 야만 가운데 어느 쪽을 택할 것인가 하는 논쟁에서 기품 있는 청년들이 늘 어느 편을 지지할 것인지에 대해 걱정하지 않습니다."

지금 여기서 고귀성의 본질을 대변하는 인물이자 전사인 요아힘 또는 그의 새로운 눈빛에 신경이 쓰여 진행 중인 논쟁에는 반쯤만 정신을 기울이던 한스 카스토르프는 세템브리니의 마지막 말이 자신의 호응을 촉구한 것으로 느껴져서 약간 움찔했다. 그러나 언젠가 '서방과 동방' 사이에서 결단을 내리라고 엄숙하게 촉구를 받았을 때와 같은 표정, 요컨대 유보적이고 반항적인 표정을 지으며 침묵했다. 논쟁을 할 때에는 필요한 일이기도 하겠지만, 이 두 사람은 사사건건 극단으로 치 달았고, 더욱이 가장 극단적인 방식을 선택하여 치열하게 언쟁을 벌였 다. 카스토르프가 보기에 인간적인 것 내지 인간다운 것으로 은근히 호소력을 가질 수 있는 것은 양 극단의 중간, 웅변적인 인문주의와 문 맹적인 야만성 사이의 어딘가 한가운데에 있는 것처럼 보였다. 그럼에 도 카스토르프는 두 정신적 인물이 화내지 않도록 말을 하지 않았고, 라틴 문학자 베르길리우스에 대한 세템브리니의 가벼운 농담에서 촉 발되어 서로 간에 끊임없이 이어지는 공방의 행태를 유보적인 견지에 서 바라보고만 있었다.

세템브리니는 계속 입을 열어 화려한 말장난을 함으로써 승리를 구 가하려고 했다. 그는 자신이 문학 정신의 수호자라며 우쭐거렸고, 인간 의 지식과 느낌을 두고두고 기념하기 위하여 최초로 인간이 문자를 돌 에 새기기 시작한 순간부터 문자의 역사가 태동하게 되었음을 찬양했 다. 그는 헬레니즘의 헤르메스와 동일하지만 이 신보다 세 배는 위대 한 이집트의 신 도트에 대해 언급하면서 이 신은 문자 발명의 신, 도서 의 수호신, 모든 정신적 노력을 자극하는 신으로 숭배를 받았다고 덧붙 였다. 그는 인류에게 문학적 언어와 투쟁적 수사학이라는 고귀한 선물 을 가져다준 이 트리스메기스투스, 거룩한 헤르메스, 격투사의 수호신, 인문주의적 헤르메스 앞에서 무릎을 꿇는다고 말했다. 그러자 카스토 르프는 이집트 태생의 이 헤르메스도 틀림없이 정치가였을 것이며, 특 히 플로렌스 사람들에게 정치 규범에 따라 공화국을 이끌어가는 기술 과 화술을 가르치고 사교술도 전수한 브루네토 라티니와 같은 역할을 더욱 대규모적으로 했으리라는 생각이 든다고 말했다. 이에 대해 나프타는 세템브리니 씨가 약간 속임수를 써서 카스토르프에게 토트 헤르메스에 대한 환상적인 상을 전달했다고 일침을 놓았다. 나프타에 의하면 오히려 토트 헤르메스는 원숭이나 달 또는 영혼의 신격화로서 머리에 초승달을 쓴 비비 원숭이였고, 헤르메스라는 이름에는 무엇보다도 죽음과 망자의 신이란 의미가 있었다는 것이다. 영혼의 유괴자 내지 안내자인 이 신은 고대 후기에 이미 최고의 마법사가 되었고, 유대의 밀교가 성행하던 중세에는 신비로운 연금술의 대부가 되었다고 나프타는 설명했다.

뭐지, 이게 무엇이란 말인가? 한스 카스토르프의 사고 및 관념 장치는 뒤죽박죽되어 버렸다. 푸른 외투를 입은 죽음의 신이 인문주의적 수사학자로 보였고, 그런가 하면 교육자적인 문학의 신이며 동시에 인류의 친구인 세템브리니를 자세히 보고 있자니, 그의 얼굴에는 어느새 밤과 마법의 상징인 원숭이가 대신 나타났다. 카스토르프는 망상을 뿌리치듯 손을 흔들고 눈을 가렸다. 그러나 혼란을 견디기 어려워 눈을 감은 그의 귓가에 문학을 찬미하는 세템브리니의 음성이 계속 들려오고 있었다. 그는 관조적 위대성뿐만 아니라 행동적 위대성도 항상 문학과 결부되어 있다고 외치며, 알렉산더 대왕, 카이사르, 나폴레옹을 거론하고는, 프로이센의 프리드리히 대왕과 다른 영웅들, 심지어 라살과 몰트케의 이름까지도 들먹거렸다. 그러자 나프타가 비아냥거리며 말했다. "세템브리니 씨를 중국에 보내고 싶군요. 거기서는 해괴하게도 문자를 우상화하고 있으며, 4만 개의 한자를 모조리 붓으로 쓸 수 있으면 대원수도 될 수 있다는데, 이거야말로 틀림없이 인문주의자의 마음에 쏙 들 것입니다."

이런 공박에도 세템브리니는 태연하게 맞받아쳤다. "이런, 이 경우에는 붓질이 문제가 아니라 인류의 충동으로서의 문학, 문학의 정신이 문제라는 것을 나프타 씨도 잘 알 텐데 그렇게 조롱을 하다니, 불쌍한 양반이군요! 문학의 정신은 정신 그 자체이며, 분석과 형식의 결합으로 이루어지는 기적입니다. 문학의 정신은 모든 인간적인 것에 대한 이해력을 일깨워 주어, 어리석은 가치 판단과 신념을 완화하고 해소시키며, 인류의 교화 및 품격 향상, 개선을 가져옵니다. 문학 정신은 최고의 도덕적 세련성과 감수성을 창조하면서 망상에 빠지지 않도록 가르치는 동시에 회의와 정의, 인내의 자세를 일깨워줍니다. 문학의 정화 작용과 순화 작용, 인식과 언어를 통한 열정의 파괴, 이해와 용서 및 사랑으로 이끄는 길로서의 문학, 언어가 지닌 구원의 힘, 인간 정신 일반의 가장 고상한 현상으로서의 문학적 정신, 완전한 인간과 성자로서의 문필가!" 이렇게 화려한 어조로 세템브리니는 문학에 대한 변론조의 송가를 노래했다. 아, 그러나 상대방도 침묵하지 않았다. 그는 보존과 생명의 편에 서서 천사의 위선 뒤에 감추어진 해체의 정신을 반박함으로써 천사의 할렐루야를 신랄하고도 유려한 논조로 무찔렀다. "세템브리니 씨가 목소리를 떨면서 말한 문학적 결합의 기적은 말하자면 사기와 속임수에 불과합니다. 왜냐하면 문학 정신이 형식을 탐구와 분류의 원리에 결합한다고 자랑하지만, 그 형식은 가상적 내지 기만적인 형식일 따름이며, 참되고 성숙하고 자연스러운 형식, 생명의 형식이 아니기 때문입니다. 이른바 인간 개조자는 인류의 정화와 순화라는 말을 입에 달고 다니지만, 사실 그의 본래적 목적은 생명을 박탈하고 허약하게 하는 것입니다. 그렇습니다, 정신이나 철저한 이론이란 생명을 해칠 따름이고, 열정을 파괴하려고 하는 자는 완전히 공허한 상태, 다시 말해 '전적인' 무를 갈망하는 자입니다. 물론 '전적인' 무라고 말하는 이유는, 어쨌든 무의 앞에 붙일 수 있는 형용사는 실제로 '전적인'이라는 낱말이 유일하기 때문입니다. 어쨌든 바로 이 점에 있어서 문필가를 자처하는 세템브리니 씨의 진면목이 드러납니다. 그러니까 진보와 자유주의, 시민적 혁명가로서의 진면목이 말입니다. 왜냐하면 진보란 전적으로 허무주의이며, 자유주의적인 시민은 엄밀히 말해 완전히 무와 악마의 인간이기 때문입니다. 그렇습니다, 진보란 보수적이고 긍정적인 의미에서 절대적인 것, 즉 신을 부인합니다. 반면에 악마처럼 반 절대적인 것을 신봉하고, 죽은 것이나 다름없는 평화주의를 경건하고도 놀라운 것으로 생각합니다. 그러나 평화주의는 조금도 경건한 면이 없으며, 생명에 대한 중죄인입니다. 그러므로 평화주의는 생명의 종교재판, 준엄한 비밀재판을 받게 하여 따끔하게 혼내주어야 합니다. 또한⋯."

이렇게 나프타는 예리하게 핵심을 찔러서 세템브리니의 송가를 악마적인 것으로 전도시키고, 스스로 사랑의 준엄함을 견지하는 인물로 자처함으로써, 어디에 신이 있고 악마가 있는지, 어디에 죽음이 있고 삶이 있는지 도저히 구별할 수 없도록 만들었다. 그의 논적인 세템브리니도 가만히 있을 사내가 아니라서 아주 명쾌하게 응수했고, 이에 대해 나프타 역시 명쾌하게 되받아쳤음은 독자도 짐작할 수 있을 것이다. 이후 한동안 같은 식의 설전이 계속되다가, 앞에서 이미 시사했던 논점에 도달하게 되었다. 하지만 그러는 사이에 카스토르프는 요아힘이 분명히 감기 기운이 있는 것 같아도 이곳에서는 '처리할 수 없어서' 어떻게 해야 할지 모르겠다고 말해서 더 이상 논쟁에 귀를 기울이지 않았다. 결투하는 두 사람은 이에 개의치 않고 논쟁을 벌였으나, 카스토르프는 앞서 말한 대로 사촌에게 우려의 눈빛을 보내다가, 논쟁의 복판에서 사촌과 함께 슬그머니 그 자리에서 빠져나왔다. 남아 있는 청중인 페르게와 베잘을 앞에 두고 두 논객이 설전을 계속할 만한 교육자적 열의가 있는지에 대해서는 상관하지 않고 내버려두었다.

돌아오는 길에 두 사촌은 감기와 목의 통증에 대해 정식으로 진찰을 받자는 의견의 일치를 보았다. 즉 마사지사에게 부탁하여 수간호사에게 증상을 알리면 환자에게 어떤 조치가 있을 것이라는 데 의견의 일치를 본 것이었다. 그것은 아주 잘한 일이었다. 그날 저녁 식사를 마친 후 카스토르프가 사촌의 방에 들어가자 아드리아티카가 노크를 하고 들어와서는, 금속성의 날카로운 목소리로 젊은 장교의 희망사항과 불편함에 대해 물었다. "목이 아프다죠? 목이 쉬었다고요?" 그녀는 마사지사에게 들은 말을 되물었다. "이봐요, 무슨 짓을 한 거죠?" 그녀는 상대방의 눈을 빤히 쳐다보려고 했지만 잘 되지가 않았다. 그것은 요아힘의 탓이 아니었고, 바로 그녀의 눈길이 옆으로 지나쳤기 때문이었다. 상대의 눈을 똑바로 마주치려고 해도 그것이 안 된다는 것을 경험으로 알고 있을 텐데 계속 이렇게 하다니! 그녀는 허리띠에 달린 주머니에서 금속제 구두 주걱 같은 것을 꺼내어 환자의 혀를 누르고 목구멍 안을 들여다보았다. 이때 카스토르프는 테이블에 있던 전기스탠드를 들고 목 안을 비추어 주어야 했다. 수간호사가 발끝으로 서서 요아힘의 목젖을 들여다보며 말했다.

"이보세요, 요즘 사레들린 적이 있나요?"

뭐라고 답변을 하란 말인가! 그녀가 목 안을 들여다보는 동안 말을 할 처지가 전혀 아니었지만, 목이 자유로워진 뒤에도 대답을 하기가 어려웠다. 물론 요아힘은 이제껏 살아오면서 먹고 마실 때 여러 번 사레들린 적이 있었다. 그거야 누구나 겪는 일이기에 그녀의 말뜻은 그런 것이 아닌 것 같았다. 이렇게 생각하며 그는 말했다. "왜 그러시죠? 최근에는 기억이 나질 않는군요."

"아니, 좋아요. 그냥 갑자기 생각나서 물었어요. 그런데 감기에 걸렸다지요?" 수간호사의 이 말에 두 사촌은 깜짝 놀랐다. 이곳에서 평소에 감기라는 말은 금기에 속했기 때문이었다. 그녀는 목을 좀 더 자세히 검사하려면 고문관의 후두경(喉頭鏡)이 필요하다고 말하며 방을 나갔다. 그녀는 양치용 포르마민트뿐만 아니라 밤에 찜질에 사용하는 붕대와 구타페르카 고무를 방에 놓고 나갔다. 요아힘은 이 두 가지를 사용한 덕분에 증상은 분명히 가벼워져서 목에 통증을 거의 느낄 수 없지만, 쉰 목소리는 사라지려 하지 않았고, 오히려 며칠 뒤에는 더 심각해졌다. 그런데 감기로 인한 열은 순전히 그의 상상에 의한 것이었다. 의사의 객관적 소견은 늘 들어온 바 있었다. 고문관의 진찰 결과와 아울러 명예를 존중하는 요아힘으로 하여금 군기 밑으로 다시 달려가기 전에 이곳에서 단기간 병후 요양을 하도록 한 것도 바로 이 객관적 소견이었다.

10월이라는 기한은 소리 없이 지나가 버렸다. 고문관이나 두 사촌도 이에 대해 말을 꺼내지 않았다. 그들은 조용히 눈을 내리깔고 10월을 넘겼다. 베렌스가 월례검진에서 정신분석가인 조수에게 받아쓰게 한 검진 결과와 사진에 나타난 바에 따르면 될 대로 되라는 식의 퇴원 말고는 이곳을 떠날 수 없다는 것이 극명해졌다. 저 아래 평지에서 군복무를 하면서 무슨 일이 있어도 선서를 끝까지 이행하려면 이번만큼은 자제심을 최대한 발휘하여 이 위에서의 요양 업무를 견뎌내는 일이 중요했다.

이것만이 효과적인 구호였고, 이에 대해 두 사촌은 암묵적으로 같은 견해를 보였다. 그러나 각자가 마음속 깊은 곳에서 그 구호를 믿는지는 불확실한 것처럼 보였던 것도 사실이었다. 서로가 서로의 시선을 피해 눈을 내리깔았을 때 이런 의구심이 일었으며, 눈길이 마주칠 때마다 그랬다. 이런 일은 저 문학에 대한 논쟁이 벌어지고 나서 더욱 잦아졌다. 문학 논쟁의 와중에서 처음으로 카스토르프는 요아힘의 눈망울 속 깊은 곳에서 알 수 없는 새로운 눈빛과 이상하게 '위협적인' 낌새를 느꼈다. 특히 한번은 식사 중에 이런 일이 일어났는데, 목이 쉰 요아힘이 갑자기 아주 심하게 사레가 들려 거의 숨도 쉬지 못할 지경이 되었다. 그러자 요아힘은 냅킨을 입가에 대고 콜록거렸고, 옆에 앉은 마그누스 부인이 옛날의 민간요법에 따라 그의 등을 두드려주는 동안 두 사촌의 눈길이 마주쳤던 것이다. 이때 한스 카스토르프는 당연히 누구에게나 일어날 수 있는 돌발 사태 자체보다 요아힘의 눈빛에 더 섬뜩한 느낌을 받았다. 요아힘은 두 눈을 감고 냅킨으로 입을 가린 채 식당을 나간 뒤, 밖에서 기침이 멎기를 기다렸다.

얼굴이 약간 창백해지기는 했지만 요아힘은 약 10분 뒤에 미소를 지으며 돌아왔다. 이어서 그는 소란을 피워 미안하다고 말하고 나서 다른 때와 마찬가지로 포식을 즐겼다. 그러자 얼마 뒤에는 이 사소한 간막극에 대해 언급하는 것조차 사람들의 뇌리에서 까맣게 잊혀지고 말았다. 그러나 며칠 후 이번에는 만찬 때가 아니라 잘 차려진 조찬 때에 같은 일이 벌어졌다. 당시에 카스토르프는 마치 아무 일도 아니라는 듯 자신의 접시 위에 고개를 숙이고 계속 식사를 하고 있었기 때문에 적어도 요아힘과 시선이 마주치는 일은 없었지만, 식후에는 그 일에 대해 한마디 묻지 않을 수 없었다. 그러자 요아힘이 투덜거리며 대답했다. "저 저주받을 간호사 밀렌동크가 도발적인 질문으로 귀에 따가운 말을 하면서 참견을 하는 바람에 마술에 홀리듯 사레가 들었어.

저런 여자는 악마가 좀 데려가야 해." 이에 대해 카스토르프가 말했다. "맞아, 그것은 분명히 암시 효과야. 아주 불쾌한 일이기는 해도 그런 효과를 확인하다니 재미는 있는 걸." 요아힘은 곧이곧대로 말하고 난 뒤로는 저주스런 마술에 걸려들지 않도록 계속 항거했다. 그리고 식사 때에 주의를 기울여 끝내는 보통 사람들보다 자주 사레가 들리지 않았다. 9일 내지 10일 뒤에야 비로소 다시 한 번 사레가 들었지만, 그것으로 그만이었다.

그럼에도 요아힘은 순서나 때와 상관없이 라다만토스의 호명을 받았다. 수간호사가 그에게 통보해서였겠지만, 이것이 그리 어리석은 일은 아니었을 것이다. 왜냐하면 후두경이 요양원에 있는데다가, 요아힘의 경우 목이 쉰 상태가 끈질기게 계속되어 몇 시간 동안이나 목소리가 나오지 않을 정도로 악화된 것 같았기 때문이었다. 아울러 목의 통증도 다시 부각되자, 요아힘은 그 즉시 침을 활성화시키는 약으로 목을 부드럽게 하는 요법을 꾸준히 실행할 수밖에 없었고, 따라서 현명하게 고안된 기구를 보관함에서 꺼내야 할 충분한 이유가 성립된다고 하겠다. ─몇 마디 부언하자면, 요아힘이 지금 보통 사람들처럼 사레 들리는 일이 별로 없는 것은 그가 식사 중에 각별히 주의를 기울였고, 식사를 거의 규칙적으로 천천히 지연한 덕분이었다.

그리하여 고문관은 후두경의 거울로 빛을 반사시켜 요아힘의 목 내부를 깊숙이 오랫동안 주시했다. 진찰이 끝나면 요아힘은 카스토르프의 간절한 소망에 따라 즉시 발코니로 와서는 진찰 결과를 그에게 알려주었다. 바로 정오의 요양 때에는 침묵엄수라는 규칙이 있어서 그때만 되면 아주 갑갑하고 목구멍이 간질거렸다고 요아힘은 작은 소리로 속삭였다. 베렌스는 결국 갖가지 염증 상태에 대해 떠들어대다가 매일같이 환부에 솔로 약을 발라야 하며, 당장 내일부터 화학약품을 바를 생각이니 먼저 약을 조제해야 한다고 말했다는 것이다. 그러니까 염증 상태가 있는 곳에 화학약품을 바른다는 것인가? 하지만 머릿속이 잡다한 생각으로 복잡한 카스토르프에게 여러 가지 일들과 자신과는 전혀 상관없는 인물들, 예컨대 다리를 저는 문지기와 1주일 내내 귀를 막고 있어도 안정을 취할 수 있었다는 부인이 쓸데없이 자꾸 떠올랐다. 카스토르프는 요아힘에게 묻고 싶은 생각이 간절했지만, 고문관을 만나서 직접 물어 보아야겠다고 마음먹었다. 그리고 요아힘에게는 이런 짜증스런 일을 이제 고문관이 정식으로 맡아서 치료하게 된다니 마음이 놓인다고만 말했다. 고문관은 대단한 의사라서 곧 치료해줄 것이라고 카스토르프가 말하자, 요아힘은 그를 쳐다보지도 않고 고개만 끄덕이고는 방향을 돌려 자신의 발코니로 건너갔다.

명예를 존중하는 요아힘에게 무슨 일이란 말인가? 요즘 그의 눈이 무척 불안하고 사람 보기를 꺼려했다. 요전에도 밀렌동크 수간호사가 그의 부드러운 검은 눈동자를 똑바로 쳐다보려다 실패로 끝났지만, 지금 그녀가 다시 한 번 시험해 본다면 어떤 일이 일어날지 알 수 없는 없었다. 어쨌든 요아힘은 다른 사람과 눈을 마주치는 것을 기피했다. 그래도 어쩌다가 그런 일이 벌어지게 되면, (카스토르프는 그와 눈을 마주치는 일이 잦았기 때문에) 상대의 기분도 그리 좋지는 않았다. 카스토르프는 당장이라도 베렌스 원장에게 달려가 묻고 싶어 어쩔 줄 몰랐지만, 답답한 마음으로 자신의 방에 그대로 남아 있었다. 자신이 일어서는 소리를 요아힘이 들을 수도 있어서 그렇게 할 수 없었고, 내일로 일을 미루어 오후 중에 베렌스를 만날 생각이었다.

그러나 그를 만날 수가 없었다. 참으로 이상한 일이었다! 그날 저녁과 그다음 며칠 동안 찾아다녔지만 도무지 그를 만날 수가 없었다. 요아힘의 눈을 피해 만나자니 그가 물론 좀 방해되기는 했지만, 무엇 때문에 라다만토스와 면담을 할 수 없고 만날 수조차 없는 것인지 그것으로는 충분히 설명되지 않았다. 한스 카스토르프는 요양원 구석구석을 찾아다니며 그가 있는 곳을 수소문해 보았고, 어디에 가면 틀림없이 그가 있을 것이라고 해서 가 보면 그는 벌써 그곳을 떠나고 없었다. 식사 시간에 나타나기는 했는데, 그와는 멀리 떨어진 보통 러시아인 석에 앉아 있다가 디저트가 나오기 전에 사라져 버렸다. 카스토르프는 몇 번쯤 그를 만날 수 있다고 생각한 적이 있었다. 베렌스 원장이 계단과 복도에서 크로코프스키 박사와 수간호사, 어떤 환자와 대화를 나누고 있어서 카스토르프는 그의 동태를 살피며 기다리고 있었다. 그러나 잠시 한눈을 파는 사이에 그는 사라져버렸다.

나흘째가 되어서야 그는 목적을 이루었다. 그는 자신이 찾아다니던 상대가 정원에서 정원사에게 무엇인가 지시를 내리는 것을 발코니에서 내려다보고 재빨리 담요에서 빠져나와 정원 쪽으로 급히 내려갔다. 고문관은 등을 구부리고 그곳에서 자신의 집으로 가는 길이었다. 카스토르프는 빠른 걸음으로 쫓아가 큰 소리로 불렀지만, 그는 듣지 못한 것 같았다. 마침내 헐레벌떡 달려가 그를 멈춰 서게 할 수 있었다.

"여기서 내게 무슨 용건이라도 있습니까?" 고문관이 촉촉하게 젖은 눈으로 그에게 호통을 쳤다. "요양원 규칙 사본이라도 하나 드릴까요? 내가 알기로 지금은 안정 요양을 할 때입니다. 당신의 체온 곡선과 뢴트겐 사진으로는 여유자적 하며 돌아다닐 특권이 없습니다. 2시부터 4시 사이에 정원을 제멋대로 돌아다니는 사람들을 혼내 주려면 여기 어딘가에 무시무시한 허수아비라도 세워 두어야겠군요! 내게 대체 용건이 뭡니까?"

"고문관님, 잠시 꼭 말씀드릴 것이 있어서 이렇게 왔습니다!."

"오래 전부터 그런 생각을 하고 있는 것을 눈치 챘습니다. 당신은 내가 무슨 여자나 되는 것처럼, 마치 애욕의 대상인 양 내 뒤를 쫓더군요. 내게 원하는 게 뭡니까?"

"내 사촌의 일 때문입니다, 고문관님, 죄송합니다! 사촌은 이제 약을 바르고 있습니다. 나는 그것으로 효과가 있을 것이라고 확신합니다. 별일 없을 것 같습니다만, 내가 이런 질문을 해도 될는지요?"

"당신은 언제나 별일 아니라고 생각하는군요, 카스토르프 씨, 꼭 그런다니까요. 당신은 심각한 문제에 종종 관여하면서도, 그것이 별일 아닌 것처럼 행동함으로써 스스로 편안해지려고 합니다. 그러니 당신은 일종의 비겁자이자 위선자입니다. 당신의 사촌이 당신을 민간인이라고 부른다면, 그것은 아주 완곡한 표현입니다."

"그럴지도 모르겠습니다, 고문관님. 물론 내 성격상의 결함은 의문의 여지가 없고, 지금 이 순간에도 그렇습니다. 사흘 전부터 내가 부탁드리려던 것은 단지…."

"나더러 달콤하고 맛좋은 포도주를 따라 달라는 것 아닙니까! 나를 성가시게 하고 따분하게 하면서 나보고 당신의 구차한 위선을 감싸달라는 것이겠죠. 남들은 잠도 자지 않고 세상의 온갖 고초를 겪는데, 당신은 편안히 잠을 잘 수 있도록 내게 도와 달라 이거죠."

"하지만, 고문관님, 정말 내게는 엄격하게 대하십니다. 내가 원하는 것은 반대로…."

"맞습니다, 엄격함, 그것은 당신과는 상관없습니다. 그 점에서 당신 사촌은 달라요. 그는 성실하고 강직한 사람입니다. 그러면서도 통찰력이 있지요. 과묵하면서도 통찰력이 있단 말입니다, 아시겠어요? 그는 남의 옷자락에 붙들고 거짓으로 별것 아닌 것처럼 해달라고 애걸하지는 않아요. 그는 자신이 한 일이나 감행한 일에 책임질 줄 아는 사람입니다. 그는 의연하게 행동하고 남자답게 침묵을 지킬 줄 아는, 그야말로 남자의 본보기입니다. 남자답다는 것은 그러나 유감스럽게도 당신처럼 요리조리 안락함을 추구하는 행동이 아닙니다. 경고합니다만, 카스토르프 씨, 당신이 여기서 소란을 일으키거나 시끄럽게 굴어서 얄팍한 민간인의 감정에 빠져든다면, 나는 당신을 여기서 쫓아낼 것입니다. 이곳에서는 무릇 사내다워야 합니다, 내 말 이해하겠죠."

한스 카스토르프는 한동안 침묵했다. 그도 안색이 변하면 이제는 얼굴에 반점이 생겼다. 하지만 얼굴이 구릿빛으로 그을려 있어서 창백해지는 법은 없었다. 마침내 그는 입술에 경련을 일으키며 말했다.

"대단히 감사합니다, 고문관님. 나도 이제는 사정을 잘 알 것 같습니다. 짐작해 보건대 요아힘의 건강이 심각한 것이 아니라면 고문관님이 이렇게까지, 그러니까 뭐랄까 이렇게까지 엄숙하게 말하지는 않을 테지요. 나는 소란을 일으키거나 시끄럽게 굴지 않을 것이고, 그렇다면 나를 잘못 보셨습니다. 아무튼 신중해야 한다면, 꼭 그렇게 하겠습니다."

"당신은 사촌을 좋아하고 있군요, 한스 카스토르프?" 고문관은 이렇게 물으며 갑자기 젊은이의 손을 잡고 하얀 속눈썹이 있는 푸르고 충혈된 젖은 눈으로 쳐다보았다.

"물론 그렇습니다, 고문관님. 그는 내 친척이자 좋은 친구이고, 이 위에서는 동료입니다." 한스 카스토르프는 잠깐 흐느끼며 한쪽 발을 세우더니 발길을 돌렸다.

고문관은 급히 그의 손을 놓아 주었다.

"자, 그럼 앞으로 6주나 8주 동안 그를 잘 돌보시오." 베렌스가 말했다. "무엇이든 별것 아닌 것으로 여기는 당신의 천성대로 행동하십시오, 그것이 그에게도 가장 좋을 것입니다. 나도 이곳에 있으니, 가급적 일이 원만하고 편안하게 진행되도록 하겠습니다."

"후두겠지요?" 카스토르프가 고문관에게 고개를 끄덕이며 물었다.

"후두염입니다." 베렌스는 확실하게 말했다. "파괴 작용이 빠르게 진행되고 있습니다. 그리고 기관 점막도 벌써 나빠 보입니다. 아마 군대에서 크게 소리를 지른 것이 국부 저항력을 떨어뜨린 것 같습니다. 그러나 이런 전이 현상에 대해 우리는 늘 각오를 해야 합니다. 거의 가망이 없어요, 젊은 양반. 본질적으로 가망이 없다고 해야 합니다. 필요한 조치는 물론 무엇이든 해 보겠습니다."

"어머니는…" 한스 카스토르프가 말했다.

"나중에, 나중에요. 아직은 급하지 않습니다. 천천히 알려지도록 적절하게 신경을 써 주십시오. 그럼 이제 자리로 돌아가십시오. 자칫하면 그가 눈치를 챌 것입니다. 이런 이야기를 뒤에서 몰래 했다는 것을 알면 그의 마음이 고통스러울 테니까요."

날마다 요아힘은 약을 바르러 다녔다. 계절은 아름다운 가을이었다. 요아힘은 푸른 상의에 흰 플란넬 바지의 깔끔한 제복차림으로 치료를 받은 후 종종 늦게야 식당에 나타나서는, 늦은 것을 사과하면서 짧고 정중히 남자답게 인사를 한 다음 그를 위해 특별 식단이 마련된 자리에 가서 앉았다. 그는 사레 들릴 위험이 있어서 일반 식단이 아닌 특별 식단으로 수프와 다진 고기, 죽 등을 먹었다. 식탁 동료들은 사정을 곧 알아차렸다. 그들은 요아힘을 '소위님'이라고 부르면서 그의 인사에 대해 아주 정중하고 따뜻하게 응답했다. 요아힘이 자리에 없을 때 그들은 카스토르프에게 병세가 어떤지 물어보았고, 다른 식탁에서도 다가와 그에게 물어 보았다. 슈퇴어 부인은 두 주먹을 모아 쥐고 요란하게 탄식했다. 그러나 카스토르프는 현재의 상태가 심각한 것도 사실이지만 반드시 그런 것도 아니라는 식으로 간단히 대답했다. 요아힘의 명예를 위해서 이렇게 했지만, 여기에는 무엇보다 그를 벌써 포기할 수는 없다는 심정이 작용했다.

두 사촌은 하루에 세 번 정규적으로 산책을 함께 나섰다. 고문관은 요아힘의 체력을 불필요하게 소모하지 않도록 정확히 횟수를 제한했다. 전에는 왼쪽이든 오른쪽이든 서로 가리지 않고 걸었으나, 이제 카스토르프는 주로 요아힘의 왼쪽에서 걸었다. 그들은 서로 말을 많이 하지 않았다. 베르크호프의 일상생활과 관련된 화제만을 입에 담고 그 밖에는 아무 말도 하지 않았다. 두 사람과 서로 관련된 화제에 대해서는 전혀 이야기가 없었는데, 꼭 필요한 경우가 아니고는 서로 이름을 부르지 않는, 특히 격식을 갖춰 점잔을 빼는 두 사람 사이의 화제는 거론되지 않았다. 그럼에도 불구하고 민간인 신분인 한스 카스토르프의 가슴에는 이따금 무엇인가 끓어올라 분출하고 말 것 같았다. 그러나 그렇게는 할 수 없었다. 가슴 속에서 폭풍처럼 거세고 고통스럽게 끓어오르던 것이 다시 가라앉으면, 그는 침묵으로 일관했다.

요아힘은 사촌 옆에서 머리를 숙이고 걸어갔다. 그는 마치 흙을 자세히 살펴보기라고 하려는 듯 땅바닥을 바라보았다. 참으로 이상했다! 그는 요양원에서 말쑥하고 단정한 차림새로 다니며 만나는 사람마다 정중하게 인사했다. 늘 그렇듯이 자신의 외모와 옷차림에 주의를 기울이는 것이었다. ―그는 벌써 흙으로 돌아가 있는 것 같았다. 물론 우리 모두는 조만간 흙으로 돌아갈 것이다. 하지만 이렇게 젊은데, 그리고 아주 빠른 시일 내에 군기 있는 곳으로 돌아가기를 그토록 열망했는데, 흙으로 돌아가야 하다니 참담한 일이었다. 아니, 흙으로 돌아가야 하는 요아힘 자신보다 그것을 알면서 나란히 걸어가야 하는 카스토르프가 더욱 참담하고 납득할 수 없었다. 이런 운명을 알면서도 묵묵히 의연하게 처신하는 것은 본디 아주 고지식한 천성을 나타내는 것으로, 정작 요아힘에게는 거의 실감이 나지 않았으나, 근본적으로 그보다는 다른 사람들에게 중요한 문제였다. 사실 우리의 죽음은 우리 자신의 문제라기보다는 남아서 더 살아야 하는 사람들의 문제인 것이다. 우리가 제대로 인용한 것인지 알 수는 없지만, 어느 재치 있는 현자의 다음과 같은 말은 어쨌든 영적인 가치로 충만해 있다. '우리가 존재하는 한 죽음은 없으며, 죽음이 찾아오면 우리는 존재하지 않는다. 그러므로 우리와 죽음 사이에는 어떤 사실적 관계도 성립되지 않는다. 죽음은 우리와 전혀 관련이 없는 어떤 것이고, 기껏해야 세계 및 자연과 약간 관계가 있을 따름이다. 이 때문에 모든 생물은 죽음을 아주 조용하고 태연하게, 무책임하게, 이기적인 순진성을 가지고 바라본다.' 한스 카스토르프는 최근 몇 주일 동안 요아힘의 태도에서 이런 순진무구함과 무책임성을 다분히 발견할 수 있었다. 요아힘이 임박한 죽음에 대해 의연하게 침묵을 지킬 수 있었던 것은 죽음과의 내적 관계가 허허롭고 관념적이었든지, 아니면 그것이 실제로 자신에게 절실한 문제라 해도, 죽음과 마찬가지로 삶의 수많은 기능적 비속함에 대해서도 입에 담기를 허용치 않는 건전하고 예의바른 생활강점에 의해 조절되고 결정되기 때문이라고 생각했다. 이와 같은 삶은 수많은 허점을 의식하고 이를 전제로 하여 이루어져 있지만, 그럼에도 항상 예의를 지켜나가는 특징을 지닌다.

이렇게 두 사촌은 산책을 계속하면서도 삶과 조화롭지 못한 자연 현상에 대해서는 침묵을 지켰다. 처음에는 기동 훈련, 평지에서의 군사작전 불참에 흥분하고 격분하여 한탄했던 요아힘은 최근 들어 침묵을 지켰다. 그러나 순진무구한 태도에도 불구하고 무엇 때문에 그의 부드러운 두 눈에는 종종 우울하고 겁에 질린 빛이 서려 있는 것일까? 수간호사가 요아힘의 눈과 다시 마주치려고 했다면 이번에는 성공했을 것이라고 여길 만큼 두 눈은 불안에 가득했는데, 자신의 눈이 너무 커지고 볼이 움푹 들어간 것을 의식해서였을까? 몇 주 사이에 이런 모습이 두드러졌고, 전에 평지에서 돌아왔을 때보다 상태가 훨씬 더 심해졌으며, 그의 그을린 갈색 얼굴은 날마다 더욱 누렇게 가죽처럼 변해 갔다. 치욕이라는 무한한 장점을 향유하는 것 외에는 관심이 없는 알빈 씨처럼, 요아힘도 주변 사람들이 그에게 수치심과 모멸감을 주는 근거라도 되는 것처럼 여기는 것 같았다. 예전에는 그토록 떳떳했던 눈빛이 무엇 때문에, 누구를 두려워해서 움츠리고 숨는단 말인가? 외부의 자연에서 자신의 고통과 죽음에 대해 아무런 존경과 경건함도 기대할 수 없다고 확신하고, 은밀한 곳으로 기어 들어가 죽음을 맞으려는 피조물의 생명에 대한 수치심은 참으로 기이한 일이다. 이에 대한 확실한 예증을 들자면, 즐겁게 날아오르는 새떼는 병든 동료를 존중하지 않을 뿐만 아니라 분노와 경멸에 사로잡혀 부리로 마구 쪼아댄다. 그렇지만 이는 저열한 생태계의 일이다. 카스토르프는 가련한 요아힘의 눈에서 어두운 본능이 일으키는 죽음에 대한 수치심을 느낄 때면, 가슴속에서 진실로 인간적인 연민의 감정이 부풀어 올랐다. 그는 요아힘의 왼쪽에서 걸었고, 의도적으로 그렇게 했다. 게다가 요즘엔 요아힘의 다리 힘도 많이 약해져서, 약간 비탈진 풀밭을 오를 때는 격식을 차리는 태도를 지양하고 그의 팔을 껴안기도 했다. 또한 다 올라가서 요아힘의 팔을 떼 내는 것을 잠시 잊으면, 그는 약간 화가 난 듯이 카스토르프의 팔을 뿌리치며 "아니, 뭐 하는 거야. 누가 우리를 보면 술에 취한 줄 알겠어"라고 말하는 것이었다.

그러나 얼마 후, 요아힘의 슬픈 눈빛이 이제까지와는 달라 보이는 순간이 찾아왔다. 그것은 요아힘이 침대에서 지내도록 처방을 받은, 눈이 수북하게 쌓인 11월 초의 일이었다. 당시에 요아힘은 음식을 한두 입 삼킬 때마다 목이 메는 바람에 다진 고기와 죽만 먹는 데에도 아주 큰 고통을 느꼈다. 그래서 그는 오로지 유동식만 섭취하라는 처방과 동시에, 베렌스로부터는 체력의 소모를 막도록 침대에 계속 누워서 안정을 취하라는 지시를 받았다. 그런데 요아힘이 병상에 계속 누워 지내게 된 전날 저녁, 그때까지만 해도 걸어 다니던 마지막 저녁의 일이었다. 한스 카스토르프는 저녁 식사 후 사교 모임을 갖는 홀에서 요아힘이 오렌지 향내 나는 수건을 입에 대고 이유 없이 웃어대는 마루샤, 가슴이 풍만한 마루샤와 대화를 나누는 것을 보았다. 카스토르프는 피아노가 놓인 살롱에 있다가 요아힘을 찾으려고 밖으로 나왔던 것으로, 그때 마루샤의 의자 옆 난로 앞에 사촌이 서 있는 것을 보았다. 그곳에는 흔들의자가 있었는데, 마루샤가 거기 앉아 있었다. 요아힘은 왼손으로 그 의자 등받이를 잡고 뒤로 몸을 젖히고 있어서, 누운 자세가 된 마루샤는 갈색의 둥근 눈으로 그의 얼굴을 올려다보고 있었다. 요아힘이 그녀의 얼굴을 향해 작은 소리로 더듬거리며 말하는 동안, 마루샤는 이따금 미소를 지으며 어깨를 으쓱해보였다. 이런 그녀의 동작은 흥분한 것 같기도 하고 상대를 무시하는 것 같기도 했다.

한스 카스토르프는 얼른 그곳에서 물러서면서 늘 그렇듯이 주변의 손님들이 이 장면을 흥미롭게 지켜보는 것을 알게 되었다. 반면에 요아힘은 이를 모르는지 또는 상관을 안 하는지 대화에 열중하고 있었다. 이런 광경이 최근 몇 주 동안 가련한 사촌에게서 나타나는 쇠약의 어떤 징후보다 카스토르프에게 더 큰 충격을 주었다. 요컨대 요아힘은 오랫동안 같은 식탁에 앉으면서도 한마디 말도 건네지 않았던 가슴이 풍만한 마루샤와 대화에 열중하고 있었으니 말이다. 요아힘은 그녀의 이야기만 나오면 얼굴이 얼룩지고 창백해졌지만, 그녀의 면전에서는 엄격한 표정으로 정색을 하고 자존심을 지키며 눈을 내리깔곤 했었다. '그래, 가망이 없는 거야!' 하고 카스토르프는 생각했다. 그러면서 이 마지막 저녁에 저기 홀에서 요아힘에게 허락된 시간을 그가 자유롭게 즐길 수 있도록 살롱의 의자에 조용히 앉아 있었다.

그날 밤 이후 요아힘은 계속 수평 상태로 지내게 되었고, 카스토르프는 자신의 훌륭한 접이식 침대에 누워서 편지의 형태로 이 사실을 요아힘의 어머니인 루이제 침센에게 알렸다. 편지는 전부터 가끔 해오던 보고와 아울러 요아힘이 침대에 누워 지내게 되었고, 말은 안 해도 어머니가 찾아와 주었으면 하는 소망을 그의 눈에서 읽을 수 있으며, 베렌스 고문관도 이런 무언의 소망을 명백히 지지한다는 내용이었다. 이런 내용을 카스토르프는 부드러운 어조지만 분명하게 덧붙였던 것으로, 침센 부인이 아들을 보기 위해 가장 빠른 열차로 달려온 것은 이상한 일이 아니었다. 부인은 카스토르프가 급히 전보를 친 지 3일 만에 도착했고, 그는 눈보라를 맞으며 썰매를 타고 도르프 역으로 마중을 나갔다. 역으로 열차가 진입하기 전에 그는 승강장에 서서 이모가 너무 놀라지 않도록, 하지만 동시에 이모가 얼핏 보고 자신의 명랑한 모습을 오해하지 않도록 얼굴 표정을 가다듬었다.

이곳 역에서 이와 같은 만남이 얼마나 자주 있었을까! 열차에서 내린 사람이 마중 나온 사람의 눈을 간절하고도 불안하게 살펴보는 가운데 서로가 서로를 향해 급히 다가가는 장면은 또 얼마나 자주 있었을까! 침센 부인은 함부르크에서 이곳까지 한걸음에 달려온 것 같은 인상을 주었다. 부인은 상기된 얼굴로 한스 카스토르프의 손을 가슴 쪽으로 끌어당겼다. 그러면서 상당히 겁에 질린 표정으로 주위를 둘러보고는, 비밀스러운 질문이라도 하듯이 얼른 물었다. 카스토르프는 질문에 대해서는 회피하면서 이렇게 빨리 와 준 것에 감사함을 표시하고는 말문을 열었다. "잘 오셨어요, 요아힘이 대단히 반가워할 겁니다. 그것참, 요아힘이 유감스럽게도 잠시 침대에서 누워 지내지만, 유동식을 해야 하기에 그렇게 지낸답니다. 물론 그것이 체력에는 영향을 주고 있어요. 그러나 필요할 경우에는 여러 가지 방법이 있는데, 이를테면 인공적인 영양 섭취가 있습니다. 그런데 이 모든 것은 직접 보시면 알게 될 겁니다."

침센 부인은 직접 보았고, 옆에서 한스 카스토르프도 보았다. 이 순간까지도 그는 최근 몇 주일 사이에 사촌에게 일어난 변화를 알지 못했었는데 그제야 알게 되었다. ─젊은 사람들이란 이런 변화를 보는 안목이 없었던 것이다. 그러나 지금 카스토르프는 외부에서 온 이모 옆에서 마치 오랫동안 사촌을 보지 못하기로도 한 것처럼 이모의 눈으로 세심하게 살펴보았다. 그는 이모도 의심할 바 없이 알아차린 것을 눈으로 똑바로 알아차렸다. 무엇보다 세 사람 가운데 요아힘 자신이 가장 잘 알고 있던 것, 즉 자신이 임종환자라는 사실을 이모처럼 그 역시 알아차렸다. 요아힘은 자신의 얼굴처럼 앙상하게 여윈 누런 손으로 어머니의 손을 꼭 붙잡았다. 건강할 때 조금은 걱정스럽게 여겨졌던 요아힘의 귀도 얼굴이 말라서 그런지 전보다 더 심하게, 애석할 정도로 흉하게 불거져 나왔다. 하지만 이런 결점을 제외하거나 흉한 귀의 생김새에도 불구하고 고통의 흔적과 진지하고 엄숙한 표정, 그야말로 당당한 표정 때문에 ―검은 콧수염 밑의 입술은 움푹 꺼져 들어간 그늘진 볼과는 완전히 대조를 이루었어도― 오히려 남자답고 씩씩한 모습이었다. 두 눈 사이의 누르스름한 이마에는 깊은 주름이 패어 있었고, 눈은 뼈가 드러난 구멍 속에 있어도 전보다 더 크고 아름다워서 카스토르프는 그 눈에서 모종의 희열마저 느낄 것 같았다. 그럴 것이 요아힘이 병상에 누운 뒤부터 그의 눈에서는 혼란이나 슬픔, 불안한 기색이 모두 사라져버렸고, 앞서 언급한 빛만이 고요하고 어두운 깊은 눈망울에서 흘러나왔기 때문이었다. 물론 저 '위협적인' 눈빛도 흘러나왔다. 그는 어머니의 손을 잡고 이렇게 찾아온 것에 소곤거리듯 인사를 하면서도 미소는 짓지 않았다. 어머니가 방에 들어올 때에도 그는 잠시도 미소를 짓지 않았다. 바로 무감동하고 무표정한 그의 얼굴이 모든 것을 말해 주고 있었다.

루이제 침센은 의연한 여성이었다. 착한 아들의 비참한 모습을 보고도 자세를 흐트러뜨리지 않았다. 가느다란 그물망으로 머리칼을 눌러 고정시킨 모습은 그녀의 침착하고 단정한 정신 상태를 나타내고 있었다. 침센 부인은 주지하듯이 그녀의 고향 사람들에게서 보이는 냉철함과 열정적인 태도로 아들을 간호했다. 그녀는 아들의 모습을 보고 어머니로서의 투쟁심을 자극받았고, 최선을 다해 보살핀다면 구원의 길이 있으리라는 확신에 차 있었다. 침센 부인이 며칠 뒤 중환자를 간병할 간호사를 부르는 데 동의했다면, 그것은 분명히 자신의 편의를 위해서가 남의 이목을 고려하였기 때문이었다. 이때 검은 손가방을 들고 요아힘의 병상에 나타난 것은 베르타 간호사, 실제 이름은 알프레다 쉴트크네히트였다. 그러나 밤낮 가리지 않고 침센 부인이 열성적으로 간병을 하는 바람에, 베르타 간호사는 시간이 남아돌아 복도에 서서는 코안경 끈을 귀에 걸고 호기심어린 눈으로 주위의 동정을 살피는 게 일이었다.

신교 신자인 이 교구 간호사는 정서적으로 메마른 여자였다. 그녀는 환자가 자지 않고 눈을 뜨고 누워 있는 병실에서 한스 카스토르프에게 썰렁한 말도 함부로 내뱉을 정도였다.

"나는 두 분 가운데 한 분이 임종 시에 간병하게 되리라고는 꿈에도 상상하지 못했어요."

이 말에 경악한 카스토르프가 험한 얼굴로 주먹을 쥐어 보였지만, 그녀는 왜 그러는지 이해하지 못했다. 그녀는 당연히 요아힘을 잘 위로하고 보살펴야 할 텐데 그런 생각조차 하지 않았다. 더구나 임종환자의 경우 그 성격과 결말에 대해 어느 누군가, 가장 가까운 사람까지도 병세를 희망적으로 착각할 수 있다는 점을 고려하지 않았다. "이것 봐요." 그녀는 오드콜로뉴 향수를 뿌린 손수건을 요아힘의 코 밑에 갖다대면서 말했다. "기운 좀 내세요, 소위님!" 침센 부인이 아들에게 힘차고 감동적인 목소리로 병이 치유되기를 바라는 심정에서 희망을 북돋는 말은 할 수 있었겠지만, 실상 이 시기에 와서 선량한 요아힘에게 이처럼 격려의 말을 하는 것은 거의 분별없는 태도로 볼 수 있었다. 이유인즉 두 가지 사실이 명백해서 오인의 여지가 없었기 때문이다. 첫째로, 요아힘은 뚜렷한 의식을 지닌 채 죽음을 맞이하고 있었고, 둘째로, 그는 편안한 마음으로 자기 자신을 받아들이고 있었다는 사실이다. 심장이 쇠약해진 11월 하순의 마지막 주에 가서야 비로소 그는 몇 시간 동안 의식을 잃기 시작했다. 그는 의식 불명의 상태에서도 희망에 가득 차서 곧 연대로 복귀할 것이며 아직도 진행 중일 것이라고 착각한 기동 훈련에도 참가할 것이라고 말했다. 그러나 베렌스 고문관이 친족들에게 희망이 없다고 말하면서 임종은 시간문제라고 선언한 것도 바로 이 무렵이었다.

당연하면서도 우울한 현상이지만, 사실 파괴의 과정이 심화되어 치명적인 상태에 가까워지는 순간에는 아무리 의지가 강한 사람도 갑자기 현실을 망각하여 회생의 착각에 빠지기 쉬운 법이다. 이는 얼어 죽기 직전의 사람이 잠의 유혹에 빠진다거나 길을 잃은 사람이 원환을 빙빙 돌며 헤매는 것처럼 한편으로는 법칙적이면서도 비개인적이고, 모든 개인적 의식을 뛰어 넘는 현상이다. 한스 카스토르프는 서글프고 가슴이 아팠지만 이런 현상을 냉정하게 주시했다. 그는 나프타와 세템브리니와 대화를 나눌 때 사촌의 위독한 상태를 보고하면서 이런 현상에 대해 날카롭지만 서투른 관찰 내용을 연결시켜 말했고, 이에 대해 세템브리니는 카스토르프를 질책하면서 자신의 견해를 피력했다. "흔히들 철학적 소신과 낙관론이 건강함의 표현이고, 비관과 염세적 판단이 병의 징후라고 하는데, 이는 분명히 잘못된 사고에 근거하고 있습니다. 그렇지 않다면 절망적인 최후 상태의 임종환자가 저렇게 낙관적인 모습을 보일 수 없습니다. 저런 비상식적 낙관의 희열에 비하면 이전의 우울한 상태가 오히려 질기고 건강한 삶의 표현으로 보입니다." 그러자 카스토르프는 라다만토스의 말을 두 사람에게 전했다. "다행히도 라다만토스가 절망적인 가운데서도 희망의 여지를 남겨서 요아힘이 젊지만 고통 없이 조용히 임종을 맞이할 것이라고 말했습니다."

베렌스는 삽처럼 커다란 두 손으로 침쉔 부인의 손을 붙들고, 촉촉하고 핏발이 선 푸른 눈으로 아래를 보면서 말했다. "앞으로 심장이 편안하게 정지될 것입니다, 부인. 나로서는 다행스럽게, 아주 다행스럽게 생각합니다. 진행이 순조로워서 아드님이 후두의 성문(聲門) 수종(水腫)이나 그 밖의 굴욕적인 증상을 겪을 필요가 없으니까요. 아드님은 괴로운 많은 일을 건너뛰었습니다. 심장이 빠른 속도로 정지하겠지만, 본인이나 우리에게 고마운 일입니다. 우리는 캠퍼 주사를 놓아 우리의 의무를 다하겠지만, 그것으로 그 이상의 효능을 기대하기는 어려울 것입니다. 하지만 이것만은 약속할 수 있습니다. 아드님은 마지막으로 안락하게 꿈을 꾸듯이 잠들 것입니다. 설령 마지막에 잠들지 않는다고 해도, 그는 자신도 모르게 저세상으로 가 버릴 것이니 이나저나 상관없다는 것을 믿어주십시오. 그리고 근본적으로 어떤 경우든 늘 동일합니다. 나는 죽음을 잘 알고 있으며, 오랫동안 죽음의 심부름꾼 노릇을 해 왔습니다. 그러므로 사람들이 죽음을 과대평가한다는 내 말을 믿어 주십시오! 죽음은 거의 아무것도 아니라고 말할 수 있습니다. 사정에 따라서는 끔찍한 고통이 수반되기도 하지만, 그것은 죽음과는 상관없다고 할 수 있습니다. 기운차고 팔팔해서 그런 고통을 느끼는 것이고, 이 경우는 치유와 회생이 가능합니다. 그러나 회생된 사람 가운데 어느 누구도 죽음에 대해 무엇인가 제대로 설명할 수는 없을 것입니다. 우리는 죽음을 체험하지 못하기 때문입니다. 우리는 어둠에서 나와서 어둠으로 돌아가는 존재이며, 이 두 어둠 사이에 우리의 여러 경험이 놓여 있지만, 시작과 끝, 탄생과 죽음은 체험하지 못합니다. 탄생과 죽음은 주체적인 특징을 갖지 못하며, 과정으로서 객체의 영역에 귀속되어 있는 바로 그런 것입니다."

이것이 베렌스 고문관의 위로하는 방식이었다. 우리는 분별력 있는 침쳰 부인이 그의 이 말로 조금은 위로가 되었기를 바라기로 하자. 그리고 고문관의 확신은 상당 부분 계속 적중했다. 이 최후의 며칠 동안 쇠약해진 요아힘은 수많은 시간에 걸쳐 잠을 자면서 그의 마음에 드는 꿈을 꾸는 것 같았다. 그것은 그러니까 아마 평지에서 군복무를 하는 꿈이라고 우리는 추측해본다. 그리고 그가 잠에서 깨어날 때마다 기분이 어떠냐고 물어 보면, 분명치는 않지만 매번 편안하고 행복한 느낌이라고 대답했다. ─물론 그는 거의 맥박이 없어서 결국 주사 바늘의 통증도 다시는 느끼지 못했다. 그의 신체가 감각 기능을 상실하여 누군가 그의 몸에 불을 붙이거나 꼬집어도 선량한 요아힘은 더는 아무것도 느끼지 못했을 것이다.

그렇지만 어머니가 오고 난 후 그에게는 큰 변화가 생겼다. 면도하는 게 힘들고 1주일에서 10일 전부터 면도를 중단하여 그의 수염은 아주 거칠게 자랐고, 그 바람에 부드러운 눈을 가진 그의 창백한 얼굴은 온통 검은 수염으로 뒤덮였다. ─그의 수염은 전쟁터에서 자라게 내버려둔 군인의 수염을 연상시켰고, 모두의 생각이 그렇듯이 그를 멋진 사내로 보이게 했다. 그렇다, 요아힘은 덥수룩한 수염 때문에 갑자기 젊은이에서 어른이 되었지만, 그것은 수염 때문만은 아닐 수도 있었다. 그는 태엽이 끊긴 시계처럼 급하게 삶을 살았고, 시간의 경과에서는 도달할 수 없는 연령층을 바람처럼 순식간에 지나쳐서 최후의 24시간 동안에는 노인이 되어 있었다. 쇠약해진 심장으로 말미암아 요아힘의 얼굴이 심하게 부어올라서, 카스토르프는 죽음이 적어도 대단한 고역일 수밖에 없다는 인상을 받았다. 물론 요아힘 자신은 각종 기관이 기능을 잃거나 감퇴된 덕분에 이를 느끼지 않는 것 같았다. 무엇보다 입술

부분이 퉁퉁 부어올랐고, 입안이 완전히 마르고 신경까지도 동시에 상실됨으로써 요아힘은 말을 할 때면 노인처럼 우물거리고 게다가 이런 장애에 정말 화가 나는 모양이었다. 그는 이것만 없어도 만사가 순조로울 텐데, 그렇지만 이런 장애는 끔찍하게 괴로운 일이라고 웅얼거리며 말했다.

'만사가 순조로울' 것이라는 말이 어떤 뜻인지 아주 분명치는 않았다. 요아힘처럼 위독한 상태에서는 애매하게 말하는 경향이 현저하게 나타나기 마련이었다. 그는 두세 번쯤 이렇게 애매한 말을 내뱉었지만, 스스로가 이 말의 의미를 아는 것 같기도 하고 모르는 것 같기도 했다. 언젠가 요아힘은 자신이 세상에서 분명히 사라지게 될 거라는 생각이 들었는지 몸을 떨면서 이렇게 근본적으로 기분 나쁜 것은 난생 처음이라고 말했다. 그러면서 그는 머리를 흔들고 알 수 없는 회한에 잠겨들었다.

이후로 그의 성격은 반항적이 되면서 냉혹하고 까칠해지고, 말하자면 불손해졌다. 그는 어떤 위로의 말이나 좋은 이야기도 더는 수긍하지 않았고, 이에 대답도 하지 않았으며, 사람들의 눈을 피해 앞만 응시할 따름이었다. 특히 루이제 침센이 부른 젊은 목사가 요아힘과 함께 기도한 뒤로는, 요아힘의 태도도 사무적이고 군인 같은 인상을 보였고, 자신의 소망을 피력할 때에도 짧은 명령조로 말했다. ─카스토르프는 이 목사가 빳빳한 깃이 아니라 가운에만 깃을 달고 있어서 유감이었다.

오후 6시가 되자 요아힘의 행동은 이상해지기 시작했다. 그는 금팔찌를 찬 오른손으로 침대보 위의 허리 부근을 반복해서 만지작거렸다. 그때마다 손을 위로 조금 들어 올리고 마치 무엇인가를 끌어당겨 모으려는 듯, 자기 쪽으로 갈퀴질 하듯이 끌어당겼다.

오후 일곱 시에 요아힘은 사망했다. 알프레다 쉴트크네히트는 복도에 나가 있었고, 어머니와 한스 카스토르프만 병상을 지키고 있었다. 요아힘은 침대 깊숙이 들어가 있었기 때문에, 자신을 좀 더 높은 자세로 떠받쳐 달라고 짧게 명령조로 말했다. 침센 부인이 그의 어깨를 팔로 감싸고 그의 부탁에 따르는 동안, 그는 좀 초조한 기색으로 즉시 휴가 연장 신청서를 제출해야겠다고 말했다. 그리고 이 말과 동시에 그는 '저세상의 문턱'에 도달해 있었다. 카스토르프는 붉은 천으로 싸인 전기스탠드의 불빛 속에서 경건한 마음으로 그의 임종의 순간을 지켜보았다. 요아힘의 두 눈이 흐려졌고, 무의식적으로 긴장하던 얼굴 표정이 누그러졌으며, 입술의 고통스런 부은 기도 사라졌다. 요아힘의 말없는 얼굴 전체로 젊은이의 아름다움이 퍼져나갔고, 이제 그것으로 모든 것은 끝장이었다.

침센 부인이 흐느끼면서 얼굴을 돌려 버리는 바람에 한스 카스토르프는 미동도 없고 숨결도 없는 요아힘의 눈꺼풀을 무명지 끝으로 감겨 주고, 그의 두 손을 시트 위에 조심스럽게 나란히 모아 주었다. 그런 다음 그 역시 서서 울었다. 일찍이 영국의 해군 장교를 그토록 애태우게 했던 눈물이 그의 두 뺨을 타고 흘러내렸다. 이 맑은 액체는 세계의 어느 곳 어떤 때를 불문하고 아프게 철철 흘러내려, 어떤 이는 시적으로 이 세상을 눈물의 골짜기라고 명명한 적이 있었다. ―이 염분이 섞인 알칼리성 선분비물(腺分泌物)은 신경이 충격을 받을 만큼 짜릿한 육체적 정신적 고통을 받을 때에 우리의 몸에서 흘러나오는 액체였다. 카스토르프는 눈물에 점액소와 단백질이 다소 들어 있다는 것을 알고 있었다.

베르타 간호사로부터 보고를 받고 고문관이 찾아왔다. 30분 전까지도 그는 그곳에서 캠퍼 주사를 놓았었는데, 막상 요아힘이 저 세상의 문턱에 들어선 순간에는 그 자리에 없었던 것이다. 베렌스 고문관은 숨이 멈춘 요아힘의 가슴에서 청진기를 떼면서 "아, 그가 세상을 떠났군요"라고 담담하게 말했다. 이어서 그는 두 친족의 손을 잡고는 고개를 끄덕여 위로했다. 그런 다음 그는 한동안 두 사람과 함께 침대 옆에 서서 미동도 없는 수염이 텁수룩한 요아힘의 얼굴을 자세히 살펴보았다. "열정적인 젊은이, 그는 열정이 넘쳤습니다." 고문관은 영면한 젊은이를 향해 고개를 끄덕여 보이며 어깨 너머로 말했다. "여러분도 아시다시피 무리한 시도였습니다. 정말이지 평지에서의 군 복무가 너무 무리하고 과격했습니다. 열이 있는데도 그는 죽자 사자 열성적으로 군 복무를 했습니다. 명예의 전쟁터에서 말이죠, 아시겠습니까? 우리에게서 달아나 명예로운 전쟁터로 도주했습니다, 도망자였습니다. 그러나 명예, 그것이 그에게는 죽음이었고, 그리고 죽음은 ―어느 쪽이든 다 좋습니다. ― 명예였습니다. 아무튼 이제 그는 작별을 고하며 '영광입니다!'라고 말했습니다. 열정적인 젊은이, 열정이 넘치는 분이었습니다." 이렇게 말한 뒤 고문관은 목덜미를 드러낼 만큼 고개를 수그려 인사한 뒤 가 버렸다.

요아힘의 유해는 고향으로 운반하기로 결정했고, 베르크호프 측은 침센 부인과 카스토르프가 움직일 필요가 거의 없을 정도로 필요한 모든 조치와 그 밖에 적절한 것으로 생각되는 조치를 취해 주었다. 다음 날 희미한 눈의 반사광을 맞으며 영면에 들어간 요아힘은 비단 셔츠를 입었고, 그가 누운 침대 시트는 꽃으로 장식되었다. 이런 그의 모습은 저 세상에 들어간 직후보다 더 아름다워 보였다. 긴장의 그 어떤 흔적도 이제 얼굴에서 사라져버렸고, 차디찬 얼굴은 순수하기 이를 데 없는 형태로 조용히 고정되어 있었다. 짧고 검은 고수머리가 미동 없는 누런 이마, 밀랍과 대리석 사이의 고귀하지만 까다로운 소재로 이루어진 것처럼 보이는 이마 위를 가리고 있었다. 그리고 마찬가지로 다소 곱슬곱슬한 수염 사이로는 두툼한 입술이 당당하게 솟아올라 있었다. 고인의 머리에는 고대의 투구가 잘 어울릴 것 같다고 작별 인사를 하러 온 여러 조문객들은 말했다.

슈퇴어 부인은 요아힘의 유해를 보고 감동하여 울었다. "영웅! 영웅이었어요!" 그녀는 여러 번이나 이렇게 소리치며 그의 장례식에는 베토벤의 〈에로티카〉를 연주해야 한다고 주장했다.

"가만히 좀 있어요!" 세템브리니가 옆에서 쉿 소리를 내며 〈에로이카〉를 '에로티카'로 잘못 말한 그녀를 말렸다. 그는 나프타와 함께 요아힘의 방에 찾아와 진심으로 감동에 젖어 있었다. 그는 두 손으로 요아힘을 가리키며 조문에 참석한 사람들에게 애도를 촉구했다. "이렇게 젊은 청년이!" 그는 이탈리아어로 여러 번 반복해서 외쳤다.

나프타는 조심스럽게 숙연한 자세를 취하더니 세템브리니는 쳐다보지도 않은 채 나직하고 신랄한 어조로 말했다.

"당신이 자유와 진보 외에 엄숙한 것에도 감동하는 것을 걸 보니 기쁩니다."

세템브리니는 대꾸하지 않았다. 어쩌면 현재 상태로 보아 나프타의 입장이 잠정적으로는 자신보다 우월하다고 느꼈는지 모른다. 그리고 일시적으로 상대가 우월하자, 이를 비장한 슬픔으로 감당하려는 듯 침묵하고 있었다. 나프타가 자신의 유리한 입장을 이용하여 다음처럼 훈계라도 하듯이 말했을 때도 그랬다.

"문필가의 오류는 정신만이 사람을 품위 있게 만든다는 믿음에 있습니다. 오히려 그 반대가 진실입니다. 정신이 없는 곳에만 품위가 있습니다."

이에 대해 한스 카스토르프는 속으로 생각했다. '이거야말로 애매모호한 발언이군! 이 말을 입 밖에 꺼낸 뒤 입을 꾹 다물고 있으면, 상대는 순간적으로 겁먹겠는걸.'

오후에는 금속으로 만들어진 관이 들어왔다. 금 고리와 사자 머리로 장식한 화려한 관에 요아힘이 옮겨질 때, 관과 함께 온 남자는 혼자서 일을 도맡았다. 장의사와 친척 관계인 이 남자는 일종의 짧은 프록코트인 검은 예복을 입고 있었고, 뭉툭한 손에는 결혼반지를 끼고 있었는데, 그 노란 반지는 말하자면 살에 끼어들어가 파묻혀 있었다. 그의 프록코트에서 시체 냄새라도 나는 것 같았으나 이는 선입견이었다. 그렇지만 이 남자는 자신의 모든 행동이 비밀스럽게 이루어져야 하고, 경건하게 절차에 따른 결과만을 유족에게 보여 주어야 한다는 전문가로서의 직업의식을 드러내려고 하였다. 바로 이런 면이 카스토르프의 불신을 일으켰고, 그의 마음에도 와 닿지 않았다. 그래서 카스토르프는 침센 부인에게는 물러가 있는 것이 좋겠다고 권했지만, 자신은 나가 달라는 요청을 뿌리치고 남아서 이 남자를 거들었다. 그는 요아힘의 겨드랑이 밑을 붙들고 그를 침대에서 관으로 옮기는 일을 도왔다. 요아힘의 유해는 관 속의 아마포와 술이 달린 쿠션 위에 높고 장엄하게 안치되었고, 관 좌우에는 베르크호프 측이 가져온 촛대가 세워졌다.

그렇지만 다음 날 요아힘에게 변화가 나타나 한스 카스토르프는 마음속으로 장례 일에서 손을 떼고 전문가인 불쾌한 경건성의 수호자에게 모든 일을 맡겨야겠다고 결심했다. 이제껏 아주 엄숙하고 근엄하던 요아힘의 표정이 텁수룩한 수염 속에서 미소 짓기 시작했던 것으로, 카스토르프는 이 미소가 앞으로 더 심하게 변한다는 것을 잘 알고 있었기 때문에 얼른 자리를 떠날 생각이 간절해졌던 것이다. 때마침 다행스럽게도 관이 닫히고 나사못질이 끝난 뒤 운구할 시간이 임박해 있었다. 카스토르프는 천성적으로 점잔빼는 태도를 그만두고 죽은 요아힘의 돌처럼 차가운 이마에 부드럽게 작별 키스를 했다. 그런 다음 비밀스럽게 일하는 남자에 대한 많은 불신에도 불구하고 침셴 이모를 데리고 고분고분 밖으로 나갔다.

마지막 단원들에 들어가기 전에 일단 여기서 막을 내리기로 하자. 하지만 막이 내려가는 동안, 이 고지에 홀로 남게 된 한스 카스토르프와 함께 저 먼 아래쪽 평지, 군도가 번쩍거리며 아래를 향하고, 호령 소리가 진동하는 묘지의 동정을 살펴보고, 나무뿌리가 엉킨 요아힘의 군인 묘지 위에서 열광적인 경의의 표시로 터지는 세 발의 예포 소리에 귀를 기울여보자.

제7장

해변의 산책

우리는 시간을, 시간이라는 것 자체를 그 자체로, 있는 그대로 이야기할 수 있을까? 진실로 그것은 아니며, 어리석은 시도일 것이다. '시간이 지나갔고, 시간이 경과했고, 시간이 흘러갔다' 등등의 이야기를 건전한 감각으로는 아무도 이야기라고 부르지 않을 것이다. 이는 마치 똑같은 음이나 화음을 1시간 동안 미친 듯이 계속 길게 빼어 연주하고는 이것이 음악이요라고 말하는 것과도 같을 것이다. 그럴 것이 이야기는 시간을 채우고, 시간을 '단정하게 사용하며', 시간을 '분할하고' 만들며, 시간에 '무엇인가 부여'하여 '무언인가 시작하도록' 한다는 점에서 음악과 흡사하기 때문이다. ―이미 오래전에 기억에서 사라져 희미해진 말이지만, 이는 고인이 된 요아힘이 어떤 기회에 하게 된 말을 인용하면서 슬프고 경건한 마음으로 고인의 말을 추모하기 위함이었다. 하지만 이 말이 얼마나 오래전에 기억에서 사라졌는지를 독자가 과연 명료하게 기억하고 있는지는 알 수 없다. 시간이 삶의 요소이듯이, 시간은 이야기의 요소이며, 시간이 공간 내의 물체와 결부되어 있듯이, 시간은 이야기와도 결합되어 있다. 시간은 음악의 요소이기도 한데, 이 경우 음악은 시간을 측량하고 나누며, 시간을 일시적인 것으로 만들기도 하고 갑자기 귀중하게 만들기도 한다. 언급한 바와 같이 이런 점에서 음악은 이야기와 흡사하다. 이야기 역시 음악처럼 (조형예술 작품이 갑자기 환하게 현전하면서 단지 물체로서만 시간에 결부되는 것과는 달리) 연속적으로만, 시간의 경과에 따라 실체를 나타낼 수 있으며, 매 순간마다 전체를 드러내려 할지라도 이야기의 형태로 존립하기 위해서는 시간을 필요로 한다.

이는 단순한 이치이다. 그러나 양자 사이에는 차이점이 있다는 것 역시 명백한 사실이다. 음악의 시간 요소는 오직 하나, 즉 인간이 영위하는 지상적 시간의 한 절단면이다. 음악은 그 절단면으로 흘러 들어가, 그것을 이루 말할 수 없이 고상하게 드높인다. 이에 반해 이야기는 두 가지 종류의 시간을 소유한다. 이야기는 첫째로 그 자신의 시간, 이야기의 진행 및 현상의 전제 조건이 되는 음악적-사실적 시간을 소유한다. 이야기는 둘째로 서술 관점과 연관되는 이야기 내용의 시간을 소유한다. 그런데 이 두 가지는 때때로 너무 상이한 면을 갖고 있어서 이야기의 허구적 시간이 음악적 시간과 거의, 아니 완벽하게 일치할 수도 있지만 서로 극심한 차이를 보이기도 한다. 〈5분 동안의 왈츠〉라는 음악 작품은 5분 동안 지속되고, 이런 점에서만 이 곡은 시간과 관계를 맺는다. 그러나 내용적인 시간이 5분인 이야기, 나름대로 이 5분을 채우면서 지극히 성실하게 묘사하게 되면 5분의 1,000배나 되는 시간을 지속할 수도 있을 것이다. 그리고 이때 이야기가 허구적 시간과의 관계에서 아주 지루하기도 하겠지만, 동시에 짧고 흥미로울 수 도 있을 것이다. 다른 한편으로 이야기의 내용적 시간이 단축에 의하여 자신의 시간을 어마어마하게 초과하는 경우도 있을 수 있다. —우리가 '단축에 의하여'라는 말을 하는 까닭은 어떤 환상적 요소, 아주 명백히 말해서 여기에 틀림없이 관련되는 어떤 병적인 요소를 암시하기 위함이다. 즉 이야기가 현실적인 경험의 어떤 비정상적인 사례나 명백히 초감각적 사례들을 연상시키는 연금술적 마술과 시간 초월의 서술 관점을 사용한다면 바로 이런 경우에 해당한다고 볼 수 있다. 이와 관련하여 아편 중독자들의 수기를 보면, 아편에 취한 사람은 황홀경에 빠져 있는 짧은 시간 동안에 무수한 환상을 체험하는데, 그 환상의 시간적 범위는 10년, 30년, 때로는 60년까지 확장되며, 심지어 인간이 경험할 수 있는 시간의 한계까지도 넘어선다고 한다. 그러므로 이와 같은 환상의 허구적인 시공간은 자기 본연의 시간을 엄청나게 초과하는 것이며, 이럴 경우 믿기 어려울 정도로 시간 체험의 엄청난 단축이 이루어진 셈이다. 하시시 마약 중독자의 표현에 따르면 환각자의 뇌에서 '부서진 시계의 태엽처럼 무엇인가 떨어져 나간' 듯 온갖 환상이 무서운 속도로 밀려온다는 것이다.

이런 면에서 마약 중독자의 환상과 유사하게 이야기는 시간을 가지고 작업할 수 있으며, 마찬가지로 시간을 다룰 수도 있다. 그러나 이야기가 시간을 '다룰' 수 있기 때문에, 이야기의 요소인 시간은 분명히 이야기의 대상이 될 수 있다. 이렇게 볼 때 '시간을 이야기할 수 있다'는 것이 지나친 말일 수는 있어도 시간에 대해 이야기하려는 시도가 선입견과는 달리 결코 터무니없는 것만은 아니다. —그러므로 '시간소설'이라는 명칭에는 독특하게 몽상적인 이중적 의미가 들어 있다고도 할 수 있다. 실제로 시간을 이야기할 수 있는가 하는 물음을 제기한 것은 현재 진행되는 이야기에서 정말 그런 의도를 가지고 있다는 것을 고백하기 위해서였다. 이런 와중에서 이미 고인이 되었으나 명예를 존중하던 요아힘이 언젠가 대화를 하다 말고 무심히 음악과 시간이라는 화제를 꺼낸 일이 있었다. (이런 화제를 꺼냈다는 것이 성실한 요아힘의 본성과는 본래 어울리지 않았다는 점에서 그가 알게 모르게 연금술적 상승에 편승하고 있음을 증명하고 있는지 모른다.) 그런데 이 일이 지금부터 얼마나 오래 전의 이야기인지를 우리 주변에 모인 독자들이 제대로 기억하고 있는 것인지 우리가 질문을 던진다면, 과연 어떤 결과가 나올지 단언하기는 어려울 것 같다. 하지만 그 일에 대해 독자가 제대로 기억하지 못한다는 소리를 들어도 우리는 별로 화를 내지 않을 것이다. 아니, 오히려 다음과 같은 이유로 만족스럽게 생각할 것이다. 왜냐하면 전반적으로 독자가 우리 주인공의 체험에 참여하는 것이 우리의 중요한 관심사이기 때문이며, 더구나 주인공인 한스 카스토르프는 언급한 화제에 대해 조금도 뇌리에 확고하게 들어가 있지 못하며, 그런 것은 이미 오래전에 기억에서 사라졌기 때문이다. 요컨대 카스토르프의 이야기는 '시간소설'에 속하거나 그런 종류의 소설로 통용될 수 있다.

요아힘이 막무가내로 요양소를 떠나기까지 또는 모든 시일을 합쳐서 도대체 얼마나 오랫동안 이 위에서 한스 카스토르프와 함께 보냈던가? 달력상으로 보면 언제 그가 이런 최초의 반항적인 출발을 감행하였고, 얼마나 오랫동안 그가 이곳을 떠나 있었으며, 언제 이곳으로 다시 돌아왔는가? 그가 이곳에 다시 돌아왔다가 시간으로부터 사라질 때까지 한스 카스토르프는 이 위에서 얼마나 오랫동안 있었던 것일까? 요아힘은 제쳐 두더라도 쇼샤 부인이 이곳을 떠나 평지에서 지낸 시간은 얼마 동안이며, 언제부터, 예컨대 몇 년도부터 그녀가 다시 이곳에서 지내게 되었는가? (그녀는 다시 이곳에 돌아와 있었기 때문이었다.) 그리고 그녀가 다시 돌아왔을 때, 카스토르프는 당시에 베르크호프에서 얼마나 많은 세월을 보낸 셈이었는가? 이런 물음이 제기될 만하지만, 아무도 그에게 이런 질문을 하는 사람은 없었다. 그 자신도 그랬는데, 그는 이런 질문을 제기하는 것을 꺼렸기 때문이었다. 설령 이런 질문을 받았을지라도 카스토르프는 손가락 끝으로 이마를 치면서 올바른 대답을 알지 못해 주춤거렸을 것이다. ─이는 그가 베르크호프에 도착한 첫날 밤에 겪었던 저 일시적인 무능력, 즉 카스토르프가 세템브리니에게 자기 나이조차 대답할 수 없었던 무능력 상태 못지않게 불안한 증상, 아니 이제는 그보다 훨씬 더 심각해진 기억상실의 상태였다. 왜냐하면 아무리 진지하게 거듭 생각해 보아도 자신이 지금 몇 살인지 알 수가 없었기 때문이다!

이 말은 아주 이상하게 들릴지 모르지만, 전례가 없거나 전혀 있을 수 없는 일은 아니었다. 오히려 특정한 조건에 따라서는 우리들 가운데 누구에게나 언제라도 일어날 수 있는 일이었다. 선행 조건들만 갖추어지면 우리는 시간의 흐름, 그러니까 나이에 대해 전혀 알지 못하는 상태에 빠져들기 쉬워진다. 이런 현상이 발생할 수 있는 이유는 우리의 내부에 시간의 경과를 감지하는 기관이 없어서, 다시 말해 외부의 발판 없이 우리 스스로의 힘으로 시간의 경과를 대략적이나마 측정할 수 있는 능력이 전혀 없기 때문이다. 갱내에 매몰되어 낮과 밤의 교차를 보지 못하도록 차단된 광부들이 다행히 구출되었을 때, 어둠 속에서 희망과 절망을 오가며 보낸 시간이 사흘이라고 추정했으나 실제로는 열흘인 경우가 있었다. 극도로 긴박한 사태에서는 시간이 길게 느껴지는 것이 당연한 것인지 모른다. 하지만 광부들에게 시간은 실제 시간의 3분의 1 이하로 단축되었던 것이다. 이로 미루어 볼 때 혼란스러운 조건에서 인간의 무기력한 상태는 시간을 더 길게 생각하기보다는 오히려 훨씬 단축하여 체험하는 경향이 있는 것으로 보인다.

물론 한스 카스토르프가 원하기만 하면 크게 힘들이지 않고 시간의 망각 상태에서 빠져나와 시간을 정확히 계산할 수 있으리라는 것을 그 누구도 반박하지 않을 것이다. 독자도 마찬가지로 애매하고 불명료한 상태가 건전한 상식에 위배된다고 생각한다면 그리 힘들이지 않고 시간을 정확히 계산할 수 있을 것이다. 카스토르프의 경우를 보면 이런 애매한 상태에 있는 것이 생리에 맞아서가 아니라, 이런 상태에서 빠져나와 이 위에서 자신의 나이가 얼마나 되었는지 정확히 계산하려는 노력이나 그런 것에 신경을 쓸 생각조차 없었던 것이다. 그리고 시간에 주의를 기울이지 않는 태도야말로 분명히 가장 양심에 가책이 되는 일이었지만, 반대로 시간에 주의를 기울이지 못하게 하는 것 역시 그 어떤 거리낌, 양심의 가책 때문이었다.

이런 노력에 대한 그의 의욕 상실이 전적으로 주변 환경의 탓으로 치부될 수만은 없지만, 그렇다고 그가 악의로 그런 것은 아니었다. 쇼샤 부인이 돌아왔을 때는 (카스토르프의 기대와는 전혀 다른 귀환이었지만, 이에 대해서는 다음에 언급할 것이다.) 다시 강림절 기간이 시작되고 있었고, 천문학적으로 말하면 1년 중 낮이 가장 짧은 초겨울이 임박한 어느 날이었다. 그러나 실제로 이론적인 계절의 구분을 하지 않을지라도, 눈과 한파로 미루어 진작부터 겨울이 찾아왔다고 할 수 있었다. 그렇다, 이곳의 겨울은 끊임없이 지속되면서 일시적으로만 태양이 내리쬐는 여름날이 찾아와서는, 짙푸른 하늘이 이따금 거무스레한 색조로 변하곤 했다. ―따라서 여름철에도 내리는 눈을 제외한다면, 겨울에도 가끔 여름 같은 날들이 찾아와 겨울을 무색케 했다. 카스토르프는 사계절을 뒤섞어 뒤죽박죽으로 만들어 버리고 계절의 구분을 없애버리는 이와 같은 대혼란에 대해 고인이 된 요아힘과 아주 자주 대화를 나눈 바 있었다. 이런 혼란 때문에 1년은 지루하다 못해 짧아지거나 반대로 짧다 못해 지루해지는 것으로, 과거에 요아힘이 불쾌함을 토로하였듯이 이곳에서 시간은 도무지 정체를 알 수 없었다. 이토록 혼란스럽게 뒤섞이고 혼합된 것은 '아직'과 '벌써 다시'라는 감정의 표현이나 의식 상태로, 그것은 가장 혼란하고 복잡하며 당황스런 체험들 가운데 하나였다. 카스토르프는 이 위에 도착한 첫날부터 이런 체험을 맛보고 비도덕적인 애착을 느꼈다. 즉 재미있게 줄무늬 벽지를 바른 식당에서 하루에 다섯 번의 푸짐한 식사를 할 때 처음으로 이런 종류의 현기증이 엄습함을 느꼈었지만, 당시에는 그래도 비교적 순진한 상태였다.

그런 다음부터 감각과 정신의 기만은 정도를 넘어서기 시작했다. 시간이란 각자의 주관적 체험이 약해지거나 없어지더라도, 그것이 활동적이고 '변화를 낳는' 한에는 객관적인 현실성을 소유하고 있는 법이다. 벽의 선반 위에 놓아둔 밀봉된 저장 식품이 시간의 영향권 밖에 있는지는 —그러므로 카스토르프가 언젠가 이 문제에 관여한 것은 청년의 혈기 넘치는 월권에서 나온 행동이었다— 직업적인 전문가에게 제기되어야 할 문제이다. 그러나 우리는 200년 동안 잠을 자고 깨어났다는 잠자는 7인의 성인에게도 시간이 작용하고 있다는 사실을 알고 있다. 어느 의사의 증언에 따르면 12살의 소녀가 어느 날 잠에 빠져 13년 동안 잠에서 깨어나지 않았는데, 그 사이에 어느덧 그녀는 성숙한 여인으로 변모한 사례가 있다는 것이다. 어떻게 다른 일이 생길 수 있겠는가. 망자는 죽었으므로 시간적인 것의 제약을 받지 않는다. 그는 시간을 가질 만큼 충분히 갖고 있다. 다시 말해 개인적으로는 전혀 시간이 없는 셈이다. 그렇다고 해서 죽은 사람의 손톱과 머리칼이 자라지 않는 것은 아니지만, 그 결과야 뻔하지 않겠는가. 그러나 이런 쓸데없는 이야기는 그만두기로 하자. 언젠가 요아힘이 이와 관련된 말을 꺼내자 카스토르프는 당시만 해도 평지의 손님답게 불쾌감을 드러낸 바 있었다. 사실 카스토르프의 머리와 손톱도 자라고 있었는데, 자라는 속도가 빠른 것 같았다. 그는 자주 도르프 읍내 중심가의 이발소 의자에 앉아서 하얀 천을 두르고 귓가에까지 술이 내려온 머리를 깎았다. 그가 늘 이발소 의자에 앉아 있었을 때, 아니 그보다는 이발소 의자에 앉아서 시간의 영향으로 길어진 머리칼을 깎아주는 친절하고 숙달된 이발사와 잡담을 나눌 때, 또는 발코니 문 옆에 선 채로 아름다운 벨벳 세면도구 상자에서 꺼낸 작은 가위와 줄로 자신의 손톱을 깎을 때, 그는 호기심어린 즐거움을 느끼면서도 일종의 두려움과 현기증에 사로잡히곤 했었다. 이럴 때 찾아오는 현기증은 홍분과 현혹이라는 애매모호한 이중적 의미를 지니고 있어서 '아직'과 '다시'의 어지러울 정도로 무질서한 상태, 양자의 뒤섞임과 혼합이 무시간적 항상 내지 영원으로 되어버리는 것이었다.

여러 차례에 걸쳐 강조한 바와 같이 우리는 카스토르프를 실제보다 더 좋게 보이게 한다거나 더 나쁘게 보이게 하는 것을 바라지 않는다. 아울러 그가 다분히 의식적이고 의도적으로 도모한 저 신비스런 유혹적 시도에 비난을 받아도 좋을 만한 애착을 느끼기도 했지만, 때로는 그가 정반대의 노력을 통하여 이를 속죄하려 했다는 사실도 우리는 이 자리에서 밝히고자 한다. 그는 종종 금으로 된 납작하고 매끄러운 회중시계를 손에 쥐고 앉아서 그의 이름의 첫 글자가 새겨진 뚜껑을 열고는, 사기로 된 문자판 위에 검붉은 아라비아 숫자가 두 줄로 빙 둘러 있는 모습을 내려다보았다. 문자판 위로는 예쁘고 화려하게 여러 무늬로 장식된 두 개의 금바늘이 따로따로 숫자를 가리키고 있었고, 가느다란 초침은 특별한 모양의 작은 원 주위를 똑딱거리며 분주하게 움직이고 있었다.

한스 카스토르프는 몇 분간이라도 시간을 멈추게 하고 지연하여 시간의 꼬리를 잡아보려고 초침을 바라보았다. 그러나 초침은 숫자를 향해 다가와 그것을 만나고 지나치며 떠났다가는, 다시 되돌아오기를 반복하면서도 숫자에는 관심도 주지 않고 제 갈 길을 똑딱거리며 나아갔다. 초침은 목표, 눈금, 부호에는 무감각했다. 60이라는 숫자가 있는 곳에 잠시나마 멈추어 서든가, 아니면 적어도 여기서 무엇인가 완수했다는 약간의 표시라도 보내 주면 좋았으련만, 초침은 아무 숫자도 새겨져 있지 않은 가는 선을 지나가듯이 60이라는 숫자가 있는 곳을 빠르게 지나가 버렸다. 그러므로 초침이 지나가는 도중의 숫자나 시간 구분은 초침에게는 그저 부가적인 것에 불과하다는 것, 또한 초침은 다만 갈 길을 계속 가기만 한다는 것을 알아차릴 수 있었다. 그리하여 카스토르프는 회중시계를 다시 조끼 주머니에 넣어서 보관하고는, 시간이 제 멋대로 흘러가도록 내버려 두었다.

우리는 이 젊은 모험가의 내적 세계에서 일어난 변화들을 평지의 예의바른 사람들에게 어떻게 이해시켜야 할 것인가? 동일성이라는 척도가 점점 더 어지러워지기 시작했다. 어느 정도 관대한 경우에도 오늘의 지금을 어제, 그제, 그끄저께의 지금과 분명하게 구분하는 것은 쉽지 않았고, 이처럼 상이한 지금이 그에게는 달걀처럼 서로 같아 보였다. 그러다 보니 현재는 한 달 전, 1년 전에 존재하던 현재와 구분할 수 없게 되었고, 그 모든 현재가 한꺼번에 영원한 현재로 용해되어 버릴 것 같았다. 하지만 아직, 다시, 장차라는 윤리적 의식의 관례가 여전히 서로 구분되는 한, '오늘'을 과거 및 미래와 분명하게 차이를 두는 관계 용어들, 즉 '어제'와 '내일'의 의미를 확대하여 좀 더 포괄적 상황에 적용시키고 싶은 유혹이 살금살금 마음속으로 파고들었다. 어쩌면 아주 작은 시간 단위를 사용하는 작은 행성들의 생명체를 상상할 수 있을 것이다. 그곳에서는 '짧은' 생애를 살아가지만 우리의 경우 재빠르게 지나가는 초침이 시침처럼 아주 천천히 움직일지도 모른다.

그러나 엄청난 보폭을 가진 시간이 공간과 결부되어 있어서 '방금', '조금 지나서', '어제'와 '내일'이라는 시간의 구분 개념이 그들의 체험 속에서 어마어마하게 확대된 의미를 갖게 되는 그런 생명체 또한 상상해 볼 수도 있을 것이다. 이런 상상은 가능할 뿐만 아니라, 관대한 상대주의의 정신으로 볼 때, 그리고 '장소가 다르면 풍속도 다르다'라는 명제에서 볼 때에도 우리는 그것은 정당하고 건전하며 존중할 만한 것으로 평가할 수 있을 것이다. 하지만 지구에 살고 있는 어떤 사람, 더구나 하루, 일주일, 한 달, 한 학기라는 시간이 중요한 역할을 하면서 인생에서 많은 변화와 발전을 일으키는 연령층의 어떤 사람이 어느 날 '1년 전'을 '어제'로, 또한 '1년 후'를 '내일'이라고 말하는 악습에 빠진다든가, 또는 이따금 그렇게 부르고 싶은 생각을 갖게 된다면, 우리는 과연 그를 어떻게 생각해야 할 것인가? 이런 사람에 대해서는 의심의 여지없이 '오류와 혼란'에 빠졌다고 판단해야 옳은 일이고, 따라서 지극히 염려가 된다고 해야 할 것이다.

이 세상에는 시간과 공간의 거리가 혼란해지다가 사라지면서 어지러울 정도로 불분명해지는 것이 어느 정도 자연스럽고 당연시되는 생활 상태, 풍경적인 상황이 (우리의 눈앞에 무엇인가 떠오르는 경우를 '풍경'이라고 말해도 된다면) 존재하는 법으로, 혹시 휴가 중이라면 이런 마법에 침잠해보는 것도 허용될 수 있으리라. 우리는 한스 카스토르프가 가장 즐거운 일로 생각하던 해변의 산책을 말하고 있는 것이다. 우리가 이미 알고 있듯이 카스토르프는 눈 속에서 길을 잃고 헤맬 때 고향의 모래 언덕을 떠올리며 정겨움과 감사함을 느낀 바 있었다. 우리가 여기서 이런 기묘한 망각 상태를 환기시킬지라도, 독자는 자신의 경험과 추억을 통하여 우리의 이런 마음을 이해하리라 믿는다. 당신은 해변을 걷고 또 걷는다. 당신은 시간으로부터, 시간은 당신으로부터 사라져 버려서, 당신은 산책을 끝내고 제 시간에 결코 집으로 돌아가지 못할 것이다. 아, 바다여, 우리는 너로부터 멀리 떨어진 곳에 앉아 이야기하고, 너에게 우리의 생각과 사랑을 바친다. 네가 항상 우리에게 조용히 존재했었고 앞으로도 그러하듯이, 너는 확고하게 네 존재를 큰 소리로 알리듯 우리의 이야기에 나타나야만 한다. 파도가 일렁거리는 황량한 바다, 퇴색한 잿빛 하늘이 그 위로 펼쳐져 있고, 사방에서 짭짤한 습기가 가득 차면서 우리의 입술에 소금기 어린 맛이 달라붙는다.

우리는 해변의 모래 위를 걷는다. 우리는 자유롭고 평화롭게, 악의 없이 이 공간을 지나가는 바람, 우리의 머리를 부드럽게 마비시키는 이 거대하고 광활하며 온화한 바람에 귀를 휘감긴 채, 해초와 조그만 조개들이 사방에 뿌려져 있는 가볍고 보드라운 모래 위를 걸어간다. 우리는 이리저리 모래 위를 거닐며, 우리의 발을 적시려고 너울거리며 밀려 왔다가 다시 물러가는 하얀 파도의 거품을 본다. 거친 파도가 부서져 희뿌연 거품을 일으키고 큰 소리를 내면서 평평한 해변에 비단 폭처럼 끊임없이 밀려온다. 이렇게 사방에서 그리고 저기 모래톱 위에서,

이렇게 대규모로 혼란스럽고 부드럽게 파도치는 굉음은 우리의 귀를 멀게 하여 세상의 모든 소리를 차단시킨다. 깊은 만족감, 우리 모두가 알고 있는 망각의 순간 ⋯ 우리 영원의 품에 안겨 두 눈을 감도록 하자! 아니, 저기 거품이 일렁이는 푸르스름한 넓은 바다를 보라. 수평선까지의 거리가 엄청나게 줄어들어 본연의 모습이 사라진 저 넓은 바다에 돛단배 하나가 떠 있다. 저기 거품이 일렁거리는 곳? 저기란 대체 어떤 곳인가? 저기까지 얼마나 멀고, 얼마나 가까울까? 당신은 알지 못하리라. 당신은 판단을 내릴 수 없어 머리가 아득해질 것이다. 저 배가 해변에서 얼마나 떨어져 있는가를 알기 위해서는 그 배 자체의 크기가 얼마인지 알아야 할 것이다. 작고 가까울까, 아니면 크고 멀까? 당신의 눈빛은 알 수 없어 흐려질 터인데, 그럴 것이 당신 내부의 어떤 기관이나 감각도 그 공간에 대하여 알려 주지 않기 때문이다. 우리는 해변을 걷고 또 걷는다. 벌써 얼마나 오래 걸었을까? 얼마나 멀리 갔을까? 그것 역시 불확실하다. 아무리 걸어도 변하는 것이 없고, 저곳은 이곳과 마찬가지며, 과거는 지금이나 장래와도 같을 것이다. 공간의 측량 불가한 단조로움 속에서는 시간이 사라져 버리고, 동일성이 지배하는 곳에서는 한 점에서 다른 점으로의 움직임이 더 이상 움직임이 아닌 것이며, 움직임이 더 이상 움직임이 아닌 곳에서는 시간도 없다.

중세의 몇몇 학자들에 따르면 시간이란 하나의 착각이며, 인과율 속에서 시간의 흐름과 연속은 우리들 감각기관의 산물에 불과하며, 사물의 진정한 본질은 '정지된 현재(ein stehendes Jetzt, nunc stance)'라고 했다. 이런 생각을 최초로 했던 학자 역시 해변을 거닐다가 입술에 영원성의 짭짤한 맛을 느낀 것은 아니었을까? 아무튼 우리는 휴가의 특권에 관해 반복하여 말하고 있다. 우리는 건장한 사내가 따뜻한 모래 속의 휴식에 싫증을 내듯이, 윤리적 정신의 소유자라면 금방 지겨워지는 여가 중의 공상에 관해 말하고 있다. 인간의 인식 수단과 형식을 비판하면서 그것의 순수 타당성에 의문을 제기하는 태도는, 만일 이런 태도가 이성의 한계를 증명하려는 의미 외에 다른 의미와 결부되어 있다면, 이치에 어긋나고 참으로 적대적인 일이라고도 하겠다. 이성이 그 한계를 넘어선다면, 이성은 본래의 과제를 소홀히 한 것으로 비난받아 마땅하리라.

이제 우리는 세템브리니와 같은 남자의 역할에 감사를 표할 수 있을 것이다. 그는 어떤 기회에 운명적으로 우리의 관심을 끌고 있는 청년에게 아주 세련되게 '삶의 걱정거리 자식'이라고 말하면서 교육자적인 결단성을 가지고 형이상학을 '악'이라고 지칭했다. 아울러 우리는 비판적 원칙의 의미와 목표 내지 목적은 단 한 가지, 즉 책임의식과 삶의 명령일 수밖에 없다고 공언함으로써 고인이 된 친애하는 요아힘을 경건하게 추모하는 바이다. 그렇다, 입법의 지혜로운 현자는 이성의 경계선을 엄중하게 표시하면서 바로 그 경계선 위에 삶의 깃발을 꽂았고, 그 깃발 아래서 복무하는 것을 군인적인 의무로 선언했다. 우울증에 시달리는 떠버리 베렌스가 표현한 바와 같이, 군인이었던 요아힘은 '과도한 열성'으로 말미암아 치명적인 결말을 맞이했던 것으로, 이런 점에 대해서는 한심하게 시간을 관리하고 영원성과 아주 못된 장난을 치던 한스 카스토르프도 인정하고 있었다. 우리는 과연 이런 청년을 관대하게 용서하고 용인해 주어야 하는 것일까?

페퍼코른 씨

'국제'라는 간판에 아주 잘 어울리는 국제적인 요양원 베르크호프에 민헤어 페퍼코른이라는 중년의 네덜란드 남자가 한동안 머물렀다. 페퍼코른 씨는 네덜란드의 식민지였던 자바 섬에서 커피를 재배하는 사람이어서 그런지 약간 유색 인종 같다는 느낌을 풍겼다. 자신을 피터 페퍼코른이라고 부르기도 하는 이 남자(그는 이런 이름을 사용하여 "이제 피터 페퍼코른은 브랜디로 원기를 돋우고 있습니다"라고 말하곤 했다.)가 우리 이야기의 마지막 부분에 등장한 것은 그의 이런 특징 때문은 아니었다. 여러 나라 말을 자유자재로 구사하는 고문관 베렌스가 운영하는 이 입증된 단체에는 정말이지 얼마나 각양각색의 손님들이 머무르는지 모르기 때문이다! 최근에는 심지어 고문관에게 진기한 커피세트와 스핑크스의 머리가 새겨진 담배를 선물한 이집트의 공주까지 이곳에 머물렀는데, 그녀는 니코틴으로 누렇게 된 손가락에 여러 개의 반지를 끼고, 머리를 짧게 자른 유별난 여성이었다. 파리에서 유행하는 의상을 입고 나타나는 정식 만찬 때를 제외하고는 남성용 신사복 상의와 잘 다려진 바지를 입고 돌아다녔다. 게다가 그녀는 남자들에게는 눈길조차 주지 않으려 했고, 단지 란다우어 부인이라고 불리던 유대인 계열의 루마니아 여성에게만 집요하고 격렬한 애정을 보였다. 한편 파라반트 검사는 이 공주 때문에 수학 공부마저 소홀히 하였고, 그녀에게 홀딱 빠져서는 완전히 멍청한 사람처럼 되어 있었다. 이런 그녀의 수행원들 가운데에는 거세된 흑인도 끼여 있어서 슈테어 부인은 그가 성적으로 불구인 것을 흉보며 즐거워했다. 그럼에도 불구하고 병들고 쇠약한 이 사내는 어느 누구보다 더 삶에 애착을 지니고 있었던지, 자신의 검은 육체를 투시한 뒤에 나온 내부의 사진을 보고 꽤나 애처로워 하는 것이었다.

이런 사람들에 비하면 민혜어 페퍼코른은 거의 눈에 띄는 거동을 보이지 않았다. 앞의 장과 마찬가지로 이번 장도 '또 한 사람'이라는 제목을 붙일 수도 있겠으나, 여기서 정신적이고 교육적인 혼란을 일으키는 새로운 주역이 들어섰다고 해도 전혀 우려할 필요까지는 없을 것이다. 아니, 페퍼코른 씨는 이 세상에 논리적 혼란을 유포할 만한 사람이 결코 아니었다. 앞으로 확인하게 되겠지만 그는 완전히 다른 인물이었다. 그렇지만 페퍼코른이라는 인물의 출현으로 우리의 주인공이 심각한 혼란에 빠지게 된 연유는 다음의 이야기를 보게 되면 납득이 될 것이다.

민혜어 페퍼코른은 쇼샤 부인과 마찬가지로 저녁 열차를 타고 도르프 역에 도착하여, 그녀와 함께 같은 썰매를 타고 베르크호프 요양원으로 올라와서는, 바로 그곳 식당에서 그녀와 함께 저녁 식사를 먹었다. 문제는 페퍼코른 씨가 그녀와 같은 시간에 도착했다기보다는 그녀와 함께 도착했으며, 그것으로 그치지 않고 예컨대 식당의 자리 배정에 있어서도 그녀의 옆자리에 앉게 되었다는 사실이었다. 그는 고급 러시아인 식탁의 의사가 앉은 맞은편 자리, 전에 포포브 선생이 거칠고 미심쩍은 행동을 했었던 그 자리, 그러니까 바로 돌아온 쇼샤 부인의 옆자리에 좌석을 지정받았던 것이다. 선량한 한스 카스토르프는 이런 두 사람에 관계에 대해 혼란에 빠지고 말았는데, 그럴 것이 이런 일이 생기리라곤 예상도 하지 못했기 때문이었다. 고문관이 카스토르프에게 클라브디아가 돌아오는 날짜와 시간에 대해 특유의 방식으로 알려주기는 했었다. "어때요, 노총각 카스토르프 군." 고문관이 말했다. "성실히 끈질기게 기다린 보람이 있습니다. 모레 저녁에 우리의 새끼 고양이가 다시 이곳에 살짝 들어옵니다. 전보로 연락을 받았습니다." 그러나 그녀가 혼자가 아니라는 사실에 대해서는 한마디도 없었던 것이다. 고문관 자신도 그녀가 홀로 오는 것이 아니고 동행이 있다는 사실을 전혀 알지 못한 것 같았다. 두 사람이 함께 도착한 날 카스토르프가 고문관에게 이에 대해 답변을 요구하자, 그도 쾌나 놀라는 표정을 지어 보였다.

그가 전후 사정을 설명했다. "그녀가 어디서 그를 우연히 만난 것인지는 나도 모르는 일입니다. 피레네 산맥을 여행하다가 알게 된 것으로 추측할 따름입니다. 그것 참, 이렇게 된 이상 참을 수밖에요. 당신은 이제 실연을 당한 상사병 환자로서 어쩔 도리가 없습니다. 아주 진한 사이 같지 않던가요? 심지어 여행 경비도 공동으로 계산하는 모양입니다. 내가 들은 바로는 그 남자가 대단한 부자라더군요. 은퇴한 커피 왕으로 말레이인 하인을 두고 무척 호화로운 생활을 한다는 것을 당신도 알아야 합니다. 그렇지만 그가 이곳에 그냥 놀러 온 것은 결코 아닙니다. 알코올성 점액 과다 외에도 악성 열대 열병에 걸려 있는 것 같습니다. 아시다시피 말라리아열인데, 떨어지지 않고 끈질기게 잠복해 있습니다. 그러니 당신은 참고 기다려야 합니다."

"아, 그렇지요." 한스 카스토르프는 시큰둥하게 말했다. 그러면서 '그럼 당신은?' 하고 그는 생각했다. '당신 기분은 어떤가? 이런 저런 일을 생각해 보면 당신 역시 예전부터 그녀에게 전혀 무관심했다고는 볼 수 없지. 창백한 안색을 띠고 진지하게 그녀의 유화를 그리던 독신자 당신 역시 말이야. 당신이 하는 말에는 나를 고소해 하는 느낌이 들어 있지만, 페퍼코른에 관한 한 우리는 어느 정도는 동병상련의 동지잖아.'

카스토르프는 "기묘한 남자, 정말 독특한 사람입니다"라고 말하며 페퍼코른의 모습을 그리는 동작을 취했다. "억세면서 약간 부족해 보이는 것이 그에게서 받은 인상입니다. 적어도 아침 식사 때 그런 인상을 받았습니다. 비록 이 두 가지 형용사가 잘 어울리지는 않지만, 억세면서 약간 모자란다는 두 형용사로 그의 인상을 표현할 수밖에 없군요. 그는 체격이 크고 우람한데, 두 손은 수직으로 된 바지 주머니에 찔러 넣은 채 두 발을 벌리고 서 있기를 좋아하지요. 고문관님과 내 경우, 그 밖에 비교적 높은 사회계층 사람들의 경우 내가 알기로는 바지주머니가 비스듬히 되어 있는데, 그의 경우에는 수직으로 되어 있더군요. 그런 모습을 취하고 서서는 네덜란드 방식으로 구수한 말을 지껄이니 아주 억세다는 느낌이 들지 않을 수 없습니다. 게다가 턱수염은 길지만 듬성듬성 나서 털을 헤아릴 수 있을 지경입니다. 그의 두 눈은 작은데 눈동자가 흐릿해서 거의 없는 듯이 보이더군요. 그러나 사실이니 나로서는 어쩔 도리가 없습니다. 그리고 그는 항상 눈을 크게 뜨려고 하지만, 커지기는커녕 이마에 주름만 깊이 파일 따름이지요. 그 주름은 관자놀이 부근에서 위로 나 있지만, 이마 쪽 위로는 수평을 그립니다. 그의 높고 붉은 이마 주위에는 흰 머리칼이 길게 나 있지만 숱이 적어서 드문드문 보입니다. 그의 두 눈은 아무리 크게 뜨려고 해도 작고 흐릿한 채로 남아 있습니다. 그리고 그의 프록코트는 체크무늬인 데 반하여 조끼는 어딘지 성직자 같은 분위기를 줍니다. 이것이 오늘 아침 식사 때 그에게서 받은 인상입니다."

"내가 보기에 당신은 그를 눈엣가시처럼 생각하고 있어요." 베렌스가 말했다. "그리고 그 남자의 특징을 세밀하게 관찰한 것 같은데, 그래야겠지요. 그의 존재를 인정할 수밖에 없으니까요."

"네, 우리는 그래야 할 것 같습니다." 한스 카스토르프가 대답했다.

페퍼코른이라는 뜻밖에 나타난 새로운 손님의 모습을 대략적으로나마 그리는 일을 카스토르프가 떠맡았는데, 그는 자신이 맡은 바 임무를 제법 잘 해냈다. 아마도 그 일을 그보다 더 잘할 수는 없었을 것이다. 물론 카스토르프의 식탁이 관찰하는 데 가장 좋은 자리였는지 모르겠다. 우리가 이미 잘 알고 있듯이 그는 클라브디아가 없는 동안 고급 러시아인 석의 옆자리로 식탁을 옮겨서 그의 자리가 고급 러시아인 석과 나란히 있게 되었다. ―물론 고급 러시아인 석이 베란다 문과는 더 가까웠다. 그러다 보니 카스토르프와 페퍼코른은 식당 안쪽으로 좁은 면에 자리를 차지하는 바람에 말하자면 두 사람은 옆으로 나란히 앉게 되었다.

한스 카스토르프는 네덜란드인의 약간 뒤에 앉아 살며시 그를 탐색하는 것이 수월했다. 한편 그의 자리에서는 쇼샤 부인의 옆모습이 4분의 3 정도 비스듬히 옆으로 보였다. 페퍼코른에 대한 카스토르프의 훌륭한 스케치를 보충하여 그의 모습을 설명한다면 대략 다음과 같은 것이 될 것이다. 페퍼코른의 콧수염은 말끔히 깎여 있었고, 코는 크고 두툼했으며, 입도 역시 큰데다 입술 모양이 불규칙하여 찢어진 것 같았다. 게다가 그의 손은 상당히 넓었고, 손톱은 길고 끝이 뾰족했다. 말을 할 때는 ―거의 끊임없이 지껄였지만 카스토르프는 그 내용을 알아들을 수가 없었다.― 듣는 사람의 주의를 기울이도록 하는 섬세한 손짓, 지휘자가 지휘하듯이 섬세한 뉘앙스를 표현하면서 잘 다듬어지고 정확하고 깔끔한 문화인의 거동을 보여 주었다. 그러면서 집게손가락과 엄지손가락을 구부려 원을 그리거나 폭은 넓지만 손톱이 뾰족한 평평한 손을 펴고는, 청중을 보호하고 진정시키고 주의를 촉구라도 하려는 듯 부드러운 제스처를 취했다. 그러나 그의 거동에 사람들이 미소를 지으며 주목해보아도 정작 그가 열심히 표현하려는 말뜻을 파악하지 못해서 실망하곤 했다. 아니, 그들은 실망했다기보다 오히려 놀라워하면서 즐거움에 빠져들었다. 강하고 부드러운 제스처, 표현을 위한 의미심장한 준비 자세가 이해되지 않는 말뜻을 부가적으로 충분히 보완하고 있어서, 사람들은 그의 거동에 만족하고 즐거워하고 푸근한 감정에 젖어들었다. 때때로 하려던 말을 끝내지 못하고 제스처만 취할 때도 있었다.

페퍼코른 씨는 왼쪽에 앉은 어떤 불가리아 학자의 팔이나 또는 오른쪽에 앉은 쇼샤 부인의 팔에 자신의 손을 살짝 얹은 채, 곧 시작하려는 자신의 이야기에 조용히 긴장해서 들으라는 듯 손을 비스듬히 들어 올리고, 이마에서 양쪽 눈 끝까지 직각으로 꺾인 주름이 가면의 주름처럼 짙게 파일 정도로 눈썹을 치켜뜨고는, 조용히 집중하는 사람들의 옆에서 자신의 식탁보를 내려다보았다. 그러면서 무엇인가 대단히 중요한 말을 하려는 듯 커다란 입술을 벌리려는 것 같더니, 잠시 후에는 한숨을 내쉬면서 말하려던 것을 중단하고는, 마치 "열중쉬어!"라고 명령하듯이 손동작을 해보였다. 그러더니 어이없게 한마디 말도 못하고 얼굴을 돌려 자신의 기계로 특별히 진하게 조리한 커피를 마시는 것이었다.

그는 커피를 마신 뒤 손을 저어 사람들의 잡담을 막아 실내를 진정시켰다. 이런 그의 행동은 조율 중인 악기들의 잡음을 중지시키고 연주를 위해 자신의 교향악단을 불러 모으는, 문화적 명령권을 가진 지휘자와도 같았다. 윤기 없는 눈, 이마의 깊은 주름, 긴 턱수염과 그 위로 면도되어 그대로 노출된 입과 함께 백발로 덮인 그의 큰 머리는 사람들에게 항거할 수 없이 대단한 무게감을 선보였고, 이 때문에 모두가 그의 거동에 따르고 있었다. 모두가 조용히 미소를 지은 채 그를 바라보며 그의 말을 기다렸다. 여기저기서 그에게 기운을 북돋아 주려고 고개를 끄덕이고 미소를 지으며 그를 응시했다. 그는 상당히 낮은 음성으로 말문을 열었다.

"여러분, 좋습니다. 모든 게 다 좋습니다. 끝났습니다. 그렇지만 주목하시고 잠시라도 한눈을 팔지 마십시오. 하지만 이 점에 대해서는 더 이상 말하지 않겠습니다. 내가 하고자 하는 말은 오직 이 한 가지입니다. 확고부동한 것, 거듭 말하지만 나는 이 표현을 무엇보다 강조하는 바입니다. 우리에게 제기된 확고부동한 요구, 아니! 아닙니다, 여러분, 그렇지 않습니다! 그렇지 않습니다, 예컨대 나는, 생각조차 할 수 없을 테지요. 음, 끝났습니다, 여러분! 완전히 끝났습니다. 우리는 모든 면에서 의견에 일치를 보았다고 생각합니다. 그러니 이제 본론으로 들어갑시다!"

결국 그는 아무 말도 하지 않은 셈이었다. 그러나 그의 머리는 의심할 바 없이 대단한 중량감을 주고 있었다. 그의 얼굴 표정과 제스처는 단호하고 강렬하며 인상적이어서 동정을 살피던 카스토르프뿐만 아니라 거기 있던 모든 사람이 지극히 중요한 내용을 들었다고 생각했다. 이야기가 중단된 채 구체적인 내용이 끝까지 전달되지 않았다고 생각했지만, 그런 것이 아쉽게 느껴지지 않았다. 만일 이 자리에 귀머거리가 있었다면 어떤 기분이었을까? 어쩌면 그는 페퍼코른의 표정과 제스처만 보고 대단한 내용을 이야기하는 것으로 오판하거나 착각하여, 듣지 못해 정신적으로 피해본 것 때문에 자신의 처지를 원망했을지도 모른다. 이런 사람들은 불신과 노여움에 빠져드는 경향이 있다. 반면에 식탁의 반대편 끝에 앉은 어느 중국 청년은 독일어를 아직 잘 모르고 알아듣지 못했지만, 열심히 듣고 바라보다가 즐겁고 만족스러워 "아주 좋아요!"라고 외치며 박수도 쳤다.

마침내 민헤어 페퍼코른은 '본론'으로 들어갔다. 그는 자세를 반듯이 세우고 넓은 가슴을 내밀며 체크무늬가 새겨진 프록코트의 단추를 채웠다. 프로코트 안에는 가지런히 단추가 채워진 조끼를 입고 있었다. 그의 백발이 성성한 머리는 왕의 모습을 연상시켰다. 그는 식당에서 일하는 난쟁이 아가씨를 오라고 손짓했다. 그녀는 분주하게 움직이고 있었지만, 그의 위엄 있는 손짓에 즉시 순종하며 밀크 및 커피가 들은 주전자를 들고 그의 의자 옆으로 다가왔다. 그녀 역시 그의 이마에 새겨진 깊은 주름과 그 아래 창백한 눈빛, 집게와 엄지손가락으로는 원을 그리는 반면에, 날카로운 손톱이 눈에 띄는 나머지 세 손가락은 위로 세워 올린 그의 손에 한눈을 팔면서, 그의 나이 지긋한 커다란 얼굴을 보고는 명랑하게 미소를 지으며 고개를 끄덕이지 않을 수 없었다.

"아가씨." 그가 말했다. "좋아요. 모든 게 거의 다 아주 좋습니다. 한데 당신은 키가 작군요. 하지만 그게 뭐 어떻습니까? 전혀 상관없습니다! 나는 그걸 긍정적으로 평가합니다, 당신의 현재 모습, 당신의 특징적인 작은 모습에 대해 신에게 감사를 드립니다. 이제 됐습니다! 내가 당신에게서 바라는 것 역시 작은 것, 작고 특징적인 모습이랍니다. 그런데 이름이 뭔가요?"

그녀는 미소를 지으며 말을 더듬거리다가 이름이 에메렌티아라고 말했다.

"근사합니다!" 페퍼코른은 의자 등받이에 몸을 기댄 채 난쟁이 아가씨에게 팔을 뻗으며 소리쳤다. 마치 "하지만 그것 봐! 모든 것이 이렇게 훌륭하잖아"라고 강조라도 하듯이 그는 외쳤다. 그는 아주 진지하고 거의 엄숙하게 말을 계속했다. "아가씨, 내 기대를 훨씬 능가하는군요. 에메렌티아, 당신은 겸손하게 말하지만, 그 이름은, 당신 개인과 연관시켜보자면, 단적으로 말해 지극히 아름다운 환상을 연상시킨답니다. 그 이름을 음미하면서 가슴속의 모든 감정을 바쳐 이름을 불러 볼 가치가 있습니다. 애칭으로 말입니다. 이해하겠어요, 아가씨, 애칭으로 말입니다. 렌치아로 불러도 좋겠지만, 엠헨이라는 애칭도 따뜻한 느낌을 줄 것 같군요. 이 순간은 서슴없이 엠헨이라고 부르겠습니다. 이봐요, 엠헨 아가씨, 잘 들어봐요, 빵을 좀 부탁합니다, 사랑스런 아가씨. 잠깐! 거기 서 봐요! 오해하지 마십시오! 당신의 비교적 큰 얼굴을 보니 혹시나 해서 그러는데, 빵 말입니다, 렌츠헨, 그러나 구운 빵이 아닙니다. 여기에는 빵이 잔뜩 있지요, 온갖 종류의 빵 말입니다. 그러니 술 빵을 주세요, 천사 아가씨, 신의 빵, 투명한 빵, 이거야말로 귀여운 애칭이지요. 원기를 돋우기 위한 빵을 줘요. 이 말의 의미를 이해하는지 모르겠군요. 차라리 '강심제'라고 부르는 편이 좋겠습니다. 자칫 경박한 의미로 오해될 위험이 없다면 말입니다. 됐어요, 렌치아. 끝났습니다, 결정되었습니다. 오히려 우리의 의무와 신성한 책임의 의미에서, 예컨대 그러니까 내가 아가씨에게 지고 있는 명예의 빚이라는 의미에서, 당신의 특징적인 작은 키에 대해 진심으로, 진도 한 잔 부탁합니다, 사랑스런 아가씨! 말하자면 즐거워지기 위해서. 스키담 산 진을 줘요, 에메렌츠헨. 얼른 가서 내게 한 잔 가져와요!"

"스키담 산 진 한 잔." 난쟁이 아가씨가 페퍼코른의 말을 그대로 따라했다. 그런 다음 그녀는 들고 있던 주전자를 내려놓을 곳을 찾느라고 한 바퀴 돌다가 한스 카스토르프의 식기 옆에 그것을 내려놓았다. 이렇게 한 까닭은 페퍼코른 씨에게 불편함을 주지 않기 위해서인 것으로 보였다. 그녀는 부지런히 움직였고, 주문한 사람은 바라던 것을 받았다. 이른바 '빵'이 유리잔에 너무 가득 담겨져 있어서 사방으로 흘러넘치고 받침 접시를 적셨다. 그는 엄지와 중지로 술잔을 집고는 빛이 있는 쪽으로 들어올렸다. "자, 피터 페퍼코른은 한 잔의 술로 원기를 돋우렵니다." 이렇게 말하고는 곡물로 만든 증류주를 잠깐 씹은 뒤 꿀꺽 삼켜버렸다. "이제 여러분을 보는 나의 눈에 활기가 생겼습니다." 그러더니 그는 식탁보 위에 놓인 쇼샤 부인의 손을 잡아서 자신의 입술에 갖다 댔다가 다시 내려놓고는, 한동안 자신의 손을 그녀의 손에 올려놓고 있었다.

그는 알 수 없는 남자였지만 독특하고 중량감이 있는 인물이었다. 베르크호프의 손님들은 그에게 각별히 흥미를 느꼈다. 그는 최근에 식민지에서 하던 사업을 접고는 재산을 안전한 곳에 투자를 한 것으로 알려져 있었다. 헤이그에 있는 화려한 저택과 스헤베닝겐 해변에 있는 별장에 대해서도 사람들 사이에 소문이 돌았다. 슈퇴어 부인은 그를 갑부라고 부른다는 것이 그만 터무니없는 실수로 '돈 자석'이라고 불렀다. 그녀는 쇼샤 부인이 요양원으로 돌아온 후 야회복에 달고 다니는 진주 목걸이에 대해서도 동시에 거론하면서 자신의 견해로는 그것이 코카서스 산맥 너머의 남편이 사준 것이라기보다는 '공동으로 여행비'를 사용하면서 페퍼코른에게서 받은 선물일 것이라고 추측했다. 이렇게 말하며 그녀는 눈을 껌벅거렸고, 옆으로 고개를 흔들어 카스토르프를 가리키더니 그의 침울한 모습을 입을 아래로 비죽이며 흉내를 내는 것이었다. 그녀는 병으로 모진 고통을 당하면서도 전혀 고상해지는 법이 없이 그의 어려운 처지를 가차 없이 조롱했다. 한스 카스토르프는 애써 태연한 체하면서 심지어 그녀의 어법상의 실수를 정색을 하며 교정해주었다.

"슈퇴어 부인, 어법상에 실수가 있었습니다. 갑부겠지요. 하지만 돈 자석이란 표현도 그리 나쁘지는 않군요. 페퍼코른에게 매력이 있는 것도 틀림없는 사실이니까요." 이렇게 말하자 여교사 엥겔하르트도 얼굴을 붉힌 채 카스토르프를 옆 눈으로 보고 미소 지으며 새로운 손님에 대해 어떤 소감을 갖고 있느냐고 물었다. 이 질문에 대해서도 그는 침착한 태도로 대답했다. "민 헤어 페퍼코른 씨는 알 수 없는 인물입니다. 대단한 인물이지만 도무지 알 수가 없습니다." 이처럼 정확한 표현은 객관성과 평정한 정서를 잃지 않고 있어서 질문을 한 여선생이 오히려 당황하고 말았다. 이때 페르디난트 베잘까지도 쇼샤 부인의 예기치 않은 귀환에 대해 빈정거렸다. 그러자 카스토르프는 그런 아주 단호한 말에 못지않은 단호한 눈초리도 있음을 알려 주었다. 이렇게 노려보는 카스토르프의 눈초리에는 '가련한 녀석!'이라는 의미가 내포되어 있었고, 또한 달리 볼 여지가 전혀 없었으므로 베잘도 그 눈초리의 의미를 받아들일 수밖에 없었다. 그렇다, 그는 충치를 드러내면서 고개를 끄덕이기까지 했지만, 이런 일이 있은 뒤로는 나프타, 세템브리니, 페르게와 함께 산책할 때 카스토르프의 외투를 들어 주는 일 따위는 하지 않았다.

제발 그래주기를! 그때부터 한스 카스토르프는 외투를 직접 들고 다녔고, 이렇게 하는 것이 그에게는 차라리 잘된 일이었다. 그가 가끔 이 가련한 남자에게 외투를 맡겼었던 것은 그저 호의를 보이기 위해서였다. 그러나 한스 카스토르프가 사육제 날 밤의 상대와 다시 만나는 경우를 위해 여러 가지 계획을 생각해두었지만 정말 뜻하지 않은 사정으로 모든 것이 수포로 돌아갔고, 이로 인해 그가 호되게 당한 꼴이 되었음을 우리들 가운데 누구 하나 모르는 사람은 없을 것이다. 더 정확히 말해 그 계획들은 쓸모없게 되었고, 이런 점에서 그는 수치스러움을 느꼈다.

그의 계획들은 지극히 세심하고 사려 있는 것이어서 격정 같은 것과는 거리가 멀었다. 예컨대 역에 나가서 클라브디아를 마중할 생각 따위는 하지 않았고, 이런 생각을 떠올리지 않았던 것은 참으로 다행이었다! 그러나 병으로 저렇게 큰 자유를 맛보는 부인이 먼 옛날에 가면을 쓰고 외국어로 대화를 나눈 꿈과 같은 밤의 환상적인 사건을 지금도 기억하고 있을지, 또는 당시의 일을 직접 상기하는 것을 바라는지는 전혀 알 수 없었다. '아니, 집요하게 달라붙지 말고, 졸렬한 요구도 해서는 안 돼! 병든 사팔뜨기 부인에 대한 그의 관계가 본질적으로 서구적인 이성과 예절의 한계를 넘어선 것이 사실일지라도, 형식에 있어서는 완전히 문명인답게 행동하고, 이제 와서는 심지어 전혀 기억에 없는 것 같은 태도를 취하지 않으면 안 되는 것이다. 당분간은 식탁에서 식탁으로 기사처럼 예의 바르게 인사를 하는 정도로만 행동하자! 추후에 기회가 되면 정중하게 접근하여, 여행에서 돌아온 이후의 부인의 건강 상태를 가볍게 물어 보는 것이 좋으리라. … 참된 재회는 기사도를 잘 발휘하고 있다 보면 그 보답으로 언젠가는 이루어질 것이다.'

이미 언급했듯이 이 모든 세심한 생각은 그의 자발적 의지와 더불어 그 어떤 칭찬할 만한 일체의 행위도 사라지는 바람에 효력을 상실하는 것처럼 보였다. 민혜어 페퍼코른의 출현으로 카스토르프는 조용히 물러선 채 어떤 전략도 구사할 여지를 전혀 갖지 못했다. 카스토르프는 쇼샤 부인이 도착하던 날 저녁에 자신의 발코니에서 커브 길을 따라 천천히 올라오는 썰매를 지켜보았다. 썰매의 마부 석 옆자리에는 깃이 달린 가죽옷을 입고 빳빳한 모자를 쓴 얼굴이 누런 말레이시아 출신의 하인이 앉아 있었고, 뒷좌석의 클라브디아 옆자리에는 이마까지 모자를 눌러 쓴 낯선 사내가 앉아 있었다. 이런 광경을 목도한 한스 카스토르프는 그날 밤 거의 잠을 이룰 수가 없었다. 다음날 아침 자신을 당황스럽게 만든 이 동반자의 이름을 알아내는 것은 어려운 일이 아니었다. 그 외에도 그는 두 사람이 서로 나란히 붙은 2층 특실에 들어갔다는 소식까지 덤으로 알아내게 되었다. 이어서 카스토르프는 첫 번째 아침 식사 때 제 시간에 자리에 앉아 창백한 얼굴로 유리문이 쾅 하고 닫히기를 한동안 기다렸다. 그러나 유리문이 쾅 하고 닫히는 일은 일어나지 않았다. 그녀의 뒤로 체격이 크고 어깨가 넓으며, 이마가 불쑥 솟고 백발이 성성한 큰 머리의 페퍼코른 씨가 들어오면서 문을 닫았기 때문에 큰 소리가 나지 않았던 것이다. 페퍼코른은 머리를 앞으로 내밀고 이미 친숙한 고양이의 발걸음으로 자기 자리를 향해 다가가는 여행 동반자였단 쇼샤 부인의 뒤를 따라갔다. 아, 바로 그녀였으며 모습 또한 변함이 없었다. 한스 카스토르프는 미리 세워둔 계획과는 달리 뜬 눈으로 밤을 새워 몽롱한 눈빛으로 자신도 모르게 그녀를 쳐다보았다. 정교하게 다듬어진 것이 아니라 머리 주위로 단순하게 땋아 내린 적갈색 금발, '초원의 늑대의 눈빛', 둥근 목, 튀어나온 광대뼈 때문에 실제보다 더 도톰해 보이는 입술과 매력적으로 움푹 들어간 것처럼 보이는 볼이 카스토르프의 눈에 들어왔다. …

'클라브디아!' 하고 한스 카스토르프는 몸을 부르르 떨면서 생각했다. 이와 동시에 뜻밖에도 그녀와 동행한 남자를 바라보면서 그의 무표정하고 위풍당당한 모습에 조롱하고 싶은 기분과 반감이 치밀어 올랐다. 사육제 날 밤의 의심스런 모종의 사건에 대해서는 아무것도 모르면서 그녀를 자신의 소유물인 양 유세를 떨고 있는 사내를 비웃어 주고 싶은 충동에 사로잡혔다. 실상 그날 밤의 사건은 정작 그 자신을 흥분시켰던 아마추어 솜씨로 잘 그려진 유화 사건에 비한다면 그다지 모호하고 불확실한 것은 아니었다. 그런데 자리에 앉기 전에 식당에 온 사람들에게 마치 자신을 과시라도 하듯이 미소 지으며 홀을 둘러보는 쇼샤 부인의 습관도 변함이 없었다. 페퍼코른은 시중이라도 드는 것처럼 쇼샤 부인의 뒤에 비스듬히 서서 그녀의 작은 의식이 끝나기를 기다렸고, 그것이 끝나자 그녀와 이웃한 식탁 끝에 가서 앉았다.

그녀의 식탁을 향해 기사처럼 정중하게 인사하려던 카스토르프의 계획은 무산되고 말았다. 자신을 과시하며 '등장'했을 때 클라브디아의 시선은 카스토르프와 그가 앉은 식탁을 지나 더 먼 쪽을 훑고 지났고, 다음에 식당에서 다시 만났을 때도 상황은 이와 다르지 않았다. 식사가 거듭될수록 그녀의 눈길이 그가 앉은 쪽을 향하기는 했지만, 설령 식사 중에 그녀가 고개를 돌리는 바람에 눈이 마주쳐도 그녀의 시선은 무관심하고 냉정할 따름이어서 그녀에게 기사처럼 정중하게 인사를 한다는 것은 점점 어색한 일이 되어버렸다. 저녁 식사 후에 갖는 짧은 모임에서도 두 여행 동반자는 자신들의 식탁 동료들에 둘러싸인 채 작은 방의 소파에 나란히 앉아 있었다.

백발이 성성한 머리와 하얀 턱수염 때문에 위풍당당한 모습이 더욱 부각되는 페퍼코른은 저녁식사 때 주문하여 가져온 적포도주를 남김없이 다 마셨다. 그가 이른바 '빵'이라고 부르는 술을 아침식사 때부터 마시기 시작한 것은 그렇다 치고, 그는 저녁식사 때에는 적포도주를 한 병 내지 한 병 반, 때로는 두 병이나 마셨다. 이 제왕 같은 인물은 유달리 원기를 북돋워 주는 것을 필요로 하고 있음이 분명했다. 커피 역시 아주 진한 형태로 하루에 여러 차례, 아침뿐만 아니라 정오에도 커다란 잔으로 마셨다. —그것도 식후가 아니라 식사 하는 도중에 포도주와 함께 마셨다. 두 가지가 모두 열을 내리는 데 좋다고 페퍼코른이 말하는 것을 카스토르프도 들은 적이 있었다. 원기를 북돋워 줄 뿐만 아니라 간헐적으로 찾아오는 열대 열에도 효과가 아주 좋다는 것이었다. 하지만 그는 그 열로 말미암아 이곳에 온 지 이틀째 되는 날에는 여러 시간을 방의 침대에 누워 지내야 했다. 열병이 네덜란드인에게 대략 4일마다 엄습했기 때문에 베렌스 고문관은 이를 4일열이라 불렀다. 처음에는 추워서 이가 덜덜 떨리다가, 다음에는 몸이 뜨거워지며 땀으로 흠뻑 젖었다. 이로 인해 그의 비장도 부운 상태라는 것이었다.

카드놀이(블랙잭)

이렇게 시간이 지나갔다. 우리는 한스 카스토르프의 판단과 계산 감각을 믿을 수 없다. 따라서 우리 스스로 짐작해 보건대 몇 주일, 아마도 3-4주가량 지나갔을 것이다. 시간은 별다른 새로운 변화를 일으키지 않고 흘러갔다. 다만 우리의 주인공은 싫어도 자제할 수밖에 없도록 만든 예기치 못한 사태에 대하여 참기 어려운 반감에 사로잡혀 있었다. 예기치 못한 사태란 진을 마실 때면 자신을 피터 페퍼코른이라고 부르며 잔을 치켜들던 일을 말하는데, 카스토르프는 왕처럼 당당하게 굴면서도 어딘지 불투명한 이 남자의 존재가 심기를 거슬러 참을 수가 없었다. 사실 페퍼코른은 가령 세템브리니 씨가 예전에 '이곳에서 심기를 불편하게 했던' 것보다 훨씬 더 심하게 그의 심기를 거슬렸다. 카스토르프의 이마에는 반항적이고 언짢은 주름이 세로로 깊숙이 파였다. 이 주름진 이마 밑으로 그는 귀환한 여자를 하루에 다섯 번 살펴보면서 아무튼 그녀를 이렇게 볼 수 있다는 것만으로도 즐거워했다. 반면에 그녀의 과거가 얼마나 의심스러운지를 모르고 거창하게 유세를 부리는 인물에 대해 경멸감으로 가득 찼다.

그러나 어느 날 저녁 특별한 이유도 없이 홀과 작은 방에서 벌어지는 모임이 다른 날보다 더 활기차게 이루어졌다. 음악회가 개최되었고, 헝가리 출신의 한 대학생이 바이올린으로 〈치고이네르바이젠〉을 열심히 연주하고 있었다. 바이올린 연주에 이어서 크로코프스키 박사와 함께 15분가량 이 자리에 동석한 베렌스 고문관이 어느 누군가를 설득하여 피아노의 저음부로 바그너의 〈순례자의 합창〉 멜로디를 치게 하고는, 자신은 그 옆에 선 채 피아노의 고음부를 솔로 톡톡 건드려 바이올린 연주자의 흉내를 냈다. 이런 모습이 청중들의 웃음을 자아냈다. 고문관은 큰 박수를 받고 기분이 좋아졌는지 고개를 흔들고는 곧 살롱을 떠났다. 그러나 모임은 계속되었고, 음악도 계속 연주되었다. 다만 연주에만 주의를 기울일 필요는 없었기 때문에 사람들은 음료수를 마시며 도미노 게임이나 브리지 게임을 즐겼고, 놀이기구를 가지고 즐기거나 여기저기서 잡담을 나누었다. 고급 러시아인 석의 손님들도 홀과 피아노 주변에 모인 사람들과 어울렸다.

페퍼코른이 이리저리 돌아다니는 것이 보였다. ─그를 보지 않으려고 노력해도 보지 않을 수 없었는데, 그의 위엄 있는 머리는 주변 사람들 사이에서 금방 눈에 띄었고, 제왕 같은 무게와 당당함이 주위를 압도했기 때문이었다. 처음에는 주변 사람들이 그가 갑부라는 소문에 끌렸을 뿐이었으나, 차츰 그의 인물과 인품 자체에 끌리게 되었다. 사람들은 그에게 미소 지으며 옆에 서서는, 격려와 아울러 자신도 모르게 고개를 끄덕였다. 그들은 깊은 주름이 패어 있는 이마 아래의 흐릿한 눈빛에 매료되었고, 손톱이 긴 손가락으로 멋지게 교양인다운 거동을 취하는 것을 보면서 흥분에 사로잡혔다. 더듬거리는 그의 말이 알아들을 수 없고 모호하며 내용상으로도 하잘것없었지만, 주변 사람들은 그런 점에 대해서는 전혀 환멸을 느끼지 않았다.

이런 상황에서 우리가 한스 카스토르프를 찾기 위해 주변을 둘러본다면, 우리는 그가 글을 쓰고 독서를 하도록 꾸민 방에 있는 것을 보게 될 것이다. 이 방은 그가 언젠가 (이 언젠가 역시 애매모호하다. 화자인 나 자신이나 주인공, 독자도 그것이 어느 때의 이야기인지 더는 분명치 않게 되었다.) 인류 진보의 조직화에 대해 중대한 고백을 들었던 공동 휴게실이었다. 이 방은 다른 곳보다 조용했고, 카스토르프 외에는 두세 사람밖에 없었다. 어떤 사람은 전등불 아래 이중 탁자에서 글을 쓰고 있었다. 코안경을 두 개나 코에 건 여성은 장서 옆에 앉아서 삽화가 들어 있는 책장을 넘기고 있었다.

한스 카스토르프는 음악실로 통하는 복도의 열린 문 가까이에 놓여 있는 의자에 앉아 등을 커튼 쪽으로 향하고 신문을 읽고 있었다. 의자는 플러시 천으로 덮인 르네상스식 의자로, 등받이가 반듯하고 높으며 팔걸이는 없었다. 카스토르프 청년은 신문을 들고 읽는 척했지만 읽는 것이 아니었고, 고개를 비스듬히 숙이고 말소리에 섞여 끊어진 채 들려오는 음악에 귀를 기울이고 있었다. 그러나 찌푸린 이마를 보면 그는 음악도 반쯤 흘려듣는 것 같았고, 생각은 정작 음악과는 상관없는 다른 길, 오랫동안 기다렸지만 결국은 수치스럽게도 멍청이가 되어 버린 청년의 환멸의 가시밭길, 반항의 쓰디쓴 길로 빠져들고 있는 것 같았다.

그는 당장이라도 우연히 앉게 된 이 불편한 의자에 신문을 내던지고 저기 홀 문을 박차고 나가고 싶었다. 마음에 들지 않는 모임에 참석하느니 차라리 살을 에는 듯이 추운 발코니에서 마리아 만치니나 피울 작정이었다.

"이보세요, 당신 사촌은요?" 갑자기 뒤에서 그의 머리 위로 여자의 음성이 들려왔다. 이 음성은 그의 귀에 매혹적으로 들렸고, 그의 귀는 짜릿하고도 달콤함이 섞여 있는 이 목소리에 말할 수 없는 쾌적함을 느끼며 반응했다. ―쾌적함이 극에 달하는 기분이었다. 이는 전에 들은 적 있는 "좋아. 하지만 부러뜨리면 안 돼" 하던 목소리, 그의 마음을 제압하는 운명의 목소리였다. 그리고 그가 제대로 들었다면, 이 목소리는 요아힘의 안부를 묻고 있었다.

한스 카스토르프는 신문을 천천히 내려놓고 얼굴을 약간 들어 올렸다. 그러다 보니 머리가 뒤로 젖혀져, 정수리가 가파른 등받이에 닿았다. 게다가 그는 잠시 눈을 감았다가 얼른 다시 떴다. 그런 다음 비스듬히 위쪽으로, 그의 머리 자세에서 눈길이 향하는 방향 어딘가의 허공을 바라보았다. 이 선량한 청년의 표정은 거의 얼빠진 몽유병자와 같았다고 표현해도 좋았을 것이다. 그는 그녀가 다시 한 번 물어 주기를 바랐지만, 그런 일은 일어나지 않았다. 그는 아직 그녀가 자기 뒤에 있는지 확신하지 못했지만, 잠시 시간을 보낸 뒤 나직하게 대답했다.

"그는 죽었습니다. 평지에서 군복무를 하는 바람에 죽었답니다."

'죽었다'는 말이 두 사람이 주고받은 최초의 중요한 낱말이었다. 이어서 애도의 말이 그의 뒤와 위쪽에서 들려왔는데, 카스토르프는 그녀가 독일어에 약점이 있어서 애석함을 표현하기에는 너무 가벼운 표현을 선택했음을 알아차렸다.

"아, 가엾어라. 죽어서 매장되었겠군요? 그게 언제 일이죠?"

"꽤 지났어요. 그의 어머니가 유해를 싣고 평지로 내려갔지요. 그는 군인다운 수염을 기르고 있었어요. 그의 무덤 위에서 세 발의 예포가 울렸지요."

"그럴 자격이 있어요. 성실한 사람이었으니까요. 그는 어느 누구보다도 훨씬 성실한 사람이었지요."

"그래요, 성실했지요. 라다만토스는 그가 항상 열성적이라고 칭찬하곤 했지요. 그러나 몸이 말을 듣지 않았습니다. 이런 것을 예수회 회원들은 '육체의 반란'이라고 부르지요. 그는 생각하는 것이 언제나 육체적이었어요, 존경할 만한 의미에서요. 하지만 그의 육체는 불명예스러운 것을 들어오게 함으로써 열성적인 사람의 뒤통수를 치게 했지요. 하기야 몸을 망치고 자멸하는 것이 자신을 보존하는 것보다 더 도덕적이지요."

"내가 보기에 당신은 여전히 철학적인 무용지물로 지내는 것 같군요. 라다만토스? 그는 누구지요?"

"베렌스입니다. 세템브리니는 그를 그렇게 부릅니다."

"아, 세템브리니, 알고 있어요. 그 이탈리아인 말이지요. 나는 그를 좋아하지 않아요. 그는 인간적이지 않아요. (머리 위의 목소리는 '인간적'이란 낱말을 나른하게 몽상적으로 길게 빼면서 발음했다.) 그는 거만했지요. (그녀는 '거만'의 '만'을 강하게 발음했다.) 그는 이곳에서 지내지 않나 보죠? 나는 멍청해서 라다만토스가 무슨 말인지 모르겠네요."

"뭔가 인문적인 의미를 지닌 말이지요. 세템브리니는 다른 곳으로 갔습니다. 우리는 요즈음 철학에 관해 포괄적으로 이야기를 나누었습니다. 세템브리니와 나프타, 그리고 나를 포함해서요."

"나프타는 누군가요?"

"세템브리니의 논적입니다."

"그가 세템브리니의 논적이라면 만나보고 싶군요. 그런데 당신의 사촌이 평지에서 군인이 되려고 한다면, 아마 그는 죽게 될 거라고 내가 말하지 않았나요?"

"그래, 너는 그걸 알고 있었지."

"너라니, 당치 않아요!"

둘 사이에 한동안 침묵이 흘렀다. 카스토르프는 전혀 번복할 의사가 없었다. 그는 정수리를 가파른 등받이에 댄 채, 몽유병자 같은 얼빠진 시선으로 목소리가 다시 들리기를 기다렸다. 그녀가 아직 자신의 뒤에 있는지 확신하지 못했지만, 간간이 끊기는 음악 소리에 떠나가는 그녀의 발걸음 소리가 뒤섞일까봐 걱정했다. 하지만 결국은 다시 목소리가 들렸다.

"그런데 댁은 사촌의 장례식에 가보지 않았나요?"

한스 카스토르프가 대답했다.

"응, 나는 여기서 그와 작별을 고했어. 그가 미소를 짓기 시작하는 바람에 그를 관에 넣기 전에 작별한 거야. 그의 이마가 얼마나 차가웠는지 너는 상상도 못할걸."

"또 너라고 그러시네! 잘 알지도 못하는 여성에게 무슨 말버릇이 그래요!"

"나더러 인간적으로 말하지 말고 인문적으로 말하라는 건가?" (그는 자신도 모르게 '인간적'이라는 낱말을 졸면서 기지개를 켜고 하품하는 사람처럼 길게 늘여서 발음했다.)

"무슨 말이 그래요? 댁은 줄곧 이곳에 있었나요?"

"응, 이곳에서 기다렸지."

"무엇을요?"

"너를."

그의 머리 위로 "바보!"라는 말과 함께 웃음이 들려왔다. "나를 기다렸다 이거죠! 사실은 댁을 퇴원시켜 주지 않아서 그랬겠지요."

"아니, 베렌스가 한번은 벌컥 성을 내면서 나가라고 그랬어. 그러나 그랬다면 무모한 여행이 되었겠지. 알다시피 학교 다닐 때 남아 있던 오래된 환부 외에도 베렌스가 발견한 새로운 환부가 열을 내도록 해서 말이야."

"여전히 열이 있어요?"

"응, 항상 미열이 있어. 거의 항상. 열이 오르락내리락 하거든. 그러나 말라리아열은 아니야."

"빈정거리는 거예요?"

그는 입을 다물었다. 그는 얼빠진 눈초리로 바라보면서 미간을 찌푸렸다. 얼마 뒤에 그는 그녀에게 물었다.

"그런데 너는 어디 있었어?"

그러자 그녀는 의자의 등받이를 손으로 쳤다.

"꼭 야만인 같네요! 내가 어디 있었냐고요? 네, 여기저기 있었지요. 모스크바에요. (그녀는 '무오스크바'라고 발음했는데, 그가 앞서 '인간적'이라는 낱말을 길게 늘여서 했듯이 그렇게 길게 늘여서 발음했다.) 바쿠에도 있었고, 독일의 온천장들 그리고 스페인에도 있었지요."

"아, 스페인. 거긴 어땠어?"

"그저 그랬어요. 그곳은 여행하기에 좋지 않아요. 사람들이 반쯤은 무어인 같아요. 카스티야 지방은 아주 메마르고 볼품이 없었어요. 그

지방의 산기슭에 있는 성이나 수도원보다는 크렘린이 더 아름다워요."

"에스코리알 성."

"네, 필립 왕의 성이지요. 비인간적인 성이예요. 카탈로니아 지방의 민속춤이 훨씬 더 내 마음에 들었어요. 백파이프에 맞추어 추는 사르다나 춤 말이에요. 나도 어울려 함께 춤을 추었지요. 다 함께 손을 맞잡고 빙빙 돌며 춤을 추었지요. 광장에는 사람들로 꽉 찼어요. 그것이 매력적이지요. 인간적이기도 하고요. 나는 그 지방의 남자들과 소년들이 쓰는 파란색 작은 모자를 샀지요. 그건 붉은 터키모자와 거의 흡사하죠. 나는 안정 요양 때나 다른 몇몇 경우에 그 모자를 쓰고 있어요. 그게 나에게 어울리는지는 댁이 판단하시고요."

"어떤 댁?"

"여기 의자에 앉은 분."

"나는 민헤어 페퍼코른을 생각했지."

"그분은 벌써 평가했지요. 매력적이라고 말하더군요."

"그가 그렇게 말했어? 끝까지 말했다고? 그 문장을 이해할 수 있도록 끝까지 말했다고?"

"아, 기분이 언짢은 모양이네요. 심술을 부리고 신랄하게 공격하고 싶은가 보군요. 당신 자신과 당신의 그 누구… 그러니까 지중해 연안에서 태어난 당신의 스승이신 수다쟁이 웅변가를 합친 것보다 더 훌륭하고 위대하며 인간적인 사람을 조롱하려 하는군요. 하지만 내 친구를 그렇게 하도록 내가 허락하지 않을 거예요."

"아직도 나의 뢴트겐 사진을 갖고 있어?" 그는 우울한 어조로 그녀의 말을 가로막았다.

그녀는 웃었다. "한번 그걸 찾아봐야겠네요."

"너의 사진은 여기에 갖고 다니는데. 그리고 밤에는 내 서랍장 위의 작은 사진꽂이에….."

그는 말을 끝까지 할 수가 없었다. 그의 면전에 언제 왔는지 페퍼코른이 서 있었던 것이다. 그는 한동안 여행 동반자인 쇼샤 부인을 찾으러 다녔다. 그러다가 커튼을 들치고 이곳에 들어와 그녀에게 등을 돌리고 의자에 앉아 이야기하는 청년의 앞에 서게 되었다. 그는 마치 우뚝 솟은 탑처럼 카스토르프의 바로 코앞에 섰다. 카스토르프는 몽유병자처럼 몽롱한 상태에서도 일어나 인사를 해야겠다고 생각했지만, 두 사람 사이에 있는 의자에서 일어나느라 애를 먹었다. ─의자에서 옆으로 빠져나오다 보니 어쩔 수 없이 세 사람은 의자를 가운데 두고 삼각형을 이루며 서 있게 되었다.

쇼샤 부인은 서구적인 예법에 따라 '신사들'을 차례로 소개했다. 한스 카스토르프를 소개할 때는 전에 이곳에 머물 때부터 아는 사이라고 했다. 페퍼코른 씨에 대해서는 새삼스레 소개할 필요가 없어서 페퍼코른의 이름만을 말했다. 네덜란드 출신의 이 남자는 이마와 관자놀이에 화려한 당초무늬 모양의 주름을 잔뜩 깊게 하고는, 흐릿한 눈빛으로 젊은이를 쳐다보면서 주근깨투성이인 손을 내밀어 악수를 청했다. 카스토르프는 뾰족한 손톱만 아니라면 그 손이 선장의 손이라고 생각했다. 처음으로 그는 페퍼코른이라는 무게감 있는 인물의 직접적인 영향을 느꼈다. (그를 대하자 '인물'이라는 말이 무슨 뜻인지 알 것 같았다. 그를 보고 있노라면 인물이라는 것이 무엇인지 갑자기 이해되었다. 게다가 인물이란 바로 이런 사람 외에는 있을 수 없을 것이라고 확신하게 되었다.) 아직은 동요되기 쉬운 젊은 나이의 카스토르프는 넓은 어깨에 붉은 얼굴을 하고 있는 백발이 성성한 60대의 남자, 길게 찢어진 입, 성직자처럼 단추를 채운 조끼 위에 턱수염을 가늘고 길게 늘어트린 이 남자의 위풍당당한 무게에 압도되는 느낌을 받았다. 게다가 페퍼코른은 점잖은 풍모까지 겸비했다.

"이봐요." 그가 말문을 열었다. "정말입니다. 아니, 죄송합니다. 정말! 오늘 밤 이렇게 당신을 알게 되어, 신뢰감을 자아내는 젊은이를 알게 되어… 의식적으로 그렇게 하고 싶습니다, 이봐요, 전력을 다해 그렇게 하도록 노력하겠습니다. 당신이 마음에 들어요, 이봐요, 나는, 정말 그래요! 끝났습니다. 당신에게 호감이 가는군요."

이에 대해 한스 카스토르프는 아무런 이의도 제기할 수 없었다. 그의 교양인다운 거동은 지나치게 완벽했는데, 이런 그가 카스토르프에게 호감을 보인 것이다. 페퍼코른은 암시적인 말을 통해 결론을 내렸고, 부족한 면은 그의 여행 동반자인 쇼샤 부인의 입을 통해 세부적으로 적절히 보충되었다.

"이봐요." 그가 말했다. "다 좋습니다. 그러나 어때요, 내 말을 잘 이해하면 좋겠습니다. 인생은 짧고, 인생의 욕구를 제대로 충족시키기 위한 우리의 능력은, 그것은 이제 일단, 그것은 사실입니다, 네. 법칙입니다. 피할 수 없는 것입니다. 요컨대, 이봐요, 요컨대 좋습니다." 이렇게 암시의 말을 할지라도 어떤 결정적인 실수를 범하는 경우에는 자신이 그 책임을 질 수 없다는 듯 페퍼코른은 표현력이 풍부한 제스처를 계속했다.

쇼샤 부인은 분명히 그가 말하려는 의도를 반쯤만 들어도 이해하도록 훈련이 되어 있는 것 같았다. 그녀는 말했다.

"좋아요. 우리 함께 앉아서 카드놀이를 즐기며 와인을 마시는 게 어때요. 당신은 왜 그렇게 서 계세요?" 그녀는 카스토르프에게 고개를 돌리며 말했다. "어서 움직여요! 우리 세 사람뿐만 아니라 다른 사람들도 불러 모아야 해요. 살롱에는 누가 남아 있나요? 카드놀이 할 사람이 있는지 가서 찾아보세요! 발코니에서 친구 몇 사람 불러오세요. 우리 식탁에 동석하는 중국인 의사 팅푸도 오도록 권해보세요."

페퍼코른은 두 손을 문질렀다.

"물론이고 말고요." 그가 말했다. "완벽합니다. 훌륭해요. 어서 서두르시오, 젊은 양반! 내 말을 따르도록 하시오! 둥글게 모여 앉아 카드놀이를 하면서 먹고 마십시다. 우리 느끼도록 합시다, 우리는… 암 그래야지요, 젊은 양반!"

한스 카스토르프는 승강기를 타고 3층으로 올라갔다. 그는 안톤 카를로비치 페르게의 방문을 노크했고, 페르게는 페르디난트 베잘과 알빈을 아래의 안정 요양 홀의 의자에서 데리고 왔다. 파라반트 검사와 마그누스 부부가 여전히 홀에 있었고, 슈퇴어 부인과 클레펠트는 살롱에 있었다. 살롱 중앙에 매달린 샹들리에 밑에 널찍한 카드놀이 테이블이 설치되었고, 그 주위로 의자와 작은 음식상이 차려졌다. 페퍼코른은 이마에 깊숙이 당초무늬 주름살을 지으며 흐릿한 눈빛으로 찾아온 손님들에게 흐릿한 눈빛으로 정중하게 일일이 인사했다.

모두 12명이 자리에 앉았고, 카스토르프는 위풍 있는 주최자 페퍼코른과 클라브디아 쇼샤 사이에 앉았다. 카드와 칩이 탁자 위에 놓였는데, 참가자들은 블랙잭 카드놀이를 몇 판 하기로 합의를 보았기 때문이었다. 페퍼코른은 난쟁이 아가씨를 불러서 의미심장한 제스처로 1806년 산 샤블리스 백포도주를 우선 세 병 주문한 연후에 말린 열대 과일과 과자 종류를 모조리 가져오라고 일렀다. 주문한 근사한 음식이 나오자 그는 두 손을 문지르며 대단히 즐거워했다. 이렇게 기쁜 마음을 더듬거리며 말로도 표현하려고 했으나 잘 안 되는 모양이었다. 하지만 페퍼코른이라는 인물이 전반적으로 주변에 미친 영향에 관한 한 사실 완벽한 성공이었다. 그는 양쪽 옆에 앉은 사람들의 팔에 두 손을 얹더니, 뾰족하고 긴 집게손가락을 세우고 녹색 잔에 든 백포도주의 찬란한 금빛과 스페인 말라가에서 재배된 포도 알에 배어 있는 달콤한 향기, 자신이 최고라고 칭찬한 소금과 양귀비 씨를 살짝 뿌린 8자 모양의 브레첼 빵을 최대한 음미하며 맛볼 것을 촉구함으로써 주변 사람들의 이목을 끌었다. 사람들은 이런 그의 거창한 말에 반박하고 싶은 기분이 들었다가도, 그의 위풍 있는 고상한 거동을 보면 그만 말문이 막혀버렸다. 그는 처음에 물주 노릇을 맡아서 했지만, 곧 그 역할을 알빈 씨에게 넘겨 버렸다. 이런 그의 마음을 헤아려보건대, 물주 노릇을 하다보면 그때그때 생겨나는 흥취를 마음껏 즐길 수 없으리라고 그는 생각하는 것 같았다.

도박에서 이기고 지는 것은 그에게 분명히 중요한 문제가 아니었다. 그의 제안으로 한 번에 거는 돈은 최저 50라펜으로 결정되었으나, 그의 입장으로는 아무것도 걸지 않은 것이나 다름없었다. 반면에 대다수의 참가자들에게 그것은 거금이었다. 슈퇴어 부인뿐만 아니라 파라반트 검사는 교대로 얼굴이 붉으락푸르락해졌다. 특히 슈퇴어 부인은 자신이 이미 얻은 카드 점수가 18이 되어 또 다른 한 장을 받아야 할 경우가 되면 이루 말할 수 없는 갈등에 빠졌다. 알빈 씨가 능숙하고 침착한 솜씨로 그녀에게 던진 운명의 카드 한 장으로 그녀의 모험이 수포로 돌아갔을 때, 그녀가 날카롭게 큰 소리를 지르는 것을 보고 페퍼코른은 유쾌하게 웃음을 터뜨렸다.

"마음껏 소리치시죠, 마음껏, 마담!" 페퍼코른이 말했다. "날카롭고 생기 넘치는 소리입니다. 가슴속 깊은 데서 나오고 있군요…. 자, 한 잔 하시지요, 가슴에 새롭게 원기를 북돋아 주십시오." 그는 슈퇴어 부인의 잔에 포도주를 따라 주고, 자신의 옆에 앉은 두 사람과 자신의 잔에도 포도주를 붓고는 세 병을 더 가져오도록 주문했다. 이어서 베잘과 단백질 부족으로 정신이 희미한 마그누스 부인과 술잔을 부딪쳤는데, 이 두 사람은 특히 원기를 회복할 필요가 있었기 때문이었다. 참으로 훌륭한 포도주를 마시자 팅푸 박사만 제외하고 그곳에 모인 사람들의 얼굴이 금방 붉게 달아올랐다. 팅푸 박사는 누런 얼굴 그대로 유지한 채로 생쥐처럼 찢어진 새까만 눈만 반짝거리며 염치가 없을 정도로 돈을 따고 있었다.

물론 다른 사람들도 그대로 물러서지는 않았다. 파라반트 검사는 그저 평범한 첫 카드에 10프랑을 걸고는 조마조마한 눈빛으로 운명에 도전했다. 그는 모험을 걸고 창백한 얼굴로 겁을 먹고 있었지만, 알빈 씨가 손에 쥔 에이스를 너무 믿다가 지는 바람에 판돈이 두 배로 불어나 그 역시 건 돈의 두 배를 받게 되었다. 이 일은 스스로 당한 사람뿐만 아니라 게임에 참석한 모든 사람들을 흥분하게 만들었고, 모두가 열띤 분위기에 빠져 있었다. 자신이 몬테카를로 도박장의 단골이라고 자칭하면서 프로 도박사처럼 냉정하고 신중한 알빈 씨조차도 흥분을 감추지 못했다. 한스 카스토르프도 많은 돈을 걸었고, 클레펠트와 쇼샤 부인도 마찬가지였다. 사람들은 카드놀이 종목을 '여행'으로 바꾸었고, '철도', '나의 아주머니, 너의 아주머니' 또는 '위험한 디페랑스'로도 바꾸었다. 개구쟁이 같은 운명이 신경에 가하는 자극에 영향을 받아, 모두들 환호하거나 절망의 탄식을 내뱉고, 분노를 폭발하고 신경질적이고 발작적인 웃음을 터뜨렸다. 카드놀이에 참여한 사람들은 인생살이의 화복(禍福)도 이와 다르지 않을 것이라고 생각하니 차분해지고 진지해졌다.

그렇지만 이 작은 놀이 그룹의 과도한 정신적 긴장과 표정의 과열상태, 눈을 반짝거리게 하는 것, 또는 참가자들의 흥분 내지 숨 막히는 긴장, 순간적으로 거의 고통스러울 정도의 집중이라고 말할 수 있는 것은 주로 카드놀이와 포도주 때문만은 아니었다. 오히려 이 모든 것은 좌중에서 가장 지배자적인 풍모를 지닌 '인물' 민헤어 페퍼코른의 영향 때문이었다. 그는 다양한 거동으로 사람들을 주도해 나갔고, 위풍 있는 표정 연기, 이마에 깊이 파인 주름 아래 흐릿한 눈빛, 특유의 말과 강렬한 몸동작으로 모두를 시간의 마력 속으로 끌고 들어갔다.

페퍼코른이 무슨 말을 했던가? 그는 지극히 애매한 말, 술을 더 마실수록 그만큼 더 모호한 말을 했을 따름이다. 그러나 모두가 그의 입술을 지켜보았고, 그가 말을 하는 대신 제왕 같은 표정을 지으며 집게손가락과 엄지손가락으로 동그라미를 만들고는 다른 손은 뾰족하게 곧추세우는 것을 응시하면서 미소를 짓고 눈썹을 치켜뜬 채 고개를 끄덕이기도 했다. 이런 그를 대하며 사람들은 평소에 품고 있던 찬미의 정도를 훨씬 넘어서는 감정에 어쩔 수 없이 휘말려 들었다. 이와 같은 찬미의 감정은 각자의 힘으로는 제어할 수 없었다. 적어도 마그누스 부인은 몸이 좋지 않아 거의 실신할 지경이었지만, 방으로 돌아가는 것을 완강히 거부했다. 그녀는 물을 적신 냅킨을 이마에 대고 긴 의자에 한동안 누워 쉬었다가 어느 정도 건강이 회복되어 다시 놀이 그룹에 끼어들었다.

페퍼코른은 마그누스 부인의 이런 무기력증이 영양부족 때문이라고 했다. 그는 집게손가락을 곧추세우고 의미심장하게 더듬거리는 말로 자신의 견해를 표현하면서 삶의 요구에 올바로 부응하기 위해서는 먹어야 한다, 그것도 제대로 먹어야 한다는 것을 이해시키려고 노력했다. 그는 원기를 돋우기 위하여 고기, 잘게 썬 고기, 소 혓바닥, 거위 가슴살, 비프스테이크, 소시지와 햄을 간식으로 한 차례 더 주문했다. 기름지고 맛있는 음식이 가득 담긴 접시에는 둥근 버터, 홍당무, 파슬리가 들어 있어서, 그것은 마치 울긋불긋한 화단 같았다. 모두가 말할 필요조차 없을 만큼 풍성한 저녁 식사를 이미 먹었는데도 다시 식사에 즐겁게 다가섰는데, 이때 민헤어 페퍼코른은 조금 먹어보더니 '겉만 번지르르한 음식'이라고 혹평하는 것이었다. 지배자다운 풍모를 지닌 그가 이렇게 괴팍하게 화를 내자 사람들은 당황했다. 아니, 누군가가 감히 음식에 대해 옹호하는 발언을 하자 그는 격노했다. 우선 그의 당당한 얼굴이 부풀어 올랐다. 그런 다음 그는 주먹으로 식탁을 탕 치면서 이 모든 음식이 지저분한 쓰레기에 불과하다고 선언했다. 결국 음식을 대접하는 당사자이자 주인이라 할 그에게는 자신이 시킨 요리를 판단할 권리가 있었으므로, 모두가 당황해 하며 이의를 제기하지 못했다.

그런데 그의 이런 분노가 이해할 수 없는 일이었지만, 화내는 얼굴이 멋있었다는 점을 특히 한스 카스토르프는 인정하지 않을 수 없었다. 그의 분노는 그라는 사람을 왜곡하거나 사소한 사람으로 격하시키지 않았다. 그것이 이해할 수 없는 일이었지만 이를 포도주의 과음 때문이라고 생각하려는 사람은 없었고, 오히려 위대하고 제왕 같은 분위기를 풍겼으므로 모두가 기가 꺾여서 고기를 베어 물려는 생각조차 하지 못했다. 그러자 쇼샤 부인이 자신의 여행 동반자를 진정시키려고 나섰다. 그녀는 식탁을 두들기고 거기 머물러 있는 그의 선장 같은 넓은 손을 부드럽게 쓰다듬었다. 그러면서 뭔가 다른 음식을 주문하면 되지 않을까, 그리고 원한다면 주방장이 또 뭔가를 요리해 줄 수 있을 것이고, 그렇다면 따뜻한 음식을 주문하면 되지 않겠느냐고 달래듯이 말했다. 이에 대해 그는 "이봐요. 좋아요" 하고 대답했다. 이어서 그는 클라브디아의 손등에 입을 맞추고 자연스럽고도 아주 위엄 있게, 극도로 격분한 상태에서 온화하게 표정을 바꾸었다. 그는 자신과 주변 사람들을 위해 오믈렛을 먹는 것이 어떠냐고 제안하면서, 삶의 요구를 올바르게 충족시키기 위하여 모두에게 고급스런 야채 오믈렛을 주문했다. 그는 주문을 하면서 퇴근하지 못하고 일하는 주방 사람들을 위로하는 뜻에서 100프랑짜리 지폐를 주방으로 보냈다.

노랗고 파란 빛이 얼룩이는 오믈렛이 달걀과 버터의 연하고 따뜻한 냄새를 풍기며 여러 개의 접시에 담긴 채 김을 내면서 방안에 차려지자, 그의 유쾌한 기분이 완전히 되돌아왔다. 사람들은 더듬거리며 강요라도 하듯이 교양인다운 거동으로 이 귀중한 선물을 아주 세심하게 음미하고 열심히 맛보도록 촉구하는 페퍼코른의 주도하에 다함께 음식을 먹었다. 그는 좌중의 사람들 모두에게 네덜란드에서 제조한 진을 동시에 따르게 하고는, 노간주나무의 은은한 향기와 곡식 냄새가 신선하게 풍기는 투명한 액체를 마음속 깊이 찬미하면서 맛보도록 권했다.

한스 카스토르프는 담배를 피웠다. 쇼샤 부인도 달리는 삼두마차가 새겨진 러시아제 래커 칠을 한 담배 케이스에서 필터가 달린 담배를 꺼내 물었다. 그녀는 집어 들기 쉽도록 담배 케이스를 앞에 있는 탁자에 올려놓았다. 페퍼코른은 옆에 앉은 두 사람이 담배를 즐겨 피우는 것을 탓하지 않았다. 그러나 그 자신은 담배를 피우지 않았고, 담배를 피워 본 적도 없었다. 불명료하지만 그의 더듬거리는 말에 따르면, 그는 담배 피우는 것을 지나치게 세련된 향락의 일종으로 간주하는 것 같았다. 그는 습관적인 흡연을 소박한 삶의 선물, 인간의 어떤 감각의 힘으로도 거의 맛볼 수 없는 삶의 선물과 요구에 내재된 존엄을 탈취하는 행위로 보는 것 같았다. "이봐요 젊은 친구!" 하면서 페퍼코른은 한스 카스토르프에게 말을 건넸다. 이럴 때의 그의 흐릿한 눈빛과 문화인다운 당당한 거동은 카스토르프 청년을 꼼짝 못하게 휘어잡았다. "젊은 양반, 소박한 것! 신성한 것! 좋습니다, 당신은 내 말뜻을 이해할 것입니다. 포도주 한 병, 김이 나는 달걀 요리, 순수한 곡주… 일단 이것으로 배를 채우고 즐기도록 합시다. 다 비웁시다, 충분히 맛보도록 합시다, 그 후에… 절대로, 이봐요. 다 끝났습니다. 나는 사람들, 이런 저런 남녀, 그러니까 코카인 복용자, 하시시 흡연자, 모르핀 중독자를 보아 왔습니다. 좋습니다, 네! 완벽합니다! 저들이 원하는 대로 놔두면 됩니다! 우리가 이래라 저래라 해선 안 됩니다. 그러나 이것에 선행해야 할 일, 소박한 것, 위대한 것, 신의 근원적인 선물에 이 사람들은 완전히 모두, … 다 끝났습니다, 친구, 유죄입니다. 배척해야 합니다. 이들은 그 모든 것에 죄를 지은 것입니다! 젊은 친구, 당신 이름이 무엇인지 모르지만, 좋습니다, 알았었는데 다시 잊어버렸습니다. 코카인, 아편, 악습 자체가 나쁜 것은 아닙니다. 다만 용서할 수 없는 죄, 그것은 그러니까…."

페퍼코른은 하던 말을 멈추었다. 큰 키에 어깨가 넓은 그는 옆에 있는 카스토르프 쪽으로 몸을 돌린 채 의미심장한 표정으로 계속 침묵했다. 집게손가락을 쳐들고 괴상하게 찢어진 입으로 침묵하고 있는 모습은 상대를 어떻게든 이해시키겠다는 결연함을 드러내고 있었다. 그의 두툼하고 붉은 윗입술은 면도하다가 상처가 나 있었고, 대머리가 하얗게 번쩍이는 이마에는 주름살이 깊게 패어 있었다. 페퍼코른은 흐릿한 작은 두 눈을 부릅뜨고 있었는데, 그의 눈에서 카스토르프는 그가 암시한 범죄, 커다란 죄악, 용서할 수 없는 거부감에 대한 경악 같은 것이 이글거리는 것을 보았다. 페퍼코른은 뭔지 알 수 없는 지배자의 위력을 과시함으로써 그 거부감이 무엇인지 무섭게 규명할 것을 침묵으로 명령하고 있었다. 죄악에 대한 경악, 카스토르프는 이것이 자연적인 특성을 띠고 있지만, 제왕적인 인간인 그 자신과도 관련된 어떤 것이라고 생각했다. ―그러므로 경악이란 불안이지만, 하찮고 사소한 불안이 아니라 순간적으로 그의 눈 속에서 이글거리는 가공스런 공포와 같은 것이라고 할 수 있었다. 한스 카스토르프 자신은 쇼샤 부인의 제왕 같은 여행 동반자에게 여러 모로 적개심을 품을 만했지만, 근본적으로 경건한 성품을 지니고 있었기에 페퍼코른이 드러낸 경악의 순간을 목격하고 충격을 받지 않을 수 없었다.

카스토르프는 두 눈을 내리깔고, 옆자리의 숭고한 인물을 향하여 경악의 의미를 충분히 이해하겠다는 듯이 고개를 끄덕이며 대답했다.

"그건 옳은 말씀인 것 같습니다. 그건 죄악일지도 모르지요. 그리고 결핍상태의 표시일지도 모릅니다. 그토록 위대하고 신성한, 소박하면서도 자연스러운 삶의 선물을 소홀히 여기고 세련된 즐거움에 빠진다는 것 말입니다. 귀하의 말씀을 제대로 듣고 이해했다면 이것이 귀하의 견해입니다, 페퍼코른 씨. 그리고 나 자신이 그런 생각을 한 적은 없었지만, 귀하가 그런 점을 지적하니 확실히 귀하 생각에 납득이 가는군요. 하기야 이런 건강하고 소박한 삶의 선물이 아주 올바르게 받아들여지는 것은 상당히 드문 일입니다. 분명히 대부분의 사람들은 그것을 올바르게 받아들이기에는 너무 게으르거나 부주의하고, 또한 비양심적이며 정신적으로 느슨해져 있는 것 같습니다."

강력한 힘의 소유자는 대단히 만족스러운 표정을 지으며 말했다. "젊은이. 완벽합니다. 실례지만… 더는 아무 말도 하지 않겠습니다. 자, 나하고 한 잔 합시다, 팔짱을 끼고 잔을 끝까지 쭉 들이킵시다. 이 것이 형제로서 '자네'라고 부르자고 청하는 것은 아닙니다…. 나는 막 그러려고 했는데, 아직은 좀 성급한 결정이 아닌가 싶습니다. 아마 가 까운 장래에 그렇게 제안하려고 합니다…. 그걸 믿겠지요? 그러나 당 신이 원하고 주장한다면 지금이라도 당장…."

한스 카스토르프는 페퍼코른이 '자네'라는 호칭을 다음으로 연기하 자는 제안에 슬며시 찬동했다.

"좋습니다, 젊은이. 좋습니다, 동지. 결핍상태, 좋습니다. 좋으면서 끔찍합니다. 비양심적입니다. 아주 좋습니다. 선물, 좋지 않습니다. 삶 의 요구! 명예와 남성의 힘에 대한 신성하고 여성적인 삶의 요구…."

카스토르프는 페퍼코른이 몹시 취했음을 불현듯 깨닫지 않을 수 없 었다. 그러나 그의 취한 모습에서는 누추하고 수치스런 느낌이 들지 않았고, 제왕다운 그의 면모와 결부되어 그가 대단하고 심지어 경외감 마저 자아내는 인물로 여겨지는 것이었다. 술의 신 바쿠스도 술에 취 한 몸을 그의 열광적인 찬미자들의 어깨에 기댔지만, 신성을 잃는 법은 없었다고 카스토르프는 생각했다. 무엇보다 누가 술에 취했는가, 인물 다운 인물인가 아니면 아마포 직조공인가 하는 것이 문제였다. 카스토 르프는 그의 고상한 거동이 느슨해지고 혀도 꼬부라지고 있었지만, 이 위압적인 인물에 대한 존경심을 조금이라도 잃지 않도록 진심으로 주 의를 기울였다.

"친근하게 서로 말을 놓는 것은…" 얼큰하게 취한 페퍼코른이 거대 한 체구를 뒤로 젖힌 채 팔을 식탁 위로 뻗고는, 느슨하게 거머쥔 주먹으로 식탁을 가볍게 두드리며 말문을 열었다. "얼마 후에, 가까운 장래에 하기로 하고, 그 일에 대해서는 우선 신중하게 생각하는 것이… 좋겠군요. 끝났습니다. 삶이란, 젊은이… 그것은 여성, 풍만하고 탐스럽게 솟아오른 유방, 불쑥 튀어나온 엉덩이 사이의 커다랗고 부드러운 배, 날씬한 팔과 탄력 있는 허벅지, 눈을 반쯤 감고 살며시 누워 있는 여성입니다. 삶은 우리의 지극히 간절한 것, 즉 욕구 대상 앞에서 성공하거나 패배하게 될 우리 남성적 욕망의 모든 탄력을 근사하게 조롱하면서 도발적으로 요구하는 여성입니다…. 패배한다, 젊은이. 이것이 무슨 뜻인지 아십니까? 삶에 대한 감정의 패배, 그것은 결핍상태를 의미합니다. 우리의 욕망이 패배할 경우 우리에게 일말의 은총이나 동정, 체면도 남지 않게 될 것이며, 우리는 무자비하게 비웃음을 받으며 바닥에 내던져질 따름입니다…. 끝장이 … 나는 겁니다, 젊은이, 침 세례만 받을 뿐입니다…. 이런 파멸과 파산, 이런 끔찍한 치욕에는 수치와 불명예라는 말이 무색합니다. 그것은 종말, 무시무시한 절망, 세상의 종말입니다."

네덜란드인은 이렇게 말을 하면서 거대한 몸을 점점 더 뒤로 젖히고, 동시에 제왕 같은 머리를 가슴 쪽으로 기울였기에 마치 잠이 들려는 것 같았다. 그러나 그는 마지막 말을 하면서 느슨하게 거머쥔 주먹을 휘둘러 탁자를 세게 내리치는 것이었다. 그러자 카드놀이와 포도주 파티, 이 모든 특별한 상황 때문에 예민해지고 심란하던 카스토르프는 기겁을 하며 놀란 눈으로 이 막강한 인물을 쳐다보았다. '세상의 종말', 이 말은 그의 모습과 얼마나 잘 어울리던가! 한스 카스토르프는 예컨대 종교시간 외에는 이런 말을 들어본 기억이 나지 않았고, 이런 일은 우연이 아니라고 생각했다. 그가 알고 지내는 사람들 가운데 누가 과연 이런 벽력같은 말을 할 것이며, 누가 이런 물음을 제대로 제기할 만큼 도량을 지니고 있겠는가?

언젠가 키 작은 나프타가 이런 말을 사용한 적이 있는지도 모르겠지만, 그래봐야 누군가의 인용에 불과하고 신랄한 잔소리에 불과한 것이었다. 반면에 페퍼코른의 호령은 완전히 벼락이 치듯 최후의 심판 날에 울리는 나팔 소리의 무게감, 요컨대 성서적인 위대함을 지니고 있었다. '이럴 수가 있다니, 대단한 인물이구나.' 그는 수없이 이렇게 느꼈다. '나는 대단한 인물을 만났어. 그런데 하필이면 그가 클라브디아의 여행 동반자라니!' 카스토르프는 상당히 몽롱한 상태가 되어 있었다. 그는 한쪽 손을 바지주머니에 넣고 입에 문 담배의 연기 때문에 한쪽 눈을 가늘게 뜬 채로 식탁 위의 포도주 잔을 빙빙 돌렸다. 벽력같은 호령이 그럴 만한 사람의 입에서 이미 터져 나온 바에야 그는 잠자코 입을 다물고 있는 것이 좋지 않았을까? 이제 와서 나약한 목소리를 내봐야 무슨 소용이 있으랴? 그러나 카스토르프는 민주적 교육자들과 사귀며 토론에 익숙해져 있었으므로 솔직한 자신의 생각을 피력할 수 있었다. ─ 본래는 둘 다 민주적인 것 같았지만, 그중 한 사람은 민주적인 것에 저항하려 했다. 그는 말문을 열었다.

"민헤어 페퍼코른 씨, 귀하의 견해를 듣고 보니 (견해라니 무슨 소린가? 세상의 종말에 대해 견해를 밝힐 수 있을까?) 앞서 악습에 대해 내린 결론으로 다시 한 번 돌아가고 싶습니다. 그러니까 악습이란 소박하고 신성한 삶의 선물, 나의 표현대로라면 고전적인 삶의 선물, 어마어마한 삶의 선물을 모욕함으로써 생겨난다는 결론, 다시 말해 위대한 삶의 선물에 대해서는 '헌신'하고 '찬미'해야 하는 반면에, 우리 두 사람 중 한 명이 말했듯이, 악습은 추후로 먹칠을 한 세련된 것을 위해, 그것에 '빠짐'으로써 생겨난다는 결론으로 돌아가고자 합니다. 그러나 여기에도 변명의 여지가 있는 것 같습니다. 죄송합니다, 나 자신도 분명히 느끼지만, 변명에는 크고 작은 것이 없겠지만 내게는 아무튼 변명하는 습관이 있습니다. 그러니까 악습에도 뭔가 변명의 여지가 있는 것 같다는 말씀입니다. 특히 그것이 앞서 우리가 말했던 '결핍상태'에 의한 것이라면 말입니다. 귀하가 결핍상태의 두려움에 대해 아주 거대한 문제로 말씀하셔서 보시다시피 나는 당혹감에 솔직히 사로잡혀 있습니다. 그러나 내 생각으로 악습에 빠지는 인간이 두려움을 느끼지 못하는 것은 결코 아닙니다. 그보다는 오히려 고전적인 삶의 선물에 대한 감정의 거부 때문에 그는 악습에 빠져서 두려움을 대단히 공정하게 평가하게 됩니다. 요컨대 그것 역시 삶에 대한 찬미로 파악할 수 있으므로, 거기에는 삶에 대한 모욕이 없거나 또는 있을 필요가 없습니다. 그리고 정말이지 세련된 것들이 도취 내지 흥분제, 감정의 힘의 보강과 증진 수단인 이른바 자극제를 의미하는 한에는 더욱 그렇습니다. 따라서 삶이란 바로 그런 것들의 목표이자 의미, 감정에 대한 사랑입니다. 삶은 감정을 얻고자 하는 결핍상태의 갈망입니다. 내 말은….”

한스 카스토르프는 지금 대체 무슨 말을 하는 것일까? 거대한 인물과 자신의 문제를 연관시켜 '우리 두 사람 중 한 명'이라고 말하는 것은 민주적인 파렴치라고 해도 좋지 않을까? 그가 이토록 뻔뻔스럽게 용기를 내는 것은 현재의 어떤 소유권을 희미하게 하는 과거의 사건 때문이었나? 그는 '악습'에 대해 철저히 파렴치한 분석을 해야 할 정도로 거만해진 것일까? 현재의 난관을 어떻게 벗어날지 그는 조마조마한 마음으로 결과를 기다리고 있는지도 모른다. 그럴 것이 무시무시한 존재에게 도전한 것이 분명했기 때문이다.

페퍼코른은 카스토르프가 말하는 동안 몸을 뒤로 젖히고 머리를 계속 가슴 쪽으로 숙이고 있어서, 그가 카스토르프의 말을 알아듣고 있는지는 의심스러웠다. 그러나 이제 청년이 혼란에 빠지자, 그는 서서히 의자 등받이에서 몸을 일으키기 시작하더니 허리를 꼿꼿이 펴고 앉았다. 이와 동시에 제왕 같은 그의 얼굴이 벌겋게 부풀어 올랐고, 이마의 당초무늬 주름살이 추켜올라가 긴장한 빛을 띠었으며, 그의 작은 눈이 커지면서 위협하듯 흐릿해지는 것이었다. 과연 어떤 사태가 벌어질 것인가? 엄청난 분노가 곧 폭발이라도 할 것 같았다. 이에 비한다면 앞서 화를 낸 것은 사소한 불쾌감에 지나지 않았다. 민헤어 페퍼코른이 아랫입술을 윗입술로 불쑥 밀어 올리는 바람에 그의 입 가장자리는 축 늘어지고 턱이 앞으로 튀어나왔다. 이어서 그는 식탁에 놓인 오른팔을 천천히 머리 부근까지 높이 들어 올리더니, 민주적인 수다쟁이를 향해 죽음의 일격이라도 가하려는 듯 주먹을 말아 쥐고 휘두르는 자세를 취했다. 그러자 이 수다쟁이는 공포에 사로잡히면서도 자신 앞에 펼쳐진 제왕 같은 사내의 엄청난 분노의 모습에 아슬아슬한 쾌감을 느끼고 두려움과 도망치고 싶은 마음을 간신히 억제했다. 그는 눈치 빠르게 얼른 변론에 들어갔다.

"물론 나의 표현에는 결함이 있었습니다. 모든 것이 도량의 문제이지, 더는 아무것도 아닙니다. 도량이 큰 것을 악습이라 말할 수는 없습니다. 악습에는 도량이란 것이 전혀 없지요. 세련된 것에도 도량 같은 것은 없습니다. 그러나 감정을 얻으려는 인간의 갈망에는 자고로 보조수단인 도취 및 흥분제가 전해져 내려왔습니다. 이것 역시 고전적인 삶의 선물 가운데 하나로 소박하면서도 신성한 성질을 띠고 있어서 악습이 아닙니다. 이렇게 내가 말해도 좋다면 그것은 도량이 갖추어진 보조수단입니다. 예컨대 신이 인간에게 하사한 선물인 포도주는 이미 고대의 인문적인 민족들이 주장한 바와 같이 신의 박애적인 발명품으로, 한마디 덧붙여도 좋다면 그것은 심지어 문명과도 관련이 있습니다. 우리가 듣기로는 포도를 재배하고 그것을 짜는 기술 덕분으로 인간이 야만 상태에서 벗어나 문명인이 되었다는 말을 우리는 듣고 있지요. 오늘날에도 포도를 키우는 민족은 포도를 모르는 키메리오스족보다 더 문명적으로 통용되거나 또는 스스로 그렇게 생각하고 있는데, 이는 분명히 주목할 만한 사실입니다. 왜냐하면 이로 미루어 볼 때 문명은 오성이나 웅변적 냉철함과 관련된 성질이라기보다는 오히려 열광, 도취 내지 활기찬 감정과 연관되어 있음을 알 수 있기 때문입니다. 질문을 드려도 된다면 묻겠습니다, 이 문제에 대한 귀하의 견해도 그렇지 않은가요?"

한스 카스토르프라는 이 친구는 그야말로 악동의 기질을 가지고 있었다. 아니, 세템브리니가 문필가로서 세련되게 표현한 바와 같이 '교활한 장난꾸러기'에 가까웠다. 대단한 인물들과 사귈 때에도 그는 저돌적이고 뻔뻔스런 태도를 취했다. 게다가 궁지에서 빠져나와야 할 때는 교활함까지 보였다. 우선 그는 아주 어려운 상황에 빠지자 즉석에서 포도주를 예찬함으로써 난국을 모면했고, 나아가 페퍼코른이 극도로 분노하는 태도에 대해서는 그가 거의 느낄 수 없도록 슬며시 '문명'을 언급했으며, 그가 주먹을 들어 올린 상태로는 도저히 대답할 수 없는 질문을 던짐으로써 끝내는 그의 흥분을 가라앉히고 이런 그의 태도를 부적절하게 만들었다. 실제로 네덜란드인은 노아의 방주 이전 시대에나 볼 수 있을 법한 원초적 분노의 거동을 누그러뜨렸다. 팔이 다시 천천히 탁자로 돌아왔고, 화가 나서 부풀어 올랐던 그의 얼굴도 가라앉았다. '너 운이 좋았어!' 하는 위협적인 표정이 나중까지도 어느 정도는 그의 얼굴에 남아 있었지만, 엄청난 노여움의 기색은 보이지 않았다. 게다가 이제 쇼샤 부인까지 끼어들어 여행 동반자인 페퍼코른에게 모임이 엉망이 되고 있음을 알려주었다.

"이보세요, 당신은 손님들을 홀대하고 있군요." 그녀는 프랑스어로 말했다. " 이분과 중요한 일을 마쳐야 한다고는 해도 너무 이분하고만 대화를 하고 있어요. 이제 카드놀이도 거의 끝나서 모두들 지루해 하는 것 같아요. 오늘 저녁 모임은 이것으로 끝마치는 게 어때요?"

페퍼코른은 즉시 탁자에 둘러앉은 사람들에게 고개를 돌렸다. 쇼샤 부인의 말이 맞았다. 침체, 무기력, 권태가 주변에 번지고 있어서 손님들은 선생의 감시가 없어진 교실 안의 학생들처럼 법석을 떨고 있었다. 몇 사람은 졸고 있었다. 페퍼코른은 얼른 늦추었던 고삐를 잡아당겼다. "여러분!" 그는 집게손가락을 세우고 크게 외쳤다. 뾰족한 손가락은 신호를 보내는 검이나 깃발과 같았고, 그의 외침은 도주하려는 군대를 불러 세우며 '겁쟁이가 아닌 자는 나를 따르라!' 하는 지휘관의 호령 같았다. 이 인물의 신호는 그 즉시 사람들을 일깨워 모으는 효과를 발휘했다. 사람들은 정신을 바짝 차렸고, 느슨하던 표정을 긴장하기 시작했다. 그들은 이마에 새겨진 우상 같은 주름살 밑에서 흐릿하게 반짝이는 위풍당당한 주인의 눈을 바라보고는 미소를 지으며 고개를 끄덕였다. 그는 집게손가락의 뾰족한 끝을 엄지손가락 쪽으로 숙이고, 손톱이 긴 다른 세 손가락을 세웠다. 이렇게 그는 모든 사람들을 불러 모아 다시 그들 본연의 자리를 지키도록 독려했다. 그는 선장의 손으로 무엇인가를 막고 제지하려는 자세를 취하고 비통하게 쭉 찢어진 입으로 불분명한 말을 더듬거렸다. 이렇게 더듬거리는 말조차도 대단한 인물이라는 뒷받침 덕분에 사람들의 마음을 완전히 사로잡는 힘을 발휘했다.

"여러분… 좋습니다. 육체는, 여러분, 그것은 이제 한번, 끝났습니다. 아니… 죄송합니다만, 성서에도 그것은 '약하다'라고 되어 있습니다. '약하다'는 것은 그 경향이 대체로 삶의 요구에, 그러나 나는 호소합니다…. 요컨대 좋습니다, 여러분, 나는 호소, 호소하는 바입니다. 여러분은 내게 졸려서라고 말하겠지요. 좋습니다, 여러분, 완벽하고 근사합니다. 나는 잠을 좋아하고 존중합니다. 나는 잠의 깊고 달콤한, 원기를 북돋는 환희를 숭배합니다. 잠은 일종의, 음, 당신이 뭐라고 그랬던가요, 젊은 친구? 네, 잠은 삶의 고전적인 선물에 속합니다. 제1의, 최고의 선물입니다, 그렇습니다, 여러분. 그렇지만 마음에 새겨 두고 기억하도록 하십시오. 겟세마네입니다! '예수께서 베드로와 세베대의 두 아들을 데리고 가셨습니다. 그리고 그들에게 여기에 머무르며 나와 함께 깨어 있으라고 말씀하셨습니다.' 여러분은 기억하고 있습니까? '그리고 그들에게 가서 그들이 자고 있는 것을 보고는, 베드로에게 말씀하기를 너희는 나와 함께 1시간도 깨어 있을 수 없느냐'고 하셨습니다.' 강렬합니다, 여러분. 통렬합니다. 가슴이 떨립니다. '그런데 예수께서 와서 그들이 다시 자고 있는 것을 보았습니다. 그래서 그들에게 아, 이렇게 자고 쉬려는 것이냐 하고 말씀하셨습니다. 보아라, 때가 왔느니라.' … 여러분, 통렬하고, 가슴을 찌르는 것 같습니다."

실제로 모두가 마음속 깊이 감동을 받고 부끄러움을 느꼈다. 그는 두 손을 가슴까지 늘어진 가느다란 턱수염 앞에 모으고 머리를 비스듬히 숙였다. 그의 길게 찢어진 입술에서 고독한 죽음의 고뇌에 대한 성서 구절이 이야기되었을 때, 그의 흐릿한 눈빛은 상심에 젖어 있었다.

슈퇴어 부인은 흐느껴 울었고, 마그누스 부인은 깊은 한숨을 내쉬었다. 파라반트 검사는 흡사 손님들의 대변자인 양 존경하는 초대자에게 나직한 음성으로 몇 마디 답례를 함으로써 모두가 그를 추종하고 있음을 확실히 하고자 했다. 그는 분명히 오해가 있는 것 같다, 모두가 생생하고 활기차며 즐겁고 쾌활하고 오늘 일에 열성적이라고 말했다. 이어서 오늘 밤은 매우 아름답고 축제와 같으며, 정말 특별하다, 참석자 모두가 그렇게 이해하고 느끼고 있을 것이며, 어느 누구도 당분간은 잠이라는 삶의 선물을 사용하려고 생각하지 않을 것이다, 페퍼코른 씨는 오늘 밤에 참석한 손님들 모두를 믿어도 좋을 것이라고 덧붙였다.

"완벽하고 근사합니다!" 페퍼코른은 이렇게 외치고 벌떡 일어섰다. 수염 위에 모았던 두 손을 풀어 양쪽으로 벌리고, 이교도들이 기도할 때처럼 손바닥을 밖으로 향하고 똑바르게 위쪽으로 올렸다. 방금 전까지만 해도 암울한 고뇌에 사로잡혀 있던 그의 제왕 같은 인상이 환하게 생기를 되찾았고, 심지어 바람둥이처럼 보조개가 그의 볼에 돌연 나타났다. 그는 "때가 왔습니다"라고 외친 뒤 메뉴판을 가져오게 했다. 그런 다음 그는 안경다리가 이마까지 올라가는 뿔테 코안경을 쓰고는, 멈 꼬르동 루즈 회사의 고급 샴페인 세 병과 쿠키를 주문했다. 작고 맛좋은 원추형의 이 쿠키는 고급스런 비스킷의 일종으로 겉에는 물들인 설탕이 뿌려져 있고, 속에는 초콜릿 크림과 피스타치오 크림이 들어 있었다. 그것은 가장자리에 화려하게 레이스를 두른 종이 냅킨에 싸여 있었다. 슈퇴어 부인은 그것을 맛있게 먹으면서 손가락마다 핥았다. 알빈 씨는 능숙한 솜씨로 첫 번째 샴페인 병의 마개에서 철사로 묶은 것을 떼어 내고, 장식이 달린 목에서 버섯 모양의 코르크 마개를 천장으로 날려 보냈다. 마개가 떨어져 나갈 때에는 장난감 총소리가 팡하고

났다. 이어서 알빈 씨는 고상한 예법에 따라 병을 냅킨에 둘둘 말아서 사람들에게 따라 주었다. 샴페인의 우아한 거품이 식탁 위에 덮인 리넨의 식탁보를 적셨다. 모두가 잔을 들어 가볍게 부딪치고는 첫 잔을 단숨에 비워 버렸고, 그러자 얼음처럼 차갑고 향기로운 액체가 위장을 짜릿하게 자극했다.

모든 사람들의 눈이 빛을 내고 있었다. 카드놀이는 끝났지만, 아무도 카드와 돈을 테이블에서 치우려 하지 않았다. 모인 사람들은 행복에 겨워 움직일 생각조차 하지 않았고, 각자가 기분이 고조되어 끊임없이 잡담만 나누었다. 애당초에는 지극히 아름다운 내용이었으나 그것을 입 밖에 내어 전달하는 과정에서 단편적이고 혀 꼬부라진 소리가 되어 버렸다. 그런가 하면 대화가 다른 때보다 더 경솔한 말로, 때로는 이해하기 힘든 헛소리로 변해가고 있어서 술에 취하지 않은 누군가가 그 자리에 있었다면 화를 내며 얼굴을 붉히기 십상이었다. 그렇지만 이야기를 나누는 당사자들은 모두가 무책임한 상태에 빠져 있었기 때문에 불쾌감을 표출하는 일 없이 대화를 즐겼다.

마그누스 부인도 귀가 붉어진 채 몸속으로 생기가 도는 것처럼 느껴진다고 고백했지만, 남편인 마그누스 씨는 이 말을 달가워하지 않는 것 같았다. 헤르미네 클레펠트는 알빈 씨의 어깨에 등을 기댄 채 술잔을 내밀어 그에게 샴페인을 따르게 했다. 창처럼 뾰족한 손으로 세련된 거동을 하며 바쿠스의 향연을 이끄는 페퍼코른은 술과 음식을 충분히 대접하는 일에 관심을 기울였다. 그는 샴페인을 대접한 다음에 진한 모카커피를 시켰다. 이번에도 커피와 아울러 이른바 '빵'이 따라 나왔고, 부인들을 위해서는 달콤한 음료와 함께 아프리코트 브랜디와 샤르트뢰즈, 바닐라 크림과 마라스키노 증류주가 따라 나왔다. 나중에는 저린 생선과 맥주, 끝으로 중국산 차와 카밀레 차가 나왔다. 이 차들은 샴페인이나 리큐어를 계속해서 마시거나 또는 페퍼코른 자신처럼 독한 포도주를 즐기지 않는 사람들을 위하여 준비된 것이었다. 자정이 지난 후 페퍼코른은 쇼샤 부인과 카스토르프와 함께 산뜻하면서도 톡 쏘는 종류의 스위스산 적포도주로 목을 씻어 내렸다. 그는 정말 갈증이 났는지 유리잔에 담긴 적포도주를 연거푸 들이켰다.

연회는 새벽 1시가 되어서도 끝날 줄을 몰랐다. 한편으로 술에 취해 몸이 납덩이처럼 무거웠어도 다른 한편으로는 밤을 새워 술을 마신다는 특별한 즐거움이 있었고, 나아가 페퍼코른이라는 인물의 영향력, 그리고 베드로와 세베대 아들들의 경고가 되는 범례에 따라 육체의 허약함에 굴복하지 않겠다는 생각 때문에 연회가 계속되었다. 일반적으로 말해 이런 점에서는 여성 쪽이 남자들보다 더욱 강해 보였다. 남자들은 붉으락푸르락한 얼굴로 두 다리를 길게 내뻗고 가쁜 숨을 몰아쉬면서 가끔씩 기계적으로만 술잔에 손을 댈 뿐이었다. 그들은 더 이상 진정으로 술 마시려는 생각은 없는 데 반해, 여자들은 좀 더 적극적이었다. 헤르미네 클레펠트는 맨살이 드러난 팔꿈치를 식탁에 대고 손으로 턱을 받친 채 낄낄거리는 중국인 팅푸 박사에게 자신의 광택이 나는 앞니를 드러내며 웃고 있었다. 그런가 하면 슈퇴어 부인은 어깨를 움츠리고 턱을 당긴 채 교태를 부리며 파라반트 검사의 마음을 사로잡으려고 애썼다. 마그누스 부인은 알빈 씨의 무릎에 앉아 그의 두 귀를 잡아당겼는데, 마그누스 씨는 이를 보고 오히려 마음이 가벼워지는 느낌을 갖는 것 같았다. 안톤 카를로비치 페르게는 흉막 쇼크 이야기를 재미나게 해보라는 권유를 받았지만, 꼬부라진 혀 때문에 말이 잘 나오지 않아 솔직히 포기 선언을 하고 말았다. 페르게의 포기 선언이 계기가 되어 좌중의 사람들은 이구동성으로 건배하자고 외쳤다. 베잘은 무엇인지 깊은 번민으로 한동안 서글프게 울다가, 동료들에게 자신의 고통을 털어놓으려고 했으나 그의 혀도 제대로 돌아가지 않았다. 그러나 그는 커피와 코냑을 마시며 다시 영적인 활기를 되찾았으며, 게다가 가슴을 들먹이며 흐느끼고 눈물로 젖은 주름진 턱을 떨고 있는 처량한 그의 모습이 페퍼코른의 지대한 관심을 불러일으켰다. 페퍼코른은 집게손가락을 위로 세우고 이마에 당초무늬 주름을 치켜뜨면서 베잘의 상황에 모두가 주의를 집중할 것을 촉구했다.

페퍼코른이 말문을 열었다. "이것이… 지금 이것이야말로, 아니, 실례합니다만, 이것이 신성한 것입니다! 그의 턱을 닦아 주세요, 이봐요, 내 냅킨으로! 아니면 차라리, 아니, 그냥 두십시오! 본인도 닦기를 포기했으니까요. 여러분, 신성한 것입니다! 이교도적인 의미에서나 기독교적인 의미로도, 그 어떤 의미에서도 신성합니다! 일종의 근원 현상입니다! 제1의 현상입니다… 최고의 현상입니다. 아니, 아니지요, 이것이…."

문화적으로 세련된 거동, 물론 뒤에 가며 약간은 우습게 되어 버린 거동이 이야기 도중에 뒤따르기는 했지만, "이것이"와 "지금 이것이야말로"는 그의 주도적이고 설명적인 표현의 감정을 전반적으로 대변하고 있었다. 그는 엄지손가락 쪽으로 집게손가락을 구부려 만든 동그라미를 귀 위로 추켜올리고, 머리를 장난스럽게 비스듬히 숙이는 버릇이 있었는데, 이런 모습은 예컨대 이교도의 늙은 사제가 희생의 제단 앞에서 옷자락을 쳐들고 신비롭고 우아하게 춤추는 듯한 느낌을 새삼 일깨웠다. 그는 다시 위풍당당하게 거대한 체구를 자신의 의자에 편안히 기댄 채 옆 의자의 등받이에 팔을 얹었다. 그러더니 자신과 함께 새벽

녘의 생생하고 싸늘하게 다가오는 감동적인 광경, 차갑고 어두운 겨울 새벽의 광경에 침잠해 보자고 촉구함으로써 모든 사람들을 어리둥절하게 만들었다.

페퍼코른이 이런 말을 한 시각은 테이블 위에 놓인 램프의 누르스름한 빛이 유리창을 통해 퍼져나가 잎사귀가 떨어져 황량한 나뭇가지 사이에서 가물거릴 무렵으로, 바깥의 얼음처럼 차갑고 까마귀 울음마저 얼어붙게 하는 안개 낀 새벽을 나뭇가지만이 바라보고 있었다. 그런데 모두가 오싹할 정도로 추위를 느꼈던 것은 그가 이런 냉랭한 일상적 광경을 암시적으로 강렬하게 표현하는 법을 알고 있었기 때문이며, 무엇보다 그가 이런 새벽에 큼직한 해면(海綿)에서 자신이 신성하다고 말한 얼음처럼 차가운 물을 머릿속에 떠올리곤 그것을 짜내어 목덜미에 댄다는 말을 했기 때문이었다. 이와 같은 돌발 사태는 축제의 밤에 열정적으로 헌신하고 모인 사람들의 감정을 더욱 고조시키기 위하여 옆길로 빠져든 흥미로운 사건에 불과한 것으로, 인생에서 명심해야 할 일이라는 의미에서 예로 든 하나의 가르침이거나 자신의 환상을 즉흥적으로 표현한 것에 지나지 않았다. 그는 근처에 있는 여자들에게는 누구에게나 용모를 가리지 않고 사랑에 빠진 것 같은 행동을 해 보였다. 그가 난쟁이 아가씨에게 이런 행동을 취하자 불구의 아가씨는 지나치게 크고 늙어 보이는 얼굴에 주름살을 지으며 히죽 웃었고, 슈퇴어 부인에게도 이런 식의 아첨의 말을 하자 천박한 그녀는 어깨를 더 이상하게 구부리며 완전히 미쳤다 싶을 정도로 내숭을 떨었다. 그는 클레펠트에게도 자신의 옆으로 찢어진 큰 입에 입맞춤을 해 달라고 부탁했으며, 비참한 상태의 마그누스 부인과도 농담을 지껄였다. 그러면서도 그는 자신의 여행 동반자에게 다정하고 헌신적인 태도를 소홀히 하는 법이 없었고, 쇼샤 부인의 손에 종종 공손하고 예의 바르게 입맞춤을 했다. "포도주는…" 하고 그가 말했다. "숙녀 분들… 이것이, 바로 이것이… 죄송합니다만, 세상의 종말… 겟세마네…."

새벽 두 시경에 '노인'이라고 불리는 베렌스 고문관이 휴게실로 급히 다가오고 있다는 전갈이 날아들었다. 이 순간 전신이 무감각해질 만큼 지쳐 있던 손님들은 공황 상태에 빠졌다. 의자와 아이스박스가 사방에서 쓰러졌고, 모여 있던 사람들은 도서실을 지나 도망쳤다. 자신이 주도한 삶의 향연이 순식간에 해체되는 것을 보고 분노에 사로잡힌 페퍼코른은 주먹으로 탁자를 내리치고는 사방으로 흩어지는 사람들을 향해 "비겁한 노예들"이라고 욕설을 퍼부었다. 그러나 카스토르프와 쇼샤 부인이 향연도 6시간이나 지속되어 이제는 끝낼 때가 되었다고 말하자 페퍼코른은 그들의 생각에 어느 정도 동의하게 되었다. 그는 잠이라는 신성한 청량제의 기쁨을 누려보라는 권고에 귀를 기울이고, 침대까지 함께 가자는 말을 받아들였다.

"나를 부축해 주시오, 당신! 다른 쪽에서 나를 부축해 주시오, 젊은이!" 그는 쇼샤 부인과 한스 카스토르프에게 말했다. 두 사람은 육중한 그가 의자에서 일어나도록 도와주었고, 팔로 그를 부축해 주었다. 그는 두 사람에게 의지하여 양 다리를 크게 벌리고 걸어가면서 치켜 올라간 어깨 쪽으로 커다란 머리를 기울였다. 가는 도중에는 부축하는 두 사람을 번갈아 옆쪽으로 밀면서 비틀비틀 몸을 흔들며 자신의 침실로 향했다. 근본적으로 그가 이렇게 안내를 받고 부축을 받으며 가는 것은 왕처럼 호사를 누리는 일이라고 할 수 있었다. 아마 마음만 먹었다면 혼자서도 걸을 수 있었을 것이다. 그렇지만 그는 자신이 취한 것을 부끄러워하며 감추는 사소하고 하찮은 의미밖에 없는 이런 노력을 경멸했다. 그는 취한 것을 조금도 부끄러워하지 않았을 뿐만 아니라 정반대로 대단히 우쭐해하면서 자신의 두 안내자를 비틀거리며 좌우로 밀치는 것을 왕처럼 즐기고 있었다. 그는 걸어가면서 이렇게 말했다.

"이봐요, 어리석구먼. 물론 전혀 아니지만… 만일 이 순간에… 당신들도 알아야 해. … 가소롭군."

"가소롭지요!" 한스 카스토르프가 그의 말에 동의했다. "물론입니다! 마음대로 비틀거리며 삶의 고전적인 선물에 경의를 표하니 말입니다. 반면에 말짱한 정신으로… 하지만 나도 좀 취하여 이른바 주정뱅이처럼 되었지만, 대단한 인물을 침대로 모시는 특별한 영광을 누리고 있다는 것은 분명히 의식하고 있습니다. 인물의 도량에서 볼 때 나야 도저히 비교도 되지 않지만, 취기가 나를 아마 어쩌지는 못할 겁니다."

"이런, 당신은 수다쟁이로구먼!" 페퍼코른이 이렇게 말했다. 이어서 그는 비틀거리며 카스토르프를 계단 난간 쪽으로 밀치고, 반면에 쇼샤 부인을 자기 쪽으로 잡아당겼다.

고문관이 온다는 소식은 헛소문에 지나지 않았다. 어쩌면 피곤해진 난쟁이 아가씨가 모임을 해산하기 위해 그런 소문을 퍼트렸는지도 모른다. 사정이 이렇게 되자 페퍼코른은 멈춰 서더니 되돌아가서 술을 더 마시자고 했다. 그러나 좌우의 두 사람이 잘 설득하자 그는 다시 걸음을 옮기기 시작했다.

하얀 넥타이를 매고 까만 비단 구두를 신은 키가 작은 말레이인이 방문 앞 복도에서 주인을 기다리고 있었다. 그는 가슴에 손을 얹고 공손히 절을 하며 주인을 맞이했다.

"당신들 서로 키스를 하시오!" 페퍼코른이 명령조로 말했다. "이 매력적인 부인에게 이마에 작별의 키스를 하시오, 젊은이!" 그는 한스 카스토르프에게 말했다. "부인도 반대하지 않을 테니 그 보상을 해줄 거요. 괜찮으니 나의 건강을 위해 해주시오!" 그러나 카스토르프는 그 말에 따르지 않았다.

"안 됩니다, 각하!" 그가 말했다. "죄송하지만, 그건 안 됩니다."

하인에게 몸을 기댄 페퍼코른은 당초무늬 주름을 더욱 추켜올린 채 왜 안 되는지 이유를 알려고 했다.

"나는 귀하의 여행 동반자의 이마에 차마 키스를 할 수 없기 때문입니다." 한스 카토르프가 말했다. "그럼 안녕히 주무십시오! 안 됩니다, 아무리 해도 그건 터무니없습니다!"

쇼샤 부인도 벌써 자신의 방문을 향해 걸어가고 있었으므로, 페퍼코른은 물러가는 고집쟁이 청년을 내버려두었다. 그는 이맛살을 찌푸린 채 하인의 어깨 너머로 사라져가는 청년을 한동안 물끄러미 바라보았다. 이 지배자 스타일의 인간은 명령 불복종을 겪어보지 않아서인지 놀라워하는 표정을 지어보였다.

민헤어 페퍼코른(계속)

민헤어 페퍼코른은 그해 겨울이 끝나갈 무렵까지, 나아가 봄이 되어서까지 베르크호프에 체류했다. 그리하여 플뤼엘라 골짜기와 그곳의 폭포로 함께 갔던 잊을 수 없는 (세템브리니와 나프타도 동행했던) 나들이에도 마지막으로 가게 되었다. 하지만 마지막이라고? 그렇다면 그 후로 그가 더는 거기에 없었다는 말인가? 그렇다, 더는 거기에 없었다. 여행을 떠났다는 말인가? 그렇기도 하고 아니기도 하다. 그렇기도 하고 아니기도 하다고? 부디 수수께끼 같은 말은 그만두기를! 어떤 말을 해도 침착함을 잃지 않을 테니까. 죽음의 무도를 추면서 세상을 떠난 평범한 수많은 무리들은 거론하지 않더라도, 이제는 침센 소위도 저세상으로 떠나 버리지 않았던가? 그러면 이해하기 어려운 인물 페퍼코른이 악성 말라리아열로 별안간에 죽었다는 것인가? 아니, 그렇지 않지만, 무엇 때문에 그렇게 조급하게 구는가? 모든 일이 한꺼번에 갑자기 일어나지 않는다는 사실을 삶과 이야기의 조건으로서 염두에 두어야만 한다. 어느 누구도 신에게서 부여받은 인간의 인식형식을 거역하려 하지는 않을 것이다. 우리 이야기의 본질이 허락하는 만큼은 적어도 시간의 작용을 존중하자! 시간이 더는 많이 남은 것은 아니고, 얼마 안 있으면 후다닥 끝나버릴 것이다! 후다닥이란 말이 너무 시끄럽다면, 순식간에 끝나는 것으로 해두자! 우리의 시간을 재는 바늘이 마치 초를 재듯이 총총걸음으로 빠르게 지나간다. 늘 그렇듯이 초침은 정지 없이 냉혹하게 정점을 지날 때마다 정말이지 의미 있는 무엇인가를 행한다. 아무튼 우리가 이 위에서 몇 년을 보낸 것만은 확실하며, 그 세월을 생각만 해도 우리는 현기증을 느낀다. 그것은 아편이나 하시시의 도움 없이도 경험한 악몽인 것으로, 도덕가라면 우리를 비난할지 모른다. 그럼에도 우리는 이런 부도덕한 환각상태에 대하여 의도적으로 이성적인 총명함과 논리적인 날카로움을 충분히 마련하여 맞서고 있는 것이다!

예컨대 불명료한 인물 페퍼코른만 우리 앞에 등장시키는 것이 아니라, 나프타와 세템브리니 같은 인물도 우리와 친교를 맺도록 선택한 것이 우연은 아니라는 것을 인정해 주었으면 좋겠다. ―이렇게 함으로써 이들 세 사람을 비교할 수 있게 되는데, 카스토르프도 발코니에 누워 인정한 바 있듯이 이 비교는 여러 면에서 그리고 특히 도량이라는 점에서 나중에 등장한 페퍼코른에게 유리한 결과가 될 수밖에 없다. 자신의 불쌍한 영혼을 송두리째 뺏으려는 두 사람의 말 많은 교육자는 피터 페퍼코른에 비하면 왜소한 난쟁이에 불과했던 것으로, 카스토르프는 페퍼코른이 왕처럼 술에 취해 자신을 '수다쟁이'라고 부르며 놀린 것처럼 두 교육자를 수다쟁이라고 부르고 싶었다. 그리고 연금술적인 교육 덕분에 대단한 인물과 교류하게 된 것을 아주 즐겁고 다행스럽게 생각했다.

페퍼코른이 클라브디아의 여행 동반자, 그러니까 강력한 훼방꾼으로 등장한 것은 인물에 대한 평가와는 별개의 문제였다. 한스 카스토르프가 이 때문에 그를 잘못 평가하는 일은 없었다. 거듭 말하거니와 그가 마음으로부터 존경하고 때로는 다소 지나치게 관심을 기울이는 이 도량이 있는 인물이 사육제 날 밤에 카스토르프에게 연필을 빌려 준 쇼샤 부인과 여행비용을 공동으로 부담한다고 해서 그를 잘못 평가하는 일은 없었다. 카스토르프의 성격으로는 그럴 수 없었다. 그렇지만 여성이든 남성이든 독자들 가운데 누군가는 카스토르프의 이런 '미지근한 기질'을 못마땅하게 여길 수 있다는 것을 충분히 예상해 볼 수 있다. 아마 그런 독자는 카스토르프가 페퍼코른을 미워하고 꺼려하면서 마음속으로 늙은 멍청이라든가 횡설수설하는 주정뱅이라고 욕설을 퍼붓기를 바랄 수도 있을 것이다. 그러나 이런 기대와는 달리 카스토르프는 페퍼코른이 말라리아열로 고생할 때마다 병실을 찾아가, 그의 머리맡에 앉아 대화를 나누는가 하면, 교양을 쌓아 가는 청년답게 호기심을 가지고 도량 있는 이 인물에게서 감화를 받으려고 노력했다. 물론 대화를 나눈다고 해도 그 자신에게만 어울리는 말뿐이고, 이 대단한 인물에게는 해당되는 것이 아니었다. 그럼에도 카스토르프는 대화를 계속했다. 이렇게 카스토르프가 일방적으로 노력을 한다고 해서 혹시 누군가는 카스토르프의 외투를 들고 다녔던 페르디난트 베잘을 떠올리며 오해할 위험도 있겠지만, 그것과는 관계없는 일이라는 것을 일러두는 바이다. 베잘에 대한 기억은 여기서 다시 떠올릴 필요가 없다. 우리의 주인공은 베잘과는 달라서 사랑의 번뇌에 좌우되는 사람이 아니었다. 그는 바로 통속적인 '주인공'과는 달랐다. 요컨대 그의 경우에는 여성 때문에 남자 사이의 관계가 좌우되지 않았다. 그를 실제보다 호평하거나 악평하지 않으려는 우리의 기본 원칙에 충실하면서 말하건대, 그는 소설적인 효과를 고려하여 남성을 공정하게 평가하지 못하거나 남성의 영역에서 유익한 교양 체험의 의미를 깎아내리지 않았다. 그럴 때면 그는 의식적이고 명시적인 태도가 아니라 자연스런 태도를 고수했다. 이와 같은 태도는 여성들의 마음에는 들지 않을 것이다. 쇼샤 부인도 그의 이런 태도에 자기도 모르게 화를 내며 무심결에 가시 돋친 말을 뱉었으리라 짐작된다. 이에 대한 언급은 추후로 미루고 일단 그만두자. 그러나 카스토르프라는 청년을 교육의 쓸모 있는 쟁탈 대상으로 삼았던 것도 그의 이런 특성 때문이었는지 모른다.

피터 페퍼코른은 병이 위중하여 누워 지냈다. 그가 처음으로 카드놀이를 하고 샴페인을 마신 바로 다음날부터 누워 지내게 되었다는 것은 지극히 당연한 일이었다. 새벽까지 늘어지며 긴장된 모임을 가졌던 거의 모든 참가자들은 그 일로 몸이 좋지 않았다. 한스 카스토르프도 예외가 아니어서 심한 두통으로 시달렸으나, 어젯밤 연회의 주인에게 문병 가는 것을 마다하지 않았다. 2층 복도에서 만난 말레이인이 그의 문병 사실을 통보하자, 병실 주인은 그를 반가이 맞아 주었다.

그는 쇼샤 부인의 침실과 페퍼코른의 침실 사이에 위치한 응접실을 지나 두 개의 침대가 놓여 있는 네덜란드인의 침실로 들어갔다. 그가 안내된 침실은 베르크호프의 일반 객실에 비해 훨씬 넓었고, 가구와 장식품도 훌륭했다. 비단으로 된 안락의자와 곡선 모양의 다리가 달린 탁자가 놓여 있었고, 바닥에는 부드러운 양탄자가 깔려 있었다. 침대 또한 병원에서 흔히 사용되는 병원의 임종용 침대가 아니라 호화로운 침대였다. 번들거리는 벚나무로 만들어진 두 개의 침대는 가장자리에 놋쇠 장식물이 박혀 있었고, 커튼이 없는 공동의 하늘 덮개를 가지고 있었다. 덮개는 두 침대를 우산으로 가리고 있는 작은 천개와 같았다.

페퍼코른은 두 침대 가운데 한 침대에 누운 채 붉은 비단 이불 위에 책과 편지, 신문을 올려놓고 있었다. 그는 테가 이마까지 높이 닿아 있는 뿔테 코안경을 걸치고 네덜란드 신문 〈텔레그라프〉를 읽는 중이었다. 옆에 있는 의자에는 커피세트가 놓여 있었고, 탁자에는 약병 옆에 어젯밤에 마셔 반쯤 빈, 쌉사름하게 쏘는 맛을 내는 적포도주 병이 놓여 있었다. 그런데 카스토르프는 네덜란드인이 흰 셔츠가 아니라 소매가 길고 손목에 단추가 달렸으며 목깃이 없는 모직 셔츠를 입은 것을 보고 조금은 낯선 느낌을 받았다. 둥그렇게 가슴이 파여 있는 이 셔츠는 노인의 넓은 어깨와 커다란 가슴에 착 달라붙어 있었다. 서민적이고 노동자 같기도 하고 영구적이고 기념 흉상의 느낌을 주기도 하는 이런 의상을 입고 있다 보니, 베개를 베고 있는 그의 머리의 인간적 풍모는 일반 시민을 벗어나 더욱 위대해 보였다.

페퍼코른은 뿔테 코안경의 높은 다리를 잡은 뒤 안경을 벗으며 말했다. "절대로 그건, 젊은이. 천만에, 결코 그렇지 않아요. 그와는 정반대입니다." 한스 카스토르프는 그의 머리맡에 앉아 호의적인 마음이 우러나 떠들어대면서도 관심 어린 놀람의 감정을 겉으로는 드러내지 않고 있었다. ─누워 있는 환자에게서 느껴지는 놀람의 감정은 공정하게 말해서 경탄의 감정은 전혀 아니었다. 페퍼코른은 심하게 떠듬거리며 절박한 제스처로 카스토르프와의 대화를 간신히 이어나갔다. 그는 상태가 좋지 않은 듯 얼굴이 누렇고 아주 괴로워 보였고, 온몸이 쇠잔해 있었다. 새벽녘에 그는 돌연 고열에 시달렸고, 어젯밤의 숙취와 더불어 고열의 결과로 완전히 녹초가 되어 있었다.

페퍼코른이 말했다. "우린 어제 너무 심했습니다. 아니, 죄송합니다만… 지나치고 심했습니다! 당신은 아직… 좋습니다, 더는 아무 일도 없습니다. 하지만 내 나이에 이렇게 위험한 상태에는… 당신." 그는 마침 응접실 쪽에서 걸어오는 쇼샤 부인에게 고개를 돌리며 다정하지만 단호한 어조로 말했다. "다 좋습니다, 그러나 당신에게 거듭 말하지만 좀 더 신경을 써서 나를 막았더라면 좋았을 것을…." 이렇게 말하는 그의 표정과 목소리에는 거의 왕의 진노와 같은 어떤 것이 배어 있었다. 하지만 누군가가 어젯밤에 그에게 더 이상 술을 못 마시게 말렸더라면 과연 어떤 불호령이 떨어졌을까를 생각하면, 그의 분노가 얼마나 부당하고 무리한지를 짐작할 수 있었다. 이와 같은 것은 어쩌면 위대한 인물의 속성인지도 모른다. 그의 여행 동반자는 벌떡 일어선 한스 카스토르프에게 인사를 하면서 페퍼코른의 불평을 흘려버렸다. 게다가 그녀는 카스토르프에게 악수 대신 미소 띤 얼굴로 손을 흔들며 "그 자리에 그대로" 앉아서 "조금도 염려 마시고" 민헤어 페퍼코른과 대화를 계속하라고 부탁했다.

그녀는 방 안을 배회하다가 하인에게 커피세트를 치우라고 지시하고는 한동안 나가 있었다. 그러더니 어느새 다시 살짝 돌아와 침대 곁에 서서는 대화에 조금 끼어들었다. —이에 대해 우리가 카스토르프의 모호한 인상을 그대로 표현한다면, 대화를 조금 감시했다고 할 수 있다. 당연한 일이었다! 그녀는 도량이 넓은 인물과 함께 베르크호프로 돌아왔지만, 그녀가 돌아오기를 오랫동안 학수고대하던 남자가 이 인물에게 남자 대 남자로서 뭔가 저의를 가진 존경심을 표시하는 것을 보고는, "그 자리에 그대로", "조금도 염려 마시고" 하면서 불안에 찬 말로 예민한 반응을 보였던 것이다. 이에 대해 카스토르프는 미소를 숨기려고 무릎 위로 몸을 숙이며 살짝 웃음을 지었다. 그러자 마음속으로는 너무나 기뻐서 얼굴이 뜨겁게 달아오를 것 같았다.

페퍼코른은 침상 옆의 탁자에 있던 술병을 집어 들어 그에게 포도주를 한 잔 따라 주었다. 이 네덜란드인은 오늘과 같은 상황에서는 어젯밤에 멈춘 것으로부터 다시 시작하는 것이 최상의 방법이며, 이렇게 톡 쏘는 맛은 소다수 같은 역할을 한다고 말했다. 그는 카스토르프와 술잔을 부딪쳤다. 카스토르프는 술을 마시면서 저 건너편으로 손톱이 뾰족하고 주근깨투성이의 선장 같은 손이 술잔을 치켜들고는 잔의 가장자리가 그의 넓게 찢어진 입술에 닿자, 노동자 내지 기념 흉상의 느낌이 드는 목구멍 속으로 포도주가 쏟아져 들어가는 것을 지켜보았다. 술잔을 든 페퍼코른의 손은 가지런히 단추가 달린 모직 셔츠의 소매 끝으로 삐져나와 있었다. 이어서 두 사람은 탁자 위의 약품에 대해 대화를 나누었다. 페퍼코른은 쇼샤 부인의 주의를 받고 그녀의 손에서 한 숟갈 가득 담긴 갈색의 수액을 받아서 마셨다. 그것은 키니네 성분의 해열제였다. 페퍼코른은 쌉쌀하고 향기로운 약의 독특한 맛을 느끼도록 손님에게도 조금 마셔 보도록 권하고는, 키니네에 대한 여러 가지 찬양을 늘어놓기 시작했다. 키니네는 근본적인 해열 작용과 치유 효과에 있어서 특효일 뿐만 아니라 강장제로도 좋은 평가를 받아야 한다는 것이다. 그것은 단백질의 분해를 감소시키고 영양 상태를 촉진하는바, 말하자면 순수 청량제이자 훌륭한 강장제 내지 각성제, 흥분제이며, 동시에 마취제이기도 하기 때문에 그걸 마시면 얼큰하거나 가볍게 취하기 쉽다고 말했다. 그는 어젯밤처럼 손가락과 머리를 움직여 큰 거동을 취했는데, 이번에도 그 모습이 춤추는 이교도의 사제처럼 보였다.

"그렇지요, 훌륭한 물질입니다, 기나나무의 껍질 말입니다! … 그리고 우리 서구의 약리학이 이 물질에 대한 지식을 얻게 된 것도 아직 300년이 되지 않았습니다." 페퍼코른은 천천히 다음처럼 설명하기 시작했다. 유효 성분인 알칼로이드, 즉 키니네가 화학적으로 발견되어 어느 정도 성분이 분석된 것도 아직 100년이 되지 않았는데, 그럴 것이 화학은 현재까지는 키니네의 성분을 제대로 밝히거나 또는 그것을 인공적으로 만들어 낼 수 있다고 주장할 수 없기 때문이다. 우리의 약리학적 지식은 전반적으로 많은 도움을 주었지만 자신의 지식을 지나치게 우수한 것으로 주장해서는 안 된다. 왜냐하면 키니네의 경우와 같은 예는 여러 가지가 있기 때문이다. 약리학적 지식은 물질의 역동성과 영향에 대해서는 이런 저런 것을 알고 있지만, 엄밀히 말해 이런 영향들이 무엇에 의해서 일어나는 것인지의 의문에 대해서는 대답을 못하고 당황하는 경우가 자주 있다. 당신 같은 젊은 사람은 독물학(毒物學)을 살펴보면 이해가 빠를 터인데, 이른바 독소 작용의 원인이 되는 원소의 특성에 대해서는 아무도 설명할 수 있는 사람이 없을 것이다. 예컨대 뱀의 독에 대해 알려진 사실은 이 동물성 물질이 단백질 화합물의 일종으로 여러 종류의 단백질로 이루어져 있다는 것, 그리고 전혀 불확실하지만 특정한 결합에 따라 강한 영향을 일으킨다는 것 외에는 없다. 이 동물성 물질이 혈액순환의 과정에서 일으키는 효과에 대해 사람들이 놀랄 수밖에 없었던 이유는 단백질이 독성과 화합하는 경향이 있다는 것을 아무도 알지 못했기 때문이다. 페퍼코른은 흐릿한 눈빛을 발하는 동시에 이마에 당초무늬의 주름을 지으며 베개로부터 얼굴을 쳐들었다. 그런 다음 두 손가락으로 정확히 원을 그리고 나머지 세 손가락은 창처럼 꼿꼿이 세우며 말을 이었다. 그러나 물질의 세계에는 모든 것이 삶과 죽음의 양면성을 동시에 가지고 있도록 되어 있어서 모든 것이 약이 되기도 하고 독이 되기도 한다. 약리학적 지식과 독물학은 같은 것으로, 독으로 병의 치유가 가능하며, 반면에 생명에 효과적인 물질이 사정에 따라서는 단 한 번의 경련 발작을 일으키게 하여 순식간에 생명을 빼앗기도 한다는 것이다.

페퍼코른은 어느 때와는 달리 아주 인상적으로 조리 있게 약과 독에 대해 말했다. 한스 카스토르프는 머리를 비스듬히 기울이고 고개를 끄덕이면서 그의 설명을 들었다. 그는 페퍼코른의 가슴에서 우러난 것처럼 보이는 말의 내용보다는 이 인물의 영향력을 조용히 알아내려는 데 치중했지만, 이 역시 종래는 뱀이 일으키는 독의 영향처럼 뭐라고 설명하기 어려웠다. 페퍼코른이 다시 말을 이어나갔다. 역동성이란 물질세계에서 핵심이며, 다른 나머지의 것은 완전히 부차적인 것이다. 키니네도 마찬가지로 약이 될 수 있고 독이 될 수도 있는데, 가장 중요한 것은 힘이 넘친다는 점이다. 인간이 4그램의 키니네를 먹게 되면 귀머거리가 되거나 어지러워지고, 숨이 가빠지거나 아트로핀 주사를 맞았을 때처럼 시력 장애를 일으키며, 알코올 복용 시처럼 취하게 된다. 키니네 공장에서 일하는 노동자들은 눈에 염증이 생기거나 입술이 붓고 피부 발진으로 고생할 수 있다. 이제 페퍼코른은 싱코우나라고 불리는 나무, 남미에 있는 3천 미터 고지대 원시림에서 자라는 기나나무에 대해 이야기하기 시작했다. 기나나무의 껍질은 나중에 '예수회 회원의 분말'이라는 이름으로 스페인에 건너갔지만, 남미의 토착민들은 훨씬 전부터 그 효능을 알고 있었다는 것이다.

그는 자바 섬에 있는 네덜란드 정부 주도의 대규모 기나나무 재배에 대해 언급하면서 매년 자바에서 수백만 파운드의 계피와 유사한 붉은 대롱 같은 껍질을 암스테르담과 런던으로 보낸다고 말했다. 그러면서 힘이 나오는 곳은 주로 껍질, 나무의 껍질 조직인 표피에서 형성층까지의 부분으로, 거의 언제나 좋든 나쁘든 치유의 역동적인 힘이 거기에 들어 있는바, 유색 인종이 약리학적 지식에 있어서는 백인종을 훨씬 능가한다고 덧붙였다. 뉴기니 동쪽에 있는 몇몇 섬의 젊은이들은 만차닐라 나무와 마찬가지로 독기를 내뿜어 주변의 공기를 오염시키고, 사람과 동물을 마비시켜 살상하는 자바의 독초 안티아리스 톡시카리아처럼 독 나무에 속하는 어떤 특정한 나무의 껍질로 사랑의 마약을 만들어 사용한다. 젊은이들은 이 나무껍질을 가루로 만들어 거기에 야자수 열매를 섞어서 나뭇잎으로 둘둘 말아 태운 연후에, 여기서 나온 혼합물의 즙을 사랑하는 새침때기 여자의 잠자는 얼굴에 뿌리면, 그 여자는 즙을 뿌린 상대를 열렬히 사랑하게 된다. 간혹 효능이 말레이 군도의 스트리크노스 티우테라고 불리는 덩굴식물처럼 뿌리의 껍질에 있는 경우도 있다. 섬의 토착민들은 그것에 뱀의 독을 섞어서 우파스 라샤라는 독약을 만들어 화살에 바르는데, 그 화살에 맞아 독이 혈관 내로 침투당한 사람은 눈 깜짝할 사이에 죽음을 맞게 된다.

한스 카스토르프는 어떻게 해서 그런 일이 일어나는지 알고 싶었지만, 그 누구도 이에 대해 알려줄 사람은 없을 것이라고 페퍼코른은 말했다. 다만 우파스는 역동성이라는 면에서 독성 물질 스트리크닌과 유사하다는 것 정도만이 알려져 있다고 했다. 이제 페퍼코른은 침대에서 완전히 몸을 일으키더니 이따금 선장 같은 손을 가볍게 떨면서 포도주 잔을 길게 찢어진 입에 대고는, 꽤나 목이 타는 듯 그것을 벌컥 마셨다. 그런 다음 인도의 코로만델 해안 지방의 마전나무에 대해 설명하기 시작했다. 이 나무의 오렌지색 열매인 '마전'에서 아주 역동적인 힘을 가진 알칼로이드 독성 물질 스트리크닌을 채취한다는 것이다. 마전나무의 회색 가지와 유난히 번쩍거리는 잎, 황록색의 꽃에 대해 이야기할 때에 페퍼코른의 목소리는 속삭이듯 낮아졌고, 그의 이마에 난 당초무늬 주름은 위로 잔뜩 치켜 올라가 있었다. 그러자 카스토르프 청년은 그 나무의 음산한 동시에 신경을 자극하는 현란한 빛깔 모습이 눈앞에 떠올라 전반적으로 무시무시한 기분에 빠져들었다.

이때 쇼샤 부인이 끼어들어 더 이상 대화하는 것은 페퍼코른을 피곤하게 하고 새로 열을 나게 할 수 있어서 좋지 않다고 말하며, 둘 사이의 대화를 방해할 생각은 없으나 이번에는 이 정도로 마칠 것을 한스 카스토르프에게 요청했다. 물론 카스토르프는 그녀의 요청을 따랐지만, 그 후 여러 달 동안 4일마다 발작하는 고열이 가라앉으면 제왕 같은 남자의 침대 곁에 자주 앉아 있었다. 쇼샤 부인은 그때마다 두 사람의 대화를 가볍게 감시하거나, 방 안을 서성거리며 가끔 몇 마디 끼어들었다. 페퍼코른에게 열이 없는 날에도 카스토르프는 페퍼코른과 진주 목걸이를 한 그의 여행 동반자와 함께 몇 시간씩 보내곤 했다. 이 네덜란드인이 병상 신세를 면하는 날에는 저녁 식사를 마치고 가끔 멤버는 바뀌었지만 맨 처음의 모임과 마찬가지로 베르크호프의 손님들을 휴게실이든 식당이든 몇 명씩 모여 앉아 카드놀이를 즐기며 포도주와 온갖 종류의 원기를 돋우는 음료수를 마셨다. 그럴 때면 한스 카스토르프는 습관처럼 방종한 쇼샤 부인과 위풍당당한 인물 사이에 자리를 잡고 앉아 있었다. 그리고 그들은 야외에서도 함께 어울리며 산책도 같이 나갔고, 페르게와 베잘 같은 사람도 여기에 참여했다. 그러다 보니 이 무리는 얼마 후에는 산책길에서 정신적으로 적수인 세템브리니와 나프타도 만나게 되었다. 카스토르프는 페퍼코른뿐만 아니라 쇼샤에게도 두 사람을 소개할 수 있게 된 것을 기쁜 일로 생각했다. ―이런 교류와 연결이 두 논쟁자에게 환영받을 일인지 아닌지에 대해서는 조금도 개의치 않았다. 반면에 두 논쟁자는 교육적 대상을 필요로 했고, 또한 카스토르프 앞에서 상호간의 논쟁을 포기하기보다는 차라리 달갑지 않은 교류를 감수하는 것이 낫다는 점을 수긍하는 것 같았다.

이렇게 잡다한 교제상의 구성원들이 서로 익숙하지는 않지만 적어도 어울리기는 할 것이라는 카스토르프의 예상은 틀리지 않았다. 물론 이들 사이에 긴장과 어색함, 심지어 드러나지 않는 적개심 같은 것도 있었다. 여기서 우리는 평범한 우리의 주인공이 어떻게 이런 사람들을 서로 결속시킬 수 있었는가 하는 점을 이상하게 생각할 수 있는데, 우리는 그 이유를 모든 것을 '경청할 만한 가치가 있다'고 여기던 그의 본성과 여기에서 우러나는 삶에 대한 약삭빠른 붙임성 때문이라고 설명하고자 한다. 붙임성이란 이것 덕분에 그가 자신과는 아주 이질적인 사람이나 인물들을 함께 어울리도록 했을 뿐만 아니라, 어느 정도까지는 이들을 서로 단합시켰다는 의미에서 결속력이라 부를 수도 있을 것이다.

참으로 기묘하게 얽힌 관계가 아닐 수 없다! 한스 카스토르프가 함께 산책을 하면서 약삭빠르고 삶에 붙임성 있는 눈으로 이들을 관찰하였듯이 우리도 실타래처럼 뒤얽힌 관계를 잠시 살펴보는 것이 매우 흥미로울 것이다. 이들 가운데 우선 불쌍한 베잘을 보게 되면, 그는 애타게 쇼샤 부인을 갈구하면서 현재의 지배자인 페퍼코른과 과거에 있었던 일로 카스토르프에게 비굴한 존경심을 표했다. 클라브디아 쇼샤의 경우, 그녀는 우아하고 가벼운 발걸음을 내딛는 환자이자 여행자, 페퍼코른의 여자로서 자신도 분명히 그렇게 여기고 있는 것 같았지만, 그럼에도 그녀는 사육제 날 밤의 기사였던 카스토르프가 자신의 보호자와 사이좋게 지내는 것을 볼 때마다 일말의 불안을 느끼며 내심 예민해져 있었다. 이와 같은 태도는 세템브리니와 그녀의 관계를 명백히 보여주던 과거의 언짢은 반응을 떠올리기에 충분했다. 그녀는 이 웅변가이자 인문주의자를 거만하고 인간미가 없어서 참을 수가 없다고 말하지 않았던가? 하지만 세템브리니가 그녀의 모국어를 이해하지 못하고 은근히 경멸했듯이, 쇼샤 부인 또한 그의 지중해 연안의 언어를 거의 한 마디도 이해하지 못하고 경멸한 바 있었던 것이다. 그녀는 침윤 부위가 있는 이 훌륭한 가문의 근사한 부르주아 청년이 사육제 날 밤에 자신에게 접근하려 했을 때, 그의 교육자적 친구가 지중해 연안의 언어로 전형적인 독일 청년을 향해 등 뒤에서 소리친 말이 어떤 내용이었는지 그에게 묻고 싶을 지경이었다.

카스토르프가 품고 있는 연정은 흔히 말하듯이 '홀딱 반한' 종류의 것이라고 말할 수는 없는 것이어서 금기시되거나 무분별한 것, 평지에서 유행가로 노래되는 따위의 비속한 성질은 아니었다. ―이 사내는 사랑의 늪에 빠져 그것에 매달리고 종속되어 괴로워하고 헌신하며 사랑의 노예가 되어 있는 것도 사실이었지만, 그럼에도 그는 충분히 영악함을 유지함으로써 타타르인처럼 매력적인 실눈을 뜨고 살금살금 걸어 다니는 여자 환자에 대한 자신의 애착이 어떤 의미를 지닐 수 있는 것이지 제대로 통찰하고 있었다. 그렇다, 쇼샤 부인은 그녀의 의구심만을 불러일으킨 세템브리니의 태도를 보고서 사랑의 고통스런 예속상태에서 보여 주는 그의 애착의 특별한 의미를 알아차릴 수 있었다. 세템브리니는 인문주의자답게 대충 예의를 지키기는 했지만 실상 그녀를 거부하는 태도를 보였다. 쇼샤 부인은 레오 나프타에 대한 관계에서도 처음에는 기대를 품었으나 결국은 실망하게 되었다는 것이 한스 카스토르프가 보았을 때 유감스러웠지만, 그 정도면 차라리 잘된 일이었다. 사실 나프타는 루도비코처럼 그녀의 본질에 대해 근본적인 불신을 드러내지는 않았기 때문에 두 사람 사이의 대화 조건은 좀 더 좋은 편이었다.

클라브디아와 날카로운 사내 키 작은 나프타는 이따금 각종 책들과 정치철학의 문제들에 대해 담소하기도 했는데, 두 사람 모두 정치적 과격성을 보인다는 점에서 공통점을 가지고 있었다. 가끔 한스 카스토르프도 두 사람의 대화에 진지한 자세로 참여했다. 그러나 졸지에 출세한 나프타는 벼락같이 출세한 사람들이 다 그렇듯이 그녀에게 신중했지만, 그녀는 그의 태도에서 귀족적인 역량에 제한성이 있음을 알아차릴 수 있었다. 그의 스페인적 테러리즘이 근본적으로 문을 쾅 닫으며 여기저기 떠도는 그녀의 '인간성'과 맞는 것은 아니었다. 게다가 끝으로 가장 미묘한 문제는 세템브리니와 나프타 이 두 논적이 지니고 있는 납득하기 어려운 적대감으로, 그녀는 여성 특유의 민감한 육감으로 두 논적에게서 이런 적대감이 자신에게 다가오는 것을 느낄 수밖에 수없었다.(그녀에게는 사육제 날 밤에 기사였던 카스토르프도 이를 충분히 느꼈다.) 적대감의 근거는 두 사람과 카스토르프의 관계에 있었다. 즉, 그들의 역할을 방해하고 빗나가게 하는 부인에 대한 두 교육자의 불쾌감, 이 감추어진 본연의 적대감이 두 사람을 결속시켰던 것으로, 이유인즉 교육적으로 응축되었던 반감이 둘의 결속으로 인하여 해소되었기 때문이다.

이와 같은 적대감은 피터 페퍼코른에 대하여 두 토론의 명수가 보여 준 태도에도 나타나지 않았을까? 한스 카스토르프는 그것을 느낄 것 같았다. 어쩌면 그가 이런 양상을 심술궂게 기대했기 때문인지도 모르지만, 그가 가끔 혼자서 장난삼아 '정권의 고문관'이라고 부른 두 교육자를 제왕 같은 말더듬이 페퍼코른에게 접근시켜서 전체적으로 그 반응을 연구하고 싶은 욕구가 적지 않았기 때문이다. 페퍼코른은 밖에 나가면 사방이 닫힌 실내에서 볼 때만큼 당당한 느낌을 주지는 못했다. 깊숙이 눌러쓴 부드러운 중절모자가 불길 같은 백발과 이마의 굵은 주름을 감추어 그의 용모를 작게 하고 수축시키는 바람에 그의 붉은 코마저도 위엄을 잃게 되었다. 그의 걸음걸이도 서 있을 때처럼 훌륭하지 않았다. 그는 짧은 보폭으로 걸어갈 때마다 육중한 몸과 머리까지 앞발 있는 쪽으로 비스듬히 내미는 버릇이 있었고, 이런 모습은 왕 같다기보다는 오히려 선량한 백발노인 같은 느낌을 주었다. 게다가 걸을 때는 대체로 서 있을 때처럼 몸을 반듯하게 펴는 것이 아니라 약간 구부리고 걸었다. 그래도 그는 키 작은 나프타는 말할 것도 없고 로도비코보다도 머리 하나만큼 더 컸다. 그러나 카스토르프가 처음부터 예측했듯이 그의 존재가 두 정치적 인간을 완전히 눌러버린 것은 그의 커다란 신체 때문만은 아니었다.

이는 일종의 압도, 즉 상호 비교에 의한 가치의 폄하와 격하의 현상이었다. 이에 대해서는 영악한 관찰자인 카스토르프는 물론이려니와 당사자들인 당당한 체구의 말더듬이 페퍼코른뿐만 아니라 빈약한 두 수다쟁이도 느끼고 있었다. 페퍼코른은 나프타와 세템브리니를 아주 예의 바르고 정중하게 대했고 존경을 표하기도 했다. 만일 카스토르프가 도량이 넓다는 개념과 반어(Ironie)라는 개념이 양립할 수 없다는 것을 완벽하게 통찰하지 못했다면, 그는 페퍼코른이 표한 이런 존경을 비꼼이라고 불렀을지 모른다. 왕들은 비꼼을 알지 못하는 법이다. ―수사학상의 솔직하고 고전적인 수단이라는 의미에서의 반어를 알지 못할진대, 복잡다단한 의미에서의 반어는 더더욱 알지 못하는 법이다. 따라서 네덜란드인이 한스 카스토르프의 친구들에게 보이는 태도, 즉 약간 과장된 정중함 배후에 감추어져 있거나 명백히 드러나는 것은 반어라기보다는 오히려 우아하면서도 위풍당당한 조롱이라고 부를 수도 있었다. "그래요, 그래, 그렇지요!" 하면서 페퍼코른은 길게 찢어진 입술에 장난스런 미소를 띠면서 얼굴을 쳐들고 위협하듯 손가락으로 그들의 옆쪽을 가리키며 이렇게 말했다. "이분은… 이분들은… 여러분, 여러분 주목하십시오. 대뇌, 대뇌와 관련된 것입니다, 아시겠지요! 아니… 아닙니다, 완벽하고 아주 대단한 일입니다. 이것은 말이지요, 분명합니…." 이 말에 두 사람은 눈빛을 교환하면서 보복의 말을 꺼내려고 했지만, 시선이 부딪친 다음에는 도저히 감당할 수 없다는 듯 허공을 바라보았다. 한스 카스토르프까지도 자기들 시선 쪽으로 끌어들이려 했으나, 카스토르프는 다른 쪽으로 시선을 돌려버렸다.

그러던 어느 날 세템브리니는 제자에게 단도직입적으로 교육자의 입장에서 걱정을 토로했다.

"그런데 이런, 엔지니어 양반, 그 사람은 어리석은 노인에 불과하단 말입니다! 그의 어떤 점을 훌륭하게 생각합니까? 그가 당신을 발전시킬 수 있을까요? 나로서는 도무지 납득이 가지 않아요! 만일 당신이 그를 보기 싫어도 그의 현재의 애인 때문에 억지로 참고 그와 교류하는 것이라면, 물론 그것은 칭찬할 만한 일은 아니지만 이해는 됩니다. 그러나 내가 보기에 당신은 그녀보다 그에게 더 관심을 기울이는 것처럼 보입니다. 내가 이해할 수 있도록 해명을 좀 해보시길…."

한스 카스토르프는 웃었다. 그러면서 그는 "전적으로!" 하고 말했다. "완벽합니다! 그것은 이제 한번… 죄송합니다만, 좋습니다!" 페퍼코른의 고상한 거동까지도 판에 박은 듯 흉내 내려고 했다. "그래요, 그렇지요." 그는 계속 껄껄 웃으며 말했다. "선생은 그것을 어리석다고 생각합니다, 세템브리니 씨, 어쨌든 불명료한 면이 있지요, 선생은 어쩌면 어리석음보다 그것을 더 나쁘게 보는 것인지 모르겠습니다. 아, 어리석음에도 아주 여러 가지가 있고, 영리하다고 최고는 아닙니다. 보십시오! 제법 멋지게 표현했다고 생각하는데, 그럴듯한 명언이 아닌가요. 마음에 드시지요?"

"아주 좋습니다. 앞으로 나올 당신의 잠언 모음집 첫 출판을 고대하겠습니다. 늦지 않았다면 우리가 역설한 비인간적 본질에 대해서도 그곳에 넣어주기 바랍니다."

"그래야지요, 세템브리니 씨. 당연히 그래야지요. 아닙니다, 나의 명언은 역설이 주된 목적이 아닙니다. 나에게 중요한 점은 '어리석음'과 '영리함'을 구별하는 것이 얼마나 어려운지를 지적하는 것이지요. 다시 말하지만 어렵습니다, 그렇지 않습니까? 이 두 가지는 사실 뒤얽혀 있어서 서로의 차이를 구별해 내기가 아주 어렵습니다. 나는 잘 알고 있습니다, 선생은 애매모호한 무질서를 싫어하고, 가치, 판단, 가치 판단을 존중하지요. 그리고 나도 선생의 그러한 견해가 전적으로 옳다고 인정하는 바입니다. 그러나 '어리석음'과 '영리함'에 관한 한, 그것은 때로는 아주 신비합니다. 만일 신비의 실체를 규명하려고 진지하게 노력하려는 마음이 있다면, 그 신비에 몰두하는 것도 괜찮을 것 같습니다. 나는 선생에게 다음과 같이 물어보고자 합니다. 선생은 그가 우리 모두를 능가한다는 것을 부정할 수 있습니까? 거칠게 표현합니다만, 내가 보기에 선생은 그걸 부정할 수 없을 겁니다. 그는 우리를 능가하는 사람입니다. 그에게는 어딘지 우리를 조롱할 만한 자격이 있습니다. 어느 면에서, 왜, 어느 정도냐고요? 물론 영리함 때문이 아닙니다. 그에게는 영리함이 거의 없다는 것을 나도 인정합니다. 영리하다기보다 그는 불명료하고 감정적인 남자이며, 감정은 바로 그의 취향입니다. 이런 일상적 표현을 용서하십시오! 다시 말씀드리겠습니다. 영리함에 있어서 그는 우리를 능가하지 못합니다. 즉, 정신적인 이유로 그가 우리를 능가하는 것은 아닙니다. 선생도 부인하지 않겠지요, 사실 그건 다른 문제거든요. 그렇지만 그가 육체적인 이유로 우리를 능가한다는 것도 아닙니다! 선장의 어깨를 갖고 있고, 완력도 대단히 세고, 우리 가운데 누구든 주먹으로 때려눕힐 수기 때문에 그렇다는 것이 아닙니다. 게다가 그는 그럴 생각조차 하지 않을 것입니다. 그리고 그가 그런 생각을 할지라도 조리 있는 몇 마디의 말로 그를 달랠 수 있을 것입니다…. 요컨대 육체적인 이유로 그가 우리를 능가하는 것이 아닙니다. 그렇지만 물론 육체적인 것이 역할을 하는 것은 의심의 여지가 없습니다. 완력이라는 의미에서가 아니라 어떤 다른 의미, 불가사의한 의미에서 말입니다. 육체적인 것이 역할을 하게 되면, 사태가 불가사의하게 변합니다. 육체적인 것이 정신적인 것으로 넘어가고, 반대로 정신적인 것이 육체적인 것으로 넘어오면서 서로 구별할 수 없게 됩니다. 동시에 어리석음과 영리함이라는 것 역시 구별할 수 없게 됩니다. 그러나 그 영향은 역동적인 것으로 나타나서, 우리는 그에게 압도되고 맙니다. 이런 영향을 표현할 수 있는 말은 단 하나, '인물'입니다. 우리 모두가 인물이기도 하듯이, 인물이란 이성적 의미에서 사용되기도 합니다. 예컨대 도덕적이고 법률적인 인물, 그 밖에도 이런저런 인물이 있겠지요. 그러나 지금은 그런 의미의 인물이 아니라, 어리석음과 영리함을 뛰어넘는 신비로서의 인물이고, 우리는 이런 신비에 대해 몰두해 볼 만합니다. 그러니까 한편으로 신비의 실체를 규명해볼 만하다는 말이고, 다른 한편 그게 불가능하다면 그저 그것을 즐기면 됩니다. 그리고 당신이 가치를 존중한다면, 인물도 궁극적으로 긍정적인 가치일 것이라고 나는 생각합니다. 그것은 어리석음과 영리함보다 더 긍정적입니다. 지극히 긍정적이며 삶처럼 절대적으로 긍정적입니다. 단적으로 말해 그것은 삶의 가치이자 열심히 몰두해 볼 만한 매혹적인 대상입니다. 선생이 말한 어리석음에 대해 나는 이런 식으로 답변을 할 수밖에 없습니다."

최근에 한스 카스토르프가 이런 마음속의 생각을 토로해도 더는 횡설수설 한다든가 말문이 막히지 않았다. 그는 해야 할 말을 끝내며 목소리를 낮추었다. 그럴 때면 그는 여전히 얼굴을 붉히고 행여나 세템브리니가 자신을 비판하기 위해 입을 다물고 있는 것은 아닐까 약간 두려워하긴 했지만, 하던 말의 종지부를 끊고 사내답게 자신 있는 태도를 취했다. 세템브리니는 한동안 침묵을 지키더니 말문을 열었다.

"당신은 좀 전에 역설을 추구하는 것이 아니라고 말했습니다. 나 역시 신비로움의 추구 따위를 좋아하지 않는다는 것을 당신은 그동안 보아서 잘 알 것입니다. 당신은 인물을 신비화함으로써 우상 숭배에 빠질 위험이 있습니다. 당신은 가면을 숭배하고 있습니다. 당신은 현혹의 지배적인 현상을 신비라고 생각합니다. 육체와 인상에 가려 있는 악마가 우리를 속이려고 즐겨 사용하는 저 기만적 공허한 형식의 하나가 눈앞에 펼쳐지는 것을 보고 당신은 신비라고 생각하는 것입니다. 당신은 배우들과 사귄 적이 없습니까? 당신은 시저나 괴테, 베토벤의 용모를 합친 것 같은 광대, 이런 행운의 소유자들을 모르십니까? 이런 자들은 입을 열자마자 세상에서 가련하기 이를 데 없는 멍청이로 증명되고 말지요."

"좋습니다, 자연의 장난이겠지요." 한스 카스토르프가 말했다. "그렇지만 자연의 장난만은 아니고, 조롱이라고만 할 수도 없습니다. 그들은 배우이기에 틀림없이 재능이 있을 테지요. 그리고 재능 자체는 어리석음과 영리함을 뛰어넘는 것이고, 그것은 삶의 가치 자체입니다. 선생이 어떤 생각을 하는지 모르지만 민헤어 페퍼코른도 재능을 지니고 있고, 그 점에서 우리를 능가합니다. 당신이 방의 한 구석에 나프타 씨를 앉히고 그레고리우스 교황과 신정 국가에 대해 연설하도록 해 보시지요, 물론 대단히 경청할 만한 가치가 있을 것입니다. 그런데 다른 한 구석에 특이한 입을 지니고 이맛살을 위로 추켜올린 페퍼코른이 서서 '전적으로! 실례지만, 끝났습니다!'라는 말만 하고 있는 겁니다. 그러면 사람들은 모두가 페퍼코른의 주변으로 모여들겠고, 반면에 영리한 머리로 신정 국가를 주장하는 나프타 씨는 베렌스 원장이 입버릇처럼 말하듯이 아무리 골수에 사무치도록 명쾌한 논리를 펼쳐도 혼자서만 방구석에 앉아 있게 될 것입니다."

그러자 세템브리니가 "성공하고 봐야 한다는 생각을 부끄러워하시오!"라고 그에게 경고했다. 그런 다음 "세상은 스스로 속아 넘어가려 하니 속여 주어라"는 라틴어 구절을 입 밖에 내뱉고는 말을 이었다. "나도 나프타 씨 주변에 사람들이 모여드는 것을 바라지는 않습니다. 그는 위험한 선동가니까요. 그러나 나는 당신이 질책을 받을 정도로 박수를 치면서 만들어내는 환상의 장면에 직면해서는 그의 편을 들게 될 것입니다. 당신은 분명한 것, 정확하고 논리적인 것, 인간적으로 조리 있는 말을 경멸하고 있는 것입니다! 당신은 그런 것을 경멸하면서 암시와 감정적 기만이라는 속임수를 존중하고 있습니다! 그렇다면 악마가 당신을 이미 무조건…."

"그러나 분명히 말해둡니다만, 그도 뭔가에 열중하면 아주 조리 있게 말할 때도 가끔 있습니다." 한스 카스토르프가 말했다. "그는 어떤 기회에 내게 역동성을 지닌 약제와 아시아의 독 나무에 관해 이야기한 적이 있었습니다. 이야기가 너무 흥미로워서 거의 등골이 오싹할 정도였습니다. 흥미진진한 것은 늘 좀 오싹한 기분이 들지요. 그렇지만 이야기 자체가 흥미롭다기보다는 이야기의 내용과 페퍼코른이라는 인물의 영향력이 결부되어 흥미로웠습니다. 요컨대 그 인물의 영향력이 이야기를 흥미진진하면서도 오싹하게 만들었습니다."

"아무렴 그렇겠지요, 아시아라면 절절 매는 당신의 태도는 익히 알려져 있으니까요. 사실 나 같은 사람에게서 그런 경이로운 이야기를 기대할 수는 없는 일이지요." 세템브리니가 꽤나 통명스럽게 대꾸하는 바람에 카스토르프는 그의 이야기와 교훈의 장점은 당연히 아주 다른 방향에 있노라고 서둘러 설명했다. 그리고 두 사람을 비교하는 것은 양자 모두에게 부당한 일이 될 것이기에 비교할 생각을 할 사람은 아무도 없을 것이라고 덧붙였다. 그렇지만 이탈리아인은 카스토르프의 정중한 대답을 흘려들으며 계속 반박했다.

"아무튼 당신의 객관적이고 침착한 태도에는 모두가 놀라워 할 것입니다, 엔지니어 양반. 당신의 태도는 약간 그로테스크한 면이 있는데, 당신도 그걸 인정할 테지요. 결국 현재의 상태로 보자면… 그 멍청이가 당신의 베아트리체를 빼앗아버린 것입니다. 나는 있는 그대로를 말하고 있습니다. 그런데 당신은 어떤가요? 이런 사례는 있을 수 없습니다."

"기질의 차이입니다, 세템브리니 씨. 혈통상 뜨거운 기질과 기사도적인 기질의 차이라고나 할까요. 물론 남쪽 나라 사람인 선생은 독약을 마시거나 단도를 휘두르거나, 그도 아니라면 어쨌든 문제를 사회적이고 열정적으로, 요컨대 화려하게 만들어 나갈지 모르겠습니다. 그것은 틀림없이 아주 남성적이지요, 사회적이고 남성적이며 열정적 태도입니다. 그러나 나의 경우는 다릅니다. 나는 그렇게 남성적 기질이 아니라서 그 사람을 경쟁 상대나 연적으로 보고 있지 않습니다. 나는 그다지 남자답지 못한 것 같습니다. 내가 부지중에 '사회적'이라고 부르는 의미로 보면, 나는 분명히 남자답지 못합니다. 왜 그런지 이유는 알 수 없습니다. 나는 답답한 가슴을 치면서 내가 대체 그 사람을 비난할 수 있는지 자문해 봅니다. 그가 나에게 뭔가 고의적으로 가해를 했습니까? 아닐 것입니다, 모욕이란 고의성이 있어야 성립되는 것이지 그렇지 않으면 모욕이 되지 않습니다. 그리고 그가 나에게 '가해를 했다'면 나는 그녀를 잃지 않도록 해야 하겠지만, 나에게는 그럴 권리도 없습니다. 그럴 권리가 전혀 없고, 페퍼코른 씨와 관련해서는 특히나 권리가 없습니다. 이유인즉 첫째로 그는 인물이며, 그것만으로도 여성들에게 뭔가 영향력이 있기 때문입니다. 둘째로 그는 나와 같은 민간인이 아니라 나의 불쌍한 사촌처럼 군인과 유사한 사람이기 때문입니다. 다시 말해 그에게는 명예심이 있으며, 그것이 감정과 삶으로 표출됩니다…. 터무니없는 소리를 지껄인 것 같습니다만, 나는 언제나 흠 잡을 데 없는 상투어보다는 차라리 약간은 헛소리 같으면서 동시에 다소 난해한 말을 하고 싶어 하지요. 그렇지만 이로 미루어 나의 성격에도 뭔가 군인적인 요소가 있는 것 같습니다, 내 말이 맞는지는 잘 모르겠지만…."

"어쨌든 그렇게 말해도 되겠지요." 세템브리니는 고개를 끄덕였다. "그건 당연히 칭찬받을 만한 특징입니다. 인식과 표현의 용기, 그것이 문학이고 인문주의이니까요."

이런 경우에 두 사람은 충돌 없이 이럭저럭 헤어지곤 했다. 세템브리니가 매번 화해적인 결말을 맺었는데, 그럴 만한 이유가 충분히 있었다. 그의 입장이 결코 안전한 것이 아니었기 때문에 카스토르프를 너무 엄격하게 몰아세우는 것은 자신에게도 좋지 않았던 것이다. 예컨대 질투가 화제에 오르면 그의 입지는 상당히 좁아져서 자신의 약점을 드러낼 수밖에 없었다. 이 화제의 어떤 특정 부분에 들어가면 교육자적 소질이란 측면에서도 그의 남성적인 면모는 사회적으로 위풍당당한 것은 결코 아니었기 때문이다. 이로 인해 나프타와 쇼샤 부인이 그랬듯이 기세등등한 페퍼코른도 자신의 영역을 침해하게 되리라는 것은 짐작하고도 남음이 있었다. 결국 세템브리니는 제자를 설복하여 이 인물의 영향력과 타고난 우월성을 부인하게 하려는 희망을 접을 수밖에 없었고, 그 자신도 두뇌 싸움의 논적인 나프타와 마찬가지로 페퍼코른의 영향력과 타고난 우월성의 위력에서 거의 벗어날 수 없었다.

그나마 두 사람이 가장 활발한 경우는 토론이 벌어져 정신적 분위기가 조성될 때였다. 그럴 때면 산책을 하던 사람들은 우아하면서도 열정적이고 학술적인 논쟁, 가장 긴박한 시사 및 삶의 문제를 다루는 듯한 어조로 진행되는 논쟁에 이목을 온통 기울였다. 거의 둘이서만 논쟁을 하며 토론을 계속하는 동안 '도량이 큰' 인물은 줄곧 이맛살을 찌푸린 채 놀란 표정을 지으며, 모호하고 조롱조의 말로 중간에 몇 마디 끼어들 따름이었기에 논쟁에서 어느 정도는 중립적인 입장을 보이는 셈이었다. 그러나 이와 같은 상황에서조차도 알게 모르게 압력이 행사되어 두 논적의 대화를 그늘지게 하였다. 그 결과 그들의 대화는 광채를 잃는 것처럼 보였고, 어떤 식으로든 대화는 황폐한 분위기로 빠져 버렸다. 페퍼코른 자신은 의식하지 못했거나 혹시 어느 정도 의식했는지 모르지만, 두 토론자 가운데 어느 누구에게도 사태가 좋지 않아서 논쟁이 결정적인 중요성이라는 점에서 시들해진다는 것을 카스토르프는 물론이고 다른 모든 사람들도 느낄 수 있었다. 그랬다, 이렇게 말하는 것은 지나칠지 모르지만, 카스토르프가 보기에 두 사람 사이에서 쓸모없는 말들만 오가는 것 같았다. 달리 표현하자면, 촌철살인의 기지에 찬 논쟁은 은연중에, 비밀스럽고 막연하게나마 옆에서 걸어가는 도량이 큰 인물을 의식하지 않을 수 없어서 그 인물이 지닌 자력(磁力)에 힘을 잃고 마는 것이었다. 두 논쟁자를 너무 화나게 하는 이런 신비한 현상은 달리 어떻게 설명할 수 없었다.

피터 페퍼코른이 함께 있지 않았더라면, 아마 논쟁은 훨씬 더 치열하게 전개되었을 것이라는 점만은 말할 수 있다. 예컨대 레오 나프타는 세템브리니의 관점에 맞서 교회의 지극히 철저한 혁명적 본질을 옹호했으며, 반면에 세템브리니는 교회라는 역사적 권력조직을 오직 음울한 타성과 보수의 수호자로만 보았다. 세템브리니는 전복과 신생을 지향하는 삶과 미래에 대한 모든 친근성은 고대 교양의 재생을 새롭게 맞이한 시대, 저 영광스러운 시대에 생겨난 계몽, 과학과 진보라는 상반된 원칙과 결부되어 있다고 보면서 자신의 이런 신조를 지극히 아름다운 말과 거동으로 주장했다. 그러자 나프타는 차갑고 날카로운 표정을 지으며 자신의 논리를 자신감 있게 피력했는데, 그의 논조는 거의 반박할 수 없을 정도로 눈부셨다. 나프타에 의하면 종교적—금욕적 이념의 구현인 교회는 가장 내적인 본질에 있어서는 존속하려는 것, 즉 세속적 교양이나 국가의 법질서를 편들고 지지하려는 것과는 거리가 멀고, 그보다는 오히려 옛날부터 가장 급진적인 것, 송두리째 뒤엎는 변혁을 중요한 기치로 내걸어왔다는 것이다. 그리하여 아무튼 존속할 만한 가치가 있다고 생각되는 모든 것, 낙오자와 비겁자, 보수주의자, 시민이 보존하려고 하는 모든 것, 이를테면 국가와 가족, 세속적인 예술과 학문은 의식적이든 무의식적이든 종교적인 이념, 요컨대 교회에 대해 항상 이론을 제기해 왔다. 그런데 교회 본연의 성향과 부동의 목적은 현존하는 모든 세속적 질서를 해체하고 이상적인 국가, 공산주의적 신정 국가를 모범으로 삼아 사회를 새롭게 재구성하는 것이었다고 나프타는 주장했다.

이번에는 세템브리니가 응수할 차례였는데, 그 역시도 아주 놀라울 만큼 논리적 전개를 적절히 시작했다. 이렇게 샛별 같은 혁명사상을 모든 추악한 본능의 총체적 반동과 혼동하는 것은 개탄스럽다고 그는 말문을 열었다. 수세기를 통한 교회 신생의 열망은 생명을 낳는 사상을 심문하고 교살하는 것, 화형장의 연기 속에서 질식시키는 데 있었다. 더욱이 오늘날 교회의 밀사들은 교회가 변혁을 갈망하는 것으로 선포하고 있는바, 이는 자유와 교양, 민주주의를 천민 독재와 야만으로 대체하는 것이 목적이라는 근거에 의거해 있는 것이다. 아, 정말로 모순에 가득 찬 끔찍한 결론이자 모순의 모순으로 일관되어 있다고 세템브리니가 말을 끝냈다.

모순의 모순으로 일관된다는 점에서는 자신의 논적도 마찬가지라고 나프타가 반박했다. 스스로 민주주의자를 자처하고 있으나 세템브리니는 민중 및 평등에 우호적인 언급을 거의 하지 않는다. 오히려 민중을 대변하여 독재를 하도록 소명 받은 세계 프롤레타리아를 그는 천민으로 표현함으로써 징벌해도 좋을 만한 귀족적 오만을 여지없이 드러내고 있다. 그러나 교회에 대해 공공연히 자신의 입장을 나타내는 것은 참으로 민주주의자다운 행동이지만, 교회가 인류 역사상 가장 고귀한 권력을 표현한다는 것을 우리는 물론 자랑스럽게 인정해야 할 것이다. 종국적이고 최고의 분별력, 정신에 의한 분별력에서 볼 때 교회는 고귀하다. 중복어법을 사용해도 된다면, 금욕적 정신, 즉 현세 부정 및 파괴의 정신은 고귀성 그 자체인 것으로, 순수한 문화의 시대에서는 귀족적인 원칙이기 때문이다. 금욕적 정신은 결코 민중적일 수 없고, 그 어떤 시대에도 교회는 근본적으로 대중적이지 않았다. 세템브리니 씨가 중세 문화에 대한 문헌적 노력을 조금만 기울여도 이런 사실을 통찰하게 될 것이다. 민중, 그것도 가장 넓은 의미에서의 민중은 교회의 본질에 대하여, 예컨대 민중의 시적 환상에서 고안되어 이미 루터적인 방식으로 금욕 사상을 견지하며 술과 여자, 노래를 거부해온 수도사들의 형상에 대하여 짙은 혐오감을 보인 바 있었다. 세속적인 영웅주의의 모든 본능과 그 모든 호전적 정신, 게다가 궁정문학은 종교적 이념과 아울러 교회의 계급제도에 많든 적든 어떤 식으로든 공공연히 반대 입장을 취해왔다. 왜냐하면 이 모든 것은 교회를 통해 표현되는 정신의 고귀함과 비교할 때 '현세'와 천민성에 속해 있었기 때문이라고 나프타가 강조했다.

세템브리니는 새삼 기억을 일깨워주어 감사하다고 대꾸하면서 말을 이었다. 영웅시 〈로젠가르텐〉에 나오는 수도사 일잔의 형상은 방금 찬양한 음침한 귀족주의에 비하면 훨씬 생동감이 있다. 웅변가인 자신은 독일의 종교 개혁가를 좋아하지 않지만, 구태여 그에 대해 언급하자면, 인격을 억압하는 모든 종류의 종교적이고 봉건적인 지배욕에 맞서던 루터 교리의 민주적 개인주의의 바탕이 되는 모든 것을 지지하는 편에 설 것이다."

그러자 나프타가 "이럴 수가!"라고 돌연 소리치며 반문했다. "교회에 민주주의 사상과 인격의 가치에 대한 의식이 결여되어 있다는 말입니까? 로마법이 시민권의 소지 여부에 따라 권리 능력을 부여하고, 게르만법이 게르만 민족에 속하는 자와 개인적 자유가 있는 자에게만 권리 능력을 주고 있지만, 교회법은 오로지 교회 공동체와 정통 신앙만을 요구하고, 국가적이고 사회적인 모든 조건을 무시하면서 노예, 전쟁포로, 비자유인의 유산권 및 상속권을 주장한 바 있었는데, 이런 성서법의 인간적 공평성을 어떻게 설명한단 말입니까?!"

세템브리니가 신랄하게 반박했다. "그런 주장은 어쩌면 유언할 때마다 굴러 들어오는 '교회의 지분'을 어느 정도 노렸기에 유지된 것인지도 모릅니다. 물론 신들이야 어느 누구에게도 관심이 없었지만, 반면에 '신부의 대중선동'은 하층민들을 움직여 보려는 절대적 권력욕의 사탕발림 같은 것이었습니다. 그리고 교회의 경우 분명히 영혼의 질보다는 양을 중시하고 있으며, 이로 미루어 교회의 정신적 천박함이 얼마나 뿌리 깊은가를 추론할 수 있습니다."

"천박하다고요, 교회가? 세템브리니 씨는 치욕의 유전성을 이념의 전제로 하고 있는 교회의 냉엄한 귀족주의에 주의를 기울이십시오. 민주적으로 표현하자면 죄 없는 후손에까지 중죄가 부과되는 귀족주의

를 말입니다. 예컨대 사생아는 평생 동안 오명을 뒤집어쓰고 권리를
행사하지 못하니까요."

그러나 이에 대해 세템브리니는 그만 침묵할 것을 요구하며 반론을
제기했다. "첫째로, 나의 인간적 감정이 그런 말에 분노하기 때문이고,
둘째로, 그런 술수에는 진저리가 나며, 상대의 논리를 요리조리 피해가
는 변명에서는 비열하기 짝이 없고 무(無)를 숭배하는 추악한 태도를
이번에도 다시 보았기 때문입니다. 게다가 무의 숭배를 정신이라고 부
르기를 원하고, 금욕의 원칙이 인기가 없다는 것을 인정하면서도 그것
을 뭔가 합법적이고 신성한 것으로 느끼게 하려고 하기 때문입니다."

"미안한 말이지만 웃음을 터뜨리지 않을 수 없군요. 교회에 대해 허
무주의라는 말을 하다니요! 세계사에서 가장 실제적인 지배체제에 대
해 허무주의 운운하다니요! 세템브리니 씨는 이제껏 인간적인 아이러
니의 분위기를 접해 본 적이 없었나 봅니다. 교회는 인간적인 아이러
니를 통해 세속과 육체를 지속적으로 인정해 왔고, 현명하게도 관용적
인 태도를 견지하면서 금욕 원칙의 최종적 결론을 유보해 왔습니다.
또한 본성을 너무 혹독하게 대하는 일이 없이 없도록 정신을 조절의 역
할로서만 관리해 왔습니다. 이렇게 볼 때 세템브리니 씨는 사면(赦免)
이라는 성직자의 세련된 개념을 들어본 적이 없었던 것입니다. 심지어
성사(聖事), 즉 혼인성사도 이런 개념에 속하는데, 그것은 긍정적인 선
은 전혀 아니며, 다른 성사들과 마찬가지로 죄에서 인간을 지키는 수단
에 불과합니다. 혼인성사란 오직 관능적인 육욕과 무절제를 억제하기
위해 주어진 것으로, 이 때문에 금욕적 원칙은 육체에 대해 비정치적인
엄벌주의로 대응하지 않고 순결의 이상을 자체 내에서 주장하고 있는
것입니다."

세템브리니는 '정치'라는 개념의 이런 혐오스런 사용, 건방지게도 관용과 현명함을 빙자하는 나프타의 거동에 정말이지 항의하지 않을 수 없었다. 정신(여기서 정신이라고 불리는 것)은 소위 유죄로서 '정치적으로' 취급되는 세속적인 것, 종교적 사면 따위는 전혀 필요 없는 정반대의 것과 대립을 이루면서 부당하게도 관용 및 현명함이라는 것과 연결되고 있었다. 요컨대 세템브리니는 우주를 악마처럼 사악하게 보는 태도, 다시 말해 삶뿐만 아니라 그 반대의 것인 정신도 동시에 사악하게 보는 끔찍한 이원론적 세계관에 대하여 강력하게 이의를 제기했던 것으로, 그럴 것이 삶이 악한 것이라면 그것의 순수한 부정인 정신도 악할 수밖에 없었기 때문이다! 그런데 세템브리니가 육욕을 변호하여 무죄를 주장했을 때, 한스 카스토르프는 다락방의 연단, 짚이 든 의자와 물병이 놓여 있던 인문주의자의 서재를 생각하지 않을 수 없었다. 이때 나프타는 육욕에 대해 세템브리니와는 다른 주장으로 맞섰다. 육욕은 죄가 아닐 수 없는바, 본성은 정신적인 것에 대해 어떻게든 양심의 가책을 가져야 한다. 교회의 정책과 정신의 관용을 '사랑'으로 규정함으로써 금욕의 원칙을 허무주의로 보는 주장에 반박할 근거를 확보할 수 있다는 것이었다. ―카스토르프는 '사랑'이라는 말이 날카롭고 마른 체형의 키가 작은 나프타에게는 어울리지 않고 아주 이상한 분위기를 자아낸다고 생각했다.

이렇게 논쟁은 계속되었다. 우리는 이런 식의 유희를 알고 있으며, 한스 카스토르프도 그것을 벌써 알고 있었다. 그럼에도 우리가 그와 함께 잠시 논쟁을 경청한 것은 예컨대 이런 소요학파적인 결투가 옆에서 함께 산책하는 도량이 큰 인물의 방해를 받아 어떤 양상을 보이는가, 가령 이 인물의 존재가 어떤 식으로 논쟁을 부지중에 무기력하게 만들었는가를 관찰하기 위해서였다. 즉, 두 논쟁자가 은연중에 그 인물의 존재에 압박감을 받아서 이따금 튀던 불꽃이 시들해지고 흐르던 전류마저 끊어져 버렸을 때, 우리에게 전해오는 그들의 무력감을 관찰하기 위해서였다. 맞았다! 우리의 예상이 들어맞았다. 두 논적 사이에 긴장이 없었고, 불꽃이 튀거나 전류도 흐르지 않게 되었다. 소위 정신의 대변자가 바라던 대로 정신에 의해 무력화된 인물의 존재가 오히려 정신을 무력화시킨 것으로, 한스 카스토르프는 이를 놀라움과 호기심을 가지고 깨닫게 되었다.

혁명과 보수의 편에서 논쟁하던 두 사람은 페퍼코른을 응시했다. 그들은 그가 무겁게 발을 디디며 특별히 당당하지만은 않은 자세로 걸어가는 모습을 바라보았다. 그는 모자를 깊이 눌러쓰고 몸을 좌우로 흔들며 걸어갔다. 이와 동시에 장난스럽게 머리를 흔들어 두 논쟁자를 가리키면서 불규칙하게 찢어진 입으로 말했다. "그래요, 그래, 그렇지요! 대뇌, 대뇌를 사용한답니다, 아시겠죠! 그거야… 다 드러나 있지요." 그런데 이렇게 말함으로써 논쟁의 열기가 완전히 죽어버린 것이었다! 두 논쟁자는 다른 논제를 들먹이고 훨씬 더 강렬한 주술을 사용하면서 '귀족성의 문제', 대중성과 고귀성의 문제를 거론하기 시작했다.

그러나 불꽃은 일어나지 않았다. 대화는 자석처럼 도량이 큰 인물이 대화의 열기를 끌어가 버렸다. 카스토르프는 순간적으로 클라브디아의 여행 동반자가 깃이 없는 내의를 입고 붉은 비단 이불을 덮은 채 반쯤은 늙은 노동자 같고, 반쯤은 왕처럼 위풍스런 상반신을 보이며 침대에 누워 있는 모습을 연상했다. 그런데 이때 논쟁의 열기는 가볍게 떨림을 일으키더니 이내 맥 빠진 양상으로 변해버렸다. 그러자 두 논쟁자는 긴장을 한층 더 고조시켰다! 한편에서 부정과 무의 숭배를 주장하면, 다른 한편에서는 영원한 긍정과 정신이 보여 주는 삶의 애착을 부르짖었다! 그럼에도 두 사람이 페퍼코른을 보기만 하면, 논쟁의 뜨거운 열기와 섬광, 전류가 멈추어 버렸다. 그들을 불가항력적으로 만들고 모든 열기를 비밀스런 흡인력으로 끌고 가는 것은 무엇일까? 한마디로 모든 열기는 멈추어 버렸던 것으로, 카스토르프의 표현에 따르면 그것은 바로 신비로움이었다. 그는 이런 신비로움에 대해 아주 간단한 말로 표현하든지, 그렇지 않을 바에는 차라리 입 밖에 내지 말고 그대로 두어야 한다는 사실을 자신의 잠언 모음집을 위해 기록해 두고 싶었다. 그러나 어쨌든 이 신비로움을 표현해 보자면, 이맛살이 깊게 패인 왕 같은 얼굴과 입이 길게 찢어진 피터 페퍼코른은 늘 양면적인 모습을 하고 있었다고 우리는 그의 유일한 특징을 말해도 좋을 것이다. 그를 보면 양면적 모습이 그에게 다 어울려서 그라는 하나의 인물로 통일되는 것 같았다. 그러면서도 어떤 때에는 이것 같기도 하고 저것 같기도 하여 종잡을 수 없었다.

그렇다, 이 어리석은 노인은 지배자적 무의 존재였다! 그는 나프타처럼 혼란과 선동으로 모순의 초점을 흐리게 하지 않았다. 그는 나프타처럼 애매모호한 것이 아니라 정반대로 긍정적인 의미에서 애매모호했다. 이 휘청거리며 걸어가는 신비로운 인물은 어리석음과 영리함 따위를 분명히 넘어서 있을 뿐만 아니라 세템브리니와 나프타가 교육적 목적으로 초긴장을 만들도록 끌어들인 반명제들을 뛰어넘고 있었다. 인물이라는 것은 교육적인 것과는 관계가 없는 것 같았다. 그럼에도 교양 여행을 감행하는 사람에게는 이것이 얼마나 좋은 기회였던가! 두 논쟁가가 결혼과 죄, 관용의 성사, 육욕의 죄와 무죄에 대해 다투고 있을 때 왕 같은 풍모의 애매모호한 인물을 관찰하는 것은 얼마나 진기한 기회였던가! 페퍼코른은 머리를 어깨와 가슴을 향해 기울이고, 비통스러워 보이는 입술을 쩍 벌려 한탄하듯이 중얼거렸다. 그의 콧구멍은 팽팽해지며 고통스러운 듯 벌렁거렸고, 이맛살은 위로 치켜 올라갔으며, 커진 흐릿한 눈에는 고뇌의 빛이 일렁거렸다. ―그야말로 고뇌의 모습이었다. 그런데 어찌된 일인지 순식간에 고통의 표정이 활짝 펴지며 화사한 기운을 드러냈던 것이다! 비스듬히 기울인 머리는 악동 같은 모습으로 바뀌었고, 입술은 여전히 벌어진 채 음탕한 미소가 번졌으며, 전에도 어떤 기회에 선보였던 보조개가 한쪽 볼에 나타났다. 바로 춤을 추는 이교도의 사제가 눈앞에 서 있었다. 그는 머리로 장난스럽게 머리싸움을 벌이는 논쟁자들 쪽을 가리키면서 말문을 열었다. "이런, 그래, 그래요, 그렇지요… 완벽합니다. 이분은… 이분들은, 뻔히 드러나 있지요. 육욕의 성사 말입니다, 아시겠지요…."

한스 카스토르프의 친구이자 스승인 두 논쟁자는 페퍼코른이라는 인물로 말미암아 품격이 떨어지긴 했지만, 그럼에도 우리가 말한 바 있듯이 격렬하게 말다툼을 할 때가 그래도 가장 좋은 순간이었다. 그들은 이럴 때면 물을 만난 물고기와 같았으나, 도량이 큰 인물은 그렇지 못했다. 논쟁이 벌어질 경우에 페퍼코른이 하는 역할에 대해서는 어쨌든 사람들마다 서로 상이한 평가가 있을 수 있었다. 반면에 기지와 말, 정신이 더는 평가의 대상이 되는 것이 아니라 사실 관계, 지상의 실제적인 것, 지배자적인 본성이 위력을 과시하는 문제 내지 일이 평가의 대상이 될 때에는, 의심할 나위 없이 사태가 두 논쟁자에게 불리하게 돌아갔다. 그러면 그들은 어쩔 수 없이 그늘 속으로 밀려나 초라한 신세가 되어 버렸고, 페퍼코른은 주도권을 잡고서 매사에 규정하고 결정하는 주체로서 지시하고 주문하고 명령했다. 그가 이런 상태를 도모하여 말싸움의 분위기를 자기에게 유리한 쪽으로 바꾸려 한 것은 이상한 일도 아니었다. 말싸움의 분위기가 지배하거나 그것이 길어지게 되면 그는 고통스러웠다. 그렇지만 그가 고통스러운 것은 허영심 때문이 아니었고, 카스토르프도 이를 확신할 수 있었다. 도량이 넓은 사람에게 허영심 따위는 없기 마련이며, 위대함은 허영과는 상관없다. 아니, 페퍼코른이 현실적인 문제를 거론하려 했던 것은 다른 이유 때문이었다. 아주 대략적이고 어림짐작하여 말하자면, 그것은 '불안' 때문이었다. 카스토르프가 세템브리니에게 실험적으로 언급하면서 어느 정도 군인의 성향으로 설명하고자 했던 저 열렬한 의무감과 명예심 때문이었다.

네덜란드인은 손톱이 뾰족한 선장 같은 손을 들어 올리며 단호한 어조로 명령하듯이 말했다. "좋습니다, 여러분, 완벽합니다, 근사해요! 금욕, 종교적 사면, 관능… 나는 그것을 결단코! 지극히 중요합니다! 지극히 논쟁적입니다! 단지 실례가 되지만, 나는 우리가 중한 죄를 범할까 봐 염려하는 바입니다…. 우리는 사면을 받을 것입니다, 여러분, 우리는 책임 없이 사면될 것입니다, 가장 신성한 것에…." 그는 심호흡을 했다. "이 공기, 여러분, 오늘의 특별한 푄 바람, 부드럽게 신경을 다독거리는 바람, 예감과 추억으로 가득 찬, 봄 향내 그윽한 바람 말입니다. 우리는 이런 공기를 들이켜서는 안 됩니다. 이런 공기를… 그러니까 형태에 따라, 간곡히 부탁합니다. 그것은 모욕입니다. 우리는 이 공기에 우리의 온전하고 완벽한… 아, 우리의 지고하고 가장 정신적으로 현전하는… 끝났습니다, 여러분! 그리고 이런 특성의 순수한 찬양으로서 이 공기를 다시 우리의 가슴 밖으로… 그만 이야기하겠습니다, 여러분! 이것에 경의를 표하며 나는 그만 이야기하겠습니다."

그는 허리를 뒤로 젖히더니 모자로 햇빛을 가리며 자리에 멈춰 섰다. 그러자 함께 있던 사람들 모두가 그의 행동을 따라 했다. 이때 그가 다시 말했다 "여러분, 저 공중의 높은 하늘, 저 위에서 빙빙 돌고 있는 검은 점을 주목해 보십시오. 오늘따라 푸른 하늘 아래서 거무스름하게 유유자적하는 것… 저것은 맹금, 커다란 맹금입니다. 모든 점으로 보아, 여러분, 그리고 당신, 친애하는 부인, 저것은 독수리입니다. 모두들 저것을 꼭 주목하도록 하십시오… 보십시오! 저것은 말똥가리나 매가 아닙니다. 나처럼 나이가 들수록 여러분도 원시가 되지요… 그렇습니다, 친애하는 부인, 확실히, 나이가 들면 그렇지요. 내 머리칼이 허옇게 셌지요, 물론입니다. 그렇게 되면 여러분도 나처럼 또렷하게 보일 것입니다, 가파르게 회전하는 것을 보니… 독수리입니다, 여러분. 수리입니다. 독수리가 바로 우리 위 푸른 하늘에서 선회하고 있습니다. 날갯짓도 하지 않고 저 높은 창공에서 날고 있습니다. 툭 튀어나온 눈썹 뼈 밑의 번뜩이는 천리안으로 우리를 엿보고 있는 것이 틀림없지요…. 독수리입니다, 여러분, 주피터의 새이자 새 중의 왕, 하늘의 사자입니다! 독수리는 깃털로 된 날개와 갑자기 앞으로 크게 구부러진 무쇠 같은 부리를 가지고 있습니다, 그리고 무시무시한 위력의 갈고리 발톱은 안쪽으로 감겨 있답니다. 보십시오, 발톱으로 이렇게!" 그러면서 그는 긴 손톱이 달린 선장 같은 손으로 독수리의 발톱을 흉내 내려고 했다. "친구야, 너는 왜 빙빙 돌며 엿보단 말이냐!" 그런 다음 위를 향해 소리쳤다. "내려와 덮쳐라! 무쇠 같은 부리로 저 먹잇감의 머리와 눈을 쪼아 버리고, 배를 갈라버려라, 신이 네게 준 먹잇감의 배를… 완벽합니다! 끝났습니다! 너의 발톱은 내장 속에 들어가 있어야 하고, 너의 부리는 피를 뚝뚝 흘려야 한다."

그는 흥분한 상태였고, 나프타와 세템브리니의 모순된 논리에 관심을 기울이던 산책자들도 그를 주목하기 시작했다. 이어서 페퍼코른의 제의에 따라 어떤 사안에 대한 논의와 결정이 있어야 했지만, 사람들은 독수리의 영상이 아직도 뇌리를 벗어나지 않아 한동안 말없이 잠자코 있었다. 결국 음식점에 들러서 먹고 마시자는 데 합의가 이루어졌다. 식사할 시간이 결코 아니었지만, 독수리에 대한 잔상이 남아서 그런지 모두가 식욕을 자극받았다. 페퍼코른은 베르크호프 밖에서도 향연과 연회를 여러 차례 베푼 바 있었다. 그는 작은 기차를 타고 나들이를 떠났던 플라츠와 도르프에 있는 글라리스 또는 클로스터의 음식점에서 자주 이런 연회를 열었고, 사람들은 그의 지배자다운 인도를 받으며 고전적인 향응을 즐겼다. 시골식 빵에 크림이 든 커피, 또는 향기로운 알프스의 버터를 바른 빵에 얹은 즙이 부드러운 치즈, 뜨겁게 구워낸 군밤은 기가 막히게 맛있었다. 여기에 곁들여 벨트린 산 적포도주도 마음껏 마셨다.

페퍼코른은 몹시 더듬거리며 즉흥적인 연회를 주재하면서 인내심이 강한 안톤 카를로비치 페르게에게 무엇이든 이야기를 하라고 시키기도 했다. 페르게는 고상한 이야기라곤 전혀 모르고 있었지만, 러시아의 고무신 제조에 대해 아주 사실적으로 자세히 설명했다. 페르게에 의하면 유황이나 그 밖의 물질을 고무원료에 혼합시킨 신발에 래커 칠을 하고 100도가 넘는 열을 가하여 탄성고무를 만든다고 했다. 그는 출장 여행으로 북극에도 몇 차례 가본 적이 있어서 극지에 대해서도 이야기했고, 노르카프의 한밤중에 뜨는 태양과 영원한 겨울에 대해서도 이야기했다. 그는 돌출한 목과 덥수룩하게 덮인 수염 아래쪽 입술을 움직이며 말했는데, 기선은 거대한 빙산과 짙푸른 넓은 바다에 비하면 말할 수 없이 작아 보였다고 했다. 그리고 하늘에 노란 빛 무리가 퍼져 있었는데, 그것이 바로 극광이었다는 것이다. 이 모든 것이 안톤 카를로비치 페르게에게는 유령처럼 다가왔으며, 주변 경관과 거기 있던 자신까지 유령이 아닌가 싶더라는 것이다.

이처럼 자신이 경험한 극지에 대해서 이야기하긴 했지만 페르게는 이 작은 모임에서 유일하게 복잡하게 얽힌 관계에서 배제되어 있는 사람이었다. 이 관계에 대해 말하자면, 주인공답지 않은 주인공인 카스토르프가 클라브디아 쇼샤, 그리고 그녀의 여행 동반자와 몰래 나눈 두 번의 짤막하고 기이한 대화 내용을 들어볼 필요가 있다. 대화는 두 번 다 따로, 한 번은 '방해자'가 열이 높아 침대에 누워 있던 저녁에 홀에서, 또 한 번은 오후에 페퍼코른의 침상에서 이루어졌다.

그날 저녁 홀은 반쯤 어둠에 싸이기 시작했다. 정기적인 그 날 모임은 맥 빠지게 일찍 끝나 버렸고, 손님들은 안정 요양을 하기 위해 일찌감치 발코니로 향했다. 다른 몇 사람들은 요양을 거부하고 마을로 내려가 춤을 추고 카드놀이를 즐겼다. 고요해진 홀의 천장 어딘가에 전등불 하나가 켜져 있을 뿐, 인접한 응접실들에는 거의 불이 켜져 있지 않았다. 그렇지만 한스 카스토르프는 동반자 없이 저녁을 먹은 쇼샤 부인이 아직 2층으로 돌아가지 않은 채 혼자 독서실에 머무르고 있다는 것을 알고 있었기 때문에, 그 역시 자신의 방으로 올라가지 않고 머뭇거렸다. 그는 평평한 계단 하나를 더 올라가야 통할 수 있는 홀 뒤편의 타일로 된 난로 옆 흔들의자에 앉아 있었다. 그곳은 나무 기둥이 달린 몇 개의 하얀 아치에 의해 홀의 중앙과 격리되어 있었다. 지금 이 흔들의자는 요아힘이 마루샤와 처음이자 마지막으로 대화를 나눌 때 마루샤가 앉았던 바로 그 의자였다. 카스토르프는 담배 한 대를 피워 물었다. 이 시간에는 홀에서 담배를 피우는 것이 허락되고 있었다.

이때 그녀가 들어왔다. 그는 등 뒤에서 발소리와 옷자락 스치는 소리를 들었다. 그녀는 그의 옆으로 와서는 편지 끝을 붙잡고 부채처럼 흔들면서 프리비슬라프의 목소리로 말문을 열었다.

"관리인이 가고 없군요. 우표 한 장 줘 보세요!" 그녀는 이날 밤 가벼운 검정색 비단 옷을 입고 있었다. 목 둘레는 둥글게 파이고 소매가 헐거운 옷으로, 단추가 채워진 소매의 주름장식은 손목을 꼭 둘러싸고 있었다. 그는 이런 그녀의 옷이 멋지다고 생각했다. 그녀는 목에 진주 목걸이를 두르고 있었는데, 목걸이가 어둠 속에서 희미한 빛을 발하고 있었다. 그는 키르기스인의 얼굴을 쳐다보고는 반문했다. "우표? 내겐 없는데."

"아니, 없다고요? 그건 도무지 말이 안 되는 군요. 숙녀의 마음에 들려면 그런 정도는 준비해 두어야 하는 것 아닌가요?" 그녀는 입술을 삐죽 내밀고 어깨를 으쓱해 보였다. "나를 실망시키네요. 남자라면 항상 빈틈없고 믿음직해야죠. 당신이라면 지갑의 한쪽에 온갖 종류의 작은 우표들을 모아서 가치의 순서대로 분류해놓고 다니는 줄 알았지요."

"아니, 무엇 때문에 그래야지?" 그가 말했다. "나는 편지를 써 본 일이 없거든. 누구에게 쓰겠어? 우표가 붙어 있는 엽서는 아주 가끔 쓰지만, 대체 누구에게 편지를 쓰겠어? 이제 평지와 접촉이 끊긴 지 오래 되었고, 나는 평지에서 사라져 버린 존재거든. 우리나라 민요집에 이런 가사가 있지. '나는 세상에서 사라졌도다.' 내가 바로 이런 처지야."

"좋아요, 그렇다면 파피로스 담배라도 한 대 주세요, 세상에서 사라진 남자 분!" 그녀는 난로 옆에 놓인 리넨 쿠션을 깐 그의 맞은편 의자에 다리를 꼬고 앉았다. 그러더니 담배를 받으려고 손을 내밀며 말했다. "그건 가지고 있는 모양이네요." 그녀는 그가 은제 담배 케이스에서 꺼내어 내민 담배를 감사의 표현도 없이 아무렇게나 받아 들었다. 그러자 그는 고개를 숙인 그녀에게 라이터로 불을 붙여 주었다. 태연하게 "우표 한 장 줘 보세요!"라고 하던 말과 감사의 표현도 없이 담배를 받는 태도에는 버릇없는 여자의 교태 같은 것이 묻어나 있었다. 하지만 그 밖에도 그런 태도에는 인간적인, 좀 더 좋게 말하면 '인간애가 넘치는' 공동성과 공동소유의 관념, 주고받는 것을 당연하게 여기는 거칠고도 부드러운 감정이 배어 있었다. 그는 나름대로 이런 태도를 좋은 의미로 평가하면서 말했다.

"그래, 담배야 늘 갖고 다니지. 그거야 있어야지. 담배 없이 어떻게 지낼 수 있겠어? 이런 말을 하면 내게 열정이 있다고 할지 모르겠지만, 그렇지 않아. 솔직히 말하면 나는 결코 열정적인 인간이 아니야. 그러나 내게도 열정이 있는데, 그것은 차분하게 가라앉은 열정이야."

쇼샤 부인은 빨아들인 연기를 내뿜으며 말했다. "당신이 열정적인 사람이 아니라는 말을 들으니 지극히 마음이 놓이는군요. 그렇지요, 당신이 어떻게 열정적일 수 있겠어요? 열정적이라면 독일인답지 않다는 말이니까요. 열정이란 삶 자체를 위한다는 뜻이죠. 하지만 당신들은 체험을 위해 사는 것으로 알려져 있어요. 열정이란 자신을 망각하는 일이예요. 그러나 당신들은 자신들의 풍요로움을 중시하지요. 그래요, 그것이 혐오스러운 이기주의이며, 언젠가는 그로 인해 당신들이 인류의 적이 되리라고 생각지 않으세요?"

"이런, 이런, 갑자기 인류의 적이라니? 어떻게 그렇게 보편적 평가를 내리는 거지, 클라브디아? 독일인은 삶을 위해서가 아니라 자신들의 풍요로움을 위해 산다고 말하는 것은 대체 어떤 특정한 사람을 두고 하는 말인가? 너희 같은 여성들은 막연하게 도덕론을 펴지는 않을 것 같은데. 아, 도덕, 알다시피 그것은 나프타와 세템브리니의 쟁점이고, 큰 혼란을 야기하는 범주에 속하지. 우리가 과연 우리 자신을 위해 사는지 또는 삶을 위해 사는지 우리 자신도 알지 못할 뿐만 아니라, 어느 누구도 그것을 정확하고 확실하게 알 수 없는 법이야. 나는 그 경계가 유동적이라는 것을 말하는 거야. 이기적인 헌신도 있고, 헌신적인 이기주의도 있으니까… 사랑도 대체로 이와 같다고 생각해. 물론 내가 말하는 도덕 따위는 집어치우고, 언젠가 단 한 번 그랬듯이 네가 돌아온 뒤로 이렇게 우리가 함께 앉아 있어서 즐겁다면, 그것은 어쩌면 비도덕적일지도 모르겠어. 게다가 너의 손목을 감싸고 있는 소매 주름과 팔을 두른 얇은 비단이 얼마나 너와 잘 어울리는지 말해 줄 수 있어서 즐겁다면, 이 또한 비도덕적일지 모르겠어. 내가 잘 알고 있는 너의 그 팔 말이야."

"나는 그만 가야겠어요."

"제발 가지 마! 나는 현재의 상황뿐만 아니라 여러 사람들에 대해서도 신중을 기할 생각이야."

"열정이 없는 사람이니 적어도 그것은 믿어도 좋겠군요."

"그래, 그것 봐! 지금 나를 조롱하고 힐난하고 있잖아. 내가 뭐라고만 하면… 그러면, 너는 가려고 하니까…."

"내게서 이해 받기를 원한다면 말을 하다 중간에 그만두지를 말아야죠."

"너야 더듬거리다 그만 두는 말에 대해 미루어 짐작하는 연습을 줄곧 해왔을 텐데, 나에게도 그럴 수 없단 말인가? 그것은 좀 불공평하군. 여기서 불편부당을 따질 시점이 아니라는 것을 나도 잘 알고는 있지만…."

"아, 아니에요. 불편부당이란 차분하게 가라앉은 열정이지요. 그것은 질투와는 달라서 그런 사람이 질투를 하게 되면 우습기 짝이 없겠지요."

"그렇게 생각해? 물론 우습겠지. 그러니 나의 차분한 태도를 이해해 줬으면 해! 거듭 말하지만 내가 차분하지 않다면 어떻게 견딜 수 있겠어? 내가 차분하지 않았다면 예컨대 어떻게 기다림을 참고 견딜 수 있었겠어?"

"뭐라고요?"

"너에 대한 기다림."

"저, 이보세요. 당신이 어리석게도 내게 고집스럽게 사용하는 '너'라는 호칭을 더 이상 막지는 않겠어요. 언젠가는 그런 호칭에 싫증이 날 때가 있을 테지요. 그리고 나도 새침데기처럼 굴면서 그런 일에 화를 발끈 내는 고상한 집안의 여자는 아니니까요."

"아니, 네가 환자이기 때문이야. 병이 너에게 자유를 주고 있는 거야. 병이 너를, 잠깐, 내가 아직 한 번도 사용해 본 적이 없는 낱말이 지금 떠올랐어. 그래, 병이 너를 천재적으로 만들고 있어!"

"천재니 뭐니 하는 이야기는 다음에 하기로 해요. 내가 말하고 싶은 것은 그런 이야기가 아니거든요. 한 가지 부탁이 있어요. 만일 당신이 기다렸다면, 당신의 기다림에 내가 무슨 관계라도 있다거나 내가 그렇게 하도록 당신을 자극이라도 한 것으로 만들지 말아 주세요. 실상은 그 반대였다는 것을 내게 당장 확실하게 밝히도록 하세요…."

"좋아, 클라브디아, 분명하게 말하겠어. 네가 나에게 기다리라고 한 것이 아니라, 내가 일방적으로 기다렸어. 이런 말이 정말 듣고 싶었겠지, 그런 마음 충분히 이해해."

"당신의 고백조차 이렇게 불손한 면이 있다니, 정말이지 당신은 불손한 사람이에요, 왜 그런지 알 수가 없군요. 나에게뿐만 아니라 다른 사람에게도 그래요. 당신은 감탄을 하거나 남에게 고개를 숙일 때에도 불손한 면이 있어요. 내가 그걸 모른다고 생각하나 보네요! 그래서 당신 같은 사람하고는 대화를 나누지 말아야 해요. 기다렸다는 말을 그렇게 함부로 하니까 말예요. 당신이 아직 여기 남아 있는 것은 무책임한 일이에요. 당신은 벌써 이곳을 내려가 조선소라든가 다른 어떤 곳에서 일을 하고 있었어야 하는데…."

"지금 그 말은 전혀 천재적이 아니고 아주 상투적인 표현이야, 클라브디아. 물론 그저 해보는 말이겠지만. 어떻게 세템브리니에게나 어울리는 말을 하겠어, 안 그래? 그저 해보는 말이라고 생각하고, 나도 그 말을 새겨듣지 않겠어. 너도 예언했듯이 평지에서 군복무를 하려다가 사망한 나의 불쌍한 사촌처럼 나는 무모한 출발을 하지는 않을 생각이야. 사촌도 어쩌면 자신이 죽으리라는 것을 알았겠지만, 여기서 계속 요양을 하면서 지내기보다는 차라리 죽기를 원했는지도 모르지. 그래, 하지만 그는 군인이었지. 그러나 나는 군인이 아니고 민간인이야. 내가 나의 사촌처럼 한다면, 그리고 분명히 말하지만 라다만토스의 금지 명령에도 불구하고 내가 평지에서 유용성과 진보를 위해 직접 헌신하기를 바란다면, 그것은 탈주와도 같은 일이 되고 말 거야. 그것은 아마도 병과 천재성, 너에 대한 나의 사랑, 내가 알고 있는 너의 매혹적인 팔을 거스르는 배은망덕하기 짝이 없고 불충한 행위일 거야. 너를 사랑함으로써 나는 오래된 상처와 새로운 상처를 갖고 있어. 고백하건대 너의 팔을 알게 된 것은 그저 꿈속에서, 어떤 범상치 않은 신기한 꿈속에서였으며, 따라서 너에게는 당연히 어떤 결과나 책임, 자유로운 행동의 제한 따위는 없게 될 거야."

쇼샤 부인은 담배를 입에 문 채 피식 웃었고, 그 바람에 타타르인의 가는 눈이 더 작아졌다. 그녀는 판자로 된 벽에 몸을 기대고 두 손으로는 벤치를 짚어 몸을 떠받치고 있었다. 그러면서 두 다리를 꼬고 있어서 검은 에나멜 구두를 신은 발이 흔들거렸다.

"이런 관대하기도 하셔라! 아, 그렇죠, 그래요, 나도 늘 천재라는 것이 그렇다고 상상해 왔지요, 나의 가련한 도련님!"

"그만 좀 해, 클라브디아. 물론 나는 본래 천재도 아니고 그렇다고 도량이 큰 인물도 아니니까, 암, 그렇고말고. 하지만 나는 우연히, 우연이라는 말을 사용하겠는데, 이처럼 천재적인 지역으로 떠밀려서 아주 높이 올라오고 말았던 거야. 너는 잘 모르겠지만, 한마디로 연금술적인 밀봉의 교육과 같은 어떤 것, 성체 변화라는 것이 있지. 이해하기 쉽게 말하면, 그러니까 내가 좀 더 높은 곳으로의 상승이 이루어진 셈이야. 그러나 물론 외부의 영향으로 더 높은 곳으로 밀어 올리도록 조장한 요소가 전에도 약간은 나의 내부에 잠재해 있었던 것도 틀림없는 사실이야. 게다가 나의 내부에 잠재해 있던 것이 오래전부터 병이나 죽음과 아주 친숙했으며, 또한 이곳에서 사육제 날 밤에 그랬듯이, 나는 이미 소년 시절에 너에게서 무분별하게 연필을 빌린 적이 있다는 것도 자세히 기억하고 있어. 그러나 그 무분별한 사랑이 천재적이라고 할 수 있지. 왜냐하면 죽음이란 알다시피 천재적인 원리이자 이원론적 원리, 지혜의 돌이자 교육적 원칙이기도 하며, 죽음에 대한 사랑은 삶과 인간에 대한 사랑으로 이끌어 가기 때문이야. 이런 것이었지, 발코니에 누워 있을 때 나의 뇌리에 떠오른 것이 바로 이런 것이었지. 그리고 너에게 이런 말을 할 수 있다는 것이 황홀할 지경이야. 삶으로 가는 길은 두 가지가 있어. 한 가지는 평범하고 직선적이며, 착실한 길이야. 다른 하나는 험난하며 죽음을 넘어서는 길로, 그것이 바로 천재적인 길이야!"

"너는 어리석은 철학자야." 그녀가 '너'라는 말을 써서 대꾸했다. "내가 너의 난삽한 독일적 사상을 모두 이해하고 있다고 주장하지는 않겠어. 하지만 네가 말하는 것은 인간적으로 들리는군. 네가 선량한 젊은이라는 것은 의심할 바 없어. 게다가 사실 너는 철학자처럼 처신했지, 그건 인정해야만⋯."

"너의 취향으로 보면 내가 너무 철학자인 양 굴었겠지, 클라브디아, 안 그래?"

"그렇게 주제넘은 말은 그만 해! 이제 나는 신물이 나. 네가 나를 기다렸다는 것은 덜 떨어진 짓이고 자청해서 한 일이야. 하지만 기다린 것이 헛수고가 되었으니 내가 원망스럽지 않아?"

"그건, 좀 힘들었어, 클라브디아, 나같이 차분한 열정가조차도 말이야. 네가 그와 함께 돌아온 것은 내게는 힘들었어. 그리고 너로 인해 나는 시련을 겪었어. 내가 여기 남아서 너를 기다리고 있다는 것은 베렌스 원장을 통해 당연히 알고 있었을 테니까 말이야. 그러나 언급한 바 있듯이 나는 사육제 날 밤의 우리 일을 꿈속의 일로만 생각하고 있고, 그러니 너는 그 일로 구속을 느낄 필요는 없어. 결국 기다린 것이 헛수고만은 아니야. 너는 다시 이곳에 돌아왔고, 우리는 사육제 날 밤처럼 나란히 앉아 있잖아. 나는 찌를 듯이 예리한 너의 목소리를 듣고 있는데, 그 목소리는 오래전부터 내 귀에 친숙한 목소리지. 그리고 이 널찍한 면사 속에는 내가 잘 아는 너의 팔이 있어. 물론 저 위에는 너의 여행 동반자, 너에게 이 진주 목걸이를 선사한 대단한 인물 페퍼코른이 고열로 아파서 누워있지만⋯."

"그런데 당신은 더욱 풍부한 경험을 위해 그 사람과 좋은 관계를 맺고 있네요." 그녀가 '너'를 다시 '당신'으로 바꾸며 말했다.

"나를 나쁘게 보지 마, 클라브디아! 세템브리니도 그 일로 나를 힐난했지만, 그것은 사회적 편견일 뿐이야. 그 남자는 유용한 사람이야. 누가 뭐래도 그는 인물이야! 물론 그는 나이가 지긋하지. 그렇지만 네가 여자로서 그를 몹시 사랑하고 있다면, 나는 그 이유를 잘 알 것 같아. 그래, 너는 그를 아주 사랑하고 있지?"

"너의 철학자 같은 말에 경의를 표해, 독일인 도련님." 그녀는 그의 머리를 쓰다듬으며 다시 '너'라는 칭호로 말했다. "하지만 그 사람에 대한 나의 사랑을 네게 말하는 것은 인간적인 것 같지 않아!"

"아, 클라브디아, 왜 말하지 않겠다는 거야. 평범한 사람들이 인간적인 것이 끝난다고 생각하는 곳에서 나는 인간적인 것이 시작된다고 생각해. 그러니 편안하게 그 사람의 이야기를 해봐! 너는 그를 열렬히 사랑하고 있지?"

그녀는 다 피운 담배를 옆의 난로 속에 버리려고 몸을 숙이고 나서는, 팔짱을 끼고 제자리에 앉았다.

"그 사람이 나를 사랑하고 있어." 그녀가 말했다. "그의 사랑으로 인하여 내 자존심이 살아나. 그리고 그 점을 나는 고맙게 생각하여 그를 따르는 거야. 내 말을 이해해, 그렇지 않다면 너는 그 사람이 너에게 보여 주는 우정을 받을 자격이 없는 거야…. 그의 감정에 어쩔 수 없이 이끌려서 나는 그를 따르고 그에게 헌신하고 있어. 어떻게 그러지 않을 수 있겠어? 스스로 판단해 봐! 그의 감정을 모른 체하는 것이 인간적으로 대체 가능한 일일까?"

"물론 불가능하겠지!" 한스 카스토르프는 확언하듯이 대답했다. "그

거야 당연히 불가능하지. 여성으로서 어떻게 그의 감정이나 감정의 쇠퇴로 생기는 불안을 모른 체하겠어? 말하자면 그를 고뇌의 겟세마네 동산에 그냥 내버려 둘 수야 없겠지."

"멍청이는 아니네." 그녀는 비스듬히 찢어진 눈으로 멍하니 생각에 잠겨 말을 이었다. "너의 이해력은 출중해. 감정의 쇠퇴로 생기는 불안이라니…."

"그의 애정에 불안한 점이 많기는 하지만, 네가 그를 따를 수밖에 없다는 것을 알아차리는 데에는 이해력이 그렇게 높을 필요는 없어. 오히려 그래서 더 그를 따르는 것인지도 모르지."

"정확한 말이야. 불안한 점이 있어. 그 사람과 있으면 근심스러워지거든, 너도 알다시피 어려운 점이 많아." 그녀는 그의 손을 잡고 무의식적으로 손목 부근을 만지작거렸다. 그러더니 갑자기 눈썹을 치켜뜨고 그를 쳐다보면서 질문을 던졌다.

"잠깐만! 우리가 이렇게 그 사람 이야기를 하는 것은 비열한 짓이 아닐까?"

"물론 아니지, 클라브디아, 그렇지 않아. 틀림없이 인간적인 일이야. 너는 인간적이라는 말을 좋아해서, 이 말을 할 때면 꿈꾸듯이 길게 끌어 발음하더군. 나는 늘 네가 하는 말을 관심 있게 들었어. 내 사촌 요아힘은 그 말을 좋아하지 않았어, 군인이라는 이유로 말이야. 그는 그 말이 일반적으로 무기력하고 불안정한 의미를 지닌다고 생각했지. 그 말이 인내심의 끝없는 뒤범벅 같은 것으로 이해된다면, 나도 그 말에 의구심을 품게 될 거야. 하지만 그 말이 자유와 천재성과 관용의 뜻을 갖고 있다면, 그것은 대단히 멋진 말이지. 그러니 우리는 페터코른에 대한 대화에서나 그 사람에게서 네가 받는 근심과 어려움에 대해 이야기할 때 인간적이라는 말을 안심하고 쓸 수 있는 거야. 물론 그런 근심이나 어려운 점은 그의 고집스런 명예심, 감정 쇠퇴에 대한 불안에 기인한다고 볼 수 있어. 이런 불안 때문에 그는 고전적인 보조약제 및 보양제를 그토록 애용하는 것이지. 우리가 대단한 경외감을 가지고 이런 말을 할 수 있는 까닭은 그에게는 넓은 도량, 왕처럼 당당한 도량이 있기 때문이지. 우리가 이런 면에 대해 인간적으로 말한다고 해서 그 사람이나 우리 자신을 비하시키는 것은 아니야."

"우리 일은 문제될 것이 없어." 그녀는 이렇게 말하고 다시 팔짱을 졌다. "네가 말하듯이 도량이 넓은 남자, 감정의 쇠퇴 때문에 감정을 다스리려고 불안해하는 남자를 위해 굴욕이라도 감수하려고 하지 않는다면 아마 여자가 아닐 거야."

"물론이지, 클라브디아, 아주 말 잘했어. 그러면 굴욕조차도 넓은 도량을 갖는 셈이야. 그런 여자는 자신이 느끼는 굴욕의 높이에서 내려다보며 왕처럼 당당한 도량을 갖지 못한 자들에게 경멸조의 말을 할 수 있지. 아까 나더러 우표 좀 달라고 말하고 나서는, '남자라면 최소한 빈틈없고 믿음직해야죠!'라고 비꼬듯이 말이야."

"감정이 상했어? 그러지 마. 그런 감정은 우리 날려버리자. 내 말에 동의하는 거지? 나도 이따금 예민해질 때가 있어. 우리가 오늘 저녁 이렇게 나란히 앉아 있게 되었으니 솔직하게 말하겠어. 나는 너의 차분한 태도에 화가 났었어. 그리고 네가 자신만의 이기적인 체험을 위해 그와 사이좋게 지내는 것도 화가 났었어. 그렇지만 다른 한편으론 기쁘기도 했어. 더욱이 네가 그 사람에게 존경심을 표하여 감사함을 느꼈어…. 너의 태도는 아주 성실했고 말이야. 물론 좀 거만한 구석이 어딘지 있었지만, 나는 그것을 너그럽게 봐주지 않을 수 없었지."

"거 참 고맙기도 해라."

그녀는 그를 바라보았다. "너는 개선의 여지가 없을 것 같아. 나는 너를 교활한 청년이라 말하겠어. 너는 머리가 좋은 사람인지 모르지만, 분명한 건 교활하다는 사실이야. 어쨌든 좋아, 그렇게 살면 되는 거니까. 그런 식으로도 우정을 지킬 수는 있으니까. 우리 친구처럼 지내기로 하고, 그 사람을 위해 동맹을 맺기로 해! 동맹이란 흔히 누군가를 공격하기 위한 것이지만 말이야. 동맹의 표시로 악수할까? 나는 종종 불안을 느껴…. 그 사람과 함께 있으면 나는 가끔 외로움에 떨 때가 있어. 내면적인 외로움 말이야, 너는 알겠지. 그는 사람을 불안하게 만들어. 그 사람이 잘못될까봐 이따금 두려워질 때가 있어…. 어떤 때는 등골이 오싹해…. 내 곁에 어떤 좋은 사람이 있으면 좋겠다 싶었어. 내 말을 듣고 어떻게 생각할지 모르지만, 어쩌면 나는 그런 이유로 이곳에 온 것인지도 몰라."

두 사람은 서로 무릎을 맞대고 앉아 있었다. 카스토르프는 흔들의자의 앞쪽에 앉았고, 그녀는 걸상에 앉아 있었다. 그녀는 자신의 마지막 말을 그의 얼굴 바로 앞에서 속삭이면서 악수했다. 그가 말했다.

"내게로 왔다고? 아, 고마운 일이군. 아, 클라브디아, 그거 참 대단한 일인걸. 그 사람을 데리고 나한테 왔다 이거지? 그러면서도 너는 나의 기다림을 어리석고 일방적이며 쓸모없는 노력이라고 말하려는 거야? 그 사람을 위해 친구로 지내자는 너의 요청에 응하지 않는다면, 그거야말로 지극히 버릇없는 무례한 행동일 테지."

그러자 그녀는 그의 입술에 키스했다. 그것은 러시아식 키스인 것으로, 저 광대하고 영혼이 충만한 나라에서 기독교의 대축제일에 서로 사랑을 확인하는 의미에서 나누는 종류의 키스였다. 그러나 익히 알려져 있듯이 '교활한' 청년과 살금살금 매력적으로 걷는 젊은 부인이 키스를 나누었으므로, 우리는 이에 대해 이야기하는 동안 은연중에 먼 옛날 크로코프스키 박사가 강의한 사랑에 관한 정의, 이의의 여지가 없지 않지만 교묘한 논점을 기억하지 않을 수 없다. 그가 사랑에 관해 약간은 애매모호한 의미로 말했기 때문에 사랑에 있어서 경건한 것이 중요한 것인지 아니면 열정적-육체적인 것이 중요한 것인지 확실하게 아는 사람은 아무도 없었다. 그렇다면 지금 우리가 크로코프스키 박사처럼 말하고 있는 것일까, 또는 한스 카스토르프와 클라브디아 쇼샤가 나눈 러시아식 키스에 그런 애매모호한 점이 있었던 것일까? 그러나 우리가 어쨌든 이 물음에 제대로 대답하기를 거부한다면 사람들은 어떤 말을 할 것인가? 우리의 생각으로는 사랑의 문제에서 경건함과 열정을 '명확하게' 나누어 구별하는 것이 정말 분석적이지만, —카스토르프의 말투로 반복하자면— 그것은 "지극히 서투른" 짓이고 또한 삶에 비우호적인 자세라 할 것이다. 그렇다면 명확하게란 말은 무슨 뜻인가? 의미가 애매모호하고 이중적이란 무엇을 말하는가?

우리는 이에 대해 노골적으로 웃어넘기자. 지극히 경건한 사랑에서 지극히 육체적-욕정적인 사랑에 이르기까지 우리가 알 수 있는 모든 종류의 사랑에 대해 언어가 하나의 낱말만을 갖고 있다는 것은 훌륭하고 멋진 일이 아닌가? 그것은 이중성에 내재된 완벽한 하나의 의미인 것으로, 왜냐하면 사랑은 겉보기에 아무리 경건할지라도 육체적이 아닐 수 없으며, 겉보기에 아무리 육체적일지라도 불경하지 않기 때문이다. 사랑은 삶에 대해 교활한 호의의 형태로 나타나든, 최고의 열정으로 나타나든 언제나 사랑 자체로 존재한다. 사랑은 유기체에 대한 공감이자 언젠가는 부패하게 될 유기체를 황홀하게 관능적으로 끌어안는 포옹이다. —아주 경이로운 열정이나 미쳐 날뛰는 열정에도 틀림없이 박애의 정신이 깃들어 있다. 여전히 의미가 애매모호하다고? 그러나 사랑의 의미를 부디 애매모호한 대로 놔두도록 하자! 의미가 애매모호한 것이 바로 인생이고 인간의 성격이다. 그리고 의미가 애매모호하다고 근심하는 것은 답답하기 짝이 없는 순진함이라고 하겠다.

그러므로 한스 카스토르프와 쇼샤 부인이 러시아식으로 키스를 하는 동안 우리의 소극장을 어둡게 하고 장면을 바꾸기로 하자. 이제는 우리가 알려주기로 약속한 두 사람 사이의 두 번째 대화 장면으로 옮겨 갈 때가 왔기 때문이다. 소극장의 조명이 다시 밝아진 다음, 해빙기의 어느 봄날 해가 서쪽으로 기울며 어스름한 석양이 비칠 무렵이었다. 우리는 이때 우리의 주인공이 위대한 인물 페퍼코른의 침대 곁에 이미 익숙한 자세로 앉아서 공손하고도 다정하게 그와 대화하는 모습을 보게 된다. 쇼샤 부인은 4시에, 이미 앞서 세 번의 식사 때처럼 차 마시는 시간에 식당에 홀로 나타나서 차를 마신 후 곧바로 플라츠로 쇼핑하러 내려갔다. 카스토르프는 여느 때와 마찬가지로 페퍼코른에게 병문안을 가겠다고 미리 통보했는데, 한편으로는 그의 말 상대가 되어 그를 즐겁게 해 주기 위해서였고, 다른 한편으로는 나름대로 그의 인품에 영향을 받기 위해서였다. 단적으로 말해 인생이 그렇듯이 대단히 애매모호한 동기가 작용한 것이다.

페퍼코른은 네덜란드 신문 〈텔레그라프〉를 옆으로 치우고, 뿔테 코안경을 코에서 떼어내어 신문에 올려놓고는, 자신을 방문한 한스 카스토르프에게 넓게 찢어진 입술을 괴로운 듯 떨면서 선장 같은 손을 내밀었다. 적포도주와 커피가 전과 똑같이 그의 손 가까이 놓여 있었다. 사용하여 젖어 있는 커피세트는 침대 옆 의자 위에 놓여 있었다. 민헤어는 늘 그렇듯이 오후에는 진한 커피에 설탕과 크림을 타서 마셨기 때문에 땀방울이 얼굴에 촉촉하게 배어 있었다. 백발이 성성한 제왕 같은 얼굴은 붉게 달아올라 있었고, 이마와 윗입술에는 작은 땀방울이 송송 맺혀 있었다.

"땀이 좀 납니다." 페퍼코른이 말했다. "잘 왔소. 젊은이, 오늘은 딴판이군요. 앉으시오! 몸이 쇠약해졌다는 증거지요. 따끈한 음료를 마시면 금방 이렇다오…. 미안하지만, 아주 좋습니다. 네, 손수건. 감사합니다." 그런데 그의 얼굴의 붉은 기운이 금방 사라지면서 말라리아의 발작으로 얼굴을 뒤덮던 누렇고 창백한 빛이 이 위대한 남자의 얼굴로 번져나갔다. 나흘째 계속되던 이날 오후의 열은 오한, 고열, 발한의 세 단계 모두 지독하게 심하여 흐릿한 그의 작은 눈은 우상처럼 무늬가 진 이맛살 밑에서 힘없이 빛나고 있었다. 그가 말을 계속했다.

"이것은… 정말이지, 젊은이. 정말이지 '대단하다'는 말을 하고 싶군요. 완전히 말입니다. 당신은 너무 친절합니다, 이 늙은 환자를 이렇게…."

"제가 방문한 것 말입니까?" 한스 카스토르프가 물었다. "그런 말씀 마십시오, 민헤어 페퍼코른 씨. 여기에 좀 앉을 수 있는 것에 내가 감사를 드려야 합니다. 내가 오히려 귀하에게서 비교가 안 될 만큼 많은 것을 얻고 있지요. 나는 순전히 이기적인 이유로 문안을 온 것입니다. 그런데 무슨 그런 당치도 않은 말씀을 하신단 말입니까. '늙은 환자'라니요. 아무도 그런 분으로 생각하지 않을 것입니다. 아주 당치 않은 말씀입니다."

"좋아요, 좋아." 페퍼코른이 대답했다. 그런 다음 그는 턱을 세운 채 위풍당당한 머리를 베개에 기대고 몇 초 동안 지그시 눈을 감고 있었다. 손톱이 긴 손가락은 셔츠 속의 두드러져 보이는 넓고 우람한 가슴에 깍지 끼고 있었다. "좋습니다, 젊은이. 아니 그보다는 말입니다, 당신은 호의로 그렇게 말하고 있소. 그 점은 분명하다고 생각합니다. 어제 오후는 기분이 좋았지요… 정말 그랬지요, 어제 오후만 해도 말입니다. 손님에게 친절한 그곳 말이요, 이름을 잊었군요…. 훌륭한 살라미 소시지와 계란찜을 먹고, 이 지방의 훌륭한 포도주도 마셨지요."

"그럼요, 대단히 좋았고말고요!" 카스토르프가 맞장구쳤다. "우리는 모두 허겁지겁 먹고 마셨습니다. 베르크호프의 주방장이 우리의 그런 모습을 보았다면 무척 기분이 상했을 테지요. 정말이지 우리는 너나 할 것 없이 허겁지겁 먹고 마셨으니까요! 그것은 진짜 살라미였어요. 세템브리니 씨는 너무 감격한 나머지 눈물을 글썽거리며 음식을 먹었답니다. 곧 알게 되겠지만, 그는 애국자, 민주주의를 찬양하는 애국자입니다. 그는 자신이 갖고 있는 시민의 창(槍)을 인류의 제단에 바쳤습니다. 장차 살라미 소시지가 브레너 국경에서 관세가 매겨지도록 말입니다."

"그건 본질적인 것이 아니지요." 페퍼코른이 설명했다. "그는 기사도를 지키고 명랑하게 이야기하는 신사입니다. 다만 옷을 자주 갈아입을 처지는 분명히 아닌 것 같소만."

"그렇습니다." 한스 카스토르프가 대답했다. "전혀 그럴 처지가 아닙니다! 나는 오래전부터 그 사람을 알고 지내고 있으며, 매우 친한 사이입니다. 요컨대 그는 나를 '삶의 걱정거리 자식'이라고 하면서 정말 고맙게도 나를 보살펴 주었습니다. 그 말은 우리 사이에 사용되는 어투라서 당장 이해되지는 않을 겁니다. 게다가 그는 나를 올바르게 잡아 주려고 애쓰고 있지요. 그런데 나는 그가 옷을 갈아입는 것을 본 적이 없습니다. 여름이나 겨울이나 체크무늬 바지에 섬유로 된 더블 재킷만 입고 다니니까요. 하지만 그는 그 낡은 의복을 아주 우아하고 맵시 있게 입고 다니니까, 그 점에서 나는 귀하와 견해를 완전히 같이합니다. 그의 우아한 옷맵시가 초라함을 이기고 있습니다. 키 작은 나프타 씨의 우아한 옷차림보다는 차라리 이런 초라함이 나는 더 좋습니다. 그의 우아한 차림새는 말하자면 악마의 느낌을 주는 것 같아서 어쩐지 무서운 생각이 듭니다. 더구나 그는 그런 비용을 배후의 누군가에게서 조달받고 있습니다. 나는 그런 사정에 대해 어느 정도 알고 있습니다."

페퍼코른은 나프타에 대한 카스토르프의 언질을 건성으로 들으며 "그는 기사도를 지키는 신사이고 명랑한 남자"라고 다시 말했다. "그런데 외람된 말이지만 그에게는 편견이 없지 않은 것 같습니다. 당신도 아마 알아차렸겠지만, 나의 여행 동반자인 마담은 그를 특별한 인물로 평가하지 않습니다. 그에 대한 호감을 나타내지 않습니다. 분명히 그녀에 대해 편견을 갖고 있어서 그럴 것입니다…. 이런, 그만 말하겠소, 젊은이. 나는 세템브리니 씨나 그에 대한 당신의 친근한 관계를 조금도 해칠 마음이 없습니다. 끝났습니다! 나는 숙녀에 대한 기사도, 그러니까 예의라는 점에서 뭐라고 주장할 생각이 없습니다…. 완벽합니다, 젊은 친구, 전혀 비난할 것이 없소! 다만 거기에는 한계, 일종의 냉담, 뭐랄까 그 어떤 편파적인 태도가 있는 것 같아서, 그 사람에 대한 마담의 기분도 인간적으로 지극히…."

"납득할 수 있다, 이해가 된다 이거지요. 지극히 정당하다 이 말이겠지요. 말을 제멋대로 끊어서 죄송합니다, 민헤어 페퍼코른 씨. 견해에 완전히 동의한다는 생각에서 이렇게 실례를 무릅쓰고 말해 보았습니다. 여자가 어떤지 추측해본다면… 나 같은 애송이가 여자에 대해 평을 한다는 것이 웃을지도 모르겠지만… 남자가 여자한테 어떻게 하는 가에 여자가 얼마나 좌우되는가를 생각해 보면, 마담의 태도가 조금도 이상할 것이 없습니다. 여자란 독자적인 주도권이 없이 남자의 태도에 따라 반응하는 존재, 수동적이라는 의미에서 태만하다고 말하고 싶습니다…. 힘들기는 하지만 이에 대해 조금 더 상세히 말해보고자 합니다. 내가 보기에 여자는 애정 문제에서 자신을 무엇보다 철저히 사랑의 대상으로 여기기 때문에 누군가가 자신에게 접근하기를 기다립니다. 자신이 직접 자유롭게 선택하지 않고, 남자가 자신을 선택해야 비로소 사랑을 선택하는 주체가 됩니다. 실례지만 덧붙여 말하겠습니다. 여자에게 선택의 자유라는 것도… 남자가 전혀 우울한 영혼의 소유자가 아니어야 한다는 조건이 있습니다만, 이것조차 엄격한 조건이 될 수 없습니다. 요컨대 여자의 선택의 자유란 남자에게 선택된다는 사실을 통하여 영향을 받고 매수를 당합니다. 물론 내가 지금 하는 말은 졸렬할 수도 있겠습니다만, 젊은 사람이라면 당연히 이 모든 것이 신기하고 놀라운 일입니다. '당신은 그를 정말 사랑합니까?' 하고 귀하가 어떤 여자에게 질문을 합니다. 그러면 그 여자는 '그는 나를 아주 사랑해요'라고 대답하면서 눈을 크게 뜨거나 아래로 내리깔지요. 우리를 한데 묶어서 죄송합니다만, 우리 두 사람 가운데 누군가가 그런 대답을 했다고 가정합시다! 간혹 그렇게 대답하는 남자들이 있을지도 모르지만, 그들은 정말 웃기는 남자들이며, 단적으로 말해 사랑의 공처가들입니다. 그런데 남자의 사랑을 받고 있다고 서슴없이 말하는 여자는 도대체 자신을 어떻게 평가하고 있는지 알고 싶습니다. 그 여자는 자신처럼 보잘 것없는 존재를 사랑의 대상으로 선택하는 영광을 베풀어준 남자에게 한없는 헌신을 바쳐야 한다고 생각합니다. 아니면 자신을 사랑해주어서 그 남자가 훌륭함의 분명한 징표를 갖고 있다고 생각합니다. 조용한 시간에는 가끔 이런 의문을 던져볼 때가 있습니다."

"근원적인 것, 고전적 사실을 젊은 당신이 다루고 있습니다, 능숙한 몇 마디 말로 신성한 문제에 접근하고 있어요." 페퍼코른이 대답했다. "남자를 도취시키는 것은 그의 욕정이고, 여자는 남자의 욕정에 도취되기를 갈망하고 기대합니다. 그래서 우리는 감정에 대하여 의무가 있는 것입니다. 그래서 여자의 욕정을 일깨우지 못하는 무감각과 무기력은 끔찍한 수치인 것입니다. 나와 함께 적포도주 한잔 마실까요? 좀 마셔야겠습니다. 목이 말라서 말입니다. 오늘은 땀을 너무 많이 발산했습니다."

"대단히 고맙습니다, 민헤어 페퍼코른 씨. 이런 시간에는 술을 마시지 않지만, 당신의 건강을 위하는 것이라면 언제든지 한 모금 마시겠습니다."

"그러면 그 포도주 잔으로 드십시오. 여기에는 잔이 하나밖에 없어서요. 나는 임시방편으로 물 마시는 잔을 사용하겠습니다. 이런 하찮은 도구로 마신다 해도 이 작은 포도주를 그렇게 모독하는 것은 아니라고 생각합니다." 그는 선장 같은 손을 가볍게 떨면서 카스토르프의 도움을 받아 포도주를 잔에 부은 다음, 바침이 없는 물잔으로 흉상 같은 목 속으로 포도주를 들이켰다. 술을 마치 물 마시듯이 꿀꺽꿀꺽 들이켰다.

"이제야 기운이 납니다!" 그가 말했다. "더 마시지 않겠어요? 그러면 실례지만 나는 한잔 더 하겠습니다." 그는 다시 포도주를 잔에 따르다가 그것을 약간 흘렸다. 그 바람에 침대 시트가 검붉게 얼룩이 졌다. "다시 말하는 바입니다." 그는 뾰족한 손가락을 추켜올리고 포도주 잔을 쥔 다른 손을 떨면서 말했다. "다시 말하는 바입니다. 그래서 우리는 감정에 대하여 의무가 있습니다, 종교적인 의무가 있는 것입니다. 우리의 감정은, 알겠습니까, 생명을 일깨우는 남자의 힘입니다. 생명이 졸고 있습니다. 신성한 감정과 황홀한 결혼을 하기 위하여 생명은 깨어나려고 합니다. 감정은, 젊은이, 신성하기 때문입니다. 인간에게 느낌이 있는 한 인간은 신성한 존재입니다. 인간은 신의 감정과 같습니다. 신의 창조 행위는 인간을 통해 느끼기 위해서였습니다. 인간은 감정의 기관으로서, 신은 이를 통해 깨어나 황홀해진 생명과 결혼을 합니다. 인간의 감정이 쇠퇴하게 되면, 신의 수치가 시작됩니다. 이는 신이 소유한 남성적 힘의 패배, 우주적인 파국, 도저히 상상할 수 없는 공포입니다…." 그는 포도주를 마셨다.

"실례지만 잔을 내가 가져가겠습니다, 민헤어 페퍼코른 씨." 한스 카스토르프가 말했다. "나는 귀하의 사고 과정을 통하여 대단히 큰 교훈을 얻고 있습니다. 귀하는 신학 이론을 전개하고 있는 셈입니다. 어쩌면 다소 종교적인 기능이 강조되는 느낌이 있지만, 귀하의 그 이론을 통해 인간에게 지극히 명예로운 기능을 돌리고 있는 셈입니다. 실례되는 말이 될 수도 있습니다만, 귀하의 사고방식에는 지나치게 압박감을 주는 엄격함 같은 것이 들어 있습니다. 용서하십시오! 모든 종교적 엄격함은 평범한 도량을 가진 사람들에게는 물론 압박감을 줍니다. 나는 귀하의 사고방식을 교정할 생각이 없습니다. 다만 그 어떤 '편견'에 대한 표명으로 화제를 돌리고 싶을 따름입니다. 귀하도 관찰한 바와 같이 세템브리니 씨가 귀하의 여행 동반자인 마담에게 보여 준 편견을 귀하도 관찰한 바 있습니다. 나는 세템브리니 씨와 오랫동안 알고 지냈습니다, 아주 오랫동안, 수년 전부터 말입니다. 그리고 확언하건대 그에게 편견이 있다면, 그 편견은 절대로 하찮고 속물적인 성격은 아닐 것입니다. 그렇게 생각한다면 가소로운 일입니다. 그에게서 나타나는 편견이란 전적으로 광범위한 양식, 그러니까 비개인적인 특징, 일반적으로 교육적 원칙과 관련이 있습니다. 솔직하게 말해 세템브리니 씨는 이런 교육적 원칙을 내세워 나에게 '삶의 걱정거리 자식'이라는 별명을 지어주었습니다. 그러나 이에 대한 이야기는 너무 길어집니다. 너무나 광범위한 사안이기 때문에 몇 마디 말로는 설명할 수 없습니다."

"그런데 당신은 마담을 사랑하고 있지요?" 이렇게 페퍼코른이 돌발적으로 질문을 던지며 문병을 온 카스토르프를 향해 제왕 같은 얼굴을 돌렸다. 이런 그의 입술은 슬프게 찢어지고, 작고 흐릿한 눈은 당초무늬 같은 이맛살 아래서 반짝거렸다. 카스토르프는 깜짝 놀라 말을 더듬거렸다.

"내가요… 그게 말하자면… 당연히 쇼샤 부인의 독특한 개성만으로도 벌써 존경하는 마음을…"

"잠깐!" 페퍼코른은 고상한 거동으로 손을 내밀며 카스토르프의 말을 제지했다. "다시 말하는 바입니다." 그는 이런 식으로 자신이 발언하고자 하는 내용을 가다듬은 다음 말을 계속했다. "다시 말합니다만, 나는 그 이탈리아 신사가 기사도에 어긋나는 태도를 보였다고 비난하는 것이 결코 아닙니다. 나는 어느 누구에게도 이런 비난을 하지 않습니다, 어느 누구에게도. 다만 문득 나의 뇌리에 떠오른 것이 있는데, 아무튼 지금 이 순간 나는 즐겁습니다… 좋아요, 젊은이. 아주 좋고 근사합니다. 의심의 여지없이 나는 즐겁습니다. 정말 유쾌한 기분입니다. 그렇지만 내가 말하지요, 간단히 말해서 당신이 마담을 안 것이 나보다 더 오래되었습니다. 마담이 전에 이곳에 있을 때 이미 당신은 그녀를 알고 있었습니다. 게다가 그녀는 아주 매력이 넘치는 여성이고, 나는 단지 늙은 병자에 불과합니다. 어떻게 해서 이런 일이… 내가 몸이 불편하여 그녀는 오늘 오후에 물건을 사러 동반자 없이 혼자서 요양지로 내려갔지요… 유감스러울 것도 없지요! 유감스러울 일이 뭐 있겠소! 이것은 의심의 여지가 없는 것 같소…. 당신이 말했듯이 영향을 받아서, 그러니까 세템브리니 씨의 교육적 원칙의 영향 탓으로 돌려야 할 것 같군요. 당신이 부인에게 보여 주는 기사도 말이요… 내가 말하는 것을 알아들었으면 합니다만."

"잘 알아들었습니다, 민헤어 페퍼코른 씨. 아니, 아닙니다. 결코 그렇지 않습니다. 나는 철저히 내 뜻에 따라 행동합니다. 반대로 세템브리니 씨는 때때로 나에게… 유감스럽게도 침대 시트에 포도주의 얼룩이 묻었습니다, 민헤어 페퍼코른 씨. 그냥 놔두면 안 될 텐데요. 얼룩이 마르기 전에 우리는 소금을 뿌리곤 했지요."

"그건 뭐 아무래도 괜찮소." 페퍼코른은 손님의 눈을 주시하면서 말했다.

한스 카스토르프의 안색이 변해가고 있었다.

그는 어색하게 미소를 흘리며 말했다. "이곳에서는 모든 일이 평지와 상당히 다르게 진행되고 있습니다. 이곳 특유의 분위기는 세상의 관습과 다르다고 말하고 싶습니다. 남자든 여자든 환자가 우선권을 갖고 있습니다. 반면에 기사도 훈령 따위는 힘을 쓰지 못합니다. 귀하는 당분간 환자의 신세입니다, 민헤어 페퍼코른 씨. 급성 질환으로 상태가 좋지 않습니다. 귀하의 여행 동반자는 비교적 귀하보다는 건강한 편입니다. 부인이 없을 때 내가 그녀 대신 간병을 할 때는, 전적으로 마담의 입장이 되어 일을 할 것입니다. 지금 대신이라는 말이 가능하다면 말입니다, 하, 하. 이와는 반대로 귀하를 대신해서 내가 부인과 함께 플라츠에 내려가는 것보다는 이편이 낫겠지요. 내가 어떻게 귀하의 여행 동반자에게 기사도를 수행할 수 있겠습니까? 나에게는 그럴 권리나 권한도 없습니다. 나는 현실적 권리 관계에 대한 의식이 강한 사람이라고 말할 수 있습니다. 내가 여기 이렇게 있는 것이 올바른 행동이고, 일반적인 상식에도 어긋나지 않으며, 페퍼코른 씨에 대한 나의 솔직한 감정에도 특히 부합된다고 생각합니다. 이것으로 귀하의 질문, 앞서 내게 한 것으로 생각되는 질문에 대해 만족스런 답변을 드렸다고 생각합니다."

"아주 좋습니다." 페퍼코른이 대꾸했다. "당신의 몇 마디 능숙한 말을 새삼 놀라며 경청했습니다, 젊은이. 말이 시원스럽게 쏟아져 나와서 대충 기분 좋게 정리가 되었습니다. 하지만 만족스럽다, 이것은 아닙니다. 당신의 답변은 조금도 만족스럽지 않습니다. 이 말이 당신을 실망시켰다면 용서하십시오. 이봐요 젊은 친구, 좀 전에 당신은 나의 사고방식과 관련하여 '엄격하다'는 말을 사용했습니다. 하지만 당신의 표현에도 그 어떤 엄격함과 강압적이고 부자연스러운 점이 있습니다. 당신의 태도에도 뭐랄까 엄격함 같은 것이 나타나지만, 그건 당신의 천성과는 어울리지 않는 것 같습니다. 그런 기분을 지금 또 느끼겠소. 우리가 함께 뭔가 하기로 계획을 하거나 산책을 할 때, 당신이 그 누구도 아닌 바로 마담에게 드러내는 태도는 참으로 어색하지요. 그 점에 대해 당신이 나에게 설명해 주는 것은 일종의 책임, 책임감이라오, 젊은이. 내가 잘못 본 것이 아닐 것이요. 여러 번 관찰할 때마다 확인했고, 다른 사람들도 그런 점을 분명히 눈치 챘을 것이요. 하지만 나와는 달리 그들은 당신이 왜 그렇게 어색한 태도를 보이는지 아마 잘 알고 있을 것 같습니다."

민헤어는 말라리아 발작으로 기력이 없었음에도 오늘 오후에는 특별히 정확하고 완결된 어투로 말했다. 거의 말을 끊고 더듬거리는 법이 없었다. 그는 침대에 반쯤 몸을 세우고 앉아서 단단한 어깨와 큰 머리를 카스토르프에게 향하고, 한쪽 팔을 침대 커버 위에 뻗고는, 주근깨투성이의 손을 양털 소매 끝에 똑바로 세우고 있었다. 그러더니 집게손가락과 엄지손가락으로 정확히 동그라미를 만들고, 다른 세 손가락을 창처럼 뾰족하게 세우고는, 입으로는 날카롭고 정확하게, 정말 조형적으로 멋지게 말했다. 낱말 안에 들어 있는 후두음 r을 매끄럽게 굴려서 세템브리니가 발음하고 싶어 하는 것만큼이나 근사하게 조형적으로 말했다.

"당신은 미소를 짓고 있습니다." 그가 말을 이었다. "당신은 눈을 깜박이며 머리를 좌우로 돌리고 있어요. 쓸데없이 생각만 열심히 하는 것 같소. 그래도 내 말뜻과 내가 무엇을 문제시하는지 당신은 틀림없이 알고 있을 거요. 나는 당신이 이따금 마담에게 말을 거는 일이 없었다든가, 또는 마담에게 대답해야 하는데도 그렇지 않았다든가 하는 것을 따지려는 것이 아닙니다. 그러나 다시 말하지만 마담과 대면할 때마다 어색한 태도가 역력했단 말입니다. 더 정확히 말하면 무엇인가 회피하려고 했습니다. 더 자세히 관찰해보면 당신은 어떤 형식을 피하더군요. 당신을 보아하니 마치 마담과 먼저 말을 거는 사람이 게임에 지는 내기라도 한 것 같은 인상을 받았습니다. 그녀의 호칭을 부르지 않기로 한 것 같았단 말입니다. 당신은 시종일관 예외 없이 부인에 대해 호칭을 쓰는 것을 피하고 있습니다. 그녀에게 '당신'이라고 부르지 않고 있습니다."

"하지만 민헤어 페퍼코른 씨… 대체 먼저 말을 걸지 않기 내기라니요, 무슨 그런 내기가….”

 “당신이 그걸 모르지 않는다는 정황을 지적하는 바입니다. 당신은 지금 입술까지 파랗게 질려 있단 말이오.”

 한스 카스토르프는 시선을 내리깔았다. 그는 고개를 숙인 채 침대 시트의 붉은 얼룩만 마냥 바라보고 있었다. ‘일이 이 지경이 되고 말았구나!’ 하고 그는 생각했다. ‘이렇게 되는 거였어. 나 스스로가 이렇게 되도록 자초한 일이라고 할 수 있지. 이 순간이 되고 보니 알겠군, 어느 정도는 내가 그걸 의도한 거였어. 내가 정말 그렇게 새파랗게 질렸나? 그럴지도 모르지. 이제 와서야 뭐 이판사판이지. 무슨 일이 벌어질지 모르겠군. 뭔가 핑계를 댈 여지가 있을까? 그럴 수도 있겠지만, 나는 그럴 생각이 없어. 한동안은 여기 시트에 묻은 핏자국 같아 보이는 포도주 얼룩이나 보고 있어야지.’

 그를 내려다보는 사람도 침묵했다. 침묵은 대략 2-3분 계속되었다. 침묵은 이 잠깐의 시간 단위가 얼마나 길게 늘어날 수 있는가를 느끼게 해 주었다.

 대화를 재개한 사람은 피터 페프코른이었다.

 “당신과 처음으로 알 게 된 그날 밤의 일이었습니다.” 페퍼코른은 노래를 부르듯 말하기 시작했는데, 나중에는 꽤나 긴 이야기의 서두라도 꺼내는 양 목소리를 낮추었다. “그날 밤 우리는 작은 연회를 벌이며 즐겁게 먹고 마셨습니다. 분위기가 무르익자 인간적으로 자유롭고 대담한 기분이 되어 서로 팔짱을 끼고 숙소로 돌아왔소. 그때 여기 나의 방문 앞에서 작별할 때에 나는 불현듯 당신이 부인의 이마에 입맞춤을 하도록 요구하고 싶었소. 당신은 그녀가 전에 이곳에 체류했을 때 그녀와는 친한 친구 사이였다고 자신을 소개했지요. 이때 나는 흥취의

464 마법의 산

시간을 증명하는 의미에서 그녀에게 내가 보는 앞에서 이 즐겁고 축하할 만한 행동에 답례를 하도록 하였습니다. 그런데 당신은 나의 제안을 단호히 거절했습니다. 나의 여행 동반자와 이마에 키스를 하는 것은 무의미하다는 이유에서 그리 했습니다. 그런 태도를 취한 데 대해 설명이 필요하다는 것을 당신도 부인할 수 없으련만, 당신은 아직도 그에 대해 일언반구 하지 않고 있습니다. 이제 묵은 빚을 청산해 보겠습니까?"

'그래, 그것까지 알아차렸어.' 카스토르프는 이렇게 생각하면서 포도주의 얼룩에 더욱 가까이 다가가 가운데 손가락을 구부려 얼룩 하나를 긁어냈다. '본래 나는 당시에 그가 이것을 알아차리고 기억하기를 바랐는지도 몰라. 그렇지 않다면 내가 그런 말을 할 리가 없었으니까. 그러나 이제 어쩐다? 심장이 꽤나 쿵쿵 뛰는걸. 왕의 분노가 크게 폭발하지 않을까? 어쩌면 내 머리 위로 날아올지 모르는 그의 주먹을 조심하는 게 좋지 않겠어? 나는 정말 지독하게 위험한 처지에 빠지고 말았어!'

갑자기 카스토르프는 오른손 관절에서 페퍼코른의 손을 느꼈다. 페퍼코른이 그의 손목을 덥석 잡았던 것이다.

'마침내 그가 내 손목을 잡는구나!' 하고 그는 생각했다. '아니, 우스운 일이잖아, 어째서 내가 이렇게 물을 뒤집어쓴 개처럼 쩔쩔맨단 말인가! 내가 그에게 죄를 지은 일이라도 있는 거야? 그런 일은 없어! 맨 먼저 다게스탄에 있는 그녀의 남편이 불평을 해야지. 그런 다음에도 몇 사람이 있고, 그 다음은 나야. 내 생각에 그는 아직 불평해서는 안 되는 처지야. 그런데 내 심장이 왜 이렇게 뛰는 거지? 이제야말로 좋은 기회야, 자세를 꼿꼿이 하고, 공손하지만 솔직하게 그의 위엄 있는 얼굴을 쳐다보는 거야!'

한스 카스토르프는 자세를 꼿꼿이 세웠다. 그의 위엄 있는 얼굴은 누렇고, 이맛살 아래쪽 눈은 흐릿하게 반짝였으며, 길게 찢어진 입술은 씁쓸해 보였다. 위대한 노인과 평범한 청년이 서로 계속 손목을 붙잡은 채 서로의 얼굴을 들여다보고 있었다. 마침내 페퍼코른이 나직하게 말문을 열었다.

"당신은 전에 클라브디아가 여기 체류했을 때 그녀의 애인이었소."

카스토르프는 또 한 번 얼굴을 숙였지만, 곧 다시 얼굴을 들고 심호흡을 한 뒤에 대답했다.

"민헤어 페퍼코른 씨! 귀하를 속일 생각은 전혀 없습니다. 그리고 그걸 피할 수 있는 방법을 찾고 있지만, 그것이 쉽지가 않군요. 당신의 확고한 생각을 인정하면 나는 뽐내는 사람이 되고, 내가 당신의 말을 부인하면 거짓말쟁이가 되니 말입니다. 내 말을 들어보면 이해하실 겁니다. 나는 오랫동안, 아주 오랫동안 클라브디아와 ―이런 표현을 용서하십시오―, 그러니까 귀하의 여행 동반자와 이곳에서 함께 지냈지만 사교적인 관계로 알고 지낸 것은 아니었습니다. 우리의 관계에서나 또는 그녀에 대한 나의 관계에서 사교적인 것은 없었습니다. 우리 관계의 유래가 언제부터인지 모호하다고 말하고 싶습니다. 나는 클라브디아를 나의 상상 속에서 '너'라고 호칭을 해왔고, 실제로도 그렇게 되었습니다. 앞서 내가 짧게 언급한 바 있습니다만, 나는 뭐랄까 그 어떤 교육적 족쇄를 벗어던지고 그녀에게 접근한 그날 밤, 전부터 나와 가까웠다는 구실로 다가간 그날 밤 정말 그렇게 되었기 때문입니다. 그날 밤은 가장 무도회의 밤, 사육제날 밤, 너라는 호칭을 사용한 무책임한 밤이었습니다. 그날 밤이 깊어지면서 '너'라는 호칭은 꿈결처럼 그리고 무책임하게 완전한 의미를 얻게 되었습니다. 그러나 그날 밤은 동시에 클라브디아가 이곳을 떠나가기 전날 밤이기도 했습니다."

"완전한 의미라…" 페퍼코른이 카스토르프의 말을 반복했다. "당신은 매우 예의바르게…" 그는 카스토르프의 손목을 놓아주고는, 손톱이 긴 선장 같은 손으로 얼굴의 양쪽 볼과 눈두덩, 턱을 주무르기 시작했다. 그런 다음 포도주 얼룩이 진 시트 위에 두 손을 모으고, 카스토르프를 외면이라도 하듯이 돌아서며 머리를 왼쪽으로 기울였다.

"나는 가능한 한 솔직하게 말씀드렸습니다, 민헤어 페퍼코른 씨." 한스 카스토르프가 말했다. "되도록 있는 사실 그대로 말하려고 양심적으로 노력했습니다. 무엇보다 그녀를 완전히 너라고 부른 날 밤, 다시 말해 작별하기 전날 밤을 계산에 넣을 것인지 아닌지는 어느 정도 귀하의 의사에 맡겨져 있음을 말씀드리고자 합니다. 또한 그날 밤은 모든 질서에서 벗어나 있는, 달력에도 거의 빠져 있는 밤, 말하자면 예외적인 밤, 윤년의 2월 29일 밤이었다는 사실을 알려드리고자 합니다. 그러므로 내가 귀하의 단정적인 말을 부인했더라면 아마 반쯤은 거짓말이었을 것이라는 사실 또한 말씀드리는 바입니다."

페퍼코른은 대답하지 않았다.

카스토르프는 잠시 쉬었다가 다시 말을 계속했다. "귀하의 호의를 잃을 수도 있는 위험을 무릅쓰고 나는 귀하에게 사실대로 말씀드리려고 했습니다. 솔직히 말해 귀하의 호의를 잃는다는 것은 나에게는 쓰라린 손실이라고 할 수 있을 것입니다. 그것은 쇼샤 부인이 귀하의 여행 동반자로서 이곳에 다시 왔을 때 내가 받은 충격, 실제적인 충격과 비교가 될 수 있을 것이라고 나는 말할 수 있습니다. 나는 이런 위험을 무릅쓰고 솔직하게 말씀드리려고 하는 것입니다. 왜냐하면 내가 특별히 존경심을 품고 있는 귀하와 나 사이의 관계를 분명하게 해두는 것이

전부터 나의 소망이었기 때문입니다. 그렇게 하는 편이 내게는 비밀을 지키거나 왜곡하는 것보다 더 바람직하고 인간적인 것으로 생각됩니다. 클라브디아가 인간적이라는 낱말을 얼마나 매혹적인이 목소리로 근사하게 끌면서 발음하는지는 아실 것입니다. 이런 점에서 나는 앞서 귀하가 단정적인 말을 했을 때 마음이 한결 가벼워졌습니다."

이번에도 페퍼코른은 대답하지 않았다.

"또 한 가지, 민혜어 페퍼코른 씨." 한스 카스토르프는 계속 말했다. "또 한 가지 귀하에게 사실 그대로 말씀드리고 싶습니다. 개인적인 경험입니다만, 이런 방면의 일에서 불확실한 상태로 반쯤 추측에 의존하는 것이 참으로 사람을 괴롭게 한다는 사실입니다. 이제 귀하는 누가 클라브디아와 2월 29일 밤을 함께 체험하고 보내고 지냈는가, 말하자면 함께 했는가를 알게 되었습니다. 이는 현재의 실제적 권리 관계가 성립되기 이전의 일이었는데, 나는 물론 이 관계를 존중하지 않는다는 것은 터무니없는 망상일 것이라고 생각합니다. 이 문제를 숙고해야 할 처지에 놓인 사람이라면 누구나 이런 선례들, 정말이지 나보다 앞선 선행자들의 존재 여부를 고려해야 하는 것이 당연한 일이었지만, 나는 이에 대해 분명하게 생각해본 적이 없었습니다. 게다가 베렌스 고문관이 취미로 유화를 그린다는 것을 나뿐만 아니라 귀하도 아마 알고 있을 것 같습니다. 그는 쇼샤 부인을 여러 차례 모델로 삼아 뛰어난 초상화를 그렸습니다. 우리끼리 하는 이야기지만 피부 묘사가 너무 실감이 나서 놀라움을 금치 못했습니다. 이로 인해 나는 무척 고통스러웠고 심한 두통까지 생겼는데, 아직도 그렇습니다."

"아직도 그녀를 사랑하고 있소?" 페퍼코른이 위치를 바꾸지 않고 물었다. 다시 말해 그는 카스토르프에게서 얼굴을 돌린 채 질문을 한 것이다. 커다란 방은 점점 어둠에 잠기고 있었다.

"죄송합니다, 민헤어 페퍼코른 씨." 한스 카스토르프가 대답했다. "그러나 귀하에 대한 나의 감정, 이루 말할 수 없는 존경과 경탄의 감정 때문에 귀하의 여행 동반자에 대한 나의 감정을 이야기하는 것은 내게 는 적절한 일이 아닌 듯싶습니다."

"그런데 그녀도 이런 감정을 아직도 갖고 있다는 건가요?" 페퍼코른 은 차분한 목소리로 말했다.

한스 카스토르프가 대답했다. "그건 아닙니다. 그녀도 그런 감정을 가졌다는 말은 아닙니다. 그러리라고 생각되지는 않습니다. 앞서 우리 는 여자의 반응 본능에 대해 말하면서 그 주제를 이론적으로 다룬 바 있었습니다. 나에게는 물론 여자에게 사랑을 받을 만한 매력이 별로 없습니다. 내가 대체 어떤 도량이 있는 사람인지 한번 판단해 보십시 오! 나 같은 사람에게 2월 29일의 일이 찾아올 수 있었던 것은 오로지 남자 쪽에서 먼저 선택하는 행동에 따라 여자가 끌려들었기 때문이지 요. 내가 '남자'라고 자칭함으로써 허풍을 떨며 주제넘게 구는 것으로 보일지 모르지만, 아무튼 클라브디아는 여자라는 점을 지적하고 싶습 니다."

"그녀는 감정에 따랐소." 페퍼코른은 찢어진 입술 사이로 중얼거 렸다.

카스토르프가 말했다. "귀하의 경우에는 그녀가 더욱 공손하게 감정 에 따랐지요. 그리고 모든 정황으로 보아 그녀는 이미 여러 번이나 남 자에게 그랬습니다. 이런 처지에 놓인 남자라면 누구나 잘 알 수 있는 법이지요."

"그만!" 페퍼코른은 여전히 얼굴을 돌리고 말했다. 그러나 손바닥으로는 상대를 제지하는 거동을 취했다. "우리가 그녀에 대해 이런 저런 이야기를 하는 것은 비열한 짓이 아니겠소?"

"그렇지 않습니다, 민혜어 페퍼코른 씨. 아닙니다, 그 점에 대해서는 안심하셔도 된다고 생각합니다. 인간적인 문제에 대해 이야기를 하는 것이니까요. 자유와 천재성이라는 의미에서 '인간적'이라는 낱말을 쓴다면 말입니다. 좀 거북할 것 같은 표현을 해서 죄송합니다만, 요즘 들어 이런 표현을 사용할 필요가 내게 생겼습니다."

"좋아요, 하던 말을 계속하시오!" 페퍼코른이 나직하게 명령조로 말했다.

카스토르프 역시 침대 옆 의자에 걸터앉아 두 손을 무릎 사이에 낀 채 제왕 같은 노인을 향해 고개를 숙이고 나직하게 말했다.

"정말이지 그녀는 천재적인 존재이기 때문입니다. 귀하도 알다시피 코카서스 산맥 너머에는 그녀의 남편이 살고 있습니다. 나야 이 남자를 잘 모릅니다만, 그는 둔감해서인지 아니면 지적이어서 그런지 그녀에게 자유와 천재성을 인정해 주고 있습니다. 어쨌든 아내의 자유와 천재성을 인정해 주는 것은 현명한 처사라고 할 수 있습니다. 자유와 천재성을 인정받은 이유는 그녀가 병에 걸렸기 때문입니다. 그녀는 병이라는 천재적 원리에 종속되어 있으며, 따라서 이런 처지에 놓이는 남자는 누구나 그녀의 남편의 예에 따라 과거의 일이든 앞날의 일이든 불평하지 않는 것이 좋을 것입니다."

"당신은 불평하지 않는다는 거요?" 페퍼코른은 이렇게 묻고는 카스토르프를 마주보았다. 어슴푸레한 어둠 속에서 그의 얼굴이 흐릿하게 보였다. 우상 같은 이맛살 아래서 두 눈은 흐릿하고 침침하게 빛나고 있었고, 찢어진 입은 비극의 가면을 쓴 인물처럼 반쯤 열려 있었다.

한스 카스토르프는 겸손하게 대답했다. "나는 그런 것이 중요한 문제라고는 생각하지 않았습니다. 내가 이렇게 말하는 이유는 귀하가 불평을 하지 않았으면 해서이고, 또한 내가 과거의 사건으로 말미암아 귀하의 호의를 잃지 않기 위해서입니다, 민헤어 페퍼코른 씨. 이런 점이 이 순간 나에게 중요한 문제입니다."

"그런데도 어쩌다 보니 내가 당신에게 큰 고통을 주고 말았나 보오."

"그게 나에게 묻는 질문이라면 그럴 수도 있습니다." 카스토르프가 대답했다. "그리고 내가 그 질문에 그렇다고 대답한다 해도, 그것이 귀하를 알게 되어 대단한 특전을 누렸다는 것을 내가 모른다는 의미는 절대로 아닙니다. 왜냐하면 이 특전은 귀하가 말한 실망과 밀접하게 결부되어 있기 때문입니다."

"고맙소, 젊은이, 고맙소. 나는 당신의 예의 바른 말 몇 마디를 높이 평가합니다. 다만 우리의 사귐을 제외한다면…."

"제외하다니 그건 곤란합니다." 카스토르프가 말했다. "우리의 사귐을 제외하는 것은 귀하의 질문을 아주 겸허히 긍정하기 위해서라도 나에게 바람직하지 않습니다. 클라브디아가 귀하처럼 도량이 넓은 인물과 함께 이곳에 왔다는 것, 어쨌든 어떤 다른 남자와 함께 돌아왔다는 것은 당연히 나를 더욱 고통스럽게 하고 혼란스럽게 만들었기 때문입니다. 이로 인해 나는 몹시 괴로워했고, 지금도 그렇다는 사실을 부인하지 않겠습니다. 그래서 나는 의식적으로 힘껏 이 일의 긍정적인 면, 즉 귀하에 대한 나의 솔직한 존경심을 잃지 않으려고 노력했습니다, 민헤어 페퍼코른 씨. 더욱이 이런 노력에는 귀하의 여행 동반자에 대한 약간의 심술도 포함되어 있었습니다. 여자란 자신을 사랑하는 남자들이 서로 사이좋게 지내는 것을 별로 탐탁하게 여기지 않기 때문입니다."

"실제로 그렇지." 페퍼코른은 이렇게 말하며 미소를 지었다. 그러나 자신의 미소가 쇼샤 부인의 눈에 띌 위험이라도 있는 것처럼 손바닥으로 입과 턱을 어루만지며 미소를 감추었다. 카스토르프 역시 살며시 미소를 지었고, 이어서 두 남자는 서로 약속이나 한 듯 고개를 끄덕였다.

한스 카스토르프는 말을 계속했다. "이 정도의 작은 복수는 내게 허용되리라 생각합니다. 나는 사실 불평할 이유가 어느 정도 있기 때문입니다. 클라브디아와 귀하에 대해서가 아니라, 민헤어 페퍼코른 씨, 나의 인생과 운명에 대해 전반적으로 불평을 하고 싶습니다. 그리고 내가 귀하의 신뢰를 얻는 영광을 누리면서 지금 이렇게 아주 특별한 저녁 시간을 맞이하게 되었습니다. 그러므로 나의 인생과 운명에 대해 적어도 암시적으로나마 말씀드리고자 합니다."

"어디 들어봅시다." 페퍼코른이 정중하게 말하자, 카스토르프는 이야기를 계속했다.

"나는 이 위에 오랫동안 있었습니다, 민헤어 페퍼코른 씨. 벌써 여러 해가 되었지만 얼마나 오래되었는지는 자세히 알지 못합니다. 그러나 몇 살을 이곳에서 먹었기에 '인생'에 대해 말했고, '운명'에 대해서도 적당한 때가 오면 언급하겠습니다. 나는 나의 사촌을 문병하러 이곳 요양소에 올라왔습니다. 그는 성실하고 용감한 군인이었으나 아무 소용도 없었고, 결국 죽음을 맞이하여 나에게서 떠나갔습니다. 그리고 나는 아직도 여기에 남아 있습니다. 나는 군인이 아니었습니다. 어쩌면 들으셨을지 모르지만 나는 민간인의 직업을 가지고 있었습니다. 확고하고 합리적인 직업으로, 심지어 여러 민족이라는 것을 결속시킬 수 있는 직업이었습니다. 그러나 그다지 직업에 충실하지 않았습니다, 그건 인정합니다. 이유야 물론 많았겠지만, 그 동기가 불확실하다고밖에 말씀드릴 수 없습니다. 구태여 이유를 말하자면 그것은 귀하의 여행 동반자에 대한 나의 감정의 근원, 클라브디아 쇼샤와 그녀를 너라고 부르는 것에 대한 나의 감정의 근원과 관련되어 있습니다. 그리고 실제적인 권리 관계를 깨트릴 마음이 없다는 것을 알리기 위하여 나는 그녀를 고집스럽게 너라고 호칭하는 것입니다. 그녀의 눈을 처음 보고 매료된 이후로 나는 이를 결코 부인한 적이 없었습니다. 귀하도 이해할 수 있듯이 비이성적인 의미에서 나는 그녀의 눈에 매료되었습니다. 그녀를 위해 나는 세템브리니 씨에게 거역하고, 오래전부터 물론 이런 원칙을 따랐는지 모르지만 비이성의 원칙, 병의 천재적인 원칙에 따라 이 위에 남아 있게 되었습니다. 다시 말씀드리지만 나는 이 위에 얼마나 오래 있었는지 더는 자세히 알지 못합니다. 나는 모든 것을 잊었고, 친척과 평지의 직업, 나의 전망 등 그 모든 것과 관계가 단절되고 말았습니다. 그리고 클라브디아가 이곳을 떠나갔을 때, 나는 계속 이 위에서 그녀를 기다려 왔습니다. 그래서 나는 이제 평지에서 완전히 사라진 신세가 되었고, 그들의 눈에 나는 죽은 것이나 다름없는 사람이 되었습니다. 앞서 내가 '운명'을 운운했을 때 이런 것을 염두에 두었던 것이며, 현재의 권리 관계에 대해 불평할 만한 권한 정도는 어쨌든 나에게도 있지 않은가 하고 암시의 말을 감히 해보았던 것입니다. 언젠가 어떤 선량한 젊은이에 대한 이야기를 읽어보았습니다. 아니, 극장에서 보았습니다. 그는 나의 사촌처럼 군인이었는데, 어느 매력적인 집시 여인과 관계를 맺게 되었습니다. 그녀는 머리에 꽃을 꽂은 요염한 아가씨로, 야성적이고 운명적인 여인이었습니다. 이 여인 때문에 젊은이는 완전히 탈선하게 되었고, 그녀를 위해 모든 것을 바치며 탈주병이 되고 말았습니다. 그는 그녀와 함께 밀수업자 패거리들에게 합류하여 모든 면에서 불명예스런 인간이 되었습니다. 그가 이렇게까지 타락하자 그녀는 그에게 싫증을 느꼈고, 멋진 바리톤 음성을 가진 열정적인 투우사에게 가버렸습니다. 그리하여 얼굴이 하얗게 질리고 상의의 가슴을 풀어헤친 군인은 투우장 앞에서 여자를 칼로 찌름으로써 이야기는 끝이 나게 됩니다. 그런데 집시 여인은 바로 이런 죽음을 기대했는지도 모릅니다. 어쩌다 보니 본말에서 상당히 벗어난 이야기를 하게 되었군요. 그러나 결국 왜 이런 이야기가 나의 뇌리에 떠올랐을까요?"

민헤어 페퍼코른은 '칼'이라는 말이 튀어나오자 급히 카스토르프 쪽으로 얼굴을 돌리고 눈빛을 살펴보았다. 그러면서 침대에 앉은 자세를 바꾸고 몸을 약간 옆으로 비꼈고, 이어서 팔꿈치로 괴어 자세를 바르게 한 다음에 입을 열었다.

"젊은이, 잘 들었습니다. 그리고 이제 짐작이 갑니다. 지금 한 이야기를 근거로 나도 솔직하게 털어놓겠소! 내 머리칼이 이렇게 하얗지 않거나 내가 말라리아열에 시달리지 않는다면, 남자 대 남자로 손에 무기를 들고 나도 모르게 당신에게 가한 부당한 행위에 대해 만족시켜 줄 용의가 있다오. 이와 동시에 나의 여행 동반자가 당신에게 끼친 고통에 대해서도 보상을 해야 할 것이오. 완벽하오, 젊은이, 벌써 보아서 알 것이오. 그러나 사정이 이러니 내가 어떤 다른 제안이든 해볼까 합니다. 그것은 이런 것이오. 우리가 처음 알게 된 떠들썩한 순간이 기억 속에 떠오릅니다…. 내가 그때 포도주에 거나하게 취해 있었지만, 그 순간이 떠오릅니다. 바로 그 순간이 말이오. 그때 당신의 본성에 감동을 받아 당신에게 형제처럼 지내자고 제안하려다가, 그게 너무 성급한 것 같아 철회했던 순간이 생생하게 기억납니다. 좋습니다, 오늘 그 순간을 떠올리며 그때로 되돌아가고자 합니다. 당시에 미루었던 일을 끝내기로 선언합니다, 젊은이. 우리는 형제입니다, 나는 우리가 형제임을 선언하는 바입니다. 당신은 완전한 의미를 갖는 호칭에 관해 말했습니다…. 우리의 관계도 완전한 의미, 감정으로 형제라는 의미를 갖게 되었습니다. 나이가 들고 몸이 불편하여 무기를 들고 당신을 만족시켜 줄 수 없습니다만, 이런 호칭으로, 형제의 맹약 형식으로 당신을 만족시키고자 하는 바이오. 이런 형식이란 보통은 제삼자, 세상, 누군가에 대항하여 맺어지지만, 우리는 감정으로 누군가를 위해 형제의 맹약을 맺도록 합시다. 포도주 잔을 잡으시오, 젊은이. 나는 다시 전번처럼 물 잔을 잡겠소. 이 물 잔으로 포도주를 마신다고 그리 나쁠 것도 없지요…."

이어서 그가 선장 같은 손을 가볍게 떨면서 술잔을 채웠다. 그러자 한스 카스토르프는 존경심이 일고 당황하여 그가 술 따르는 것을 얼른 거들었다.

"자, 드시오!" 페퍼코른이 반복하여 말했다. "나와 팔을 끼도록 합시다! 그리고 이렇게 마시는 겁니다! 모두 다 마셔야 합니다! 완벽합니다, 젊은이. 끝났습니다. 여기에 내 손이 있습니다. 이제 만족하였소?"

"물론 말할 나위가 없습니다, 민헤어 페퍼코른 씨." 카스토르프는 이렇게 말했으나, 포도주를 단숨에 마시는 것은 꽤나 힘든 일이었다. 그래서 무릎 위에 조금 흘린 포도주를 손수건으로 닦고는 말을 이었다. "너무 행복하다는 말씀을 오히려 드리고 싶습니다. 그리고 내가 어쩌다가 단번에 이런 행복감을 갖게 되었는지 이해가 되지 않습니다. 솔직히 말해 꿈을 꾸는 것처럼 여겨집니다. 나에게는 대단한 영광입니다. 내가 어떻게 이런 영광을 누리게 되었는지 모르겠습니다만, 기껏해야 수동적으로 형제의 호칭을 얻게 된 것이지 능동적으로 그리 된 것은 분명히 아니지요. 그리고 처음에 그런 호칭으로 부르는 것은 모험적인 기분이 들어, 말을 더듬거릴지라도 이상할 것이 없다고 생각됩니다. 더욱이 클라브디아가 앞에 있을 때는 더욱 그렇겠지요. 여성의 특성으로 볼 때 어쩌면 우리의 이런 결정에 그녀는 결코 동의하지 않을지도 모릅니다."

"그 일은 내게 맡겨 두게." 페퍼코른이 말을 내리며 대꾸했다. "그리고 다른 일은 연습과 습관에 맡겨 두도록 하지! 그럼 이제 그만 가보게, 젊은 친구! 나를 혼자 내버려두고, 형제! 벌써 어두워졌고, 사방이 완전히 캄캄해졌어. 우리의 연인이 곧 돌아올 때가 되었어. 이렇게 둘이 만나는 것을 보이는 것이 그리 좋은 일은 아니야."

"안녕히 계십시오, 민헤어 페퍼코른 형님!" 한스 카스토르프는 이렇게 말하고 자리에서 일어섰다. "보시다시피 어딘지 칭호가 어색해도 나는 극복하고 꽤나 무모한 호칭을 연습하고 있습니다. 그렇습니다, 벌써 사방이 캄캄해졌군요! 갑자기 세템브리니 씨가 들어와 이성과 사회성이 자리를 잡도록 불이라도 켤 것 같다는 생각이 듭니다. 이런 짓을 그는 좋아하지요. 그럼 내일 뵙지요! 나는 꿈에서도 생각하지 못한 만족감을 얻고서 흐뭇한 마음으로 이곳을 나갑니다. 몸조리 잘하십시오! 적어도 3일간은 열이 오르지 않겠군요. 그동안 필요한 모든 요구에 대처할 수 있을 만큼 몸이 좋아질 것입니다. 그러면 마치 내 일처럼 즐거울 것입니다. 그럼 안녕히 주무십시오!"

민헤어 페퍼코른(종결)

폭포는 항상 산책의 목적지로 매력적인 장소였다. 떨어지는 물에 특별한 애착을 품고 있던 한스 카스토르프가 저 플뤼엘라 골짜기의 그림 같은 폭포에 아직 한 번도 찾아가지 않았다는 것을 우리는 거의 이해할 수가 없다. 요아힘과 함께 지내던 시절이라면 그의 엄격한 요양 근무 탓으로 돌릴 수도 있으리라. 요아힘은 이곳에 놀러 온 것이 아니라고 생각했으며 또한 현실적이고 합목적적인 관념을 가지고 있어서 그들의 행동반경은 베르크호프 요양원에서 가까운 주변 지역으로 한정되어 있었다. 요아힘이 죽은 뒤에도 카스토르프는 그의 스키 모험을 배제한다면 이 지역 풍경과의 관계에 있어서 보수적 단조로움의 성격을 유지하고 있었다. 이와 같은 보수적 단조로움과 그의 내적인 경험 및 '술래잡기'의 의무가 대조적인 차이를 보이는 것에 카스토르프 청년은 심지어 그 어떤 야릇한 매력을 의식하고 있었다. 어쨌든 그의 작은 모임, 카스토르프를 포함하여 일곱 명으로 구성된 단체의 사람들이 저 소문난 곳으로 마차를 타고 나들이를 가자는 의견이 나왔을 때, 그도 즐거운 마음으로 동의했다.

5월이 찾아왔다. 이 무렵 평지의 단순한 가요에 따르면 환희의 달이 뜬다고 하는데, 이곳의 공기는 여전히 시리고 반길 만큼 따뜻한 것은 아니었다. 그러나 해빙기는 끝난 것으로 볼 수 있었다. 물론 최근 들어 여러 차례 함박눈이 내렸지만, 쌓이지는 않고 땅만 촉촉하게 적셨을 뿐이었다. 겨우내 쌓여 있던 거대한 눈은 땅속으로 스며들고 증발하여 띄엄띄엄 잔재만 남아 있었다. 푸릇푸릇한 세상의 통로는 사람들마다 갖고 있는 모험의 욕구를 자극했다.

그러지 않아도 이 사교 모임은 지난 몇 주 동안 위풍당당한 주도적 인물 피터 페퍼코른의 건강이 좋지 않아 지지부진한 상태에 있었다. 페퍼코른이 열대기후에서 얻어온 말라리아열은 고산 지역의 특별한

기후의 작용이나 베렌스 고문관과 같은 훌륭한 의사의 해열제 처방에
도 누그러질 것 같지 않았다. 그는 4일 열이 기세를 떨치는 날뿐만 아
니라 그 밖의 날에도 침대에 누워 있는 일이 많아졌다. 고문관이 환자
와 가까운 사람들에게 살짝 알려준 바와 같이 그는 비장과 간장도 좋지
않은 상태였고, 위장 역시 정상으로 볼 수 없었다. 따라서 고문관은 이
런 상태에서는 아무리 강인한 체질일지라도 만성적 쇠약에 빠질 수밖
에 없는 긴급한 위험을 알려주지 않을 수 없었다.

　최근 몇 주 사이에 페퍼코른은 밤의 주연을 한 번만 주최했을 뿐만
아니라 모두가 함께 나가는 산책도 그리 멀지 않은 곳으로 한 번에 그
쳤다. 그런데 우리끼리 하는 말이지만 단체 모임이 이렇게 뜸해진 것
이 어떤 면에서 카스토르프로에게는 홀가분하게 느껴지기도 했는데,
왜냐하면 쇼샤 부인의 여행 동반자와 우정의 술잔을 나눈 것이 그에게
부담스러웠기 때문이다. 그는 공개적인 모임에서 페퍼코른과 대화를
나눌 때는 '어색함', '외면', 마치 먼저 말을 꺼내는 사람이 지는 게임을
하듯이 '기피'의 태도를 보였는데, 이는 그가 클라브디아와 대화할 때
페퍼코른이 느꼈던 태도와 같았다. 페퍼코른의 호칭을 부르지 않을 수
없을 때에도 그는 교묘하게 어려운 상황을 모면해 나갔다. 이는 그가
다른 사람들의 면전에서 클라브디아와 대화를 나눌 때, 또는 페퍼코른
과 단둘이 있을 때에도 일어나던 곤혹스런 상황인 것으로, 이제는 페퍼
코른에게서 보상을 받은 덕분에 이중적 곤궁의 상태가 완벽하게 이루
어진 셈이었다.

　이런 와중에서 폭포로 나들이 가는 계획이 구체적으로 실행되었다.
페퍼코른 자신이 폭포로 나들이 가기로 결정했는데, 그 정도는 할 수
있을 만큼 건강이 허락한다고 그가 느꼈기 때문이다. 4일 열이 일어난

후 3일째 되는 날이었다. 민헤어 페퍼코른은 그날을 이용하고 싶다는 의사를 알려왔다. 정말이지 그날 아침 식사 때 페퍼코른은 식당에 나타나지 않고 최근에 자주 그랬듯이 쇼샤 부인과 자신의 방에서 식사를 했다. 그러나 이미 아침 식사 무렵에 카스토르프는 절름발이 관리인을 통하여 페퍼코른의 지시를 전달받았다. 전달 사항인즉 점심 식사 후 1시간 내에 나들이 준비를 마칠 것, 나아가 이 지시를 페르게와 베잘 씨에게 알리고, 세템브리니와 나프타에게도 그들의 집까지 마차를 대령하겠다는 것을 통보하라는 것, 끝으로 4인승 마차 두 대를 3시까지 예약해 두라는 것이었다.

3시에 사람들이 베르크호프 요양원의 정문 앞에 모였다. 한스 카스토르프, 페르게, 베잘은 이곳에 모여 서로 담소를 나누며 특별실에서 페퍼코른과 쇼샤 부인이 나오기를 기다렸다. 그들은 기다리는 동안 검고 축축하고 투박한 입술로 손바닥에 놓아둔 각설탕을 먹고 있던 말 잔등을 쓰다듬어 주었다. 두 여행 동반자는 3시가 조금 지나 현관 앞 계단에 나타났다. 페퍼코른의 당당한 얼굴은 다소 수척해진 모습이었다. 그는 계단 위에서 약간 낡고 긴 외투를 입고, 클라브디아 옆에 선 채로 부드럽고 둥근 모자를 쳐들어 보이고는, 입술을 씰룩거리며 알아들을 수 없는 인사말을 전했다. 이어서 계단 아래까지 다가온 세 사람과 차례로 악수를 나누었다.

"젊은이." 그는 한스 카스토르프의 어깨에 왼손을 놓고 말을 건넸다. "그런데 그간 어떻게 지냈나, 형제?"

"신경을 써 주셔서 감사합니다. 그런데 귀하는요?" 질문을 받은 카스토르프가 말했다.

태양이 비치고, 아름답고 청명한 날이었다. 그러나 마차가 달리면 의심의 여지없이 서늘해질 테니, 다들 외투를 걸친 것은 잘한 일이었다. 쇼샤 부인 역시 올이 굵은 체크무늬 모직의 벨트가 달린 따뜻한 외투를 입고 있었고, 어깨에는 모피 숄까지 살짝 두르고 있었다. 턱 밑으로 묶은 올리브색 망사로 털모자의 가장자리를 비스듬히 아래로 내려뜨린 그녀의 모습이 너무나 매력적이라서 그곳에 함께 있던 대부분의 사람들은 심장이 쿵쿵 뛸 지경이었다. 다만 페르게만은 그녀에게 매료되지 않은 유일한 사람이었다. 그는 이렇게 무심했기에 요양원 밖에 살던 두 사람이 모임에 합류할 때까지 앞서 가는 마차의 임시로 배정받은 자리인 페퍼코른과 쇼샤 부인의 맞은편 뒷좌석에 앉게 되었다. 반면에 카스토르프는 클라브디아의 조소를 받으며 페르디난트 베잘과 함께 두 번째 마차에 올랐다. 말레이 출신의 호리호리한 하인도 나들이에 참가했다. 그는 덮개 아래로 두 개의 포도주 병이 불쑥 튀어나온 널찍한 바구니를 들고 주인의 등 뒤에 나타나서는 그것을 앞 마차의 뒷좌석에 밀어 넣었다. 그리고 그가 마부와 나란히 앉아 팔짱을 끼는 순간 말들은 출발 신호를 받았고, 마차는 브레이크를 걸면서 곡선도로를 내려가기 시작했다.

베잘 역시 쇼샤 부인의 조롱조의 미소를 알아차렸다. 그는 충치를 드러내며 동승자가 된 카스토르프에게 넌지시 그것에 대해 말했다.

"그녀의 미소를 보셨습니까? 당신이 나하고만 마차를 타게 되어 즐거워하는 것 같군요. 네, 그렇습니다, 나같이 별 볼일 없는 사람은 조롱에 대해 걱정할 필요가 없지요. 내 옆에 앉게 되어 화가 나고 속상하지 않으십니까?"

"정신 차리세요, 베잘, 그런 비굴한 말은 하지 마세요!" 카스토르프가 베잘을 꾸짖었다. "여자는 기회만 있으면 웃습니다, 시도 때도 없이 말입니다. 웃을 때마다 신경을 써봐야 소용없는 짓입니다. 왜 당신은 늘 그렇게 비굴하게 처신합니까? 당신에게도 누구나 마찬가지로 장점과 단점이 있습니다. 예컨대 당신은 〈한여름 밤의 꿈〉을 아주 멋지게 연주하는데, 누구나 그렇게 할 수 있는 것이 아닙니다. 다음에 한 번 더 연주해 주세요.”

“그래요, 당신은 나를 업신여기며 말하고 있습니다.” 비참한 사내가 대꾸했다. “당신의 위로의 말에는 얼마나 불손한 점이 많은지 당신은 전혀 모르고 있습니다. 그것이 나를 더욱 굴욕적으로 만들고 있어요. 당신은 좋은 말로 위로하면서 도도하게 상대를 업신여기지요. 지금은 당신이 꽤나 우스꽝스런 처지에 빠졌지만, 언젠가 당신은 제7의 천국에 있어 봐서 이런 일이 있는 겁니다. 맙소사, 당신은 그녀의 팔이 당신의 목을 휘감는 것을 느꼈지요. 아, 나는 그걸 생각하면 목구멍과 가슴팍이 타는 듯합니다. 당신은 전에 누렸던 것을 생생하게 의식하면서 나의 비참한 고통을 업신여기는 것입니다.”

“당신의 표현 방식은 좋지 않아요, 베잘. 나를 불손하다고 비난하니나 역시 당신이 지극히 혐오스럽기까지 하다는 점을 숨김없이 말하는 바입니다. 당신이 스스로 불쾌감을 고의로 조성해놓고 끊임없이 비굴하게 처신하니 그런 점이 혐오스러운 것입니다. 당신은 그녀에게 그토록 홀딱 반한 것입니까?”

“미칠 지경입니다!” 베잘은 머리를 흔들며 대답했다. “내가 그녀에 대한 갈망과 욕구를 어떻게 견뎌야 할지는 말로 표현할 수 없습니다. 죽을 것 같다고 말할 수 있을 겁니다. 그러나 그렇다고 해서 살 수도 죽을 수도 없습니다. 그녀가 이곳에 없었을 때는 지내기가 쉬워지기 시작했으며, 그녀가 점차 내 마음을 떠나갔습니다. 그러나 그녀가 다시 이곳에 나타나 매일 그녀를 보게 된 이후로 나는 이따금 내 팔을 깨물고 허공을 붙들고 허우적거립니다. 그러면서 어찌할 바를 몰라 합니다. 이런 일이 있어서는 안 되겠지만, 그렇다고 그것이 아주 없어지기를 바랄 수도 없습니다. 이런 일을 겪는 자의 경우, 그는 그럴 수가 없습니다. 그것은 생명과 착 달라붙어 있어서 그것이 없어지기를 바라는 것은 생명이 사라지기를 바라는 셈이니 그럴 수가 없습니다. 게다가 죽는다고 무엇이 이루어지겠습니까? 죽어도 나중에, 만족스럽게 죽어야겠지요. 그녀의 팔에 안겨 죽는다면 진심으로 기꺼이. 하지만 그 전에 죽는다는 것은 있을 수 없는 일입니다. 왜냐하면 생명은 욕망이고, 욕망은 생명이기 때문입니다. 그러니 자신의 의지를 거역한다는 것은 있을 수 없으며, 그것은 저주스런 딜레마입니다. 그런데 내가 말한 '저주스럽다'는 뜻은 내가 마치 타인의 경우가 되어 뱉어본 말일 따름이고, 나 자신은 그렇게 생각하지 않습니다. 세상에는 많은 고초가 있습니다, 카스토르프. 그리고 고초를 당하는 자는 그것으로부터 벗어나려고, 어떻게든 무조건 벗어나려고 하며, 그것이 그의 목적입니다. 하지만 육욕의 고초에서 벗어나려면 오로지 갈증이 채워짐으로써, 갈증이 채워져야 한다는 조건에 따라서만 가능합니다. 그렇지 않으면 안 됩니다, 어떻게 해도 안 됩니다! 우리의 육체가 그렇게 생겨먹었습니다. 고초를 당하지 않는 자의 경우, 그는 더 이상 관심을 쏟지 않겠지만, 고초를 당하는 자는 우리의 주 예수 그리스도를 배워 알게 되어 눈물을 글썽이게 됩니다. 아, 육체가 육체를 갈망하다니 대체 어떤 조화이며 어찌된 일일까요? 그것도 자신의 육체가 아니라 타인의 영혼에 속하는 육체라고 해서 그토록 갈망하다니 말입니다. 이 얼마나 기이합니까, 그리고 잘 보면, 다시 수줍게 호응하는 육체의 갈망이 얼마나 소박합니

까! 그 이상 원하는 것이 아니라면 제발 허락해주지! 라고 말하고 싶을
정도입니다. 내가 대체 무엇을 원하는 것일까요, 카스토르프? 그녀를
죽이고 싶기라도 한 걸까요? 그녀의 피라도 흘리게 하고 싶은 걸까요?
나는 단지 그녀를 어루만지고 싶을 뿐입니다. 카스토르프, 이렇게 흐느
끼다시피 하여 죄송합니다. 하지만 그녀가 제발 내 뜻을 따라 주면 얼
마나 좋을까요! 그래도 이런 소망에는 좀 고상한 요소도 들어 있습니
다, 카스토르프, 나는 짐승이 아니고 나름대로 인간이니까요! 육욕이란
이리저리 다니며 어떤 대상에 묶여 있거나 고정되어 있지 않습니다.
그래서 우리는 육욕을 동물적이라고 부르는 것이지요. 하지만 그것이
얼굴을 지닌 한 인간에 고정되면 우리는 그것을 사랑이라고 말합니다.
나는 단지 그녀의 몸과 살만을 원하는 것이 아닙니다. 만일 그녀의 얼
굴 어느 부분이라도 달라져 있다면, 아마 나는 그녀의 몸을 전혀 원하
지 않을지도 모릅니다. 그러므로 나는 그녀의 영혼을 사랑하는 것입니
다. 얼굴을 사랑하는 것은 영혼을 사랑하는 것과도 같은 것…."

"대체 어떻게 된 것인가요, 베잘? 무슨 소릴 하는 건지 알 수가 없으
니…."

"그러나 바로 그렇습니다, 이것이 바로 나의 불행이기도 합니다." 불
쌍한 남자가 말을 계속했다. "그녀는 영혼이 있다는 것, 그녀가 육체
와 영혼으로 이루어진 인간이라는 것 말입니다! 그녀의 영혼은 나의 영
혼에 아무 관심이 없고, 따라서 그녀의 육체는 나의 육체에 아무런 관
심이 없기 때문입니다. 아, 비참하고 정말 대단히 괴롭습니다. 이 때문
에 나의 갈망은 수치로 변하고, 나의 육체는 영원히 꼬일 수밖에 없는
것입니다! 왜 그녀는 영혼과 육체 모두 나에게 아무 관심이 없는 걸까
요, 카스토르프, 그리고 왜 나의 갈망은 그녀에게 끔찍한 것일까요? 대

체 나는 남자가 아니란 말인가요? 역겨운 남자는 남자가 아니란 말인
가요? 나는 정말 지극히 남성적입니다. 나는 당신에게 맹세합니다, 그
녀가 아름다운 팔로 나를 껴안고 나에게 환희의 문을 열어준다면, 나
는 그녀가 그간 누리지 못한 그 모든 것을 맛보게 해 줄 것입니다. 그녀
의 팔이 아름다운 것은 그것이 그녀의 영혼의 얼굴에 속하기 때문입니
다! 만일 육체만이 문제시되고 얼굴 따위는 문제가 되지 않는다면, 그
리고 나 같은 것은 상대도 하지 않으려는 그녀의 저주스러운 영혼이 아
니라면, 카스토르프, 나는 그녀에게 세상의 온갖 환희를 맛보게 해 줄
것입니다. 그러나 그녀가 그런 저주스런 영혼의 소유자가 아니라면, 나
도 그녀의 육체를 전혀 갈망하지 않을 것입니다. 그것이 악마가 준비
해 놓은 고약한 함정이며, 나는 거기서 헤어나지 못하고 영원히 몸부림
치게 될 것입니다!"

　"베잘, 쉿! 제발 조용히 해요! 마부가 당신 말을 듣고 있어요! 고의로
머리를 움직이고 있지는 않지만, 그의 등을 보면 그가 우리의 이야기를
듣고 있음을 알 수 있어요."

　"마부는 내 말을 이해하기에 듣는 겁니다, 그렇다니까요, 카스토르
프! 특성과 성격에 따라 그럴 수 있다는 것을 당신은 알아야 합니다! 만
일 내가 윤회에 관해 말한다면… 또는 유체정역학에 관해 말한다면, 그
는 내 말을 이해하지 못하고 아무것도 알지 못할 것이기에 듣거나 관심
을 갖지도 않을 것입니다. 그런 화제는 통속적인 것이 아니니까요. 그
러나 육체와 영혼에 관한 화제는 세상에서 최고의 문제이자 궁극적이
며 대단히 비밀스런 문제인 동시에 가장 통속적인 문제입니다. 사람들
은 누구나 이 비밀스럽고 통속적인 문제를 이해하고 있으며, 그것에 장
악되어 낮에는 욕망에 시달리고 밤에는 치욕의 지옥에 빠져 허우적거

리는 자를 조롱할 수 있습니다. 카스토르프, 친애하는 카스토르프, 신세타령 좀 하겠습니다. 내가 대체 밤을 어떻게 보내는지 모를 겁니다! 밤마다 나는 그녀 꿈을 꿉니다, 아, 온통 그녀에 관한 꿈을 꾼답니다. 그걸 생각만 해도 목구멍과 뱃속이 타는 듯이 아픕니다! 그리고 언제나 그녀가 나에게 뺨을 치고, 얼굴을 때리고, 간혹 침을 뱉는 것으로 꿈이 끝납니다. 그녀는 영혼의 창이라 할 얼굴을 혐오감에 사로잡혀 일그러트리고 내게 침을 뱉습니다. 그러면 나는 땀과 수치심과 욕망이 뒤섞인 채 잠에서 깨어납니다."

"이런, 베잘, 그만 좀 그칩시다. 우리 식품점에 도착하여 다른 두 사람이 마차에 탈 때까지 입을 닫기로 합시다. 이렇게 제안하며 요청하는 바입니다. 나는 당신의 마음을 아프게 하고 싶지 않고, 또한 당신이 크나큰 곤경에 처해 있다는 것을 인정합니다. 그러나 우리나라에는 말을 하면 입에서 뱀과 두꺼비가 튀어나오도록 벌을 받은 사람의 이야기가 있답니다. 말을 할 때마다 뱀이나 두꺼비가 튀어나오는 겁니다. 그럴 때면 그가 어떤 태도를 취했는지 책에는 나와 있지 않지만, 나는 늘 그 사람이 입을 다물었을 것이라고 생각했습니다."

"하지만 인간의 마음이란 것이 말입니다." 베잘이 한탄하며 말했다. "인간의 마음이란 것이 이렇습니다, 카스토르프, 나처럼 이렇게 곤경에 처해 있을 때는 말을 하여 답답한 심사를 푸는 법입니다."

"물론 그렇습니다, 그것은 심지어 인권이기도 합니다, 베잘. 하지만 내 생각에 상황에 따라서는 분별력을 가지고 권리를 행사하지 않을 수도 있습니다."

이렇게 베잘은 한스 카스토르프의 요청에 따라 조용해졌다. 더구나 마차는 금방 포도 덩굴로 덮인 식품점에 도착했고, 그곳에서는 잠시도 지체할 필요가 없었다. 그럴 것이 나프타와 세템브리니가 벌써 거리에 나와 기다리고 있었기 때문이다. 세템브리니는 낡은 털가죽 재킷을 입고 있었고, 반면에 나프타는 사방에 누비질이 되어 있는 근사한 느낌의 베이지색 봄 외투를 입고 있었다. 마차가 방향을 바꾸는 동안 중도에서 만난 사람들은 손짓을 하며 서로 인사를 나누었고, 두 사람은 마차에 올랐다. 나프타는 선두마차의 네 번째 승차한 손님으로 페르게의 옆 자리에 앉았고, 세템브리니는 명랑하게 흥겨운 농담을 쏟아내면서 카스토르프와 베잘이 탄 마차에 올랐다. 그러자 베잘이 세템브리니에게 자신이 앉아 있던 뒷좌석을 양보했는데, 세템브리니는 축제 때 꽃마차를 타고 가는 사람의 자세를 취하며 느긋하게 자리에 앉았다.

세템브리니는 편안하고 유유자적하게 변화하는 풍경을 감상하면서 이렇게 몸을 흔들리게 하는 마차 나들이를 찬미했다. 그리고 카스토르프에게 아버지처럼 자상한 태도를 나타내었고, 심지어 불쌍한 베잘의 뺨까지 어루만졌다. 그는 빛으로 반짝이는 세상에 대해 감탄사를 연발하면서 자신처럼 호감이 가지 않는 사람은 잊으라고 촉구했다. 그러면서 낡은 가죽 장갑을 낀 오른손으로 연신 바깥 경치를 가리켰다.

그야말로 상쾌하기 이를 데 없는 마차 나들이였다. 마차를 끄는 네 마리의 말들은 모두 이마에 흰 반점이 있고 생기로 넘쳤으며, 다부지고 윤기가 흐르며 영양 상태가 좋았다. 말들은 아직 먼지가 나지 않는 깨끗한 길을 힘찬 발걸음으로 달렸다. 마차가 달리는 가운데 길가의 무너져 내린 암석의 틈새로 풀과 꽃들이 고개를 들고 있었고, 전신주들이 뒤로 달아나면서 잇달아 숲이 있는 언덕들이 불쑥 튀어나왔다. 멋진 경사로가 눈앞에 다가왔다가 금방 지나가 버려서 길의 다양한 변화가 사람들의 호기심을 돋워주었다. 아직도 여기저기 잔설에 덮인 구릉

들이 멀리서 햇빛을 받아 희미하게 반짝거렸다. 익숙해 있던 골짜기가 시야에서 사라졌고, 날마다 보던 풍경도 바뀌어서 신선한 기분을 주었다. 얼마 후에 마차는 숲 가장자리에 멈추었다. 여기서부터는 도보로 나들이를 계속해 목적지까지 향하기로 하였다. 목적지인 폭포에서 떨어지는 물소리가 처음에는 알아차릴 수 없게 미약하게 들리다가 점차 감각적으로 느끼도록 강하게 들려왔다. 마차 여행이 중단되자마자, 멀리서 폭포의 소리가 모두에게 지각되었다. 어떤 때는 가늘게, 또 어떤 때는 찰랑거리다가 쏴쏴 하는 소리로 바뀌었다. 나들이를 온 사람들은 서로 잘 들어보라고 촉구하면서 가던 걸음을 멈추고 폭포의 소리에 귀를 기울였다.

여러 번 이곳을 찾아와 본 적이 있었던 세템브리니가 말했다. "아직은 폭포가 수줍은 듯 작게 소리를 내고 있군요. 하지만 막상 현장에 가보면 지금 이 계절에는 폭포가 요란한 소리를 냅니다. 각오를 하십시오. 자신이 하는 말조차 알아듣지 못할 테니까요."

이렇게 나들이객들은 촉촉한 침엽수 낙엽이 깔린 길을 따라 숲속으로 들어갔다. 맨 앞에 피터 페퍼코른이 쇼샤 부인의 팔에 의지한 채 검고 부드러운 모자를 눌러쓰고 좌우로 비틀거리며 걸었다. 두 사람 뒤에서는 한스 카스토르프가 다른 나머지 사람들과 마찬가지로 모자를 쓰지 않은 채 주머니에 손을 넣고 걸었다. 그는 머리를 비스듬히 기울이고 나지막하게 휘파람을 불면서 사방을 두리번거렸다. 그 뒤에 나프타와 세템브리니가 걸어갔고, 이어서 페르게와 베잘이, 마지막으로는 팔로 간식 바구니를 안고 있는 말레이인이 혼자서 걸어갔다. 모두가 숲에 대해 이야기를 나누었다.

이 숲은 다른 숲과는 달라서 그림처럼 특색 있고 이국적이지만, 으스스한 모습을 드러내고 있었다. 숲에는 이끼류가 무성하게 번식하고 있었고, 그것들이 얼기설기 서로 뒤얽힌 채 숲속을 가득 채우고 있었다. 모직처럼 털이 엉클어진 이 기생식물은 색이 바란 긴 수염으로 나뭇가지에 가득 달라붙어 있었다. 이 때문에 침엽수 잎사귀는 거의 보이지 않았고, 순전히 무성한 이끼만 보였다. 이는 답답하고 기괴하게 변형된 광경, 마술에 걸리고 병든 것 같은 광경이었다. 이런 것이 숲에 좋을 리 없었다. 숲은 무성하게 번식한 이끼 때문에 병들고 당장이라도 질식하여 죽을 것 같다는 것이 침엽수가 깔린 길을 천천히 걷는 사람들의 중론이었다. 목적지에 접근하면서 폭포의 소리가 귀에 큰소리로 들려왔다. 쏴쏴하며 떨어지는 소리가 점차 굉음으로 바뀌면서 세템브리니의 예언이 적중할 것 같은 조짐을 보였다.

옆길로 돌아서자 숲과 바위로 이루어진 협곡에 다리 하나가 걸려 있었고, 협곡의 안에서 폭포수가 떨어지고 있었다. 그리고 폭포수가 시야에 들어오면서 귀에 들려오는 물소리도 절정에 달했다. 어마어마한 광경이 아닐 수 없었다. 다량의 물이 단 하나의 폭포수로 모여서 수직으로 떨어졌는데, 폭포의 높이는 7, 8미터쯤 되어 보였고, 폭도 역시 대단히 커 보였다. 이런 폭포수가 하얗게 거품을 흩날리며 바위 위로 계속 떨어졌는데, 미친 듯이 시끄러운 소리를 냈다. 그 소리에는 천둥소리와 쇳소리, 짐승의 포효, 함성, 나팔 소리, 우지끈 깨지는 소리, 후두둑거리는 소리, 끊임없는 진동, 종소리 등 가능한 온갖 종류의 잡음과 음계의 영역이 혼재한 것 같았다. —이로 인해 사람들의 청각 능력이 정말 사라져 버릴 지경이었다.

방문객들은 미끄러운 바위 위에서 폭포 가까이 다가가 물안개에 싸인 채 촉촉한 물기를 흡입하고 맞으면서 끊임없이 거품과 굉음을 일으키는 거대한 파국의 장면을 지켜보았다. 사람들은 요란한 소음에 귀가 멍멍해져서는 서로 얼굴을 쳐다보며 겁에 질린 표정으로 미소를 짓고 머리를 흔들었다. 모두가 이처럼 미친 듯이 울려나오는 어마어마한 굉음에 정신이 얼얼해졌고 청각이 마비되는 것을 느꼈다. 그들은 뒤에서, 머리 위에서, 사방에서 위협하고 경고하는 절규와 나팔 소리, 거친 남성의 목소리를 듣는 것 같았다.

일동은 민헤어 페퍼코른의 등 뒤에 무리지어 모여서 ─쇼샤 부인도 다섯 신사들 사이에 끼여 있었다.─ 그와 함께 한꺼번에 쏟아져 내리는 거대한 물줄기를 바라보았다. 그들은 페퍼코른의 얼굴을 쳐다보지는 않았지만, 그가 모자를 벗고 백발이 성성한 머리칼을 드러내며 신선한 공기를 들이마시고 있다는 것을 목도할 수 있었다. 모두가 눈빛과 손짓으로 서로 의견을 교환하고 있었다. 아무리 귀에 대고 소리쳐도 폭포의 우렁찬 소리로 말미암아 무슨 말을 하는지 알아들을 수 없었기 때문이다. 말하는 사람의 입술은 놀라움과 경탄을 나타내는 것 같았어도 소리는 들리지 않았다. 카스토르프와 세템브리니, 페르게는 방금 서 있던 바위에서 위쪽의 자그만 다리로 올라가 폭포를 보기 위해 서로 머리를 끄덕여 신호를 보냈다. 그것은 힘든 일이 아니었다. 그들은 마치 숲의 더 높은 지대로 올라가듯이 암석을 파서 만든 일렬로 된 좁고 가파른 계단을 따라 올라갔다. 그들은 줄지어 다리로 올라가서 폭포 위쪽으로 둥글게 걸려 있는 다리 중심의 난간에 기댄 채 아래쪽에 있는 동료들에게 손을 흔들었다. 그런 다음 세 사람은 완전히 다리를 지나가 힘들게 반대쪽 기슭으로 내려갔다. 그곳 계곡물에 도달하자 아래쪽으로도 다리가 하나 나타났고, 바위 위에 남아 있던 사람들도 눈에 보였다.

사람들은 이제 손짓을 사용하여 간식을 먹자는 신호를 보냈다. 여러 면에서 볼 때 폭포 부근의 시끄러운 지대를 약간 떠나서 제대로 듣고 말하며 간식을 먹자는 것이 중론이었다. 그러나 페퍼코른은 이런 견해에 반대 입장을 표명했다. 그는 머리를 혼들고, 집게손가락으로 바닥을 반복해서 가리키고는, 찢어진 입을 최대한 크게 벌리려고 노력하면서 "여기서 합시다!"라고 소리쳤다. 이러니 어쩔 도리가 없지 않은가? 이런 지휘권의 문제에서 그는 지배자요 명령자였다. 설령 그가 나들이 계획의 설계자 내지 주도자가 아닐지라도 늘 그래왔듯이 그의 인물의 비중으로 보아 그가 결정권을 행사할 수밖에 없었을 것이다. 자고로 도량이 큰 인물은 전제적이고 독선적이었으며, 이는 앞으로도 변함이 없으리라.

민혜어는 폭포 앞에서 우레와 같은 소리를 들으며 간식을 먹기를 원했다. 이는 위풍당당한 그의 횡포였지만, 맛있는 음식을 포기하지 않으려면 여기에 남아 있어야만 했다. 대부분은 불만스런 표정을 지었다. 세템브리니는 인간적인 의견교환, 민주적 명확한 의사표현이나 토론의 가능성이 없어지자 절망과 체념의 거동을 취하며 머리 위로 손을 내저었다. 말레이 하인은 주인의 지시를 수행하려고 서둘렀다. 그는 주인과 쇼샤 부인을 위해 가져온 접는 의자 두 개를 암벽 옆에 펼쳐 놓았다. 이어서 그들의 발아래 보자기를 펴서 광주리에 담아온 커피세트와 유리잔, 보온병, 빵과 포도주 등의 내용물을 꺼내 놓았다. 사람들은 몰려가 자기 몫을 배분받았다. 그런 다음 그들은 따끈한 커피 잔을 손에 들고 무릎에는 케이크가 든 접시를 올려놓은 채 돌이나 다리 난간에 앉아서 요란한 물소리를 들으며 묵묵히 간식을 먹었다.

페퍼코른은 외투 깃을 위로 세우고 모자를 바닥에 내려놓고는, 자신의 이름 첫 글자가 새겨진 은잔으로 포트와인을 여러 차례 마셨다. 그러더니 갑자기 말을 하기 시작했다. 정말 이상한 남자가 아닌가! 페퍼코른도 자신이 하는 말을 알아들을 수 없었으니, 하물며 다른 사람들이야 들리지 않는 그의 말을 한 음절이라도 알아들을 수 없는 것은 당연했다. 그러나 그는 집게손가락을 들어 올려서 쭉 뻗고는, 잔을 오른손에 쥐고 왼팔을 내민 다음 손바닥을 비스듬히 위쪽으로 향했다. 주위의 사람들은 왕처럼 위엄 있는 그의 얼굴이 말을 하면서 움직이지만, 입으로는 아무리 말을 해도 마치 진공 상태에서처럼 소리가 나지 않는 상황을 지켜보았다. 모두가 당혹스런 미소를 지으며 그의 행동에 주목하면서 그가 이처럼 무용한 행동을 곧 그만둘 것이라고만 생각했다. 하지만 이런 생각은 빗나갔다. 그는 왼손을 세련되게 움직여 사람들을 꼼짝없이 자신에게만 주목하도록 강요하면서 모든 소리를 집어삼키는 폭포의 우렁찬 굉음 속으로 계속하여 말을 쏟아 부었다. 그는 깊이 파인 이맛살 아래쪽의 작고 피곤하며 흐릿한 눈을 무섭게 치켜뜨고는, 이 사람 저 사람을 번갈아가면서 노려보았다. 그 바람에 이런 눈빛의 세례를 받은 사람은 절망적인 사태를 어떻게 해서든 개선해볼 수 있다는 듯, 눈을 바짝 치켜뜨고 고개를 끄덕이며 입을 벌린 채 오목한 손을 들어 자신의 귓바퀴에 갖다 댈 수밖에 없었다.

이제 그는 자리에서 일어섰다! 모자는 바닥에 놔두고 술잔을 손에 쥔 채였다. 그는 거의 발까지 내려와 치렁거리는 구겨진 여행용 외투의 깃을 세우고, 우상처럼 주름이 새겨진 높은 이마에 성성한 백발을 드리운 채로 바위 근처에 섰다. 이어서 얼굴을 움직이면서 연설하듯이 창처럼 뾰족한 손가락을 자신의 코앞에 대고는, 목소리가 불분명하지만 위압적이고 정확한 손짓으로 건배를 외쳤다. 사람들은 그의 거동과 입술 모양을 보고 항상 들었던 몇 가지의 상용구, 즉 '완벽합니다'와 "다 끝났습니다"라는 말을 알아듣고 해독할 수 있었다. 다른 말은 더 이상 하지 않았다. 이 순간 그의 머리는 비스듬히 기울어져 있었고, 입술은 괴로움을 머금고 찢어져 있어서 수난의 그리스도 상을 연상시켰다. 그러더니 다시 그의 볼에 깊은 보조개가 피어나면서 향락적인 악동의 미소가 퍼져나갔다. 이런 그에게 옷자락을 걷어 올리고 춤추는 이교도 사제의 부도덕한 신성함마저 감돌았다. 그는 술잔을 들어 올리고, 손님들의 눈앞에서 반원을 그리고 나서는, 바닥이 완전히 위로 향할 때까지 술을 두세 모금 벌컥 삼켜서 남김없이 마셔버렸다. 그런 다음 팔을 뻗어 술잔을 말레이인에게 넘기자, 그 하인은 가슴에 손을 대고 공손하게 잔을 받았다. 페퍼코른은 곧 일행에게 출발 신호를 보냈다.

모두가 그의 지시에 따라 행동하려고 하면서 허리를 굽혀 그에게 감사함을 표했다. 바닥에 앉아 있던 사람은 자리에서 급히 일어섰고, 다리 난간에 앉아 있던 사람은 그곳에서 내려왔다. 빳빳한 모자를 쓰고 털목도리를 두른 몸이 마른 자바인은 남은 음식과 식기를 주워 모았다. 그들은 올 때처럼 나란히 줄을 지어 침엽수가 깔린 젖은 길을 따라 이끼 때문에 숲이 아닌 것 같은 지대를 지나서 마차가 세워져 있는 곳으로 되돌아갔다.

이번에 카스토르프는 페퍼코른과 쇼샤 부인이 탄 마차에 동승하게 되었다. 그는 이 한 쌍의 남녀 맞은편으로 고상한 것과는 거리가 먼 착한 페르게의 옆자리에 앉았다. 돌아가는 길에는 거의 서로 아무 말도 하지 않았다. 페퍼코른은 자신의 무릎과 클라브디아의 무릎을 함께 담요로 덮고 두 손을 살짝 내려놓은 채 아래턱을 내려뜨리고 있었다. 세템브리니와 나프타는 마차가 선로와 개울물을 건너기 전에 내리며 작별을 했다. 베잘은 뒷 마차에 홀로 앉은 채 구불거리는 길을 올라갔고, 베르크호프의 정문 앞에 도착하자 모두가 헤어졌다.

이날 밤 한스 카스토르프는 자신도 모르게 어떤 내적인 예감 때문에 잠을 이루지 못하고 깨어 있었다. 그래서인지 그는 평소 요양원의 평화롭던 밤과는 아주 미세하나마 다른 분위기, 아주 미미한 동요, 멀리서 들려오는 거의 동정을 알 수 없는 움직임을 느끼고 잠들지 않고 깨어나 이불을 덮고 앉아 있었다. 실제로 새벽 두 시가 조금 지나 그의 방문에서 노크 소리가 들리기 얼마 전부터 그는 깨어 있었다. 그는 잠결이 아닌 명료하고 힘찬 목소리로 즉시 대답했다. 베르크호프에서 종사하는 간호사가 높고 불안정한 목소리로 쇼샤 부인이 얼른 2층으로 와 주십사 한다는 부탁의 말을 그에게 전했다. 카스토르프는 좀 더 힘차게 그 부탁에 응하겠노라고 대답하고는 자리에서 벌떡 일어났다. 그는 옷을 차려 입고 손가락으로 이마에 일렁이는 머리칼을 어루만지며 이 시간에 무슨 일 때문인가 보다는 왜 자신을 부르는지 의아하게 생각하면서 빠르지도 느리지도 않은 발걸음으로 2층으로 내려갔다.

네덜란드인의 응접실 입구로 통하는 문과 침실로 들어가는 문이 열려 있었고, 침실의 모든 불이 켜져 있었다. 두 명의 의사, 밀렌동크 수간호사, 쇼샤 부인, 자바인 하인이 그곳에 와 있었다. 하인은 보통 때와는 달리 소매가 길고 넓은 굵은 줄무늬 셔츠 종류의 재킷과 바지 대신에 알록달록한 치마 차림의 일종의 민속 의상을 입고 있었다. 그는 팔짱을 낀 채 머리에는 노란 천으로 된 원추 모양의 터번을 쓰고, 가슴에는 장식처럼 부적을 달고 피터 페퍼코른이 두 팔을 가지런히 뻗고 누워 있는 침대 머리맡 왼편에서 미동도 하지 않고 서 있었다. 침실로 들어온 카스토르프는 창백한 얼굴로 이 장면을 내려다보았다. 쇼샤 부인은 그에게서 등을 돌리고 침대 끝의 낮은 안락의자에 앉아 있었다. 그녀는 이불에 팔꿈치를 바치고 손으로 턱을 괸 채 손가락을 아랫입술에 대고서 페퍼코른의 얼굴을 들여다보고 있었다.

"안녕하십니까, 젊은 양반." 크로코프스키 박사와 수간호사와 조용히 이야기를 나누며 서 있던 베렌스 원장이 이렇게 인사를 건네며 하얀 콧수염을 씰룩거리고 우울한 표정으로 고개를 끄덕였다. 그는 가슴 부근의 주머니에 청진기가 튀어나와 있는 칼라가 없는 의사 가운을 입고 있었고, 수를 놓은 슬리퍼를 신고 있었다. 그는 속삭이듯 말을 덧붙였다. "속수무책이었습니다. 하지만 온갖 노력을 다 기울였습니다. 가까이 다가가 보십시오. 경험자의 눈으로 살펴보십시오. 의술이 더 이상 미치지 못한다는 것을 알 수 있을 것입니다."

카스토르프는 발끝을 들고 조심스럽게 침대로 다가갔다. 말레이 하인이 머리도 돌리지 않고 눈으로만 그를 감시하는 바람에 눈의 흰자위가 드러났다. 카스토르프는 쇼샤 부인이 자신에게 아무런 관심도 보이지 않는 것을 곁눈으로 확인하고는, 그만의 전형적인 자세로 침대 옆에 서서 한쪽 다리에 체중을 싣고 두 손은 아랫배에 가지런히 모으고, 머리를 비스듬히 기울인 채 경건하게 명상에 잠겼다. 페퍼코른은 카스토르프가 자주 보았던 것처럼 속내복을 입고 붉은 비단 이불을 덮고 있었다. 그의 두 손은 검푸른 빛깔을 띠고 있었고, 얼굴도 부분적으로 그런 빛을 띠고 있었다. 이 때문에 얼굴이 눈에 띄게 변형된 상태였으나, 그의 제왕 같은 용모는 예전 그대로였다. 백발이 성성한 높은 이마에는 우상과 같은 주름살 네댓 개가 나란히 열을 이루다가 이마 양편으로 관자놀이를 따라 내려가 있었다. 평생을 습관처럼 긴장 속에서 살아와서 그런지 눈꺼풀을 감고 영면을 하는 가운데에도 주름살이 크게 돋보였다. 비통하게 찢어진 입술은 약간 벌어져 있었다. 얼굴의 푸르스름한 기운은 급격한 정지, 뇌졸중의 경우처럼 생명 기능의 강압적 정지 상태를 보여 주고 있었다.

카스토르프는 한동안 경건한 자세를 유지하면서 사태를 알아보려고 했다. 그는 '미망인'이 먼저 말을 걸어오기를 기대하면서 자세를 바꾸는 것을 망설였다. 하지만 기대하는 결과가 없었으므로 그는 당분간 그녀를 방해하지 않으려고 뒤쪽 사람들을 둘러보았다. 고문관이 머리를 끄덕여 응접실 방향으로 가자는 신호를 보내자, 카스토르프는 그를 따라 응접실로 향했다.

"자살인가요?" 그는 목소리를 낮추어 전문가처럼 물었다.

베렌스는 "그래요!" 하며 경멸조의 제스처로 대답하고는 덧붙여 말했다. "완벽합니다. 최상입니다. 당신은 장신구점에서 이런 것을 전에 본 적이 있습니까?" 그는 가운 주머니에서 기이한 모양의 작은 케이스를 꺼내더니, 그 속에서 작은 물건을 빼내어 카스토르프에게 보여 주었다. "나도 처음 봅니다. 그러나 볼 만한 가치가 있습니다. 배움에는 끝이 없지요. 기발하고 독창적입니다. 내가 그의 손에서 빼낸 것입니다. 조심하세요. 피부에 약간만 떨어져도 화상으로 물집이 생기니까요."

카스토르프는 수수께끼 같은 이 물건을 손가락에 끼고 빙빙 돌렸다. 그것은 강철과 상아, 금, 고무로 만들어져 있었고, 아주 기이한 모양을 하고 있었다. 그것은 끝이 아주 예리하고 반짝거리는 강철로 이루어진 두 개의 구부러진 갈퀴처럼 생겨 있었다. 상아에 금을 씌우고, 어느 정도까지는 탄력 있게 안으로 움직이도록 되어 있는 중간부분은 약간 휘어져 있었다. 그리고 이 물건의 끝부분은 풍선처럼 부풀어 오르는 반경화성의 검은 고무가 달려 있었다.

"이게 뭡니까?" 한스 카스토르프가 물었다.

"이것은 말이지요." 베렌스가 대답했다. "이것은 정밀하게 만들어진 주사기입니다. 달리 말한다면 코브라 이빨의 기계적 모사품입니다. 알겠습니까? 아직 알아듣지 못하는 것 같군요." 그는 카스토르프가 이 기이한 도구를 정신없이 내려다보자 말을 이었다. "이것은 이빨입니다. 그러나 딱딱하지 않고 내부에 모세관처럼 아주 미세한 구멍이 뚫려 있습니다. 당신이 여기 앞쪽 주사기의 조금 위에서 보면, 그 구멍의 출구를 분명하게 볼 수 있습니다. 물론 그 미세한 구멍들은 이 위에서 이빨의 뿌리까지 통해 있고, 상아로 된 중간부분에서 유입되는 고무풍선과 연결되어 있습니다. 이빨이 살을 덥석 물자마자 물질을 안으로 들여보냅니다, 그것은 분명합니다. 그리고 이빨이 저장실인 고무풍선을 압박하여 내용물을 미세한 구멍 속으로 밀어내어, 뾰족한 끝이 살을 덥석 무는 순간 독약은 이미 혈관을 뚫고 들어가는 것입니다. 얼핏 보면 아주 간단한 원리입니다. 그러나 이런 것을 생각해내기는 어려운 일입니다. 아마 그가 개인적으로 특별히 주문하여 만든 물건일 것입니다."

"그렇겠지요!" 카스토르프가 대답했다.

"독약의 양은 그리 많지 않을 것입니다." 고문관이 말을 계속했다. "양을 적게 한 것은 틀림없이 그걸 보충하는⋯."

"역동적인 힘이 있었기 때문입니다." 한스 카스토르프가 보충 설명했다.

"그렇습니다. 그것이 뭔지는 곧 우리가 밝혀낼 것입니다. 그 결과는 매우 흥미로울 것이며, 거기에는 무엇인가 분명히 배울 점이 있으리라 생각됩니다. 오늘밤에 정장을 하고 저 뒤에서 감시의 눈을 번뜩이는 저 말레이인은 그것이 무엇인지 잘 알지 않을까요? 추정해 보건대 동물성 물질과 식물성 물질이 혼합되어 있을 것 같습니다만, 어쨌든 최고로 강력한 물질이었을 것입니다. 효과가 탁월했으니까요. 모든 정황으로 보아 그는 즉사했을 것입니다. 호흡 중추의 마비로 인해. 아시다시피, 순식간에 질식사한 것입니다. 공포와 고통 없이 숨을 거두었으리라 짐작됩니다."

"부디 그랬으면 합니다!" 한스 카스토르프는 경건한 태도로 말했다. 그는 한숨을 쉬면서 무시무시한 작은 도구를 다시 고문관의 손에 돌려주고는 침실로 돌아왔다.

그곳에는 이제 말레이인과 쇼샤 부인만 있었다. 카스토르프가 침대로 다가가자 이번에는 쇼샤 부인이 카스토르프를 향해 얼굴을 들었다.

"내가 당신을 부른 것은 당연한 거였어요." 그녀가 말했다.

"잘 하셨습니다." 카스토르프가 대답했다. "그리고 당신 생각이 맞습니다. 우리는 서로 말을 놓고 지냈잖습니까. 나는 사람들이 있을 때 말을 놓는 것을 부끄러워하면서 우회적인 태도를 취한 것을 마음속 깊이 후회하고 있습니다. 당신은 그가 임종하는 순간에 그의 곁에 있었나요?"

"하인이 내게 알렸을 때는 모든 것이 이미 끝난 뒤였어요." 그녀가 대답했다.

한스 카스토르프가 다시 말하기 시작했다. "그는 삶에 대한 감정의 거부를 우주적인 파국이고 신의 수치로 느낄 만큼 그렇게 도량이 넓은 인물이었습니다. 그가 자신을 신의 결혼기관으로 간주했음을 당신은 알아야 합니다. 그것은 제왕다운 터무니없는 발상이었지요. 감동에 사로잡히면 나처럼 이렇게 무례하고 불경하게 들리는 언사도 함부로 하게 됩니다. 그러나 이렇게 하는 것이 애도의 말을 하는 것보다 더 엄숙

할지 모릅니다."

"그의 행동은 포기입니다." 그녀가 말했다. "그는 우리의 어리석은 짓을 알고 있었을까요?"

"그걸 부인할 수는 없을 것 같습니다, 클라브디아. 그는 내가 그의 면전에서 당신의 이마에 키스하는 것을 거부하자 우리의 관계를 알아차렸던 것입니다. 그의 면전에서의 키스가 상징적이라면 지금 이 순간에서의 키스는 현실적입니다만, 지금 그걸 하도록 허락해 주시겠습니까?"

그녀는 가벼운 윙크라도 하듯이 두 눈을 감고 얼굴을 그에게 가까이 갖다 댔다. 그는 그녀의 이마에 살짝 키스했다. 말레이인은 동물 같은 갈색 눈동자를 흰자위가 드러나도록 옆으로 굴려 이 장면을 지켜보았다.

거대한 둔감

또 한 번 우리 모두 베렌스 고문관의 목소리를 들어보자, 귀를 잘 기울여 경청하자! 어쩌면 이번이 마지막이 될 수도 있으리라! 언젠가는 이 이야기도 끝날 것이다. 이 이야기는 오래도록 지속되었다. 아니 그렇다기보다는 이야기의 내용적인 시간이 마냥 쉬지 않고 흘러서 이야기의 음악적인 시간 역시 거의 끝나 가고 있는 것이다. 이렇게 되면 경쾌하게 흐르는 라다만토스의 상투적 어조에 귀를 기울이고 싶어도 더는 기회가 없을지도 모른다. 베벤스 고문관은 한스 카스토르프에게 이렇게 말했다.

"카스토르프, 이봐요, 지루해 하는군요. 얼굴을 찌푸리고 있는 걸 날마다 보고 있는데, 당신 이마에 짜증이 난다고 쓰여 있습니다. 매사에 의욕을 잃고 있어요, 카스토르프. 응석받이처럼 자극적인 일들에 길들 여져 있습니다. 그러니 날마다 최고로 멋진 일이 벌어지지 않으면 짜 증을 내며 시무룩해지는 것입니다. 내 말이 맞지 않습니까?"

한스 카스토르프는 침묵했다. 그가 침묵하는 것으로 보아 마음속이 정말 암담한 상태임에 틀림없었다.

"이번에도 내 말이 맞아떨어졌나 봅니다." 베렌스가 자문자답했다. "그런데 당신이 불만스런 국가 시민으로서 이곳에서 독일적 불쾌함의 독소를 퍼뜨리기 전에, 당신은 신과 세상으로부터 버림받은 것이 아니 라는 사실을 직시해야 합니다. 오히려 요양원 측은 당신을 끊임없이 주의 깊게 살피고 있으니까요. 이봐요 카스토르프, 당신의 기분을 전환 시켜 주려고 계속 당신을 주목하는 겁니다. 늙은 베렌스도 이렇게 주 목하고 있지요. 자, 이제 농담은 하지 않겠습니다, 카스토르프! 당신의 일로 생각난 것이 있어요. 잠이 오지 않는 밤에 당신을 위해 생각해 냈 지요. 일종의 계시라고 말할 수 있는데, 실제로 나는 많은 것을 약속할 수 있습니다. 다시 말해 당신은 반드시 병에서 쾌차하여 조만간 승리 자로서 고향에 돌아가게 될 것입니다."

"이렇게 말하니 눈이 번쩍 뜨이지요." 베렌스는 고의로 말을 쉬었다 가 계속했다. 그런데도 한스 카스토르프는 눈을 뜨는 것이 아니라 꽤 나 졸린 듯이 그를 몽롱한 시선으로 바라보았다. "당신은 이 늙은 베렌 스가 무슨 말을 하려는지 짐작하지 못하는군요. 나는 이런 말을 하고 있는 것입니다. 당신의 몸에 좀 이상한 점이 있습니다, 카스토르프, 당 신의 예민한 감각으로 그걸 알아차렸을 것입니다. 이상한 점은 요컨대 이미 오래전부터 당신의 중독 현상은 확실히 좋아진 환부의 상태에 다시는 나타나지 않는다는 사실입니다. 내가 이에 대해 심사숙고한 것은 어제 오늘의 일이 아닙니다. 여기 당신의 최근 사진이 있습니다. 이 마법의 사진을 광선에 비추어 봅시다. 당신도 보다시피, 그리고 우리의 황제 폐하가 늘 말씀하시듯이 이 정도면 제아무리 지독한 불평꾼이나 염세주의자조차도 불평의 여지가 없을 만큼 훌륭한 사진입니다. 몇 군데의 환부는 완전히 흡수되어 버렸고, 남은 것도 더 작아지고 분명하게 좁아졌습니다. 전문가적 안목을 가진 당신도 알다시피 이는 치유를 의미합니다. 이와 같은 소견으로 볼 때 당신의 체온 불안정성에 대해서는 도저히 설명할 수 없습니다. 다만 의사는 새로운 원인을 추적해 볼 수밖에 없습니다."

카스토르프는 호기심이 있다는 것 정도를 표현하기 위해 대충 예의를 갖춰 머리를 흔들었다.

"이제 당신은 이런 생각을 하겠지요, 카스토르프, 늙은 베렌스가 치료를 잘못했다는 것을 인정해야 한다고 말입니다. 하지만 그것은 터무니없는 생각이고, 사정을 이해하지도 못한 것이며, 늙은 베렌스를 잘못 본 것입니다. 당신의 치료는 잘못된 것이 아니라, 한쪽으로만 너무 치우친 것으로 보입니다. 나는 당신의 증상이 옛날부터 전적으로 결핵 때문만은 아니라고 생각했습니다. 왜 이런 생각을 하는가 하면 당신의 현재 증상이 더는 결핵 때문에 생기는 것으로 볼 수 없기 때문입니다. 다른 장애의 요소가 틀림없이 있습니다. 당신은 구균 보유자라는 생각이 듭니다."

고문관은 카스토르프가 머리를 끄덕이며 수긍하자 되풀이하여 강조했다. "당신은 틀림없이 연쇄상 구균 보유자일 것입니다. 그렇다고 해서 금방 놀랄 것까지 없습니다."

(카스토르프가 놀란다는 말은 있을 수 없었다. 카스토르프는 예리한 눈초리 때문인지 아니면 고문관의 가설에 의해 가치가 새로워졌기 때문인지 오히려 고문관의 말을 인정하면서도 묘하게 비꼬는 표정을 지어보였다.)

"그렇게 두려워할 것은 없습니다!" 고문관은 어조를 바꾸어 말했다. "누구나 구균을 보유하고 있습니다. 바보도 연쇄상 구균 보유자랍니다. 그러니 당신은 쓸데없는 걱정을 조금도 할 필요가 없습니다. 연쇄상 구균이 혈액 내에 들어 있어도 이렇다 할 감염 현상을 일으키지 않는다는 것을 우리는 최근에야 비로소 알게 되었습니다. 우리는 동료 의사들이 알아내지 못한 결론, 즉 혈액 내에 결핵균이 있어도 전혀 병적 반응을 나타내지 않을 수 있다는 결론에 직면해 있습니다. 우리는 결핵이 본질적으로 혈액의 질환이라는 관점에서 세 걸음도 벗어나 있지 못한 상태입니다."

한스 카스토르프는 이 말이 정말 주목할 만하다고 생각했다. 베렌스가 다시 말문을 열었다. "그러므로 내가 연쇄상 구균을 언급했다고 해도 당신은 물론 알려진 중병을 생각해서는 안 됩니다. 이 작은 균들이 과연 당신의 혈액 속에 살고 있는지의 여부는 세균학적 혈액 검사를 해봐야 압니다. 그러나 당신이 구균 보유자라 해도 당신의 열이 그것에 의한 것인지는 우리가 이런 경우에 놓아주는 연쇄상 구균 백신 주사의 결과를 봐야 확실해집니다. 이것이 방법입니다, 젊은 친구. 그리고 앞서 언급한 바와 같이 이에 따라 전혀 예측하지 못한 결과가 나타날 수 있습니다. 결핵은 아주 소모적인 질환이지만, 그래도 이런 종류의 병은 오늘날 신속하게 치료될 수 있습니다. 정말이지 당신이 주사에 반응을 보인다면, 6주 내에 생생하게 건강을 회복할 것입니다. 어떻습니까? 이 늙은 베렌스가 직무에 충실하지요?"

"그것은 잠정적으로 가설에 불과합니다." 카스토르프는 무심한 투로 대답했다.

"증명할 수 있는 가설입니다! 지극히 생산적인 가설 말입니다!" 고문관이 응수했다. "우리의 배양기에 구균이 자라나면, 당신은 그 가설이 얼마나 생산적인지 알게 될 것입니다. 내일 오후에 우리는 당신의 혈액을 채취할 겁니다, 카스토르프. 우리는 시골 마을 외과의사의 채혈 방식 그대로 당신의 피를 뽑을 겁니다. 그 자체로 재미가 있으며, 그것만으로도 몸과 마음에 축복이 철철 넘치는 결실이 될 수 있습니다."

한스 카스토르프는 그 기분 전환에 흔쾌히 응하겠다고 말하고, 자신에게 여러 모로 신경을 써주어 정말 감사하다고 덧붙였다. 그는 노를 젓듯 몸을 흔들며 사라지는 고문관의 뒷모습을 머리를 갸우뚱하며 바라보았다. 베렌스 원장은 위기의 순간에 제대로 몇 마디 조언을 한 것이었다. 라다만토스는 베르크호프에 체류하고 있는 젊은 환자의 표정과 목소리를 상당히 정확하게 간파하고 있었다. 그리고 고문관도 자신의 의도를 전혀 부인하지 않았듯이 그의 새로운 계획은 최근 들어 이 손님이 빠져 있는 침체의 늪을 헤쳐 나오게 하려는 목표를 갖고 있었다. 카스토르프의 얼굴을 보면 어떤 거칠고 반항적인 결심이 마음속으로 확고해졌을 무렵의 요아힘을 상기시키는 흡사한 표정을 읽을 수 있었던 것이다.

이와 관련하여 몇 가지 더 밝혀둘 사실이 있다. 한스 카스토르프는 자신이 이런 침체의 늪에 봉착했을 뿐만 아니라, 마치 이 세상 '전체'가 자신처럼 무기력한 상태에 빠져 있는 것처럼 여기고 있었다. 아니 오히려 그는 이곳 베르크호프에서는 특수한 일과 보편적인 일을 구분하기 어렵다고 생각했다. 도량이 큰 인물과의 관계가 비상식적인 사태로 끝난 뒤부터 베르크호프에는 여러 가지 변화가 일어났다. 무엇보다 클라브디아는 페퍼코른이 자살로 삶을 마감하는 비극에 상심하여, 그리고 자신과 자신의 보호자의 살아남아 있는 친구 사이의 관계를 존중하는 마음으로 다시 이 위의 요양원 사람들과 헤어지며 작별을 고했다. 이를 기점으로 카스토르프에게는 세상과 삶이 아무것도 아닌 것처럼 여겨졌고, 이 때문에 그는 아주 유별나게 행동하면서 갈수록 비뚤어지고 걱정스러운 지경에 이르렀다. 그리하여 이미 오랫동안이나 기분 나쁘고 어처구니없이 강력한 영향을 미치던 악마가 마침내 권력을 잡고는, 이제 지배권을 함부로 공공연히 선언함으로써 마음속에 신비스러운 공포가 밀려들고 도피하고 싶은 생각을 불러일으키는 것이었다. ―이것이야말로 〈둔감〉이라는 이름의 악마였다.

둔감이라는 이름을 악마적인 것과 연결시키고, 둔감에 대하여 신비로운 공포의 효과를 돌리는 화자가 무책임하고 낭만적이라고 평가할지 모르겠다. 그렇지만 우리는 없는 이야기를 꾸며대는 것이 아니라 이 단순한 주인공의 개인적 체험을 (물론 조사 방식을 통해서 알게 된 체험은 아니지만) 사실대로 상세히 전달하고 있다. 하지만 이런 체험을 통해 우리는 둔감도 상황에 따라서는 악마적인 성격을 띠면서 신비스러운 공포를 불러일으킬 수 있다는 증거를 얻게 된다. 한스 카스토르프는 자신의 주위를 둘러보았다…. 철저히 무섭고 사악한 것만 그의 눈에 보였다. 이것이 무엇인지 그는 잘 알고 있었다. 그것은 시간이 없는 생활, 걱정도 희망도 없는 생활, 분주한 것 같지만 정체되어 있는 나태함, 침체된 생활이었다.

이런 가운데에도 베르크호프에 분주함이 지배하면서 온갖 종류의 활동이 도처에서 진행되고 있었다. 더구나 가끔은 그중 한 가지가 미친 듯이 유행하여 그것이 열광의 도가니를 이루었다. 예컨대 사진을 찍는 취미는 오래 전부터 베르크호프 세계에서 중요한 역할을 하고 있었다. 벌써 두 번이나 사진 찍기에 대한 열광이 몇 주일 내지 몇 달간 모든 사람들을 미친 듯이 들뜨게 했다. —이 위에 꽤나 오랫동안 체류한 사람은 이런 유행병의 주기적인 되풀이를 체험할 수 있었다. 그리하여 너 나 할 것 없이 모두가 심각한 얼굴로 카메라를 들이대고 셔터를 눌러대곤 했으며, 식탁에서는 끊임없이 인화된 사진을 서로 건네곤 했다. 그러더니 갑자기 스스로 사진을 현상하는 일이 명예로운 일이 되었다. 이제까지 사용되던 암실로는 수요를 전혀 감당할 수 없었고, 따라서 방안의 유리창이나 발코니 창문에 검은 커튼을 치고, 붉은 전등불 아래에서 오랫동안 필름 현상을 위한 용액을 만지작거렸다. 이 때문에 급기야는 화재가 발생하여 고급 러시아인 식탁의 불가리아 대학생이 하마터면 타죽을 뻔했고, 요양원 당국은 방에서의 사진 현상을 금지시켰다. 그러자 곧 사람들은 단순한 사진에는 취미를 잃었고, 플래시를 사용하는 사진과 뤼미에르 형제가 발명한 천연색 사진이 선풍적인 인기를 끌게 되었다. 사람들은 갑자기 터지는 마그네슘 불빛에 깜짝 놀라 창백하게 질린 얼굴로 멀거니 바라보는 사진 속의 인물들을 보면서 즐거워했다. 이럴 때의 그들의 모습은 마치 눈을 부릅뜨고 꼿꼿이 서 있는 살해된 시체와도 같았다. 카스토르프에게도 마분지 안에 틀을 만들어 넣은 유리판 하나가 있었는데, 그것을 밝은 빛에 갖다놓자 파란 스웨터를 입은 슈퇴어 부인과 진홍색 스웨터를 입은 상아빛 피부의 레비 양 사이에 자신의 모습이 나타나 있었다. 그는 구릿빛 얼굴로 샛노란 미나리아재비 곁에서 그 꽃 한 송이를 단추 구멍에 꽂은 채 푸른 초원에 서 있었다.

얼마 후에는 우표 수집이 인기를 끌었다. 몇 사람은 늘 우표 수집을 취미로 해왔으나, 이따금은 모두가 이 일에 열광적으로 사로잡혔다. 누구나 우표를 앨범에 붙여서 수집하고, 사고팔거나 교환했다. 사람들은 전문 잡지를 구독했고, 국내외의 우표 전문점 및 전문가 단체 내지 개인 수집가와 서로 서신을 주고받았다. 또한 사치스러운 요양원에 몇 달 내지 몇 년 동안 체류하기에 재정 형편이 간신히 허락되는 사람들까지도 진기한 우표를 얻기 위해 거금을 내놓기도 했다.

우표 수집도 한동안 지속되다가 곧 다른 오락거리에 밀려났다. 이를테면 온갖 종류의 초콜릿을 쌓아 놓고 게걸스럽게 먹어치우는 일이 유행하게 되었다. 요양원 거주자 모두가 입술을 갈색으로 물들이며 밀카누트, 아몬드 크림 초콜릿, 마르키 나폴리탱, 금색 설탕이 뿌려진 혀 모양의 초콜릿을 실컷 먹어치워 뱃속이 거북해져는, 베르크호프 주방의 최고로 맛 좋은 요리조차 별것 아니라고 생각하며 투덜거리며 먹었다.

지나간 사육제 날 밤에 베렌스 원장이 시작한 눈을 감고 돼지를 그리는 놀이는 그 후에도 자주 했지만, 날이 갈수록 인내심이 요구되는 기하학적 그림 그리기 놀이로 발전해 갔다. 가끔은 베르크호프의 모든 손님들이 이 놀이에 정신력을 집중했고, 위독한 환자들까지도 최후의 사고력과 힘을 쏟아 이 놀이에 참여했다. 몇 주 동안이나 베르크호프 전체가 어떤 복잡한 도형을 그리는 일에 열중했는데, 그 도형은 최소 여덟 개의 크고 작은 원과 서로 맞물린 여러 개의 삼각형으로 구성되어 있었다. 과제는 맨손으로 이 평면도형을 단번에 그리는 것이었다. 그러나 최종 목표는 결국 완전히 눈을 가리고 그림을 완성하는 것이었다. 결과적으로 모양새에 있어서 약간의 결함을 눈감아 준다면, 영민한 사고력으로 놀이에 전념하는 파라반트 검사만이 도형을 그려내는 데 성공했다.

우리는 그가 수학에 전념하고 있다는 것을 베렌스 고문관에게서 들어 알고 있으며, 그가 수학에 몰두하는 금욕적인 동기 또한 알고 있다. 우리는 수학에의 몰두가 감정을 차갑게 하고 육욕을 진정시키는 효과가 있다고 고문관이 찬미하는 소리를 들은 바 있는데, 만일 더 많은 사람들이 수학에 몰두했더라면 최근에 취하지 않을 수 없었던 모종의 조치도 불필요했을지 모를 일이었다. 여기서 모종의 조치란 발코니의 난간까지 전혀 닿지 않는 우윳빛 유리 칸막이벽 사이의 통로를 작은 문들로 차단한다는 내용을 주요 골자로 하고 있었다. 밤이 되면 마사지사는 요양원 사람들의 웃는 소리를 들으며 이 문들에 자물쇠를 걸어 잠갔다. 이렇게 되자 사람들은 베란다 위에 있는 2층의 방들을 아주 선호하게 되었다. 거기서 난간을 뛰어넘어 돌출한 유리지붕을 지나면 문들과 상관없이 이쪽 방에서 다른 방으로 드나들 수 있었다. 그러나 검사 때문에 규율의 개혁을 새로 도입할 필요는 없었다. 한때 검사가 이집트 공주의 자태에 홀딱 빠져서 번민한 일도 이미 오래 전에 극복되었고, 그녀를 마지막으로 그의 본능은 여자 문제로 괴로움을 당하지 않았다. 그 후로 그는 고문관이 윤리적으로 진정시키는 힘이 있다고 말한 수학이라는 형안의 여신에 몇 배나 더 열심히 매진했다. 그리고 그가 밤낮 없이 심혈을 기울이고, 끈기 있게 운동을 하면서 집요하게 매달린 문제는 바로 원의 구적법(求積法)이었다. 그는 전에 휴가를 자주 연장하다가 완전히 실직당할 위기에 처한 적이 있었는데, 휴가 전부터 검사로서 가련한 범죄자의 유죄를 확증할 정도의 꾸준한 운동과 불굴의 의지로 원의 구적법에 몰두해왔다.

본래의 궤도를 이탈한 검사는 연구를 거듭할수록 수학적으로 공식의 불가능성을 확증하려던 증명이 타당성이 없다는 것을 철저히 깨달았다. 그리고 초월적인 목적을 지상의 영역에서 해명할 수 있도록 파라반트를 선택한 것은 바로 신의 계획에 의한 섭리이며, 이 때문에 그가 살아 있는 자들의 세계인 평지에서 멀리 떨어진 이곳으로 오게 되었다고 그는 생각했다. 이런 상태에 처하여 그는 어디로 가거나 어디에 있든 컴퍼스를 갖고 다니며 재어보고 계산했으며, 엄청난 양의 종이에 도형, 문자, 숫자, 대수 기호를 가득 써 넣었다. 겉보기에 타고난 건강체처럼 보이는 검게 탄 그의 얼굴은 어딘지 몽상적이면서도 끈질긴 표정을 지니고 있었다. 그의 대화 내용은 대부분 지루하기 짝이 없는 원주율 파이(π) 이야기, 차하리아스 다제라고 불리는 암산에 능한 준천재(準天才)가 어느 날 소수점 이하 2백 단위까지 계산했다는 지긋지긋한 분수 이야기였다. 그러나 설령 소수점 이하 2천 단위까지 계산했어도 정확한 값과의 오차가 완전히 사라진 것은 아니라고 결론을 내릴 수 있다는 점에서 다제의 계산은 순전히 사치스러운 놀이라고 할 수 있었다.

사람들 모두가 파이 연구에 골치를 썩이는 이 사색가를 피하려고 했다. 그에게 자칫하여 붙들리는 사람은 그의 열변을 들어야 했고, 이 신비로운 원주율의 대책 없는 불합리성 때문에 인간 정신이 둔탁해지며 모욕당하는 것에 인간적 감수성을 일깨우도록 훈계를 받았다. 원의 내용을 알아내는 일, 즉 지름에 파이를 곱해 보고, 반지름의 제곱에 파이를 곱하여 면적을 얻는 일을 아무리 해보아도 전혀 결실이 없자, 검사는 불현듯 아르키메데스 시대부터 인류가 이 문제의 해결책을 너무 어렵게 생각해 온 것은 아닌가, 또한 이 해결책이 정말 유치할 정도로 아주 간단한 것은 아닌가 하는 의혹에 사로잡혔다. 어떻게 원주의 길이를 측정하지 못한단 말인가, 그렇다면 마찬가지 논리로 어떻게 직선을 원 모양으로 구부릴 수 없단 말인가? 이따금 파라반트는 어떤 현시라도 얻은 것처럼 생각하곤 했다. 그는 종종 썰렁하고 불빛이 어스름한 식당에 홀로 앉아 있을 때가 있었다. 그는 식탁보가 치워진 식탁 위에 한 줄의 끈을 조심스럽게 둥근 형태로 놓아두고는, 돌연 급습이라도 하듯이 끈을 직선이 되도록 잡아당겼다가 우울한 모습으로 턱을 괸 채비통한 수심에 잠겨들었다.

고문관은 검사가 이처럼 우울한 놀이에 빠져 있을 때 가끔 그를 도와주었고, 번민에 빠진 그를 격려해 주었다. 고통을 앓는 이 남자는 카스토르프에게도 자신의 괴로운 심정을 호소한 적이 있는데, 카스토르프가 원의 신비에 대해 호의적으로 이해심을 보이며 공감을 나타내는 바람에 여러 차례 이런 일이 반복되었다. 그는 절망적인 파이를 생동감 있게 설명하기 위하여 카스토르프 청년에게 지극히 노력을 기울여 그린 흔적이 역력한 매우 세밀한 도형을 보여 주었다. 거기에는 하나의 원이 미세하고 무수히 많은 변으로 이루어진 두 개의 다각형 사이에 위치해 있었다. 두 다각형 가운데 하나는 원에 내접하고 다른 하나는 원에 외접해 있어서 두 다각형은 인간이 그리기에는 도저히 불가능할 정도로 원에 가까운 형태를 취하고 있었다. 하지만 이렇게 계산할 수 있도록 원을 둘러싸 보아도 에테르나 알코올이 증발하듯이 합리화를 벗어나 있는 만곡부(彎曲部)가 파이라고 검사는 말하면서 아래턱을 벌벌 떠는 것이었다! 한스 카스토르프는 이 말을 충분히 받아들이면서도 검사처럼 그렇게 파이에 대해 흥분하지는 않았다. 카스토르프는 이를 광대놀음이라고 명명하면서 도깨비 같은 장난에 너무 진지하게 열중하지 않는 것이 좋겠다고 충고했다. 그런 다음 그는 어느 가상의 선상에서 어느 가상의 끝까지 원을 이루는 연장이 없는 만곡점들이 마치 한 방향으로 지속됨이 없이 자체 내에서 흘러가는 영원성에 내재된 우울한 도취의 기분과도 같다고 말했다. 이렇게 말하는 그의 태도가 너무나 침착하고 경건하여 검사는 잠시 흥분을 가라앉혔다.

그런데 카스토르프가 검사처럼 어떤 고정 관념에 사로잡혀 있는 요양원 동료 외에도 이럭저럭 쉽게 살아가는 대다수에게 관심을 받지 못하여 고통을 당하는 사람들의 신뢰를 얻을 수 있었던 것은 그의 천성적인 선량함 때문이었다. 오스트리아 어느 지방 출신으로 전에는 조각가였던 매부리코와 푸른 눈, 흰 콧수염을 하고 있는 중년의 사내가 이런 고통에 시달리는 사람 가운데 하나였다. 그는 재정 계획을 세우고 그 취지를 정서해 놓고는 핵심적인 부분에는 세피아 그림물감으로 밑줄까지 쳐 놓았다. 그 내용을 보면 신문 구독자 모두가 매일 묵은 신문지 40그램을 모아 놓으면 그것을 매월 첫 날에 회수하고, 그러면 1년에 1인당 14.4킬로그램, 20년이면 288킬로그램이 되며, 1킬로그램을 20페니히에 팔면 도합 57마르크 60페니히가 된다는 것이다.

그의 비망록은 다음과 같이 계속되고 있었다. 신문 구독자를 5백만이라 치면 20년 후에는 묵은 신문의 값은 2억 8천8백 마르크라는 거액이 될 것이다. 이 액수의 3분의 2를 신규 구독료에 돌려 그만큼 싸게 읽도록 하고, 나머지 3분의 1인 1억 마르크 가량을 인도적인 목적, 이를테면 서민을 위한 폐결핵 요양원에 자금을 대주거나 곤궁한 인재의 지원 등에 자유롭게 사용할 수 있다는 것이다. 이 계획은 치밀하게 수립되어 있어서 묵은 신문의 회수기관이 매달 모아둔 신문지의 양을 가격으로 정확하게 환산하게 될 센티미터 자, 대금의 영수증으로 사용될 구멍 뚫린 계산서까지 그림으로 적어 놓고 있었다. 이처럼 그의 계획은 모든 면에서 인정받을 만큼 완벽했다. 묵은 신문일지라도 우매한 사람들에 의해 아무렇게나 하수구와 불 속에 내던져지는 낭비와 폐기의 행위는 우리의 숲과 국민경제를 망치는 대역죄에 해당한다는 것이다. 종이를 아끼고 절약하는 것은 펄프와 삼림을 아끼고 절약하는 것, 펄프와 종이를 제작하기 위하여 사용되는 인적 자원, 그것도 적지 않은 인적 자원과 자본을 아끼고 절약하는 것을 뜻한다. 나아가 묵은 신문지는 포장지 및 마분지 생산의 과정을 거쳐 쉽게 가치를 몇 배로 상승시킬 수 있으므로 경제부문의 중요한 요소가 되고, 국세와 지방세의 풍부한 토대가 되며, 신문 구독자의 세금 부담 또한 완화시킨다는 것이다.

요컨대 계획은 훌륭하고 정말 흠잡을 데가 없었으나, 여기에는 어딘지 한가롭기 짝이 없고 지극히 어리석은 분위기가 감돌고 있었다. 이는 바로 한때는 예술가였던 사내가 경제적 발상만을 가지고 이에 매달리고 몰두한 그의 빗나간 열광 때문이었다. 게다가 그는 이런 발상을 마음속으로 깊이 진지하게 생각한 것도 아니어서 그것을 실현하려는 시도조차 해본 적이 없었다. 카스토로프는 그가 열광적인 어조로 자신의 복지논리를 전파하려 할 때면 머리를 비스듬히 기울인 채 끄덕이면서 그의 말에 귀를 기울였지만, 동시에 무슨 이유로 무분별한 세상에 대항하는 이런 발상의 고안자 편을 들지 못하고 그에게 오히려 경멸과 반감만 생기는 것인지 여러 모로 분석해 보았다.

베르크호프의 몇몇 거주자들은 에스페란토어를 공부하고 있었다. 그들은 식사 중에 이 알아듣기 어려운 인위적인 언어로 대화하는 것을 상당히 자랑스럽게 여겼다. 한스 카스토르프는 나름대로 그들이 아주 막된 사람들은 아니라고 여기면서도 음울한 눈빛으로 그들을 바라보았다. 근자에 이곳에 영국인들의 무리가 형성되면서 둥글게 모여 옆 사람에게 질문하면 옆 사람이 대답하는 단체 놀이가 유행되고 있었다. 예를 들어 이 놀이는 "당신은 나이트캡을 쓴 악마를 본 일이 있습니까?"라고 물으면, 질문 받은 사람은 "아니요! 나는 결코 나이트캡을 쓴 악마를 본 일이 없습니다"라고 대답하고는, 다시 다른 사람이 질문과 대답을 계속하며 빙빙 도는 방식이었다. 이는 끔찍한 광경이었다. 그러나 가련하게도 카스토르프의 기분을 더욱 암담하게 하는 것은 요양원 도처에서 시도 때도 없이 혼자 카드놀이를 하는 사람을 목격할 때였다. 최근에 지루함을 달래는 이런 놀이가 열광적인 붐을 이루어 문자 그대로 요양원이 악습의 소굴처럼 되어버렸기 때문이다. 게다가 카스토르프 자신도 때때로 이 열병의 희생자가 되어 어쩌면 완전히 미칠 때도 있었기 때문에 더욱더 소름끼치는 일이 아닐 수 없었다.

그를 매료시킨 것은 11을 만드는 카드 놀이였다. 그것은 카드 세 장을 세 줄로 나란히 놓는 동안에 두 장의 합이 11이 되거나 세 장의 그림 카드가 나오면 그 위에 새로 카드를 놓고, 그러다가 운이 좋으면 놀이는 다시 시작되었다. 이렇게 단순한 놀이가 제 정신을 잃게 할 정도로 사람의 마음을 사로잡으리라곤 아무도 생각하지 못했다. 그럼에도 카스토르프는 다른 많은 사람들처럼 카드의 가능성을 시험해 보았다. ─탈선행위는 기분 좋은 일은 아니었으므로 눈썹을 찌푸리고 가능성을 시험해 보았다. 어떤 때는 운이 좋게도 카드를 나란히 늘어놓자마자 그 합이 11이 되거나, 잭, 퀸, 킹이 처음부터 연속적으로 나와 세 번째 줄이 완전히 채워지기 전에 놀이가 끝날 때도 있었다.(너무 빨리 승리하게 되면 얼른 다시 시도를 해보도록 자극을 받았다.) 물론 셋째 줄의 아홉 번째 카드를 돌릴 때까지 한 장도 맞아 떨어지지 않거나, 또는 확실히 성공을 거둔 것처럼 보였던 순간에 돌연 패가 막히는 바람에 놀이가 끝나버릴 때도 있었다. 이렇게 카스토르프는 카드 요괴의 변덕에 농락 당하고 환상적으로 계속 변화하는 행운에 정신을 잃은 채 하루 종일 어디서나 혼자서 카드 패를 돌렸다. 밤에는 별빛을 받으며, 아침에는 잠옷 차림으로, 식탁이나 심지어 꿈속에서도 카드놀이에 열중했다. 간혹 소름이 끼치기도 했으나 놀이를 그만두지 못했다. 전부터 '막는' 일을 사명으로 하던 세템브리니가 한스 카스토르프를 찾아왔다가 이런 현장을 목격했다.

"이게 무슨 짓입니까!" 세템브리니가 외쳤다. "혼자서 카드를 하고 있군요, 엔지니어 양반."

"꼭 그런 것은 아닙니다." 한스 카스토르프가 대답했다. "그저 혼자서 카드 패를 돌리며 운수를 점쳐 보고 있습니다. 운수가 변덕을 부리며 찌푸린 얼굴을 하다가도 아양을 떨고, 그러다가 다시 생각지도 못하게 고집을 부리며 나를 우롱하고 있습니다. 오늘 아침에 일어나자마자 나는 이 놀이를 세 번 연속 매끄럽게 끝냈고, 그중에 한 번은 패를 두 줄만 채우고 끝냈으니 이건 기록입니다. 그런데 이번에는 서른두 번째 인데 한 번도 놀이를 절반까지 끌고 오지 못했으니 믿으시겠습니까?"

세템브리니는 몇 년 동안이나 자주 그래왔듯이 슬픔에 젖은 검은 눈으로 청년을 응시했다.

"어쨌든 나는 당신이 쓸데없는 일에 정신을 빼앗기고 있다고 생각합니다." 세템브리니가 말했다. "나는 여기서는 내 걱정거리에 위로를 받거나, 나를 괴롭히는 내면의 갈등에 위안을 찾을 수 없을 것 같습니다."

"갈등이라니요?" 한스 카스토르프는 그의 말을 반복하면서 카드 패를 돌렸다.

"세계정세가 나를 혼란에 빠트리고 있습니다." 프리메이슨 단원인 세템브리니가 한숨을 쉬면서 말했다. "발칸 동맹이 이루어질 것입니다, 엔지니어 양반. 내가 수집한 정보로 미루어 보아 확실합니다. 러시아는 그 일에 열중하고 있고, 연합의 창끝은 오스트리아-헝가리 왕국을 향하고 있습니다. 이 왕국을 허물어뜨리지 않고는 러시아 계획의 어떤 것도 실현될 수 없요. 나의 조바심을 이해하겠습니까? 당신도 알다시피 나는 빈을 한없이 증오하고 있습니다. 하지만 그렇다고 해서 내가 사마르티아인의 전제 정치를 마음으로부터 우러나 지원해야 할까요? 우리의 거룩한 유럽 땅을 화염으로 덮으려는 그들을 말입니다. 다른 한편으로, 만일 나의 조국 이탈리아가 어떤 기회에 오스트리아와 외교적 협력 관계를 맺으려고 한다면 아마 나는 수치스러울 것입니다. 그것은 양심의 문제이니까…."

"7과 4." 카스토르프가 말했다. "8과 3. 잭, 퀸, 킹. 이거 잘 되는군요. 선생이 나에게 행운을 가져오고 있군요, 세템브리니 씨."

이탈리아인은 침묵했다. 카스토르프는 그의 검은 눈, 이성적이고 도덕적인 눈빛이 슬픔에 잠겨 자신을 응시하는 것을 느꼈지만, 그러는 동안에도 카드놀이를 계속하다가 얼마 후에야 손으로 턱을 괴고는 장난꾸러기처럼 딴청을 부리며 그의 앞에 서 있는 스승을 올려다보았다.

이런 그를 향해 세템브리니가 말했다. "당신의 눈은 당신의 주변 상황이 어떤지 알고 있으면서도 이를 감추려고 하지만, 그래봐야 전혀 소용이 없습니다."

"실험 채택이지요." 카스토르프가 이처럼 뻔뻔스럽게 대답을 하자, 세템브리니는 그를 두고 가버렸다. 그러자 혼자 남은 청년은 카드놀이를 그만두고 한동안이나 손으로 턱을 괸 채 하얀 방의 한가운데 있는 식탁에 앉아 있었다. 그는 목전의 세계가 현재 처해 있는 무시무시하고도 빗나간 상황에 마음속 깊이 경악하면서 골똘히 생각에 잠겨 있었다. 세계는 '거대한 둔감'이라는 이름의 악마와 요괴의 히죽거리는 비웃음을 받으며 그들의 방자하고 고삐 풀린 지배에 빠져 있다고 그는 생각했다.

그것은 사악하고 재앙을 예고하는 묵시록적 이름, 은밀한 불안감을 자아내기에 아주 적절한 이름이었다. 한스 카스토르프는 식탁에 앉은 채 손바닥으로 이마와 가슴 부근을 어루만졌다. 그는 두려움을 느꼈다. '이 모든 것'이 좋게 끝나지는 않을 것 같았다. 끝내는 인내하던 자연이 분노를 터트리고, 뇌우와 폭풍이 밀려와 세상의 속박을 깨트릴 것이며, 삶을 '침체의 늪'으로 내던져 '지지부진한 시대'에 최후의 심판을 내리는 엄청난 파국이 일어나고야 말 것 같았다. 우리가 이미 말했듯이 그는 도망치고 싶었다. ─그나마 다행인 것은 요양원 당국이 앞서 언급한 것처럼 그를 '예의주시'하면서 그의 안색을 읽고, 새롭고 효과적인 가설을 세워 그에게 전환의 분위기를 만들어 주려고 했다는 점이었다!

요양원 측의 베렌스 원장은 대학생 조합원의 어투로 카스토르프의 불안정한 체온의 원인을 규명하고 있노라고 설명했다. 요양원 측의 의학적 소견에 따르면 원인을 밝히는 일이 그다지 어려운 일이 아니라서 가까운 장래에 그는 치유되어 떳떳하게 평지로 돌아갈 수 있을 것 같았다. 카스토르프 청년은 팔을 내밀어 피를 뽑을 때 갖가지 감회에 젖어 심장이 크게 고동쳤다. 그는 약간 창백한 얼굴로 투명한 채혈 용기를 위쪽으로 채우고 있는 생명의 액체인 붉은 루비 빛깔의 혈액에 감탄하면서 눈을 껌벅거렸다. 크로코프스키 박사와 간호사의 도움을 받은 베렌스 고문관이 직접 간단하지만 중요한 시술을 시도했다. 그 이후로 여러 날이 지났고, 이 사이에 채혈을 한 카스토르프는 과학적 시각에서 볼 때 자신의 체외에서 어떤 결과가 일어날지 호기심에 사로잡혀 있었다.

처음에 고문관은 물론 아직은 어떤 일도 일어나지 않을 수 있다고 말했다. 그러더니 며칠 후 고문관은 유감스럽게도 여전히 아무 변화도 일어날 기미가 없다고 했다. 그러나 어느 날 아침 식사 중에 고문관이 고급 러시아인 좌석, 그러니까 한때는 형제처럼 지내던 그의 위대한 친구가 앉았던 맨 위쪽 끝에 앉은 카스토르프에게 다가와 축하의 말을 해주는 것이었다. 마침내 실험 배양기의 하나에 연쇄상 구균이 분명히 검출되었다는 것이었다. 하지만 중독 현상이 어쨌든 미소한 결핵에 의한 것인지, 아니면 아주 미미하게 존재하는 연쇄상 구균에 의한 것인지는 확률의 문제라는 것이다. 베렌스 자신은 사태를 좀 더 자세히 오랫동안 두고 보아야 하는데, 이유인즉 아직은 배양균이 충분히 자라지 않았기 때문이라고 했다. 고문관은 그것을 청년에게 '실험실'에서 보여주었다. 젤리처럼 응결된 붉은 핏속에 회색의 작은 반점들이 보였는데, 그것이 바로 구균이었다.(그렇지만 결핵과 마찬가지로 너나 할 것 없이 모두가 구균을 보유하고 있어서, 만일 증상이 나타나지 않았다면 그런 상태가 하등 문제가 될 것이 없었다.)

한스 카스토르프의 체내에서 뽑아 낸 혈액은 과학적 시각으로 볼 때 그의 체외에서 계속 변화를 보였다. 어느 날 아침 고문관은 흥분된 어조로 상투적인 말을 늘어놓으며 하나의 배양기뿐만 아니라 다른 모든 배양기에서도 구균이 추가로, 그것도 대량으로 나타났다고 보고했다. 그것이 모두 다 연쇄상 구균인지는 확실하지 않지만, 이것에 의해 중독 현상이 일어난 것만은 거의 확실하다는 것이었다. 물론 한때 분명히 잠복해 있었고, 지금도 완전히 사라졌다고 볼 수 없는 결핵이 중독 현상에 얼마나 많은 영향을 미치는지는 알 수 없다고 고문관은 덧붙였다. 그렇다면 결론은? 연쇄상 구균 백신 주사를 맞는 것이다! 그 결과에 대한 예후는? 대단히 희망적이고, 게다가 위험 부담이 전혀 없으며, 부작용이 일어날 확률도 없다고 고문관이 말했다. 혈청은 카스토르프 자신의 혈액 속에서 만들어지기 때문에 주사에 의해 체내로 다른 균이 들어갈 일이 없다는 것이다. 최악의 경우에 주사가 아무 소용이 없이 효과 제로에 머물 수도 있다. 하지만 카스토르프는 어차피 환자로서 이 위에 체류할 수밖에 없기에 이를 나쁘다고 표현할 수 없는 일이 아니겠는가!

아니, 본래 카스토르프는 이렇게까지 하고 싶지 않았다! 그는 백신 요법을 우습고 자랑스럽지 못한 것으로 여겼지만 이에 따르기로 했다. 이렇게 자신의 혈액을 자신에게 주사하는 것은 지독히 꺼려지는 비상식적인 일인데다가 나에게서 나로 향하는 근친상간의 불쾌감을 일으켰으며, 본질에 있어 결실 및 희망도 없는 것으로 생각되었기 때문이다. 그는 의학적 관점이 아닌 우울한 심경에서 이렇게 판단했지만, 결실이 없다는 점에서만은 그의 판단이 완벽하게 맞아떨어졌다. 뜻밖에 전환을 가져온 요법은 몇 주일이나 계속되었다. 이 요법이 때로는 해로운 것처럼 또 때로는 유익한 것처럼 보이기도 했지만, 이는 물론 오해에 의한 것이었고, 결과적으로 역시 오해임이 밝혀졌다. 분명하게 공식적으로 표명하지는 않았어도, 실험의 결과는 제로였다. 시도는 공염불이 되고 말았다. 카스토르프의 감정을 억누르는 악마의 고삐 풀린 지배가 무시무시한 종말을 예고하고 있을 즈음에, 그는 악마와 얼굴을 맞대고 계속해서 카드 패를 늘어놓고 있었다.

아름다운 선율의 향연

여러 해 동안 우리의 친구로 지낸 한스 카스토르프는 이제 카드놀이를 집어치우고 다른 좀 더 고상한 취미, 근본적으로 카드놀이에 버금가는 특이한 취미에 열정적으로 빠져들었다. 그것은 베르크호프 요양원에서 새로 들여온 물건과 관련되어 있었는데, 그 물건은 어떤 것이었을까? 이제 우리는 이 물건의 비밀스러운 매력에 사로잡혀서 이에 대해 설명하고, 이를 아주 열렬히 전달하려는 참이다.

요컨대 커다란 사교실에 오락 기구가 하나 더 늘어난 것이다. 그것은 끊임없이 체류자들을 배려하는 마음에서 요양원 측이 생각하여 구입하기로 결정한 물건이었다. 우리로서는 비용을 계산해 보고 싶지는 않지만, 어쨌든 꼭 필요한 것으로 추천을 받은 요양원 관리기관이 거금을 들여 사들인 것이라고 할 수 있었다. 그렇다면 이 기구는 실체경처럼 보이는 요지경이나 망원경처럼 보이는 만화경, 또는 활동사진과 같은 신기한 장난감이란 말인가? 물론 그런 것과 유사한 것이지만, 전혀 다른 것이었다. 어느 날 저녁 사람들은 그것이 피아노가 있는 방에 조립되어 있는 것을 발견했다. 그러자 어떤 사람은 머리 위로 손뼉을 치거나 허리를 구부려 무릎 앞에서 손뼉을 치며 즐거워했는데, 무엇보다 그것은 광학 기구가 아니라 음향 기구였기 때문이다. 더구나 이 기구는 이제까지의 가벼운 오락 기구와는 수준이나 등급, 가치를 비교할 수 없을 만큼 근사한 것이었다. 그것은 3주일만 가지고 놀면 싫증이 나서 다시는 손대려 하지 않는 치기어린 단순한 장난감 같은 것이 아니었다. 그것은 쾌활하고 영적으로 심원한 예술적 즐거움을 솟아나게 하는 마법의 음향기기인 바로 축음기였다.

우리는 축음기라는 말을 듣고 여러분이 쓸데없는 억측과 상상을 함으로써 시대에 뒤떨어진 초기 형태를 연상할까봐 심각하게 우려하는 바이다. 그런 구식 모델이 눈앞에 떠오르는 것도 사실이지만, 현대적인 축음기는 음악적으로 다듬어진 기술을 바탕으로 끊임없이 발전을 거듭한 결과 지극히 고상한 완성품으로서의 품격을 갖추고 있었다.

그렇다! 그것은 예전의 축음기, 즉 윗부분에 회전반과 바늘이 있고, 곁에는 부가적으로 놋쇠로 된 보기 싫은 긴 나팔이 달려 있어 음식점 테이블 위에서 크게 콧소리를 질러대어 조용히 앉아 있는 손님들의 귀를 멍하게 만드는, 크랭크 모양의 손잡이가 달린 형편없는 축음기가 아니었다. 견사로 덮인 이 기계의 케이블은 벽의 소켓과 연결되어 있었다. 폭보다 높이가 약간 더 길고 까맣게 표면처리가 되어 전용탁자 위에 품위 있게 자리 잡은 이 축음기는 예전의 조잡하고 구닥다리 같은 기계와는 전혀 유사한 점이 없었다. 위쪽이 우아하고 가늘게 보이는 덮개를 열면 안쪽 깊은 바닥으로부터 놋쇠로 된 받침대가 올라와 비스듬한 위치에서 자동으로 덮개를 고정시키게 되어 있었다. 그 아래쪽 평면에는 녹색 천을 깔고 가장자리에 니켈 도금을 한 회전반이 있었고, 마찬가지로 니켈 도금을 한 중심축은 에보나이트제의 레코드 구멍을 끼우도록 되어 있었다. 나아가 축음기 전면의 오른쪽 옆으로 속도를 조절할 수 있는 시계처럼 숫자가 새겨진 장치가 있었고, 왼쪽에는 회전반을 돌리기도 하고 멈추게도 하는 레버가 달려 있었다. 그러나 왼쪽 뒤로는 부드러운 연결링크에서 어느 쪽으로나 이동이 가능한 막대 모양의 니켈로 된 픽업이 있었고, 그 끝에는 납작하고 둥근 사운드박스가 부착되어 있어서 그곳의 나사장치가 레코드판의 움직이는 바늘을 조정하도록 되어 있었다. 축음기 정면의 이중문을 열고 그 안을 들여다보면 검게 부식된 나무판이 차양처럼 비스듬히 세워져 있을 따름이었다.

"이것은 최신형 모델입니다." 요양원 손님들과 함께 방으로 들어서던 고문관이 말했다. "첨단 제품이랍니다, 여러분, 최상이자 최고의 제품으로 어느 시장에서도 이보다 더 좋은 것은 없습니다." 그는 이럴 때마치 무식한 점원이 제품을 칭찬하며 호객행위를 하듯이 아주 우습고 괴상한 말투를 사용했다. "이것은 기구나 기계가 아닙니다." 그는 축음기 전용탁자 위에 비치된 다채로운 색깔의 양철통에서 바늘을 하나 끄집어내어 그것을 사운드박스에 고정시키며 계속 말했다. "이것은 악기입니다. 스트라디바리우스, 구아네리가 제작한 악기와 버금가는 악기입니다. 가장 세련된 공명과 진동을 만들어내지요! 덮개 안쪽에 있는마크를 보면 알겠지만 '폴리힘니아'라는 악기입니다. 알다시피 독일 제품이지요. 우리 독일인들은 악기를 잘 만드는 데는 타의 추종을 불허합니다. 근대적이고 기계적인 형태에서 진정한 음악성이 엿보입니다. 시대의 추세에 맞는 독일 정신의 발로이지요. 저기에 음악작품들이 있습니다!" 그는 이렇게 말하고 두툼한 앨범이 나란히 꽂혀 있는 아담한 벽장을 손으로 가리켰다. "나는 여러분이 이 마법의 보물을 마음껏 즐기도록 권합니다. 하지만 소중하게 다루기를 바랍니다. 어디 시험 삼아 레코드를 틀어 볼까요?"

요양원 사람들의 요청에 따라 베렌스는 벽장에 조용히 꽂혀 있지만 풍부한 내용을 지닌 마법의 앨범들 중에서 하나를 꺼내들었다. 이어서 그는 묵직한 페이지를 넘기고 알록달록한 제목을 볼 수 있도록 가운데가 둥글게 파여진 마분지 팩 가운데 하나에서 레코드판을 꺼내어 회전반에 걸었다. 그는 단번에 회전반이 돌아가게 하고 완전한 속도가 붙을 때까지 2, 3초 기다린 후에 강철로 된 뾰족한 바늘 끝을 조심스럽게 레코드판의 가장자리에 올렸다. 가볍게 레코드판을 긁는 소리가 들렸다. 고문관이 축음기의 덮개를 닫자, 그 순간 열린 이중문의 뒤에 있는 차양 틈 사이로, 아니 상자 전체에서 악기 소리가 들리기 시작했다. 그것은 흥겹게 울려나오는 빠른 템포의 멜로디, 오펜바흐 서곡 첫 부분의 선율이었다.

요양원 사람들은 입을 벌리고 미소를 지으며 귀를 기울였다. 목관악기의 장식음이 너무나 순수하고 자연스러워서 귀를 의심할 정도였다. 바이올린이 단독으로 서곡을 이끌어나갔다. 활의 터치, 손가락을 사용하는 트레몰로, 하나의 음역이 다른 음역으로 감미롭게 미끄러져 옮겨가는 소리를 들을 수 있었다. 바이올린은 곧이어 〈아, 나는 그녀를 잃어버렸다〉라는 왈츠 곡의 멜로디를 연주하기 시작했다. 바이올린 연주가 오케스트라와 가볍게 조화를 이루더니, 모든 음역의 악기들이 물결치듯 이 멜로디를 되풀이하여 감상하는 사람들의 마음을 황홀하게 만들었다. 물론 이 방에서 실제의 관현악단이 연주하는 것 같은 느낌은 없었다. 게다가 연주가 잘못된 것은 아니었지만, 원근법적 현실감은 줄어들어 있었다. 청각적인 음악에 시각적인 비유를 해도 된다면, 오페라용 망원경을 거꾸로 하여 그림을 바라보는 것 같은 느낌이었고, 이로 인해 선의 날카로움이나 색채의 명암에는 손상이 없었으나 그림 전체의 구도가 멀어지고 작아 보였다. 재능이 넘치고 자극적인 음악 작품은 가벼운 착상을 아주 재치 있게 전개하면서 끝을 맺었다. 마지막 연주는 우스꽝스럽게 머뭇거리리다가 점점 빨라지는 원무로 시작하여 모자를 공중으로 던지고 무릎을 들어 올리며 치마를 치켜드는 야한 동작의 캉캉 무도곡이었다. 이 곡은 코믹하면서도 열광적인 분위기를 끊임없이 연출했다. 그러나 이윽고 회전 장치가 찰칵 소리를 내며 자동으로 멈추었고, 음악 감상은 끝이 났다. 감상하던 사람들은 진심으로 박수를 보냈다.

모두가 더 듣자고 소리를 쳐서 한 장 더 듣게 되었다. 축음기에서 남자의 목소리가 흘러나왔다. 관현악의 반주에 맞추어 부드러우면서도 힘찬 남자의 음성, 이탈리아의 유명한 바리톤 가수의 음성이 흘러나왔다. 이번에는 멀리서 작아지는 느낌이라는 말은 전혀 있을 수 없었다. 가수의 멋진 목청은 그의 천부적인 성량과 힘의 조화를 마음껏 발휘했다. 무엇보다 누군가가 열려 있는 옆방에 들어가 축음기를 보지 않고 감상한다면, 성악가가 실제로 저 앞 응접실에서 악보를 손에 들고 서서 노래를 부른다고 생각할 정도였다. 성악가는 이탈리아어로 높은 기교를 필요로 하는 오페라의 아리아를 불렀다. "아, 이발사, 주인, 주인! 거기 가는 피가로, 저기 가는 피가로, 피가로, 피가로, 피가로!" 청중들은 높은 가성으로 말하듯이 부르는 노래, 곰처럼 둔중한 목소리와 혀를 유연하게 움직여 교묘한 소리를 내는 대조적인 창법에 배꼽을 잡고 웃었다. 음악을 많이 들어본 청중은 가수의 분절법과 호흡법을 알아듣고서 감탄했다. 매력적인 성악의 대가, 다 카포 취향에 길들여진 이탈리아의 거장은 마지막 기본음으로 넘어가기 전에 무대 맨 앞까지 걸어 나와, 손을 높이 들고 끝에서 두 번째 음을 길게 끌어 부르는 것처럼 보였고, 그 바람에 베르크호프의 청중들은 그가 노래를 끝내기도 전에 브라보라고 함성을 터트렸다. 정말 훌륭했다.

음악 감상은 계속되었다. 어떤 레코드판에서는 호른이 민요의 변주곡을 아름답게 연주했다. 그런가 하면 어떤 소프라노 가수는 〈라 트라비아타〉에 나오는 아리아를 스타카토와 트레몰로의 창법으로 아주 냉정하면서도 정확하게 큰 소리로 불렀다. 또 옛 건반악기인 스피넷처럼 담백하게 들리는 피아노 반주에 맞추어 세계적 명성을 가진 바이올린 연주자가 루빈슈타인의 〈로망스〉를 연주했는데, 이 소리는 마치 베일 뒤에서 울려나오는 것 같았다. 이렇게 은은하게 진동하는 마법의 상자에서 종소리, 하프의 글리산도, 커다란 나팔 소리, 요란한 북소리가 울려나왔다. 마지막으로 춤곡을 수록한 레코드를 틀었다. 최근에 외국에서 수입하여 들여온 레코드도 몇 장 있었다. 예를 들어 항구의 술집에서 흔히 들을 수 있는 이국적인 탱고 곡도 있었는데, 빈의 왈츠 곡을 들었을 때는 구식이라는 느낌마저 들었다. 요즘 유행하는 스텝을 알고 있는 두 쌍의 요양원 체류자는 양탄자 위에서 춤을 추었다. 베렌스는 바늘을 한 번만 사용할 것과 판을 '완전히 날계란을 다루듯이' 조심스럽게 다루라고 주의를 주고는 물러갔다. 이제 한스 카스토르프가 축음기를 맡아 음악을 틀었다.

왜 그가 이 일을 맡았을까? 실은 그가 자청한 셈이었다. 고문관이 물러간 뒤에 사람들이 바늘과 판을 바꾸고, 전류 스위치를 켜거나 끄려고 나섰을 때, 카스토르프가 다가서며 가라앉은 음성으로 짧고 무뚝뚝하게 "내가 하도록 해 주십시오!"라고 말하며 그들을 옆으로 밀어냈던 것이다. 그러자 그들은 태연히 카스토르프에게 자리를 비켜 주었다. 순순히 물러선 데에는 이유가 있었다. 첫째로 그는 오래 전부터 이런 일에 익숙한 것처럼 보였기 때문이었다. 그러나 둘째로는 그들이 이 즐거움을 만들어 내는 기계에 신경을 쓰기보다는 편안하고 부담감 없이 실컷 음악이나 감상하고 싶었기 때문이었다.

한스 카스토르프는 그렇지 않았다. 그는 고문관이 새로 구입한 기계를 시연해 보이는 동안 웃거나 환호성을 지르지도 않고 뒤에서 조용히 보고 있었고, 긴장한 채 음악에 귀를 기울이면서 때때로 취하는 버릇에 따라 두 손가락으로 눈썹을 둥글게 감아서 어루만졌다. 그는 안정을 찾지 못하고 흥분하여 사람들 뒤에서 이쪽서쪽으로 자리를 옮기고, 도서실로 걸어 들어가 음악에 귀를 기울이기도 했으며, 나중에는 베렌스의 옆에서 뒷짐을 지고 심각한 표정으로 마법 상자를 지켜보며 기계의 간단한 조작법을 자세히 관찰했다. 그의 내부에서는 이런 소리가 흘러나왔다. '그만! 주의해라! 새로운 전환점이다! 그것이 내게 다가왔다!' 새로운 열정, 도취와 애정에 대한 확실한 예감이 그의 마음을 가득 채웠다. 이는 평지의 젊은이가 아름다운 아가씨를 처음 본 순간 뜻밖에도 큐피드의 화살에 심장 한가운데를 맞은 것과도 같은 기분이었다.

축음기를 향하던 카스토르프의 발걸음에 금방 질투심이 가득 피어올랐다. 공동의 재산이라고? 미적지근한 호기심만으로는 소유의 권리나 자격도 없는 거야. "내가 하겠습니다!" 이렇게 그의 이빨 사이에서 말이 흘러나왔고, 모두가 이에 대해 반대 의견이 없었다. 이제 사람들은 카스토르프가 틀어놓은 레코드의 경음악에 맞추어 춤을 추기 시작했다. 이어서 다른 음악을 들려달라는 요구에 따라 〈호프만의 이야기〉 중에 나오는 〈곤돌라 뱃사공의 노래〉라는 오페라 이중창이 달콤하게 사람들의 귓전으로 파고들었다. 노래가 끝나 카스토르프가 축음기 덮개를 닫자 요양원 사람들은 가벼운 흥분에 취해 떠들어대며 안정 요양을 취하거나 휴식하기 위해 돌아갔다. 이 순간을 카스토르프는 기다렸다. 음악을 감상하던 사람들은 모든 것을 제멋대로 놓아두고 떠났다. 그들은 바늘 상자를 열어 놓고, 앨범은 그냥 꺼내 놓았으며, 레코드판은 사방에 어질러 놓았다. 이런 점에서 그들 모두가 다르지 않았다. 카스토르프는 그들과 섞여서 나가는 체하다가 계단 위에서 살짝 빠져나와 응접실로 되돌아갔다. 그는 문을 모두 닫아 버리고 밤새도록 축음기에 깊이 빠져들었다.

그는 새로 들여온 축음기를 잘 관찰하고, 여기에 딸려 있는 음악의 보물 상자인 묵직한 앨범의 내용물을 아무 방해도 받지 않고 꼼꼼하게 살펴보았다. 앨범은 모두 12권으로, 크기는 큰 것과 작은 것 두 종류였으며, 앨범마다 레코드판이 12장씩 들어 있었다. 둥글게 홈이 빽빽하게 파인 검은 원반들 중에서 많은 것들은 양면용이었고, 많은 곡이 뒷면까지 수록되어 있었을 뿐만 아니라 모든 레코드판에는 앞뒤로 상이한 곡들이 들어 있었다. 이 때문에 처음에는 일목요연하게 이것들이 눈에 들어오지 않고 혼란스러웠지만, 차차 정복하려는 의지가 커지면서 이 물건들의 진가를 알아 볼 수 있었다. 그는 밤이 깊어 주위의 다른 사람들에게 폐가 되지 않도록 소리를 약하게 하는 부드러운 바늘을 사용하여 대략 25장의 레코드를 틀어보았다. 하지만 그런데도 여기저기서 유혹하듯 차례를 기다리는 레코드판의 8분의 1도 미처 틀어본 것이 아니었다. 오늘 밤에는 곡목만 대충 훑어보고, 가끔 시험 삼아 임의대로 침묵의 원반 하나를 꺼내어 축음기에 걸어놓고는 소리를 들어 보는 것으로 만족할 수밖에 없었다. 에보나이트로 된 이 레코드판들은 눈으로 볼 때 가운데의 색깔 있는 레테르로만 구분될 뿐, 그 밖의 다른 것으로는 도저히 구분되지 않았다. 어떤 레코드판이든 가운데를 향하는 동심의 원들로 빽빽하게 채워져 있어서 서로 똑같아 보였다. 그렇지만 이 원을 그리는 가느다란 선에는 상상할 수 있는 모든 음악, 모든 지역에서 정선되어 수록된 행복하기 이를 데 없는 예술적 영감이 깃들어 있었다.

유명한 오케스트라가 연주한 세계적으로 이름난 많은 교향악 서곡과 개별적인 곡들이 있었는데, 레코드에는 지휘자의 이름도 나타나 있었다. 그 다음으로 유명한 오페라 가수들이 피아노 반주에 맞추어 부른 일련의 가곡들이 있었다. 그중에는 예술성이 아주 높고 예술가의 의식이 잘 반영된 작품이나 소박한 민요도 있었으며, 이 두 장르 사이의 중간에 위치하는 가곡들도 있었다. 여기서 이 중간에 해당하는 가곡들은 정신적 예술의 산물이면서도 거기에는 민중의 마음과 정신이 순수하고 경건하게 느껴지고 함축되어 있었다. '인위적'이라는 말이 노래의 내적인 정취를 해치지 않는다면, 우리는 그것을 인위적 민요라고 불러도 좋을 것 같았다. 특히 그중의 하나는 한스 카스토르프가 어린 시절부터 잘 알던 노래였지만, 지금 그 노래를 듣자니 아주 비밀스런 사연들이 되살아나며 묘한 애착을 느낄 수 있었다. 이에 대해서는 언젠가 언급할 기회가 있을 것이다. 그러면 또 무엇이 있었던가, 아니 대체 없는 것이 무슨 곡이었을까?

오페라 곡은 수없이 많았다. 명성 있는 성악가들로 이루어진 국제 혼성 합창단이 오케스트라의 잔잔한 배경음악에 맞추어 신에게서 받은 천상의 목소리로 여러 지역과 여러 시대의 오페라 아리아를 이중창으로 불렀다. 격조 높으면서도 동시에 달콤한 열정을 자아내는 남국의 아름다운 노래, 장난기와 마법이 깃든 독일 민요, 프랑스의 본격적인 그랜드 오페라와 코믹 오페라도 있었다. 이런 곡들로 끝난 것일까? 천만에 그렇지 않았다. 3중주와 4중주의 실내악 시리즈, 바이올린, 첼로, 플루트의 기악 독주곡, 바이올린 협주곡, 플루트 협주곡, 피아노 독주곡 등도 있었다. 그 밖에도 소규모 오케스트라가 자기 방식대로 취입한 레코드판들로, 나쁜 바늘을 사용해도 좋을 것 같은 단순히 오락적이고 풍자적이며 특정 목적만을 노리는 판들도 있었다.

한스 카스토르프는 혼자서 레코드를 선별 정리하고 분류하여 그 가운데 몇 장의 레코드를 축음기에 올려놓아 생명의 소리를 일깨웠다. 그는 위풍 있는 의형제였던 기억 속의 인물 페퍼코른과 첫 연회 이후의 시간처럼 밤늦게야 열이 오르는 머리로 잠자리에 들어 2시에서 7시까지 마법의 상자에 대한 꿈에 빠졌다. 그는 꿈속에서 축음기의 회전반이 눈에 보이지 않을 정도의 빠른 속도로 소리 없이 회전축의 둘레를 도는 것을 보았다. 이와 같은 운동은 실제로 회전 운동뿐만 아니라 물결이 옆으로 흔들리듯이 독특한 파동 운동도 함께하고 있어서, 회전반 위를 도는 바늘의 받침대인 픽업도 탄력 있게 호흡을 하며 진동하는 모습도 보였다. 이는 현악기와 성악가의 비브라토와 포르타멘토에는 대단히 효과적이라고 볼 수 있었다. 그렇지만 깨어 있을 때와 마찬가지로 꿈속에서도 이해할 수 없는 것이 있었다. 즉, 음향 효과가 좋은 빈 상자 위에서 바늘이 아주 가느다란 선을 따라가 사운드박스의 엷은 진동 막에 전달되는 것만으로 어떻게 잠자고 있는 자의 정신적인 귀를 가득 채우는 풍부한 결합음을 재생할 수 있는 것인지는 알 수가 없었다.

다음날 아침 카스토르프는 아침 식사 전에 이미 응접실에 나타나 안락의자에서 팔짱을 끼고 앉아 있었다. 그는 하프의 반주에 맞추어 멋진 바리톤으로 "이 고상한 계층 안에서 사방을 둘러보면…" 하고 상자 안에서 흘러나오는 노래를 듣고 있었다. 하프 소리는 아주 자연스러웠다. 넘쳐 오르고, 호흡하고, 뚜렷하게 분절하는 성악가의 목소리가 상자 밖으로 나가도록 반주하는 하프연주가 가식이 없고 한결같아서 참으로 놀라지 않을 수 없었다. 다음으로 카스토르프가 들은 것은 근대 이탈리아의 오페라에 나오는 이중창으로, 이보다 감미로운 노래는 이 세상에 없을 것 같았다. 그것은 세계적으로 유명하여 이 앨범의 다른

레코드의 여러 곳에도 수록되어 있는 테너 가수와 구슬처럼 맑고 달콤
하며 가냘픈 소프라노 여가수의 겸손하면서도 내적인 감정을 드러내
는 이중창이었다. "자, 팔을 주시오, 그리운 당신!"이라는 테너의 노래
와 소박하고 감미로우며 압축된 멜로디로 답하는 소프라노의 몇 음절
은 지극히 매력적이었다.

이때 한스 카스토르프는 뒤에서 문이 열리는 소리를 듣고 깜짝 놀랐
다. 그를 바라보고 있는 것은 고문관이었다. 그는 수술복을 입고 가슴
주머니에 청진기를 꽂은 채 문의 손잡이를 잡고는 잠시 입구에 서서 실
험실 담당자에게 고개를 끄덕여 보였다. 카스토르프가 어깨 너머로 고
개를 끄덕여 인사하자 콧수염이 한쪽으로 치켜 올라가고 얼굴색이 창
백한 원장은 문을 닫고 시야에서 사라졌고, 카스토르프는 보이지 않지
만 아름답게 노래하는 한 쌍의 연인을 향해 다시 얼굴을 돌렸다.

그날 점심 식사와 저녁 식사를 마친 뒤 카스토르프는 오락가락하는
청중들에게 레코드를 틀어 주었다. 사람들은 그를 음악 감상자가 아
니라 음악의 즐거움을 선사하는 자로 간주하고자 했다. 카스토르프 역
시 이런 견해를 받아들였고, 요양원의 손님들도 공동 비품의 관리자이
자 감독자로서의 그의 분명한 태도를 처음부터 암묵적으로 동조했다
는 의미에서 그의 이런 입장을 인정해주고 있었다. 물론 이렇게 한다
고 해서 이 사람들에게 해가 될 일이 전혀 없었다. 왜냐하면 우상과 같
은 저 테너 가수가 세상을 행복하게 해주는 목소리로 소곡과 고도의 예
술적 음악을 열정적으로 부르며 화려하고 찬란한 음색을 과시했다 할
지라도, 이 청중들에게는 축음기에 대한 애착 같은 것이 없었기에 원하
는 사람이면 누구든 그 일을 맡아 하는 것에 전적으로 동조했기 때문이
다. 게다가 말로는 황홀감을 피력할지라도 청중들의 음악에 대한 황홀

감은 피상적이었다. 이런 이유로 레코드를 정리하고, 앨범에 수록된 내용을 덮개의 안쪽에 적어서 매번 손님의 희망이나 신청에 따라 즉각 대응하면서 축음기를 다루는 일은 카스토르프가 맡게 되었다.

그는 얼마 지나지 않아 축음기를 다루는 일에 익숙해져서는 치밀하고 세련된 동작을 보였다. 만일 다른 사람들이 이일을 맡았다면 어떻게 되었을까? 그들은 바늘 하나를 여러 번 사용하여 레코드를 손상하거나 의자 위에 레코드를 아무렇게나 여기저기 올려 두었을지 모른다. 그들은 고상한 작품이 수록된 레코드를 110의 속도와 음의 높이로 돌아가게 하여 신경질적인 잡음을 내게 하거나, 계기 바늘을 제로에 맞추어 맥 빠진 신음소리처럼 들리도록 함으로써 축음기를 하찮은 장난감으로 만들어 버렸을지 모른다. 그들은 이미 이런 짓을 저질렀다. 그들은 환자였지만 거친 면이 있었다. 이 때문에 한스 카스토르프는 얼마 후에 앨범과 바늘을 넣어두는 작은 벽장의 열쇠를 보관하게 되었고, 사람들이 음악을 듣고 싶으면 그를 불러와야 했다.

밤의 모임이 끝나고 모두들 자기 방으로 가버리면 그의 세상이 되었다. 그러면 그는 응접실에 남아 있거나 몰래 그곳으로 돌아와 밤늦게까지 혼자서 조용히 음악을 들었다. 이로 인해 요양원 내의 고요가 깨질까 하여 염려했지만 처음에 생각한 것만큼 걱정할 필요는 없었다. 한밤중의 유령처럼 괴기한 음파는 그다지 멀리 퍼지지는 않는 것으로 입증되었기 때문이다. 가까이서 들으면 놀랄 정도로 진동이 컸지만, 멀리서 들으면 진동이 쇠잔해지면서 유령 같은 존재가 다 그렇듯이 소리는 약해지고 잔잔한 떨림만 남길 뿐이었다. 카스토르프는 축음기 상자가 일으키는 놀라움에 빠진 채 네 면이 벽으로 둘러싸인 방에 홀로 남아 있었다. ―바이올린용 목재로 만들어진 이 작은 장식 상자의 찬란한 업적, 이 새까만 작은 신전에서 흘러나오는 마법의 음악을 혼자서 듣고 있었다. 그는 축음기 덧문을 좌우로 열어 놓고, 그 앞의 안락의자에 앉아서 두 손을 가지런히 모으고 입을 벌린 채 고개를 숙여 흘러나오는 아름다운 음향에 귀를 기울였다.

그가 귀를 기울여 듣던 남녀 가수들의 모습은 보이지 않았고, 실제로는 미국이나 밀라노, 빈, 상 페터스부르크에 체류했지만, 그들이 어디에 있든 상관할 바가 없었다. 그가 여기서 즐길 수 있는 것은 그들이 지닌 최고의 가치인 목소리였다. 그에게는 가수를 가까이서 볼 때의 모든 불리한 점이 사라지고 감각적으로 충분한 느낌을 주는 이런 정화작용이나 추상화가 중요했다. 그리고 특히 가수가 동향인, 독일인이라면 이런저런 인간적인 측면도 상상할 여지가 있어서 더욱 그러했다. 예컨대 가수의 발성이나 사투리를 통하여 좀 더 자세한 출신지를 구별할 수 있었고, 음성의 특색을 통하여 가수 개개인의 정신적인 수준을 어느 정도 짐작할 수 있었으며, 정신적 영향 가능성을 얼마나 표현하고 소홀히 하는가에 따라 그들의 지적 수준을 가늠할 수 있었다. 한스 카스토르프는 가수에게 이런 면이 부족하면 화를 냈다. 또한 녹음기술이 떨어지면 괴로워하면서 수치스럽다는 듯이 입술을 깨물었으며, 자주 틀어 주는 레코드의 소리가 날카롭게 들리거나 잡음처럼 시끄러우면 어쩔 줄 몰라 했다. 특히 아주 예민한 여성의 음성일 경우에 이런 일이 자주 생겼다. 그래도 사랑한다면 참아야 하기에 이런 일을 감수했다. 이따금 그는 라일락 꽃다발 위에 몸을 숙이듯이 호흡을 하면서 조용히 돌아가는 레코드 위에 몸을 숙이고 거기서 나오는 음향의 구름에 머리를 빠짝 기울였다. 그런가 하면 때로는 상자의 열린 덧문 앞에 서서 트럼펫 소리가 나오려는 순간 두 손을 들어 신호를 하면서 마치 지휘자라도 된 양 지휘하는 기쁨을 누리기도 했다. 레코드 보관함 가운데 그가 애호하는 것이 있었는데, 성악곡과 기악곡으로 된 몇 장은 아무리 들어도 전혀 싫증이 나지 않았다. 여기서 그의 애호하는 레코드에 대해 언급하는 것이 필요할 것 같다.

시리즈 형식으로 이루어진 몇 장의 레코드에는 독창적인 선율이 넘쳐흐르는 화려한 오페라 작품의 마지막 장면이 수록되어 있었다. 이 작품은 세템브리니의 위대한 동향인, 그러니까 이탈리아 남부 출신인 가극의 거장이 19세기 후반에 민족 결합의 공학적인 힘에 의해 준공된 대사업을 인류 전체의 손에 넘겨주는 엄숙한 순간에 동양의 어느 군주가 부탁하여 만들어진 것이었다. 한스 카스토르프는 교양인답게 이 가극의 줄거리를 대략 알고 있었다. 그는 마법의 상자에서 이탈리아어로 흘러나오는 라다메스, 암네리스, 아이다의 운명도 전반적으로 알고 있었기 때문에, 그들이 어떤 식으로 노래를 부르는지 대체로 이해하고 있었다. ―비할 데 없이 우렁찬 테너와 그 남성 음역의 한가운데서 멋진 목소리로 되받아 변화하는 품위 있는 알토, 그리고 은방울처럼 아름다운 소프라노도 잘 알고 있었다. 물론 가사를 모두 이해한 것은 아니었지만 오페라 장면에 대한 지식과 공감, 들으면 들을수록 친밀해진 관심이 뒷받침되어서 군데군데 가사를 알아들을 수 있었고, 네댓 장의 레코드를 점점 더 자주 듣게 되면서 어느새 이 노래에 정말 깊이 빠져 버렸다.

처음에는 라다메스와 암네리스가 노래를 주고받았다. 공주인 암네리스는 결박당한 라다메스를 자기 앞으로 오게 했다. 라다메스는 야만인인 여자 노예 때문에 조국과 명예를 버렸으나 공주는 그를 사랑하고 흠모하여 그의 목숨을 살려주려고 했다. 반면에 라다메스는 스스로 말한 바 있듯이 '가슴속 깊이 명예를 보존하고' 있었다. 죄를 지었을망정 내면 깊숙이 그가 순수함을 지키고 있다는 사실이 그에게는 별로 소용이 없었는데, 왜냐하면 확실하게 밝혀진 죄 때문에 그는 비인간적인 종교 재판에 회부되었기 때문이다. 만일 그가 최후의 순간에 여자 노예를 단념하겠다고 맹세하지 않거나 목청을 변화시켜서 화려한 알토의 품에 뛰어들지 않는다면 중형에 처해질 것은 불을 보듯 뻔한 일이었다. 순전히 청각적으로만 본다면 그는 알토 역의 품에 뛰어들 만했다. 비극적인 사랑에 눈이 멀어 살겠다는 생각을 버리고 그저 "나는 할 수 없소!"와 "부질없는 일이요!"라고 노래하는 테너에게 암네리스는 여자 노예를 단념하지 않는다면 당신은 목숨을 잃고 말 것이라고 애원하면서 열심히 그를 설득했다. "나는 할 수 없소!" —"제 말을 한 번 더 들어봐요, 그녀를 단념하세요!"— "부질없는 일이요!" 이렇게 사랑에 눈이 멀어 죽으려는 의지와 애달픈 사랑의 연민이 지극히 아름답지만 절망적인 이중창으로 어우러지고 있었다. 이어서 심연 깊은 곳에서 둔중하게 울려나오는 종교 재판의 무시무시하고 상투적인 판결이 내려지자 암네리스는 몇 번이나 고통스럽게 절규하는 것이었다. 그럼에도 불운한 라다메스는 전혀 동요하는 빛을 보이지 않았다.

"라다메스, 라다메스." 재판장은 날카로운 목소리로 노래 부르며 배반자의 죄과를 통렬하게 꾸짖었다.

"너 자신을 변론해보라!" 모든 성직자들이 합창으로 요구했다.

라다메스가 침묵으로 일관한다는 점을 재판관이 상기시키자, 모두가 배신행위임을 이구동성으로 인정했다.

"라다메스, 라다메스!" 재판장이 다시 말하기 시작했다. "너는 전투를 앞두고 진영을 떠났다."

"너 자신을 변론해 보라!" 다시 한 번 성직자들의 합창 소리가 들렸다. "보라, 그는 침묵으로 일관한다." 편견에 사로잡힌 재판장이 두 번째로 단언하자 이번에도 모든 재판관들이 만장일치로 "배신행위!"라는 판결을 내렸다.

"라다메스, 라다메스!" 세 번째로 가차 없는 고발인의 목소리가 들렸다. "너는 조국과 명예와 왕에 대한 맹세를 깨트렸다." "너 자신을 변론해 보라!" 다시 성직자들의 목소리가 들려왔다. 성직자들은 라다메스가 완전히 침묵으로 일관한다는 점을 상기시켰고, 이어서 마지막으로 몸을 떨며 "배신행위!"라고 외쳤다. 그리하여 피할 수 없는 결과에 도달하고 말았다. 목소리로 미루어 함께 모여 있던 합창단이 죄인에게 선고를 내렸고, 그의 운명은 결정되었다. 그는 분노한 신의 신전 지하무덤에 생매장 되도록 극형을 선고받았다.

성직자들의 가혹한 판결에 암네리스가 얼마나 격분했을까 하는 것은 카스토르프 나름대로 상상해 볼 수밖에 없었다. 그럴 것이 여기서 레코드가 끝나 판을 바꾸어야 했기 때문이다. 그는 조용히 정확한 동작으로, 말하자면 눈을 내리깔고 판을 바꾸었고, 다시 음악을 들으려고 자리에 앉자 벌써 멜로드라마의 마지막 장면이 귓가에 들려왔다. 지하 무덤의 바닥에서는 라다메스와 아이다의 마지막 이중창이 울려 퍼지고, 두 사람의 머리 위 신전에서는 광신적이고 잔인하기 짝이 없는 사제들이 두 손을 쳐들고 중얼거리며 제식을 거행하고 있었다. "당신이… 이 지하 무덤에?!" 라다메스의 형언할 수 없이 친근하고 감미로운 동시에 남성적인 목소리가 놀라움과 기쁨에 넘쳐 울려 퍼졌다. 그렇다, 그가 명예와 목숨까지 버릴 각오를 하고 사랑한 연인 아이다가 그를 따라 들어온 것이다. 그녀는 그와 함께 죽기 위해 그를 따라 들어와 이곳에서 기다리고 있었다.

위층 신전에서 사제들이 의식을 거행하며 떠드는 잡음에 이따금 중단되거나 함께 뒤섞이기도 하던 두 연인의 이중창 ―정말이지 혼자서 밤에 음악을 감상하던 한스 카스토르프의 깊은 영혼을 매혹한 것은 상황 설정뿐만 아니라 음악적 표현을 고려할 때에도 바로 이 노래였다. 두 사람의 이중창은 천국을 노래하고 있었다. 노래 자체가 천상을 연상시켰고 천사가 노래하는 것 같았다.

라다메스와 아이다의 독창과 그 다음에 절묘하게 이어지는 이중창의 선율, 즉 기본음과 제5음을 중심으로 간결하고 행복하게 울리는 곡선의 음조는 기본음으로부터 길게 강조된 계류음을 낼 때까지 제8음과 살짝 접촉하듯이 제8음 앞의 반음까지 올라갔다가 다시 제5음으로 내려왔던 것으로, 카스토르프의 귀에는 이 선율이야말로 이제까지 들어본 선율 가운데 가장 성스럽고 감동적으로 들렸다. 물론 장면의 기본적 상황에 대한 이해 없이는 그가 이토록 이 선율에 홀딱 빠져들지는 않았을 것이다. 상황을 알고 있었기 때문에 그는 선율에서 생겨나는 감미로움을 비로소 감동적으로 느낄 수 있었다. 아이다가 그와 영원히 함께 죽음의 운명을 나누기 위해 절망적인 라다메스를 따라간 것은 지극히 아름다운 일이 아닐 수 없었다! 죽음의 판결을 받은 라다메스가 이렇게 사랑스러운 여자의 희생에 반대하는 태도를 취한 것은 당연한 것이었다. 그러나 "아니야, 아니야! 그대는 너무나 아름다워"라는 애달프고 절망스런 노래에서는 이승에서는 다시 만날 수 없다고 생각한 연인과 마지막으로 하나가 되었다는 황홀감을 알아차릴 수 있었다.

이와 같은 황홀감, 라다메스에게 뚜렷이 전달되는 감사함을 카스토르프는 상상력을 동원하지 않고도 충분히 공감할 수 있었다. 축음기에서 이 모든 감동이 피어오르는 동안 카스토르프는 두 손을 포개어 모으고 작고 검은 덧문을 바라보았다. 하지만 그가 최종적으로 느끼고 이해하고 향유한 것은 음악, 예술, 인간 정서의 승리에 찬 이상이었고, 현실에서 일어나는 소름끼치는 추악함을 잊게 하는 고도의 미적 작용, 반박할 수 없는 예술적 작용이었다. 냉정하게 말하자면 우리는 이에 대해 현실에서 실제로 일어나는 일을 눈앞에 그려보는 것만으로도 충분할 것이다! 생매장된 두 연인은 지하 무덤에서 함께 가스에 오염되어 질식사하거나, 아니면 더 나쁜 경우에는 굶주림에 몸부림치다가 차례로 숨이 끊어질지도 모른다. 그러면 두 사람의 시체는 부패하여 형언할 수 없는 몰골이 되고, 결국은 해골만 지하실 바닥에 남게 될 것이다. 해골이야 혼자든 둘이든 아무 상관없는 일이 될 것이고, 그들 자신도 이를 느낄 수 없게 될 것이다. 이는 사물들의 사실적이고 있는 그대로의 실제적 측면이었다. ─그 자체로 하나의 측면이자 사태였다. 이런 비천한 현실을 우리의 뜨거운 이상주의는 조금도 고려의 대상으로 삼지 않았고, 미와 음악의 정신 또한 이를 자신 만만하게 그늘 속으로 내쫓아버렸다. 라다메스와 아이다가 갖고 있는 오페라 정서에는 실제로 닥친 사태는 문제시되지 않았다. 두 연인의 이중창은 행복한 제8음 부근까지 치솟아 신비롭게 맴도는 계류음을 냈던 것으로, 이는 곧 천국의 문이 열리며 영원의 빛이 이들의 동경에 찬 얼굴을 환하게 비추리라는 것을 단언하는 것 같았다. 이처럼 현실을 미화하는 위로의 힘이 한스 카스토르프에게 대단한 즐거움을 주었고, 그가 어떤 레코드보다 이 판에 특히 애착을 갖게 하는 데 적지 않은 계기를 마련해 주었다.

이 작품에서 공포와 미적 변용을 체험한 뒤로 한스 카스토르프는 비록 소품이기는 하지만 강력한 마법을 지닌 두 번째 작품, 드뷔시의 〈목신의 오후〉를 감상하며 휴식을 취하곤 했다. 이 곡은 〈아이다〉보다는 내용적으로 훨씬 편안했으며, 전원곡이긴 했지만 현대예술의 특징인 간결하면서도 복잡한 수법으로 표현되고 형상화된 세련된 목가였다. 이 작품은 노래가 없는 순수한 오페라 곡이자 프랑스에서 연원한 교향악 서곡으로, 동시대의 음악적 관계에서 볼 때는 소규모의 악기로 연주되지만, 현대적 음향기술의 모든 조류를 관통하고 있어서 영혼을 꿈길로 인도하기에 아주 적절했다.

카스토르프는 이 곡을 들으면서 꿈을 꾸었다. 그는 다채로운 별 모양의 꽃들이 만발하고 햇빛이 눈부시게 빛나는 초원에 누운 채 불룩한 땅바닥을 베개 삼아 한쪽 무릎을 약간 세우고는 다른 한쪽 다리를 그 위에 올려놓고 있었다. 하지만 그가 십자 형태로 무릎 위에 올린 다리는 산양(山羊)의 다리였다. 초원에는 혼자서만 있었기 때문에 그는 오직 자신의 즐거움만을 위해 클라리넷 같기도 하고 피리 같기도 한 조그만 목관악기를 입에 물고 손가락을 움직이고 있었다. 그러자 악기에서는 마치 막 나오려고 했다는 듯이 평화롭고 부드러운 음률이 연달아 흘러나오다가, 이어서 경쾌한 원무곡이 되어 파란 하늘로 퍼져 올라갔다. 하늘 아래 여기저기 서 있는 자작나무와 물푸레나무의 가냘픈 나뭇잎이 미풍에 흔들거리며 햇빛을 받아 반짝거렸다. 그렇지만 명상적이고 목가풍으로 단조롭게 이어지는 음률만이 고독하게 울려 퍼진 것은 그리 오래지 않았다. 더운 여름철 풀밭 위를 날아다니는 곤충들의 윙윙 소리, 햇볕, 미풍, 우듬지의 흔들거림, 나뭇잎의 반짝거림, 부드럽게 움직이는 여름날의 평화로움이 뒤섞여서 음을 만들었고, 그것이 단조로운 피리 소리와 어우러지고 계속 변화하면서 놀랄 정도로 멋진 화음을 이루어 나가는 것이었다.

이 교향악의 반주는 이따금 멀어지며 소리가 들리지 않을 때도 있었다. 그러나 산양 다리를 하고 있는 한스 카스토르프는 피리를 계속 불면서 소박하고 단조로운 음률로 자연 그 자체가 특별히 지니고 있는 마법의 소리를 이끌어 냈다. 이 마법의 피리 소리는 다시 한 번 조용해졌다가 급기야는 더욱 감미로운 음률로 변화하기 시작하더니, 잇달아 울려나오는 점점 더 새롭고 높은 악기소리를 덧붙임으로써 그때까지 잠재해 있던 온갖 가능한 음향을 가득 담아내는 것이었다. 그러나 순간에 불과할지라도 환희에 가득 차고 완전한 만족감 자체에는 영원이 깃들어 있었다. 여름날 초원에 누워 있는 젊은 목신은 지극히 행복했다. 여기에는 "너 자신을 변론해 보라!"는 말이나 어떤 책임감도 없었으며, 명예를 망각하고 상실한 죄인을 재판하는 성직자들의 사나운 종교재판도 없었다. 여기에는 망각 그 자체, 행복한 정지 상태, 무시간성의 천진함이 가득 차 있었다. 이것이야말로 양심의 가책이라고는 없는 방종함이자 서구의 행동주의적 명령을 부정하는 이상적인 신격화였다. 여기서 비롯된 마음의 위로 때문에 한밤중에 음악을 듣는 한스 카스토르프는 다른 많은 레코드보다 이 레코드를 소중하게 여기게 되었다.

세 번째 레코드에 대해서 언급하자면, 이것도 서너 장 정도로 연속되어 있었다. 그럴 수밖에 없는 것이 테너가 부르는 아리아만 해도 가운데까지 빙 둘러 홈이 파인 레코드의 한쪽 면 전부를 차지하고 있었기 때문이다. 이 곡 역시 프랑스 작품으로, 한스 카스토르프가 극장에서 여러 번 보고 들어서 너무 잘 아는 오페라였다. 심지어는 언젠가 대화를 하다가, 그것도 매우 중요한 대화를 하다가 이 작품의 줄거리를 인용한 적이 있을 정도였다···. 레코드는 오페라 제2막의 장면을 담고 있었다. 그러니까 스페인의 주막, 바닥은 마루로 되어 있고, 사방에 휘장이 드리워진 허름한 무어 양식의 건축물인 널찍한 선술집에서 시작되고 있었다. 카르멘이 따뜻하고 약간 거칠지만, 정열적인 목소리로 하사관 앞에서 춤을 추고 싶다고 말하는데, 이때 벌써 캐스터네츠라는 타악기 소리가 울리기 시작했다. 이와 동시에 약간 떨어진 곳에서 트럼펫, 연대의 신호나팔 소리가 반복해서 여러 차례 울려오고, 젊은 하사관은 이 소리에 놀라 몸을 움찔거리는 것이었다. 그러더니 하사관은 "그만! 잠깐 멈춰!"라고 소리치고는 말처럼 귀를 쫑긋 세웠다. 카르멘이 "왜 그래요?" 하고 묻자, 그는 "저 소리가 안 들려?"라고 외치더니 그녀가 자기처럼 놀라지 않는 것을 의아하게 생각하며 말했다. "저것은 부대에서 들려오는 나팔 소리야. 귀대할 시간이라고." 그는 오페라의 방식으로 말했다.

그러나 집시 여인은 이 말을 이해할 수 없었고, 무엇보다 도무지 이해하려고 하지 않았다. 그녀는 어리석은 바보라서 그러는지, 뻔뻔스러워서 그러는지 "그럼 더 잘 됐네요"라고 말했다. "이제는 캐스터네츠를 치지 않아도 되겠군요. 하늘에서 직접 무도곡을 보내 주잖아요. 자, 춤을 춰요. 라라라라!" 그러자 하사관은 어찌할 바를 몰랐다. 그는 이 세상에서 어떤 사랑도 귀대 나팔은 거역할 수 없노라고 애써 설명하려다 보니 자신의 난처한 처지는 완전히 잊고 말았다. 그녀가 이렇게 중요하고 절대적인 것을 이해하지 못하다니 대체 있을 수 있는 일인가! "이제 나는 가야 해, 부대로, 숙소로, 점호를 받으러!" 그녀의 무지함에 너무나 답답해진 하사는 그렇지 않아도 무거워진 마음이 갑절로 무거워져서는 이렇게 소리쳤다. 하지만 카르멘의 반응은 정말 어이가 없었다. 그녀는 화가 나 있었고 마음속 깊이 격분해 있었다. 그녀의 목소리는 완전히 사랑에 배신을 당하고 모욕을 받아 수치를 느끼는 것 같았

다. 그녀는 하사에게 다가서며 이렇게 응수했다. "숙소로 간다고요? 점
호를 받으러? 그럼 내 마음은? 그리고 나의 착한 마음은, 당신을 사랑
하는 나의 여린 마음은? 네, 인정해요, 당신을 사랑해요! 나는 노래와
춤으로 당신을 위로해 줄 준비가 되어 있어요. 트라테라타!" 그녀는 손
을 말아 쥐어 입가에 갖다 대고는, 귀대 나팔을 부는 시늉을 하면서 거
세게 비웃었다. "트라테라타! 이러면 깜빡 죽는군요. 이러면 이 바보는
벌떡 일어나서 떠나려고 하지요. 좋아요, 그럼 돌아가세요! 여기 모자
와 군도, 혁대가 있어요. 자, 자, 자 부대로 돌아가세요." 하사는 자신의
입장을 이해해 달라고 간청했다. 그러나 그녀는 계속해서 비웃음을 쏟
아 부었다. 그러면서 나팔소리에 깜짝 깜짝 놀라는 것은 그가 아니라
자신이라는 듯이 목청을 높였다. "트라테라타, 점호를 받아야지요! 불
쌍해라, 지금 가도 늦을 텐데! 가보세요, 점호를 위한 나팔이 울리고 있
잖아요. 카르멘이 당신을 위해 춤을 추려는 순간, 당신은 바보처럼 나
팔 소리를 듣고 쩔쩔 매는군요. 이런 게, 이런 게, 이런 게 나에 대한 당
신의 사랑이군요!"

난처하기 짝이 없는 상황이 아닌가! 그녀는 이해하지 못했다. 이 여
자, 집시 여인은 이해할 수 없었고, 이해하려고 하지도 않았다. 그녀는
이렇게 하려 하지 않았다. 그녀의 분노와 조롱에는 이 순간과 개인적
인 문제를 넘어서는 어떤 사연이 있음에 틀림없었다. 여기에는 프랑스
식의 나팔, 아니면 스페인풍의 뿔 나팔을 통하여 사랑에 빠진 젊은 병
사를 불러들이려는 원칙에 대한 증오, 근원적인 적개심이 있었던 것으
로, 이런 원칙을 무너트리고 승리를 거두려는 것이 그녀의 초개인적이
고 천부적으로 타고난 최고의 야심이었다. 그녀에게는 이를 이룰 수
있는 간단한 방법이 있었다. 즉, 그가 가려고 하면 자신을 사랑하지 않

는다고 주장하기만 하면 되는 일이었다. 그리고 저기 축음기 안의 병사인 호세가 참을 수 없는 것이 바로 그녀로부터 이런 말을 듣는 것이었다. 그는 자신에게 말할 기회를 달라고 간청했으나 그녀는 허락하지 않았다. 그는 어떻게든 그녀를 이해시키고자 했으며, 이제 심각한 순간을 맞이하고 있었다. 오케스트라에서 운명적인 음향이 흘러나왔고, 카스토르프가 알고 있었듯이 이처럼 음울하게 위험을 경고하는 테마 음악은 오페라의 서곡에서부터 파국적인 종말에 이르기까지 오페라 전체를 관류하고 있었고, 그것은 이제 새로 끼워 넣을 레코드의 젊은 병사가 부르는 아리아의 서곡에도 계속되고 있었다.

"이 가슴속에 진정으로 간직한…" 호세는 놀랍도록 아름답게 노래를 불렀다. 한스 카스토르프는 늘 하던 순서대로 하지 않고 이 아리아만 따로 틀었는데, 이럴 때면 항상 깊은 공감을 느끼며 귀를 기울였다. 이 아리아는 내용적으로 깊은 의미는 없었지만, 그녀의 간절한 감정 표현은 지극히 감동적이었다. 병사는 카르멘을 처음 만났을 때 그녀가 자신에게 던져 준 꽃에 대해 노래했다. 그 꽃은 그녀로 말미암아 호세가 영창에 들어갔을 때 유일한 위안이었다. 그는 순간적으로 카르멘을 만나게 해준 운명을 저주했노라고 몸을 떨면서 고백하기도 했다. 그러나 즉시 그녀를 모독한 것을 통렬하게 뉘우치며 무릎을 꿇고 그녀를 다시 한 번 만나게 해 달라고 신에게 기도했다. "이때" —'이때'는 그가 조금 전에 "아, 사랑스런 아가씨"를 노래할 때 시작한 것과 똑같은 고음이었다. — '이때'라는 부분에서 젊은 병사의 고뇌와 그리움, 사랑받지 못하는 슬픈 감정, 감미로운 절망감을 표현하는 데 어떤 식으로든 적합했을지 모르는 온갖 악기의 마술이 함께 연주되기 시작했다.

바로 이때 그녀가 지극히 매혹적인 자태로 그의 눈앞에 나타남으로써 그는 불길한 무엇인가를 뚜렷하고 분명하게 예감했다. 즉, 그는 자신이 "끝장이다"('끝장이다'를 그는 첫 음절에서 온음의 앞꾸밈음을 사용하여 흐느끼듯 불렀다), 자신이 영원히 끝장이라는 것을 뚜렷하고 분명하게 감지했다. "그대 나의 환희, 나의 희열이여!" 그는 이 부분을 반복적으로 절망스런 감정으로 노래 불렀고, 오케스트라도 남자 가수의 음성에 맞추어 탄원하듯이 다시 한 번 기본음에서 2음 올라가서는, 거기서 심원한 제5음으로 변하며 애절한 선율을 연주했다. "내 마음은 당신의 것." 남자 가수는 이와 동일한 음역을 사용하면서 매력은 없지만 아주 사랑스럽게 여러 차례나 맹세를 했다. 그런 연후에 그는 음계를 제6음까지 올려서 "나는 영원히 너의 것!"이라는 말을 덧붙이고는, 목소리를 10음만큼 내리고 몸을 떨면서 "카르멘, 나는 너를 사랑해!"라고 고백했다. 이 가사의 종결부는 교대적인 화음의 계류음을 내면서 지루하게 끝더니 '사랑해'와 '너를'이 다함께 기본화음으로 넘어갔다.

"그래, 그렇지!" 카스토르프는 가슴이 찡하면서도 음악에 만족하여 이렇게 말하고는 피날레까지도 듣기로 했다. 이 장면은 앞서 카르멘의 요구에 경악스런 반응을 보이던 호세가 장교와 마주치는 바람에 귀대의 기회가 막히게 되고, 결국 그가 탈주병이 될 수밖에 없게 되자 모두가 젊은 호세를 축하해 주는 내용이었다.

아, 바위가 많은 협곡으로 우리를 따라오라,
그곳은 거칠지만 깨끗한 공기가 바람에 나부낀다네.

그들은 그를 위해 합창을 했는데, 이런 그들의 마음을 아주 잘 이해할 수 있었다.

세상은 열려 있으니, 걱정할 것이 없네,

너의 조국에는 국경이 없다네!

너의 의지만이 최고의 힘인걸,

나아가라, 가장 행복한 희열이여,

자유가 웃는다! 자유가 웃는다!

"그래, 그렇지!" 한스 카스토르프는 다시 이렇게 말하고는 아주 사랑스럽고 훌륭한 곡이 실려 있는 네 번째의 레코드를 틀었다.

이번에도 역시 프랑스의 어떤 작품으로, 군인 정신을 찬양한 곡이었지만 우리가 선택한 것은 아니므로 우리를 탓할 일은 아니리라. 그것은 삽입곡이자 독창으로 된 구노의 오페라 〈파우스트〉 가운데 나오는 '기도'였다. 여기에는 발렌틴이라는 이름의 지극히 호감이 가는 젊은이가 등장하고 있었다. 그러나 카스토르프는 그를 조용히 다른 이름, 좀 더 친밀하고 슬픈 이름인 요아힘이라고 불렀다. 축음기 상자에서 노래하는 젊은이는 사촌보다 훨씬 더 아름다운 목소리를 지녔지만, 카스토르프에게는 동일 인물로 느껴졌다. 가수는 강렬하고 열성적인 바리톤이었고, 3절로 된 노래 가사 가운데 두 절은 서로 유사한 음률로 이루어져 경건한 성격을 띠고 있었다. 그렇다, 거의 신교 찬송가 양식에 들어 있는 경건한 성격이 부각되었다. 중간 소절은 용감한 기사풍의 호전적이고 경쾌한 느낌을 주었지만, 마찬가지로 경건한 성격이 강했다. 이런 점에서 정말 프랑스적이고 군인적인 특징이 표출되어 있었다. 눈에 보이지 않는 바리톤 가수는 이렇게 노래했다.

내 사랑하는 조국을

이제 떠나야만 하기에…

그리고 젊은이는 하늘에 계신 주님을 우러르며 이런 상황에서 자신이 없는 동안 사랑스런 핏줄인 여동생을 지켜 달라고 간절하게 노래하는 것이었다! 장면은 전쟁터로 옮겨졌다. 그러자 리듬은 갑자기 도발적으로 바뀌더니, 비탄과 슬픔은 슬그머니 사라져 버린 것 같았다. 눈에 보이지 않는 젊은 주인공은 전투가 치열하게 벌어져 가장 위험한 곳에 있으면서도 용감하고 경건하게, 프랑스식으로 적에게 대항했다. 그러나 하느님이 자신을 저 높은 천국으로 부르신다면, 그는 그곳에서 '너'를 내려다보면서 지켜 주리라고 노래했다. 이 '너'라는 말은 자신의 여동생을 의미했지만, 그럼에도 한스 카스토르프는 이 말을 듣고 영혼 깊숙이 감동받았으며, 이런 감동은 끝까지 줄어들지 않았다. 마지막으로 축음기 안의 멋진 젊은이는 힘찬 찬송가의 화음에 맞추어 다음과 같이 노래했다.

오, 하늘에 계신 주님, 나의 간청을 들어 주소서,
마르가레테를 보호해 주소서!

이 레코드에 대해서 더 이상 할 말이 없다. 우리가 이에 대해 간략하게나마 언급해야겠다고 생각했던 까닭은 카스토르프가 이 판을 특별히 좋아했기 때문이며, 그 밖에도 이 판이 나중에 이상한 기회를 맞이하여 모종의 역할을 수행했기 때문이다. 이제는 그가 유난히 선호하던 작품들 가운데 다섯 번째이자 마지막 작품을 소개할 것이다. 하지만 이번 것은 더는 프랑스 작품이 아니라 정말이지 특별히 전형적인 독일 작품이며, 게다가 오페라가 아니라 가곡이었다. 민중의 재산인 동시에 명곡에 속하는 이 가곡은 바로 이 두 가지 성격을 통하여 정신적으로 세계상을 보여 주는 특수한 성격을 얻고 있다고나 할까…. 하지만 무엇 때문에 이렇게 장황하게 설명한단 말인가? 이 가곡은 슈베르트의 〈보리수〉로, 누구나 잘 알고 있는 바로 "성문 앞 우물가에"로 시작되는 노래였다.

테너 가수가 피아노 반주에 맞추어 이 노래를 불렀다. 박자와 운율을 멋지게 처리하는 이 가수는 단순하면서도 뛰어난 작품을 아주 사려 있게, 음악적으로 섬세한 감정을 살려서 낭송조로 신중하게 부르는 능력을 지니고 있었다. 우리가 다 알다시피 일반인이나 아이들은 이 멋진 노래를 음악 전문가와는 좀 다른 방식으로 부른다. 일반인들은 대체로 각 절마다 중심 멜로디를 따라 계속하여 단조롭게 노래를 부른다. 이에 반해 본래의 원본에 따라 성악가가 즐겨 부르는 음조는 8행으로 된 절의 제2절에서 벌써 단조로 변조되며, 다섯 번째 시행에서 대단히 아름답게 다시 장조로 변조된다. 하지만 그 뒤에 이어지는 "찬바람"과 "머리에서 날아가는 모자" 부분에서는 음조가 극적으로 해체되면서 제3절의 마지막 네 개의 시행에서야 비로소 본래의 음조로 되돌아가 그 시행들이 노래를 끝낼 수 있도록 두 번 불려진다. 음조의 그야말로 급격한 전환은 세 번 나타나는데, 바로 변조가 일어나는 후반부에 나타난다. 그러므로 세 번째 변조는 마지막 반 소절인 "이제 나는 여러 시간 동안이나 머물러 있지"를 반복함으로써 일어난다. 우리가 함부로 말하여 손상시키고 싶지 않은 마법적인 전환은 "그토록 많은 사랑스러운 말", "나를 부르는 듯이", "그곳에서 멀리 떨어져"라는 구절에서 일어난다. 그런데 테너 성악가는 밝고 따뜻하며 교묘한 호흡조절과 적절하게 흐느끼는 목소리로 변조가 일어날 때마다 그 부분을 아름답게 표현하기 위하여 지적인 감정을 살려서 노래 불렀다. 더욱이 이 예술가는 "언제나 그 나무에 끌리는"과 "여기서 너는 안식을 찾으리"라는 구절에서 지극히 친밀한 두성(頭聲)을 내어 효과를 높이는 창법을 사용하는 바람에 노래를 감상하던 카스토르프는 뜻밖에도 가슴 깊이 큰 감동을 받았다. 반면에 예술가는 마지막에 되풀이되는 시행, 즉 "너는 그곳에서 안식을 찾으리!"에서 '찾으리'를 첫 번째에는 동경에 가득 찬 마음을 표현하다가 두 번째에 가서야 비로소 아주 가녀린 피리 같은 소리로 노래를 불렀다.

가곡 〈보리수〉와 이 노래를 부르는 방식에 대해서는 이 정도로 마칠 것이다. 한스 카스토르프가 야밤의 콘서트에서 몇 장의 선호하는 레코드에 얼마나 깊은 애착을 보였는가에 대해서는 앞서 여러 예를 통하여 독자들도 충분히 이해했을 것이라고 우리는 자찬하고자 한다. 그렇지만 마지막 레코드의 오래된 가곡 〈보리수〉가 그에게 어떤 의미가 있었는지를 설명하는 것은 물론 미묘하기 그지없는 사안으로, 독자의 이해에 도움은커녕 해가 되지 않으려면 아주 조심스런 접근이 필요할 것이다.

우리는 이에 대한 설명을 덧붙이고자 한다. 정신적 대상, 다시 말해 의미 있는 대상이란 바로 그것이 스스로를 넘어서서 더 정신적으로 보편적인 것, 자체 내에서 많든 적든 완벽한 상징을 발견한 감정 및 정감의 전체 세계를 표현하고 대변함으로써 '의미를 띠게' 된다. ―상징의 정도에 따라 대상의 의미가 좌우되며, 나아가 이런 대상에 대한 사랑역시 자체로 '의미를 띠게' 된다. 따라서 의미 있는 대상에 대한 사랑은 사랑하는 자에 대해서도 무엇인가를 알려준다. 이런 사랑은 대상이 대표하는 세계, 의식적이든 무의식적이든 사랑받는 저 보편적 세계와 사랑하는 자와의 관계를 특징적으로 나타낸다.

우리의 단순한 주인공이 사랑과 사랑하는 대상의 '의미심장함'을 의식할 만큼 충분히 정신적인 세계로 깊숙이 들어간 것은 수년간 연마한 연금술적인 교육의 상승효과 덕분이라고 말할 수 있을까? 우리는 그렇다고 주장하고 이야기하고자 한다. 그에게 〈보리수〉는 매우 중요한 의미가 있었다. 그 노래는 하나의 전체 세계, 그가 정말 사랑하고 있었던 세계를 의미했다. 그렇지 않았다면 그 세계를 대표하고 상징하는 그 노래에 그토록 빠지지는 않았을 것이기 때문이다. 우리가 다음과 같이 덧붙인다면, ―어쩌면 좀 모호한 말일 수도 있지만― 우리가 무슨 말을 하는 것인지 우리는 알게 될 것이다. 즉, 그의 정서가 〈보리수〉라는 노래를 그토록 내적으로 비밀스럽게 요약하던 감정세계의 매력, 일반적으로 정신적인 태도의 매력에 조금도 이끌려 들어가지 않았더라면, 그의 운명은 아마 지금과는 달리 전개되었을 것이다. 그러나 바로 이런 운명이 그에게 상승과 모험, 통찰력을 가져다주었고, 그의 마음속에 술래잡기 식의 문제점들을 제기했다. 이것이 〈보리수〉의 세계, 여기에 내재된 지극히 경탄할 만한 비유, 이에 대한 사랑까지도 그 어떤 예감에 가득 차서 비판하도록 그를 성숙하게 만들었고, 이 세 가지의 것 모두를 양심의 회의에 따라 깊이 숙고할 수 있도록 해 주었다.

하지만 이런 양심의 회의가 사랑에는 해가 되는 것 아니냐고 생각하는 사람이 있다면, 그는 사랑이라는 것을 전혀 이해하지 못한다고 단언할 수 있다. 회의란 정반대로 사랑을 깊게 하는 양념과도 같기 때문이다. 회의야말로 사랑에 열정의 가시를 부여하는 것이기에, 우리는 열정을 회의적인 사랑으로 규정해도 좋을지 모른다. 그렇지만 한스 카스토르프가 이 마법의 노래와 그 세계에 대한 자신의 사랑이 더 높은 의미에서 허락된 것인지에 대한 양심의 회의, 술래잡기 식의 반성을 하게 된 것은 어떤 연유에서였을까? 양심의 예감에 따라 금지된 사랑의 세계일 수도 있는 저 숨어 있는 세계는 무엇이었을까?

그것은 죽음의 세계였다.

그러나 이거야말로 명백히 망상이 아닌가! 이렇게 놀라운 가곡이 죽음이라니! 이 작품이야말로 민중의 정서의 가장 깊고 신성한 곳에서 태어난 순수한 걸작, 최고의 보배이자 내적인 것의 원형, 사랑스러움 그 자체가 아닌가! 이 얼마나 엄청난 모독이란 말인가!

암 그렇지, 그래, 당연히 이런 분노의 말이 나올 만하지. 올바른 사람이라면 누구나 분노하여 이렇게 말하리라. 그럼에도 이 사랑스런 작품의 배후에는 죽음이 도사리고 있었다. 〈보리수〉는 사랑에 빠질 만한 죽음과의 연관성을 지닌 작품이었지만, 카스트로프로서는 예감에 가득 차 술래잡기 하는 방식으로 이런 사랑의 절대 금지에 대해 변명하려는 의도가 없지 않았다. 본래의 성격으로 볼 때 〈보리수〉는 죽음과의 공감이 아니라 아주 민중적이고 생동감 있는 어떤 것을 표현하고 있었는지 모르지만, 이 노래에 대한 정신적 공감이란 곧 죽음에 대한 공감과 다르지 않았다. ─애초에는 정신적 공감이 순수 경건한 성격과 명상적인 성격을 띠고 있었고, 이에 대해서는 조금도 반박할 여지가 없었다. 그러나 갈수록 이런 성격으로부터 죽음에 대한 공감이라는 어둠의 결과가 생겨나게 되었다.

그러면 카스토르프는 이에 대해 어떤 주장을 하겠는가! 그는 여러분이 뭐라고 해도 자신의 생각을 바꾸지 않을 것이다. 죽음에 대한 공감, 다시 말해 어둠의 결과가 경건하고 명상적인 성격에서 나왔다는 사실

말이다. 접시 모양의 주름이 달린 스페인풍의 검은 의복을 입은 고문자(拷問者)의 감각과 인간에 대한 적개심, 사랑 대신에 욕정, 이것이 성실해 보이는 경건성의 결과였다.

정말이지 문필가 세템브리니가 그의 절대적 신뢰의 대상은 아니었지만, 이 명석한 스승으로부터 언젠가 일전에, 그가 연금술적인 인생행로를 시작하던 무렵에 '복귀'에 관해, 그러니까 모종의 세계를 향한 정신적 '복귀'에 관해 몇 가지 가르침을 받았던 것을 한스 카스토르프는 새삼 떠올려 보았다. 그는 이 가르침을 〈보리수〉 노래와 조심스럽게 연관시켜 보는 것이 바람직하다고 생각했다. 세템브리니는 복귀 현상을 '병'으로 규정했다. 세계상 자체, 복귀가 일어나던 정신적인 시기가 세템브리니의 교육자적 감각에는 '병적'으로 비쳐질 수 있었을 것이다. 그렇지만 대체 어째서 그런가! 카스토르프가 사랑하는 향수의 노래, 그것이 속하는 정서적 영역, 이런 영역에 대한 애착이 '병적'이라는 말인가? 결코 그렇지 않다! 이런 것들은 세상에서 가장 안락하고 건강했다. 물론 〈보리수〉 노래는 지금 이 순간이나 바로 다음 언제까지는 신선하고 찬란하며 건강해 보이지만, 언젠가는 썩어서 상해버리기 쉬운 과일과도 같았다. 신선할 때 먹으면 대단히 기분을 상쾌하게 해 주지만, 조금만 시간이 지나면 그것을 먹은 사람에게는 부패와 파괴가 일어나게 된다. 그것은 죽음에서 생성하여 죽음을 잉태한 생명의 과일과도 같았다. 그것은 영혼의 기적이었다. 그것은 양심이 결여된 미의 관점에서는 미의 축복을 받은 최고의 기적일지도 모르지만, 책임감을 갖고 명상적으로 숙고하는 삶의 친화성과 유기적인 것에 대한 사랑의 안목에서 정확한 근거를 가지고 관찰할 때는 의심스러질 수도 있었다. 따라서 그것은 최종 심판관인 양심의 선언에 따라 자기극복의 대상이었다.

그렇다, 자기극복, 그것이 어쩌면 이런 사랑, 이런 어둠의 결과를 가져오는 영혼의 마법을 초극하기 위한 본질인지도 모른다. 한스 카스토르프의 사고 내지 예감에 찬 어렴풋한 생각은 밤중에 혼자서 맵시 있는 음악상자 앞에 앉아 있는 동안 높이 솟아올랐다. ―그의 오성이 미치는 곳보다 더 높이 솟아올랐다. 그것은 연금술적으로 상승된 사고였다. 아, 영혼의 마법이여, 참으로 강력하구나! 우리 모두 이 마법의 자식들인 것으로, 우리는 그것에 봉사하면서 지상에서 엄청난 일을 달성할 수 있었다. 우리가 더는 천재일 필요는 없었다. 그저 〈보리수〉의 작곡가보다 좀 더 재능이 있다면, 영혼의 마법사로서 이 노래에 거대한 힘을 부여해 세계를 정복할 수도 있을 것이다. 심지어 우리는 이 노래 위에 제국을 건설할 수 있을지 모른다. 지상적인, 너무나 지상적인 제국, 아주 강건하고 진취적이며 전혀 향수병을 앓지 않는 제국을 건설할 수 있을지 모른다. 거기서는 노래가 전기 축음기의 음악으로 타락하지 않으리라. 하지만 그런 마법의 가장 훌륭한 자식은 그가 아직 말할 줄 모르던 사랑이라는 새로운 말마디를 입술에 머금은 채 그 마법을 극복하기 위해 자신의 생명을 태우며 죽었던 자이리라. 마법의 노래를 위해 죽는다는 것은 아주 가치 있는 일이 아니었겠는가! 그러나 그 노래를 위해 죽은 자는 이미 더는 그 노래를 위해 죽은 것이 아니었고, 사랑과 미래라는 새로운 말마디를 가슴에 품은 채 본질적으로 새로운 것을 위해 죽었기 때문에 영웅이었던 것이다.

　이런 것들이 요컨대 한스 카스토르프가 가장 선호했던 레코드들이었다.

지극히 미심쩍은 일

에트힌 크로코프스키 박사의 강연은 세월이 흘러가면서 예기치 못한 방향으로 전환되었다. 정신분석과 인간의 꿈을 다루는 그의 연구는 언제나 지하와 지하무덤을 연상시키는 성격을 띠고 있었다. 그러나 그의 연구는 최근 들어 청중이 거의 알아채지 못할 정도로 경미한 추이현상을 보이면서 마술적이고 철저히 신비스러운 방향으로 접어들었고, 2주일마다 식당에서 열리는 그의 강연은 요양원에서 최대의 관심사이자 안내서의 자랑거리였다. 프록코트와 샌들을 신은 크로코프스키 박사가 식탁보를 덮은 작은 탁자 뒤에서 이국적으로 질질 끄는 억양으로 강연을 할 때면, 베르크호프의 청중은 미동도 하지 않고 그의 말을 경청했다. 강연은 은폐된 사랑의 활동과 의식화된 감정 상태로의 병의 전이에 관해서는 더 이상 다루지 않았고, 최면술이나 몽유병 같은 심층적이고 기이한 현상, 텔레파시나 정몽(正夢)이나 천리안 같은 현상, 히스테리의 기현상을 다루었다. 설명을 듣는 가운데 철학적 지평이 넓어진 청중의 눈에는 이 수수께끼들이 갑자기 정신에 대한 물질의 관계라는 수수께끼, 요컨대 생명 자체의 수수께끼처럼 깜빡거리기 시작했고, 생명의 수수께끼를 밝히려면 건강한 방법보다는 무시무시하고 병적인 방법에 의존하는 것이 더 희망적인 것처럼 여기게 되었다.

우리가 이런 말을 하는 까닭은 아는 체하면서 떠들어대는 경솔한 사람들을 부끄럽게 하는 것이 우리의 의무라고 생각하기 때문이다. 그들은 크로코프스키 박사가 자신의 강연이 너무 단조로워지는 것을 염려하여, 그러니까 순전히 인기를 얻을 목적으로 이처럼 은폐된 대상으로 방향을 바꾸었노라고 말했는데, 이렇게 비방을 하는 사람들은 어디에나 있기 마련이다. 실제로 월요 강연 때에 남자들은 전보다 더 열심히 귀를 기울였고, 레비 양은 그 어느 때보다 더 가슴에 태엽이 달린 밀랍 인형과 흡사한 태도를 취했다. 그러나 청중에 미친 이런 영향은 학자의 정신이 관철해온 발전의 과정만큼이나 정당한 것으로, 이를 위해서는 일관성뿐만 아니라 필연성이 요구되었다. 그가 계속해서 몰두해온 연구 분야는, 어쩌면 초의식(超意識)이라는 말이 더 나을지도 모르지만, 잠재의식으로 지칭되는 인간 영혼의 저 어둡고 광범위한 영역이었다. 그럴 것이 이런 영역에서는 이따금 개인의 의식을 훨씬 뛰어넘는 지식이 튀어나와서 개별 영혼의 깊숙하고 어두운 영역과 전지전능한 만유의 혼 사이에 어떤 유대와 연관이 있는 것 아닐까 하는 생각을 품게 했기 때문이다. 본래의 낱말이 지닌 의미에 따라 '신비한' 잠재의식의 세계는 이 낱말의 더 좁은 의미에서 볼 때에도 곧 신비한 영역임이 입증된다. 그리고 이 잠재의식의 세계는 우리가 임시변통으로 신비하다고 부르는 현상들이 흘러나오는 원천들 가운데 하나를 형성하고 있다.

물론 이것이 다는 아니다. 유기체의 병적 증상을 억압된 영혼과 이를 의식하는 히스테리성 발작의 결과로 보는 사람은 물질적인 것 속에 심적인 것이 창조적 힘으로 작용하고 있음을 인정한다. ─이 힘이야말로 마법의 신비로운 현상을 일으키는 제2의 원천으로 표명하지 않을 수 없을 것이다. 병리학적 관념론자는 말할 것도 없고, 병리학을 연구하는 관념주의자는 매사를 존재 일반의 문제, 즉 정신과 물질 관계의 문제와 직결되는 사고과정의 출발점에서 파악하려 한다. 오로지 강건하기만 한 철학의 후예인 유물론자는 정신적인 것이란 물질적인 것이 인광을 발하여 이루어진 산물이라는 주장을 결코 철회하지 않을 것이다. 반면에 관념론자는 창조적 히스테리라는 원칙에서 출발하여 정신과 물질 가운데 어느 쪽이 우위에 서는가라는 물음에 완전히 반대되는 대답을 하는 경향을 보이면서 지체 없이 이런 결정을 내리게 될 것이다. 요컨대 이는 옛날부터 논쟁되어온 닭이 먼저냐 달걀이 먼저냐 하는 문제와 조금도 다르지 않다. 닭이 낳지 않은 달걀은 생각할 수 없고, 달걀을 깨고 나오지 않은 닭도 생각할 수 없다는 바로 두 가지 사실로 말미암아 이 논쟁은 엄청난 혼란을 야기하는 것이다.

최근에 와서 크로코프스키 박사는 강연에서 이런 문제를 거론하기 시작했다. 그는 유기적이고도 정당하며 논리적인 경로를 거치며 이런 문제에 도달하게 되었는데, 우리는 이를 강조해도 지나치지는 않을 것이다. 그리고 크로코프스키 박사가 이런 문제를 거론하기 시작한 것은 엘렌 브란트 양이 요양원에 나타남으로써 그의 연구가 경험적이고 실험적인 단계로 들어가기 오래 전의 일이라는 것을 우리는 사소한 일이지만 덧붙여 두는 바이다.

엘렌 브란트 양은 누구였던가? 우리에게는 물론 친숙하지만 독자는 그 이름을 모르고 있다는 사실을 하마터면 잊을 뻔했다. 그녀는 어떤 여자였을까? 첫눈에는 거의 눈에 띄지 않는 평범한 아가씨였다. 엘리라고 불리는 19세의 그녀는 엷은 금발의 덴마크 아가씨였다. 그렇지만 코펜하겐 출신이 아니라 퓐 섬의 오덴제 출신으로, 그녀의 아버지는 그곳에서 버터 가게의 주인이었다. 그녀 자신은 직장여성으로서 이미 몇 년 동안 대도시 은행의 지방 지점에서 은행원으로 일하며, 오른팔에 커버를 두르고 회전의자에 앉아 두꺼운 장부들에 골몰하다가 이 때문에 병에 걸리고 말았다. 병은 그리 심각한 것은 아니었고, 물론 엘리 양이 허약한 체질로 겉으로 보기에는 빈혈 증세가 있었지만, 그저 의심스럽다는 정도에 불과했다. 그런데 아주 호감이 가는 아가씨여서 누구라도 그녀의 엷은 금발을 어루만지고 싶을 정도였다. 고문관도 식당에서 그녀와 이야기를 나눌 때에는 번번이 그런 행동을 보였다. 북국 아가씨의 냉철함, 아주 순수한 느낌, 천진한 처녀의 분위기가 그녀 주위를 아주 사랑스럽게 감싸고 있었다. 푸른 눈에서 나오는 해맑고 순수한 시선, 또렷하고 음역이 높은 고상한 말씨도 아주 사랑스러웠다. 독일어를 말할 때면 약간은 서툴고 북구 특유의 발음이 섞여 있었다. 용모를 보면 두드러진 특징은 없었고, 다만 턱이 아주 짧은 편이었다. 그녀는 어머니처럼 자상한 클레펠트와 같은 식탁에 앉았다.

요컨대 엘리라고도 불리는 브란트 양, 자전거를 타고 다니는 이 귀엽고 어린 덴마크 아가씨, 창구에 앉아 은행 업무를 보던 아가씨에게는 한두 번 보아서는 상상조차 할 수 없는 능력이 있었다. 이곳에 체류한 지 3, 4주가 지나자 벌써 그녀의 능력이 드러나기 시작했고, 아주 진기한 이 능력을 밝혀내는 것이 크로코프스키 박사의 일이었다.

때마침 저녁에 모여 다 함께 게임을 하다가 박사는 놀라운 일을 접하는 첫 계기를 맞이하게 되었다. 모두가 온갖 수수께끼 놀이를 하거나 피아노 연주에 맞추어 숨겨진 보물찾기 놀이도 하고 있었다. 누군가가 숨겨진 물건 근처에 가면 피아노 소리가 커지고, 반면에 엉뚱한 방향으로 가면 피아노 소리가 작아지는 놀이였다. 이 놀이에 이어서 다른 놀이로 넘어갔다. 사람들이 상의를 하는 동안 문 밖으로 나간 사람이 특정하게 결합된 행위를 올바르게 그대로 따라서 하는 놀이였다. 예컨대 이 놀이에서는 어떤 두 사람의 반지를 바꾼다거나, 누군가에게 세 번절을 하고 춤 상대가 되어 달라고 요구한다든지, 표시가 된 책을 도서실에서 꺼내와 그것을 이런 저런 사람에게 넘겨주거나 하는 등등의 과제가 주어졌다. 언급하건대 이런 종류의 놀이는 평소에 베르크호프의 사람들이 즐기던 놀이가 아니었다. 누가 과연 이런 놀이를 제안했는지는 이제 와서는 확인할 수 없었다. 다만 엘리가 아니라는 것만은 틀림없었다. 그렇지만 그녀가 이곳에 체류한 다음에야 비로소 사람들이 이 놀이에 빠지게 되었다.

참가자들이라면 우리가 거의 다 전부터 알고 있는 사람들이었고, 한스 카스토르프도 여기에 끼어 있었다. 이 게임에서 어떤 사람은 그럭저럭 잘하고, 어떤 사람은 전혀 따라하질 못했다. 그러나 엘리 브란트의 능력은 특별하고 탁월하며 어마어마한 것으로 입증되었다. 사람들은 숨겨진 물건을 찾아내는 그녀의 확실한 발견능력에 놀라움을 금치 못하며 박수치고 웃어넘길 수 있었지만, 복잡한 놀이에서 그녀가 하는 행동에는 그만 입조차 열지 못하기 시작했다. 그녀가 모르게 아무리 어려운 과제를 제시해도 그녀는 주어진 행동을 그대로 이행했다. 그녀는 잔잔한 미소를 머금고 방으로 다시 들어오자마자, 피아노 연주의 도움이 없이도 주저 없이 주어진 과제를 따라 했다. 그녀는 식당에서 한줌의 소금을 가져와 그것을 파라반트 검사의 머리에 뿌렸고, 그런 다음 그의 손을 잡고 피아노에 다가가서는 〈새 한 마리가 날아왔네〉라는 노래의 앞부분을 그의 집게손가락을 이용하여 연주했다. 이어서 그녀는 검사를 제자리로 데리고 간 다음 그의 앞에 살짝 무릎을 굽혀 인사를 하고는, 그가 앉은 의자의 발판을 끌어당겨 그 위에 앉았다. 이처럼 사람들이 여러 모로 고심하여 생각해 낸 과제를 그대로 이행했던 것이다.

그러니 그녀가 엿들은 것은 아니었을까!

이 말에 그녀는 얼굴을 붉혔다. 그녀가 부끄러워하는 것을 본 사람들은 크게 안도하는 표정을 지으며 이구동성으로 그녀를 비난하기 시작했다. 그러자 그녀가 단호하게 말했다. "아니, 아니, 그게 아니에요, 그런 말씀 하지 마세요! 바깥에서, 문에서 엿듣다니, 정말이지 그게 아니에요!"

바깥에서, 문에서 엿들은 것이 아니야?

"아, 아니에요, 하지만 죄송…해요!" 그녀는 이 방으로 들어오면서 듣게 되었는데, 어쩔 도리가 없었다는 것이다.

어쩔 도리가 없었다고? 방에서?

그러자 자신의 귀에 속삭이는 소리가 들렸다고 그녀는 말했다. 그녀에게 주어질 일이 나직하지만, 아주 뚜렷하고 명백하게 귓가에 들려왔다는 것이다.

이는 고백과 다를 것이 없었다. 엘리는 어떤 의미에서는 죄의식을 가지고 있으면서도 모두를 속였던 것이다. 속삭이는 말은 다 귀에 들리기 때문에 이런 놀이는 소용이 없다고 미리 말했어야 했다. 놀이에서 경쟁자 중의 하나에게 초자연적인 능력이 있다면, 이런 시합은 누구에게든 인간적 의미를 상실하게 된다. 스포츠의 의미에서 엘렌은 중도에 자격을 상실한 셈이지만, 그녀의 고백을 듣고 몇몇 사람은 등골이 오싹하는 기분이었다. 몇 사람이 동시에 크로코프스키 박사를 데려오라고 외쳤다. 그러자 누군가가 그를 데려오려고 달려갔고, 마침내 박사가 의미심장한 미소를 머금고 당도해서는, 즉시 상황을 알아차리고 자신을 믿어달라고 당부하며 자신감 있는 거동을 취했다. 모여 있던 사람들은 숨이 넘어가는 소리로 정말 희한한 일이 일어났다고 그에게 알렸다. 목소리를 다 알아듣는 전지전능한 처녀가 나타났다는 것이다. "이런, 이런, 그래서요? 조용히들 하세요, 여러분! 곧 알게 될 것입니다." 이것이야말로 그의 전문 분야였다. 다른 사람들에게는 불확실하고 수렁처럼 혼탁했지만, 크로코프스키 박사는 이에 대해 확실하게 공감하는 태도를 보였다.

그는 자세한 설명을 들었다. "이런, 이런, 이럴 수가! 당신의 상태가 그렇습니까, 아가씨?" 그런 다음 그는 다른 사람들이 자주 그러듯이 아가씨의 머리에 손을 얹었다. 그는 주목할 만큼 기이한 일이기는 하지만, 조금도 놀랄 필요는 없다고 말했다. 그는 손으로 엘렌 양의 정수리에서 어깨를 지나 팔 쪽으로 부드럽게 쓸어내리면서 자신의 이국적인 갈색 눈으로 그녀의 푸르스름한 눈을 한동안 들여다보았다. 이런 그의 시선에 그녀의 눈빛이 점점 더 온순해지기 시작했다. 말하자면 그녀의 머리가 가슴 쪽으로 천천히 기울어지는 바람에 그녀의 눈도 갈수록 아래쪽으로 향했다. 이어서 그녀의 시선이 초점을 잃기 시작하자, 이 정신분석학자는 그녀의 귀여운 얼굴을 바라보며 태연히 손을 추켜올리고는, 이제 모든 일이 해결되었으니 걱정할 필요가 없다고 설명했다. 그는 흥분한 사람들에게 밤의 안정요양을 취하라며 보내면서 브란트 양에게만은 자신과 '이야기를 나눌' 일이 있으니 남아달라고 했다.

이야기를 나눈다! 그거야 생각해 볼 수 있는 일이었다. 하지만 쾌활한 성품의 크로코프스키가 할 수 있는 말이라 해도, 지금처럼 이야기를 나누자는 말에 기분이 좋을 사람은 아무도 없었다. 모두가 그 말을 듣고 가슴이 철렁해지는 것을 느꼈다. 카스토르프도 늦은 밤까지 멋진 접이식 침대에 누운 채 엘리가 엄청난 능력을 보이며 부끄럽게 설명하던 장면을 기억하고는 가슴이 철렁해지는 느낌이었고, 침대 밑의 바닥이 마구 요동치는 것 같아서 어쩐지 어지럽고 육체적으로도 불안해지면서 가벼운 뱃멀미 같은 것이 엄습해오는 기분이었다. 그는 이제까지

한 번도 지진을 경험한 적이 없었지만, 지진이 일어났을 때도 아마 이와 비슷한 공포를 느낄 것 같다고 속으로 중얼거렸다. 물론 엘렌 브란트 양의 이상한 능력이 그에게 호기심을 불러일으키지 않은 것은 아니었지만, 이 호기심 자체에 보다 짙은 절망감 같은 것, 다시 말해 정신적으로 그 지대에는 들어설 수 없다는 의식이 배어 있었고, 따라서 이런 호기심이란 태만한 생각이거나 죄악일 수도 있다는 의구심이 그를 사로잡았다. 그러나 호기심이 사라지지 않는 것으로 보아 이것 역시 호기심이었다.

다른 모든 사람들처럼 한스 카스토르프는 이제까지 살아오면서 비밀스런 자연 현상이나 초자연적인 현상에 대해 이런 저런 이야기를 많이 전해 들었다. 예컨대 천리안을 가진 조상 할머니의 이야기는 전에도 이미 언급한 바 있었는데, 그분에 대한 우울한 이야기가 그에게까지 전해져 내려왔다. 그러나 그가 이런 세계를 인정한 것은 이론적으로나 국외자적인 입장에서였을 뿐 개인적으로 직접 접촉한 적은 없었고, 실제로 그런 일을 경험한 적도 전혀 없었다. 그런데 이런 경험에 대한 그의 반감, 취향에 있어서나 미적 감각에 따른 반감, 인간적인 자부심에서 비롯된 반감은 ―우리가 전혀 까다롭지 않은 주인공에게 이런 어려운 표현을 써도 된다면― 경험에 의해 그에게 강렬하게 일어난 호기심과 거의 비슷했다. 그는 이런 경험이 어떻게 진행된다 할지라도 무의미하고 불투명하며 인간적으로 품위 없는 결과가 되리라고 처음부터 아주 분명하게 느끼고 있었다. 그럼에도 그는 이런 경험을 하게 되기를 열망했다. '무익한 일인가 또는 죄악인가' 하는 것은 어느 쪽도 가능하다는 것, 정신이 근접할 수 없는 영역이란 접근 금지라는 말을 도덕이 아닌 다른 말로 표현한 것에 지나지 않는다고 그는 생각했다. 그러나 이런 실험을 해보겠다고 하면 틀림없이 단호하게 반대할 세템브리니에게서 배워 익힌 실험 채택이라는 사고방식이 카스토르프의 마음속에 단단하게 자리 잡고 있었다. 그의 도덕적인 태도는 점차 호기심과 구별할 수 없게 되었는데, 아마 늘 그래왔는지도 모를 일이었다. 교양의 도정에 있는 청년의 절대적인 호기심은 도량이 큰 인물의 신비한 모습을 경험한 이후로는 최근에 접하게 된 세계로부터 더는 그리 동떨어진 것이 아니었고, 금지된 세계에 접근할 기회가 주어진다면 회피하지 않겠다는 태도를 취함으로써 일종의 군인 같은 성격까지도 보여 주고 있었다. 그리하여 카스토르프는 앞으로 엘렌 브란트 양과 모험을 감행해 나아가야 한다면, 굳건한 자세를 지키며 물러서지 않겠다고 결심했다.

크로코프스키 박사는 앞으로 비전문가가 브란트 양의 숨은 재능을 실험하는 것을 엄격하게 금지한다고 선언했다. 그는 브란트 양에 대해 학문적인 독점권을 행사했고, 지하의 정신 분석실에서 그녀와 정기적으로 만났다. 소문에 의하면 박사는 그녀에게 최면 요법을 실시하여 그녀의 내부에 잠재된 능력을 계발하고 훈련시켜서 그녀의 영적인 과거를 캐내려고 노력했다. 그런데 그녀의 어머니처럼 자상한 식탁 동료이자 후원자인 헤르미네 클레펠트도 이런 일을 하고 있었다. 그녀는 남에게는 절대로 발설하지 않는다는 약속을 전제로 브란트 양에게 이런 저런 것을 캐묻고는, 모든 요양원 사람들에게 마찬가지로 발설하지 않겠다는 약속을 받고 자신이 들은 내용을 유포하는 바람에 끝내는 수위실까지 소문이 흘러들어 가게 되었다. 예를 들어 클레펠트는 놀이를 할 때 아가씨의 귀에 과제를 속삭여서 알려준 것은 홀거라는 청년임을 알게 되었다. 이 청년은 엘렌 양과는 아주 친밀한 영(靈)으로, 저 세상의 에테르 같은 존재이자 그녀의 수호신 같은 존재였다. 이 말에 따라서 유추하자면 이 영이 한줌의 소금과 파라반트 검사의 집게손가락에 대하여 엘렌 양에게 몰래 알려 주었다는 말인가? 엘렌 양이 대답했다. "네, 눈에 보이지 않는 입술이 내 귀를 어루만지며 속삭여 주어서 나는 가벼운 간지러움을 느끼며 미소를 지었답니다." 영이 그녀의 귀에 속삭이며 과제를 알려 주었다는 것이다. 그렇다면 예전에 학교에 다닐 때 미리 공부를 준비하지 않아도 홀거라는 혼령이 대답을 해 주었으니 좋았겠네 하는 질문에 엘렌은 침묵했다. 나중에야 그녀는 이렇게 대답했다. "홀거가 그런 일을 하면 안 되는 걸 거예요. 그런 진지한 일에 그가 개입하는 것은 금지되어 있으며, 게다가 그는 학교 공부에 대한 답을 제대로 알지 못했을 거예요."

나아가 엘렌은 어렸을 때부터 가끔이지만 눈에 보이는 현상과 보이지 않는 현상을 경험했음이 밝혀졌다. 대체 눈에 보이지 않는 현상이란 무엇일까? 그것은 예컨대 다음의 현상을 말한다. 그녀는 16세 때 어느 화창한 오후에 집안 거실의 둥근 탁자에 홀로 앉아 뜨개질을 하고 있었다. 그녀의 옆 양탄자에는 아버지가 기르던 프라이아라는 암컷 불도그 개가 누워 있었다. 탁자는 다채로운 색깔의 식탁보로 덮여 있었다. 그 식탁보는 노부인들이 삼각형으로 접어 어깨에 걸치는 터키식 목도리였는데, 삼각형의 모서리가 식탁에서 아래로 약간 늘어져 있었다. 이때 엘렌은 갑자기 식탁보의 끝자락이 그녀의 맞은편에서 천천히 말려 올라가더니, 조용히 조심스럽게 규칙적으로 탁자의 중앙을 향하다가 상당 부분 탁자를 덮은 다음에야 멈추는 모습을 보게 되었다. 이런 일이 일어나는 동안 불도그 개 프라이아는 자리에서 벌떡 일어나 앞다리를 쭉 펴고 털을 곤두세운 채 뒷다리로 버티고 앉아 있다가, 낑낑

울부짖더니 옆방으로 급히 달아나서는 소파 밑으로 기어 들어가 버렸다. 이런 일이 있은 연후로 이 개는 1년 동안이나 거실에는 한 발도 들여놓으려 하지 않았다.

클레펠트는 식탁보를 말아 올린 것이 흘거였는지 물었다. 브란트 양은 그걸 알 수 없었다. 과연 그런 일이 일어났을 때 그녀는 어떤 생각을 하고 있었을까? 하지만 그런 일이 일어나리라고는 전혀 생각조차 할 수 없었기에 브란트 양 자신도 그 일을 더는 생각하지 않았다. 클레펠트가 물었다. "그럼 부모에게 이 일을 알리지 않았어?" "알리지 않았어요." "그거 이상하군 그래." 이런 일이 일어나리라고는 상상조차 할 수 없었지만, 브란트 양은 이 경우에도 이 사건이 자신만이 간직해야 할 일이며 부끄러운 비밀처럼 여겨져서 이를 털어놓아서는 안 될 것처럼 느꼈다는 것이다. "그렇다면 이 일로 중압감은 없었던 거야?" 이렇게 클레펠트가 질문하자 엘리는 "그리 특별히 중압감은 없었어요"라고 대답했다. 식탁보가 저절로 말려 올라간 일로 부담감이 많았을 텐데라는 질문에도 엘리는 그보다는 다른 일로 중압감을 느꼈노라고 했다. 예컨대 다음과 같은 일 때문에 그랬다는 것이다.

이번 일 역시 1년 전에 오덴제의 집에서 일어난 사건으로, 엘리는 새벽에 1층에 있는 자신의 방에서 나와 마루를 거쳐 계단을 올라가 식당으로 가려고 했다. 늘 하던 습관대로 부모님이 이곳으로 오기 전에 커피를 끓이기 위해서였다. 계단이 휘어져 올라가는 중간의 층계참까지 거의 도달했을 때, 엘리는 바로 이 층계참의 난간 근처에 미국에서 결혼한 언니 소피가 서 있는 것을 보았다. —정말 틀림없는 언니였다. 하얀 옷을 입은 언니는 이상하게도 수련, 갈대를 엮어 만든 것 같은 수련으로 된 화관을 머리에 쓰고 팔짱을 낀 채 엘리를 향해 고개를 끄덕이는 것이었다. 엘리는 제자리에 멈춰 서서는, 반쯤은 기쁘고 반쯤은 놀라서 "아니, 소피 언니잖아?" 하고 물었다. 그러자 소피는 다시 한 번 고개를 끄덕이더니 곧 형체가 희미해지기 시작하여 투명하게 변했다. 언니의 모습은 곧 뜨거운 공기가 흐르는 것처럼 희미하게 보이다가 어디론가 사라져 버려서 엘리의 앞에는 아무도 없게 되었다. 그렇지만 똑같은 새벽 시각에 뉴저지에 사는 소피 언니가 심장염으로 사망했음이 밝혀졌다.

클레펠트가 카스토르프에게 이 이야기를 들려주었을 때, 그가 들은 이야기가 어느 정도는 있을 수 있는 일이며, 경청할 만하다고 생각했다. 집에 언니의 환영이 나타났는데, 미국에 사는 언니가 사망했다는 사실, 그렇다면 여기에는 어쨌든 무시할 수 없는 모종의 연관관계가 성립될 수 있었다. 이런 연유로 카스토르프는 호기심을 참지 못하는 사람들이 크로코프스키 박사의 질투심 섞인 금지 사항을 살짝 어기고 엘렌 브란트 양과 함께 해보기로 결정한 심령술 놀이, 즉 유리잔을 움직이는 놀이에 참가하기로 동의했다.

신뢰할 만한 몇 사람만이 헤르미네 클레펠트의 방을 무대로 한 이 모임에 참석했다. 방의 주인인 클레펠트, 한스 카스토르프, 브란트 양 외에 여자로는 슈퇴어 부인과 레비 양, 남자로는 알빈 씨, 체코인 벤첼과 팅푸 박사가 참석했다. 그들은 밤 10시가 되기를 기다렸다가 조용히 모여 클레펠트가 미리 준비한 물건들을 소곤거리며 열심히 들여다보았다. 방 한가운데는 식탁보를 덮지 않은 중간 크기의 탁자가 놓이고, 그 위에 포도주 잔이 밑받침을 위로 하여 뒤집어 있었으며, 여느 때 같으면 카드놀이를 위한 칩들이 놓였겠지만 이번에는 이 포도주 잔의 주변에 적당한 거리로 작은 패들이 놓여 있었다. 그 패의 표면에는 25개의 알파벳 문자가 잉크로 적혀 있었다. 우선 클레펠트가 차를 건넸고, 모두가 고맙게 생각하며 차를 마셨다. 어린아이처럼 호기심이 발동하여 시도하는 이 장난이 해롭지 않은 행동이었지만, 슈퇴어 부인과 레비 양은 팔다리가 차고 가슴이 두근거린다고 하소연했기 때문에 차가 더욱 고마웠다. 차로 몸을 덥힌 후 참석자들은 작은 탁자 주위에 둘러앉았다. 주인인 클레펠트는 분위기를 고조시키려고 천장의 불을 끄고 덮개로 가린 스탠드만 켜놓아 방안이 흐릿한 장밋빛 조명으로 빛났다. 모두가 오른쪽 손가락 하나를 유리잔 받침에 살짝 갖다 대었다. 이렇게 하는 것이 놀이의 방식이었다. 사람들은 유리잔이 움직이기를 초조하게 기다렸다.

유리잔은 쉽게 움직일 수도 있었는데, 왜냐하면 탁자의 표면이 매끄럽고 유리잔의 가장자리도 반질거렸을 뿐만 아니라 잔을 가볍게 누른 손가락들이 떨렸기 때문이다. 더구나 이쪽 손가락은 수직으로, 저쪽 손가락은 비스듬히 누르는 바람에 당연히 누르는 힘이 균형을 잡지 못했고, 계속 그러다 보면 가운데에 위치한 유리잔이 자리를 이탈할 수도 충분히 있었다. 즉, 유리잔이 중안에서 가장자리 쪽으로 이동하다보면 문자를 새긴 패와 부딪칠 수도 있을 것이며, 그러다가 부딪친 문자가 서로 결합하여 낱말을 만들고 어떤 의미를 띠게 된다면, 이는 내면적으로 거의 해명할 수 없는 어떤 복잡한 현상, 놀이 참가자들 자체가 이런 행동을 인정하든 부인하든 각자의 소망에 의해 촉발된 부수적인 결실이라고 할 수 있을지 모른다. 이는 다시 말해 의식적인 또는 반쯤 의식적인 요소 내지 무의식적 요소의 혼합적 산물, 요컨대 영혼의 어두운 층에 대한 각자의 은밀한 동의 및 낯설어 보이는 결과를 초래한 지하세계의 협동작용에 의한 산물인지도 모른다. 이처럼 낯설어 보이는 결과에 각자의 영적 신비로움이 적든 많든 참여하고 있는 것으로, 아마 사랑스러운 엘리 양의 신비로움이 여기에 가장 강렬하게 참여하고 있다고 볼 수 있었다.

이에 대해서는 근본적으로 참가자 모두가 미리 알고 있었다. 하지만 카스토르프는 그들 모두가 손을 떨면서 앉아 기다리는 동안 자신의 방식대로 이 어두운 놀이에 대해 심지어 수다스럽게 떠들어댔다. 여자들의 팔다리가 차고 가슴이 두근거린 것도, 남자들이 공연히 쾌활한 척한 것도 그들 모두가 이 놀이에 참여하고 있음을 의식하고 있었기 때문이다. 말하자면 그들 모두는 본성과 음험한 놀이를 하기 위해, 그들 자신의 미지의 영역에 대한 두렵고도 호기심어린 실험을 하기 위해 조용한 밤에 모여서 마술적이라고 불리는 미심쩍은 현상 내지 반쯤은 사실적인 현상을 초조하게 기다리고 있다는 것을 의식하고 있었다. 죽은 자의 혼령이 유리잔을 통해 놀이 참가들에게 말을 건넨다고 가정하는 것은 그럴싸하게 형식을 부여하려는 상투적인 방식에 불과했다. 알빈 씨는 전에도 이미 심령술의 모임에 이따금 참가했었기 때문에 이번에 자신이 사회자의 역할을 맡아 예컨대 혼령이 나타나면 대화를 주재하겠노라고 자청했다.

20여 분이 지나갔다. 소곤거리며 떠들어댈 재료가 바닥이 나고, 처음의 긴장감도 떨어져서 기다리는 사람들은 오른쪽 팔꿈치를 왼손으로 괴고 있었다. 체코 출신의 벤첼 씨는 이제 잠에 빠져들려는 참이었다. 엘렌 브란트 양은 유리잔에 손가락을 가볍게 대고 크고 아이처럼 순수한 눈초리로 근처에 있는 물건들 너머 전기스탠드 불빛을 응시하고 있었다.

그런데 갑자기 유리잔이 기울어지며 위로 솟아오르더니 빙 둘러앉은 사람들의 손을 벗어났다. 사람들은 손가락을 움직여 유리잔을 잡아채려고 했다. 유리잔은 탁자의 가장자리까지 미끄러져 이동하여 가장자리를 따라 달리다가, 이어서 일직선으로 탁자의 중심까지 되돌아왔다. 여기서 또 한 번 위로 솟아오르고는 조용히 멈추어 섰다.

모두가 공포를 느끼면서도 즐겁고 불안한 마음에 사로잡혔다. 슈퇴어 부인은 그만두었으면 좋겠다고 울상이 되어 말했지만, 애초에 그만두던가 했어야지 지금은 떠들지 말고 조용히 있으라고 핀잔만 들었다. 일이 순탄하게 흘러가는 것처럼 보였다. 참가자들은 '네'와 '아니요'라는 대답을 위해 유리잔이 문자를 일일이 향하도록 할 것이 아니라, 한 번과 두 번 솟아오르는 것으로 정하자고 합의를 보았다.

"혼령이 나타났나요?" 알빈 씨가 엄숙한 얼굴로 사람들의 머리 너머 허공을 바라하며 물었다. 잠시 유리잔이 주춤하는 것 같았다. 이윽고 유리잔이 기울어지며 위로 솟아오르더니 '네'라고 대답했다.

"이름이 뭐지요?" 알빈 씨는 힘찬 말투로 머리를 흔들면서도 거의 냉정한 어조로 물었다

유리잔이 움직였다. 유리잔은 계속 탁자의 중심으로 돌아오면서 글자에서 글자를 향해 갈지자 모양을 그리며 열심히 움직였다. 유리잔은 H에서 O, L로 달려간 다음 힘이 빠졌는지 잠시 머뭇거리다가 다시 정신을 가다듬어 G와 E와 R로 향했다. 생각했던 그대로였다! 이것은 바로 홀거였던 것으로, 한줌의 소금 같은 것은 잘 알고 있었으나 학교 선생님의 질문에는 간여하지 않았던 홀거라는 영이었다. 그가 나타나 허공을 떠돌며 주위를 맴돌고 있었다. 이제 그와 무엇을 할 것인가? 일동 모두가 겁을 먹은 것 같았다. 그래서 사람들은 목소리를 낮추고 그에게 무엇을 물어보면 좋을까 조용히 서로 상의를 했다. 알빈 씨는 살아

있었을 때 홀거의 신분과 직업에 대해 묻기로 작정했다. 그는 앞에서 처럼 심문하는 어조로 냉정하게 눈썹을 찡그리며 질문했다.

유리잔은 한동안 가만히 있었다. 그러다가 옆으로 자세를 기울이더니 D를 향해 비틀거리며 다가갔다가 방향을 바꾸어 I쪽으로 향했다. 어떤 낱말을 만들려는 것인가? 긴장감이 크게 감돌았다. 팅푸 박사는 홀거가 도둑이 아니었을까 하며 낄낄 웃으며 농담을 던졌고, 슈퇴어 부인은 발작을 하듯 크게 웃음을 터뜨렸다. 유리잔은 이에 개의치 않고 계속 움직였다. 비틀거리고 덜컹거리면서도 C와 H로 미끄러져 갔다가, T와 만난 다음 틀림없이 실수로 문자 하나를 빼먹고는 R을 향하고 멈췄다. 낱말 하나가 없었으나 '시인'이라는 낱말이 틀림없었다.

어허, 홀거가 생전에 시인이었단 말인가? 공연히 그러는지, 아니면 우쭐대려고 그러는지 유리잔은 자세를 기울여 위로 솟아오르며 긍정의 뜻을 표현했다. "서정 시인이었나요?" 클레펠트가 낱말의 모음을 잘못 발음하며 질문하자 카스토르프는 못마땅한 표정을 지으며 잘못된 곳을 바로잡았다. 홀거는 이런 상세한 설명을 좋아하는 않는지 아무 대답도 하지 않았다. 그는 이번에는 앞서 빠뜨린 E자를 첨가하여 빠르고 확실하고 분명하게 다시 한 번 시인이라는 낱말을 만들었다.

좋아요, 좋아, 시인이었다 이거지요. 이렇게 말하면서도 놀이 참가자들에게 당혹감이 더욱 커졌다. 이는 그들 내면의 통제할 수 없는 영역이 이렇게 표출되는 것에 대한 기이한 당혹감이었다. 하지만 그것이 표리부동하고 반쯤은 노골화된 성격을 띠면서 그들의 당혹감 또한 다시 외적이고 현실적인 방향으로 바뀌었다. 사람들은 홀거가 혼령의 상태에서 편안하고 행복하게 느끼는지 알고 싶어 했다. 유리잔은 마치 꿈을 꾸듯 '허허로운'이라는 낱말을 만들어 냈다. 아, '허허롭다' 이거군요. 그렇다, 사람들은 아마 자발적으로 이런 낱말을 생각해 내지 못했을 테지만, 유리잔이 이런 말을 만드는 것을 보고 그거 참 멋진 말이라고 생각했다. 그렇다면 홀거는 이런 허허로운 상태에서 얼마나 오랫동안 있었을까? 이에 대해 아무도 떠올리지 못한 말, 꿈꾸듯이 자연스럽게 흘리는 말을 지어냈다. '빨리 흐르는 잠깐 동안'이라는 대답이 그것이었다. 얼마나 멋진 말인가! 하지만 '잠깐 동안 빨리 흐르는 시간'이라고 말할 수도 있었을 것이다. 이는 시인이 밖에서 복화술을 시도하는 것 같아서, 카스토르프는 이 말이 특히 탁월한 대답이라고 생각했다. '빨리 흐르는 잠깐 동안'이 홀거의 시간 단위였다. 물론 그는 질문자들에게 격언 식으로 끝낼 수밖에 없었고, 지상의 낱말과 정확한 시간 척도를 사용하는 것을 잊어버린 것 같았다. 이제 또 그에게 무엇을 물어볼 것인가? 레비는 홀거의 모습이 어떤지, 또는 옛날 모습이 어떠했는지 알고 싶다고 자신의 호기심을 털어놓았다. 그가 아름다운 젊은이였을까? 알빈 씨는 이런 질문은 그의 품위를 떨어트린다고 생각했는지 레비에게 직접 물어 보도록 했다. 이에 레비 양은 홀거의 혼령이 금발의 곱슬머리는 아닌지 친근한 어투로 물어 보았다.

"아름다운 갈색의, 갈색의 곱슬머리입니다." 유리잔은 이리저리 움직이며 '갈색'이라는 낱말을 두 번이나 자세히 만들어 보여 주었다. 놀이의 참가자들은 모두가 즐겁고 쾌활해졌다. 숙녀들은 홀딱 반했다고 솔직하게 말하면서 입술에 손을 대었다가 천장을 향해 비스듬히 키스를 보냈다. 팅푸 박사는 낄낄 웃으며 홀거 씨가 상당히 허영심이 있는 모양이라고 말했다.

그러자 유리잔은 화가 나서 날뛰기 시작했다! 거칠게 미친 듯이 탁자 위를 헤집고 다녔고, 분노를 터트리며 자세를 옆으로 기울이고 뒤집었으며, 그러다가 마침내 슈퇴어 부인의 무릎으로 굴러 떨어졌다. 부인은 너무나 놀라서 두 팔을 벌리고 유리잔을 내려다보았다. 사람들은 조심스럽게 용서를 빌고는 유리잔을 제자리에 올려놓았다. 중국인 팅푸 박사는 사람들에게 비난을 받았다. "어떻게 감히 그럴 수가 있나요! 보세요, 그런 주제넘은 말을 하니까 그런 거라고요! 홀거가 화가 난 채 가버려서 그에게 다시는 아무 말도 못 듣게 된다면, 어쩔 겁니까!" 모두가 유리잔을 향해 가장 따뜻한 말을 건넸다. "혹시 시라도 지을 수는 없을까요! 저 세상을 떠다니며 '빨리 흐르는 잠깐 동안'의 시간을 보내기 이전에는 시인이었잖아요. 아, 모두가 당신의 시 작품을 얼마나 듣고 싶어 하는지 모른답니다! 모두가 진심으로 그것을 듣고 싶어 합니다!"

그러자 보라, 착한 유리잔은 '네'라는 반응을 보이는 것이었다. 움직임 자체에 정말 착하고 화해적인 분위기가 감돌았다. 이윽고 홀거의 영은 시를 짓기 시작했다. 그는 그다지 신중한 고려 없이 꼼꼼하고 상세히 시를 지어 나갔는데, 이런 작업이 얼마나 오랫동안 계속될 것인지 아무도 알 수 없었다. 그는 마치 다시는 침묵하지 않을 것처럼 시를 읊었다! 복화술처럼 읊어 가는 그의 시는 이루 말할 수 없이 놀라워서, 빙 둘러앉은 청중들은 감탄해 하면서 그 시를 따라서 읊조렸다. 시는 마법적이면서도 생동감이 있어서, 거기서 주제가 되는 바다처럼 무한한 느낌을 불러일으켰다. 다음은 그 내용이다.

모래사장의 가파른 해안으로 둘러싸인 섬의 구부러진 만의 좁은 백사장을 따라서, 길고 자욱하게 바다 안개가 피어 있네. 아, 보라, 저 영원 속으로 무한히 펼쳐진 바다가 얼마나 새파란 빛을 뿌리며 떠 있는가, 드넓은 베일 같은 안개 속에 여름해가 불그스레하고 부드러운 우윳빛에 싸인 채 일몰을 망설이는구나! 은빛으로 반짝이던 수면은 언제 어떻게 순수한 진주 빛으로 바뀌는지 이루 형용할 수 없으며, 모든 것을 뒤덮는 창백하고 다채롭고 오팔색의 월장석 광채로 바뀌는 색깔의 유희 또한 이루 형용할 수 없다…. 아, 이 마법은 나타날 때처럼 조용히 사라져 버렸다. 바다는 잠들었다. 그렇지만 낙조(落照)의 부드러운 흔적은 먼 바다에 그대로 남아 있어 주위는 밤이 깊을 때까지 어두워지지 않는다. 모래 언덕의 솔밭에는 어슴푸레한 유령의 빛이 떠돌고 있어 바닥의 하얗게 빛나는 모래는 흡사 눈처럼 보인다. 겨울이 찾아온 것으로 착각이 드는 숲은 침묵에 잠겨 있고, 부엉이의 무거운 날개가 스치자 나뭇가지가 우지끈 소리를 낸다! 이 시간에 우리를 머물게 하라! 이토록 발걸음은 미약한데, 밤은 높고 은은하다! 저 아래 깊은 바다는 천천히 숨을 쉬고 꿈속에서 기지개를 펴며 소곤거린다. 너는 다시 한 번 바다를 보고 싶지 않은가? 그렇다면 하얀 빙하처럼 빛나는 모래사장으로 걸어 나가, 구두 속으로 차게 스며드는 부드러운 모래를 밟아보라. 수풀로 촘촘히 들어찬 육지는 돌이 많은 해변을 향해 급경사를 이루고, 아득히 뻗어 있는 수평선의 가장자리에는 일광의 잔영이 아직도 계속 꾸물거린다. 여기 모래 위에 앉아보라! 얼마나 지독하게 차갑고 또 얼마나 가루와 비단처럼 부드러운가! 너의 말아 쥔 손에서 모래가 흘러나가면 색깔 없는 엷은 빛을 내며 바닥에 부드러운 작은 모래언덕을 이룬다. 너는 이 도랑처럼 흐르는 이 가루를 알아보겠는가? 그것은 은둔자의 오두막을 장식하는 엄숙하고 부서지기 쉬운 도구, 모래시계의 좁은 통로를 통하여 소리 없이 떨어져 내리는 모래 줄기이다. 거기에 한 권의 책, 한 개의 두개골이 놓여 있고, 받침대 속에는, 가볍게 끼워 넣은 틀 속에는 양쪽으로 구멍이 난 얇은 풀무가 있다. 그 속에 영원에서 꺼내 온 한줌의 모래가 시간처럼 은밀하고 신성하게 불안한 존재를 이끌어간다.

이렇게 홀거의 영은 '서정적인' 즉흥시를 통해 고향 바다에 대한 상념을 독특하게 토로한 뒤 은둔자와 그의 명상 도구인 모래시계, 인간적인 것과 신성한 것에 대해 꿈을 꾸듯 대담한 말로 읊어나갔다. 이에 대해 빙 둘러 앉은 참가자들은 놀라움을 금치 못했다. 그러는 중에도 유리잔은 문자를 오가며 계속 말을 했는데, 유리잔이 지그재그로 번개처럼 내달리며 조금도 멈추려 하지 않아서 사람들은 황홀한 마음으로 박수를 칠 여유조차 거의 가질 수 없었다. 한 시간이 지나도록 홀거의 영은 시를 읊는 일을 전혀 끝내려 하지 않았다. 그는 분만의 고통, 연인의 첫 키스, 가시면류관, 신의 엄숙한 자비심 등에 대해 끊임없이 이야기하다가 조물주의 창조 작업에 대해 깊이 침잠해 들어가는가 하면, 여러 시대와 나라, 천체에 대해 몰입했으며, 한번은 심지어 칼데아인과 12궁에 대해서도 언급하였다. 그리하여 만일 혼령의 초대자들이 마침내 유리잔에서 손가락을 떼면서 홀거에게 최고의 감사를 표하고 오늘은 이것으로 충분하다고 선언하지 않았다면, 홀거는 분명히 밤새도록 시를 읊어나갔을 것이다. 그들은 시가 대단히 훌륭했으나 곧 잊게 되는 법이라서 그걸 아무도 적어 두지 않은 것이 마냥 유감스러울 것이라고 말했다. 그렇다, 꿈을 기억하는 것이 어렵듯이 유감스럽게도 그 시의 대부분은 어느새 망각에 빠져 버렸다. 그러니 다음에는 제때에 속기사를 불러와 종이에 적어 보관하다가 필요에 따라 낭독하면 얼마나 좋을지 지켜보기로 했다. 그러나 현재는 홀거가 '빨리 흐르는 잠깐 동안'의 허허로운 시간으로 돌아가기 전에 이 놀이의 참석자들에게 한두 가지의 실제적인 질문에 대답하는 것이 더 나을 듯하고, 어쨌든 그것이 아주 좋을 것이라는 견해가 제기되었다. 어떤 질문을 할 것인지는 아직 미정이었으나, 그가 이 경우에 근본적으로 기꺼이 응해줄 용의가 있는 것인지는 알 수 없었다.

홀거는 '네'라고 대답했다. 그렇지만 막상 무엇을 물어야 할지 몰라서 사람들은 난감한 표정을 지었다. 요정이나 난쟁이가 한 번만 질문할 것을 허락했는데 하찮은 질문으로 귀한 시간을 써버릴 위험이 있는 동화와 같은 순간이었다. 세상일과 미래에 관해 알아두어야 할 것이 참으로 많아 보이건만, 하나를 선택한다는 것은 무거운 책임이 뒤따르는 법이었다. 아무도 결정을 못할 것 같아서 한스 카스토르프는 손가락을 유리잔에 댄 채 왼쪽 뺨을 주먹으로 받치고 질문을 던졌다. 본래 머물기로 예정했던 3주일의 체류가 과연 얼마나 더 연장될 것인지 그는 대답을 듣고 싶다고 했다.

좋아, 사람들이 이보다 더 나은 질문을 생각해 내지 못한다면 홀거의 영은 이 멋진 첫 질문에 대해 자신의 풍부한 지식으로 대답해 줄 것이다. 유리잔은 한동안 머뭇거리다가 움직이기 시작했다. 그런데 유리잔은 이리저리 움직이며 아무도 그 뜻을 이해할 수 없을 정도로 연관성이 없어 보이는 아주 이상한 어떤 낱말을 만들었다. 유리잔은 '가라'는 철자를 만든 연후에 '가로질러'라는 철자를 만들어 보여서 이것이 도무지 무슨 뜻인지 알 수가 없었다. 이어서 유리잔은 카스토르프의 방에 대한 어떤 낱말을 만들었기 때문에 이 짧은 지시어를 종합하면, 질문한 당사자는 '자신의 방을 지나 가로질러 가라'는 뜻이 되었다. 자신의 방을 지나 가로질러 가라고? 34호실을 지나 가로질러 가라고? 이게 대체 무슨 말인가? 참가자들은 앉아서 서로 논의하며 머리를 갸우뚱하고 있었다. 이때 갑자기 문을 주먹으로 크게 두드리는 소리가 들렸다.

모두가 화들짝 놀라서 몸을 움찔했다. 누가 불시에 찾아왔나? 금지된 모임을 열지 못하도록 크로코프스키 박사가 문 밖에 서 있는 것일까? 사람들은 입구를 바라보며 배신당한 박사가 걸어 들어오는 것을 각오하며 기다리고 있었다. 이때 탁자 한가운데서 쾅 하는 소리가 들렸다. 이번에도 주먹으로 크게 내리친 소리였다. 그것은 마치 조금 전의 두드린 소리도 밖에서가 아니라 방 안에서 일어난 것이라는 사실을 확인시키려는 것 같았다.

혹시 알빈 씨의 유치한 장난이 아니었을까! 그는 절대로 아니라고 명예를 걸고 말했다. 물론 그의 맹세가 아닐지라도 빙 둘러앉은 사람들 가운데 그 누구도 주먹으로 두드린 사람은 없었다는 것을 모두가 잘 알고 있었다. 그럼 홀거가 그렇게 했을까? 엘리가 조용히 침묵으로 일관하는 것이 수상하여 모두가 동시에 그녀를 바라보았다. 그녀는 고개를 옆으로 기울인 채 눈썹을 올린 상태로 탁자 모서리에 늘어뜨린 손마디의 손가락 끝을 의자의 팔걸이에 대고 있었다. 반면에 자그마한 입술을 꼭 오므린 채 아래로 약간 끌어 내리고는, 비밀스럽고도 동시에 순박한 미소를 살짝 지어보이며 천진한 푸른 눈으로 응시하는 대상 없이 비스듬히 허공만 바라보고 있었다. 모두가 그녀를 불렀으나 그녀는 어떤 반응도 보이지 않았다. 이 순간 전기스탠드의 불이 꺼져버렸다.

왜 불이 꺼졌지? 슈퇴어 부인은 더는 참지 못하고 비명을 질렀다. 전기 스위치에서 탁 하는 소리를 들었기 때문이다. 전깃불은 저절로 꺼진 것이 아니었다. 낯선 손이라고 하면 아주 조심스러운 표현이겠지만 전깃불은 어떤 손이 스위치를 건드려 꺼진 것이다. 그것이 홀거의 손이었을까? 그는 이제까지는 매우 온화하고 자제력 있고 시인다웠지만, 이제부터 그의 행위는 개구쟁이 같고 몹시 심술궂어지기 시작했다. 문과 가구를 주먹으로 두드리고, 개구쟁이처럼 불을 꺼버리는 손으로 어느 누구의 목을 조르지 않는다고 누가 자신 있게 나서겠는가? 사람들은 어둠 속에서 성냥불과 손전등을 켜라고 소리쳤다. 레비 양은 누군가 자신의 머리카락을 잡아당긴다고 비명을 질렀다. 슈퇴어 부인은 두려움에 사로잡혀 부끄러운 줄도 모르고 큰 소리로 기도하기 시작했다. 그녀는 "아, 주님, 이번만이라도!" 하고 외치고는, 아무리 큰 죄를 지었어도 관용을 베풀어 달라며 흐느껴 울었다. 이때 제정신을 차리고 실내가 환해지도록 천정에 달린 등을 켠 사람은 팅푸 박사였다. 사람들은 전기스탠드의 불이 실제로는 우연히 꺼진 것이 아니라 누군가 의도적으로 껐으며, 다시 불을 켜기 위해서는 숨어서 이루어진 일을 다시 사람의 손으로 행하기만 하면 된다는 것을 확실하게 깨달았다. 이런 와중에서 카스토르프는 개인적으로 조용히 아주 놀라운 일을 겪게 되었는데, 그것은 여기서 스스로를 알리는 장난기 많은 어둠의 존재가 자신에게 특별한 관심을 보이고 있다는 사실이었다. 그의 무릎에 어떤 가벼운 물건이 놓여 있었던 것으로, 그 물건은 언젠가 그의 삼촌이 조카의 장롱에서 집어 들고 깜짝 놀랐던 '기념품', 그러니까 클라브디아의 흉곽 모습을 보여 주던 유리로 된 뢴트겐 사진이었다. 그렇지만 카스토르프는 그것을 이 방으로 가져온 적이 분명히 없었다.

그는 이와 같은 현상에 대해 소란을 떨지 않고 사진을 슬쩍 호주머니에 찔러 넣었다. 이제 사람들은 엘렌 양에게 신경을 집중하고 있었다. 그녀는 앞서 기술한 바와 같이 멍한 눈빛과 이상한 표정을 지은 채 제자리에 그대로 앉아 있었다. 알빈 씨가 엘렌 양에게 입김을 불어넣으며 크로코프스키 박사의 손동작을 모방하여 그녀의 얼굴 앞에서 아래로부터 위쪽으로 부채질하자, 비로소 그녀가 정신을 차리며 —이유는 분명치 않지만— 약간 눈물을 글썽거렸다. 모여 있던 사람들은 그녀를 쓰다듬고 위로하며 이마에 입맞춤을 한 뒤 잠자리로 보냈다. 천박한 슈퇴어 부인이 오늘 밤에는 무서워서 잠자리에 들지 못할 것 같다고 말하자 레비 양은 함께 밤을 지새울 준비가 되어 있노라고 대답했다. 갑자기 발견한 사진을 상의 호주머니에 챙겨둔 한스 카스토르프는 오늘처럼 음침한 밤에 다른 남자들과 함께 알빈 씨의 방에서 코냑이라도 한 잔 하자는 제안에 반대하지 않았다. 그는 오늘 밤의 일과 같은 사건은 가슴과 정신에는 아니지만 위의 신경에는 아마 영향을 줄 것이라고 생각했기 때문이다. ―그것도 뱃멀미를 겪은 사람이 육지에 내려서도 몇 시간 동안이나 메스껍고 몸이 떨리는 느낌이 드는 것처럼 한동안은 계속 영향을 미칠 것이라고 생각했기 때문이다.

당분간 카스토르프의 호기심은 충족되었다. 홀거의 시가 당시에는 그리 나쁜 것이 아니었지만, 처음부터 예감했던 대로 그날 밤의 모든 것이 내적으로 절망적이고 무미건조했음이 분명하게 느껴졌다. 이 때문에 그가 뒤집어쓴 이런 지옥의 불 가루를 맛본 것을 기회로 다시는 이런 실험에 가담하지 않으리라 작심했다. 카스토르프에게서 그날 밤의 체험을 전해들은 세템브리니가 청년의 이런 결심에 대해 온갖 찬사를 늘어놓은 것은 상상하고도 남음이 있었다. 세템브리니는 "설마 그런 일까지 할 줄이야! 아, 실망스럽군, 실망스러워!"라고 외치고는, 어린 엘리를 교활한 사기꾼이라고 노골적으로 비난했다.

이에 대해 제자는 찬성도 반대도 하지 않았다. 카스토르프는 어깨를 으쓱하며 말했다. "무엇이 사실인지 분명하게 밝혀지지 않았고, 따라서 무엇이 사기인지도 분명히 드러나지 않았지요. 그 경계가 유동적일 수 있습니다. 아마 이 두 가지 사이에는 어떤 결정도 내릴 수 없게 하는 과정들, 즉 언어도 평가도 필요 없는 사실성의 단계가 있을 수 있습니다. 어떤 결정에는 도덕적인 면이 강하게 포함되어 있으니까요. 세템 브리니 씨는 '속임수'라는 말, 꿈의 요소와 사실성의 요소가 혼합되어 있는 이 개념을 어떻게 생각하십니까? 어쩌면 이런 혼합은 우리의 투박한 일상적 사고보다 자연계에 덜 낯선 것인지도 모릅니다. 삶의 비밀이란 문자 그대로 바닥을 알 수 없는 것이므로 거기에서 가끔 속임수가 나타난다고 해서 무엇이 이상하겠습니까?" 우리의 주인공은 이런 자신의 견해를 상냥하고 양보하는 태도로 아주 느긋하게 말했다.

세템브리니 씨는 적당히 제자에게 몇 마디 훈시하면서 순간적이나마 그의 양심을 일깨워 차후로는 이런 의심스런 일에 가담하지 않겠다는 다짐을 받으려고 했다. "당신은 당신의 내부에 있는 인간성을 존중하도록 하시오, 엔지니어 양반! 명쾌하고 인간적인 사고를 신뢰하고, 빗나간 생각이나 정신적인 혼탁함을 쫓아내시오! 속임수? 삶의 비밀? 친애하는 친구! 사기와 현실을 결정하고 구별하는 윤리적인 용기가 깨어지는 곳에서는 삶 그 자체, 판단, 가치, 개선의 행위도 끝장나고, 도덕적인 회의가 무서운 분해 작용을 일으키기 시작하는 법입니다." 세템브리니는 덧붙여 말했다. "인간이 만물의 척도입니다. 선과 악, 진실과 사기를 인식하고 구별하는 인간의 권리는 포기할 수 없는 것으로, 이 창조적 권리에 대한 믿음을 감히 허물어트리려고 획책하는 자는 화를 입을 것이요! 그런 자는 차라리 무거운 맷돌을 목에 매달고 깊은 우물에 빠져 죽는 것이 더 나을 것입니다."

이에 대해 한스 카스토르프는 고개를 끄덕이고 정말 한동안은 이런 놀이 모임을 멀리했다. 그는 크로코프스키 박사가 지하의 정신분석실에서 엘렌 브란트를 상대로 여러 번 실험을 하고, 손님들 중에서 선택된 몇 사람만이 거기에 동참했다는 말을 들었다. 이런 말을 들으면서도 그는 참석 제의를 냉정하게 거절했다. ―물론 실험에 동참한 사람들과 크로코프스키 박사 본인에게서 실험 결과에 대해 이런저런 소식을 들을 수 있었다. 지난번 클레펠트의 방에서는 뜻밖에도 거칠게 탁자와 벽을 두드리고 전깃불을 끄는 등 폭력적인 사건이 일어났지만, 이번 회합에서는 크로코프스키 박사가 엘리 양에게 교묘하게 최면을 걸어 백일몽의 상태로 옮겨 놓고 체계적으로 최대한 순수함을 유지시킨 뒤 실험을 시도했다. 음악의 반주가 실험을 용이하게 한다는 것이 밝혀졌기 때문에 실험을 하는 날 밤에는 축음기가 방으로 옮겨졌고, 마법에 참여한 무리들이 그것을 독점하게 되었다. 이번 기회에 축음기를 담당한 보헤미아 출신의 벤첼은 이 기계를 난폭하게 다루거나 훼손할 위험이 없는 음악애호가였기에 카스토르프는 그럭저럭 편안한 마음으로 축음기를 그에게 넘겨줄 수 있었다. 그는 모든 레코드 자료를 가지고 특수한 용도에 맞게 간추려 앨범 하나를 만들었다. 그 안에는 온갖 경음악, 무도곡, 짧은 서곡, 그 밖에 흥겨운 곡이 분류되어 있었고, 엘리가 고상한 음악을 결코 원하지 않았기 때문에 이것으로 의도한 목적에 충분히 부합되었다.

카스토르프가 전해들은 바에 따르면 음악의 반주에 따라 손수건이 스스로라기보다는 그 주름에 숨어 있는 '발톱'에 의해 바닥에서 허공으로 끌려 올라갔고, 크로코프스키 박사의 휴지통이 천장으로 둥실 떠올랐으며, 벽시계의 추가 '알 수 없는 누군가'에 의해 정지되었다가 다시 움직이기 시작했으며, 탁자에 놓인 종을 누군가 '만졌는지' 그것에서 소리가 울리기 시작하는 등 이와 유사한 미심쩍은 사소한 일들이 계속 벌어졌다는 것이다. 실험을 주도하는 정신분석학자는 이런 성과에 멋지게 그리스 학명을 부여하면서 아주 행복한 표정을 지어보였다. 그는 강연과 사적인 대화에서도 이런 사례를 손대지 않고도 물체를 움직이게 하는 '격동현상'이라고 설명하면서 이를 과학이 심령의 물질화라는 이름으로 부르는 현상의 영역에 편입시켰다. 클로코프스키 박사가 엘렌 브란트 양을 실험 대상으로 하여 계획하고 시도한 것도 이런 현상의 영역이었다.

이 분야는 그의 용어를 사용하자면 잠재의식의 복합체가 물체에 생물심리학적으로 투사되는 과정을 다루고 있었다. 바로 몽유병적 상태에 있는 영매(靈媒) 체질이 이 과정의 원천으로 간주될 수 있으며, 거기서 자연의 관념조형화 능력이 입증되는 한 이 과정은 객관화된 꿈의 표상으로 지칭될 수 있었다. 다시 말해 어떤 조건에 따라 물질을 끌어당겨 일시적으로나마 물질 내부에 자신을 표출하려는 사고가 구체화될 때 이 과정은 객관화된 꿈의 표상이라고 불릴 수 있었다. 끌려 들어온 물질은 다시 영매의 체내에서 흘러나와 체외에서 생물학적으로 살아 있는 말초기관, 예컨대 손처럼 물체를 잡아채는 기관을 잠정적으로 형성하는 것으로, 이 기관이 바로 크로코프스키 박사의 실험실에서 입증된 저 잡다한 놀라운 사건을 일으켰던 것이다. 경우에 따라서 이 기관은 눈에 보이고 접촉이 가능하며, 파라핀이나 석고 같은 형태를 취하기도 한다. 그러나 또 다른 어떤 경우에는 그것이 단지 물체를 잡아채는 기관의 형태로만 끝나지 않고, 머리나 개인의 얼굴, 몸 전체의 환영이 실험자의 눈앞에 생생하게 나타나 제한적이지만 실험자와 모종의 교류도 가능하다.

그런데 이 부분에서 크로코프스키 박사의 학설이 과도해지고 빗나가기 시작하여 '사랑'에 대한 그의 열강에서와 흡사하게 변덕스럽고 모호한 성격으로 변해갔다. 그럴 것이 이제는 영매와 수동적인 조력자들의 현실에 반영된 주관성이 더는 명료하고 확고한 과학적 양상을 띠고 있지 않을 뿐만 아니라 이제는 적어도 어느 정도는 어쨌든 외부와 저세상의 자아가 실험의 범위로 들어왔기 때문이다. 실험 순간의 복잡하고 미묘한 기회를 이용하여 물질 속으로 되돌아와서는, 자신을 부르는 사람들 앞에 나타나는 생명 없는 존재가 ㅡ아마 의심할 바 없이ㅡ 중요한 문제가 되고 있었다. 요컨대 죽은 자를 심령술로 불러내는 것이 문제의 핵심이었다.

이것이 크로코프스키 박사가 자신의 실험 참가자들과 함께 최근에 힘들여 얻어내려던 성과물이었다. 그는 박력 있고 자신감 있게 미소 띤 얼굴로 자신에 대한 신뢰를 촉구하면서 죽은 자를 불러내는 일에 매진하고 있었다. 땅딸막한 박사는 어둡고 미심쩍으며 열등한 인간들의 영역에 해박하여 심지어는 그 방면의 겁나고 아주 의심스런 일에도 지도자감으로는 제격이었다. 그는 엘렌 브란트 양의 남다른 능력을 계발하고 훈련하는 일에 주력했으며, 카스토르프가 들은 바로는 그녀의 뛰어난 능력 덕택에 그 일이 성공할 것 같았다. 실험에 참가한 몇 사람이 심령의 물질화된 손을 직접 만지는 일이 일어났던 것이다. 게다가 파라반트 검사는 초월의 세계로부터 뺨을 세차게 얻어맞았다. 그는 이에 대해 학자 같은 태도를 취하며 껄껄 웃어넘겼고, 심지어 호기심을 발동하며 다른 뺨마저 내밀었다. 신사요 법률가이자 펜싱 클럽의 노신사라는 자신의 특별한 신분에도 불구하고 만일 그가 살아 있는 자에게 이처럼 얻어맞았다면 아주 다른 행동을 취하지 않을 수 없었을 것이다. 그 어떤 고상한 것과도 거리가 먼, 소박하고 참을성 많은 페르게 씨는 어느 날 밤 그런 유령의 손을 직접 잡아 보고 더듬어서 그 손의 정확하고 완전한 형태를 확인할 수 있었다. 이어서 페르게 씨가 진심으로 경의를 표하는 정도로만 유령의 손을 살짝 붙잡자, 그 손은 알 수 없는 방식으로 그의 손을 빠져나갔다고 한다.

이런 모임은 2개월 반 동안 매주 2회씩 지속되었다. 그러던 어느 날 밤 젊은 청년의 손으로 느껴지는 저세상의 손이 붉은 갓을 씌운 전기스탠드의 불빛에 붉게 반사되었고, 그리하여 탁자 위에 손가락의 움직임이 모든 사람들 앞에 드러나면서 접시에 든 밀가루에 흔적을 남겼다. 하지만 단 1주일 만에 크로코프스키의 조력자들인 알빈 씨, 슈퇴어 부인, 마그누스 부부가 자정 무렵에 흥분과 도취에 들뜬 얼굴로 카스토르프의 발코니에 나타나서는 혹독한 추위 속에서 졸고 있는 그에게 홀거가 자신의 모습을 드러냈다고 떠들어댔다. 최면 상태에 있던 엘리의 어깨 위에 그의 머리가 나타났는데, 그는 정말 '아름다운 갈색의 곱슬머리'를 갖고 있었고, 사라지기 직전에 보여 준 그 부드럽고 우울한 미소는 도저히 잊을 수가 없을 정도라는 것이었다!

한스 카스토르프는 이 고귀한 슬픔이 홀거의 다른 처신이라고 할 수 있는 생각 없는 유치한 행동, 단순하고 못된 장난, 이를테면 검사가 당한 어처구니없는 구타와는 어떻게 어울리는 것인지 생각해 보았다. 홀거의 일관된 성격의 완결성은 이럴 경우 찾아낼 수 없는 것이 분명했다. 어쩌면 노래 속에 나오는 꼽추의 기분처럼 비애에 사로잡혀 반대급부의 심술을 부렸는지도 모른다. 홀거를 찬양하는 사람들은 이런 점을 전혀 생각하지 않는 것 같았다. 그들의 관심사는 모임에 참가하기를 꺼리는 카스토르프의 마음을 돌리는 일이었다. 모든 일이 아주 잘 풀려가고 있으니 다음 모임에는 그가 꼭 참석해야 한다는 것이다. 게다가 다음번에 참가자들이 원하기만 한다면 엘리가 최면 상태에서 누구든 임의로 죽은 사람을 불러내겠다고 약속을 했기 때문이라는 것이다.

누구든 임의로 불러낸다? 그럼에도 카스토르프는 사절하는 태도를 취했다. 그러나 누구든 임의로 죽은 사람을 불러낸다는 말이 그의 뇌리에서 떠나지 않아 3일 만에 결심을 번복하게 되었다. 정확히 말해 그렇게 하게 된 것은 3일 만에가 아니라 3일 가운데 단 몇 분에 불과했다. 밤중에 그가 혼자서 음악 감상실에서 대단히 공감을 느끼는 인물인 발렌틴의 모습이 각인된 레코드를 다시 한 번 틀고 있는 동안 마음에 변화가 생긴 것이었다. ―카스토르프가 영광스런 전쟁터로 달려가기 위해 고향을 떠나는 이 용감한 병사의 기도를 의자에 앉아서 듣고 있는 동안 그렇게 된 것이었다. 발렌틴의 노래는 다음과 같다.

그리고 하느님께서 나를 하늘나라로 부르신다면
나는 그대를 하늘나라에서 내려다보며 지켜주겠소,
오, 마르가레테여!

항상 그렇듯이 이 노래를 들을 때면 카스토르프의 가슴은 감동으로 울컥했다. 그러나 이번에는 그 어떤 가능성 때문에 감동이 더했고, 감동의 농도가 짙어져 소망으로 이어졌다. 그는 잠시 생각해 보았다. '무의미하고 죄가 되는 일이든 아니든, 그걸 한번 해보는 것은 아마 참으로 진기하고 매우 사랑스러운 모험이 될 거야. 그가 불려 나온다 해도, 내가 알고 있는 그는 화를 내지는 않을 거야.' 그러면서 전에 언젠가 뢴트겐실에서 카스토르프가 흉곽사진을 보아도 좋겠느냐고 하기 어려운 부탁을 했을 때, 어둠 속에서 태연하고 의연하게 "괜찮아, 괜찮아!" 하던 사촌의 대답이 문득 머릿속에 떠올랐다.

다음날 아침 카스토르프는 그날 밤의 모임에 참석하겠다고 통보했고, 저녁 식사를 마친 30분 뒤에 무시무시한 것에 이미 익숙해져서 이제는 거리낌 없이 담소를 나누며 지하실로 내려가던 다른 사람들과 합류했다. 그가 계단에서 만난 사람들은 팅푸 박사와 보헤미아 출신의 벤첼처럼 이곳에 뿌리를 내리고 정착했거나 오랫동안 살아온 사람들이었고, 크로코프스키 박사의 어두운 방에서 만난 사람들은 페르게 씨와 베잘 씨, 파라반트 검사, 여자로는 레비와 클레펠트였다. 그 밖에도 홀거의 머리가 나타난 것을 그에게 알려준 사람들과 영매인 엘리 브란트도 당연히 함께했다.

한스 카스토르프가 명함으로 장식된 실험실 문에 발을 들여놓았을 때, 북방의 아가씨는 이미 박사의 보호를 받고 있었다. 검은 의사가운을 차려입고 아버지처럼 아가씨의 어깨를 팔로 안고 있는 크로코프스키 박사 옆에서 브란트 양은 지하실 복도에서 박사의 방으로 내려가는 계단 끝에서 손님들을 기다리다가 인사했다. 모두가 그 인사에 유쾌하고 진심 어린 마음으로 답례를 보냈다. 그들은 고의로 모든 엄숙하고 억눌린 분위기를 털어내려는 것 같았다. 그들은 서로 크게 목소리를 높여서 농담을 하며 이야기를 주고받았고, 서로 옆구리를 툭툭 쳐 격려하면서 온갖 방법으로 태연한 자세를 보이려고 했다. 크로코프스키 박사는 자신감을 심어주려는 듯 연신 환하게 웃어서 수염 사이로 누런 이빨을 드러냈다. 그러면서 들어오는 손님들에게 "안녕하십니까!"를 반복했는데, 말없이 어정쩡한 표정을 짓는 카스토르프를 보고는 특히 반가움을 표했다. 그는 젊은이의 손을 거의 꽉 눌러 잡으면서, '용기를 내요, 친구!'라고 격려를 하려는 듯 머리를 위아래로 크게 흔들었다. "기를 꺾을 사람은 아무도 없어요. 여기서는 위선이나 경건한 척하는 것도 필요 없고, 오로지 편견 없이 탐구하는 남성적인 유쾌함만이 필요합니다!" 그가 팬터마임 같은 제스처를 쓰며 말을 걸어 왔지만, 그렇다고 카스토르프의 기분이 나아진 것은 아니었다. 우리는 앞에서 그로 하여금 뢴트겐실에서의 일들을 떠올리게 했지만, 이 정도의 연상만으로는 그의 마음 상태를 충분히 표현할 수 없을 것이다. 오히려 지금의 마음 상태는 그가 몇 년 전에 술에 취해 친구들과 함께 처음으로 성 파울리에 있는 사창가를 찾아갔을 때의 방자함과 짜릿한 감정, 호기심, 경멸감과 경건함이 한데 뒤섞인 독특하고도 도저히 잊을 수 없는 상태를 아주 생생하게 떠오르게 했다.

참가자들이 다 모이자 크로코프스키 박사는 이날 밤의 조수로 선정된 마그누스 부인과 상앗빛 피부의 레비 양과 함께 영매의 육체적 조절을 위해 옆방으로 물러갔다. 그 사이에 카스토르프는 남아 있는 아홉 명의 참가자들과 함께 박사의 진료실이자 서재인 방에서 영매에 대한 준비가 끝나기를 기다렸다. 이 준비는 과학적으로 엄밀하게 처리되고 규칙적으로 반복되는 행위였으나 그동안 늘 성과가 없었다. 한스 카스토르프는 전에 요아힘 몰래 이 진료실에서 정신분석학자와 이야기를 나눈 적이 있어서 이 방의 내부를 잘 알고 있었다. 왼편 안의 창가에는 박사의 사무용 책상과 팔걸이의자, 손님용 안락의자가 있었고, 옆문의 양 옆으로는 늘 보는 책들이 꽂혀 있었다. 또한 오른편 뒤로는 책상 세트와 납 칠을 한 천에 싸인 비스듬한 긴 의자 사이에 접는 병풍이 세워져 있었다. 한쪽 구석에는 의료 기구를 넣은 유리장이 있었고, 반대쪽 구석에는 히포크라테스의 흉상이 놓여 있었으며, 오른쪽 벽의 가스 난로 위에는 렘브란트의 '해부도' 동판화가 걸려 있어서 다른 의사들의 응접실에서 일상적으로 볼 수 있는 그런 방이었다.

그렇지만 오늘 밤의 특별한 목적을 위해 모양이 약간 달라진 것이 확연히 드러나 보였다. 보통은 마호가니로 된 둥근 탁자가 정중앙의 안락의자에 둘러싸인 채 샹들리에 아래에서 거의 바닥 전체를 덮은 붉은 융단 위에 놓여 있었지만, 오늘은 앞쪽 왼편 구석의 석고 흉상이 놓인 곳으로 밀려나 있었다. 또한 가장자리 쪽으로 건조한 열기를 뿜어내며 불타고 있는 난로 쪽으로 좀 더 가까운 곳에 가볍게 보자기가 덮인 작은 탁자가 세워져 있었다. 그 위에는 붉은 갓을 씌운 조그만 램프가 놓여 있었고, 그 위 천장에는 샹들리에 이외에 붉은 망사와 검은 망사를 뒤덮인 전구가 달려 있었다. 이 작은 탁자의 위와 옆쪽에 익히 소문이 난 몇 가지 도구들이 놓여 있었다. 그것은 탁상용 종 또는 정확히 말해 구조가 서로 다른 종(하나는 손으로 흔드는 종, 다른 하나는 단추를 눌러서 울리는 종)과 밀가루를 넣은 접시와 휴지통이었다. 그 밖에 십여 개의 각기 다른 모양을 한 의자와 안락의자가 작은 탁자를 반원 형태로 둘러싸고 있었다. 이 반원 형태의 한쪽 끝은 긴 의자의 끝부분 가까이에, 다른 한쪽 끝은 거의 방 중앙의 천장에 달린 샹들리에 아래에 놓여 있었다. 여기 끝에 있는 의자 가까이, 옆문까지 대략 중간에 위치한 자리에 음악상자도 자리를 차지하고 있었다. 바로 옆으로 경음악 앨범이 의자 위에 놓여 있었다. 이렇게 배치가 완료되어 있었다. 붉은 램프에는 아직 불이 들어오지 않았다. 그러나 천장의 샹들리에가 대낮같이 밝게 빛을 뿌리고 있었다. 사무용 책상의 뒤쪽 측면의 창에는 검은 커튼이 드리워져 있었고, 그 앞에는 레이스처럼 구멍이 뚫린 크림색깔의 이른바 발이 내려져 있었다.

10분이 지나자 박사는 세 여자와 함께 옆방에서 돌아왔다. 엘리 양의 외관은 아까와는 달라져 있었다. 엘리는 보통 때 입던 옷을 입지 않고 일종의 실험용 의상인 하얀 실크로 된 잠옷 비슷한 의복을 입고 있었다. 그리고 허리에는 가느다란 띠를 매고 가녀린 두 팔을 의복 밖으로 내놓고 있었다. 처녀의 가슴이 부드럽고 선명하게 드러나 보여서 지금 입고 있는 의복 안에는 맨몸인 것 같았다.

모두가 활달한 모습으로 그녀에게 말을 걸었다. "야, 엘리! 정말 매력적인 모습이야! 예쁜 요정 같아! 잘해 봐, 나의 천사!" 엘리는 자신의 의복이 자신에게 잘 어울린다는 것을 아는 듯 이렇게 외치는 소리에 미소를 지어보였다. "준비 상태가 좋질 않군요." 크로코프스키 박사가 경각심을 갖도록 힘주어 말했다. "자, 그러면 시작, 동료 여러분!" 그는 외국인답게 혀를 한 번만 굴려 r을 발음하며 말했다. 참가자들은 서로 마주보며 잡담하고 어깨도 툭툭 치면서 반원 형태로 늘어놓은 의자에 자리를 잡기 시작했고, 카스토르프 역시 동료라는 박사의 말에 음산한 기분을 느끼며 어딘가에 자리를 잡으려는 참이었다. 이때 박사가 그에게로 다가서며 말했다.

"이보시오, 친구."(친구라는 의미의 '프로인트'를 '프라인트'라고 발음했다.) 당신은 손님 또는 신입 회원으로 여기 왔으니 오늘 밤은 당신에게 특별히 경의를 표하여 특별한 직분을 맡기겠습니다. 당신에게 영매를 단속하도록 믿고 맡기겠습니다. 우리는 다음과 같이 실험할 것입니다." 그는 카스토르프 청년을 긴 의자와 병풍이 인접하고 있는 반원 형태의 끝쪽으로 오라고 했다. 거기에는 엘리가 방 가운데보다는 돌계단 아래에 있는 문 입구 쪽으로 얼굴을 향한 채 등나무 의자에 앉아 있었다. 크로코프스키 박사는 엘리 양 가까이 바짝 다가가 등나무 의자에 마주 앉았다. 그러면서 엘리 양의 두 무릎을 자신의 무릎에 끼운 채 그녀의 두 손을 잡았다. 이어서 그는 "이렇게 따라 해 주시오!"라고 명령조로 말하며 카스토르프를 자기 대신 등나무 의자에 앉도록 했다. "이러면 영매가 완전히 당신에게 제압된 셈이지요. 불필요할지도 모르지만 조수 한 사람을 붙여 드릴 수 있습니다. 클레펠트 양, 부탁드릴 수 있을까요?" 이렇게 정중하고 이국적 발음으로 부탁받은 클레펠트는 카스토르프와 합류해 가냘픈 엘리의 손목을 두 손으로 꽉 잡았다.

한스 카스토르프는 놀라운 능력을 지닌 처녀를 붙잡고 있다 보니 그녀의 얼굴을 바짝 마주보지 않을 수 없었다. 두 사람의 눈이 마주치자 엘리는 부끄러워하면서 눈을 옆으로 돌리며 내리깔았다. 그녀가 처한 상황으로 볼 때는 충분히 이해할 수 있는 일이었는데, 그녀는 최근에 유리잔 놀이를 할 때처럼 머리를 갸우뚱하면서 입술을 약간 뾰족하게 내밀고는 새침한 표정으로 미소를 지어보였다. 이렇게 새침 떼며 잔잔히 미소를 짓는 것을 보면서 젊은 감시인은 이와는 다른 지난날의 일이 문득 뇌리에 떠올랐다. 그가 사촌 요아힘과 카렌 카르슈테트를 데리고 도르프 공동묘지의 아직 한 자리가 남아 있던 영원한 안식처 앞에 섰을 때, 카렌도 대략 지금의 엘리와 같은 미소를 지었던 기억이 되살아났던 것이다.

반원 형태로 놓여진 의자에 모두가 앉았다. 보헤미아 출신의 벤첼을 빼면 의자에 앉은 사람은 모두 13명으로, 벤첼은 축음기 '폴리힘니아'의 관리를 위하여 자기 자리를 비우곤 했다. 그는 축음기를 틀 준비를 끝내면 다음 방 한가운데 나란히 앉은 사람들의 등 뒤쪽에 있는 축음기 옆에 가서 웅크리고 앉았다. 그는 자신의 기타도 옆에 가지고 있었다. 크로코프스키 박사는 두 개의 붉은 전등을 켜고 이어서 천장의 밝은 샹들리에를 끈 다음 반원 형태로 구부러진 의자가 끝나는 곳, 즉 방 중앙의 샹들리에 밑에 가서 앉았다. 방 전체가 어스름하여 전등에서 먼 곳이나 구석은 잘 보이지 않았다. 정말이지 작은 탁자 위와 바로 그 주위만이 불그스레한 빛이 감돌고 있을 뿐이어서 몇 분 동안은 옆 사람도 거의 보이지 않을 지경이었다. 눈은 천천히 어둠에 익숙해져 갔는데, 난로에서 조그맣게 타오르는 불을 통하여 더 잘 보이도록 전등불을 이용하는 법을 익히게 되었다.

박사는 조명에 대해 몇 마디 말하고는, 조명이 과학적으로 부족한 점이 있다고 사과했다. 그는 조명을 분위기 조성이나 신비화의 의미로 해석하지 않기를 바란다면서 이보다 더 밝게 하는 것은 유감스럽게도 현재로는 바랄 수가 없는 일이라고 했다. 여기서 문제시되고 연구의 대상이 되는 힘은 밝은 빛에서는 발현되지 않고 활동하지 않는 성질을 지니고 있기 때문이라는 것이다. 그러면서 이는 당분간 받아들일 수밖에 없는 사실이자 필연적인 조건이라고 했다. 카스토르프는 오히려 만족스러웠다. 어둠이 더 좋은 것은 전체적인 상황의 이상야릇한 분위기를 완화해 주었기 때문이다. 게다가 그는 어둠을 정당화하기 위해 컴컴한 뢴트겐실에서 경건하게 정신을 집중하면서 무엇인가 '보기' 전에 눈을 껌뻑이며 어둠에 적응하던 과거의 기억을 떠올렸다.

크로코프스키 박사는 분명히 카스토르프를 특별히 겨냥하는 서론을 늘어놓으며, 영매는 의사인 자신이 더는 잠들게 할 필요가 없다고 말했다. 감시자도 이제 알게 되겠지만 영매는 저절로 최면 상태에 들어가며, 그녀의 입으로 말하는 것은 알다시피 그녀의 수호신인 홀거이기 때문에 참가자들은 그녀에게가 아니라 홀거에게 자신의 소망을 피력해야 한다는 것이다. 더구나 앞으로 벌어지게 될 현상에 대해 억지로 의지와 사고를 집중해야 한다고 생각하는 것은 잘못이며, 그러면 실험이 실패할 수도 있다, 오히려 정반대로 반쯤은 긴장을 풀고 말을 하여 주의를 분산할 필요가 있다. 한스 카스토르프는 무엇보다도 영매의 사지를 확실하게 붙잡는 일에 주력하는 것이 좋겠다고 했다.

"모두가 서로 손을 잡고 열을 지어요!" 크로코프스키 박사가 마지막으로 지시했다. 그러나 어두워서 옆 사람의 손을 즉시 잡을 수 없는 사람들은 웃음을 터뜨렸다. 헤르미네 클레펠트 옆에 앉은 팅푸 박사는 오른손으로 그녀의 어깨를 잡고 왼손으로는 베잘의 오른손을 잡았다. 크로코프스키 박사의 옆에는 마그누스 부부가 앉아 있었고, 그들 옆으로 페르게가 앉아 있었다. 카스토르프가 잘못 보지 않았다면, 페르게는 자신의 오른쪽에 앉은 상앗빛 혈색의 레비 양과 손을 맞잡고 있었다. 이런 식으로 사람들은 손을 잡고 열을 지어 앉아 있었다. "음악!" 크로코프스키 박사가 지시했다. 그러자 박사와 바로 그의 옆에 앉은 마그누스 부부의 등 뒤에 있던 보헤미아 출신의 벤첼이 레코드를 돌게 한 뒤 바늘을 얹었다. "대화를 나눠요!" 밀뢰커의 어느 오페라 서곡 첫 악절이 흘러나오는 동안 박사가 다시 지시했다. 그의 지시에 따라 모두가 기운을 내어 떠들어대기 시작했다. 이야기 내용은 아주 사소한 것이어서 이쪽에서는 올 겨울에 내릴 눈에 대해, 다른 쪽에서는 저녁 식사에 나오는 요리에 대해, 또 다른 쪽에서는 새로 도착한 환자나 무모하게 또는 합법적으로 요양원을 떠나는 사람들에 대화를 나누었다. 대화는 음악 소리에 반쯤 묻혀서 끊어졌다가는 다시 이어지면서 인위적으로 계속되었다. 이렇게 몇 분이 지나갔다.

레코드가 다 돌아가기도 전에 엘리가 온몸을 격렬하게 떨었다. 그녀는 몸을 부르르 떨며 한숨을 쉬었고, 그러다가 상체를 앞으로 숙여서 이마가 카스토르프의 이마에 닿았다. 이와 동시에 카스토르프의 팔에 잡힌 그녀의 팔이 이상하게도 펌프질을 하듯 앞뒤로 운동하기 시작했다.

"최면 상태!" 이에 대해 잘 알고 있던 클레펠트가 말했다. 음악이 멈추었다. 이어서 대화도 끊겼다. 갑자기 고요해지는 순간에 사람들은 박사가 부드럽게 끄는 바리톤의 음성으로 질문하는 소리를 들었다.

"홀거가 나타났나요?"

엘리는 다시 몸을 부들부들 떨었다. 의자 위에서 그녀의 몸이 흔들거렸다. 한스 카스토르프는 그녀가 두 손으로 자신의 손을 꽉 잡는 것을 느꼈다.

"그녀가 내 손을 잡았습니다." 카스토르프가 이 사실을 알렸다.

"홀거입니다." 박사가 그의 말을 교정해주었다. "그가 당신의 손을 붙잡았습니다. 바로 그가 나타난 것입니다. 우리가 인사를 드립니다, 홀거." 그는 짐짓 감격한 체하며 말했다. "진심으로 환영합니다, 친구! 자, 기억해 봐요! 지난번에 우리에게 나타났을 때 당신은 형제든 누이든 우리의 모임에서 지명하는 고인을 누구든지 불러와 살아 있는 우리에게 보여 주겠다고 약속했습니다. 당신은 오늘 이 약속을 이행할 의사가 있으며, 그렇게 할 능력이 있다고 느끼십니까?"

다시 엘리가 몸을 떨었다. 그녀는 한숨을 쉬면서 대답하지 않고 머뭇거렸다. 그녀는 천천히 자신의 손을 마주 앉은 카스토르프의 손과 함께 이마에 갖다 대고 한동안 가만히 있었다. 그런 다음 그녀는 카스토르프의 귓가에 뜨거운 입김을 불며 "네!" 하고 속삭였다.

그녀의 입김이 직접 귀에 들어오자 우리의 주인공은 피부에 닭살이 돋는 것 같은 기분이 들었는데, 우리는 이것을 흔히 '소름'이 돋는다고 표현한다. 소름의 본질에 대해서는 언젠가 고문관이 그에게 설명해 준 바 있었다. 우리가 피부를 자극하는 오싹하는 기분에 대해 말하는 이유는 순전히 육체적인 측면과 영적인 측면을 구별하기 위해서이다. 왜냐하면 육체적인 경우에는 아마 영적인 경우에 사용하는 섬뜩하다는 표현은 어울리지 않기 때문이다. 요컨대 카스토르프가 생각한 것은 대략 다음과 같은 것이었다. '아니, 이 아가씨가 이렇게까지 하다니!' 하지만 흥분과 동시에 충격이 그를 엄습했다. 아니, 흥분과 충격이 뒤섞인 감정이 그를 사로잡았다. 말하자면 그가 손을 잡고 있는 아가씨가 자신의 귓가에 홀거 대신 '네' 하는 대답을 입김으로 불어넣음으로써 혼란하고 미혹적인 상태가 찾아왔으며, 이로 인해 묘한 감정이 그를 사로잡았던 것이다.

"그가 네라고 말했습니다." 한스 카스토르프는 이렇게 보고하면서 부끄러운 표정을 지었다.

"그럼 좋습니다, 홀거!" 크로코프스키 박사가 말했다. "우리는 당신이 약속을 지키리라 생각합니다. 우리 모두는 당신이 약속을 잘 이행하리라 믿습니다. 우리가 보기를 원하는 고인의 이름을 곧 당신에게 말하겠습니다. 동료 여러분." 그는 참가자들에게 말했다. "어디 말해 보십시오! 불러오고 싶은 분이 있습니까? 우리의 친구 홀거에게 누구를 불러 달라고 하겠습니까?"

침묵이 뒤따랐다. 모두가 다른 사람이 지명하기를 기다리고 있었다. 누구나 최근 며칠 동안 무엇을, 누구를 부를 것인가 생각해 보았을 것이다. 그렇지만 고인의 귀환, 즉 이런 환생이 바람직한 일인가 하는 것은 늘 복잡하고 까다로운 문제라 하겠다. 근본적으로 또한 솔직히 말해 환생이란 없고 이를 소망하는 것 또한 잘못된 일이다. 자연에서 환생의 가능성이 이루어진다면 혹시 모르겠으나, 냉정하게 보면 이는 고인의 환생 자체만큼이나 불가능한 일이다. 우리가 고인을 애도하는 것은 고인의 환생을 볼 수 없어서라기보다는 이를 전혀 바랄 수 없는 데 대한 슬픔 때문인지 모른다.

모두가 막연하나마 이렇게 느끼고 있었다. 그리고 이번에는 고인이 정말 눈앞에서 환생하는 것이 아니라 순전히 감상적이고 실험적인 행사가 이루어진 것으로, 고인을 그저 보기만 하는 경우에는 그것이 심각할 정도로 우려할 만한 일은 아니었다. 그럼에도 참석자들은 자신들이 생각하고 있는 사람의 얼굴을 대면하는 것에 내심 두려움을 느끼고 있었다. 이런 이유로 그들은 자신들의 소망을 표현할 권리를 갖기보다는 이를 옆 사람에게 미루었던 것이다. 한스 카스토르프 역시 착한 마음으로 선선히 '괜찮아, 괜찮아!' 하는 사촌의 목소리가 한밤중의 어둠을 뚫고 들려오는 것 같았지만, 우물쭈물하면서 마지막 순간까지 다른 사람에게 우선권을 양보할 자세를 취하고 있었다. 그러나 너무 오랫동안 사람들이 서로 눈치만 보고 있자, 그는 모임을 주최하는 크로크프스키 박사에게 고개를 돌리고 착 가라앉은 목소리로 말했다. "나는 고인이 된 사촌 요아힘 침센을 보고 싶습니다."

카스토르프의 발언은 다른 사람들의 마음을 편안하게 해주었다. 참석자들 가운데 팅푸 박사, 체코 출신의 벤첼, 영매만이 요아힘을 모르고 있었다. 나머지 사람들인 페르게, 베잘, 알빈, 파라반트, 마그누스 부부, 슈퇴어, 레비, 클레펠트는 기뻐서 크게 갈채를 보냈다. 그리고 요아힘이 정신분석 자체를 떨떠름하게 대하는 바람에 두 사람의 관계가 항상 냉담했지만, 크로코프스키 박사 자신도 만족스러워하면서 고개를 끄덕였다.

"아주 좋습니다." 박사가 말했다. "들었지요, 홀거? 방금 거론된 고인은 생전에 당신을 몰랐습니다. 당신은 저세상 사람인 그를 알아보고, 여기 우리에게 데려다줄 생각이 있습니까?"

모두가 대단히 기대에 찬 얼굴을 하고 있었다. 수면 상태의 엘리는 요동을 치고 한숨을 쉬더니 몸을 부르르 떨었다. 그녀는 이리저리 몸을 숙이며 키스토르프와 클레펠트의 귀에 이해할 수 없는 말을 속삭이면서 무엇인가를 찾으려고 갖은 노력을 하는 것 같았다. 마침내 카스토르프는 그녀가 '네'라는 의미로 힘차게 내민 두 손을 붙잡았다. 그는 이런 상황을 알렸다.

"좋습니다!" 크로코프스키 박사가 외쳤다. "시작해 보시죠, 홀거! 자, 음악!" 그가 다시 외쳤다. "대화!" 이렇게 말한 다음 그는 나타날 사람에 대해 너무 집착하거나 억지로 기대를 하기보다는, 그저 부담 없이 유연하게 주의를 기울이는 것이 이번 일에 도움이 될 수 있다고 단단히 주의를 주었다.

이제 우리의 주인공이 지금까지 살아오면서 겪었던 일 가운데 가장 기묘한 몇 시간이 찾아오게 된다. 비록 이후에 전개될 그의 운명이 우리에게 불확실해 보이고, 또한 그가 이야기의 특정 부분에서 우리의 눈에서 사라져 버리게 될지라도, 그가 몇 시간 동안 겪게 되는 일은 그야말로 이상하기 짝이 없는 체험이라는 것을 우리는 미루어 짐작할 수 있다.

이 사건은 몇 시간 동안 벌어진 일이었다. 더 정확히 말해 이제 시작되는 홀거의 '작업', 아니 실제로는 엘리 양의 작업이 잠깐 중단된 것을 계산에 넣는다면, 두 시간 남짓한 동안에 벌어진 일이었다. 그러나 도중에 이 작업이 심각하게 지연되는 바람에 참가자들은 이 일이 결국은 성과를 얻지 못할까 노심초사하는 지경에 이르렀다. 게다가 모두가 순수한 동정심의 발로에서 일을 중도에 그만두는 것이 좋을 것 같다는 유혹에 자주 빠지기도 했는데, 왜냐하면 이 작업이 사실 측은한 마음이

들 정도로 연약한 아가씨에게는 과중하고 힘에 부치는 것 같았기 때문이다. 남자들이란 인간적인 것을 회피하지 않는 한 어떤 특정한 삶의 상황에 처하면 이렇게 참을 수 없는 측은지심을 드러내지만, 우스꽝스럽게도 이런 마음이 전혀 통할 길이 없고 부적절한 때가 있는 법이다. '일'은 이것으로 중단되거나 중단되어서도 안 되며, 어떻게든 완결되어야 하기 때문에, 참가자들은 가슴에서 터져 나오려는 "그만!"이라는 분노의 외침을 삭여야 했다. 독자도 이미 알고 있듯이 우리는 지금 출산 행위를 바라보는 남편 내지 아버지의 입장에 관해 언급하고 있다. 사실 엘리의 고통스런 싸움은 분명히, 더도 덜도 아니게 출산 장면을 보여 주고 있어서 한스 카스토르프처럼 이런 것에 문외한인 청년도 출산 행위를 떠올리지 않을 수 없었다. 그는 삶에 대해 회피적인 태도를 보이지 않았기 때문에 유기체적 신비로 가득 찬 출산 행위를 이런 형태로 알게 된 것이었다. 과연 이런 형태란 어떤 것인가? 어떤 목적을 위한 것이었을까? 그리고 그는 어떤 상황에서 이런 것을 경험했는가?

카스토르프가 경험한 장면들은 선정적이라고 밖에는 달리 표현할 도리가 없었다. 붉은빛이 은은하게 비치는 홍분된 산실(産室)의 특징적인 모습, 얇은 잠옷 차림으로 두 팔을 드러낸 산모 같은 처녀와 부수적인 여러 사정들, 이를테면 쉴 새 없이 경쾌하게 울리는 축음기의 음악 소리와 박사의 지시에 따라 반원 형태로 둘러앉은 사람들의 술렁거림, 줄기차게 힘든 싸움을 벌이는 처녀를 격려하기 위해 쾌활하게 "이봐요, 홀거! 용기를 내요! 다 되어 가요! 처지면 안 돼요, 홀거, 그렇게 하면 곧 해 낼 거예요!"라고 외치는 박사의 음성이 그러했다. 그리고 요아힘의 환생을 소망한 카스토르프를 우리가 산모의 남편으로 간주해도 된다면, '산모'의 무릎을 자기 무릎 사이에 끼우고 서로 두 손을 맞잡고 있는 카스토르프라는 '남편'의 입장과 상황도 결코 선정적이라는 표현에서 배제될 수 없었다. 엘리의 아담한 손은 전에 라일라 소녀의 손이 그랬듯이 땀으로 촉촉이 젖어 있어서, 그녀의 손이 빠져나가지 않게 하려면 그는 그녀의 손을 계속해서 꽉 잡고 있어야만 했다.

손에 땀이 날 수밖에 없는 것이 여기 앉아 있는 사람들의 뒤에서 가스난로가 열기를 내뿜고 있었기 때문이다.

신비와 성스러움이 깃들었다고? 천만에, 그렇지 않았다. 눈이 차차 침침한 불빛에 익숙해지면서 시야에 잘 들어오게 된 불그스레한 방안의 광경은 시끄럽고 어지러웠다. 음악 소리와 사람의 외침은 카스토르프처럼 요란한 광신도의 예배에 한 번도 가본 적이 없는 사람에게도 구세군의 떠들썩한 전도의 방식을 연상시켰다. 하지만 방안의 장면은 유령 같은 의미에서가 아니라 자연스럽고 유기적인 의미에서 신비롭고 비밀스러운 효과를 자아냄으로써 감정적으로 민감한 사람에게는 경건한 기분을 갖게 했다. ―이것이 어떤 세밀하고 내적인 연관관계를 통하여 이루어지는가를 우리는 이미 언급한 바 있다. 엘리의 힘든 싸움의 고통은 출산의 고통처럼 간헐적으로 일어났다. 고통이 진정되었을 때는 넋이 나간 상태로 의자에서 몸을 옆으로 숙이고 녹초가 된 채 넋이 빠진 듯한 모습이었다. 크로코프스키 박사는 이를 '심층적 최면 상태'로 규정했다. 얼마 후에 엘리는 갑자기 몸을 일으키고는, 신음을 터트리고 몸부림치며 감시자의 손길을 뿌리치려고 했다. 그러면서도 두 감시자의 귀에 뜨거운 입김을 불어넣으며 무의미한 말을 속삭였고, 자신의 몸에서 무엇인가를 쫓아내려는 것처럼 몸을 옆으로 던지는 동작을 취하는 것 같더니, 이를 갈면서 한번은 심지어 카스토르프의 소맷부리를 깨물기까지 했다.

엘리의 힘든 과정은 1시간 이상이나 계속되었다. 그러자 모임을 주도하는 크로코프스키 박사는 이제는 휴식에 들어가는 것이 어떤 면에서 보아도 상책이라고 판단했다. 가벼운 기분전환을 위해 축음기를 끄고 능숙한 솜씨로 기타를 치던 체코 출신의 벤첼은 기타를 옆에 내려놓았다. 모두가 한숨을 내쉬며 서로 맞잡고 있던 손을 풀었다. 크로코프스키 박사는 천장의 등불을 켜기 위해서 벽을 향해 걸어갔다. 갑자기 환한 빛이 비쳤기 때문에 모든 참가자들은 얼굴을 찡그리며 근시안처럼 어둠에 익숙해 있던 눈을 가늘게 떴다. 엘리는 얼굴을 거의 무릎까지 숙인 채 여전히 꾸벅꾸벅 졸고 있었다. 이런 특이한 동작은 다른 사람들에게는 낯익은 듯했으나 카스토르프는 기이하게 생각하며 이를 주시하고 있었다. 엘리는 몇 분 동안 손바닥을 오목하게 하여 허리 근처를 쓰다듬다가, 손을 앞으로 뻗어 마치 무엇인가를 잡아끌거나 긁어모으려는 듯 퍼내고 갈퀴질하는 동작을 취했다. 그런 다음 그녀는 정신을 차리려는 듯 여러 번 몸을 벌떡 일으켜 세우고, 다른 사람들과 마찬가지로 환한 빛에 눈이 부셔 근시안처럼 눈을 가늘게 뜨며 미소를 지어보였다.

미소를 지어보이는 엘리의 얼굴은 귀엽고도 조금은 얼떨떨해 보였다. 그녀의 노고를 측은하게 여겼던 것은 실상 불필요한 것처럼 보였다. 그녀는 그다지 기진맥진해 보이지 않았다. 자신의 행위를 전혀 기억하지 못하는 것 아닌가 싶었다. 엘리는 창가의 사무용 책상 뒤쪽, 그러니까 창과 스페인풍의 벽 사이에 놓인 크로코프스키 박사의 손님용 안락의자에 앉았다. 그녀는 의자의 방향을 옆으로 바꾸고는, 한쪽 팔을 사무용 책상 위에 걸치고 실내를 바라보았다. 그리하여 그녀는 감동으로 들뜬 사람들의 시선을 응시하고 사방에서 보내오는 격려의 고갯짓을 염두에 새기면서 15분간 지속된 휴식 시간 동안 침묵한 채 앉아 있었다.

모두가 충분히 휴식을 취했고, 이제 긴장에서 풀려나 지금까지 해 온 작업을 생각하면서 조용한 만족감에 젖어 있었다. 남자들은 담배 케이스를 열었다. 그들은 편안하게 담배를 피우며 여기저기 나란히 서서는 이번 모임의 독특한 성격에 대해 이야기했다. 하지만 실험의 난해함 때문에 결국은 모임이 아무 성과 없이 끝날 것이라고 지레 겁먹을 필요는 없었다. 이런 소심한 생각을 완전히 억누르기에 적절한 징조들이 일어났기 때문이다. 영매 맞은편에 빙 둘러 앉은 반원 형태의 끝, 박사 옆에 앉아 있던 사람들은 뭔가 기이한 현상이 일어나려는 순간에는 영매에게서 규칙적으로 특정 방향으로 품어져 나오는 저 차가운 입김을 여러 차례 분명하게 느꼈다고 이구동성으로 말했다. 다른 몇 사람들은 빛의 현상인 하얀 반점, 힘을 지닌 둥근 모양의 부유물질이 스페인풍의 벽 앞에서 여러 가지 형태로 나타난 것을 느낀 것 같았다는 것이다. 그러니 요컨대 주눅 들지 말자는 것이다! 희망을 갖자는 것이다! 홀거가 일단 약속을 했으니, 어느 누구도 그가 약속을 지키지 않을 것이라고 의심할 근거가 없는 셈이었다.

크로코프스키 박사는 모임을 다시 시작하자고 신호를 보냈다. 참가자들이 각자 자기 자리를 찾아가는 동안, 박사는 직접 엘리를 고문의 실험의자로 데려가면서 그녀의 머리칼을 어루만졌다. 모든 절차가 앞서와 마찬가지로 진행되었다. 한스 카스토르프는 첫 번째 통제자의 역할을 그만하게 해달라고 부탁했지만, 모임의 주도자인 클로코프스키 박사는 단번에 이를 거절했다. 그는 영매의 그 어떤 눈속임 같은 조작 행위도 실제적으로 완전히 차단되어 있다는 것을 고인과 만나기를 바라는 사람이 직접 눈으로 입증하게 하는 것을 중시한다고 말했다. 이렇게 해서 카스토르프는 엘리와 함께 다시 특이한 자세로 있게 되었다. 불이 꺼지고 방 안에 불그스레한 빛이 감돌았다. 음악이 다시 시작되었다. 몇 분 후에 다시 엘리는 심하게 경련을 일으키면서 온몸을 위아래로 움직였다. 이번에 엘리가 '최면 상태'에 들어갔다고 알린 사람은 카스토르프였다. 선정적인 산고의 작업이 지속되었다.

출산은 얼마나 끔찍할 만큼 힘들었던가! 출산은 순탄하게 진행될 것 같지 않았다. 그렇다면 대체 출산이 이루어질 수나 있었던 것일까? 얼마나 망상에 가까운가! 여기서 어떻게 출산이 가능한가! 어떻게, 어떤 식으로 분만이 이루어진단 말인가? 엘리 양은 "도와줘요! 도와줘요!" 하고 신음을 터트렸다. 그러는 동안 그녀의 진통은 전문 산파들이 자간(子癎)＊이라고 부르는 저 나쁘고 위험한 반복적 경련 상태로 넘어갈 것 같았다. 그녀는 신음을 터트리면서 크로코프스키 박사에게 손을 몸에 대달라고 외쳤다. 그는 단단히 충고의 말을 던지며 그녀의 몸에 손을 갖다 대었다. 그렇게 하는 것이 최면 효과를 일으켰는지 계속 싸워 나갈 수 있는 그녀의 능력이 강화되었다.

기타 소리가 울리고, 번갈아 축음기가 경음악 앨범에 들어 있는 곡들을 방안에 들려주는 동안, 어느새 다시 한 시간이 흘렀다. 빛을 꺼려하던 눈이 지금은 이럭저럭 방의 조명에 적응된 상태였다. 이때 돌발적인 일이 벌어졌다. ―이 일을 일으킨 사람은 바로 한스 카스토르프로, 갑자기 새로운 안건을 제기했다. 그는 일찍부터, 아니 처음부터 마음에 품고 있던 소망과 생각을 피력했지만, 좀 더 일찍 이런 자신의 의중을

＊ 분만 시에 경련과 혼절을 일으키는 무서운 질병.

알렸더라면 좋았을 것이다. 이때 엘리는 감시자에게 붙잡힌 자신의 두 손 위에 얼굴을 묻고 '심층적 최면 상태'에 있었고, 벤첼 씨는 레코드를 바꾸거나 새것을 막 돌리려는 참이었는데, 바로 이 순간 우리의 친구가 결심을 굳히고 제안할 것이 있노라고 말했던 것이다. ―물론 크게 의미 있는 제안은 아니겠으나, 이를 받아들이면 유용할지도 모르겠다는 것이다. 그러면서 그는 덧붙였다. "그게 바로… 레코드 보관함에 들어 있는 것 중에 하나입니다. 그러니까 구노의 〈마르가레테〉 가운데 오케스트라의 협찬으로 바리톤 가수가 부르는 〈발렌틴의 기도〉라는 곡인데, 아주 매혹적입니다." 그는 이 레코드를 한번 틀어 보면 좋겠다고 제안했다.

"그런데 이유가 뭐죠?" 박사가 불그스레한 조명 아래서 물었다.

"분위기의 문제로, 감정을 고조시키니까요." 청년이 대답했다. "해당 곡의 정신이 독특하고 특수합니다. 그것으로 시도해 보면 좋을 것 같습니다. 내 생각에 이 곡의 정신과 성격이 지금 문제가 되고 있는 실험 과정을 단축시킬 수도 있다는 것을 완전히 배제하지 못합니다."

"그 레코드가 여기에 있습니까?" 박사가 물었다.

"아니, 여기에는 없습니다. 그러나 당장 가서 가져올 수 있습니다." 한스 카스토르프가 대답했다.

"대체 무슨 말을 하는 겁니까!" 크로코프스키는 단호하게 거부한 뒤 다음처럼 덧붙여 말했다. "어떻게 한다고요? 당신이 우왕좌왕하며 무엇인가를 가져와 중단된 작업을 다시 하겠다는 것입니까? 당신은 모르는 소리를 하고 있소. 아니, 절대 그건 있을 수 없는 일이요. 모든 작업이 수포로 돌아가서 처음부터 새로 하게 될 수도 있단 말입니다. 과학적 엄밀함에서 금기사항으로 여기는 일은 당신처럼 그렇게 멋대로 들락거릴 생각을 하는 것입니다. 게다가 문은 잠겨 있고, 열쇠도 내가 호주머니 안에 보관하고 있단 말입니다. 물론 뭐, 그 레코드를 당장 집어 올 수 있다면 모르지만…" 크로코프스키 박사가 이렇게 불만을 늘어놓고 있을 때, 체코인이 축음기 쪽에서 불쑥 한마디 던졌다.

"그 레코드는 여기 있습니다."

"여기에요?" 카스토르프가 물었다.

"네, 여기 있습니다. 〈마르가레테〉 중의 〈발렌틴의 기도〉 말입니다. 자, 보세요." 그것은 분류 방식에 따라 녹색의 아리아 앨범 제2번에 속하는 것이 아니라 예외적으로 경음악 앨범에 들어 있었다. 그것은 우연히 아주 이상하게도, 허술하지만 다행히도 하찮은 곡들에 편입되어 있어서 이제 틀기만 하면 되었다.

원하던 레코드가 있다는 말에 카스토르프는 뭐라고 말을 했던가? 그는 아무 말도 하지 않았다. 박사는 그렇다면 "마침 잘되었다"고 말했고, 다른 몇 사람도 그렇게 말했다. 바늘이 레코드 위에 올라가고 축음기의 덮개가 닫혔다. 합창에 맞추어 남자 가수가 노래하기 시작했다. "이제 나는 떠나야만 하니…."

어느 누구도 말을 하지 않았다. 모두가 노래를 감상했다. 엘리는 노래가 시작되자마자 자신의 일을 다시 했다. 엘리는 벌떡 몸을 일으켜 세우고 떨고 신음하고 좌우로 뒤틀다가, 다시 땀에 젖어 미끄러워진 손을 이마에 갖다 대었다. 판이 돌아갔다. 판이 중간 부분에 도달하자 리듬이 급격히 빨라지면서 전쟁과 위험의 장면, 용감하고 경건하며 프랑스적인 분위기로 바뀌었다. 이런 분위기가 지나가자 이 곡의 마지막 부분이 연결되면서 처음의 강렬한 교향악단의 연주가 되풀이되었다. "오, 하늘에 계신 주여, 저의 기도를 들어 주소서…."

한스 카스토르프는 엘리를 통제하는 일을 해야만 했다. 엘리는 저항하듯 자세를 세우며 수축된 목으로 공기를 흡입했다. 그런 다음 한동안 한숨을 내쉬더니 푹 쓰러지며 조용해졌다. 카스토르프는 걱정스러운 표정으로 엘리를 향해 고개를 숙였다. 이때 슈퇴어 부인이 흐느끼며 울먹이는 음성으로 말하는 소리가 들렸다.

"침… 센…!"

카스토르프는 고개를 숙인 채 그대로 있었다. 입안이 씁쓸했다. 그는 이번에는 다른 목소리가 낮고 차갑게 대답하는 소리를 들었다.

"나는 아까부터 그를 보고 있어요."

판은 다 돌아갔고, 취주악기의 마지막 화음도 끝나버렸다. 그러나 어느 누구도 축음기를 멈추려 하지 않았다. 바늘이 판의 한가운데서 공허하게 바닥을 긁으며 계속 헛돌고 있었다. 이때 카스토르프가 고개를 쳐들었고, 그의 눈은 이리저리 찾을 필요 없이 제대로 방향을 잡았다.

방 안에는 방금 전보다 한 사람이 더 있었다. 참가자들과 좀 떨어진 곳, 붉은 빛이 거의 꺼져 들어서 잘 보이지 않는 저 어스름한 뒤쪽, 사무용 책상의 긴 옆면과 스페인 풍의 벽 사이에, 요컨대 앞서 휴식 중에 엘리가 앉았던 의자, 방 쪽으로 향해 있는 박사의 방문객을 위한 의자에 놀랍게도 요아힘이 앉아 있었다. 임종 무렵의 모습처럼 움푹 들어가 그늘진 뺨과 군인 수염을 기른 요아힘이 그곳에 있었다. 수염 사이로 드러난 그의 입술은 자부심을 표출하며 아주 두툼하게 튀어나와 있었다. 그는 등을 의자에 기댄 채 다리를 꼬고 앉아 있었다. 수척한 얼굴이 모자에 가려 그늘져 있었지만 고뇌의 빛이 역력했고, 또한 예전처럼 멋지고 사내다운 근엄하고 엄격한 표정도 다시 찾아볼 수 있었다. 뼈마디가 움푹 들어간 두 눈 사이의 이마에는 두 줄의 주름이 드러나 있었지만, 그렇다고 그의 아름답고 검은 큰 눈의 온화한 눈빛이 사라진 것은 아니었다. 그는 무엇인가 살피듯이 잔잔하고 다정한 눈빛으로 카스토르프만 응시하고 있었다. 예전에 요아힘의 사소한 걱정거리였던 불쑥 튀어나온 귀는 그가 어떤 종류인지 알 수 없는 이상한 모자를 쓰고 있었는데도 드러나 보였다. 사촌인 요아힘은 민간인 복장을 하고 있지 않았다. 꼬고 앉은 두 다리의 허벅지 부분에 군도를 찬 듯 두 손을 손잡이에 대고 있었고, 아울러 권총 케이스 같은 것도 그의 허리띠에서 알아볼 수 있을 것 같았다. 그렇지만 그가 입고 있는 것은 공식 전투복도 아니었다. 거기에는 번쩍거리거나 빛깔이 있는 것도 보이지 않았고, 회색 군복의 칼라와 옆 주머니가 달려 있었으며, 어딘가 훨씬 아래쪽에 십자훈장이 달려 있었다. 요아힘의 두 발은 커 보였고, 두 다리는 아주 가늘어 보였다. 발과 다리에는 각반이 조여져 있었는데, 이는 군인이라기보다 운동선수를 연상시켰다. 그런데 머리에 쓰고 있는 것은 어떤 것일까? 요아힘의 모습은 마치 군용 식기인 냄비를 머리에 뒤집어쓰고 그것을 끈으로 턱에 동여맨 것처럼 보였다. 하지만 그 모습이 고풍스럽고 용병 같아서 군인다운 느낌을 주는 것은 참으로 이상한 일이었다.

한스 카스토르프는 엘렌 브란트의 호흡을 두 손끝으로 느낄 수 있었다. 자신의 옆으로 클레펠트의 거칠어지는 숨소리도 들려왔다. 그 밖에는 다 돌아간 레코드가 멈추지 않아 바늘 아래서 헛돌며 끊임없이 찍찍거리는 잡음만이 들려올 뿐이었다. 카스토르프는 동료들 가운데 어느 누구에게도 시선을 돌리지 않았고, 이들에 관해 보거나 알려고도 하지 않았다. 그는 자신의 무릎에 올려 있는 엘리의 두 손과 머리 위에서 비스듬히 몸을 숙이고 안락의자에 앉아 있는 방문객을 침침하고 붉그스레한 빛을 통해 빤히 바라보았다. 순간적으로 그의 위가 뒤틀리려는 것 같았다. 이어서 그의 목구멍이 수축되더니, 네 번 내지 다섯 번의 흐느낌이 몸 안에서 경련을 일으키듯 터져 나왔다. 그는 "용서해 줘!"라고 속삭이며 흐느꼈다. 눈물이 쏟아져 나와서 그는 아무것도 더는 볼 수 없게 되었다.

카스토르프는 "그에게 말을 걸어 보시오!"라고 속삭이는 소리를 들었다. 크로코프스키 박사가 바리톤으로 엄숙하고 쾌활하게 그의 이름을 부르고 다시 한 번 말을 걸도록 촉구했다. 카스토르프는 이 지시를 따르지 않고 엘리의 얼굴 밑에서 두 손을 빼고 자리에서 일어섰다.

크로코프스키 박사가 이번에는 엄중히 경고하는 어조로 다시 그의 이름을 불렀다. 그러나 카스토르프는 몇 발짝 걸어가 입구 문의 계단 근처로 가서는 정확하게 손으로 불을 켰다.

브란트 양은 심한 충격을 받아 크게 움칠하더니 클레펠트의 두 팔에 안겨 온몸을 떨었다. 안락의자는 이제 텅 비어 있었다.

카스토르프는 일어서서 이의를 제기하는 크로코프스키 박사를 향해 걸어가 바로 그의 코앞에 섰다. 뭔가 말을 하려고 했지만 그의 입술에서는 한마디 말도 나오지 않았다. 그는 격렬히 머리를 흔들어 항변하면서 손을 내밀었다. 그는 열쇠를 받자 박사의 얼굴을 여러 번 위협조로 머리를 끄덕이고는, 방을 빙 돌아 나가 버렸다.

폭발 직전의 흥분상태

이렇게 해가 거듭하여 바뀌면서 베르크호프 요양원에는 뭔가가, 어떤 유령이 돌아다니기 시작했다. 한스 카스토르프는 이 유령이 우리가 이미 그 사악한 이름을 거론한 바 있었던 악마의 직계일 것이라고 추측했다. 그는 교양을 쌓아가는 자의 무책임한 호기심으로 이 악마를 연구해 왔는데, 정말이지 놀랍게도 요양원 동료들이 이 악마에게 바치고 있는 엄청난 헌신의 태도에 자신도 쉽사리 동조해 버릴 것 같은 위험성이 있음을 알게 되었다. 그런데 이런 상태는 예전의 둔감한 상태와 마찬가지로 여기저기서 징후를 드러내며 이미 무엇인가 암시하듯 계속되었지만, 카스토르프는 타고난 성품에 따라 지금 번지기 시작한 위험한 분위기에 맹목적으로 빠져들 염려는 거의 없었다. 그럼에도 자신 역시 조금이라도 소홀히 하면 주위의 사람들처럼 전염되어 그들의 표정과 말투, 행동거지를 흉내 내게 될지도 모른다고 생각하며 두려움에 사로잡혔다.

대체 무슨 일이 있어난 것인가? 어떤 분위기가 감돌고 있었던 것인가? 싸움이 번질 것 같은 분위기가 감돌았다. 그것은 위험한 흥분상태이자 뭐라고 형용하기 어려운 조바심에 근거하고 있었다. 모두가 걸핏하면 서로에게 독설을 퍼붓고 분노를 터트렸으며, 자칫하면 격투라도 벌일 것처럼 흥분되어 있었다. 날마다 개인들끼리, 또는 집단과 집단들끼리 격한 언쟁과 제어하기 힘든 고함을 주고받았다. 더욱이 구경꾼들은 싸움에 관련된 사람들의 정신 자세를 불쾌하게 여긴다거나 중재에 나서기보다는, 오히려 어느 편을 지지하여 가담하고 자신들 역시 내적으로 열광에 빠지는 특징을 보였다. 이럴 때면 모두가 창백한 얼굴을 하고서 몸을 벌벌 떨었다. 눈은 상대를 노려보며 번쩍거렸고, 입은 광적으로 일그러졌다. 그들은 고함칠 수 있는 권리와 기회를 가진 저 행동파들을 부러워했다. 그들은 이런 행동파들을 흉내 내고 싶어 안달을 하다가 심신이 고통스러워졌고, 조용히 고독 속으로 도피할 힘이 없는 사람은 여지없이 싸움의 소용돌이 속으로 휘말려들었다.

베르크호프 요양원에는 하찮은 갈등, 쌍방 간의 진정서 제출이 계속 늘어만 갔다. 이 때문에 요양원 당국은 중재에 갖은 노력을 기울였지만, 싸움 당사자들의 거칠고 요란한 목소리에 깜짝 놀라서 쉽게 뒤로 물러서고 말았다. 그리고 이럭저럭 건강한 정신 상태로 이곳을 떠나는 사람은 이곳에 다시 돌아올 때는 어떤 상태가 되어 있을지 알 수가 없었다. 고급 러시아인 식탁의 일원인 어느 부인의 예가 이를 뒷받침한다. 민스크라는 지방도시 출신의 젊고 아주 고상하며 증세가 가벼운 부인은 ―그녀는 겨우 3개월의 체류를 통보받았다.― 어느 날 쇼핑을 하러 프랑스인이 경영하는 읍내의 블라우스 상점으로 내려간 일이 있었다. 부인은 그곳에 들어가 여점원과 언쟁을 벌이다가 끝내는 흥분하여 요양원으로 돌아와 객혈을 하게 되었고, 이후 그녀는 불치병을 얻게 되었다. 급히 달려온 그녀의 남편은 아내가 요양원에 영원히 체류해야 한다는 선고를 전해들었다.

이는 주위에 퍼져 있는 현상의 한 예에 지나지 않았다. 우리는 마음이 찜찜하지만 몇 가지 실례를 더 들어볼 것이다. 독자들 가운데 누군가는 잘로몬 부인의 식탁 멤버로 둥근 안경알을 낀 학생, 또는 예전에 학생이었던 빈약한 체질의 젊은이를 기억하리라 생각된다. 그는 음식을 접시에다 잘게 썰어 으깨놓고는, 식탁에 팔꿈치를 짚고 그것을 허겁지겁 삼키다가도 도중에 가끔 냅킨으로 두꺼운 안경알 뒤를 닦아내곤 했었다. 아직도 여전히 학생인지 또는 학생 신분이 아닌지는 모르겠으나 그는 여전히 식탁에 앉아 허겁지겁 음식을 삼키며 안경알을 닦고 있지만, 잠깐 주목을 받다가 이제는 주의를 끌 만한 계기가 없이 지내고 있었다. 그렇지만 어느 날 아침 식사를 하다가 정말 놀랍게도, 말하자면 청천벽력이라고나 할까, 그가 돌연 발광을 하는 바람에 이목을 끌게 되었고, 식사를 하던 사람들 모두가 그 소란의 현장을 보려고 벌떡 일어섰다.

그가 앉아 있던 주변이 소란해졌다. 그는 창백해진 얼굴로 앉아서 옆에 서 있던 난쟁이 종업원 아가씨에게 큰소리를 질렀다. "당신은 거짓말쟁이야!" 그는 갑자기 목청을 높이며 외치는 것이었다. "차가 식었단 말예요! 당신이 가져온 차가 얼음처럼 차요. 이런 차는 싫어요. 속이지 말고 직접 한번 마셔 봐요. 이런 미적지근한 구정물 같은 차를 점잖은 신사가 대체 어떻게 마실 수 있단 말이오! 어떻게 감히 나에게 얼음처럼 차가운 차를 가져올 수 있단 말이요! 나를 뭐로 보고 이런단 말이요! 내가 마시리라고 생각하고 이런 걸 내놓는단 말이요? 이런 건 안 마셔요! 마시지 않을 거요!" 그는 날카롭게 쉿소리를 내고는 두 주먹으로 식탁을 두드리기 시작했고, 이 때문에 식탁 위의 그릇들이 달그락거리며 마구 흔들렸다. "뜨거운 차를 원한다고요! 펄펄 끓는 차를. 그것이 신과 인간들에 대한 나의 권리요! 이건 싫으니, 펄펄 끓는 것을 가져와요. 한 모금만 마셔도 그 자리에서 죽을 만큼 뜨거운 걸 가져와요…. 이런 병신 같으니!" 그는 마치 최후의 자제심마저 단번에 내던지기라도 하듯이 제정신을 잃고 광란의 극단적 자유를 향해 돌진하면서 갑자기 이렇게 고함을 질렀다. 그는 동시에 에메렌티아를 향해 주먹을 쳐들었고, 문자 그대로 거품이 튀는 이빨을 드러내 보였다. 그런 다음 연신 식탁을 두드려대고 발을 구르며, "좋다"와 "싫다"를 날카롭게 부르짖었다. 그러는 사이에 식당 안에 있던 사람들은 계속 동일한 반응을 보였다. 그들은 발광하는 젊은이를 향해 무섭고도 긴장에 찬 공감의 시선을 보냈다. 몇 사람은 의자에서 일어나 그와 마찬가지로 두 주먹을 불끈 쥐거나 이를 악문 채 불타는 시선으로 그를 지켜보았다. 다른 몇 사람은 창백한 얼굴로 앉아서 눈을 내리깔고는 몸을 부들부들 떨었다. 젊은 학생이 이미 다시 가져오게 한 차를 앞에 놓고 그것을 마시지도 않은 채 녹초가 되어 축 늘어져 있을 때에도, 사람들은 여전히 같은 반응을 보이고 있었다.

이는 대체 무엇을 뜻하는 것일까?

이 무렵 전에 상인이었던 30세가량의 한 남자가 베르크호프 요양원에 들어왔다. 이 남자는 오랫동안 열이 있어서 요양원을 전전하고 있었다. 그는 유대인에 적대감을 지닌 반유대주의자로서 스포츠에 빠져들듯이 자신의 이념을 즐기며 열광했다. 몸에 밴 유대인 배척은 그의 삶의 자랑이자 골자를 이루고 있었다. 그는 전에 상인이었지만 지금은 아니었고, 세상에 하는 일이라곤 전혀 없어도 유대인을 적으로 보는 점만은 여전했다. 그의 병은 매우 위중하여 착 가라앉은 기침을 했으며, 그럴 때면 폐로 재채기를 하듯이 날카롭고도 짧게 한 번 무시무시한 소리를 냈다. 어쨌든 그는 유대인이 아니었고, 그것이 그에게는 긍정적인 점이었다. 그의 이름은 기독교적인 이름인 비데만으로, 불경한 느낌은 아니었다. 그는 『아리아인의 등불』이라는 잡지를 구독하고 있었는데, 그는 말을 할 때면 다음과 같은 식이었다.

"나는 A 지역에 있는 X 요양원으로 옮겼습니다. 안정 요양 홀에 들어가려고 합니다. 그런데 내 왼쪽 의자에 누가 누워 있는지 아십니까? 세상에 히르슈 씨였습니다! 내 오른쪽에는? 볼프 씨였습니다! 당연히 나는 즉시 떠났지요." 이런 식이었다.

한스 카스토르프는 혐오감을 느끼며 '그럴 필요까지 있었나!' 하고 생각했다.

비데만은 흘끔거리며 무슨 저의가 있는 눈빛을 하고 있었고, 그럴 때면 정말 그의 코 바로 앞에 실이 매달려 대롱거리는 것 같았다. 그는 코앞의 실을 심술궂게 훔쳐보면서 그 뒤에 있는 것은 아무것도 보지 않는 듯했다. 그의 망상 증세는 타인에 대한 불신으로 근질거릴 지경이었고, 쉴 새 없이 자신을 몰아대는 지나친 자기 강박으로 굳어져 있어서 자기 주변에 숨어 있거나 위장하고 있는 불순한 것을 끄집어내어 모욕을 주지 않으면 견디지 못했다. 그는 가서 발붙이는 곳이라면 어디서든지 빈정거리고 의심하며, 침을 튀겨가며 독설을 퍼부었다. 단적으로 말해 (유대인이 아니라는) 자신의 유일한 장점을 소유하지 못한 그 모든 사람을 비방하는 것이 그가 살아가는 나날의 보람이었다.

우리가 방금 암시한 이곳의 내면적 상태는 이 남자의 고뇌를 극도로 악화시켰다. 비더만은 베르크호프 요양원에 옮겨 와서도 자신에게는 없는 단점을 지닌 사람(유대인)을 만나지 않을 수 없었고, 더구나 이곳의 흥분된 정신 상태의 영향을 받아 카스토르프도 현장에서 목격한 바와 같이 끔찍한 장면을 일으키고 말았다. 이는 기술할 만한 또 하나의 실례로서 틀림없이 우리에게 유용할 것이다.

여기에는 또 한 명의 남자가 개입되어 있었기 때문이다. ─이 남자에 관한 한 정체를 밝힐 필요가 없을 만큼 신원이 분명했다. 그의 이름은 존넨샤인으로, 이보다 더 유대인다운 이름은 있을 수 없었기에 이 인물은 이곳에 온 첫날부터 비데만의 코앞에서 대롱거리는 실처럼 역겨운 존재였다. 그는 이 거북한 실을 심술궂게 흘끔 곁눈질하면서 손으로 때려 쫓아내려고 했다. 아니, 쫓아내려는 것보다는 오히려 시계추처럼 흔들어놓아 더 큰 자극을 받으려고 했다.

비데만처럼 상인이었던 존넨샤인 역시 중병을 앓고 있었고, 병적으로 신경이 예민한 상태였다. 꽤 영민하고 농담도 잘 하는 친절한 사내 존넨샤인은 비데만이 자신에게 빈정거리고 역겨운 눈초리를 보내자, 그 역시도 즉각 비데만을 미워하며 신경질적으로 반응하게 되었다. 그러던 어느 날 오후 두 사내가 홀에서 서로 머리채를 잡고 짐승처럼 처절하게 싸우는 바람에 요양원 손님들이 우르르 그곳으로 달려갔다.

실로 끔찍하고 처참한 광경이었다. 두 사내는 어린아이처럼 맞잡고 드잡이질을 벌이고 있었는데, 어른이 이런 추태를 보이니 참으로 한심한 노릇이었다. 그들은 서로 얼굴을 할퀴고, 코와 목을 붙들고 치고받았으며, 서로 엉겨 붙어 무서울 정도로 맹렬하게 바닥을 뒹굴었다. 그런가 하면 침을 뱉거나 발로 차고, 밀고, 끌어당기고, 때리고, 입에 거품을 내뿜었다. 현장으로 급히 달려온 사무실 직원이 깨물고 할퀴며 싸우는 두 사내를 진땀을 흘리며 떼어놓았다. 침과 피를 흘리는 비데만은 분노가 치솟아 멍청한 얼굴로 머리털을 곤두세우고 있었다. 한스 카스토르프는 이런 모습을 한 번도 본 적이 없었고, 또 이런 일이 벌어질 것이라고 상상조차 해보지 않았다. 비데만은 머리털을 빳빳하게 곤두세운 채 현장에서 달아나 버렸고, 한쪽 눈두덩이 퍼렇게 부어오르고 검은 곱슬머리 속으로 피를 흘리던 존넨샤인은 사무실 직원을 따라가 그곳 의자에 주저앉아서는 얼굴을 두 손으로 감싸고 비통하게 울었다.

비데만과 존넨샤인의 소동은 이런 식으로 진행되었다. 싸움의 현장을 목격한 사람들은 모두가 몇 시간 동안이나 몸을 떨었다. 반면에 이 비참한 사건과는 달리 이 시기에 있었던 진짜 명예훼손 사건에 관해 이야기하는 것은 비교적 다행스러운 일이다. 이 사건은 제대로 형식을 갖추었기에 우스꽝스러울 정도로 명예훼손 사건이라는 이름값을 지닐

만했다. 한스 카스토르프는 이 사건의 개별 단계를 모조리 목격한 것이 아니라 까다롭고 극적인 과정을 이에 대한 문서, 성명서 및 조서를 통하여 알게 되었다. 사건에 관한 한 이에 대한 문서들은 베르크호프 요양원 내외, 즉 지역사회나 주, 스위스에서뿐만 아니라 외국과 미국에서도 사본으로 퍼져나갔고, 당장에는 분명히 이 일에 전혀 관심이 없고 또한 관심을 가지려고도 하지 않았던 그런 사람들에게도 연구를 위해 배포되었다.

이는 폴란드인들의 문제, 최근 베르크호프에 모여들어 고급 러시아인 식탁을 점령하고 그곳에 작은 식민지를 만들어 지내던 폴란드인 모임에서 생겨난 명예훼손에 관한 소동이었다. (여기서 한마디 해 두자면 카스토르프는 더 이상 거기 앉지 않고 시간이 흐름에 따라 클레펠트의 식탁에 이어서 잘로몬 부인의 식탁으로 옮겼다가 이제는 레비 양의 식탁에 앉아 있었다.) 이 폴란드인 모임은 우아하고 기사도에 충실했기에 누가 눈썹만 찌푸려도 마음속으로 각오를 단단히 하고 결투를 준비해야 할 정도였다. ─한 쌍의 부부와 신사들 가운데 한 남자와 각별한 사이인 어느 아가씨, 그 밖에 귀족풍의 신사들이 이 단체에 속했다. 이 사람들의 이름은 폰 추타프스키, 치스친스키, 폰 로진스키, 미카엘 로디고프스키, 레오 폰 아자라페티안 등이었다. 그런데 베르크호프의 식당에서 샴페인을 마시는 중에 야폴이라는 사내가 다른 두 귀족풍의 신사 앞에서 폰 추타프스키 부인과 로디고프스키 씨와 은밀한 관계인 크릴로프라는 아가씨에 대하여 해서는 안 될 말을 입 밖에 내고 말았다. 이로 인해 여러 가지 절차들, 행동과 형식적인 조치가 취해졌고, 이에 대한 법률적 문서의 내용이 사방으로 전달되고 발송되었다. 한스 카스토르프는 문서를 읽었다.

"성명서, 폴란드어 원문에서 번역되었음. 19××년 3월 27일. 슈타니슬라프 폰 추타프스키 씨는 안토니 치스친스키 박사와 슈테판 폰 로진스키 씨를 자신의 대리인으로 내세워 카지미르 야폴 씨를 방문해줄 것을 의뢰하였는바, 이는 의뢰인이 명예권을 통해 고시된 절차에 따라 카지미르 야폴 씨가 야누스츠 테오필 레나르트 및 레오 폰 아자라페티안 씨와 대화 도중에 추타프스키 씨 부인에게 가한 중대한 모욕과 비방에 대하여 결투를 신청하기 위함이다.

위에서 언급된 11월 말에 있었던 대화 내용을 폰 추타프스키 씨가 며칠 전에 전해 듣고, 당시에 벌어진 모욕의 진상과 사실관계에 대한 완벽한 확증을 입수하기 위해 즉각 수단을 강구하기 시작했다. 어제, 정확한 날짜로 19××년 3월 27일에 모욕적 언사와 야유가 행해진 이 대화의 직접적인 증인인 레오 폰 아자라페티안 씨의 증언에 의해 중상과 비방의 행위가 사실임이 확증되었다. 따라서 슈타니슬라프 폰 추타프스키 씨는 지체 없이 카지미르 야폴 씨를 상대로 명예권에 관한 소송 절차의 수행을 상기 대리인들에게 위임하게 되었다.

서명자들은 다음과 같은 성명서를 발표함.

1. 카지미르 야폴 씨에 대한 라디슬라프 고두레츠니 씨의 소송 건에서 상대방 대리인 츠드치스타프 치굴스키 씨와 타데우스츠 카디 씨에 의해 19××년 4월 9일 렘베르크에서 작성된 조서에 근거하여, 나아가 19××년 6월 18일 동일 소송 건에서 렘베르크의 명예 재판소에서 작성된 성명서에 근거하여, 카지미르 야폴 씨가 '명예의 개념과 일치되지 않는 행동을 반복했기에 신사로 인정될 수 없다'는 확증이 서류상 공통적으로 완전히 일치한다.

2. 서명자들은 충분히 영향력 있는 상기 결과를 인정하여 카지미르 야

폴 씨가 어떤 식으로든 결투할 자격이 전혀 없다고 판단한다.

3. 서명자들은 명예의 개념을 이해하지 못하는 자에 대해 명예에 관한 소송을 수행하거나 동일 사건에 대해 중재하는 것은 있을 수 없는 일로 간주한다.

이런 사실 관계들을 고려할 때 서명자들은 카지미르 야폴 씨에 대해 명예권에 관한 소송 절차에서 결투의 권리를 얻고자 하는 것이 무의미하다는 점을 슈타니슬라프 폰 추타프스키 씨에게 주의를 주는 바이며, 또한 카지미르 야폴 씨처럼 결투할 자격이 없는 인물에 의해 다시는 명예 훼손이 일어나지 않도록 의뢰인 추타프스키 씨에게 형사소송의 절차를 밟도록 권고한다. (날짜 및 서명)

안토니 치스친스키 박사, 슈테판 폰 로진스키."

한스 카스토르프는 계속 읽었다.

"다보스에 있는 요양호텔 바에서 19××년 4월 2일 저녁 7시 30분에서 45분 사이에 슈타니슬라프 폰 추타프스키 씨, 미카엘 로디고프스키 씨와 카지미르 야폴 씨, 야누스츠 테오필 레나르트 씨 사이에 일어난 사건에 대한 증인의 조서.

슈타니슬라프 폰 추타프스키 씨는 대리인 안토니 치스친스키 박사와 슈테판 폰 로진스키 씨의 성명서에 근거하여, 19××년 3월 28일자의 카지미르 야폴 씨 사건에 대해 심사숙고한 결과, 아내인 야트비가 부인이 당한 '중대한 모욕과 비방'에 대해 카지미르 야폴 씨를 상대로 형사소송 절차를 밟으라는 권고가 만족스런 해결책이 될 수 없다는 확신에 도달하였다. 그 이유는 다음과 같다.

1. 카지미르 야폴 씨는 지정된 시간에 법정에 출두하지 않을 수 있다는 의혹을 품고 있으며, 또한 그가 오스트리아 국적을 소유하고 있음을 감안할 때 그에 대해 추가적인 소송을 하는 것이 매우 어려울 뿐만 아니라 불가능한 것으로 생각한다.

2. 게다가 카지미르 야폴 씨가 슈타니슬라프 폰 추타프스키 씨와 그의 아내 야트비가 부인의 명예와 가문에 대해 비방의 방식으로 가한 모욕은 형벌로 보상받을 수 있는 것이 아니다.

이에 따라 슈타니슬라프 폰 추타프스키 씨는 카지미르 야폴 씨가 다음 날 이곳을 떠날 의도가 있다는 것을 간접적으로 전해들은 후, 자신의 확신에 의거하여 가장 간단하고 철저하며 주어진 상황과 가장 부합되는 방법을 선택했다.

즉, 19××년 4월 2일 저녁 7시30분에서 45분 사이에 슈타니슬라프 폰 추타프스키 씨는 아내인 야트비가 부인, 미카엘 로디고프스키 씨, 이그나츠 폰 멜린 씨가 참석한 가운데 이곳 요양호텔의 미국식 바에서 야누스츠 테오필 레나르트 씨와 미지의 두 아가씨와 술을 마시고 있던 카지미르 야폴 씨의 따귀를 수차례 후려갈겼다.

이어서 미카엘 로디고프스키 씨도 카지미르 야폴 씨의 따귀를 후려갈기며, 이는 크릴로프 양과 자신에게 가해진 중대한 모욕에 대한 응징이라고 말했다.

그런 직후에 미카엘 로디고프스키 씨는 야누스츠 테오필 레나르트 씨의 따귀도 후려갈기며, 이는 슈타니슬라프 폰 추타프스키 씨 부부에 가해진 부당한 모욕을 응징하는 것이라고 말했다.

이어서 곧바로 슈타니슬라프 폰 추타프스키 씨도 자신과 자신의 부인 및 크릴로프 양에 대한 더러운 모욕에 대해 반복적으로 여러 차례 야누스츠 테오필 레나르트 씨의 따귀를 후려갈겼다.

　카지미르 야폴 씨와 야누스츠 테오필 레나르트 씨는 이렇게 따귀를 얻어맞는 동안 내내 완전히 수동적인 자세를 취했다. (날짜와 서명) 미카엘 로디고프스키, 이그나츠 폰 멜린.”

카스토르프는 다른 때 같으면 이렇게 공공연하게 따귀를 후려친 사건에 대해 그저 웃어넘겼겠지만, 그의 내적으로 불안정한 마음 상태는 그런 것을 허락하지 않았다. 그는 사건의 전말에 대해 읽으면서 몸을 떨었다. 한쪽의 나무랄 데 없는 예법과 다른 한쪽의 비열하고 해이한 후안무치가 문서들에서 확연하게 눈에 띄고, 양편의 모습이 생동감이 없으면서도 너무나 극단적인 인상을 주어서 그는 마음속 깊이 흥분을 느꼈다. 모든 사람들이 같은 심정이었다. 이제 폴란드인의 명예훼손 사건은 도처에서 열렬한 관심 대상이 되었고, 사람들은 이를 깨물어가며 설전을 벌였다. 이때 카지미르 야폴 씨의 반박문은 다소 흥분을 가라앉히는 효과를 가져왔다. 야폴 씨의 반박문 내용은 다음과 같았다. 입방아 찧기를 좋아하는 건방진 작자들이 렘베르크에서 야폴 자신을 결투할 자격이 없는 자로 선언한 사실을 폰 추타프스키 씨는 익히 잘 알고 있었다. 또한 자신이 결투에 응하지 않을 것이라는 점을 처음부터 인지하고 있었기 때문에 그가 단호하게 취한 모든 즉각적인 조치들은 순전히 우스꽝스러운 연극에 불과하다. 더구나 폰 추타프스키가 야폴의 고소를 포기한 이유도 실은 자신뿐만 아니라 누구나가 다 야트비 부인이 뭇 남자들과 내통을 하여 남편 얼굴에 먹칠을 했다는 사실 또한 잘 알고 있었기 때문이다. 이에 대해 설령 야폴 자신이 크릴로프 양의 전반적인 행동을 법정에서 왈가왈부해 보아야 별로 명예로운 일이 아니었겠지만, 그래도 손쉽게 진실을 입증할 수 있었을 것이다. 그리고 결투할 자격이 없는 것으로 입증된 사람은 야폴 자신뿐이었고, 자신과 대화를 나누던 레나르트는 무자격자가 아니었다. 그럼에도 폰 추타프스키는 위험을 회피하려는 수단으로 자신만을 무자격자로 운운했다. 전체 사건에서 아자라페티안 씨가 수행한 역할에 대해서는 말하고 싶지 않다. 그러나 요양호텔 바에서 일어난 장면에 대해서 말한다면, 야폴 자신은 능변가이자 재치 있는 인물이지만 지극히 나약한 인간이다. 특히 야폴 자신 및 레나르트의 동반자였던 두 여성은 명랑한 성격에 비해 암탉처럼 겁이 많은 반면에, 여러 친구들과 억척스런 부인을 대동한 폰 추타프스키가 육체적으로 우월한 상태에 있었다. 이 때문에 격투를 벌이며 공공연히 추태를 부리는 것을 피하기 위해 자신은 저항하려는 레나르트를 조용히 있도록 만류하면서 폰 추타프스키 씨 및 로디고프스키 씨와 잠시나마 마음을 삭이고 사교적 교류의 시간을 갖도록 종용했다. 하지만 이것이 험한 사태로 진전될 줄은 몰랐었는지 주위에 앉아 있던 손님들에게는 친구들 사이에 야유를 주고받는 것 정도로만 비쳐졌다는 것이다.

이상의 내용만으로는 물론 야폴 씨의 명예가 회복될 수 없었다. 사건 진상에 대한 그의 반박은 상대방의 주장에서 나타나는 명예와 굴욕의 명백한 대조를 본질적으로 타파하지 못했고, 추타프스키 편의 수법만큼 논리정연하지도 않았다. 타자기로 만들어진 그의 반박문서는 몇 장 복사되어 사람들에게 전달되었을 따름이었다. 반면에 언급했듯이 추타프스키의 조서는 누구에게나, 사건과 무관한 사람들에게까지도 배포되어서, 예를 들어 나프타와 세템브리니도 그것을 받아보았다. 한스 카스토르프는 문서가 두 사람의 수중에 있는 것을 목격했는데, 놀랍게도 그들 역시 심각하고 이상할 만큼 열광하는 표정으로 그것을 내려다보고 있었다. 카스토르프 자신은 주위에 만연된 불안정한 정신 상태로 말미암아 감히 그렇게 하지 못했지만, 세템브리니만은 적어도 쾌활하게 웃으며 이를 조롱하기를 기대했다. 그러나 카스토르프가 목격한 사방에 퍼져나가는 전염병이 프리메이슨 단원의 냉철한 정신에도 분명히 강력한 영향력을 행사하였는지, 그는 조롱을 퍼붓기는커녕 따귀를 후려갈긴 사건의 짜릿한 자극에 들떠서 아주 민감한 반응을 보였다. 더구나 희롱하듯 서서히 호전되는 것 같다가도 계속 악화되어 가는 건강 상태가 진보적인 삶의 대변자인 그의 기분을 어둡게 했다. 그는 이런 건강 상태를 저주하면서 분노를 터트리고, 자신을 경멸하며 수치심에 빠져들었다. 무엇보다 그는 최근 들어 며칠마다 침대에 누워 지내야 했다.

그와 같은 집에 기거하는 논적 나프타의 건강도 더 나을 것이 없었다. 수도사로서의 행로를 일찍 그만두게 했던 육체적 원인인 —또는 표면적 원인이라고 말해야 하는— 병이 그의 유기체 내부에서도 계속 악화되어 지금 그가 살아가는 고산 지역의 희박한 공기도 병세의 악화를 저지할 수 없었다. 나프타 역시 자주 아파서 누워 지내는 처지였다. 말을 할 때면 깨진 접시에서 나는 듯한 목소리가 더욱 심해졌고, 고열에 시달리면서 말수도 늘었거니와 그 내용도 예전보다 더 날카롭고 신랄해졌다. 세템브리니는 병과 죽음에 대하여 이념적 자세로 저항하면서 천박한 자연의 압도적인 힘에 패배해 가는 것을 아주 고통스러워했지만, 왜소한 인물인 나프타는 그런 기색조차 보이지 않았다. 육체적 상태가 악화되어 가는 것에 대해 그가 보인 태도는 비탄과 번민이 아니라 냉소적인 쾌활함 내지 비할 데 없는 호전성, 과도한 정신적 의구심, 부정과 혼란을 향한 강한 집착 등이었다. 이로 인해 세템브리니의 우울한 감정은 극도로 자극을 받았고, 두 사람 사이의 지적인 쟁점은 날마다 첨예하게 부딪치게 되었다. 물론 한스 카스토르프는 직접 보고 들은 것들에 대해서만 말할 수 있을 따름이었다. 그런데도 그는 둘이 논쟁을 벌일 때면 늘 현장에 있었다고 믿고 있었고, 교육적 대상인 자신이 거기에 참여하여 의미 있는 논쟁에 불을 피울 필요가 있다고 생각했다. 언젠가 그는 나프타의 신랄한 말투를 경청할 가치가 있다고 하여 세템브리니로 하여금 걱정을 하게 했지만, 그 역시도 나프타의 말투가 점점 더 과도해지면서 정신적 건전성을 자주 잃어가고 있다는 사실을 인정하지 않을 수 없었다.

나프타라는 환자는 병을 이겨 낼 힘이나 의지도 없었고, 세상을 병의 모습과 상징으로만 파악하고 있었다. 언젠가 물질은 정신을 그 내부에서 실현하기에는 너무나 쓸모없는 재료라고 나프타가 설명하자, 세템브리니는 나프타의 말을 경청하는 제자를 방 밖으로 나가게 하든가, 또는 제자의 귀를 꽉 막아 버리고 싶어 어쩔 줄 모르며 분노를 터트렸다. 그런 생각을 구체화하려는 시도는 어리석다고 나프타는 말했다. "그렇게 해봐야 무엇이 나옵니까? 어릿광대 같은 짓입니다! 찬양을 받는 프랑스 대혁명의 현실적인 결과가 자본주의적인 부르주아 국가라고 하는데, 그것 참 멋들어진 선물이군요! 이런 것으로 세계의 개선을 희망하지만, 그래 봐야 결국은 온 세상에 무시무시한 괴물만 생겨날 겁니다. 세계 공화국, 그것은 행운이 되겠지요, 암 그렇겠지요! 진보? 홍, 진보라고 하니까 누운 위치를 계속 바꾸면 고통이 감소할 것이라고 생각하여 그렇게 하는 유명한 환자의 이야기가 생각납니다. 공공연하게 말하지는 않지만 비밀스럽게 퍼져나가는 전쟁에의 열망은 바로 이런 생각의 표현입니다. 전쟁, 전쟁은 일어날 것입니다. 전쟁을 획책하는 자들이 기대하는 것과는 다른 결과가 생기게 되겠지만, 그건 좋은 일이지요."

나프타는 안정을 추구하는 시민국가를 경멸했다. 그가 이런 생각을 피력할 기회를 갖게 된 것은 어느 가을날 여럿이 함께 읍내의 대로를 거닐고 있다가 별안간 비가 내리기 시작하자 모두가 일사불란하게 우산을 펴들었을 때였다. 그에게 안정의 추구란 이른바 문명의 산물인 비굴과 전반적인 유약성의 상징이었다. 나프타에 의하면 기선 '타이타닉' 호의 침몰과 같은 돌발적 사건과 불길한 징후는 흔히 일어나는 일은 아니었지만, 어떤 면에서는 상쾌한 기분을 들게 하는 것도 사실이라는 것이다. "이 사건 이후로 '교통'의 안전을 요구하는 소리가 아주 커졌으며, '안전'이 위협받는 것처럼 보이면 언제나 예외 없이 엄청난 분개의 목소리가 터져 나왔습니다. 이는 참담한 일입니다. 이와 같은 현실은 시민국가의 인도적 무기력증을 보여 줄 뿐만 아니라 시민국가가 표출하는 경제적 싸움터의 탐욕스러운 야만성 및 비굴함과 아주 멋지게 어울립니다. 전쟁, 전쟁입니다!" 이렇게 말하며 나프타는 자신도 전쟁에 동조하고 있으며, 전반적으로 퍼져 있는 전쟁에 대한 열기는 자신이 볼 때 상당히 존중할 가치가 있는 것 같다고 주장했다.

그러나 세템브리니가 '정의'라는 말을 들먹이며 이 숭고한 원칙이 안팎의 정치적 파국을 예방해 주는 수단이라고 주장하자마자, 방금 전까지도 정신적인 것을 아주 훌륭한 것으로 인정하면서 정신의 현세적 구현이 이루어질 수 없고 이루어져서도 안 된다던 나프타는 이번에는 정신적인 것을 의심스럽게 보면서 이를 어떻게든 비방하려고 애썼다. 정의! 그것이 숭배할 만한 개념인가? 그것은 신성한 것인가? 제1급의 개념인가? 신과 자연은 정의롭지 않다. 신과 자연은 총애하는 자를 선택하여 은총을 베풀며, 따라서 어떤 인간에게는 위험한 훈장으로 장식해주고, 어떤 인간에게는 쉽고 평범한 운명을 마련해주는 법이다. 그런데 의욕적인 인간이란 어떤 사람인가? 그에게 정의는 한편으로 욕구를 마비시키는 유약함의 표상이자 회의 그 자체이며, 다른 한편으로는 무모한 행동으로 몰아가는 행진의 나팔소리이다. 그러므로 인간이 윤리적인 것을 고수하기 위해서는 항상 전자의 '정의'를 통해 후자의 '정의'를 수정하지 않을 수 없다. 그렇다면 정의라는 개념의 무조건성과 철저성은 대체 어디에 남아 있단 말인가? 하기야 우리에게 '정의롭다'는 것은 이런 저런 입장으로 다가선다. 이제 정의와 관련하여 남아 있는 잔재는 자유주의이지만, 오늘날에는 그런 것을 보고 개도 더 이상 군침을 흘리지 않는다. 정의란 당연히 시민적 수사학의 공허한 낱말이며, 행동을 하기 위해서는 무엇보다도 우리가 생각하는 정의가 어떤 것인지 알아야 한다. 즉 각자에게 제각기 어울리는 것을 부여하려는 정의인지, 또는 모든 자에게 같은 것을 부여하려는 정의인지 알아야 한다고 나프타는 궤변을 늘어놓았다.

우리는 나프타가 어떻게 이성을 마비시키려고 했는지 수많은 실례들 가운데 우연히 하나의 예를 끄집어냈을 따름이다. 그러나 나프타는 자신이 믿지 않는 과학에 대해 말하게 되었을 때 혼란은 더 심해졌다. 그는 과학을 믿지 않는다고 공공연하게 말했는데, 이유인즉 과학을 믿고 믿지 않고는 전적으로 인간의 자유이기 때문이라는 것이다. 나프타는 자신의 논리를 이어나갔다. "과학은 다른 모든 신앙과 마찬가지로 하나의 신앙이지만, 다만 과학은 다른 어떤 신앙보다도 무가치하고 어리석습니다. '과학'이라는 낱말 자체가 가장 우둔한 사실주의의 표현입니다. 다시 말해 과학은 인간 지성에 포착되는 대상의 의심스런 반영을 맹신하거나 진실인 양 설파하면서 이제까지 인류에게 요구되어 온 가장 몽매하고 절망적인 독단을 도출해내는 것을 부끄러워하지 않는 사실주의의 표현인 것입니다. 예컨대 자체적으로 실존하는 감각계의 개념은 온갖 자기모순들 가운데 가장 우스꽝스러운 개념이 아닙니까? 그러나 근대 자연과학은 오로지 독단으로만 간신히 유지되고 있을 뿐이지요. 현상계의 조건인 시간, 공간, 인과율이라는 유기체의 인식형식이 우리의 의식과는 독립적으로 존재하는 실재관계라고 하는 형이상학적 전제에 의거해서 말입니다. 이런 일원론적 주장은 인간의 정신에 가해진 그야말로 파렴치하기 이를 데 없는 논거입니다. 시간, 공간, 인과율은 일원론적으로는 발전이라고 하겠지만, 이것이야말로 자유주의 사상에 근거한 무신론적 사이비 종교가 보여 주는 핵심적 독단입니다. 사람들은 이것에 의해 모세의 제1경이 효력을 상실했으며, 이 황당무계한 우화를 물리치고 계몽적 지식이 대두되었다고 생각하고 있습니다. 마치 천지창조 시에 자연과학자 헤켈이 현장에 있었다는 듯이 말이죠. 흠, 경험적 지식이라! 우주의 에테르도 정확하게 측정될 수 있다고요? 원자, '나눌 수 없는 최소 단위'라는 이 멋들어진 수학적 농담이 증명되었다고요? 시공의 무한성 이론은 확실히 경험에 근거한 것일까요? 사실 조금이라도 논리적으로 생각한다면, 사람들은 시공의 무한성과 실재성이라는 독단에 의해 흥미로운 경험과 결과, 요컨대 무(無)라는 결과에 도달하게 될 것입니다. 즉, 실재론이란 진정한 니힐리즘이라는 통찰에 도달할 것입니다. 왜 그럴까요? 아무리 큰 것이라 해도 무한성과 비교하면 제로와 마찬가지라는 간단한 이유 때문입니다. 무한한 공간 속에는 크기가 없고, 영원한 시간에는 지속이나 변화도 없는 법입니다. 무한한 공간 속에서는 거리도 수학적으로 제로와 같기 때문에, 나란히 선 두 점도 있을 수 없고, 하물며 물체나 운동 같은 것은 없기 마련입니다."

이어서 나프타는 이렇게 특별히 강조하는 까닭은 유물론적인 과학이 '우주'에 관한 천문학적 헛소리나 쓸데없는 수다를 절대적 인식이라고 주장하는 불손함에 맞서기 위해서라고 말했다. "공허한 숫자를 자랑스럽게 내세우다가 자신의 무의미함을 절실히 느낌으로써 자기 가치에 대한 열정을 상실해 버린 불쌍한 인류! 인간의 이성과 인식이 현세적인 것에 고착된 채 이런 영역에서 주관적이고 객관적으로 체험한 내용을 실재적이라고 말한다면, 그거야 이럭저럭 들어줄 수도 있겠습니다. 그러나 그것이 한계를 넘어서서 영원한 수수께끼까지 파악하고자 이른바 우주론, 우주 개벽론을 운운한다면, 이는 웃어넘길 일이 아닙니다. 그것은 불손의 극치입니다. 지구에서 어떤 별까지의 '거리'를 제로가 열 개 이상 이어지는 킬로미터 단위나 광년으로 계산하고, 또한 그런 엄청난 숫자를 가지고 인간 정신으로 하여금 무한과 영원의 본질을 들여다보게 한다고 상상하는 것은 근본적으로 얼마나 가증스럽고 한심한 발상입니까! 반면에 무한성이란 크기와는 전혀 관계가 없고, 영원은 지속 및 시간적 거리와는 아무 관계가 없어서 무한성이나 영원이라는 것도 자연과학의 개념이 되기에는 거의 불가능합니다. 오히려 이런 것들은 우리가 자연이라고 부르는 것의 지양을 의미합니다! 참으로 일원론적인 과학이 '우주'에 관해 멋대로 저지르는 공허하고 비상식적이며 불손한 모든 헛소리보다는 차라리 별들을 하늘 천막에 난 구멍들이며, 이 구멍들을 통해 영원한 빛이 새어 나온다고 믿는 어린아이의 단순함이 내게는 수천 배나 더 마음에 듭니다!"

그러자 세템브리니는 별에 관한 한 나프타 씨 본인도 어린아이처럼 단순한 생각을 가지고 있느냐고 물었다. 이에 대해 나프타는 늘 겸손과 회의의 자유를 지니고 살아간다고 대답했다. 이로 미루어 그가 '자유'를 어떻게 이해하고 그 개념이 어떤 결과로 이어질지 알 수 있을 것 같았다. 그런데 카스토르프가 이 모든 것을 경청할 가치가 있다고 생각하는 것에 대해 세템브리니가 이를 구태여 꺼려할 이유는 없었을 텐데 실상은 그렇지 않았다.

나프타는 자연을 정복하려는 진보의 약점을 탐색하고, 진보의 지지자들과 선구자들이 비합리적 경향으로 후퇴하는 경우를 입증할 기회를 음험하게 노리고 있었다. 그는 비행사와 조종사들이란 대체로 아주 불쾌하고 의심스런 인물들이며, 무엇보다도 미신을 아주 신봉하는 경향이 있다고 말했다. 그들은 행운의 마스코트로 돼지나 까마귀 완구를 비행기에 갖고 다니며 세 번 여기저기에 침을 뱉는다든가, 운이 좋았던 조종사의 장갑을 받아서 끼기도 한다는 것이다. 이렇게 원시적인 미신이 그들의 직업의 근거가 되는 세계관과 어떻게 어울리겠는가? 나프타는 자신이 지적한 모순에 즐겁고 만족스런 표정을 지었다. 그는 오랫동안 이런 점을 비방했다. 이제까지 우리는 나프타의 적개심에 찬 수많은 태도들 중에서 몇 가지 표본만을 대충 끄집어내 보았지만, 너무나 생생하게 기억에 남는 한 가지 사건만은 이야기하지 않고 그냥 지나칠 수 없으리라.

2월 어느 날 오후, 일행은 그들의 평소 체류지에서 썰매로 1시간 30분쯤 걸리는 몬타인으로 나들이를 가자는 데 합의를 보았다. 그들은 다름 아닌 나프타와 세템브리니, 한스 카스토르프, 페르게와 베잘이었다. 그들은 말 한 마리가 끄는 두 대의 썰매를 타고 출발했는데, 카스토르프는 인문주의자 세템브리니와 함께 탔고, 나프타는 마부 옆자리에 앉은 베잘과 페르게와 함께 타고 있었다. 오후 세 시에 모두가 단단히 차려 입고 나프타와 세템브리니의 하숙집을 출발하여, 눈 덮인 조용한 풍경 속에서 낭랑하게 울리는 방울 소리를 들으며 오른쪽 산비탈을 따라서 가다가 프라우엔키르히와 글라리스를 지나 남쪽을 향해 계속 달렸다. 마차가 달리는 앞쪽 하늘은 어느새 눈으로 덮인 풍경이 펼쳐지기 시작했고, 그러자 곧 멀리 레티콘 산맥의 위쪽에는 연한 푸른색 띠의 형체만이 보일 따름이었다. 한파가 심해졌고, 줄지은 산들은 안개로 뒤덮였다. 썰매는 암벽과 협곡 사이의 난간이 없는 좁고 평평한 길을 달리다가는, 전나무가 자라는 험한 곳으로 가파르게 올라갔다. 그러자 썰매의 달리던 속도가 느려졌다.

그들은 가끔 1인승 썰매를 타고 내려오는 사람들을 만나기도 했는데, 그럴 때마다 모두가 썰매에서 내려야 했다. 커브길 앞쪽에서 부드럽게 낯선 방울 소리를 경고음으로 울리며 말 두 마리를 옆으로 나란히 연결한 썰매도 지나갔다. 이럴 때는 신중을 기해 피해야 했다. 목적지가 가까워지자 취겐슈트라세의 암벽 부분의 아름다운 풍경이 모습을 드러냈다. 일행은 몬슈타인의 '요양호텔'이라고 불리는 작은 숙소 앞에서 몸에 걸친 담요를 빠져나온 뒤, 썰매를 뒤에 놔둔 채 몇 발자국 앞으로 걸어가 남동쪽의 슈툴제그라트를 바라보았다. 3천 미터 높이의 거대한 암벽은 안개로 뒤덮여 있었다. 하늘을 향해 치솟은 뾰족한 바위는 현세를 초월한 듯 숭고한 모습으로 성스럽게, 접근할 수 없도록 안개를 두른 채 우뚝 솟아 있었다. 카스토르프는 이를 보고 감탄한 나머지 다른 사람들도 자신처럼 공감하도록 부추겼다. 그가 이런 경관에 위압감을 느끼며 "접근할 수 없다"는 말로 감탄사를 내뱉자, 세템브리니는 이때다 싶었는지 저 바위에 오른 사람이 분명히 있을 것이라고 강조하고는, 이어서 도대체가 접근 불가능한 대상이나 인간이 아직 발을 들여놓지 않은 자연이란 아마도 거의 존재하지 않을 것이라고 덧붙였다. 이에 대해 나프타는 세템브리니의 말이 좀 과장되고 허황된 면이 있다고 응수했다. 나프타는 에베레스트 산을 거론하며, 이 산은 지금까지 인간의 호기를 아주 냉정하게 거부해 왔으며, 앞으로도 계속 사양할 것 같다고 말했다. 그러자 인문주의자가 버럭 화를 냈다. 아무튼 일행이 '요양 호텔'로 되돌아오자, 문 앞에는 자신들의 썰매 옆에 말을 풀어 놓은 몇 대의 낯선 썰매가 있었다.

숙소는 묵을 만했다. 2층에는 호텔처럼 번호가 달린 객실이 있었다. 식당도 2층에 있었는데, 촌스러운 구석이 있었지만 난방 설비는 좋았다. 나들이를 나온 일행은 서비스가 좋은 여주인에게 간식으로 이를테면 커피나 꿀, 흰 빵과 이 지역의 특산품인 배로 만든 빵을 주문했다. 마부들에게도 적포도주를 보내 주었다. 스위스와 네덜란드에서 온 방문객들은 다른 식탁에 앉아 있었다.

우리는 카스토르프를 포함한 저 다섯 명이 식탁에서 따끈하고 아주 근사한 커피로 몸을 따뜻하게 데움으로써 여느 때보다 더 수준 높은 대화를 나누었노라고 본래는 말하고 싶었다. 하지만 그게 그렇질 못했다. 왜냐하면 대화라는 것이 다른 사람이 몇 마디 말한 뒤에는 나프타의 독백처럼 되어 버렸기 때문이다. 게다가 그의 독백조차도 아주 이상하게, 사교적으로 무례한 방식으로 이행되었다. 말하자면 과거에 예수회 회원이었던 나프타는 얼굴을 카스토르프에게만 향한 채 다정다감하게 뭔가를 가르쳐주는 반면에, 다른 한편에 앉은 세템브리니에게는 등을 돌리고 앉았고, 나머지 두 사람은 완전히 무시해버렸던 것이다.

카스토르프는 나프타의 즉흥적인 주제에 얼마쯤은 동의한다는 제스처로 고개를 끄덕였지만, 그것을 제대로 이해하기가 여간 어려운 일이 아니었다. 그의 즉흥적인 이야기는 일관된 주제를 다루는 것이 아니라 정신세계에서 산만하게 움직이며 이런 저런 문제를 살짝 건드렸다. 하지만 본질적으로 그의 논조는 정신적 생활현상의 애매한 양면적 성격, 거기서 도출된 거창한 개념들의 허황되고 호전적인 무용성(無用性)을 지극히 회의적인 방식으로 증명하는 데 주로 맞추어져 있었다. 이는 결국 절대성이란 언제나 호화로운 빛깔의 옷을 입고 지상에 나타난다는 점을 주지시킬 목적을 지니고 있었다.

아무튼 나프타의 강연이 자유의 문제에 초점을 두고 있다는 것은 분명했지만, 그는 이 개념을 혼란시키려는 의미로 다루고 있었다. 특히 그는 낭만주의, 19세기 초 유럽에서 일어난 이 운동의 매혹적인 이중적 의미에 대해 언급했다. "이 운동을 파악함에 있어서 반동과 혁명의 개념이 더 높은 개념으로 통합되지 않는 한 그 의미를 완전히 상실하게 될 것입니다. 왜냐하면 혁명적인 것의 개념을 전적으로 진보와 승리를 향해 돌진하는 계몽주의와 연관시키려는 것은 말할 것도 없이 지극히 우스꽝스러운 일이기 때문입니다. 유럽의 낭만주의는 무엇보다 자유운동이었습니다. 그것은 프랑스의 낡아빠진 취향과 구태의연한 이성학파와 대립각을 세우는 반의고전주의 운동, 반아카데미즘입니다. 낭만주의는 이런 이성주의의 옹호자에 대해 분칠을 하고 가발을 쓴 시대착오적 인간이라고 조롱했습니다."

그런 다음 나프타는 나폴레옹에 대항한 독일의 해방전쟁, 피히테의 감동적인 행동, 참을 수 없는 전제정치에 대항한 열광적이고 황홀한 민중봉기로 화제를 옮기더니, 묘한 웃음을 입가에 흘리며 말을 이었다.

"그러나 하하, 유감스럽게도 바로 이 전제정치, 자유가 말하자면 혁명의 이념들을 구체화했던 것입니다. 아주 흥미로운 것은 낭만주의자들이 반동적인 군주 권력을 옹호하여 혁명적 전제정치를 타파하고자 소리 높여 노래를 부르고 주먹을 휘둘렀는데, 이것도 자유를 위한 행동이었다는 점입니다."

나프타는 다시 묘한 웃음을 입가에 흘리며 말했다. 이제 내 말을 경청하는 카스토르프 청년은 외적 자유와 내적 자유의 차이점 또는 대립에 대해서도 알아차렸을 것이고, 또한 동시에 어떤 부자유가 한 국가의 명예와 가장 잘 조화를 이룰 수 있는가, 하하, 가장 조화를 이루지 못하는가 하는 까다로운 문제도 알아차렸을 것입니다."

나프타의 모호하고 장황한 주장이 계속되었다. "자유란 사실 계몽적인 개념이라기보다는 오히려 낭만적인 개념에 가깝다고 하겠습니다. 이유인즉 자유의 개념은 인간적인 확장본능과 열정적으로 내재화하는 자아 강조를 확고하게 결합하는 것이라는 점에서 낭만주의와 공통점이 있기 때문이다. 개인의 자유본능은 국가적인 것에 대하여 역사적─낭만적 숭배를 불러일으켰지만, 여기에는 호전적인 측면이 있어서 인도적 자유주의는 이와 같은 숭배를 깨어나지 못했다고 부릅니다. 인도적인 자유주의도 마찬가지로 개인주의를 이념으로 가르치고 있지만, 양자 간에는 약간 차이점이 존재합니다. 개인주의는 개별존재의 무한하고 우주적인 중요성을 확신한다는 점에서 낭만적이고 중세적이지요. 이로부터 영혼 불멸설과 지구 중심설, 점성술이 생겨났다고 하겠습니다. 다른 한편으로 개인주의는 자유주의적 인문주의를 표방하면서 무정부주의로 기울어지는 경향이 있지만, 어쨌든 소중한 개체가 일반 대중의 희생물이 되는 것을 막으려고 합니다. 이쪽이나 저쪽 모두 개인주의인 것으로, 서로가 하나의 명칭을 공유하고 있는 것입니다."

그러나 자유를 향한 열정이 자유의 기세등등한 적들, 다시 말해 신앙심 없이 파괴를 일삼는 진보와 싸우면서 전통지향적인 총명하기 이를 데 없는 기사들을 낳았다는 점 또한 우리는 인정해야 한다고 나프타는 말하고 나서, 산업주의를 저주하고 귀족 계급을 찬양한 아른트의 이름과 『기독교의 신비주의』를 저술한 신학자 요셉 괴레스의 이름을 거론했다. 도대체 신비주의는 자유와 전혀 관계가 없단 말인가? 신비주의는 예컨대 반 스콜라적이고, 반 독단적이며, 반 교회적이지는 않았을까? 교권 제도는 왕의 무제한적 권력을 가로막았기 때문에 거기에 당연히 자유의 힘이 들어 있는 것으로 보지 않을 수 없다. 그러나 중세 말기의 신비주의는 자유의 본질을 종교개혁의 선구자 역할로서 입증해 보였다는 것이다. 이번에도 나프타는 다시 묘하게 웃음을 흘리며 종교개혁은 그 자체로 자유와 중세적 반동이 긴밀하게 결합되어 만들어진 직물 같은 것이라고 규정했다.

"루터의 행위… 네, 그래요, 그의 행위는 행위 자체, 행위 일반의 의심스러운 본질을 아주 극명하게 제시하는 장점을 가지고 있지요. 카스토르프 씨는 행위가 무엇인지 알고 있습니까? 행위란 예컨대 대학생 조합원 잔트가 추밀원 고문관 코체부를 암살한 것과 같은 것이지요. 범죄학적으로 말해 젊은 잔트가 '무기를 손에 쥐게 된' 동기는 무엇이겠습니까? 당연히 자유에 대한 열광입니다. 그렇지만 더 자세히 살펴보면 실은 자유에 대한 열광이 아니라, 오히려 도덕적 광신, 반민족적 경솔함에 대한 증오가 동기였습니다. 물론 코체부에는 러시아의 앞잡이, 고로 신성 동맹의 앞잡이였습니다. 그래서 잔트는 자유를 위해 그를 찌른 것이었습니다. 만일 그와 가까운 친구들 중에 예수회 회원이 있었다는 정황을 감안하면 물론 오리무중에 빠지기는 합니다. 단적으로 말해 행위는 어떤 것이든 자신의 소신을 명백히 하기에는 좋지 않은 수단이며, 정신적 문제의 해결에도 그리 도움이 되지 못합니다."

"실례지만 당신의 애매한 말들을 이제 좀 끝낼 생각은 없으십니까?"

세템브리니는 이렇게 부탁했지만, 어조는 날카로웠다. 그는 자리에 앉아서 손가락으로 탁자를 두드리고, 콧수염을 비틀고 있었다. 이제는 참을 만큼 참아서 인내심에 한계가 생겼던 것이다. 그는 반듯하다 못해 아주 꼿꼿한 자세로 앉았다. 매우 창백한 얼굴로, 소위 발꿈치를 세우고 앉아 있었기 때문에 그의 허벅지만 의자와 닿은 상태에 있었다. 이런 자세로 검은 눈동자를 번뜩거리며 상대를 노려보자, 나프타는 흠칫 놀라며 세템브리니 쪽으로 시선을 돌렸다.

"지금 뭐라고 하셨습니까?" 나프타가 되물었다.

"내가 하고 싶은 말은." 이탈리아인은 이렇게 대답하며 침을 삼켰다. "내가 하고 싶은 말은 당신의 애매모호한 말로 순진한 청년을 더 이상 괴롭히는 것을 못하게 할 작정이라는 것입니다.!"

"이봐요, 말을 살펴서 하기를 요청합니다!"

"그런 요청은, 이보시오, 필요 없어요. 나는 늘 말을 살펴서 하고 있으니까요. 구태여 표현하자면 나는 사실을 직시하고 있습니다. 그렇지 않아도 흔들리기 쉬운 청년을 정신적으로 혼란과 미혹에 빠트리고, 윤리적으로 무기력하게 만드는 당신의 태도는 비열할 뿐만 아니라 아무리 엄한 말로 징계해도 충분치 않습니다."

세템브리니는 '비열'이라는 말을 하면서 손바닥으로 탁자를 두드리더니, 자신이 앉은 의자를 뒤로 밀치며 일어섰다. 이것이 신호가 되었는지 다른 사람들도 자리에서 동시에 일어섰다. 그러자 다른 탁자에 있던 손님들이 귀를 곤두세우며 이쪽을 바라보았다. 스위스 손님들은 떠나고 없었기 때문에 하나의 탁자에서만 이쪽으로 시선이 집중되었다. 이 탁자에 모여 앉아 있던 네덜란드인들은 놀란 표정으로 돌발적인 언쟁에 귀를 기울이고 있었다.

이제 나들이를 온 모두가 탁자를 사이에 두고 꼿꼿이 서 있었다. 한스 카스토르프와 두 적대적인 인물, 그들 맞은편의 페르게와 베잘, 이 사람들 모두가 창백한 얼굴로 눈을 크게 뜨고 입술을 씰룩거렸다. 논쟁의 당사자가 아닌 세 사람이 뭔가 시도를 할 수는 없었을까? 두 논적을 달래든지, 농담으로 긴장을 완화시키든지, 아니면 어떤 인간적 설득을 통하여 사태를 호전시키려는 시도를 할 수는 없었을까? 하지만 이런 시도를 아무도 하지 않았다. 내적인 정신상태가 그렇게 할 만큼 안정적이지 못했다. 그들은 일어선 채 몸을 부르르 떨면서 자신도 모르게 두 주먹을 불끈 말아 쥐었다. 고상한 것이라면 일체 자신과는 거리가 멀다고 선언하였고, 또한 이 논쟁의 파장이 얼마나 클지 애초부터 생각하기를 완전히 포기한 페르게조차도 이제 될 대로 되라는 심정이 되어버렸고, 자신도 분위기에 휩쓸려 들어간 채 일이 어떻게 돌아가든 수수방관할 수밖에 없다고 생각했다.

주위가 조용하여 나프타의 이빨 가는 소리가 들렸다. 이것이 카스토르프에게는 비데만의 곤두선 머리털을 보았을 때와 비슷한 체험으로 여겨졌다. 예전에 그는 이빨 가는 것을 말로만 들었지 실제로는 있을 수 없다고 생각했었다. 그러나 나프타는 주위가 조용할 때 지독히 불쾌하고 사납게, 기괴한 소리를 내며 정말 이빨을 갈았다. 이는 어쨌든 나프타가 나름대로 무서울 정도로 자제하고 있다는 표시를 반증하고 있었다. 왜냐하면 그는 언성을 높이지 않고 나직한 소리로 헐떡이며 반쯤 웃는 소리로 말했기 때문이다.

"비열하다고요? 징계한다고요? 도덕군자인 체하는 사람이 뿔로 받으려고 하나요? 문명을 지키려는 교육적 수호자가 칼집에서 칼을 뽑을 정도로 화가 났습니까? 나의 시작은 성공이라고 말하겠습니다. 경시의 말을 덧붙이자면, 가볍게 성공한 것이죠. 살짝 비아냥거려 도덕적 감시자의 감정을 발끈하게 했으니 말입니다! 이봐요, '비열'이라는 표현 다음의 것도 마찬가지입니다. '징계'라는 표현, 그것도 말입니다. 시민적 원칙을 고수하는 당신이 나에게 어떻게 빚을 갚을 것인지 모르지는 않으리라고 생각합니다. 만일 당신이 그걸 모른다면, 나는 당신의 원칙을 어떤 수단을 써서든 시험해 보지 않을 수 없습니다."

세템브리니가 험한 동작을 취하자 나프타는 말을 계속했다.

"아, 시험할 필요도 없을 것 같습니다. 나는 당신의 방해물이고, 당신은 나의 방해물이니, 그래요 좋습니다. 우리 이 사소한 차이를 적절한 장소에서 확실하게 해결하도록 합시다. 현재로서는 단 한 가지만 말하고자 합니다. 당신은 신앙심이라도 있는 양 자코뱅 혁명의 스콜라 철학적 국가개념에 불안감을 느끼고 있습니다. 이 때문에 청년에게 회의를 심어주거나 기본 범주들을 뒤엎고, 이념으로부터 학술적 효용가치를 박탈하려는 나의 태도를 당신은 교육적 범죄로 보는 것입니다. 당신이 불안을 느끼는 것은 지극히 당연합니다. 왜냐하면 당신의 인도주의는 끝났기 때문입니다. 다 끝났다는 것을 분명하게 인정하십시오. 인도주의는 오늘날에는 이미 시대착오이자 고전주의를 표방하는 구태의연함, 정신적 권태에 지나지 않아서 하품만 자아냅니다. 우리의 새로운 혁명은, 이봐요, 이런 낡은 쓰레기를 일소하기 시작하고 있습니다. 교육자로서의 우리가 당신들의 미지근한 계몽주의가 꿈꾸었던 것보다 더 심각하게 의심을 일으키고 있다면, 그것은 우리에게 주어진 사명이 무엇인지 잘 알고 있어서일 것입니다. 시대에 필요한 절대적인 것, 신성한 폭력은 철두철미한 회의와 도덕적 혼란에서만 생겨납니다. 이는 나 자신의 정당성을 주장하고 당신을 똑바로 가르치기 위해서입니다. 더 이상의 이야기는 차후로 미루기로 합시다. 그때 또 인사를 드리겠습니다."

"내가 틀림없이 문안을 드릴 겁니다, 나프타 씨!" 세템브리니는 나프타의 등을 향해 외쳤다. 나프타는 탁자를 떠나 자신의 털가죽 외투를 가지러 옷걸이 쪽으로 서둘러 가는 중이었다. 이윽고 프리메이슨 단원인 세템브리니는 의자에 털썩 주저앉으며 두 손으로 자신의 가슴을 꾹 눌렀다.

"파괴자! 미친 개! 흉측한 사내 같으니!" 세템브리니는 가쁜 숨을 몰아쉬면서 고함을 질렀다.

다른 세 사람은 탁자 옆에 우두커니 서 있었다. 페르게의 콧수염은 계속 위아래로 움직이고 있었고, 베잘은 아래턱을 비스듬히 내리고 있었다. 한스 카스토르프는 목이 떨려서 자신의 할아버지를 흉내 내어 턱을 가슴 쪽으로 바싹 당겼다. 그들 모두가 이곳으로 나들이 올 때는 이런 일이 일어나리라곤 거의 예상하지 못했다. 세템브리니를 포함하여 모두가 한 대의 썰매가 아니라 두 대의 썰매에 나누어 타고 온 것이 얼마나 다행스러운 일인가 하고 생각했는데, 세템브리니 역시 예외가 아니었다. 이 때문에 일단 돌아갈 걱정은 하지 않을 수 있었다. 그러나 다음 문제는?

"그가 결투를 신청했지요?" 카스토르프가 불안한 심정으로 물었다.

"그렇습니다." 세템브리니는 이렇게 대답하고, 옆에 서 있는 카스토르프를 흘끔 쳐다보았지만, 얼른 그에게서 시선을 돌리고 손으로 턱을 괴었다.

"결투를 받아들일 겁니까?" 베잘이 대답을 기다리며 물었다.

"그것 말입니까?" 세템브리니는 이렇게 반문하면서 잠깐 베잘을 응시했다. 그러더니 "여러분" 하고 말문을 열고는, 완전히 냉정을 되찾고 자리에서 일어섰다. "우리의 즐거운 외출이 이런 식으로 끝나게 되어 서글픕니다. 하지만 누구든지 살다 보면 이런 불의의 사건이 일어날 수 있다는 것을 생각해야 합니다. 나는 이론적으로는 결투를 인정할 수 없고, 법적인 관점을 먼저 생각합니다. 그렇지만 실제와 마주치면 이야기는 달라집니다. 반대의 상황도 있을 수 있습니다. 단적으로 말해 나는 그의 뜻에 따를 것입니다. 젊은 시절에 펜싱을 좀 해두었던 것이 잘 된 일입니다. 몇 시간만 연습하면 아마 손목이 다시 유연해질 겁니다. 이제 갑시다! 더 상세한 것을 협의하게 될 것입니다. 짐작컨대 저 인물은 이미 썰매에 말을 달도록 지시했을 것입니다."

한스 카스토르프는 돌아오는 도중이나 그 후에도 차후에 일어날 무서운 일로 말미암아 머리가 어지러워지는 순간이 여러 번 있었다. 무엇보다 나프타가 베고 찌르는 결투에는 전혀 관심이 없고 권총으로 결투하기를 고집한다는 소문이 들려왔을 때는 더욱 더 눈앞이 캄캄했다. —그리고 법적으로 명예권 개념에 따르면 나프타가 모욕을 당한 당사자였기 때문에 실제로 그에게 무기를 선택할 권한이 있었다. 말해두지만, 카스토르프 청년의 경우에는 주위에 감도는 내적 불안으로 인한 혼란과 몽롱한 상태에서 어느 정도 스스로 정신을 차릴 수 있었고, 따라서 이따위 결투는 참으로 미친 짓이니 어떻게든 그것을 막아야 한다고 굳게 다짐하고 있었다.

"실제로 모욕을 가하는 사태가 있었던 것은 아니잖습니까!" 카스토르프는 세템브리니, 페르게, 베잘과 대화를 나누며 이렇게 외쳤는데, 이 가운데 베잘은 돌아가는 도중에 벌써 나프타에게 결투입회인으로 지목받아 양쪽의 의견을 중재하고 있었다. 카스토르프가 계속해서 말했다. "이번 경우는 민사상의 모욕이나 사회적 형태의 모욕도 아니잖습니까! 어느 한쪽이 다른 쪽의 명예와 관련된 이름을 더럽혔든지, 여자 문제가 관련되어 있든지, 치고받고 싸우는 도저히 화해가 불가능한 삶의 숙명적인 다툼이라면 혹시 모르겠습니다! 그렇습니다, 그럴 경우에는 결투가 최후의 해결책이 될 수 있을지도 모릅니다. 결투를 통해 명예가 충분히 보상되고, 사건이 원만히 해결되어 요컨대 적대적이었던 쌍방이 화해를 하면서 헤어진다면, 분쟁의 경우에 따라서는 결투가 심지어 유익하고 실용적인 좋은 방편이라고까지 말할 수 있을 것입니다. 그러나 그 사람이 무슨 짓을 했단 말입니까? 나는 그를 비호할 생각은 없습니다만, 그가 선생에게 무슨 모욕을 가했는지 묻고자 합니다. 그는 기본 범주들을 뒤엎었습니다. 그가 직접 표현한 바에 따르면, 그는 이념들에서 학술적 가치를 박탈했습니다. 이 때문에 선생은 모욕을 당했다고 느꼈습니다. 당연하지만, 우리 한번 가정해 보기로 합시다."

"가정해 본다고요?" 세템브리니는 한스 카스토르프의 말을 따라 하면서 그를 응시했다. 그러자 카스토르프가 다시 말문을 열었다.

"그럼요, 당연하지요! 나프타 씨는 그렇게 하여 선생을 모욕했습니다. 그러나 그가 선생을 비방한 것은 아닙니다! 그것이 차이점이라는 나의 말을 용서하십시오. 문제의 관건은 추상적인 문제, 정신적인 문제입니다. 정신적인 문제로 모욕은 할 수 있지만, 그것으로 비방은 할 수 없는 법이지요. 이는 어떤 명예 재판소에서도 받아들이는 원칙입니다. 나는 맹세코 단언할 수 있습니다. 그리고 이 때문에 선생이 그에게 '비열함'이라든가 '엄한 징계'라고 말한 것도 비방은 아닙니다. 그것 역시 정신적 차원에서 나온 말이기 때문입니다. 모든 것이 정신적 영역으로 한정되어 있기에 개인적인 일과는 전혀 관계가 없습니다. 개인적인 일에만 비방 같은 것이 존재합니다. 정신적인 것은 결코 개인적 차원일 수 없습니다. 이것이 원칙이라는 말의 완전한 의미이자 설명입니다. 그렇기 때문에…."

"잘못 생각하고 있어요, 친구." 세템브리니는 두 눈을 감고 대답했다. "당신은 우선 정신적인 것이 개인적 성격을 띨 수 없다고 가정함으로써 잘못 생각하고 있습니다. 그렇게 생각해서는 안 됩니다." 그는 이렇게 말하며 그 특유의 우아하고 고통스러운 미소를 지어보였다. "그렇지만 당신은 정신적인 것에 대한 평가에 있어서 무엇보다 오류를 범하고 있습니다. 정신적인 것을 당신은 갈등이나 열광이 일어나기에 허약한 대상으로 간주하고 있습니다. 실생활의 경우 결투 외에 다른 해결책이 없을 것 같은 갈등이나 열광이 있다고 보면서 말입니다. 하지만 정반대입니다! 추상적인 것, 순수한 것, 이념적인 것은 동시에 절대적인 것이기도 합니다. 따라서 그것은 아주 준엄한 것입니다. 그리고 이것이야말로 사회적 삶보다 훨씬 더 심원하고 과격한 증오의 가능성, 절대적이고 화해할 수 없는 적대성을 내포하고 있는 것입니다. 이런 정신적 영역이 사회적 삶보다 심지어 더 직접적이고 가차 없이 '너 또는 나'의 상황, 엄밀히 말해 과격한 상황, 결투와 같은 육체적 싸움의 상황으로 몰고 간다는 것을 당신은 이상하게 생각합니까? 이봐요 친구, 결투는 일반적인 '제도'라고 말하기는 어렵습니다. 결투란 최종적인 것이며, 아주 피상적인 기사도 방식의 어떤 규정을 통하여 그나마 완화될 따름인 자연 상태로의 복귀입니다. 상황의 본질적인 것은 전적으로 본래적인 것, 육체적인 싸움으로 남아 있으며, 더구나 남자라면 누구나 자연적인 것으로부터 아무리 멀리 떨어져 있어도 언제나 이런 상황에 대응할 자세를 갖추고 있어야 합니다. 남자는 날마다 이런 상황에 빠져들 수 있습니다. 이념적인 것을 위해 자신의 인격, 자신의 팔과 피를 걸 수 없는 자는 인격 따위를 논할 자격이 없습니다. 그리고 아무리 정신적인 존재라 할지라도 남자로 머물러 있다는 것이 무엇보다 중요합니다."

이렇게 한스 카스토르프는 한바탕 훈계를 받고 말았다. 이에 대해 대체 뭐라고 대꾸를 하겠는가? 그는 수심에 잠긴 채 침묵하고 있었다. 세템브리니의 말은 침착하고 논리적이었으나, 그 말은 어딘지 낯설고 부자연스럽게 입 밖으로 울려 나왔다. 결투 문제가 자신의 생각에 의한 것이 아니라 나프타라는 키 작은 테러리스트에게 강요를 받은 것처럼, 그가 입 밖에 내뱉은 말은 본의가 아니었다. 자신의 명석한 두뇌를 노예 및 도구로 만들어 버린 주위의 불안정한 정신 상태에 감염되어 이런 말이 불쑥 튀어나온 것이었다. 하지만 어찌하여 정신적인 것은 준엄하다는 이유로 가차 없이 동물적인 것, 육체적 싸움을 통한 해결로 나아가야 한다는 것인가? 카스토르프는 이런 생각에 저항하거나 반항하려고 했지만, 이조차 할 수 없음을 깨닫고 두려움에 사로잡혔다. 주위에 감돌고 있는 불안정한 정신 상태가 그의 내부에도 강력하게 영향을 미치고 있었고, 그 역시 정신적 영향권에서 빠져나올 기력이 없었다. 비데만과 존넨샤인이 두 마리의 짐승처럼 마구잡이로 싸우며 뒹굴던 기억이 그의 뇌리를 무섭고 생생하게 스치고 지나갔으며, 이로 인해 카스토르프는 최후로 남은 것이라곤 손톱과 이빨 따위의 육체적 수단이라고 생각하며 공포에 사로잡혔다. 그래, 그렇지, 이 마당에 와서야 서로 치고받는 수밖에 없겠지. 그래야 적어도 기사도적인 조정을 통해 원시상태를 조금이라도 완화시킬 수 있기 때문이야. 한스 카스토르프는 세템브리니에게 결투의 입회인을 맡겠노라고 자청했다.

세템브리는 그의 제안을 거절했다. 안 된다, 그것은 적합지도 온당치도 않다고 그는 대답했다. 좀 더 상세히 말하자면, 먼저 세템브리니가 우아하고 고통스러운 미소를 지어보이며 거절했고, 이어서 페르게와 베잘 씨도 잠시 생각한 다음 특별한 이유도 듣지 않고 카스토르프가 입회인의 입장으로 결투장에 참석하는 것은 옳지 않다고 말했다. 예컨대 공정한 심판관의 입장이라면 결투장에 나가도 상관없는데, 왜냐하면 심판관의 참관을 통해 야만적인 행위를 기사도적으로 완화하는 것은 규정에도 어긋나지 않기 때문이라는 것이다. 나프타 자신도 명예대리자 베잘의 입을 통해 같은 의견을 전해 왔으므로 카스토르프는 그것이 좋겠다고 생각했다. 입회인이든 심판관이든, 어쨌든 그는 결투 방식의 결정에 영향력을 가질 수 있는 기회를 얻게 되었는데, 이는 지극히 중요한 일이라는 것이 입증되었다.

그럴 것이 나프타가 정말 어처구니없는 제안을 해왔기 때문이다. 그는 다섯 발짝 떨어진 거리에서 결투를 하고, 필요할 경우에는 세 번씩 사격할 것을 요구했다. 그는 이 미치광이 같은 제안을 싸움이 있던 날 밤 자신의 야만적 관심사의 대변자 내지 대리인이었던 베잘을 통해 통보해 왔다. 베잘은 한편으로는 나프타의 위임을 받고, 다른 한편으로는 확고한 자신의 취향에 의해 이런 조건들을 완강하게 주장했다. 물론 세템브리니는 이를 비난할 생각이 조금도 없었지만, 입회인을 맡은 페르게와 심판관인 카스토르프는 분노를 참을 수가 없었다. 심지어 카스토르프는 화를 참지 못하고 가련한 베잘을 심하게 책망하면서 신랄한 어조로 반문했다. "실질적으로 명예훼손과는 상관없는 말도 안 되는 결투가 벌어지게 생겼는데, 이런 흉측하고 불쾌한 조건까지 내건다는 것은 수치스럽지 않습니까? 권총을 쏜다는 것 자체가 이미 야만적인데, 이런 살인을 위한 조건까지 일일이 내걸다니요. 그렇게 되면 기사도라는 것도 사라져 버립니다. 차라리 서로 코를 맞대고 쏘는 것이 낫지 않겠습니까? 베잘 당신이 그런 가까운 거리에서 총을 쏘는 것이 아니니까 그런 피에 굶주린 말이 당신의 입에서 술술 나오는 겁니다."

베잘은 어깨를 으쓱하면서 바야흐로 극단적 상황이 벌어지려 한다는 것을 말없이 시인하고 말았다. 이렇게 해서 한스 카스토르프는 현 사태를 잊고 싶어 하는 상대방의 기세를 어느 정도 꺾어놓았다. 아무튼 다음날 카스토르프는 무엇보다도 세 번 총을 쏘는 것을 한 번으로 줄이자는 교섭에 성공했다. 결투하는 두 사람이 열다섯 발짝 떨어져 대치하고 있다가, 총을 쏘기 전에 다섯 발짝 앞으로 나아갈 수 있는 권리를 갖자는 원칙이 쌍방 간에 수립되었다. 그러나 이런 조정도 화해의 시도는 없어야 한다는 확고한 약속을 전제로 간신히 이루어질 수 있었다. 그런데 막상 이들 중에는 권총을 소지한 사람이 없었다.

알빈 씨가 권총을 소지하고 있었다. 그는 여자들을 겁주고 싶어서 번쩍거리는 소형 권총 외에도 케이스에 비단으로 두른 벨기에서 만들어진 한 쌍의 장교용 권총도 가지고 있었다. 그것은 갈색 목재의 손잡이 안에 탄창이 들어 있는 브라우닝 자동 권총으로, 강철로 이루어진 포열의 기계장치는 푸르스름한 빛을 띠고 있었고, 번쩍거리는 총신은 회전하도록 되어 있었으며, 총구 위쪽에는 작고 정교한 가늠자가 붙어 있었다. 한스 카스토르프는 언젠가 한번 허풍쟁이 알빈 씨의 방에서 그런 권총을 본적이 있었고, 이 때문에 그는 결투를 반대하는 입장이면서도 순전히 공정성을 지키려는 마음에서 권총을 빌리는 일을 떠맡겠다고 자청했다. 그는 알빈 씨에게 무슨 목적으로 권총을 빌린다는 말을 구태여 감추지는 않았지만, 자신의 비밀스런 명예 문제인 것처럼 위장하고는 허풍쟁이의 기사도 정신에 호소하여 손쉽게 권총을 빌릴 수 있었다. 알빈 씨는 카스토르프에게 심지어 탄알을 장전하는 방법도 가르쳐 주었고, 그를 야외로 데리고 나가 한 쌍의 권총으로 과녁 없이 시험사격도 실시했다.

이런 일을 하다 보니 시간이 이틀이나 훌쩍 지나가버렸고, 어느새 결투일이 임박하게 되었다. 결투 장소는 카스토르프가 생각해낸 곳으로, 그가 제안하여 결정된 이곳은 술래잡기를 위해 혼자 명상하던 곳, 여름이면 푸른 꽃이 만발하는 그림같이 아름다운 장소였다. 언쟁이 벌어지고 사흘째 되는 날 아침, 이 명상의 장소에서 날이 밝아오자마자 사태의 결말을 보게 되었다. 매우 흥분해 있던 카스토르프는 전날 밤 상당히 늦은 시간이 되어서야 비로소 결투장에 의사를 대동할 필요가 있다는 생각을 하게 되었다.

그는 즉시 이 문제를 페르게와 상의했으나, 그것은 아주 까다로운 일이라는 것이 판명되었다. 라다만토스는 대학교 조합원 출신이었지만, 요양원 원장으로서 무엇보다 환자들 사이에 벌어진 그런 불법적인 일에 관여할 수는 없는 입장이었다. 중환자 사이의 권총 대결을 위해 나서줄 의사를 이곳에서 구할 희망은 전혀 없는 형편이었다. 크로코프스키에 관한 한, 심령술 전문 의사가 상처 치료에도 능숙한지 알 길이 없었다.

한스 카스토르프는 베잘과도 만나서 논의했는데, 나프타는 의사를 원치 않는다는 쪽으로 자신의 견해를 이미 피력했다는 것이다. 그가 약속 장소에 가는 이유는 약을 바르고 붕대를 감기 위해서가 아니라 결투를 하기 위해, 그것도 사생결단을 내기 위해서이다. 차후에 어떤 일이 발생하든 자신은 알 바 아니며, 결과야 그때 가보면 드러날 것이라고 했다는 것이다. 이런 말은 어떤 불길한 표명처럼 들렸지만, 카스토르프는 나프타가 속으로야 어떻게 생각하든 그에게는 의사가 필요 없다는 뜻으로 해석하려고 노력했다. 세템브리니도 그를 찾아온 페르게를 통해 의사 따위는 관심이 없으니 이 문제를 거론하지 말라고 자신의 견해를 통보하지 않았던가? 이렇게 볼 때 두 적대자는 어느 쪽도 서로에게 피를 흘리게 할 의도가 없다는 점에 근본적으로 일치한다고 볼 수 있으며, 이를 기대하는 것 또한 아주 터무니없는 생각은 아니었다. 사람들은 저 언쟁이 벌어진 날부터 이틀 밤을 잤고, 이제 하룻밤을 더 잘 것이다. 그러면 더 냉정해지고 머리가 맑아질 것이다. 특정한 정서는 시간의 흐름에 따라 변화하기 마련이다. 내일 아침이 되어 손에 권총을 들었을 때, 결투하는 두 사내 모두 언쟁을 벌이던 날 밤의 그런 격앙된 사내는 아닐지도 모른다. 당시에야 두 사람이 지나친 의욕과 확신에 따라 행동했는지 모르지만, 내일 아침이 되면 그 순간의 자유 의지에 따르는 것이 아니라 기껏해야 기계적으로 체면을 유지하는 정도로만 행동할지 모른다. 그래도 묵은 감정에 연연하여 그들 자신의 실체를 부정하는 일만은 어떻게든 막지 않으면 안 된다!

카스토르프의 생각은 아주 틀린 것은 아니었으나, 유감스럽게도 그것은 그가 꿈에도 생각하지 못한 방식으로 이루어졌다. 세템브리니에 관한 한 그의 예상은 심지어 조금도 틀림없이 들어맞았다. 그러나 레오 나프타가 결정적인 순간까지, 또는 마지막 순간에 도달하여 자신의 의중을 어떻게 바꿀 것인가를 그가 만일 예상했더라면, 이 모든 것을 초래한 주위의 정신 상태가 어떤 것이든 상관없이 목전에 닥친 결투를 그냥 방관만 하지는 않았을 것이다.

아침 일곱 시에 해는 아직 먼 산 너머에 걸려 있었다. 그러나 카스토르프가 불안하게 밤을 보내고 결투 장소로 가기 위해 베르크호프 요양원을 나섰을 때는 짙은 안개 속으로 햇살이 희미하게 비치기 시작했다. 홀을 청소하던 아가씨들이 일손을 멈추고 일찍 외출하는 그를 쳐다보며 놀라워하는 표정을 지었다. 이른 시간이었지만 현관문이 닫혀 있는 것은 아니었다. 따로 갔는지 둘이서 같이 갔는지 모르지만, 페르게는 세템브리니를, 베잘은 나프타를 결투장으로 데려가기 위해 이미 현관문을 지나간 것이 틀림없었다. 한스 카스토르프는 판정인이라는 자신의 특별한 입장 때문에 어느 쪽에도 끼어들지 않고 혼자서 결투장으로 향했다.

그는 현 상황에 대해 중압감을 느끼면서도 체면치레에 내몰려 기계적으로 걸어갔다. 그가 결투장에 가는 것은 당연하고 불가피했다. 그곳에 가지 않고 침대에 누워 결과를 기다릴 수는 없는 노릇이었다. 그 이유는 첫째로… 하지만 그는 첫 번째 이유는 머릿속에서 지워버리고 어떻게든 사태를 방치해서는 안 된다는 두 번째 이유에 생각을 집중했다. 아직은 다행히도 불미스러운 일이 일어나지 않았고, 또한 불미스런 일이 꼭 일어난다고 할 수도 없으며, 심지어 그럴 개연성조차 없었다. 이른 시각에 전등불을 켜고 일어나, 아침도 먹지 못한 채 차디찬 새벽 공기가 감도는 야외에서 만나야만 했지만, 이는 일단 약속한 일이니 감수할 수밖에 없었다. 그러나 약속대로 한스 카스토르프라는 존재가 결투장에 참석하여 영향을 미침으로써 어떻게든 만사가 예상과는 다르게 밝은 쪽으로 호전될지도 모를 일이다. 가장 사소한 일조차도 미리 그려보려고 한 것과는 다른 방향으로 흐를 수 있다는 것을 우리는 경험으로 알고 있기 때문에, 사태를 미리 예측하려고 하지 않는 것이 더 나을 수도 있다.

그럼에도 그날 아침은 그가 기억하는 한 가장 불쾌한 아침이었다. 밤을 뜬눈으로 지새워 나른한 카스토르프는 신경이 날카로워져 이빨이 덜덜 떨렸고, 자신을 위로하려는 생각도 마음속에서 은연중에 불신감으로 변하기 시작했다. 돌이켜보면 그는 아주 특별한 순간들을 맞이했었다…. 다툼으로 신세가 엉망이 되어버린 민스크 출신의 부인, 식당에서 미쳐 날뛴 학생, 비데만과 존넨샤인, 뺨을 후려갈긴 폴란드인 사건 등이 어수선하게 그의 뇌리를 스쳐 지났다. 카스토르프는 결투장에 출석한 자신의 눈앞에서 두 사람이 서로 총을 쏘고 피를 흘리는 것은 도저히 상상할 수 없었다. 그러나 비데만과 존넨샤인이 자신의 눈앞에서 벌인 일을 생각해보면, 자신뿐만 아니라 자신의 주변 세계를 신뢰할 수 없어서 모피 재킷 안으로 오싹하며 한기가 감돌았다. 반면에 아무튼 이 모든 일에도 불구하고 상황이 제공하는 이상야릇하고 흥분된 감정이 힘을 돋우는 새벽공기와 어우러지면서 그의 마음을 고양시키고 생동감을 부여하는 것이었다.

이렇게 혼란한 느낌과 생각에 빠진 채 카스토르프는 천천히 밝아오는 여명을 받으며 도르프에 있는 봅슬레이 코스의 종착지로부터 아주 좁은 오솔길을 따라 언덕길을 올라가 눈으로 뒤덮인 숲에 도착했다. 이어서 봅슬레이 코스 위로 지나가는 목조다리를 건넌 다음, 삽으로 치워진 것이라기보다는 사람들이 밟아서 만들어진 길을 따라 걸었다. 그러면서 길 양옆으로 나타나는 나무줄기들을 헤치며 계속 앞으로 나아갔다. 그는 걸음을 서둘렀기 때문에 금방 세템브리니와 외투 아래로 권총 케이스를 손으로 꽉 잡고 있는 페르게를 따라잡았다. 카스토르프가 지체 없이 이들과 합류하여 나란히 얼마쯤 걸어가자, 약간 앞에서 가고 있던 나프타와 베잘의 모습이 벌써 그의 시야에 들어왔다.

"쌀쌀한 아침입니다, 적어도 18도는 되겠어요." 그는 좋은 뜻으로 이렇게 인사를 건넸지만, 자신의 경솔한 언사에 스스로도 놀라며 몇 마디 덧붙여 말했다. "여러분, 나는 확신합니다만…."

다른 사람들은 침묵했다. 페르게는 착한 인상을 주는 그의 콧수염을 위아래로 움직였다. 얼마 후에 세템브리니는 가던 걸음을 멈춘 뒤, 카스토르프의 손을 잡더니 자신의 손을 그 위에 얹고는 말했다.

"이봐요, 나는 죽이지 않을 것입니다. 그러지 않을 겁니다. 나는 그의 총알에 대응을 하겠지만, 명예심에 성실하게 따를 뿐입니다. 그러나 나는 그를 죽이지 않을 겁니다, 이 말은 진심입니다!"

그는 잡았던 손을 놓고 계속 걸어갔다. 카스토르프는 깊은 감동을 받았지만 몇 발짝 걸어간 다음에 말문을 열었다.

"참으로 잘 생각하셨습니다, 세템브리니 씨. 다만 상대방이… 그쪽에서…."

세템브리니는 머리만 혼들 따름이었다. 카스토르프는 한쪽이 쏘지 않을 테니 상대방도 쏠 수 없을 것이며, 이제 모든 일이 원만하게 해결되어 자신이 예상한 대로 될지도 모른다고 생각했다. 그러자 그의 마음이 한결 가벼워졌다.

그들은 협곡 위에 드리워진 작은 다리를 건너갔다. 여름에는 그림같이 아름다운 경관을 만들어주던 폭포가 지금은 얼어붙어 소리 없이 협곡으로 떨어져 내려가고 있었다. 나프타와 베잘은 눈이 수북하게 쌓인 벤치 앞의 눈길을 서성거리고 있었다. 카스토르프는 전에 이 벤치에 누워 코피가 멎기를 기다렸던 순간을 아주 생생하게 머릿속에 떠올렸다. 이때 나프타가 담배 한 대를 피워 물었다. 그러자 카스토르프도 담배를 피우고 싶은지 생각해 보았지만, 전혀 내키지 않음을 깨달았고, 이렇게 볼 때 아무래도 나프타가 불안한 마음을 진정시키려고 담배를 피워 문 것이 틀림없다고 생각했다. 카스토르프는 이곳에 올 때마다 느끼는 희열을 다시 맛보며 이곳 주변의 웅장하고 친밀한 경치를 둘러보았다. 이곳은 얼어붙어 있었지만 푸른 꽃이 만발하던 계절에 못지않게 아름다웠다. 비스듬히 튀어나온 전나무 줄기와 가지도 눈의 무게에 짓눌려 있었다.

"안녕하셨습니까!" 한스 카스토르프는 당장에 모임의 분위기를 자연스럽게 하고 험한 공기를 날려 보내려고 쾌활한 목소리로 인사를 했지만, 효과가 없었다. 아무도 그의 인사에 반응을 보이지 않았기 때문이다. 주고받은 인사라는 것이 거의 보이지 않을 정도로 뻣뻣하게 말없이 고개를 숙이는 데 불과했다. 그럼에도 카스토르프는 이곳에 도착할 때까지의 운동과 가쁜 호흡, 겨울 새벽의 빠른 걸음으로 생긴 열기를 지체 없이 좋은 목적에 활용하기로 결심하고는 말문을 열었다.

"여러분, 나는 확신합니다만…."

"당신의 확신이라는 것은 다른 기회에 하도록 하십시오." 나프타가 냉랭하게 그의 말을 가로막은 다음, "무기를 받았으면 하오"라고 거만한 어조로 덧붙였다. 어안이 벙벙해진 카스토르프는 페르게가 외투 밑에서 불길한 물건인 권총 케이스를 꺼내고, 그에게 다가와 권총 한 자루를 받아서 그것을 다시 나프타에게 넘겨주는 모습을 물끄러미 지켜볼 수밖에 없었다. 세템브리니는 페르게의 손에서 다른 한 자루의 권총을 넘겨받았다. 이어서 결투할 장소를 확보해야 했기 때문에 페르게는 중얼거리며 모두에게 옆으로 비켜 달라고 부탁했다. 그는 직접 걸어가서 거리를 재고 눈으로 확인하기 시작했다. 15보에 해당하는 양끝의 외곽선은 구두 뒤꿈치로 눈 속에 짧은 선을 그어 표시했고, 그 안쪽의 대기자 울타리는 페르게 자신과 세템브리니의 지팡이를 가로놓아 만들었다.

선량하고 인내심이 많았던 페르게는 대체 지금 무엇을 하고 있는 것인가? 한스 카스토르프는 자신의 눈을 믿을 수 없었다. 다리가 긴 페르게는 아주 긴 보폭으로 걸었기 때문에 적어도 15보의 간격은 상당한 거리였지만, 그 안쪽으로 저주스러운 울타리 두 개가 놓여 있어서 실제로 양쪽의 간격은 먼 것이 아니었다. 페르게가 성실하게 일을 하고 있다는 것은 엄연한 사실이었다. 그렇지만 이렇게 무서울 정도로 결투장 준비에 열중하는 이 사내는 대체 어떤 미몽에 빠져서 이렇게 하는 것일까?

나프타는 외투를 벗어서 눈 위에 던졌고, 그러자 밍크 털가죽이 눈에 보였다. 그는 권총을 손에 쥐고, 외곽선이 그어져 있는 한쪽 끝으로 다가갔다. 그러는 동안에도 페르게는 계속 선을 그어 표시를 하는 일에 열중하고 있었다. 세템브리니 역시 선이 다 그어지기를 기다렸다가 낡아 빠진 모피 재킷을 열어젖히고 자신의 자리로 가서 섰다. 그제야 카스토르프는 멍한 상태에서 정신을 차리고 다시 한 번 얼른 앞으로 나아갔다.

"여러분." 그는 착 가라앉은 목소리로 말했다. "너무 서두르지 마십시오! 그 어떤 일이든 이것이 나의 의무인지라…."

"그런 말 하지 말아요!" 나프타가 날카롭게 소리쳤다. "신호나 해주기 바라오."

그러나 아무도 신호를 하지 않았다. 신호를 보내는 일에 대해서는 제대로 협의가 되어 있지 않았다. '시작!'이라는 신호를 해 주어야 했지만, 이런 끔찍한 촉구의 말을 하는 것이 심판관의 할 일이라는 점을 미처 생각하지 못했고, 어쨌든 이에 대해서는 어떤 언급도 없었던 것이다. 카스토르프는 말없이 자리에 서 있었고, 아무도 그를 대신하여 신호를 보내지 않았다.

"우리 시작합시다!" 나프타가 선언했다. "앞으로 나오시오, 그리고 쏘시오!" 그는 상대방을 향해 소리치고는, 팔을 뻗어 권총을 세템브리니의 가슴 높이로 향하면서 앞으로 나아가기 시작했다. 도무지 믿을 수 없는 광경이 펼쳐진 것이다. 세템브리니도 나프타처럼 행동했다. 나프타가 방아쇠에 손을 대고 이미 안쪽의 울타리 앞까지 도달했을 때, 세템브리니는 세 발자국 앞으로 나가며 총구를 위로 향하고 방아쇠를 당겼다. 날카로운 총소리가 여러 차례 메아리를 일으켰다. 주위의 산들에 총소리가 울려 퍼지며 골짜기마다 요란한 소리로 가득했다. 카스토르프는 사람들이 한꺼번에 달려 나올까봐 걱정했다.

"당신은 허공에다 총을 쏘았습니다." 나프타는 권총을 내리면서 분노를 참고 말했다.

세템브리니는 그 말에 대답했다.

"나는 내가 쏘고 싶은 곳에 쏩니다."

"또 한 번 쏘아 보시오!"

"나는 그럴 생각이 없습니다. 이번에는 당신이 쏠 차례입니다." 세템브리니는 머리를 들어 하늘을 응시하면서 자세를 나프타의 정면이 아니라 조금 옆으로 향하고 있었다. 이런 그의 모습은 꽤나 감동적이었다. 결투에서는 상대방의 정면을 향하지 않는다는 이야기를 세템브리니는 들은 적이 있어서인지, 이런 지시에 따라 행동한 것이 분명했다.

"비겁자!" 나프타가 소리쳤다. 그는 이렇게 외침으로써 총을 맞는 것보다 총을 쏘는 것이 더 많은 용기를 필요로 하다는 점을 인정한 셈이었다. 그는 결투와는 전혀 무관한 방식으로 총을 들고는 자신의 머리를 쏘았다.

비참하고 잊을 수 없는 광경이 벌어진 것이다! 주위의 산과 들에서 그의 터무니없는 행동이 빚어낸 날카로운 총소리가 울려 퍼지는 동안, 나프타는 두 다리를 앞으로 차올리며 몇 걸음 뒤로 비틀거리는가 싶더니 자빠졌다. 그는 몸 전체를 오른쪽으로 던지듯 비틀거리다가 얼굴을 눈 속에 파묻고 쓰러져 버렸다.

모두가 순간적으로 멍하니 서 있었다. 세템브리니는 권총을 내던지고 제일 먼저 나프타 곁으로 달려갔다.

"이게 대체 무슨 짓인가!" 그가 외쳤다. "이것이 신을 사랑하는 행위란 말인가!"

한스 카스토르프는 세템브리니를 도와 나프타의 몸을 반대로 돌렸다. 그들은 그의 관자놀이 옆에서 검붉은 구멍을 보았다. 그들은 나프타의 끔찍한 얼굴을 들여다보다가, 그의 상의 호주머니에서 끝자락이 빠져 나와 있는 비단 손수건으로 그의 얼굴을 최대한 잘 덮어 주었다.

청천벽력

한스 카스토르프는 이 위의 사람들 곁에 7년 동안 머물렀다. 7이라는 숫자는 십진법의 신봉자에게는 어중간한 숫자이지만, 이는 나름대로 근사하고 알맞은 숫자이자 신화적으로 멋진 시간 단위로서, 예컨대 6처럼 무미건조한 숫자보다는 정서에 더 만족감을 준다고 말할 수 있을 것이다. 그는 식당의 일곱 개 식탁 어느 것에도 앉아 보았고, 어느 식탁에나 대략 1년간 앉아 보았다. 마지막에는 보통 러시아인 식탁에도 앉으면서 두 명의 아르메니아인, 두 명의 핀란드인, 한 명의 부하라인, 한 명의 쿠르드인과 함께 식사를 했다. 카스토르프는 그러는 동안 아무렇게나 자라게 내버려 둔 약간의 수염, 그러니까 상당히 불명료한 형태의 금발 턱수염을 기르고 식탁에 앉아 있었다. 우리는 이런 턱수염을 자신의 외모에 대한 어떤 철학적 무관심의 증거로 보지 않을 수 없다. 그렇다, 우리는 더 나아가 그가 자신에 대해 무관심하게 된 것과 마찬가지로 주변 사람들도 그에게 무관심하게 되었음을 이야기하고자 한다. 요양원 측은 그를 위한 기분전환의 노력을 중단하고 말았다. 고문관도 이제는 그에게 겉치레 말로 짧게 '잘 잤습니까'라는 아침인사 외에는 이렇다 할 특별한 말은 건네지 않았다. 게다가 아드리아티카 폰 밀렌동크도 (그녀는 우리가 말하고 있는 지금도 크게 자란 다래끼를 눈에 달고 있었다.) 며칠에 한 번 말을 건네는 정도였다. 근황을 좀 더 정확하게 말하자면 좀처럼 말을 건네지 않거나 아예 말을 건네지 않았다. 사람들은 그를 조용히 지내도록 내버려 두었다. 그는 질문에 대답할 필요가 없고, 더는 어떤 일도 할 필요가 없어서 기이하게도 즐거운 특전을 누리는 학생과 비슷한 처지에 있었는데, 왜냐하면 그의 낙제는 결정된 사항이자 더 이상 고려의 대상이 아니었기 때문이다.

　이런 상태를 우리는 방종한 형태의 자유라고 덧붙이고 싶지만, 반면에 자유라는 것에 이와는 다른 형태와 종류가 있을 수 있는지 자문해

본다. 어쨌든 카스토르프는 거칠고 반항적인 결단이 더는 그의 가슴 속에서 무르익을 염려가 없는 환자라는 것이 확실해졌기 때문에, 요양원 측은 앞으로는 그를 염려의 눈으로 지켜볼 필요가 없었다. 그는 이곳 외에는 대체 어디로 가야 할지를 오래전부터 도무지 알 수 없게 되었고, 평지로 돌아간다는 생각도 더는 할 수 없게 된 안전하고 종신적인 존재였다. 그가 보통 러시아인 식탁으로 옮겨졌다는 사실만 보더라도 카스토르프라는 인물에 대한 그 어떤 걱정도 없다는 것을 드러내는 것은 아닐까? 이렇게 말한다고 해서 이른바 보통 러시아인 식탁을 폄하하려는 의도는 조금도 없다! 일곱 식탁 사이에는 이렇다 할 차등은 없었기 때문이다. 대담하게 표현하자면 어느 식탁이나 다 같이 예우를 받는 민주주의가 성립되어 있었다. 모든 식탁에 똑같이 풍성한 식사가 제공되었다. 라다만토스 본인도 순번에 따라 가끔 보통 러시아인 식탁에 찾아와 접시 앞에 커다란 두 손을 놓고 앉아 있었다. 그곳에서 식사하는 사람들은 라틴어를 모르고 식사할 때도 지나치게 격식을 차리며 행동하지는 않았지만, 그럼에도 모두가 인류 공동체의 명예로운 구성원이었다.

시간, 그것은 기차역에 있는 시계의 장침처럼 5분마다 단번에 꿈틀하고 움직이는 것이 아니라, 오히려 움직이는 것이 전혀 보이지 않는 아주 작은 시계처럼 움직이거나 또는 은밀하게 성장을 하는데도 어느 날에야 비로소 눈에 띄는 풀과 같은 것이다. 시간이란 순전히 연장(延長)이 없는 점들의 결합에 의해 만들어지는 선과 같다. (이에 대해 고인이 된 불운한 인간 나프타는 연장이 없는 점들의 결합이 어떻게 선이 될 수 있는지 아마도 물음을 제기할지 모르겠다.) 요컨대 시간은 살며시 보이지 않게 은밀히 움직이면서도 분주히 활동을 계속하며 변화를 일으켰다. 하나의 예만을 들자면 테디 소년은 어느 날 —그러나 물론 '어느 날'은 아니고 아주 불분명한 어떤 날부터— 다시는 소년이 될 수 없었다. 테디가 이따금 자리에서 일어나 잠옷을 운동복으로 갈아입고 아래층에 내려가면, 여자들은 그를 더 이상 품안에 끌어안을 수 없게 되었다. 모르는 사이에 사정이 거꾸로 바뀌어서 그런 기회가 있으면 테디가 여자들을 품안에 끌어안게 되었다. 그것은 양쪽 모두에게 전과 마찬가지로 만족감을 주었다, 아니, 전보다 더 큰 만족감을 선사했다. 물론 그가 근사한 미남 청년으로 자랐다고 말할 수는 없지만, 키가 훌쩍 큰 청년이 되어 있었고, 한스 카스토르프는 이를 의식하지 못하다가 어느 순간 불현듯 알아차리게 되었다. 그런데 시간이 흐르고 키가 훌쩍 자랐어도 테디는 좋은 결과를 얻지 못했다. 시간이 그에게 행운을 선사하지 않았다. 그는 21세의 나이에 병을 이겨내지 못하고 사망했으며, 그의 방은 소독되었다. 새로운 수평 상태와 이제까지의 수평 상태 사이에 큰 차이가 없으므로 우리는 그의 죽음을 차분한 목소리로 설명하고 있다.

그러나 더 중요한 죽음이 있었다. 우리의 주인공 한스 카스토르프와 더 가까운 관계에 있는, 아니면 과거에 그와 더 가까운 관계에 있었던 평지 사람의 죽음이 있었다. 이제는 우리에게 먼 기억 속에 있었던 한스의 종조부이자 양아버지였던 티나펠 영사가 얼마 전에 세상을 떠난 것이다. 노인은 그동안 유해한 기압 상태를 지극히 조심스럽게 피해왔으며, 또한 그런 상태에 빠져 수난을 당하는 일이 없도록 야메스 삼촌에게 자신을 의탁해왔다. 하지만 노인은 계속해서 뇌일혈을 피할 수는 없었다. 그리하여 어느 날 카스토르프의 근사한 접이식 침대로 노인의 사망을 알리는 전보, 간단명료하지만 다정하고 조심스런 —전보의 수신자보다는 고인을 고려하여 다정하고 어투에 유의하는— 전보가 날

아들었다. 이를 읽은 카스토르프는 검은 테가 있는 종이를 사서 사촌만큼 친근한 삼촌에게 편지를 썼다. 내용인즉, 어려서 부친과 모친을 잃은 자신이 지금 다시 한 번 세 번째로 고아가 되었다고 생각하지만, 종조부의 장례식에 참석하기 위해 여기 머무는 것을 그만두고 무작정 이곳을 떠날 수 없으므로 그만큼 더 슬프다는 것이었다.

슬프다는 표현은 어쩌면 가식인지 모르지만, 근자에 한스 카스토르프의 눈은 평소보다 더 근심스런 빛을 띠고 있었다. 이번에 종조부가 사망한 일은 그의 감정에 전혀 영향을 미치지 않았고, 지난 몇 년 동안 모험적인 세월 속에서 소원한 관계로 지내다 보니 거의 아무 느낌도 없었다. 그렇지만 노인의 죽음은 평지와의 연관이 또 하나 끊어진 것이었으므로, 카스토르프가 자유라고 제대로 명명한 것이 이로써 궁극적으로 완벽하게 이루어진 셈이었다. 실제로 우리가 이야기하고 있는 느지막한 시기에는 그와 평지와의 연관은 완전히 끊어져 있었다. 그는 다시는 평지로 편지를 보내거나 받지도 않았으며, 마리아 만치니도 평지에서 구입하지 않았다. 그는 이곳 고지에서 입맛에 맞는 상표를 발견하고는, 한때 여자 친구에게 그랬던 것처럼 이제 이 상표의 시가를 애용했다. 그것은 극지 탐험가가 빙설로 덮인 극지에서 아무리 힘든 고난을 겪고 있을지라도 그 순간을 잊게 해 줄 만한 기호품으로, 이것만 있으면 해변에 누워 있는 것과 마찬가지로 어떤 일이라도 견디어 낼 수 있을 것 같았다. 담뱃잎 아래 부분을 특히 잘 처리하여 만든 '뤼틀리의 맹세'라는 쥐색의 이 제품은 마리아보다 좀 뭉툭하고, 중간에 푸른 빛깔의 띠를 두르고 있었다. 맛은 부드럽고 연한 편이었으며, 타나 남은 새하얀 재는 시가에 그대로 붙어 있어서 겉에 싼 담뱃잎의 줄무늬가 그대로 남아 있었다. 타들어 가는 속도가 일정하기 때문에 이 시가의 애용자는 일정하게 흘러 떨어지는 모래시계 대신에 사용할 수 있을 듯했는데, 이제 회중시계도 지니고 있지 않은 카스토르프에게는 이것이 필요에 따라서는 시계의 역할을 해줄 것 같기도 했다. 시계는 어느 날 침실의 테이블에서 떨어졌는데, 그것을 다시 작동하도록 고치지 않았기 때문에 그 후로 시계는 멈춰 있었다. 시계를 고치지 않고 내버려 둔 것은 그가 달력을 매일 한 장씩 떼어 낸다든가, 날짜나 축제일을 미리 조사하는 따위의 일을 오래 전에 포기한 것과 동일한 이유에서였으며, 따라서 이는 '자유'를 위한 행동이었다. 이는 해변의 산책, 정지해 있는 항상성 내지 영원을 위해서였으며, 평범한 삶의 이탈자가 접응하기 쉬운 것으로 판명된 연금술적인 마법, 다시 말해 그의 영적 모험의 근간을 이루던 연금술적인 마법을 위해서였다. 단순한 질료인 우리 주인공의 온갖 연금술적인 모험은 모두 그 속에서 이루어졌다.

이렇게 그는 누워서 지냈고, 그러다 보니 그가 이 위에 도착한 시점인 한여름이 다시 돌아왔다. 그는 모르고 있었지만 그 사이에 해가 일곱 번이나 순환했다.

이때 우레와 같은 소리가 온 세상에 울려 퍼졌다.

그러나 이때 울려 퍼지고 일어난 사건에 대해 입에 담는 것조차 수치스럽고 부끄러운 일이다. 여기서만은 부디 허풍과 무용담 따위는 하지 말기를 바란다! 목소리를 낮추어 말하는데, 바로 우리가 모두 알고 있는 청천벽력이 울려 퍼졌던 것이다. 오랫동안 쌓여 있던 무감각과 병적 홍분의 위험천만한 혼합물이 우리의 귀를 멀게 할 정도로 폭발하고 말았다. 외경심을 가지고 차분하게 표현하면 이는 지구의 기본 토대를 뒤흔들어 버린 역사적인 벽력이었지만, 반면에 이 이야기를 따라가는 우리에게 그것은 마법의 산을 폭파하고 7년 동안 단잠에 빠져 있던 한스 카스토르프를 성문 앞으로 거칠게 내던져 버린 벽력이었다. 그는 여러 차례 경고를 받았으면서도 신문 읽는 것을 게을리 한 사내처럼 어리둥절한 표정으로 풀밭에 앉아 두 눈을 비볐다.

지중해 출신인 그의 친구이자 스승은 그동안 언제나 그의 부족한 점을 조금은 교정해주려고 애썼고, 또한 교육적 대상인 이 걱정거리 자식에게 평지에서 일어나는 사건의 개요나마 가르치려고 노력해왔지만, 제자인 카스토르프는 그의 말에 거의 귀를 기울이지 않았다. 카스토르프는 물론 사물의 정신적 그림자에 대해서는 술래잡기의 방식으로 이런저런 꿈을 꾸었지만, 사물 그 자체에 대해서는 그다지 주목하지 않았다. 이는 그야말로 그림자를 사물이라고 생각하고, 사물을 그림자로만 파악하는 그의 오만한 성향 때문이었다. 그러나 양자의 관계가 최종적으로 규명되지 않은 상태에서 그를 지나치게 비난해서는 안 될 것이다.

전에는 세템브리니가 갑자기 카스토르프의 방에 들어와 전등을 켜고는, 수평 상태에 있는 그의 침대 옆에 앉아서 삶과 죽음의 문제에 대한 그의 사고방식을 교정하고 깨우쳐주려고 했지만, 요즘은 사정이 많이 달라졌다. 이제는 반대로 카스토르프가 두 손을 다소곳이 무릎에 올리고 인문주의자의 침대 옆에 앉아 있거나, 아니면 카르보나리 당원이었던 할아버지가 사용하던 의자와 물병이 있는 다락방, 칸막이로 분리되어 아늑한 서재 겸 다락방의 안락의자에 앉아 대화를 나누고, 세계의 동향을 언급하는 스승의 말을 정중하게 경청했다. 그도 그럴 것이 로도비코 씨는 일어설 수 없을 때가 잦아졌기 때문이다. 나프타의 비참한 최후, 절망한 논쟁가의 폭력 행위가 세템브리니의 민감한 성품에 심한 충격을 주었던 것으로, 그는 이런 충격에서 벗어나지 못하고 몹시 쇠약해져서는 거의 쓰러질 지경에 이르렀다. 『사회적 병리학』이라는 책, 즉 인간의 고통을 대상으로 하는 모든 문학작품의 백과사전 출간을 위한 그의 공동작업도 정지된 채 더 이상 진척을 보지 못하고 있었다. 이 사업을 추진하는 연맹은 백과사전 가운데 문학 부분의 출간을 기다리고 있었지만 헛수고였다. 진보 연맹에 대한 세템브리니의 협력이라는 것은 말뿐이었고, 그나마 카스토르프의 호의적인 방문이 그가 말로라도 협력할 기회를 주었다. 만일 카스토르프의 방문마저 없었더라면 그는 그럴 기회조차 얻지 못했을 것이다.

세템브리니는 사회적 수단에 의한 인류의 자기완성에 대해 허약한 목소리였으나 아름답고 열정적으로 많은 것을 언급했다. 그의 말은 비둘기의 발걸음처럼 온화했지만, 예컨대 그가 만인의 행복을 실현하기 위해 해방된 민족들의 통합에 관해 언급할 때는 즉각 독수리의 날갯짓과 같은 힘찬 어조로 바뀌었다. 정작 본인은 자신의 이런 말투를 알려고도 하지 않았고, 아는 것 같지도 않았다. 이렇게 볼 때 할아버지의 유산인 정치와 아버지의 인문주의적 유산이 로도비코 자신의 내부에서 결합되어 아름다운 문학으로 표출되는 것이 틀림없었다. 이는 휴머니즘과 정치가 문명이라는 고매하고 화려한 사상 속에 서로 결합되어 있는 것과도 같은 이치로, 비둘기의 온화함과 독수리의 용맹함으로 가득찬 이 사상은 보수의 원칙이 타도되고, 시민적 민주주의라는 신성동맹이 실현되는 미래, 여러 민족들이 깨어나는 아침을 기다리고 있었다.

그러나 단적으로 말해 이런 신념에는 모순들이 숨어 있었다. 세템브리니는 휴머니스트였지만, 이와 동시에 어느 정도는 그 자신이 언급한 대로 호전적인 인물이기도 했다. 그는 극단적인 나프타와의 결투에서 인간답게 행동했지만, 반면에 인간성이 감동으로 넘쳐서 정치와 더불어 문명이라는 승리 및 권력이념과 결합하여 시민의 창을 인류의 제단에 바치게 되는 순간에도, 과연 그가 손에 피를 묻히는 것을 공개적으로 로 꺼려하는 태도를 견지할지 의심스러웠다. 그렇다, 주위의 불안정한 정신상태가 세템브리니에게도 영향을 미쳐서 그의 아름다운 사고에도 비둘기의 온화한 요소 대신에 독수리의 사나운 요소가 점점 더 많아지고 있었다.

세계정세의 거대한 위상에 대한 그의 판단이 갈등을 드러내면서 그는 의혹에 사로잡혀 번민하는 일이 잦게 되었다. 최근 들어, 그러니까 2년 또는 1년 반 전에 그의 조국 이탈리아가 알바니아에서 오스트리아와 외교적으로 공조를 취하는 바람에 그의 대화의 논조가 불안해지기 시작했다. 양국의 공조는 라틴어권이 아닌 반쯤의 아시아, 러시아의 학정과 슐뤼셀부르크 요새에 반기를 들었다는 점에서 그의 기분을 고조시킨 데 반해, 그것이 하필이면 불구대천의 원수, 보수와 민족 노예화 원칙과의 잘못된 동맹이라는 점에서는 그를 괴롭혔다. 작년 가을 러시아가 폴란드에 철도망을 설치하는 데 프랑스가 거액의 자금을 융자해 준 일도 마찬가지로 그에게 모순의 감정을 불러일으켰다. 세템브리니는 이탈리아에서 친 프랑스적인 당파에 속해 있었기 때문에, 그의 할아버지가 7월 혁명의 나날들을 천지창조의 6일간과 동일시했다는 점을 감안하면, 이런 그의 반응은 놀랄 일이 아니었다. 그러나 문명적으로 개화된 프랑스 공화국이 비잔틴적인 스키타이 민족과 손을 잡자 그는 도덕적 혼란에 빠지고 말았다. 그렇지만 러시아가 계획하고 있는 철도 망의 전략적인 의미를 생각하자 그의 답답했던 가슴이 다시 시원하게 뚫리면서 부푼 희망과 희열로 바뀌려고 하였다.

그럴 즈음에 황태자 암살 사건이 일어났다. 이 사건은 카스토르프와 마찬가지로 7년 동안 잠에 빠져 좌우를 돌아보지 않았던 독일 사람들을 제외하고 모든 사람들에게 폭풍과 같은 경보였다. 특히 세계정세를 잘 아는 사람들에게는 무시무시한 위험 신호였는데, 이들 가운데 한 사람으로 우리는 당연히 세템브리니 씨를 꼽아야 할 것이다. 카스토르프가 보기에 세템브리니는 개인적으로 그런 끔찍한 행위에 대해 몸서리치는 것 같았지만, 그것이 자신이 증오하는 비엔나 황실에 반대하여 일어난 민족해방 행위라는 점에서 흥분을 감출 수 없는 것처럼 보였다. 물론 이 범죄가 모스크바의 책동에 의한 결과로 평가하지 않을 수 없었기에 그의 가슴이 답답해진 것도 사실이었다. 3주일 뒤에 오스트리아가 세르비아에 최후통첩을 보냈을 때, 그는 이것이 인류를 모욕하는 행위이자 끔찍한 범죄라고 잘라 말했다. 하지만 이 통첩의 결과를 예견하는 안목을 가지고 있었기에 숨을 헐떡이며 이를 환영하는 태도를 보였다….

요컨대 세템브리니의 기분은 아주 빠른 속도로 번져가는 유럽의 불길한 운명과 마찬가지로 복잡다단했다. 그는 일종의 민족적인 예의와 연민 때문에 이에 대해 제자에게 자신의 생각을 노골적으로 피력하는 것을 자제했으나, 반쯤 암시적인 말로 세계정세를 읽는 눈을 뜨게 하려고 애썼다. 세템브리니는 최초의 동원령과 선전포고가 내려지던 무렵에 자신을 방문한 카스토르프에게 두 손을 내밀어 그의 손을 꽉 잡았다. 그 바람에 어리둥절한 청년은 왜 그러는지 알 수는 없었지만 진심으로 감동을 받았다. "이봐요, 친구!" 하고 이탈리아인이 말했다. "화약과 인쇄술, 당신들이 그것을 예전에 발명했다는 사실은 부인할 수 없습니다! 하지만 우리가 혁명의 나라를 향해 진군하게 될 거라고 생각한다면… 친구…."

숨이 막히고 불안한 나날이 계속되는 동안, 그리고 유럽의 신경이 긴장감으로 팽배해 있을 때, 한스 카스토르프는 세템브리니를 만나러 가지 않았다. 이제 살벌한 내용의 기사를 담고 있는 신문들이 저 아래 심연으로부터 그의 발코니까지 직접 배달되는가 하면, 그것이 요양원 전체를 뒤흔들었고 식당뿐만 아니라 중환자와 말기환자의 방에까지 가슴을 옥죄는 유황 냄새로 가득 채웠다. 이 순간에서야 비로소 7년간 잠에 빠져 있던 카스토르프는 영문도 모르는 채 풀밭에서 천천히 몸을 일으키고 앉아서 졸린 눈을 비볐다….

우리는 그의 심정의 변화를 더 자세히 이해하기 위하여 지금 이 광경을 끝까지 따라가 보자. 한스 카스토르프는 쭉 폈던 두 다리를 끌어당기고 일어나 주위를 둘러보았다. 그는 자신이 마법의 힘에서 풀려나 구원되고 해방된 것을 알았지만, 자력에 의한 것이 아니라 자연적인 외부의 힘에 의해 풀려난 것을 인정하면서 얼굴을 붉히지 않을 수 없었다. 이 외부의 엄청난 힘 앞에서 그의 해방 따위는 아주 사소한 일에 불과했다. 그러나 그의 하찮은 운명이 세계사적인 운명에 휩쓸린 채 사라져 버렸다 할지라도, 무엇인가 개인의 의지를 배려하는 신의 자비와 정의가 그 안에 표현된 것은 아니었을까? 삶이 죄 많은 걱정거리 자식을 다시 받아들였다 해도, 손쉬운 방법이 아니라 이렇게 심각하고 엄격한 방식으로, 어쩌면 생명을 의미하는 것이 아니라 이 경우에는 죄인인 그에게 세 발의 예포를 의미할 수도 있는 시련의 의미로 받아들였다. 그리하여 그는 두 무릎을 꿇고 하늘을 향해 얼굴과 두 손을 쳐들었다. 그곳은 유황 냄새가 자욱한 어두운 하늘이었지만, 더는 죄로 얼룩진 산속의 동굴 천장이 아니었다.

세템브리니 씨는 이런 자세를 취하고 있는 카스토르프를 발견했다. ―이는 지극히 비유적인 표현임을 누구나 이해하리라 생각한다. 왜냐하면 정말로 우리가 알고 있듯이, 예의가 바르고 소심한 우리의 주인공이 그런 연출을 했을 리 없기 때문이다. 실제 상황에서 스승은 제자가 짐 꾸리는 것을 보았다. 잠에서 깨어난 순간부터 카스토르프는 요양원 사람들이 산골짝까지 울려오는 폭발적인 천둥소리에 놀란 나머지 소란을 피우며 무모한 출발의 소용돌이에 휩쓸려 들어가는 것을 목격했기 때문이다. 소위 '고향'은 공포의 도가니에 빠진 개미 떼와 흡사했다. 이 위의 사람들은 시련을 겪고 있는 5000피트 아래의 평지를 향해 곤두박질치며 추락했다. 그들은 소형 기차를 타려고 몰려들어 승강대를 가득 채웠고, 심한 경우에는 사람들이 북적거리는 역내의 플랫폼에 줄지어 쌓아놓은 짐을 그대로 놔둔 채 떠나버렸다. 탄내 나는 무더운 공기가 저 아래로부터 역의 상공으로 솟구쳐 오르기라도 하는 것 같았다. 한스 카스토르프도 저 아래로 내려가는 대열에 합류했다. 혼잡한 가운데 로도비코는 카스토르프를 포옹했다. 문자 그대로 그를 두 팔로 껴안고, 남국 출신답게 (또는 러시아인처럼) 양쪽 볼에 키스를 했다. 이에 대해 무모한 출발을 시도하는 청년은 이루 말할 수 없이 감격해 하면서도 적지 않게 곤혹감을 느꼈다. 그러나 기차가 떠나려는 순간에 세템브리니가 청년을 향해 '조반니'라는 이름으로 부르고, 예의 바른 서구사회에서 흔히 사용하는 '당신' 대신 '자네'라고 호칭했을 때, 한스 카스토르프는 다시 감격에 겨워서 어쩔 줄을 몰랐다!

"마침내 돌아가는군." 세템브리니가 말했다. "마침내 돌아가는 거야! 안녕, 조반니! 자네가 이와는 다른 방식으로 떠나가는 걸 보고 싶었는데. 그러나 이것이 신의 뜻이니 어쩌겠나. 나는 자네가 일을 위해 떠나기를 바랐는데, 이젠 자네의 동포들 한가운데에 끼어서 싸우게 되겠지. 맙소사, 우리의 소위가 아니라 자네가 싸우게 되다니. 인생이란 참 야릇하거든. 피로 맺어진 편에서 용감하게 싸우게! 더는 할 것이 없으니 말이야. 그러나 용서해 주게, 나의 조국도 정신과 신성한 이기심이 명령하는 편에서 열심히 싸우도록 내가 진력을 다할지라도 말이네. 안녕!"

한스 카스토르프는 기차의 창틀을 가득 채운 여러 사람들 사이로 얼굴을 내밀었다. 그는 이 사람들 머리 위로 손을 흔들었다. 세템브리니도 오른손을 흔들며, 왼손의 약손가락 끝으로 눈자위를 부드럽게 어루만졌다.

우리는 어디에 있는 것일까? 저것은 무엇일까? 꿈은 우리를 어디로 데리고 갔을까? 어스름, 비와 진창, 끊임없이 묵직한 포성이 울리고 축축한 공기로 가득 채워진 음산한 하늘에서는 붉은 화염이 피어오른다. 그곳에서 찢어져 나갈듯이 날카로운 노랫소리와 악마처럼 미쳐 날뛰는 울부짖는 소리가 들려오다가, 결국은 깨어지고 튀고 터지고 화염을 일으키면서 잠시 멎는다. 이와 동시에 신음과 절규, 터질 듯이 날카롭게 울리는 연이은 나팔소리, 점점 더 빨라지는 북소리가 요란하게 들려온다…. 저기에 숲이 있다. 그 숲속에서 희끗희끗한 무리들이 몰려와서 달리고 엎어지고 뛰어오른다. 저편에는 언덕이 줄지어 있고, 그 너머 먼 곳에서는 화염이 피어오른다. 빨간 불꽃은 이따금 바람에 나부끼다가 더 큰 불꽃을 이룬다. 우리 주변에서 물결치는 경작지는 포탄에 맞아 파이고 허물어져 있다. 흙투성이의 차도는 부러진 나뭇가지로 뒤덮여 있어서 흡사 숲을 연상시킨다. 패어져 진흙 구덩이가 되어버린 들길이 차도에서 갈라져 활 모양을 그리며 언덕을 향해 휘어져 올라가고, 줄기와 가지가 꺾인 나무 그루터기들은 찬비를 맞으며 덩그러니 솟아 있다….

여기에 도로 표지판이 있다. 길을 물어도 소용이 없다. 글자가 어둠에 덮여서 잘 보이지 않고, 표지판도 포격으로 갈기갈기 찢겨져 나갔다. 이곳이 대체 동쪽인가 서쪽인가? 이곳은 평지이고 전쟁터이다. 그리고 우리는 길가에 서 있는 소심한 그림자들이다. 몸을 사리고 있는 것이 부끄러워 큰소리치거나 허풍을 떨고 싶은 생각은 추호도 없다. 그러나 우리가 이야기의 영(靈)에 인도되어 이곳에 온 것은 저 숲속에서 우르르 몰려나와 달려가고 엎어지고 북소리에 따라 전진하는 희끗희끗한 전우들 가운데 우리가 알고 있는 젊은이, 오랜 세월 길동무로 지내며 자주 목소리를 들었던 선량한 죄인의 소박한 얼굴을 다시 한 번 보기 위해서이다. 그는 곧 우리의 시야에서 사라질 테니 말이다.

이 젊은 병사들이 이곳으로 출동한 것은 하루 종일 계속된 전투에 최후의 일격을 가하기 위해서였고, 이틀 전에 적에게 빼앗긴 저 고지와 그 너머에서 불타는 마을들을 탈환하는 것이 그들의 주요 임무였다. 병사들은 대부분이 젊은 대학생으로, 전장에 파견된 지 얼마 안 되는 지원병으로 이루어진 연대였다. 그들은 밤에 긴급 출동하여 아침까지 기차를 타고 왔으며, 비를 맞으며 오후까지 진흙탕 길을 진군해 왔다. 그야말로 길이라고도 할 수 없었다. 반면에 도로는 온통 막혀 있어서 병사들은 비를 흠뻑 맞아 무거워진 외투를 입고, 전투용 배낭을 짊어진 채 밭과 습지를 일곱 시간 동안이나 지나왔던 것이다. 이는 요양원에서처럼 단순히 즐기기 위한 산책이 아니었다. 장화를 진흙탕에서 잃지 않으려면 한 발 내디딜 때마다 거의 매번 고개를 숙이고 손가락으로 장화의 앞쪽을 붙들고 진흙탕에서 빼내야 했다. 그러다 보니 병사들은 한 시간이 지나서야 작은 초원을 지나 이제 여기에 당도한 것이다.

그들의 젊은 혈기가 모든 장애를 극복했다. 모두가 흥분하고 이미 지칠 대로 지쳤지만, 마지막 남은 생명력을 태우며 긴장하는 육체는 몰려오는 잠과 음식을 꿋꿋이 참아내고 있었다. 빗물에 젖고 흙탕물을 뒤집어쓴 채 턱 끈을 두른 얼굴들은 회색 천으로 덮은 비스듬한 철모 아래서 벌겋게 달아오르고 있었다. 그들의 얼굴은 긴장감으로 인하여, 또한 숲속의 늪지대를 지나오는 동안 아군이 당한 손상을 목격했기 때문에 이렇게 달아올라 있었다. 그들의 진격을 눈치 챈 적군이 유산탄과 커다란 수류탄으로 그들의 진군을 저지했기 때문이다. 이미 숲을 지날 때부터 적군은 아군의 대열을 향해 공격을 가했던 것으로, 그러자 유산탄과 수류탄이 펑펑 터지며 파편이 사방으로 튀는가 하면, 포탄 세례를 받은 넓은 경작지가 화염에 휩싸였다.

얼굴이 상기된 3천 명의 젊은 병사들은 이런 난관을 뚫고 진군하지 않으면 안 된다. 그들은 증원병으로서 총검을 들고 언덕 전후의 참호와 불타고 있는 마을을 향해 돌격해야 하고, 지휘관의 호주머니 속에 들어 있는 명령서에 기록된 대로 특정한 지점까지 돌격하는 것을 지원해야 한다. 그들이 언덕과 마을에 도달하게 되면 2천 명만 남게 될 것을 감안하여 3천 명의 증원병이 편성되었고, 이것이 바로 3천이라는 숫자의 의미인 것이다. 그들은 한 몸과 같다. 아무리 큰 손실이 있을지라도 싸워 이기고, 낙오하여 흩어져 나가는 병사가 있을지라도 천의 목소리를 합쳐서 승리의 만세를 불러야 한다는 점에서 한 몸과 같다. 여러 명의 병사는 강행군을 하는 가운데 벌써 고립되고 낙오되었다. 너무 어리고 약한 병사들은 강행군을 감당할 수 없음이 드러났는데, 그들은 얼굴이 창백해지고 비틀거리면서 이를 악물고 버티려고 하지만 결국은 낙오자로 뒤에 처진다. 그들은 진군하는 대열 옆에서 한동안 발을 질질 끌며 걸어가지만, 대열에서 낙오되어 보이지 않다가 자리에 쓰러져 절망적인 상황에 처한다.

　이런 식으로 젊은 병사들은 파편이 난무하는 숲에 도달한다. 그러나 숲을 향해 무리를 지어 달려가는 인원은 여전히 많다. 3천의 병사는 죽음을 무릅쓰고 여전히 밀집 대형을 이루고 있다. 그들은 어느새 빗속에서 파편이 난무하는 지대, 도로와 들판, 진흙탕이 되어 버린 경작지로 물밀듯이 쇄도한다. 이제 길가에서 방관하는 그림자인 우리들은 그들의 한가운데로 들어선다. 숲 가장자리로 나가자 그들은 익숙한 손놀림으로 칼을 재빨리 총 끝에 꽂는다. 나팔소리가 급히 울리고, 북소리가 둔중한 천둥소리를 내며 울린다. 병사들은 날카롭게 고함을 지르며 무작정 돌격한다. 밭의 진흙이 꼴사나운 군화에 납덩이처럼 달라붙어 있기 때문에, 악몽을 꾸듯이 무거운 발을 힘들게 내딛으며 돌격한다.

　병사들은 윙윙 날아오는 발사체 앞에서 납작 엎드렸다가, 그것에 맞지 않았다 싶으면 다시 벌떡 일어나 젊은이답게 날카로운 함성을 지르며 계속 돌격한다. 그들은 파편에 이마나 심장, 복부를 맞고는 두 팔을 내저으며 쓰러진다. 어떤 병사는 진흙탕에 얼굴을 묻고 누웠다가 다시는 움직이지 않는다. 또 어떤 병사는 배낭을 등에 이고 넘어져 뒷머리를 땅에 박은 채 두 손으로 허공을 향해 허우적거린다. 그러나 숲에서는 새로운 병사들이 뛰쳐나와 엎드리고 일어서기를 반복하면서 고함을 치거나 또는 묵묵히 쓰러진 전우들 사이를 지나 비틀거리며 전진한다.

　배낭을 메고 착검한 총을 손에 쥔 젊은 피들, 흙탕물로 더러워진 외투를 걸치고 장화를 신은 젊은 피들이여! 우리는 인문주의적이고 미적인 방식으로 다른 각도에서 그들을 상상할 수도 있으리라. 예컨대 바다의 만에서 말의 기분을 환기시키며 물로 적시는 모습, 애인과 해변에서 산책하는 모습, 정다운 신부의 귀에 입술을 대고 속삭이는 모습,

행복하고 친절하게 활쏘기를 가르치는 모습도 상상해 볼 수 있으리라. 하지만 전쟁터인 이곳에서는 젊은이들이 화염으로 자욱한 진창에 코를 박고 쓰러져 있다. 끝없는 불안과 어머니에 대한 애절한 그리움에도 불구하고 그들이 기쁘게 전쟁터로 나선 것은 숭고한 행위이자 그 자체로 우리를 부끄럽게 하는 행위일 것이다. 그렇지만 그것이 이 젊은이들을 이런 궁지로 몰아넣어도 좋을 만한 이유는 되지 않을 것이다.

저기에 우리가 잘 아는 한스 카스토르프가 있다! 우리는 아주 멀리서도 그의 턱수염을 보고 그를 알아볼 수 있다. 그는 보통 러시아인 식탁에 있을 때부터 수염이 자라도록 내버려 두었다. 그는 다른 모든 병사들과 마찬가지로 비와 흙탕물에 흠뻑 젖은 채 얼굴이 벌겋게 상기되어 있다. 늘어뜨린 주먹 안에 착검한 총을 거머쥐고 잔뜩 진흙이 묻은 발로 달려가고 있다. 보라, 그는 쓰러진 전우의 손, 진흙 속에 깊이 묻힌 손을 밟고 달려간다. 진득거리는 땅바닥에는 나뭇가지가 여기저기 흩어져 있다. 이렇게 달려가는 자는 그럼에도 분명히 한스 카스토르프이다. 그런데 대체 무슨 일인가, 그가 노래를 부르고 있다니! 아무 생각 없이 앞만 바라보면서 흥분한 모습으로 노래를 흥얼거린다. 그런 자신을 의식하지 못한 채 숨을 헐떡거리며 낮은 소리로 〈보리수〉 노래를 흥얼거린다.

나는 가지에 새겨 넣었지,
그 많은 사랑의 말을….

그는 쓰러진다. 아니, 그는 땅바닥에 납작 엎드렸다. 지옥의 개처럼 으르렁거리며 커다란 폭렬탄, 지옥의 지긋지긋한 막대기 모양의 수류탄이 날아왔기 때문이다. 그는 얼굴을 차가운 흙탕물에 파묻고 엎드려 있다. 두 다리를 쭉 펴고 발을 비틀어 발꿈치를 땅에 대고 엎드려 있다. 끔찍한 위력을 지닌 과학의 흉포한 산물이 그의 앞에서 비스듬히 30보 떨어진 지점에 날아와 악마의 화신처럼 땅속으로 깊숙이 박힌다. 그곳에서 포탄은 엄청난 힘으로 폭발하여 흙덩이와 불덩이, 철, 납, 조각이 난 인체를 분수처럼 지붕 높이로 퉁겨 올린다. 그곳에는 두 명의 전우가 엎드려 있었다. 그들은 궁지에 몰려 함께 엎드렸다가, 이제 그만 서로 뒤얽힌 채 사라져 버렸다.

아, 안전한 상태에서 바라보는 우리의 그림자 처지가 부끄럽기 그지없다! 물러가자! 우리 이야기를 그만 하자! 우리가 잘 아는 친구가 맞았단 말인가? 그는 순간 맞았다고 생각했다. 커다란 흙덩이가 날아와 그의 정강이를 때려서 아팠으나, 그것은 대수롭지 않았다. 그는 몸을 일으켜 세우고, 무거운 진흙발로 계속 절뚝거리며 비틀비틀 걸어가다가, 아무 의식 없이 노래를 흥얼거린다.

그런데 보리수 가지가 살랑거렸네,
나를 향해 외치듯이….

이렇게 해서 그는 혼란의 도가니 속으로, 빗속으로, 어스름 속으로 우리의 시야에서 사라져 간다.

안녕, 한스 카스토르프, 삶의 진실한 걱정거리 녀석이여! 너의 이야기는 끝났다. 우리는 너의 이야기를 끝냈다. 그것은 짧지도 길지도 않은 이야기, 연금술적인 이야기였지. 우리는 이야기 자체를 위해 이야기를 한 것이지, 너를 위해 이야기를 한 것은 아니었다. 왜냐하면 너는 단순한 청년이기 때문이다. 그러나 결국 너의 이야기임이 밝혀졌다. 이런 이야기가 너에게서 일어난 것으로 미루어, 너는 분명히 보기와는 딴판으로 영악한 면이 다분한 친구였다. 우리가 이야기를 끌어나가는 과정에서 너에게 교육적인 애착을 느낀 것을 부정하지 않는다. 그리고 우리가 앞으로는 너를 볼 수 없고 너의 목소리도 들을 수 없다고 생각하니, 너에게 애착을 느끼는 우리는 손가락 끝으로 눈자위를 살짝 어루만지고 싶어진다.

안녕, 네가 살아 있든 그 상태로 머물러 있든 안녕! 너의 전망은 어둡다. 네가 휩쓸려 들어간 사악한 무도회는 앞으로도 수년간 죄 많은 춤사위를 계속 벌일 테니 말이다. 네가 거기서 빠져 나오리라고는 크게 기대하지 않겠다. 솔직히 말하자면, 우리는 무덤덤한 심정으로 이 물음을 미해결로 남겨 놓으려 한다. 너의 단순함을 고양시킨 육체와 정신의 모험은 육체적으로는 그다지 오래 살 수 없을 너를 정신적으로는 오래 살아남게 했던 거야. 너는 예감에 가득 차 술래잡기의 방식에 따라 사랑의 꿈이 죽음과 육체의 방종에서 피어나는 순간들을 체험했던 것이다. 세계를 뒤덮는 이 죽음의 축제로부터, 온 세상의 비 내리는 저녁 하늘을 불태우는 저 끔찍한 열병의 도가니로부터, 어느 때가 되어야 사랑이 피어날 것인가?

『마법의 산』에 나타난 이중적 시간구조*

1

『마법의 산』**에서 시간의 문제는 근본적으로 제1차 세계대전을 앞둔 시기의 분열적 상황에 대한 작가의 위기의식 및 극복 의지에 근거한다. 20세기로 접어들면서 시간은 개인과 사회, 자아와 세계의 간극을 깊이 의식하는 현대작가들(제임스 조이스, 헤르만 브로흐, 무질 등)이나 사상가들(베르그송, 하이데거, 루카치 등)에게서 파편처럼 조각난 현실을

---

* 이 글은 1995년 독일문학 36권 1호(독어독문학회)에 발표한 논문을 토대로 새롭게 변형시켰음을 밝혀둔다.

** 이제까지 독일어로 Zauberberg(영어로 Magic Mountain)는 '마의 산'으로 번역되어 왔다. 그러나 역자는 이 번역이 오류라고 생각하여 '마법의 산'으로 옮겼다. 마(魔)는 악마라는 뜻으로 오해될 소지가 많으며, 이렇게 되면 소설의 내용까지도 전도될 위험이 다분하기 때문이다. 토마스 만은 이 소설에서 무시무시한 산을 다루는 것이 아니라 자신도 자주 언급하였듯이 '연금술적인 신비'와 '마법'이 작용하는 산을 다루고 있으며, 이 과정에서 단순했던 주인공이 정신적으로 성숙해지고 고양되는 소위 〈교양소설〉 내지 〈발전소설〉의 양상을 서술해 나간다. 다만 여기에 시간이라는 요소가 중요하게 작용한다는 점에서 『마법의 산』은 '전통적 교양소설'과는 다른 '현대적 교양소설'이라는 명칭이 가능하다.

재구성하려는 의도로서 빈번히 주제화된다. 토마스 만 역시 시간이라는 서사적 구성요소를 가지고 붕괴에 직면한 세계를 표현하고 이를 재구성하려고 시도한다.

토마스 만은 프린스턴 대학생들에게 연설한 강의록 「마법의 산 입문」에서 다음과 같이 언급한다.

> "『마법의 산』은 이중의 의미에서 시간소설입니다. 이 소설이 유럽에서 전쟁이 발발하기 이전 시기의 내적인 상을 작품화하려는 점에서 한편으로 역사적이지만, 그러나 순수한 시간 자체가 대상이 되기 때문에 또한 역사적입니다. … 이 소설은 젊은 주인공이 무시간적인 것으로 들어가는 연금술적인 마법의 상태를 서술하는 가운데 시간의 지양을 꾀하기 때문입니다. 시간의 지양은 이 소설이 포괄하는 음악적으로 이상적인 전체 세계에 매 순간마다 완전한 현재를 부여하고 마법적인 '정지된 현재'를 창출하려는 시도를 통해서 이루어집니다."

이와 같은 언급에서 '시간의 지양'이나 '정지된 현재(das stehende Jetzt, nunc stans)'란 과연 어떤 상태를 말하는 것일까? 이 두 용어가 물론 '마법의 상태'와 연관되어 있음을 어렴풋이 알아차릴 수는 있지만, 구체적으로 그것은 어떤 의미를 함축하고 있는 것일까?

이를 해명하기 위해 베르그송 등의 시간분석을 잠시 살펴보는 것이 도움이 될 것이다. 토마스 만에게 직간접적으로 영향을 준 베르그송은 시간을 〈질적 시간〉과 〈양적 시간〉으로 나누면서 전자를 순수한 시간, 후자를 계측기가 기록하는 공허한 시간으로 파악한다. 그런가 하면 루카치는 시간을 〈개인적 시간(주관적 시간)〉과 〈객관적 시간〉으로 분리하면서 '개인적 시간'은 육체 및 물질, 세속, 사회라는 범주와 대립되는 것으로 파악한다. 이런 관점에서 보면 우리는 시간을 〈내적인 시간 — 외적인 시간〉, 〈체험된 시간 — 기계적 시간〉, 〈의식적 시간 — 시계 및 달력의 시간〉, 〈비합리적 시간 — 합리적 시간〉, 니체의 의미에서는 〈디오니소스적 시간 — 아폴로적 시간〉*으로 나누어 분석할 수 있다. 따라서 토마스 만이 언급한 시간의 지양이란 바로 외적인 시간, 사회적, 합리적, 기계적 시간, 무미건조한 일상적 시간으로부터의 일탈 내지 해방을 의미한다고 볼 수 있으며, '정지된 현재'라는 것도 오로지 개인적–주관적 차원, 환상적–음악적 차원에서만 설명될 수 있는 근거를 갖게 된다. 예를 들어 『마법의 산』에서는 달력으로 계측될 수 있는 외적 시간이 세계대전이라는 파국을 향해 기계적으로 소리 없이 흘러가는 반면에, 주인공의 영적 체험이 무르익을수록 내적인 시간은 사회적 인과율에서 벗어나 무구속적이고 무시간적 성격, 연금술적인 마법**의 성격을 띠어간다.

2

이제 『마법의 산』에서 주목해야 할 것은 시민사회의 법칙에서 멀어지는 주인공의 주관적 체험과 시간 사이의 특수한 관계이다. 왜냐하면

---

* 음악, 도취, 에로스, 무구속적 충동, 환상 등의 범주는 디오니소스적 시간 원리에 속하고, 노동, 근면, 의무, 유용성 등의 범주는 아폴로적 시간원리에 속한다. 독자는 『마법의 산』에서 주인공 한스 카스토르프가 어떻게 이 양자의 원리를 조화시켜 나가는가 하는 것을 시종일관 지켜보게 될 것이다.
** 작품에서 작가는 병조림을 예로 들면서 "병조림은 밀봉된 채 시간으로부터 차단되어 있어서 시간은 그 곁을 슬쩍 비켜 지나간다. … 병조림은 시간의 틀에서 벗어나 있다"고 보고한다.

이른바 "평지"로 불리는 세계(시민사회)에서 개인의 충동 및 자유를 제한하던 '외적 시간'은 주인공의 정신적, 감성적 모험으로부터 서서히 힘을 잃어가고, 바야흐로 내적 시간이 신비롭게 문을 열기 시작하기 때문이다. ―질서를 강요하는 시민사회와는 달리 마법의 산은 주인공에게 영적 모험의 기회를 제공하는 특수한 지역으로 설정되어 있으며, 병과 죽음이 난무하는 베르크호프 요양원 또한 비정상적이고 초월적인 체험을 부여하는 그로테스크한 소세계를 상징한다.

작품에서 외적 시간의 지양은 우선 평지와 마법의 산이 위치한 고산지대 사이의 〈공간적 차이〉를 통하여 서술된다. 이 소설의 첫머리에서 작가는 평지로부터 스위스 다보스로의 여행이 틀에 박힌 일상에 길들여진 조선기사 지망생에게 커다란 변화를 자아내는 시간체험의 한 단계임을 명백히 한다.

> "공간도 시간과 유사하지만 어느 면에서는 그것을 능가하는 내적 변화를 시시각각 일으킨다. 공간도 시간과 마찬가지로 망각을 낳는다. 공간은 인간을 상호관계로부터 해방시키고, 인간을 자유롭고 원초적인 상태로 옮겨놓는 가운데 그렇게 한다."

공간적 차이를 다시 개념적으로 대비해 본다면, 노동, 근면, 정확성, 유용성, 냉정함, 법칙성 등을 요구하는 평지(시민사회)가 개인의 자유를 억압하는 세계인 데 반해, 병과 죽음이 만연한 베르크호프 요양원은 무구속적 방종과 환상, 시간의 규율에서 풀려난 주관적 시간이 지배하는 마법의 공간이다. 병과 죽음의 극한상황에 처한 이 고지의 환자들은 평지에서의 시간원리, 달력으로 계산되고 정확한 수치로 측정되는 날짜나 요일, "현상계의 조건"이 되는 물리적이고 과학적인 시간을 망각하고 살아간다.

이렇게 비상식적이고 탈선적인 세계에서 주인공 또한 〈병, 죽음, 에로스〉의 동기에 의해 시간의 내적 본질에 연루되고 그것에 몰입되어 간다. 이제까지 시민적 질서에 순응하고 살아온 〈평균적 시민〉 한스 카스토르프가 환자들의 그로테스크한 모습이나 시체를 보면서 평지와는 달리 "이곳에는 시간이 없다"고 말한다거나 "우리의 시간 단위는 단지 인습에 불과하다"고 생각하는 것은 결코 우연이 아니다. 특히 매혹적인 여인 쇼샤 부인을 접하고 난 다음부터 갑자기 억압된 영혼의 충동을 느끼는 것은 이에 대한 좋은 본보기라 할 것이다. 독자는 작품에서 한스 카스토르프가 병리학 서적을 읽다가* 잠시 후에는 에로스의 달콤한 꿈에 빠져드는 다음과 같은 장면을 기억하리라 생각되는데, 이것만으로도 소설 내에서 병, 죽음, 에로스의 상호 연관적 관계를 충분히 짐작할 수 있을 것이다.

"그녀는(쇼샤 부인은) 목덜미 쪽에서 두 손을 내리고 두 팔을 벌렸다. 그러자 그녀의 팔의 안쪽, 특히 팔꿈치 관절의 부드러운 피부 밑에서 혈

---

* "병의 증상은 가면을 쓴 사랑의 활동"이며, "병은 좌절된 성적 욕구"의 전도된 변형이라는 정신분석학자 크로코프스키 박사의 관점은 다음과 같은 본문의 병리학적 설명과도 어느 정도 상통한다. "병에 관한 이론이자 육체의 고통을 강조하는 이론으로서의 병리학, 그러나 이것이 육체적인 것을 강조하는 동시에 쾌감을 강조하는 한 병은 생명의 음탕한 형태였다. 그런데 생명 그 자체는? 혹시 생명은 물질의 전염성 병에 불과한 것이 아니었을까? … 흡족하고 반쯤은 거부감이 들어 있는 이와 같은 증식은 물질적인 것이 생기기 직전의 단계이며, 비물질적인 것에서 물질적인 것으로 넘어가는 단계였다. 이것이 바로 원죄였다. … 그러므로 생명이란 몰염치한 정신이 모험을 겪는 과정에서 디디는 첫 걸음이자, 외부의 자극을 받아들일 자세가 되어 있는 물질이 자극에 눈을 뜬 결과 생겨난 수치열의 반사에 불과했다."

관이 드러났다. 두 개의 대정맥이 푸르스름하게 돌출해 있었다. 그녀의 팔은 형용할 수 없을 만큼 감미로운 느낌을 주었다. 그녀가 그에게, 그를 향해, 아니 그의 위로 몸을 숙이자 그녀에게서 유기체의 향내가 났다. 그녀에게서 심장의 박동을 느꼈다. 그녀의 뜨겁고 부드러운 팔이 그의 목을 휘감자, 그는 쾌감과 전율로 아찔해졌다. 그는 그녀의 바깥쪽 팔, 삼두근을 팽팽하게 당기고, 환희에 넘쳐 서늘해진 결이 고운 피부에 두 손을 갖다 댔다. 이어서 그는 촉촉하게 젖은 그녀의 입술이 자신의 입술을 빠는 것을 느꼈다."

평지에서 외적 시간의 우세로 나타나던 시간의 관계는 이처럼 병자들의 세계에서 겪는 특수한 체험을 통하여 상호 긴장 및 평형상태를 이루다가 점차 내적 시간(또는 내적 체험)의 우세로 전위된다. 이는 시민사회에서 깊은 자기성찰 없이 일과 의무에만 종속되어 살았던 주인공 한스 카스토르프의 영혼이 일깨워지고 내적으로 확대되어 감을 의미한다. 「시간감각」, 「영원한 수프」, 「눈」의 장(章)이 이를 증명한다. 「시간감각」의 장에서 카스토르프는 시간의 상대성을 의식하면서 시감감각에 커다란 혼란을 느낀다. "단조롭고 내용이 공허하면 시간의 흐름이 지연되고 더디다"는 시간에 대한 통념이 이곳에서 그가 일시적 방문객으로 보내는 처음 몇 주일 사이에 벌써 변화하기 시작한다. 「영원한 수프」의 장에서 다음과 같은 주인공의 독백은 매우 특기할 만하다.

"그보다는 오히려 단조로움이나 정지된 현재, 또는 영원이라고 말해야 할 것이다. 어제 너에게 정오의 수프가 나왔던 것처럼 오늘도 똑같은 정오의 수프가 나오고, 내일도 똑같은 수프가 나올 것이다. 그리고 그와 같은 순간마다 너는 시간의 불가사의한 숨결을 느낀다."

이렇게 시간의 기계적 성격은 체험 자아의 '정지된 현재'에 대한 공감으로 서서히 대치되면서 "아래세계"의 의무감이나 시민적 원리는 그에게서 점점 더 멀어져 간다. 이와 연관하여 한스 카스토르프가 소년 시절부터 계속 간직해 왔던 자명종을 떨어트리고 고치지 않는다는 사실도 의미심장하다.

"시계를 고치지 않고 내버려 둔 것은 그가 달력을 매일 한 장씩 떼어 낸다든가, 날짜나 축제일을 미리 조사하는 따위의 일을 오래 전에 포기한 것과 동일한 이유에서였으며, 따라서 이는 바로 '자유'를 위한 행동이었다. 이는 해변의 산책, 정지해 있는 항상성 내지 영원을 위해서였으며, 평범한 삶의 이탈자가 접응하기 쉬운 것으로 판명된 연금술적인 마법, 다시 말해 그의 영적 모험의 근간을 이루던 연금술적인 마법을 위해서였다."

여기서 자명종 시계는 "시간의 절대성"에 대한 연관적 지시어로써, 그것을 고치지 않고 내버려 둔다는 것은 그가 시간의 구속에서 풀려나 자유로운 상상의 시간을 보유하게 된다는 것, 다시 말해 외적인 시간을 지양하고 내적인 시간 속으로 깊숙이 휩쓸려 들어간다는 것을 암시한다. 무엇보다 「눈」의 장에서 주인공이 스키 모험을 떠나 길을 잃고 헤매는 도중에 체험하는 '무시간성'과 '정지된 현재'는 시간의 마법이 정점에 도달함을 의미한다. 그가 눈 속에서 기진맥진한 채 꿈을 꾸면서 "시간의 수레바퀴"가 멈추는 순간을 맞볼 때, 모든 현실 관계는 사라져 영적인 범주로 바뀌고, 시간 또한 정지 상태 속에서 전후의 구분 없이 열려 있는 순간을 형성한다. 이 순간이야말로 주인공에게 심미적 체험의 가장 신비로운 순간*인 것으로, 그가 원시 부족인 〈태양족〉의 꿈으로부터 자각하는 인간애에 대한 인식**은 이 소설의 핵심적인 주제부를 이룬다. 그간 풀 수 없었던 정신적, 이념적 모순과 대립 관계가 이 순간을 빌려서 인간애라는 인식으로 귀착되기 때문이다.

3

시간은 『마법의 산』에서 〈꿈, 회상, 신화〉와 밀접한 관계를 갖는다. 우선 꿈과 회상은 시간의 부가적 현상으로서 과거 사실의 파편들을 재생하고 현재화하는 특별한 형태의 체험된 시간이다. 그것은 내면과 외면 사이의 분열을 조화시키고 과거의 삶을 분산성으로부터 해방시키는 〈내적 시간〉의 대변자 역할을 담당한다. 여기서 내적 시간은 외부 세계의 강압으로부터 내면에 가라앉아 버린 영혼의 질적 내용과 상응하고, 따라서 주인공 한스 카스토르프가 꾸게 되는 일련의 꿈이라든가 회상은 시간체험 속에서 비밀스럽게 일어나는 자의식의 확대 및 성숙

---

* 토마스 만은 이런 심미적 상태를 종종 쇼펜하우어의 〈의지의 고역으로부터 해방된 순간〉, 칸트의 〈이해관계 없는 흥취〉와 연결시킨다.
** 카스토르프의 다음과 같은 독백은 세템브리니와 나프타라는 인물의 극단적 대립과 이념적 모순이 〈인간애〉의 인식에 의하여 해결될 단초가 마련된다는 점에서 중요한 의미를 지닌다. "인간은 대립을 만들어 내는 주인이고, 대립은 인간을 통하여 존재하기에, 고로 인간은 대립보다 더 고귀한 존재다. 인간은 죽음보다 더 고귀하고, 죽음과 비교하여 너무나 고귀한 존재인데, 인간은 두뇌의 자유를 가지고 있기 때문이다. 또한 인간은 삶보다 더 고귀하고, 삶과 비교하여 너무나 고귀한 존재인데, 또한 인간은 가슴에 경건함을 간직하고 있기 때문이다."

과정(교육과정)에 기여한다. ―이런 면에서 『마법의 산』은 시간소설일 뿐만 아니라 〈전통적 교양소설〉에 시간의 문제를 접목시킨 〈현대적 교양소설〉이라고도 말할 수 있다.

작품을 보면 카스토르프의 꿈들은 복합적인 성격을 띠면서 현재의 상황과 결부되고, 이를 통해 주인공의 의식화 과정이 이루어진다. 이는 그가 7년 동안 베르크호프 요양원에 체류하면서 꾸게 되는 다음 몇 번의 꿈들을 통하여 확증된다.

(1) 이미 요양원 체류의 첫날밤에 꾸는 〈세례반의 꿈〉에서는 "우어-우어-우어-우어 Ur-Ur-Ur-Ur"*라는 "지하 납골당과 시간의 매몰을 의미하는 어두운 소리"와 더불어 주인공의 뇌리에서 사라진 증조부의 모습과 그의 죽음에 대한 인상, 종교적 예식과 명상적인 분위기가 다시 떠오르고, 그것이 요양원의 현 상황과 비교되어 나타난다. 시간의 매몰은 〈체험된 시간〉이 무의식 속에 묻혀 있다가 새로운 계기를 빌려서 현재의 시점에서 재현될 수 있음을 의미하는 동시에 점차 카스토르프의 의식으로 전위되어 갈 수 있는 잠재적 가능성을 보여준다.

(2) 병의 발현으로 코피를 흘렸던 〈명상의 장소〉에서 그는 어린 시절에 동경의 대상이었던 소년 프리비슬라프 히페에 대한 꿈을 꾼다. 그러나 그 꿈속에서 히페의 희미한 영상은 곧 쇼샤 부인의 관능적인 육체와 뒤얽히고, 시민적 규율과 도덕에 의해 억압되어 있던 에로스적 본능이 자유로운 체험영역, 내적 시간의 영역 속에서 인간에 대한 근원적 이해로 되살아나기 시작한다. 이에 대해 한스 카스토르프는 "사랑의 욕구란 억제한다든가 억압될 수 있는 것이 아니라 살아서 암흑의 심

* 독일어 우어(ur)는 원시, 원초, 원형, 조상 등을 의미하는 접두어이다.

연과 깊은 베일 속에서 욕구실현의 기회를 계속 노리고, 순결의 억압을 계속 배격하여 다른 모습, 그것과 식별할 수 없는 모습으로 재생된다"는 크로코프스키 박사의 정신분석학 강의 내용을 진지하게 떠올린다.

이렇게 시간체험과 결부된 〈병, 죽음, 에로스〉는 이 소설의 반복적 동기 또는 주도동기를 형성하는바, 주인공 카스토르프는 이를 삶의 필연적 조건으로 생각한다. 한편 주인공의 이런 방종하고 모험적인 시도를 이탈리아 출신의 계몽주의자 세템브리니는 비이성적 태도라고 경고하고 공박하지만, 그럼에도 카스토르프는 이것이 자기성숙과 발전의 진정한 계기임을 확신한다. ─토마스 만은 자신의 여러 에세이에서 이런 일련의 의식화 과정(내면체험의 과정)을 니체적인 의미에서의 〈내적 혁명〉, 〈반동으로서의 진보〉라고까지 설명하고 있다.

(3) 반복된 꿈과 무의식적 상기, 회상의 내용들은 비록 단편적인 것들의 불연속적 흐름을 이루기는 하지만, 이를 통해 시간은 정지된 현재와 앞뒤 전후 상관없이 열려 있는 동시적 순간, "모든 것이 회귀하는 영원성"으로 수렴된다. 이 소설이 보여주고자 하는 질적 체험영역으로서의 내적 시간은 무엇보다 「눈」의 장에서 태초인간의 신화가 현재성을 획득하고, 나아가 상실된 모든 것을 이념적으로 재현하는 꿈을 통해 그 마지막 의미인 인간에 대한 사랑에 도달한다. 요컨대 신화는 이 소설의 시간구상이 그렇듯이 체험된 시간 속에서 새로운 의미로 계속 현재화된다. "신의 말씀으로서의 신화"는 한스 카스토르프가 눈 속에서 죽음의 꿈을 꾸고 난 뒤 모든 체험의 궁극적 의미인 "인간의 이야기"로 전위되고 "사랑하라"는 인간애의 자각으로 새롭게 되울려 나온다.● 카스토르프는 "죽음의 모험은 삶에 포함되고, 모험이 없으면 삶이 아니다. 그리고 죽음과 삶의 한가운데 신의 아들인 인간이 위치한다"고 독백한

다. 특히 주인공이 신화적 의미의 각성을 통해 발견하는 영원한 가치로서의 인간애는 극단적 사고를 가진 계몽주의자 세템브리니와 중세적 공산주의자 나프타의 이데올로기를 넘어서는 세계공동체의 이념으로 부각된다.

이를 다시 요약하자면, 〈꿈-회상-신화〉의 연관관계는 주인공의 개인체험과 내면화, 시간의 지양으로부터 발전되고 구체화되는 의식화의 지속적 과정에서 이해될 수 있다. 『마법의 산』이 지향하는 시간의 "선험적 이상성의 복원"은 따라서 과거로의 후퇴가 아니라 잃어버린 신화적 의미의 "새로운 반복"과 그것의 "인간화", 인간적 의미의 지속적 "현재화"라는 작가의 주관적 유토피아를 반영한다. **

4

이 소설에서 꿈, 회상, 신화를 통한 내적 시간의 역동성은 물리적이고 메커니즘적인 시간에 대한 저항의 표현이자 시대적 문제성의 극복을 위한 시도이지만, 반면에 이런 식으로 체험된 주관적 시간은 오히려 이중적 시간의 대립을 더욱 심화시키는 양상을 보여준다. 내적 시간(개인적, 환상적 시간)이 카스토르프의 체험 속에서 신비롭고 무시간적인

---

* Samuel Szemere: 예술과 휴머니티(Kunst und Humanität, Berlin und Budapest), 1967, 61쪽 참조.
** Manfred Dierks: 토마스 만에서 신화와 심리학 연구(Studien zu Mythos und Psychologie bei Thomas Mann), Bern/München, 1972, 120쪽 참조. '시간의 선험적 이상성'이란 모든 개인에게 주어진 자유로운 시간, 일상적 시간을 넘어서서 창조적이고 의미 있는 시간에 대한 성취 외에 다름이 아니다. 프루스트의 『잃어버린 시간을 찾아서』가 지향하는 시간의 이상도 이와 다르지 않을 것이다.

마법의 순간으로 고조되는 동안, 외적 시간(사회적, 역사적 시간)은 이와는 완전히 분리된 채 사실 영역 자체의 독립된 속성만을 계속 전개해 나갈 수밖에 없다.

「눈」의 장은 이런 대립 및 긴장의 극점을 생생하게 드러낸다는 점에서는 물론 매혹적인 〈환상의 리얼리즘〉을 연출하고 있으면서도 구성적으로나 내용적으로 첨예한 모순을 내포하고 있다. 왜냐하면 한편으로는 체험 자아의 주관적 의식이 시간의 작용에 따라 가장 이상적인 상태에 도달하면서도 현실세계에는 아무런 영향도 미칠 수 없으며, 다른 한편으로는 전쟁을 앞둔 외부세계가 개인의 영적 범주와는 전혀 관계를 맺지 못한 채 자체로 붕괴의 조짐을 드러내기 시작하기 때문이다. 한마디로 주관적 시간과 객관적 시간의 분리는 실상 시대적 문제의 해결과는 정반대의 현상에 속할 뿐이다. 현대소설에서 징후적인 이른바 "시간의 패러독스"*가 『마법의 산』에도 성립되는데, 토마스 만은 이를 주인공의 자기반성과 실천행위를 통하여 극복하고자 한다.

예를 들어 「눈」의 장에 이어서 「거대한 둔감」, 「거대한 흥분」, 「청천벽력」과 같은 장이 『마법의 산』의 종결부에 위치하는 것은 소설 구성의 원리에서 볼 때 필연적인 귀결이다. 이는 주관적 이상과 객관적 현실의 대립구조를 소설의 반성적 원리에 따라 조화시키려는 작가의 서사적 통합 노력을 입증할 뿐만 아니라 『마법의 산』이 지닌 구성방식의 중

---

* Jürgen Schramke: 현대소설의 이론(Zur Theorie des Romans), München, 1974, 125–135쪽 참조. 슈람케에 의하면 시간소설에서 객관적 현실과 주관적 체험 사이에는 '환멸'이라는 심연이 존재한다. 외부의 현실세계로부터 실망한 주체가 내면에 깊이 침잠하여 이상적 꿈을 꾸고 나면, 그 꿈 자체도 이미 실망의 대상으로 변한다. 그러므로 현대소설에서 〈꿈〉이나 〈몽유〉의 동기 또한 현실과 이상 사이의 괴리에서 비롯되는 이중의 환멸을 담고 있다.

요한 특징과 변증법적 종합의 결과를 보여준다. 소설철학자 루카치는 토마스 만에 대한 평론에서 이런 점을 그의 소설의 최대 장점으로 보면서 "토마스 만은 주관적 모멘트를 주관적인 것으로 파악해서 그의 객관적, 서사적 세계 표현의 일부가 되도록 하고 있다"고 설명한다.

작품을 보면 주인공이 비밀스럽게 향유하던 내적 시간은 스키 모험을 떠났다가 무섭고도 달콤한 꿈을 꾸고 난 뒤 갑자기 침체되면서 이후로 베르크호프 요양원 전체에는 무기력, 둔감, 불안, 공포가 팽배해진다. ―이런 가운데 시간의 마력에 침잠해 있던 주인공에게 세계원리와 사상을 주입하려던 세템브리니와 나프타는 격렬한 논쟁 끝에 결투를 벌여 나프타는 죽고 세템브리니는 삶의 의미를 완전히 상실한다. 연금술적인 시간의 마력은 더 이상 효력을 자아내지 못하고, 시간 체험을 통하여 인간의 참된 의미를 깨달은 카스토르프도 이 환상의 골짜기에까지 밀려온 세계대전의 거대한 폭음 앞에서 〈행위 없는 인식〉의 공허함에 사로잡힌다. 벌레처럼 장미 속에 들어가 마법의 수액을 먹고나온 천식환자의 꿈은 인류애에 대한 인식을 배태하고는 있지만, 그것이 공동체적 행위나 사회적 유용성을 띤 것은 결코 아니었다. 토마스 만은 이 소설에 대해 "인간이란 개별자로서 개인적 삶을 영위할 뿐만 아니라 자기 시대와 동시대인의 삶을 살아간다"고 언급하면서 주인공의 시대적 연관성을 언급한 바 있는데, 이런 점은 작품에서 외부세계와는 매개없는 주관적 환상의 결핍과 이에 대한 카스토르프의 최종적 자기반성으로서 나타난다.

"그는 자신이 마법의 힘에서 풀려나 구원되고 해방된 것을 알았지만, 자력에 의한 것이 아니라 자연적인 외부의 힘에 의해 풀려난 것을 인정하면서 얼굴을 붉히지 않을 수 없었다. 이 외부의 엄청난 힘 앞에서 그의 해방 따위는 아주 사소한 일에 불과했다. … 삶이 죄 많은 걱정거리 자식을 다시 받아들였다 해도, 손쉬운 방법이 아니라 이렇게 심각하고 엄격한 방식으로, 어쩌면 생명을 의미하는 것이 아니라 이 경우에는 죄인인 그에게 세 발의 예포를 의미할 수도 있는 시련의 의미로 받아들였다. 그리하여 그는 두 무릎을 꿇고 하늘을 향해 얼굴과 두 손을 쳐들었다.

『마법의 산』의 퍼스펙티브가 처음부터 전쟁을 기점으로 한 시간의 역사적 통합을 겨냥했듯이, 주인공이 보여주는 최종적 태도는 주관성의 자기지양을 통한 객관화와 상호매개의 가능성이다. 정체되고 굳어진 시민사회의 메커니즘을 지양하는 꿈, 동경, 사랑, 자유, 유토피아 등이 그의 주관성의 이상적 반영이라면, 현상계에 전혀 관여하지 못하는 몽상적 사고, 주관성의 최종적 지양은 평지에서의 실천을 의미하는 참전의 형태로 귀착된다. 물론 이것으로 '시간의 이중적 패러독스'가 완전히 극복되는 것은 아니지만, 적어도 개인과 공동체, 주관적 시간과 객관적 시간 사이의 매개 가능성은 사회적-역사적 행위의 지평에서 희미하게나마 떠오른다. 유럽 전선의 저 하늘은 "유황 냄새가 자욱한 어두운 하늘이었지만, 더는 죄로 얼룩진 산속의 동굴 천장은 아니었다."

토마스 만은 종래의 보수적 입장을 철회하고 민주주의에 대한 소신을 피력한 「독일공화국론」에서 『마법의 산』이 시간의 변증법적 구성을 통한 새로운 현실(정치적 의미에서는 독일공화국에 대한 신념)에의 접근을 추구한다고 언명한다. "나의 중기에는 유럽적 문제성과 변증법의 소설이 위치한다. … 정신과 정치는 전혀 분리될 수 없다는 것, 비정치적 문화인이 될 수 있다고 믿는 것은 독일시민의 오류라는 것, 그들에게 정치적 본성과 의지가 결여된다면 문화는 심각한 위기에 빠질 수 있다는 것,"* 이것이 이 소설에서 주관성의 최종적 반성을 통하여 자아와 세계, 미학과 윤리, 문화와 정치, 내적 시간과 외적 시간의 분리를 극복하려는 작가의 서사적 통합의지를 입증한다.

---

* 『마법의 산』의 사상적 분지(分枝)라 할 수 있는 논문 「독일공화국론」은 제1차 세계대전을 전후한 작가의 전반적인 사고와 작품의도가 잘 드러난다. 작가는 여기서 세계대전의 비참한 결과와 직면하여 그 동안 주장했던 〈비정치적 예술가〉의 보수적 입장을 교정하고 〈문화〉와 〈정치〉 개념을 민주주의적 이념 속에서 새롭게 통합하고자 한다. 이는 『마법의 산』 저작 의도와도 일치한다는 점에서 의미심장하다.

토마스 만 연보

1875년 독일의 북부 도시 뤼벡에서 6월 6일 출생. 자치도시 뤼벡의 시의원이었던 아버지 토마스 요한 하인리히 만과 어머니 율리아 만의 둘째아들로 태어났다. 널리 알려진 작가 하인리히 만이 그의 형이다.

1893년 문학잡지 『봄의 폭풍』 간행. 고등학교를 중단하고 어머니와 함께 뮌헨으로 이주.

1894년 화재 보험회사 견습사원으로 근무. 최초의 단편소설 「타락」 발표.

1896년 형 하인리히 만과 함께 로마와 팔레스티나에 체류. 이곳에서 『부덴브로크 일가』 집필에 착수.

1898년 단편소설 「작은 신사 프리데만」, 「행복에의 의지」, 「환멸」 출간.

1900년 군 복무를 위해 지원 입대.

1901년 장편소설 『부덴브로크 일가』 출간(처음에는 두 권으로 나옴).

1902년 단편집 『트리스탄』 출간. 이 소설집 안에 주옥처럼 잘 다듬어진 「토니오 크뢰거」가 들어 있음.

1905년 뮌헨 대학교 수학과 교수인 프링스하임의 딸 카차 프링스하임과 결혼. 첫 딸 에리카 만 출생.

1906년 아들 클라우스 만 출생. 작가로 활동했으나 크게 두각을 나타내지 못함.

1908년	나중에 독일에서 유명한 역사학자가 되는 둘째아들 골로 만 출생.
1909년	독일의 어느 작은 공국을 무대로 하는 장편 『대공전하』 발표.
1912년	「베니스에서의 죽음」 발표. 『마법의 산』 집필에 착수.
1914년	단편 「시련의 시간들」, 「행복」 발표.
1915년	보수적 견해를 피력하는 에세이적 논문 「프리드리히와 대동맹」 발표.
1918년	프랑스적 민주주의와 문명을 독일의 문화 개념과 대립적인 관점에서 서술하는 방대한 저작 『비정치인의 고찰』 출간. 진보적 사고를 지녔던 형과의 불화가 본격적으로 시작됨.
1922년	『고등사기꾼 펠릭스 크룰의 고백. 어린 시절의 책』 출간. 제1차 세계대전의 결과가 참담하게 나타나자 자신의 보수적 신념을 지양하는 연설문 「독일 공화국론」 발표. 아울러 형 하인리히만과도 화해.
1924년	『마법의 산』 출간. 스위스의 다보스에 위치한 베르크호프 요양원을 소설의 무대로 하면서 제1차 세계대전 이전의 유럽 상황과 정신적 분위기를 서술함.
1927년	연극배우로 성공을 꿈꾸던 누이동생 율리아 만 자살.
1929년	노벨문학상 수상. 주로 『부덴브로크 일가』의 공적이 인정되어 노벨상을 수상하지만, 본인은 『마법의 산』을 더 훌륭한 작품이라고 생각함.
1930년	이탈리아의 무솔리니와 히틀러를 은근히 꼬집고 있는 작품 「마리오와 마술사」 발표.
1933년	4부작 연작소설 『요셉과 그의 형제들』 가운데 제1부 『야곱의 이야기』 발표. 「바그너의 고뇌와 위대성」이라는 제목으로 뮌헨 대학에서 강연. 히틀러 치하의 독일을 피해 스위스로 망명. 처음에는 정

치적 행동을 자제하여 다른 망명문학가들의 오해를 받게 됨. 이후 미국으로 이주.

1936년   강연문 「프로이트와 미래」 발표. 독일 국적을 박탈당함.

1938년   괴테를 패러디하는 소설 『바이마르의 괴테』 발표.

1942년   영국 BBC에서 「독일 청취자 여러분!」이라는 제목으로 55회 라디오 연설.

1943년   『부양자 요셉』 출간. 작곡가를 주인공으로 내세운 장편소설 『파우스트 박사』 집필 시작.

1945년   미국의 국회 강당에서 연설한 「독일과 독일인」 발표.

1947년   『파우스트 박사』 완성. 유럽을 방문함.

1949년   「파우스트 박사의 성립. 소설의 소설」 발표. 괴테 탄생 200주년 기념으로 「괴테와 민주주의」 발표. 아들 클라우스가 우울증으로 자살. 이에 대해 토마스 만은 "내 두 여동생이 자살했고, 클라우스도 그런 기질을 갖고 있었다"고 편지에서 술회함.

1950년   문화상의 제안을 받고 동독으로 가려던 형 하인리히 만 사망.

1951년   근친상간의 죄인이 교황에까지 오르는 이야기를 다룬 『선택받은 자』 출간.

1954년   『고등사기꾼 펠릭스 크룰의 고백. 회상의 제1부』 출간.

1955년   스위스 국적의 작가가 고향도시 뤼벡의 명예시민으로 추대됨. 그 해 8월 12일 스위스 취리히의 시립병원에서 사망.